LE PALAIS DES MIROIRS

Rajkumar, un orphelin bengali de 11 ans, assiste au pillage du Palais des Miroirs. Il entrevoit alors, dans la suite royale, une ravissante fillette de 10 ans, Dolly, qu'il n'oubliera plus. Avec l'aide d'un marchand chinois de Malaisie, Saya John, conscient de son dynamisme et de son ambition, Rajkumar va peu à peu faire fortune, d'abord dans le commerce du teck en Birmanie, puis du caoutchouc en Malaisie, et se forger une nouvelle identité. Devenu riche, il partira à la recherche de Dolly, à Ratnagiri, près de Bombay, là où les souverains birmans se sont exilés...

À partir de cette amorce, se déroule une prodigieuse saga qui relate les heurts et malheurs de deux familles – l'une indienne et l'autre indo-birmane – dont les destins s'imbriquent étroitement.

Débutant en 1885 avec la conquête de Mandalay par les Britanniques, et s'achevant en 1996 avec Aung San Suu Kyi, symbole de la résistance démocratique, *Le Palais des Miroirs* se déroule essentiellement en Birmanie, Inde et Malaisie, et baigne dans l'histoire de l'Asie du Sud-Est. Amitav Ghosh, qui fait preuve d'un talent exceptionnel de conteur, d'une brillante imagination et d'une vision subversive de l'histoire, nous donne ainsi à lire une formidable fresque romanesque, foisonnante, captivante, et balayée par un souffle épique.

Né en 1956 à Calcutta, Amitav Ghosh a passé son enfance à Dacca, Colombo, Téhéran et Derha Dun, au pied de l'Himalaya. Il passa sa maîtrise d'histoire à l'université de Delhi, suivie d'un doctorat en anthropologie à Oxford. Après avoir enseigné à l'université de Delhi et aux États-Unis, il vit à présent à New York, avec sa femme et ses deux enfants.

Outre Les Feux du Bengale *(prix Médicis étranger 1990), Amitav Ghosh est l'auteur de quatre autres romans :* Lignes d'ombre *(1992),* Un infidèle en Égypte *(1994),* Le Chromosome de Calcutta *(1998), et* Le Palais des Miroirs *(2002), tous parus en traduction française aux éditions du Seuil.*

DU MÊME AUTEUR

aux mêmes éditions

Les Feux du Bengale
roman, 1990
et « Points », n° P974

Lignes d'ombre
roman, 1992

Un infidèle en Égypte
récit, 1994

Le Chromosome de Calcutta
roman, 1998

Amitav Ghosh

LE PALAIS DES MIROIRS

ROMAN

Traduit de l'anglais (Inde)
par Christiane Besse

Éditions du Seuil

TEXTE INTÉGRAL

TITRE ORIGINAL
The Glass Palace

ÉDITEUR ORIGINAL
Harper Collins, Londres

ISBN original : 0-00-226102-2

ISBN 2-02-066959-5
(ISBN 2-02-038668-2, 1re publication)

www.seuil.com

À la mémoire de mon père

Le lecteur trouvera une carte de la région
où se déroule le roman pages 664-665.

PREMIÈRE PARTIE

Mandalay

1

Une seule personne dans la gargote identifia ce bruit qui roulait dans la plaine, le long de la courbe argentée de l'Irrawaddy, jusqu'à la muraille ouest du fort de Mandalay : Rajkumar, un Indien, un garçon de douze ans – pas vraiment une autorité sur laquelle s'appuyer. Un bruit inhabituel, dérangeant, un grondement lointain suivi par de sourds grognements bégayés. Qui ressemblait par instants à des craquements de branchages, soudains et inattendus. Et puis, tout à coup, se transformait en un gargouillement profond, secouait les bancs peu solides et faisait vibrer le pot de soupe fumant.

L'échoppe ne possédait que deux bancs, sur lesquels les gens se serraient les uns contre les autres. Il faisait froid – on était au début de l'hiver bref mais glacial de la Birmanie centrale –, et le soleil n'était pas encore suffisamment haut pour assécher la brume humide montée de la rivière avec l'aube. Quand les premières détonations atteignirent la gargote, il y eut un silence suivi d'une rafale de questions et de réponses chuchotées. Les gens regardaient autour d'eux, stupéfaits, qu'est-ce que c'est *ba le* ? Qu'est-ce que ça peut être ? La voix aiguë, excitée, de Rajkumar perça alors à travers le brouhaha des conjectures.

« Canon anglais, dit-il dans son birman excellent bien qu'avec un fort accent. Ils tirent quelque part en aval de la rivière. Ils se dirigent vers nous. »

Certains clients froncèrent les sourcils en s'apercevant que c'était le petit serveur qui avait parlé, un *kalaa* de l'autre côté de la mer, un Indien avec des dents aussi blanches que ses yeux et une peau couleur de bois dur poli. Il était debout au milieu de la gargote, une pile de bols en faïence ébréchés dans les bras. Il souriait, un peu penaud, comme embarrassé de faire étalage de son savoir précoce.

Son nom signifiait « prince », mais il n'avait rien de princier, avec son tricot de corps taché d'huile, son *longyi* mal noué et ses pieds nus protégés seulement par une peau épaisse et calleuse. Quand les gens lui demandaient son âge, il répondait quinze ans, ou parfois dix-huit ou dix-neuf, car il éprouvait un sentiment de force et de pouvoir à exagérer autant, à se faire passer pour adulte, solide de corps et de jugement, alors qu'il n'était en fait guère plus qu'un enfant. Mais aurait-il prétendu avoir vingt ans qu'on l'aurait quand même cru ce gros garçon costaud, plus grand et plus large d'épaules que bien des hommes ; et avec sa peau très sombre, difficile de se rendre compte que son menton était aussi lisse que les paumes de ses mains, vierge de la moindre trace de duvet.

Seul le hasard était responsable de la présence de Rajkumar à Mandalay ce matin de novembre. Après avoir remonté l'Irrawaddy depuis le golfe du Bengale, son bateau – le sampan à bord duquel il travaillait comme factotum – avait eu besoin de réparations. Informé que les travaux risquaient de durer un mois, voire davantage, le propriétaire avait pris peur. Il ne pouvait pas, avait-il décidé, se permettre de nourrir aussi longtemps son équipage : certains membres devraient se trouver un travail. Il ordonna à Rajkumar de se rendre en ville, à trois kilomètres de là : dans un bazar, face au mur ouest du fort, il demanderait une femme du nom de Ma Cho. Elle était à moitié indienne et tenait une petite gargote. Elle aurait peut-être du travail pour lui.

C'est ainsi qu'à l'âge de onze ans, en entrant dans la ville de Mandalay, Rajkumar vit pour la première fois de sa vie une route droite. La surface de terre battue était sillonnée d'ornières parallèles, creusées par des chars à bœufs et leurs roues sans rayons en teck massif. Des cabanes en bambou et des bicoques au toit de palmes, des piles de bouses et des tas d'ordures frangeaient les bas-côtés. Mais le tracé de la route n'était en rien altéré par le chaos qui la flanquait : elle ressemblait à une jetée posée sur une mer houleuse. Sa ligne menait tout droit l'œil à travers la ville, le long des murs rouge vif du fort jusqu'aux lointaines pagodes de la colline de Mandalay, brillant sur la pente comme une rangée de cloches blanches.

À son âge, Rajkumar avait déjà beaucoup voyagé. Le bateau qui le débarquait était un caboteur qui naviguait généralement le long de la vaste étendue de côte menant de la Birmanie au Bengale. Rajkumar avait visité Chittagong, Bassein et bien d'autres villes et villages entre les deux. Mais il n'avait jamais encore vu d'avenues comme celles de Mandalay. Il était accoutumé à des ruelles et des allées qui tournaient sans fin sur elles-mêmes, de sorte qu'on ne pouvait jamais voir au-delà du prochain virage. Ici, c'était quelque chose de nouveau : une route qui suivait un tracé ferme, rectiligne, installant l'horizon au beau milieu des habitations.

Quand le fort se révéla dans toute son immensité, Rajkumar s'arrêta net : la citadelle était un spectacle miraculeux avec ses murs longs d'un kilomètre et demi et ses larges douves. Quoique hauts de presque trois étages, les remparts crénelés, de couleur rouge, étaient d'une grande légèreté, et percés de portails ornés de toits à sept degrés. De vastes avenues bien droites partaient des murs pour former une belle grille géométrique. Le dessin en était si surprenant que Rajkumar alla les explorer. Il faisait presque nuit quand il se rappela la raison de son expédition en ville. Il revint vers la muraille ouest du fort et s'enquit de Ma Cho.

« Ma Cho ?

– Elle a une échoppe où elle vend de la nourriture – du *baya-gyaw* et d'autres choses. Elle est à moitié indienne.

– Ah, Ma Cho ! » Normal que cet Indien loqueteux cherchât Ma Cho : celle-ci faisait souvent travailler des vagabonds de cette espèce dans sa boutique. « La voilà. La maigre. »

Petite, l'air harassé, des spirales de cheveux lui tombant dru sur le front telle la frange d'un rideau, Ma Cho, plus birmane qu'indienne d'apparence, avait dans les trente-cinq ans. Elle était pour l'heure occupée à frire des légumes et lorgnait l'huile fumante à l'abri d'un bras levé. Elle jeta un regard soupçonneux sur Rajkumar. « Qu'est-ce que tu veux ? » Il avait juste commencé à expliquer l'histoire du bateau et des réparations, et son désir de trouver du travail pour quelques semaines, quand elle l'interrompit et se mit à hurler à tue-tête, les yeux fermés : « Qu'est-ce que tu crois ? Que j'ai des petits boulots qui me poussent à la pelle sous les bras pour toi ? La semaine dernière un gamin est parti avec deux de mes pots. Qui me dit que tu ne vas pas en faire autant ? » Et ainsi de suite.

Rajkumar comprit que cette algarade ne lui était pas directement adressée, qu'elle avait pour source la poussière, les éclaboussures d'huile et le prix des légumes, plus que sa présence ou ce qu'il avait dit. Il baissa les yeux et resta planté là, stoïque, à attendre que Ma Cho eût fini.

Elle se tut, à bout de souffle, et l'examina des pieds à la tête.

« Qui sont tes parents ? dit-elle enfin, tout en essuyant son front dégoulinant avec la manche de son *aingyi* taché de sueur.

– Je n'en ai pas. Ils sont morts. »

Elle réfléchit, se mordilla la lèvre.

« Bon. Mets-toi au travail, mais rappelle-toi que tu ne vas pas gagner beaucoup plus que trois repas et un endroit où dormir. »

Il sourit.

« C'est tout ce qu'il me faut. »

L'échoppe de Ma Cho se composait de deux bancs à l'abri d'une cabane de bambou sur pilotis. Ma Cho faisait sa cuisine perchée sur un petit tabouret à côté d'un foyer ouvert. Outre du *baya-gyaw* frit, elle servait des nouilles et de la soupe. Le travail de Rajkumar consistait à apporter les bols de nourriture aux clients. Dans ses moments de loisir, il débarrassait les tables, ranimait le feu et épluchait les légumes destinés à la marmite. Ma Cho ne lui faisait pas confiance pour le poisson ni la viande qu'elle coupait elle-même avec un *da* grinçant à manche court. Le soir, Rajkumar faisait la vaisselle et transportait jusqu'aux douves du fort des seaux entiers d'ustensiles.

Entre la gargote de Ma Cho et les douves, une large avenue poussiéreuse courait tout autour du fort, formant un square immense. Il suffisait à Rajkumar de la traverser pour arriver à destination. Juste en face de chez Ma Cho, un pont menait à l'une des plus petites des entrées du fort, la porte des Funérailles. Rajkumar avait dégagé une mare sous le pont en repoussant les fleurs de lotus qui couvraient la surface de l'eau. C'était devenu son coin à lui : il y procédait en général à sa toilette et à sa lessive – les planches du pont au-dessus faisant office de plafond et d'abri.

De l'autre côté du pont, se dressaient les murailles du fort. De l'intérieur de celui-ci, on ne voyait qu'une flèche à neuf niveaux se terminant par un parapluie doré scintillant – le grand *hti* en or des souverains birmans. Sous la flèche, se trouvait la salle du trône, où Thebaw, roi de Birmanie, tenait audience avec sa première épouse, la reine Supayalat.

Rajkumar éprouvait de la curiosité à l'égard de ce fort, mais il savait que, pour des gens comme lui, l'entrée en était interdite.

« Y êtes-vous jamais allée ? demanda-t-il un jour à Ma Cho. Dans le fort même ?

– Oh oui ! » répliqua Ma Cho avec importance. Elle hocha la tête. « Trois fois, à tout le moins.

– À quoi ça ressemble là-dedans ?

– C'est très grand, beaucoup plus grand que ça n'en a l'air. C'est une vraie ville, avec de belles avenues, des canaux et des jardins. D'abord on trouve les maisons des fonctionnaires et des nobles. Et puis on est face à une forteresse faite d'énormes poteaux en teck. Au-delà, il y a les appartements de la famille royale et de leurs domestiques – des centaines et des centaines de pièces, avec des piliers dorés et des planchers cirés. Et juste au centre un immense hall qui ressemble à un grand puits de lumière, avec des murs de cristal étincelant et des plafonds en miroirs. Les gens l'appellent le Palais des Miroirs.

– Est-ce que le roi quitte souvent le palais ?

– Pas depuis sept ans. Mais la reine et ses suivantes se promènent parfois autour des murailles. Les gens qui les ont vues disent que les suivantes sont les plus belles femmes du pays.

– Qui sont ces suivantes ?

– Des jeunes filles, orphelines, la plupart encore des enfants : on raconte qu'on ramène ces gamines au palais depuis des montagnes lointaines. La reine les adopte, les éduque et en fait ses servantes. Elle n'a, paraît-il, confiance en personne d'autre pour la servir, elle et ses enfants.

– Quand ces filles visitent-elles les postes de garde ? s'enquit Rajkumar. Quand a-t-on une chance de les voir ? »

Il avait les yeux brillants, le visage empreint de curiosité. Ma Cho lui éclata de rire au nez.

« Dis donc, songerais-tu à entrer là-dedans, petit crétin d'Indien, espèce de *kalaa* noir de charbon ? On te verra venir à trois kilomètres et on te coupera la tête ! »

Cette nuit-là, étendu sur sa natte, Rajkumar regarda entre ses pieds et aperçut le *hti* doré qui marquait le Palais des Miroirs : il brillait comme un phare dans le clair de lune. Peu importait ce que Ma Cho disait, décida-t-il, il traverserait les douves. Au moins une fois avant de quitter Mandalay, il trouverait le moyen d'entrer.

La gargote de Ma Cho occupait l'espace entre les pilotis qui supportaient les murs de bambous de sa cabane. Ma Cho vivait dans la chambre au-dessus, à laquelle elle accédait par une étroite ouverture et une échelle fragile.

Rajkumar passait ses nuits entre les pilotis, là où s'asseyaient les clients dans la journée. Ma Cho dormait sur une natte et un plancher fait de lattes de bois mal assemblées. Quand elle allumait sa lampe pour se changer, Rajkumar la voyait très bien à travers les interstices. Étendu sur le dos, les doigts noués derrière sa tête, il regardait sans ciller tandis qu'elle défaisait le *aingyi* noué lâchement autour de ses seins.

De jour, Ma Cho était une harpie qui, harcelée et exaspérée, courait d'une tâche à une autre et hurlait à tue-tête sur quiconque se trouvait sur son chemin. Mais le soir, sa journée de travail terminée, ses mouvements s'imprégnaient d'une certaine langueur. Elle enrobait un sein d'une main et l'éventait de l'autre, passait ses doigts entre les deux puis le long de son ventre arrondi vers ses jambes et ses cuisses. Lentement, la main de Rajkumar se glissait sous le nœud de son *longyi* jusqu'à l'aine.

Une nuit, Rajkumar fut soudain réveillé par un grincement rythmé en provenance des planches au-dessus de lui, accompagné de gémissements, cris étouffés et respirations saccadées. Mais qui donc pouvait bien se trouver là-haut avec Ma Cho ? Il n'avait vu entrer personne.

Le lendemain matin, il aperçut un petit homme à lunettes, telle une chouette, qui descendait l'échelle menant à la chambre de Ma Cho. L'étranger était vêtu à l'européenne : chemise, pantalon et casque colonial. Soumettant Rajkumar à un regard grave et prolongé, il souleva cérémonieusement son couvre-chef.

« Comment allez-vous ? s'enquit-il. *Kaisa hai ? Sub kuchh theek-thaak ?* »

Rajkumar comprit parfaitement les mots, des mots que n'importe quel Indien aurait pu prononcer – il resta bouche bée. Depuis son arrivée à Mandalay, il avait rencontré toutes sortes de gens, mais cet étranger n'appartenait à aucune. Son accoutrement était européen, il semblait connaître l'hindoustani – et pourtant son visage n'était pas celui d'un Blanc ou d'un Indien. Il paraissait en fait chinois.

Tout en souriant devant l'étonnement de Rajkumar, l'homme souleva de nouveau son casque avant de disparaître dans le bazar.

« Qui c'était ? » demanda Rajkumar à Ma Cho quand elle descendit à son tour l'échelle.

De toute évidence, la question embêtait Ma Cho car elle jeta à Rajkumar un regard furibard qui indiquait clairement qu'elle préférait ne pas répondre. Mais, sa curiosité piquée, le garçon insista :

« Qui c'était Ma Cho ? Dites-moi.

– C'est... » Elle s'exprimait par petites explosions, comme si ses mots étaient produits par un branle-bas dans son ventre. « C'est... mon professeur... mon *sayagyi*.

– Votre professeur ?

– Oui... Il m'apprend... Il sait tellement de choses...

– Quelles choses ?

– T'occupes !

– Où a-t-il appris à parler hindoustani ?

– À l'étranger, mais pas en Inde... Il vient de quelque part en Malaisie, Malacca, je crois... Tu devrais lui demander.

– Comment s'appelle-t-il ?

– Peu importe... Tu l'appelleras Saya, comme je le fais.

– Saya, c'est tout ?

– Saya John. » Elle se tourna vers lui, exaspérée. « Y a beaucoup de gens du nom de John et c'est comme ça qu'on l'appelle : Saya John. Ça te suffit ? »

Elle tendit le bras vers son feu éteint et jeta une poignée de cendres à la figure de Rajkumar.

« Qui a dit que tu pouvais rester là à bavasser toute la matinée, espèce de *kalaa* demeuré ? Maintenant mets-toi au boulot. »

Saya John ne se montra ni ce soir-là ni le lendemain.

« Ma Cho, dit Rajkumar, qu'est-ce qui est arrivé à votre professeur ? Pourquoi il est pas revenu ? »

Ma Cho, assise près de son feu, faisait frire du *bayagyaw*. Surveillant son huile bouillante, elle rétorqua sèchement :

« Il est en voyage.

– Où ?

– Dans la jungle...

– La jungle ? Pourquoi ?

– Il est entrepreneur. Il livre des fournitures aux camps de teck. Il est en voyage la plupart du temps. »

Soudain elle lâcha la louche qu'elle tenait à la main et elle enfouit son visage entre ses paumes.

Non sans hésitation, Rajkumar s'approcha d'elle.

« Pourquoi pleurez-vous, Ma Cho ? » Il lui passa la main sur la tête dans une manifestation gauche de sympathie. « Vous voudriez qu'il habite ici ? Vous voulez l'épouser ? »

Elle s'empara des plis de son *longyi* effiloché et en fit un tampon pour assécher ses larmes.

« Sa femme est morte l'année dernière. Il a un fils, un petit garçon. Il dit qu'il ne se remariera jamais.

– Peut-être qu'il changera d'avis. »

Elle le repoussa, d'un de ses gestes exaspérés.

« Tu ne comprends pas, espèce de *kalaa* borné. C'est un chrétien. Chaque fois qu'il vient me voir, il faut qu'il aille à son église le lendemain matin, prier et demander pardon. Tu crois que j'ai envie d'épouser un type pareil ? » Elle ramassa brusquement sa louche et la lui brandit sous le nez. « Et maintenant, tu retournes au travail ou je fais frire ta figure noire dans l'huile bouillante... »

Quelques jours plus tard, Saya John était de retour. Une fois encore, il accueillit Rajkumar dans son mauvais hindoustani : *« Kaisa hai ? Sub kuchh theek-thaak ? »*

Rajkumar alla lui chercher un bol de nouilles et resta à l'observer pendant qu'il mangeait.

« Saya, demanda-t-il à la fin en birman, comment avez-vous appris à parler une langue indienne ? »

Saya John leva la tête et lui sourit.

« Je l'ai appris enfant, dit-il, car je suis comme toi un orphelin, un enfant trouvé. J'ai été élevé par des prêtres catholiques dans une ville appelée Malacca. Ces hommes venaient de partout : du Portugal, de Macao, de Goa. Ils m'ont donné mon nom, John Martins, qui n'était pas ce qu'il est devenu. Ils m'appelaient Joao mais j'ai changé ça plus tard en John. Ils parlaient beaucoup de langues, ces prêtres, et avec les Goanais j'ai appris quelques mots indiens. Quand j'ai été en âge de gagner ma vie, je suis allé à Singapour où j'ai travaillé un moment comme garçon de salle dans un hôpital militaire. Les soldats étaient surtout indiens et ils me posaient précisément cette même question : Comment se fait-il que toi, qui as l'air chinois et portes un nom chrétien, tu peux parler notre langue ? Quand je leur expliquais les raisons, ils riaient et disaient : Tu es un *dhobi da kutta*, le chien d'une lavandière, *na ghar ka na ghat ka*, tu n'appartiens à aucun lieu, que ce soit dans l'eau ou sur la terre ; et je répondais : Oui, c'est exactement ce que je suis. »

Il éclata de rire, une hilarité contagieuse qui gagna Rajkumar.

Un jour, Saya John amena avec lui son fils dans la gargote. Le garçon s'appelait Matthew. Agé de sept ans, c'était un bel enfant, à l'œil vif, doué d'un sang-froid précoce. Il arrivait tout juste de Singapour où il vivait avec la famille de sa mère et allait à l'école dans un établissement de missionnaires réputé. Deux fois par an, Saya John organisait sa venue en Birmanie pour des vacances.

Il était tôt dans la soirée, une heure de pointe pour l'échoppe mais, en l'honneur de ses visiteurs, Ma Cho décida de fermer boutique pour le reste de la journée. Prenant Rajkumar à part, elle lui intima l'ordre d'emmener Matthew faire une petite promenade, juste d'une heure ou deux. Il y avait un *pwe* à l'autre bout du fort : ça amuserait le petit.

« Et rappelle-toi... » Ici, ses gestes se firent violemment incohérents. « ... pas un mot au sujet de...

– Vous en faites pas. » Rajkumar lui adressa un sourire innocent. « Je ne parlerai pas de vos leçons.

– Stupide *kalaa* ! » Les poings serrés, elle le gratifia d'une avalanche de coups sur le dos. « Fiche-moi le camp ! Ouste ! »

Rajkumar mit son seul et unique *longyi* présentable et enfila un maillot de corps effiloché que Ma Cho lui avait donné. Saya John lui glissa quelques piécettes dans la main.

« Achète quelque chose – pour vous deux, faites-vous plaisir. »

Sur le chemin du *pwe*, les gamins furent distraits par un marchand de cacahuètes. Matthew avait faim et il insista pour que Rajkumar achète des brassées de cacahuètes. Ils allèrent s'asseoir au bord des douves, les pieds dans l'eau, étalant autour d'eux les cacahuètes dans leurs emballages de feuilles sèches.

Matthew sortit de sa poche un bout de papier sur lequel figurait un dessin – celui d'une charrette avec trois roues à rayons de métal, deux grandes à l'arrière et une seule petite devant. Rajkumar contempla le dessin en fronçant les sourcils : ça ressemblait à une carriole mais il n'y avait pas de brancards pour un cheval ou un bœuf.

« Qu'est-ce que c'est ?

– Un *motorwagen.* »

Matthew souligna les détails : le petit moteur à combustion interne, l'arbre à vilebrequin vertical, le volant horizontal. Il expliqua que la machine pouvait générer presque autant de puissance qu'un cheval, et faire jusqu'à treize kilomètres à l'heure. Elle avait été exposée cette année même, 1885, en Allemagne par Karl Benz.

« Un jour, déclara tranquillement Matthew, j'en posséderai une. »

Son ton n'avait rien de vantard et Rajkumar n'éprouva pas une seconde de doute, formidablement impressionné qu'un enfant de cet âge se montrât aussi résolu quant à un sujet aussi étrange.

Puis Matthew demanda :

« Comment ça se fait que tu sois ici, à Mandalay ?

– Je travaillais à bord d'un bateau, un sampan, pareil à ceux que tu vois sur la rivière.

– Et où sont tes parents ? Ta famille ?

– Je n'en ai pas. » Rajkumar se tut un instant. « Je les ai perdus. »

Matthew craqua une cacahuète entre ses dents.

« Comment ça ?

– Il y a eu une fièvre, une maladie. Dans notre ville, Akyab, beaucoup de gens sont morts.

– Mais tu as survécu ?

– Oui. J'ai été malade mais j'ai survécu. Dans ma famille, j'ai été le seul. J'avais un père, une sœur, un frère...

– Et une mère ?

– Et une mère. »

La mère de Rajkumar était morte sur un sampan amarré dans un estuaire bordé de palétuviers. Il se rappelait l'espèce de tunnel qu'était la cambuse du bord avec son toit de chaume et d'osier en arceaux ; à côté de la tête de sa mère, une lampe à huile était posée sur une des planches transversales de la coque, sa flamme jaune tremblante voilée par un halo d'insectes nocturnes. La nuit était immobile et sans air, les palétuviers et leurs racines dégoulinantes faisant un solide écran à la brise, enserrant le bateau entre d'épais bancs de boue. Pourtant, il régnait une sorte d'agitation dans l'obscurité moite autour du bateau : de temps à autre, Rajkumar entendait le jaillissement des gousses de graines qui fendaient l'eau et le bruit feutré des poissons remuant dans la vase. Il faisait chaud dans cette taupinière de cuisine, mais sa mère frissonnait. Rajkumar avait écumé le bateau afin de trouver des bouts de tissu pour la couvrir.

Il connaissait bien à présent cette fièvre : elle était arrivée chez eux par son père, employé dans un entrepôt près du port. Un homme tranquille qui gagnait sa vie comme *dubash* et *munshi* – traducteur et employé aux écritures – au service de plusieurs marchands, le long de la côte est du golfe du Bengale. La maison de famille se trouvait à Chittagong mais le père de Rajkumar s'était disputé avec ses parents et les avait quittés avec sa femme, pour descendre peu à peu la côte, exploitant sa connaissance des chiffres et des langues, avant de s'installer enfin à Akyab, le port principal de l'Arakan, ce bout de terre inondé par les marées où la Birmanie et l'Inde se télescopent en un tourbillon de malaise. Il était resté là une douzaine d'années, engendrant trois enfants dont le plus vieux était Rajkumar. Ils vivaient dans une petite crique qui sentait le poisson séché : leur nom de famille était Raha et quand les voisins demandaient qui ils étaient et d'où ils venaient, ils répondaient : des hindous, de Chittagong. C'est tout ce que Rajkumar savait du passé des siens.

Après son père, ce fut au tour de Rajkumar de tomber malade. Il avait repris connaissance sur un bateau avec sa mère. Ils retournaient à Chittagong, lui expliqua-t-elle, et ils n'étaient plus que tous les deux à présent – les autres étaient morts.

La traversée avait été longue à cause des courants contraires. Le sampan à gréement carré et son équipage de *khalasi* avaient remonté au vent en naviguant près de la côte. Rajkumar se rétablit vite mais c'est alors que sa mère tomba malade. À deux jours de navigation de Chittagong, elle se mit à frissonner. La côte n'était qu'une vaste forêt de palétuviers ; un soir, le propriétaire du bateau ancra le sampan dans une crique et s'installa pour attendre.

Rajkumar avait couvert sa mère de tous les saris que contenait son baluchon, de *longyi* empruntés aux marins et même d'une voile pliée. Mais à peine avait-il terminé qu'elle recommençait à claquer des dents, doucement, tels des dés qui s'entrechoquent. D'un doigt, elle l'appela à son chevet. Quand il approcha son oreille de ses lèvres, il sentit contre sa joue un corps aussi brûlant que de la braise.

Elle lui montra au bout de son sari un nœud où était niché un bracelet en or. Elle le prit et le lui remit avec ordre de le cacher dans le nœud de son *longyi*. Le *nakhoda* – le propriétaire du bateau – était un vieil homme honnête, lui dit-elle. Mais Rajkumar lui donnerait le bracelet à leur arrivée à Chittagong – à ce moment-là et pas avant.

Elle lui referma les doigts autour du bracelet : chauffé par l'intense chaleur de son corps, le métal parut imprimer sa forme dans la paume du gamin. « Reste vivant, chuchota-t-elle. *Beche thako,* Rajkumar. Survis, mon prince : accroche-toi à l'existence. »

Sa voix s'éteignit et Rajkumar prit alors conscience du léger flic-flac des poissons-chats s'enfonçant dans la boue. Il leva les yeux et vit le *nakhoda* assis en tailleur à la proue du sampan, qui tirait sur son *hookah* en noix de coco en tripotant sa barbe blanche clairsemée. Assis autour de lui, les genoux repliés contre la poitrine, les membres de l'équipage observaient Rajkumar : l'enfant n'aurait su dire si c'était de la pitié ou de l'impatience que dissimulaient leurs regards sans expression.

Il ne lui restait désormais que le bracelet : sa mère avait voulu qu'il l'utilise pour payer son retour à Chittagong. Mais elle était morte à présent, et à quoi bon retourner dans un endroit que son père avait abandonné ? Non : mieux valait conclure un marché avec le *nakhoda*. Rajkumar prit le vieil homme à part : il lui demanda de l'accepter dans son équipage et lui offrit le bracelet en paiement de son apprentissage.

Le *nakhoda* l'examina des pieds à la tête : le garçon était costaud et désireux de bien faire. En outre, il avait survécu à la fièvre mortelle qui avait vidé tant de villes et de villages sur la côte. Rien que cela traduisait certaines qualités de corps et d'esprit. Il fit un signe de tête au gamin et prit le bracelet – oui, reste.

À la pointe de l'aube, le sampan jeta l'ancre sur un banc de sable, et l'équipage aida Rajkumar à édifier un bûcher pour l'incinération de sa mère. Quand il mit la flamme dans la bouche du cadavre, l'enfant sentit ses mains trembler. Lui, qui avait eu une famille si nombreuse, se retrouvait seul désormais, avec un apprentissage de *khalasi* pour tout héritage. Mais il n'eut pas peur, pas un seul instant : sa tristesse était provoquée par le regret que les siens l'aient quitté si tôt, si vite, sans pouvoir goûter à la richesse ou aux honneurs dont il savait avec une certitude absolue qu'ils lui appartiendraient un jour.

Il y avait longtemps que Rajkumar n'avait pas parlé de sa famille. Parmi ses coéquipiers, on discutait rarement de cela : beaucoup d'entre eux venaient de familles elles-mêmes victimes des catastrophes qui s'abattaient si souvent sur cette côte. Ils préféraient ne pas mentionner ces choses. Curieux que cet enfant, Matthew, avec son élocution et ses manières distinguées, ait réussi à le faire sortir de sa réserve : Rajkumar ne pouvait s'empêcher d'en être touché. En retournant chez Ma Cho, il passa un bras autour des épaules du garçonnet.

« Alors, combien de temps vas-tu rester ici ?

– Je pars demain.

– Demain ? Mais tu viens d'arriver !

– Je sais. Je devais rester quinze jours mais Papa pense qu'il va y avoir des troubles.

– Des troubles ? » Étonné, Rajkumar se tourna pour le regarder. « Quels troubles ?

– Les Anglais se préparent à envoyer une flotte sur l'Irrawaddy. Il va y avoir la guerre. Papa dit qu'ils veulent tout le teck de Birmanie. Le roi ne veut pas les laisser faire alors ils vont se débarrasser du roi. »

Rajkumar éclata de rire.

« Une guerre à cause du bois ? Qui a jamais entendu pareille histoire ? »

Il gratifia Matthew d'une tape incrédule sur la tête : le gamin n'était qu'un gamin malgré ses manières d'adulte et sa connaissance d'objets invraisemblables ; il avait sans doute fait un mauvais rêve la nuit précédente.

Mais ce fut la première des multiples occasions où Matthew montra plus de sagesse et de prescience que Rajkumar.

Deux jours plus tard, la ville entière était en proie à des rumeurs de guerre. Un gros détachement de troupes sortit du fort et gagna la rivière vers le camp de Myingan, provoquant une émeute dans le bazar : les poissonnières vidèrent leur marchandise sur le tas d'ordures et se hâtèrent de rentrer chez elles.

Saya John, échevelé, arriva en courant dans la gargote

de Ma Cho avec un papier à la main. « Une proclamation royale, annonça-t-il, avec la signature du roi. » Dans la gargote, tout le monde fit silence tandis qu'il commençait à lire.

> À tous les sujets royaux et habitants de l'Empire : ces hérétiques, les *kalaa* barbares anglais, ayant exprimé fort durement des demandes calculées pour mener à l'affaiblissement et à la destruction de notre religion, à la violation de nos traditions et coutumes nationales, et à la dégradation de notre race, procèdent maintenant à des démonstrations et des préparatifs, comme s'ils étaient sur le point de déclarer la guerre à notre État. Il leur a été répondu conformément aux usages des grandes nations et dans des termes qui sont justes et normaux. Si, néanmoins, ces *kalaa* hérétiques devaient venir, et en quelque manière tenter de molester ou de troubler l'État, Sa Majesté, attentive à ce que les intérêts de notre religion et de notre État ne souffrent pas, se mettra elle-même à la tête de ses généraux, capitaines et lieutenants avec de vastes forces d'infanterie, d'artillerie, d'éléphanterie et de cavalerie ; par terre et par mer, et avec la puissance de son armée, elle effacera ces hérétiques, conquerra et annexera leur pays. Faire respecter la religion, faire respecter l'honneur national, faire respecter les intérêts du pays apportera trois fois le bien – celui de notre religion celui de notre maître et le nôtre propre, et nous vaudra l'important résultat de nous placer sur le sentier des régions célestes et du nirvana.

Saya John fit la grimace. « Des mots courageux, dit-il. Voyons ce qui va suivre. »

Après l'affolement initial, les rues retrouvèrent vite leur calme. Le bazar rouvrit et les poissonnières revinrent fouiller le tas d'ordures pour y récupérer la marchandise perdue. Les jours suivants, les gens vaquèrent à leurs affaires comme avant. Le changement le plus notable fut la disparition des visages étrangers. Le nombre des étrangers vivant à Mandalay n'était pas négligeable : on y comptait des diplomates et des missionnaires européens ;

des marchands et des boutiquiers d'origine grecque, arménienne, chinoise et indienne ; des ouvriers et des marins natifs du Bengale, de Malaisie et de la côte de Coromandel ; des astrologues vêtus de blanc venus de Manipur ; des hommes d'affaires du Gujerat – un échantillon de populations tel que n'en avait jamais vu Rajkumar. Mais, tout à coup, les étrangers disparurent : on racontait que les Européens étaient partis vers l'embouchure du fleuve tandis que les autres s'étaient barricadés dans leurs maisons.

Quelques jours plus tard, le palais émit une autre proclamation, très joyeuse celle-ci : elle annonçait que les troupes royales avaient infligé aux envahisseurs une défaite insigne, près de la forteresse de Minhla. Les troupes anglaises avaient été repoussées et chassées au-delà de la frontière. La barque royale allait se rendre sur le fleuve pour apporter des décorations destinées aux hommes de troupe et aux officiers : une cérémonie d'action de grâces se déroulerait au Palais des Miroirs.

Des cris de joie éclatèrent dans les rues et le brouillard d'angoisse qui avait plané sur la ville durant les derniers jours se dissipa rapidement. Au soulagement de tous, la vie reprit vite son cours normal : commerçants et chalands revinrent en foule et la gargote de Ma Cho fut plus animée que jamais.

Puis un soir, courant au bazar refaire provision de poisson, Rajkumar tomba sur le visage familier de son *nakhoda* à la barbe blanche.

« Notre bateau va-t-il repartir bientôt maintenant ? s'enquit Rajkumar. À présent que la guerre est finie ? »

Le vieil homme eut un sourire mystérieux, lèvres pincées.

« La guerre n'est pas finie. Pas encore.

– Mais on a entendu...

– Ce qu'on entend sur les quais est très différent de ce qu'on dit en ville.

– Que dit-on ? »

Ils avaient beau se parler dans leur propre dialecte, le *nakhoda* baissa la voix :

« Les Anglais seront ici dans un jour ou deux. Des marins les ont vus. Ils arrivent avec la plus grande flotte qui ait jamais navigué sur un fleuve. Ils ont des canons qui peuvent souffler les murs de pierre d'une forteresse ; ils ont des bateaux si rapides qu'ils peuvent dépasser un mascaret ; leurs fusils tirent plus vite que tu ne parles. Ils arrivent comme la marée : rien ne peut leur résister. Aujourd'hui, on a appris que leurs navires prenaient position autour de Myingan. Demain, on entendra les feux d'artifice... »

En effet, le lendemain matin, se répercutant à travers la plaine, parvint jusqu'à la gargote de Ma Cho, près du mur ouest du fort, un grondement lointain.

Quand les premières salves retentirent, il y avait foule dans le marché. Les femmes de fermiers des environs de la ville étaient arrivées tôt pour installer leurs nattes et y arranger leurs légumes en petits tas bien nets. Les pêcheurs aussi étaient là, avec leurs poissons pris la nuit dans le fleuve. D'ici une heure ou deux, les légumes se flétriraient et l'œil des poissons se voilerait. Mais pour l'instant tout était frais et croquant.

Les premiers coups de canon ne provoquèrent qu'une brève interruption dans les achats matinaux. Les gens, étonnés, regardèrent le ciel et les vendeurs se penchèrent par-dessus leurs marchandises pour s'interroger les uns les autres.

Ma Cho et Rajkumar travaillaient dur depuis l'aube. Comme toujours lors des matinées glaciales, beaucoup de personnes étaient venues manger un morceau avant de rentrer chez elles. Or le brouhaha affamé de l'heure du repas fut interrompu par un bourdonnement soudain. Les clients se regardèrent, nerveux : d'où venait ce bruit ? C'est alors que Rajkumar intervint :

« Des canons anglais, annonça-t-il. Ils se dirigent vers nous.

– Comment sais-tu qui ils sont, espèce de petit crétin ? glapit Ma Cho, furieuse.

– Des passeurs les ont vus sur le fleuve, répliqua Rajkumar. Toute une flotte anglaise arrive de ce côté. »

Avec une gargote pleine de gens à nourrir, Ma Cho n'était pas d'humeur à permettre à son seul et unique assistant de se laisser distraire par un quelconque fracas.

« Ça suffit comme ça, dit-elle. Remets-toi au travail ! »

Au loin, la canonnade s'intensifia jusqu'à faire trembler les bols sur les bancs. Les clients commencèrent à s'agiter, inquiets. Dans le marché voisin, un coolie avait lâché un sac de riz et les grains s'étalèrent comme une tache blanche sur le sentier poussiéreux tandis que les gens se bousculaient pour partir. Les marchands débarrassaient leurs comptoirs et entassaient leurs denrées dans des sacs ; les fermières versaient le contenu de leurs paniers sur des monceaux d'ordures.

Soudain, les clients de Ma Cho se levèrent en faisant tomber leurs bols et en poussant les bancs. Déconcertée, Ma Cho se tourna vers Rajkumar.

« Je t'avais bien dit de te taire, abruti de *kalaa* ! Regarde, tu as fait peur à mes clients.

– C'est pas ma faute...

– À qui alors ? Qu'est-ce que je vais faire de toute cette nourriture ? Que va devenir le poisson que j'ai acheté hier ? »

Ma Cho s'effondra sur son tabouret.

Derrière eux, dans le marché maintenant désert, les chiens, autour des tas d'ordures, se battaient pour des morceaux de viande.

2

Dans le Palais des Miroirs, à un peu plus d'un kilomètre de l'échoppe, la reine Supayalat, première épouse du roi, montait une volée de marches raides pour aller entendre de plus près les canons.

Le palais se situait au centre exact de Mandalay, à l'intérieur des murs de la cité, un ensemble immense de pavillons, de jardins et de couloirs tous regroupés autour du grand *hti* à neuf toits des rois de Birmanie. L'ensemble était lui-même séparé des rues et des habitations environnantes par une haute palissade en teck. A chacun des quatre coins de la palissade se dressait un poste d'observation occupé par des sentinelles appartenant à la garde personnelle du souverain : c'est dans un de ces postes que la reine avait décidé de grimper.

Fine ossature, teint de porcelaine, mains et pieds minuscules, la reine avait un petit visage anguleux, aux traits réguliers, que gâtait à peine une légère flétrissure dans l'alignement de l'œil droit. Sa taille d'une minceur légendaire était déformée par une grossesse – la troisième – en son huitième mois.

La reine n'était pas seule : une demi-douzaine de jeunes suivantes l'accompagnaient, portant ses deux petites filles, les première et deuxième princesses, Ashin Hteik Su Myat Phaya Gyi et Ashin Hteik Su Myat Phaya Lat. Sa grossesse avancée rendait la reine encore plus soucieuse des mouvements de ses enfants et, ces derniers temps, elle refusait de laisser ses filles hors de sa vue un seul instant.

La première princesse avait trois ans et ressemblait de façon frappante à son père, Thebaw, roi de Birmanie. Le visage rond et le sourire permanent, c'était une fillette au caractère aimable et docile. La deuxième princesse, un an à peine, était une enfant tout à fait différente, le portrait de sa mère. Elle souffrait de coliques depuis sa naissance et pleurait des heures durant. Plusieurs fois par jour, elle piquait d'intenses crises de rage : son corps se raidissait, elle serrait ses petits poings, ses poumons cherchaient l'air, la bouche grande ouverte, mais sans qu'un son ne sorte de sa gorge. Les nourrices les plus expérimentées reculaient devant une crise de la petite princesse.

Pour s'occuper du bébé, la reine insistait sur la présence permanente à ses côtés des suivantes en qui elle avait le plus confiance : Evelyn, Hemau, Augusta, Nan Pau. Ces filles étaient très jeunes, la plupart encore adolescentes, et presque toutes orphelines : elles avaient été achetées par les agents de la reine dans des petits villages kachin, wa et chan, le long des frontières nord du royaume. Quelques-unes venaient de familles chrétiennes, d'autres de foyers bouddhistes – une fois arrivées à Mandalay, peu importait. Elles étaient élevées sous la tutelle de serviteurs du palais et supervisées par la reine en personne.

C'est la plus jeune de ces servantes qui réussissait le mieux avec la deuxième princesse : Dolly, dix ans, une fillette timide et réservée aux yeux immenses et au corps mince et souple de danseuse. Dolly avait été ramenée fort jeune de la ville frontière de Lashio : elle n'avait aucun souvenir de ses parents ni de sa famille. On la pensait d'origine chan, mais cela n'était qu'une supposition fondée sur sa fine ossature et son beau teint soyeux.

Ce matin-là, Dolly avait eu très peu de succès avec la deuxième princesse. Les canons avaient réveillé en sursaut le bébé qui n'avait pas cessé de pleurer. Dolly, qu'un rien faisait sursauter, avait été elle-même horriblement effrayée. Dès le début de la canonnade, elle s'était bouché les oreilles avant de se réfugier dans un coin, en grinçant des dents et en secouant la tête. Mais alors la reine l'avait fait chercher, et ensuite Dolly avait été si occupée à essayer de distraire la petite princesse qu'elle n'avait plus eu le temps d'avoir peur.

Dolly n'était pas encore assez forte pour porter l'enfant dans l'escalier raide qui menait au sommet de la palissade, et c'est à Evelyn, seize ans et solide, qu'était échue cette tâche. Dolly fermait la marche et elle fut la dernière à entrer dans le poste de garde, une plate-forme en bois entourée d'une balustrade de planches épaisses. Dans un coin, la reine bombardait de questions quatre soldats en uniforme dont aucun ne voulait lui répondre ni même la regarder. Ils baissaient les yeux en tripotant leur fusil.

« À quelle distance se déroule la bataille ? demanda la reine. Et de quel genre de canons s'agit-il ? »

Les soldats secouèrent la tête : en vérité, ils n'en savaient pas plus qu'elle. Au moment où le fracas avait commencé, ils avaient fait des suppositions folles quant à sa cause : au début, ils avaient refusé de croire que ce grondement puisse avoir une origine humaine. Jamais, dans ce coin de Birmanie, on n'avait entendu des canons d'une telle puissance, et il était difficile d'imaginer un rythme de tir rapide au point de produire un son unique et non identifiable.

La reine comprit qu'il n'y avait rien à tirer de ces malheureux. Elle se tourna pour s'appuyer contre la balustrade : si seulement son corps était moins lourd, si seulement elle n'était pas aussi lente et fatiguée. Fait étrange, ces dix derniers jours, depuis que les Anglais avaient franchi la frontière, elle n'avait entendu que de bonnes nouvelles. La semaine précédente, un commandant de garnison avait envoyé un télégramme pour annoncer que les forces britanniques avaient été arrêtées à Minhla, à trois cents kilomètres en aval. Le palais avait célébré la victoire, et le roi avait même envoyé une décoration au général. Comment était-il possible que les envahisseurs fussent aujourd'hui assez près pour faire entendre leurs canons dans la capitale ?

Tout était arrivé si vite. Quelques mois auparavant, une dispute avait éclaté avec une compagnie forestière anglaise : une question technique concernant des chargements de teck. De toute évidence, la compagnie était dans son tort : elle contournait les règlements douaniers du royaume pour éviter de payer des droits. Les douaniers avaient infligé une amende et demandé des arriérés de paiements sur quelque cinquante mille grumes. Les Anglais avaient protesté et refusé de payer : ils avaient porté plainte auprès du gouverneur britannique de Rangoon. D'humiliants ultimatums avaient suivi. Un des ministres principaux du roi, le Kinwun Mingyi, avait discrètement suggéré qu'il serait préférable d'en accepter les clauses : les Anglais pourraient permettre à la famille royale de rester dans le palais de Mandalay, à des conditions semblables à celles des princes indiens – en d'autres termes comme des porcs d'élevage, nourris et engraissés par leurs maîtres. Des cochons logés dans des porcheries ornées de quelques bouts de dentelle.

Les rois de Birmanie n'étaient pas de quelconques princes, dit la reine au Kinwun Mingyi : c'étaient des rois, des souverains, ils avaient vaincu l'empereur de Chine, conquis la Thaïlande, Assam, Manipur. Et elle-même, Supayalat, avait tout risqué afin d'assurer le trône à Thebaw, son mari et demi-frère : était-il imaginable qu'elle consente à tout abandonner maintenant ? Et si l'enfant qu'elle portait était un garçon (et cette fois, il en irait ainsi, elle en était certaine), comment pourrait-elle jamais lui expliquer qu'elle s'était laissé dépouiller de son patrimoine à cause d'une querelle à propos de quelques rondins ? La reine l'avait emporté et la cour birmane avait refusé de céder à l'ultimatum britannique.

À présent, s'agrippant à la balustrade, la reine écoutait la lointaine canonnade. Elle avait tout d'abord espéré qu'il s'agissait d'un exercice. Le général le plus fiable des forces armées, le Hlethin Atwinwun, se trouvait au fort de Myingan, à cinquante kilomètres de là, avec huit mille soldats.

La veille justement, le roi avait demandé en passant comment les choses allaient sur le front. À la manière dont il en parlait, la reine savait qu'il pensait à la guerre comme à un événement très distant, une campagne lointaine, telle l'expédition envoyée autrefois dans les montagnes chan pour combattre bandits et dacoïts.

Tout se déroulait comme il le fallait, l'avait-elle assuré : aucune raison de s'inquiéter. Et autant qu'elle sache, c'était la pure vérité. Elle rencontrait chaque jour les fonctionnaires les plus importants, le Kinwun Mingyi, le Taingda Mingyi, voire les *wungyi*, *wundauk* et autres *myowun*. Aucun d'eux n'avait suggéré l'existence du moindre problème. Mais impossible de se tromper sur cette canonnade. Qu'allait-elle dire au roi, maintenant ?

La cour derrière la palissade se remplit soudain de voix.

Dolly jeta un coup d'œil dans l'escalier. En bas, des soldats portant les couleurs de la garde du palais tournaient en rond, par dizaines. L'un d'entre eux aperçut Dolly et se mit à crier : « La reine ? Est-ce que la reine est là-haut ? »

Dolly se recula très vite hors de sa vue. Qui étaient ces soldats ? Que voulaient-ils ? Elle entendait à présent le bruit de leurs pas dans l'escalier. Tout près de là, la princesse commença à pleurer, en petits halètements saccadés. Augusta lui fourra le bébé dans les bras. « Tiens, Dolly, prends-la, elle ne veut pas s'arrêter. » Le bébé hurlait en agitant les poings. Dolly dut tourner la tête pour éviter d'être frappée.

Un officier pénétra dans le poste de garde : devant lui, il tenait son épée à deux mains comme un sceptre. Il dit quelques mots à la reine, lui faisant signe de quitter les lieux et de redescendre dans le palais.

« Sommes-nous donc prisonniers ? dit la reine, le visage crispé par la fureur. Qui vous envoie ?

– Nos ordres viennent du Taingda Mingyi, répliqua l'officier. Pour votre sécurité, Mebya.

– Notre sécurité ? »

Le poste de garde était à présent envahi de soldats qui guidaient les suivantes vers l'escalier. Dolly regarda : la volée de marches était très raide. Elle se sentit prise de vertige.

« Je ne peux pas ! cria-t-elle. Je ne peux pas ! »

Elle allait tomber, elle le savait. La princesse était trop lourde pour elle, l'escalier trop haut : elle avait besoin d'une main libre pour se tenir, garder son équilibre.

« Avance !

– Je ne peux pas. »

Elle s'entendait à peine par-dessus les hurlements de l'enfant. Elle demeura immobile, refusant de bouger.

« Vite, vite ! »

Un soldat derrière elle la poussait avec la poignée froide de son épée. Elle sentit les larmes lui monter aux yeux puis couler sur son visage. Ne voyaient-ils pas qu'elle allait tomber, que la princesse allait lui échapper des bras ? Pourquoi ne l'aidait-on pas ?

« Vite ! »

Elle se retourna pour regarder le visage sévère du soldat.

« Je ne peux pas. J'ai la princesse dans les bras et elle est trop lourde pour moi. Vous ne voyez donc pas ? »

Personne ne semblait l'entendre à cause des cris du bébé.

« Qu'est-ce que tu as, petite ? Pourquoi restes-tu plantée là ? Avance ! »

Dolly ferma les yeux et fit un pas. Et juste au moment où ses jambes allaient se dérober, elle reconnut la voix de la reine.

« Dolly ! Arrête !

– Ce n'est pas ma faute. » Elle éclata en sanglots, les yeux résolument fermés. Quelqu'un lui arracha la princesse. « Ce n'est pas ma faute. J'ai essayé de leur dire ; on n'a pas voulu m'écouter.

– Tout va bien, dit la reine d'une voix perçante mais sans méchanceté. Descends maintenant. Fais attention. »

Pleurant de soulagement, Dolly descendit l'escalier en trébuchant puis traversa la cour. Elle sentit les mains des autres filles la guider le long d'un couloir.

La plupart des bâtiments du palais étaient des structures basses en bois reliées par de longs corridors. Le palais était une construction relativement récente, datant de trente ans, sur le modèle des résidences royales des capitales birmanes d'autrefois, Ava et Amarapura. Une partie des appartements royaux avait été transportée telle quelle après la fondation de Mandalay, mais plusieurs des bâtiments annexes étaient inachevés et encore inconnus même des habitants du palais. Dolly n'était jamais venue dans la pièce où elle se trouvait maintenant. Une chambre sombre avec des murs plâtrés, humides, et de lourdes portes.

« Amenez-moi le Taingda Mingyi, criait la reine aux gardes. Je refuse d'être retenue prisonnière. Amenez-le-moi. Sur-le-champ ! »

Une heure ou deux s'écoulèrent lentement ; les jeunes filles devinaient, d'après la direction des ombres sous la porte, que l'après-midi avait succédé au matin. La petite princesse, épuisée par ses propres pleurs, s'était endormie sur les jambes croisées de Dolly.

Les portes s'ouvrirent brusquement et le Taingda Mingyi entra en soufflant.

« Où est le roi ?

– Il est sauf, Mebya. »

L'homme était robuste avec une peau huileuse ; dans le passé il avait toujours eu un avis sur tout mais aujourd'hui la reine n'arrivait pas à lui soutirer une seule réponse claire.

« Le roi est sauf. Vous ne devez pas vous inquiéter. »

Les longs poils qui pendaient de ses verrues remuèrent doucement tandis qu'il souriait en montrant les dents.

Il produisit un télégramme.

« Le Hlethin Atwinwun a remporté une fameuse victoire à Myingan.

– Mais ce n'étaient pas nos canons que j'ai entendus ce matin.

– Les étrangers ont été arrêtés. Le roi a envoyé une médaille et des décorations pour les hommes. »

Il tendit une feuille à la reine.

Elle ne se donna pas la peine d'y jeter un coup d'œil. Elle avait vu beaucoup de télégrammes ces dix derniers jours, tous annonçant de fameuses victoires. Mais les canons qu'elle avait entendus ce matin n'étaient pas birmans. Là-dessus, elle n'avait aucun doute.

« C'étaient des canons anglais, dit-elle. Je le sais. Ne me mentez pas. À quelle distance sont-ils ? Quand pensez-vous qu'ils atteindront Mandalay ? »

Il refusa de la regarder.

« Mebya est dans une condition délicate. Elle devrait se reposer. Je reviendrai plus tard.

– Me reposer ? » La reine montra du doigt ses servantes assises par terre. « Les petites sont épuisées. Regardez. » Elle désigna les yeux rouges et le visage ravagé par les larmes de Dolly. « Où sont mes autres domestiques ? Envoyez-les-moi. J'en ai besoin. »

Le Taingda Mingyi hésita puis s'inclina.

« Mebya. Ils vont venir. »

Les autres suivantes arrivèrent une heure plus tard. Elles avaient des mines sombres. La reine se tut jusqu'à ce que les gardes aient refermé les portes. Puis on fit cercle autour des nouvelles venues. Dolly dut hausser la tête pour entendre ce qu'elles racontaient.

Les Anglais, annoncèrent-elles, avaient détruit le fort de Myingan avec une précision parfaite, à coups de canon, et sans perdre un seul de leurs hommes. Le Hlethin Atwinwun s'était rendu. L'armée était décomposée : les soldats s'étaient enfuis dans les montagnes avec leurs armes. Le Kinwun Mingyi et le Taingda Mingyi avaient envoyé des émissaires aux Britanniques. Les deux ministres se disputaient maintenant la garde de la famille royale. Ils savaient que les Anglais seraient reconnaissants à qui leur remettrait le couple royal : il y aurait de fortes récompenses.

Les étrangers étaient attendus à Mandalay d'une minute à l'autre pour emmener le roi et la reine en captivité.

L'invasion se déroula si bien que cela surprit même ses stratèges. La flotte impériale traversa la frontière le 14 novembre 1885. Deux jours plus tard, après quelques heures de bombardement, les soldats britanniques s'emparèrent des avant-postes birmans de Nyaungbinmaw et Singbaungwe. Le lendemain, à Minhla, la flotte essuya un lourd barrage d'artillerie. La garnison était réduite, mais elle résista avec une ténacité inattendue. Après un échange de tirs qui dura plusieurs heures, l'infanterie britannique débarqua à terre.

Les troupes anglaises comptaient près de dix mille hommes dont la grande majorité – environ les deux tiers – étaient des cipayes indiens. Parmi les unités déployées à Minhla se trouvaient trois bataillons de cipayes. Ils appartenaient au régiment Hazara et au 1er régiment de Madras. Les Indiens étaient des soldats expérimentés et aguerris. Depuis des décennies, en Inde et à l'étranger, les troupes hazaras, recrutées sur la frontière afghane, avaient prouvé leur valeur aux Anglais. Les membres du 1er régiment de Madras comptaient au nombre des plus loyaux fantassins anglais : ils étaient fidèlement restés aux côtés de leurs maîtres même au cours de la révolte de 1857, quand la majeure partie de l'Inde du Nord s'était soulevée contre les Britanniques. Les défenseurs de Minhla avaient peu de chances contre ces cipayes, largement supérieurs en nombre et en équipement. Leur résistance acharnée s'effondra quand la redoute fut prise d'assaut.

Le contrecoup de la chute de Minhla se fit sentir loin en amont du fleuve. À Pakokku, la garnison se volatilisa ; à Nyaungu, près de la grande plaine de Pagan aux mille pagodes, les canonniers birmans sabotèrent leurs canons après avoir tiré quelques salves. À Myingan, qui était sous le commandement du Hlethin Atwinwun, les assiégés furent contraints d'abandonner leurs positions au terme d'un bombardement de plusieurs heures. Quelques jours plus tard, sans en informer le roi Thebaw, l'armée birmane se rendait.

La guerre avait duré exactement quatorze jours.

3

Au cours des quarante-huit heures qui suivirent le bombardement de Myingan, un calme étrange, presque surnaturel, régna sur Mandalay. Puis les rumeurs commencèrent. Un matin, un homme traversa en courant la place du marché et passa devant l'échoppe de Ma Cho. Il hurlait à tue-tête que des bateaux étrangers avaient jeté l'ancre au milieu du fleuve, et que des soldats anglais marchaient sur la ville.

Le marché fut saisi de panique. Les gens se mirent à courir à l'aveuglette et à se bousculer. Rajkumar réussit à se frayer un chemin dans la foule pour gagner la route. Il ne put pas voir très loin : des centaines de pieds en fuite soulevaient un énorme nuage de poussière. Rajkumar fut balayé par le mouvement général en direction du fleuve. Tout en courant, il sentit un tremblement dans le sol sous lui, une sorte de roulement de tambour, des mouvements rythmés qui lui remontaient de la plante des pieds dans la colonne vertébrale.

La foule devant lui s'éparpilla et s'écarta sur les bas-côtés. Soudain il se retrouva au premier rang face à deux soldats britanniques montés sur des chevaux bruns. Épée au clair, les cavaliers repoussaient les gens pour dégager la route. La poussière traçait des dessins sur leurs bottes vernies. Derrière, une masse solide d'uniformes avançait tel un raz-de-marée.

Rajkumar fila à son tour vers le bord de la route et se plaqua contre un mur. La nervosité de la foule se dissipa tandis que le premier peloton de soldats défilait fusil à l'épaule : on ne lisait pas de rancœur sur leur visage, pas la moindre émotion. Aucun d'eux ne gratifia la populace d'un seul regard.

« Les Anglais ! » s'écria quelqu'un, et les mots volèrent de bouche en bouche, de plus en plus forts, jusqu'à devenir une sorte de vivat chuchoté. Mais alors que passait l'avant-garde et qu'arrivait le contingent suivant, un silence stupéfait se fit chez les spectateurs : ces soldats n'étaient pas anglais – c'étaient des Indiens.

Autour de Rajkumar, les gens s'agitèrent, comme rendus curieux par la présence d'un Indien parmi eux.

« Qui sont ces militaires ? demanda un homme.

– Je ne sais pas. »

Rajkumar se rappela soudain qu'aujourd'hui il n'avait vu aucun des visages indiens habituels dans le bazar : aucun des coolies, cordonniers ou boutiquiers qui y venaient chaque jour. Un instant, la chose lui parut bizarre, puis il l'oublia, absorbé par le spectacle des cipayes en marche.

On recommença à questionner Rajkumar :

« Que font ces soldats ici ? »

Rajkumar haussa les épaules. Comment l'aurait-il su ? Il n'avait pas plus de rapport avec ces soldats qu'eux. Un groupe d'hommes s'approcha de lui, de sorte qu'il dut reculer de quelques pas.

« D'où viennent ces soldats ? Pourquoi sont-ils ici ?

– Je ne sais pas d'où ils viennent. Je ne sais pas qui ils sont. »

Rajkumar jeta un coup d'œil par-dessus son épaule et se rendit compte qu'il avait reculé dans une impasse. Sept ou huit gaillards l'entouraient. Ils avaient relevé et attaché à la taille leurs *longyi* d'un air décidé. Les cipayes n'étaient pas loin – des centaines, voire des milliers. Mais lui était tout seul dans la ruelle – l'unique Indien –, hors de portée de voix, cerné par des hommes visiblement résolus à lui faire payer la présence des soldats.

Une main surgit de nulle part. Le saisissant par les

cheveux, un homme le souleva de terre. Rajkumar lança une jambe en visant de son talon le bas-ventre de son agresseur. L'homme vit venir le coup qu'il bloqua d'une main. Tournant la tête de Rajkumar, il le frappa du poing en plein visage. Un flot de sang jaillit du nez de Rajkumar qui, sous le choc, eut l'impression que tout s'arrêtait : l'arc décrit par le sang parut se figer dans sa trajectoire, suspendu dans l'air, translucide et brillant, pareil à un collier de grenats. Puis un coude s'enfonça dans son estomac, lui coupant le souffle et le jetant contre un mur. Le gamin glissa à terre, la main pressée contre son ventre comme s'il essayait d'y repousser ses entrailles.

Brusquement, on vint à son secours. Une voix se fit entendre dans la ruelle : « Arrêtez ! »

Les hommes se retournèrent, surpris.

« Laissez-le tranquille ! »

C'était Saya John, avançant le bras tendu, l'air étrangement autoritaire avec son manteau et son chapeau. Niché dans la paume de sa main levée, on voyait un petit revolver. Les hommes reculèrent lentement et, une fois qu'ils se furent dispersés, Saya John glissa le revolver dans la poche de son manteau.

« Tu as de la veine que je t'ai vu, dit-il. Tu n'as rien trouvé de mieux à faire que de traîner dans les rues aujourd'hui ? Les autres Indiens se sont tous barricadés dans la propriété de Hajji Ismail, au pied de la colline de Mandalay. »

Il tendit une main et aida Rajkumar à se relever. Rajkumar essuya le sang de son visage en feu et ils quittèrent la ruelle. Les soldats continuaient à défiler. Côte à côte, Saya John et Rajkumar contemplèrent la parade triomphale.

« J'ai connu des soldats comme ceux-là, dit peu après Saya John.

– Vraiment ?

– À Singapour, dans ma jeunesse, j'ai travaillé comme garçon d'hôpital. Les malades étaient surtout des cipayes, pareils à ceux-là – des Indiens, de retour de guerres qu'ils avaient faites pour le compte de leurs maîtres anglais. Je me rappelle encore l'odeur des pansements gangreneux sur les membres amputés ; les cris, la nuit, de garçons de vingt ans dressés dans leur lit. Des paysans, ces hommes, venus de petits villages : leurs vêtements et leurs turbans sentaient encore les feux de bois et de bouse. "Pourquoi vous battez-vous au lieu de semer vos champs chez vous ?" leur demandais-je. "L'argent", répondaient-ils, et pourtant ils ne gagnaient que quelques *anna* par jour, guère plus qu'un travailleur sur les quais. En échange d'une poignée de pièces de monnaie, ils se laissaient docilement utiliser par leurs maîtres pour détruire toute résistance à la puissance britannique. Ça ne cessait de m'étonner : les paysans chinois n'auraient jamais accepté ça – faire les guerres des autres pour si peu de profit. Je regardais ces visages et je me disais : que se passerait-il si j'avais quelque chose à défendre – une maison, un pays, une famille – et que je sois attaqué par ces fantômes, ces braves types ? Comment combat-on un ennemi qui se bat sans hostilité ni colère mais par obéissance aux ordres de ses supérieurs, sans protestation ni état d'âme ?

» En anglais, on se sert d'un mot – qui vient de la Bible : le mal. J'y pensais quand je parlais à ces soldats. Quel autre mot pouvait-on utiliser pour décrire leur empressement à tuer pour leur maître, à obéir à ses ordres, quelles qu'en fussent les conséquences ? Et pourtant, à l'hôpital, ces cipayes me faisaient des cadeaux, en gage de leur gratitude : une flûte sculptée, une orange. Et, dans leurs yeux, je lisais une sorte d'innocence aussi, une grande simplicité. Ces hommes, qui n'hésitaient pas à mettre le feu à des villages entiers si leurs officiers le leur ordonnaient, possédaient aussi une certaine innocence. L'innocence du mal. Je ne pouvais penser à rien de plus dangereux. »

Rajkumar haussa les épaules d'un air indifférent.

« Saya, ce sont juste des instruments. Sans intelligence. Ils ne comptent pas. »

Surpris, Saya John lui jeta un coup d'œil. Ce gamin avait quelque chose d'inhabituel, une sorte de détermination vigilante : ici, pas d'excès de gratitude, pas de cadeaux ni d'offrandes, pas de discours d'honneur avec la haine au cœur. Pas de naïveté sur ce visage, pas d'innocence : dans ce regard, on lisait le désir des biens matériels, la curiosité, la faim. Et c'était bien ainsi.

« Si jamais tu as besoin d'un travail, dit Saya John, viens me voir. »

Juste avant le coucher du soleil, les troupes se retirèrent du fort. Elles emportaient des charrettes entières de butin pris au palais. À la stupéfaction des habitants, elles partirent sans poster de piquets de garde autour de la citadelle. De mémoire d'homme, personne ne se rappelait en avoir vu les portes ouvertes et sans surveillance.

Les soldats s'en allèrent par le chemin qu'ils avaient emprunté pour venir, à présent désert. À mesure que le martèlement de leurs pas s'éloignait, un silence inquiétant s'abattit sur la ville. Puis avec la soudaineté d'un pugilat nocturne dans un poulailler, un groupe de femmes surgit hors du fort et traversa en courant le pont des Funérailles, leurs pieds tambourinant la surface en bois.

Ma Cho en reconnut quelques-unes : des servantes du palais qu'elle avait vues, des années durant, aller et venir, avançant d'un air dédaigneux leurs petits pieds chaussés de pantoufles, leur *longyi* délicatement relevé au-dessus de leurs chevilles. Elles couraient à présent, titubant dans la poussière sans se soucier de leur tenue. Elles transportaient des baluchons de vêtements, des sacs et même des meubles : certaines avaient le dos courbé comme des lavandières allant à la rivière. Ma Cho se précipita dans la rue et en arrêta une.

« Que faites-vous ? Que se passe-t-il ?

– Les soldats ! Ils ont pillé le palais. On essaye de sauver quelques affaires pour nous. »

Les femmes disparurent et le calme revint. Bientôt les ombres autour du fort se mirent à bouger, ondes d'activité dans l'obscurité, pareilles à des volettements de mites dans les recoins d'un vieux placard. Les gens sortirent lentement des habitations qui entouraient la citadelle et s'approchèrent des murailles. D'un œil méfiant, ils examinèrent les postes de garde désertés. Il n'y avait aucun soldat en vue, pas même les sentinelles aux ordres du palais. Était-il possible que les portes aient été laissées sans surveillance ? Très doucement, sur la pointe des pieds, mettant le silence à l'épreuve, quelques audacieux commencèrent à avancer sur les ponts vers l'autre rive de la douve de trente mètres de large. Une fois arrivés, ils rampèrent vers les portes, se tenant prêts à filer en sens inverse à la moindre alerte.

C'était vrai : gardes et sentinelles étaient partis. Le palais était sans surveillance. Les intrus se glissèrent par les portes et disparurent dans la citadelle.

Indécise, Ma Cho avait observé la scène en se grattant le menton. Elle s'empara de son *da* à la lame affûtée, en passa le manche en bois dans sa ceinture et prit la direction du pont des Funérailles. Les murs du fort tachaient de rouge sang l'obscurité.

Rajkumar lui emboîta le pas en courant et atteignit le pont en même temps que la foule fonçant à l'assaut. Ce pont était le plus fragile du fort, et bien trop étroit pour la masse de gens qui tentait de le traverser. Une bousculade affolée se déclencha. Le voisin de Rajkumar mit le pied dans le vide et y tomba. Une planche bascula en l'air : deux femmes furent propulsées dans le fossé en hurlant. Plus jeune et plus rapide que les gens autour de lui, Rajkumar, fendant la cohue, courut à toute allure vers l'intérieur du fort.

Il avait imaginé la citadelle remplie de jardins et de palais aux riches décorations et aux dorures somptueuses. Mais la rue dans laquelle il se trouvait n'était qu'une étroite allée de terre battue, bordée de maisons en bois, peu différentes de celles du reste de la ville. En face de lui se dressait le palais avec sa flèche à neuf degrés, dont le *hti* scintillait dans la nuit. Les gens affluaient à présent dans la rue, certains brandissant des torches enflammées.

Rajkumar aperçut Ma Cho à un tournant au loin. Son *longyi* relevé autour de sa taille, il se remit à courir. L'enceinte du palais avait plusieurs entrées, y compris des passages réservés aux serviteurs et aux commerçants, ménagés très bas dans les murs, de vrais trous de souris, de sorte que personne ne pouvait les franchir sans se plier en deux. Rajkumar rattrapa Ma Cho devant un de ces petits passages. La porte en fut rapidement forcée. Les gens s'en déversèrent comme de l'eau d'un bec de jarre.

Rajkumar resta collé à Ma Cho tandis que celle-ci se frayait un chemin à coups de coude. Elle souleva le garçon pour l'enfourner dans le passage avant de s'y glisser à son tour. Rajkumar eut l'impression de tomber sur un drap parfumé. Puis il roula sur lui-même et découvrit qu'il gisait sur un lit d'herbe tendre. Il était dans un jardin, à portée d'un canal étincelant : l'air était soudain clair et frais, sans la moindre poussière. Les portes du palais étaient orientées à l'est : c'était de cette direction que venaient les visiteurs officiels, empruntant le sentier cérémonial qui menait au pavillon aux miroirs où le roi donnait audience. Du côté ouest de l'enceinte, le plus proche de la porte des Funérailles, se situait le quartier des femmes, les halls et appartements maintenant sous les yeux de Rajkumar et Ma Cho. Ma Cho se releva et courut haletante vers une arche en pierre. Juste derrière, les portes de la salle principale du palais des femmes étaient grandes ouvertes. Les gens s'arrêtèrent pour passer la main sur les panneaux cloutés de jade. Un homme tomba à genoux et se mit à taper sur les lattes de bois pour essayer d'en extraire les ornements. Rajkumar passa devant lui et se précipita dans le bâtiment, à deux pas derrière Ma Cho. La salle était très vaste et ses murs comme ses piliers étaient recouverts de milliers d'éclats de miroir. Des lampes à huile flamboyaient dans des appliques murales et la pièce entière paraissait en flammes, chaque surface reflétant des étincelles de lumière dorée. Le hall bruissait d'activité, un bourdonnement de bois coupé et de verre tranché, cassé. Partout les gens étaient attelés au travail, hommes et femmes, armés de haches et de *da* : ils s'attaquaient à des coffrets d'offrande incrustés de joyaux, extirpaient les pierres semi-précieuses des motifs sur le sol de marbre, utilisaient des hameçons pour arracher les incrustations d'ivoire des commodes en bois de rose laqué. Armée d'un caillou, une gamine tapait sur les touches ornementales d'une cithare en forme de crocodile ; un homme se servait d'un couperet pour racler la dorure de la console d'une harpe ; une femme descellait furieusement au burin les yeux en rubis d'un lion de bronze. Rajkumar et Ma Cho atteignirent une porte ouvrant sur une antichambre éclairée par des bougies. Au fond dans un coin, une femme se tenait debout près d'une fenêtre à croisillons.

Ma Cho s'étrangla : « La reine Supayalat ! »

La reine criait et agitait le poing : « Sortez d'ici ! Sortez ! » Elle avait le visage rouge, marqué par la rage, sa fureur résultant à la fois de sa propre impuissance et de la présence de la populace dans le palais. La veille, elle aurait pu faire jeter en prison un individu simplement coupable de l'avoir regardée en face. Aujourd'hui, toute la lie de la ville avait déboulé dans le palais et elle ne pouvait rien y faire. Mais elle n'était ni intimidée, ni effrayée, loin de là. Ma Cho tomba à terre, les mains jointes au-dessus de sa tête en un respectueux *shiko*.

Rajkumar s'agenouilla, incapable de détourner les yeux. La reine était vêtue de soie écarlate, un vêtement très lâche qui se gonflait au-dessus de son ventre terriblement distendu. Ses cheveux étaient relevés en une pile de torsades plaquées sur sa petite tête aux traits délicats ; le masque ivoire de son visage était marqué par un seul sillon sombre, creusé par une goutte de sueur. Elle soulevait sa robe au-dessus de ses chevilles et Rajkumar remarqua que ses jambes étaient couvertes de soie rose – des bas, un article de lingerie qu'il n'avait encore jamais vu. La reine jeta un regard furieux à Ma Cho étalée sur le sol devant elle. D'une main, Ma Cho tenait un chandelier de cuivre avec un socle en forme de chrysanthème.

La reine se jeta sur la femme prosternée à ses pieds. « Donne-moi ça ! Où l'as-tu pris ? Rends-le. » Se penchant par-dessus son ventre gonflé, elle essaya de s'emparer du candélabre. Ma Cho évita ses mains et recula à la manière d'un crabe.

« Sais-tu qui je suis ? » dit la reine d'une voix sifflante. Ma Cho fit une autre génuflexion mais refusa de se séparer de son candélabre, comme si sa détermination à s'accrocher à son butin n'était aucunement contradictoire avec son souhait de rendre l'hommage dû à la reine.

La veille seulement, pénétrer dans le palais aurait été un crime puni par une exécution sommaire : cela, chacun le savait, la reine et tous ceux qui s'étaient joints à la foule. Mais hier était le passé : la reine avait livré bataille et avait été vaincue. À quoi servirait de lui redonner ce qu'elle avait perdu ? Aucun de ces objets ne lui appartenait plus : à quoi bon les abandonner aux étrangers ?

Tout au long de ses années de règne, la reine avait été haïe par les habitants pour sa cruauté et ses caprices, redoutée pour son caractère impitoyable et son courage. À présent, par l'alchimie de la défaite, elle était transformée à leurs yeux : comme si un lien qui n'avait jamais existé avant s'était soudain créé. Pour la première fois, elle était devenue ce qu'un souverain devrait être : le représentant de son peuple. Tous ceux qui passaient la porte se jetaient à terre en un geste spontané d'hommage. Maintenant qu'elle ne pouvait plus les punir, ils étaient heureux de lui offrir ces gages de respect. Ils étaient même contents de l'entendre les insulter. Qu'ils pratiquent le *shiko* devant elle et qu'elle les admoneste était une bonne chose : aurait-elle humblement accepté sa défaite que nul n'en aurait été plus honteux qu'eux. On aurait dit qu'ils lui confiaient la charge d'exprimer à leur place leur propre défi.

Le regard de Rajkumar se posa sur une fille, une des servantes de la reine. Elle était grande et frêle, sa peau exactement de la même couleur que la fine poudre de *thanaka* sur son visage. Elle avait d'immenses yeux noirs, un visage d'une parfaite symétrie. Elle était de loin la plus belle créature qu'il ait jamais vue, d'une beauté dépassant l'imagination. Rajkumar avala sa salive pour s'éclaircir la gorge qu'il avait soudain gonflée et sèche. Elle se trouvait dans le coin le plus reculé de la pièce avec un groupe d'autres filles. Il entreprit de s'approcher d'elle en se glissant le long du mur.

C'était visiblement une suivante, âgée de neuf ou dix ans peut-être : la petite fille couverte de bijoux à côté d'elle était sans aucun doute une princesse. Derrière elles gisaient des tas de beaux vêtements multicolores, et des objets en cuivre et en ivoire. Ces demoiselles s'employaient manifestement à sauver les possessions de la reine quand elles avaient été interrompues par la populace.

Rajkumar regarda par terre et avisa une boîte en ivoire et pierres précieuses abandonnée dans un coin. La boîte avait un fermoir en or et, sur les côtés, deux petites anses en forme de dauphin. Rajkumar sut exactement ce qu'il devait faire. Il ramassa la boîte, traversa la pièce en courant, et l'offrit à la frêle et jolie fillette.

« Tiens ! »

Elle refusa de le regarder. Elle détourna la tête, remuant les lèvres en silence comme si elle prononçait une incantation.

« Prends-la, dit une de ses compagnes. Il te la donne.

– Tiens. » Il poussa de nouveau la boîte vers elle. « N'aie pas peur. » Il se surprit lui-même en s'emparant de la main de la fillette et en la plaçant doucement sur la boîte. « Je l'ai rapportée pour toi. »

Elle laissa sa main reposer sur le couvercle. Une main aussi légère qu'une feuille. Son regard resta d'abord fixé sur le couvercle orné avant de passer lentement des phalanges noueuses de Rajkumar à son maillot de corps sale et déchiré puis à son visage. Alors ses yeux se voilèrent de crainte et elle les baissa. Il devina que son monde était cerné par la peur et que chacun de ses pas représentait une aventure.

« Comment t'appelles-tu ? » demanda-t-il.

Elle murmura deux syllabes inaudibles.

« Doh-lee ?

– Dolly.

– Dolly, répéta Rajkumar. Dolly. » Faute de savoir quoi dire d'autre, ni de mieux, il répéta donc encore et encore le nom de plus en plus fort, jusqu'à ce qu'il finisse par crier : « Dolly ! Dolly ! »

Il vit un minuscule sourire s'inscrire sur son visage, puis il entendit la voix de Ma Cho à son oreille :

« Les soldats. File ! »

À la porte, il se retourna pour jeter un œil derrière lui ; Dolly, là où il l'avait laissée, la boîte entre les mains, le regardait fixement.

Ma Cho le tira par le bras.

« Qu'est-ce que tu as à lorgner cette fille, abruti de *kalaa* ? Prends ce que tu as et file. Les soldats reviennent. File ! »

La galerie des miroirs résonnait de cris. Rajkumar se retourna une dernière fois pour faire un geste à Dolly, plus un signe qu'un adieu.

« Je te reverrai ! »

4

La famille royale passa la nuit dans un des édifices les plus reculés du domaine, le palais du jardin du Sud, un petit pavillon entouré de bassins, de canaux et de plantations rustiques. Le lendemain, peu avant midi, le roi Thebaw sortit sur le balcon et s'y installa pour attendre le colonel Sladen, le porte-parole anglais. Le roi portait sa ceinture royale et un *gaung-baung* blanc, le turban de deuil.

De taille moyenne, le roi Thebaw avait un visage poupin, une fine moustache et des yeux joliment dessinés. Jeune, il avait été célèbre pour sa beauté : on disait alors de lui qu'il était le plus séduisant Birman du pays (il était en fait à moitié chan, par sa mère originaire d'une petite principauté sur la frontière est). Couronné à l'âge de vingt ans, il n'avait jamais quitté l'enceinte royale durant ses sept ans de règne. Ce long confinement avait provoqué de terribles dégâts sur son physique : à vingt-sept ans, il en paraissait largement cinquante.

S'asseoir sur le trône de Birmanie n'avait jamais été l'ambition personnelle de Thebaw ; et nul dans le royaume n'avait imaginé que la couronne lui revînt un jour. Enfant, il avait accompli dans un monastère le noviciat habituel d'un jeune bouddhiste avec un enthousiasme rare chez un garçon de sa naissance et de sa lignée. Il passa plusieurs années dans le monastère, ne le quittant qu'une fois – et brièvement – sur les instances de son père, l'auguste roi

Mindon. Le roi inscrivit Thebaw et quelques-uns de ses demi-frères dans une école anglaise de Mandalay. Sous la tutelle de missionnaires anglicans, Thebaw apprit un peu d'anglais et fit preuve d'un certain talent au cricket.

Mais le roi Mindon changea alors d'idée : il retira les princes de l'école et expulsa les missionnaires. Thebaw retrouva avec joie son monastère dans l'enceinte du palais, tout près de l'horloge à eau et du reliquaire abritant la dent de Bouddha. Il poursuivit de brillantes études en écritures saintes, passant le difficile examen du *patama-byan* à l'âge de dix-neuf ans.

Mindon fut peut-être le plus sage et le plus prudent des souverains de Birmanie. Conscient des dons de son fils, il l'était tout autant de ses limites. « Si jamais Thebaw devient roi, dit-il un jour, le pays passera aux mains des étrangers. » Mais il était peu probable que cela se produise. Quarante-six autres princes vivaient à Mandalay avec des prétentions au trône aussi valables que celles de Thebaw. Et la majorité surpassait le jeune homme en ambition et en capacité politique.

Le sort prit la forme familière d'une belle-mère : celle de Thebaw. La reine Alenandaw, protagoniste rusée et sans scrupules des intrigues de palais, était aussi une des premières épouses de son père. Elle s'arrangea pour faire épouser simultanément par Thebaw trois de ses filles. Puis elle le poussa devant ses quarante-six rivaux et l'installa sur le trône. Il n'eut d'autre ressource que d'accepter, un choix plus facile et potentiellement moins mortel qu'un refus. Mais alors se produisit un événement ahurissant qui fit basculer tous les calculs : Thebaw tomba amoureux d'une de ses femmes, Supayalat.

De toutes les princesses du palais, Supayalat était de loin la plus violente et la plus volontaire, la seule capable d'égaler sa mère en ruse et en détermination. D'une femme pareille, on ne pouvait s'attendre qu'à de l'indifférence à l'égard d'un homme aux goûts aussi studieux que Thebaw. Et pourtant, au défi du protocole des intrigues de palais, elle tomba elle aussi follement amoureuse de son mari, le roi. La nature bonne et faible de Thebaw sembla lui inspirer une férocité maternelle. Afin de le protéger de sa propre famille, elle dépouilla sa mère de ses pouvoirs et la relégua dans un coin du palais en compagnie de ses sœurs et co-épouses. Puis elle entreprit de débarrasser Thebaw de ses rivaux : elle ordonna l'exécution de tout membre de la famille royale susceptible d'être considéré comme une menace pour son époux. Soixante-dix-neuf princes furent massacrés sur ses ordres, certains encore en bas âge, d'autres trop vieux pour marcher. Afin d'éviter de répandre le sang royal, ils avaient été enveloppés dans des tapis et frappés à mort. Les cadavres furent jetés dans la rivière.

La guerre aussi était en partie du fait de Supayalat ; c'était elle qui avait incité à l'action le Grand Conseil du pays, le Hluttdaw, quand, depuis Rangoon, les Britanniques avaient commencé à faire pleuvoir les ultimatums. Le roi était disposé à l'apaisement ; le Kinwun Mingyi, son ministre le plus écouté, avait lancé un appel fervent en faveur de la paix, et le roi avait été fort tenté de céder. Alors Supayalat, quittant sa place, s'était avancée vers le centre du Conseil. Elle était dans le cinquième mois de sa grossesse et se déplaçait avec beaucoup de circonspection, d'un pas lent, traînant, n'avançant ses petits pieds que de quelques centimètres à la fois, fragile silhouette solitaire dans cette assemblée d'aristocrates enturbannés.

La salle était tapissée de miroirs. Tandis qu'elle s'approchait du centre, une armée de Supayalat sembla se matérialiser autour d'elle : elles étaient partout, sur chaque fragment de glace, des milliers de femmes minuscules, aux mains jointes sur leur ventre distendu. Elle alla droit au vieux et gros Kinwun Mingyi, affalé sur son tabouret. Lui poussant son ventre dans la figure, elle lança : « Eh bien, grand-père, c'est vous qui devriez porter une jupe et acheter une pierre à piler de la poudre pour le visage. » Sa voix, quoiqu'un murmure, avait rempli la salle.

Maintenant, la guerre était finie, et le roi, assis sur le balcon d'un pavillon, attendait la visite du colonel Sladen, le porte-parole des conquérants britanniques. La veille au soir, le colonel était venu le voir pour l'informer, dans les termes les plus polis et les plus discrets, que la famille royale quitterait Mandalay le lendemain ; Sa Majesté serait bien avisée d'utiliser le temps qui lui restait à faire ses préparatifs.

Le roi n'était pas sorti du palais depuis sept ans : de toute sa vie, il n'avait jamais quitté les environs de Mandalay. Quels préparatifs pouvait-il faire ? Autant s'apprêter à un voyage dans la Lune. Le roi connaissait bien le colonel. Sladen avait passé des années à Mandalay en qualité d'émissaire anglais et il était souvent venu au palais. Il parlait couramment le birman et avait toujours affiché des manières correctes, parfois affables, voire amicales. Il avait besoin de plus de temps, avait dit le roi au colonel, une semaine, quelques jours. Qu'importait à présent ? Les Britanniques avaient gagné et il avait perdu : quelle différence un jour ou deux feraient-ils ?

L'après-midi était fort avancé quand le colonel Sladen surgit dans l'allée menant au palais du jardin du Sud, un sentier de galets qui serpentait entre des mares pittoresques et des ruisseaux pleins de poissons rouges. Le roi ne se leva pas alors que le colonel s'approchait.

« Combien de temps ? » s'enquit-il.

Sladen était en grand uniforme, avec une épée pendue à la taille. Il s'inclina, l'air navré. Il avait conféré longuement avec son commandant en chef, expliqua-t-il. Le général avait exprimé sa sympathie, mais il avait des ordres et était tenu par les responsabilités de sa position. Sa Majesté devait comprendre : livré à lui-même, Sladen aurait été heureux d'arranger un compromis mais en l'occurrence l'affaire ne dépendait pas de lui ni de qui que ce fût d'autre d'ailleurs...

« Combien de temps alors ? »

Sladen fouilla dans sa poche et en tira une montre en or.

« Environ une heure.

– Une heure ? Mais... »

Une garde d'honneur avait déjà été rassemblée à la porte du palais et attendait le souverain.

L'annonce alarma le roi.

« Quelle porte ? » demanda-t-il, inquiet.

Chaque partie du palais était lourde de symboles. L'entrée propice, utilisée pour les cérémonies, faisait face à l'est : c'était par là que les visiteurs honorés entraient et repartaient tandis que, des années durant, les envoyés britanniques à Mandalay s'étaient vus relégués à l'humble porte de l'Ouest. C'était là un vieux grief. Sladen s'était beaucoup battu avec le palais sur pareils détails de protocole. Allait-il maintenant tenter de se venger en forçant le roi à quitter le palais par la porte de l'Ouest ? Le roi lança un coup d'œil anxieux au colonel. Sladen se hâta de rassurer le souverain. Sa Majesté serait autorisée à partir par la porte de l'Est : les Anglais avaient décidé de se montrer généreux dans la victoire.

Sladen consulta de nouveau sa montre. Il restait très peu de temps à présent pour résoudre une affaire d'une importance capitale : la question de l'entourage qui accompagnerait la famille royale en exil.

Tandis que Sladen s'entretenait avec le roi, d'autres officiers anglais s'étaient préoccupés d'organiser un rassemblement dans un jardin voisin. Le problème de la suite royale devait être résolu par le recrutement de volontaires appartenant au cercle des serviteurs du roi. Un grand nombre de fonctionnaires du palais avaient été convoqués, y compris les caméristes de la reine et tous les domestiques encore dans l'enceinte. Le roi Thebaw et la reine Supayalat regardèrent le colonel Sladen s'adresser à leur personnel.

La famille royale était envoyée en exil, expliqua le colonel à l'assemblée des notables. Elle devait se rendre en Inde, dans un endroit non encore choisi. Le gouvernement britannique souhaitait lui fournir une escorte d'intendants et de conseillers. La question serait réglée par le recrutement de volontaires...

Son discours fut d'abord salué par un silence bientôt suivi d'une explosion de toussotements embarrassés, un concert de raclements de gorge. Remuements de pieds, détournements de tête, examens attentifs d'ongles. De puissants *wungyi* lançaient des coups d'œil en coin à de non moins puissants *wundauk* ; de dédaigneux *myowun* contemplaient fixement la pelouse. Nombre des courtisans ici présents n'avaient jamais eu d'autre foyer que le palais ; n'avaient jamais connu un jour dont les heures n'aient pas été réglées par le lever du roi, jamais connu un monde qui ne fût pas centré sur le *hti* aux neuf degrés des souverains birmans. Toute leur vie, ils avaient été formés pour le service du roi. Mais cette formation ne les liait au roi qu'aussi longtemps que celui-ci incarnait la Birmanie et la souveraineté birmane. Ils n'étaient ni les amis du roi ni ses confidents, et il n'était pas en leur pouvoir d'alléger le poids de sa couronne. Les fardeaux de la royauté appartenaient à Thebaw seul, et la solitude n'était pas le moindre.

L'appel de Sladen demeura sans réponse : il n'y eut pas de volontaires. Le regard du roi, cette marque de faveur autrefois si recherchée, passa au-dessus de la tête de ses courtisans sans enregistrer la moindre réaction. Thebaw, impassible, vit ses serviteurs les plus proches détourner le visage, tripotant, au comble de l'embarras, les ceintures dorées qui marquaient leur rang.

C'est ainsi que le pouvoir disparaît : dans un moment de cruel réalisme, entre le déclin d'une autorité illusoire et son remplacement par une autre ; à l'instant où un monde, dégagé de son ancrage au rêve, se découvre coincé sur l'étroit sentier de la survie et de l'instinct de conservation.

« Peu importe qui vient et qui ne vient pas, dit le roi avant de se tourner vers le colonel, mais il faut que vous veniez avec nous, Sladen. Vous êtes un vieil ami.

– Je regrette que cela soit impossible, Votre Majesté, répliqua Sladen. Mes fonctions me retiennent ici. »

Debout derrière le fauteuil du roi, la reine lança un de ses regards percutants à son époux. Fort bien pour lui d'exprimer de beaux sentiments mais c'était elle qui était enceinte de huit mois, avec de surcroît sur les bras une gamine difficile sujette aux coliques. Comment allait-elle se débrouiller sans domestiques ni suivantes ? Qui calmerait la deuxième princesse en proie à une de ses rages folles ? Elle parcourut des yeux l'assemblée et s'arrêta sur Dolly, assise sur ses talons, en train de tresser des brins d'herbe.

Dolly releva la tête et vit la reine qui, du haut balcon du pavillon, la fusillait du regard. Elle poussa un cri et laissa tomber son feuillage : qu'était-il arrivé ? La princesse pleurait-elle ? Elle se leva d'un bond et se précipita vers le pavillon, suivie par Evelyn, Augusta et plusieurs autres.

Sladen poussa un soupir de soulagement tandis que les jeunes filles montaient les marches du pavillon. Enfin quelques volontaires !

« Ainsi donc, vous partez ? » leur demanda-t-il, pour en être sûr, alors qu'elles passaient devant lui.

Les jeunes filles s'arrêtèrent, étonnées : Evelyn sourit et Augusta éclata de rire. Bien sûr qu'elles partaient : elles étaient orphelines ; elles seules, de tous les membres du palais, n'avaient nulle part où aller ; pas de familles, aucun autre moyen de vivre. Que pouvaient-elles faire sinon suivre le roi et la reine ?

Sladen jeta de nouveau un coup d'œil à l'assemblée de courtisans et de serviteurs. N'y avait-il personne d'autre ici qui accompagnerait le roi ?

Une seule voix tremblante répondit par l'affirmative, celle d'un très vieux fonctionnaire, le Padein Wun : il irait s'il pouvait emmener son fils.

« Combien de temps reste-t-il ? »

Sladen consulta sa montre.

« Dix minutes. »

Seulement dix minutes.

Le roi précéda Sladen dans le pavillon et ouvrit une porte. Une lame de lumière balaya la pièce obscure, illuminant un étalage de lucioles dorées. La Birmanie possedait les plus riches gisements de pierres précieuses, et nombre de superbes joyaux étaient passés aux mains de la famille régnante. Le roi s'arrêta pour caresser le somptueux écrin qui contenait sa pièce préférée, la bague de Ngamauk, sertie du plus beau et du plus précieux rubis jamais découvert dans le pays. Ses ancêtres avaient collectionné bijoux et pierreries sans y penser, un peu pour se distraire. C'étaient ces babioles qui devraient lui fournir de quoi vivre, à lui et à sa famille, en exil.

« Colonel Sladen, comment tout ceci va-t-il être transporté ? »

Sladen eut un bref entretien avec les autres officiers anglais.

On s'occuperait de tout, assura-t-il au roi. Le trésor serait transporté sous bonne garde jusqu'au navire du roi. Mais maintenant il fallait partir : la garde d'honneur attendait.

Flanqué de la reine Supayalat et de sa mère, le roi sortit du pavillon. Au milieu de l'allée, la reine se retourna. Les princesses suivaient à quelques pas, avec les gouvernantes. Celles-ci, au nombre de dix-huit, trimballaient leurs possessions dans un assortiment de cartons et de baluchons ; certaines avaient des fleurs dans les cheveux, d'autres avaient mis leurs vêtements les plus colorés. Dolly marchait à côté d'Evelyn qui portait la deuxième princesse sur sa hanche. Les deux jeunes filles gloussaient, inconscientes, comme si elles se rendaient à une fête.

La procession traversa lentement les longs couloirs du palais puis la salle d'audience aux murs en miroirs, passa devant la garde d'honneur qui présentait les armes, et les officiers anglais saluant sèchement.

Deux attelages attendaient devant la porte de l'Est. Des *yetha*, des chars à bœufs, les véhicules les plus communs des rues de Mandalay. L'un d'eux avait été équipé d'un baldaquin. Au moment de monter, le roi nota que ce baldaquin n'avait que sept étages, le nombre alloué à un noble, et non pas les neuf dus à un roi.

Il s'arrêta pour reprendre sa respiration. Ainsi, en fin de compte, ces beaux parleurs d'Anglais avaient pris leur revanche et porté au souverain un ultime petit coup de poignard triomphant. Lors de sa dernière rencontre avec ses sujets, il serait publiquement châtié, comme un écolier fautif. Sladen avait vu juste : de tous les affronts que Thebaw aurait pu imaginer, celui-ci était le plus blessant, le plus énorme.

Les chars à bœufs étaient petits et n'offraient pas assez d'espace pour les servantes qui suivirent à pied, pitoyable petite procession de dix-huit orphelines splendidement vêtues trimballant coffres et baluchons.

Plusieurs centaines de soldats britanniques marchaient en rangs à côté des carrioles et des jeunes filles. Ils étaient armés jusqu'aux dents, prêts à faire face à tout mouvement de foule. On ne s'attendait pas à ce que les habitants de Mandalay demeurent indifférents au départ en exil de leur roi et de leur reine. On avait parlé d'émeutes et de manifestations, de tentatives désespérées pour libérer la famille royale.

Aux yeux du haut commandement anglais, il s'agissait là de la partie la plus dangereuse de toute l'opération. Certains officiers avaient servi de longues années en Inde et avaient encore gravé en mémoire un récent incident. Dans les derniers jours du soulèvement de 1857, le commandant Hodson avait capturé Bahadur Shah Zafar, le dernier des Moghols, aux environs de Delhi. Le vieil empereur, aveugle et impotent, s'était réfugié dans la tombe de son aïeul, Humayun, avec deux de ses fils. Au moment où le commandant avait ramené ses prisonniers en ville sous escorte, les gens s'étaient assemblés en grand nombre au bord de la route. La foule s'était faite de plus en plus houleuse, et menaçante. En fin de compte, et pour mater la populace, le commandant avait ordonné l'exécution des princes : ceux-ci avaient été poussés devant la foule et, de sang-froid, on leur avait fait sauter la cervelle en public.

Ces événements datant de vingt-huit ans étaient encore évoqués dans les mess et les clubs. On espérait que rien de tel ne se produirait maintenant mais, dans le cas contraire, l'escorte du roi Thebaw était prête à toute éventualité.

Mandalay offrait peu d'artères capables de recevoir une procession de cette taille. Les chars à bœufs roulaient lentement le long des avenues les plus larges, s'inclinant dangereusement sur le côté dans les virages à angle droit. Quoique droites, les rues étaient étroites et non pavées. Leur surface de terre battue était sillonnée d'ornières profondes creusées par le labour annuel des moussons. Les roues des charrettes, taillées dans des blocs de bois, étaient solides. Leurs structures rigides oscillaient follement tout en avançant péniblement dans les trous. La reine était obligée de se pencher sur son ventre gonflé pour éviter d'être projetée contre les parois de la carriole.

Ni les soldats ni leurs royaux prisonniers ne connaissaient le chemin du port. La procession se perdit bientôt dans le labyrinthe géométrique des rues de Mandalay. Elle s'égara en direction des collines du nord, et quand l'erreur fut découverte il faisait presque nuit. Les chars à bœufs rebroussèrent chemin à la lueur de torches.

Dans la journée, les citadins avaient pris soin de déserter les rues : ils avaient regardé les carrioles défiler de leurs fenêtres ou de leurs toits, à bonne distance des soldats et de leurs baïonnettes. À l'approche du crépuscule, ils sortirent peu à peu de chez eux. Rassurés par l'obscurité, ils se mirent à suivre la procession par petits groupes disséminés.

Dolly paraissait bien petite quand Rajkumar l'aperçut. Un minuscule baluchon en équilibre sur la tête, elle marchait à côté d'un soldat de haute taille. Son visage était sale et son *htamein* couvert de poussière.

Rajkumar avait encore avec lui quelques-uns des menus objets qu'il avait trouvés la veille dans le palais. Il courut vers une boutique et les échangea contre une ou deux poignées de bonbons au sucre de palme qu'il enveloppa dans une feuille de bananier avant de ficeler le tout. Il repartit à toute allure et rattrapa le cortège au moment où celui-ci quittait la ville.

La flotte anglaise était ancrée à deux ou trois kilomètres de là, mais on n'y voyait guère maintenant et l'avance était ralentie sur ces mauvais chemins. Avec la tombée de la nuit, les habitants de Mandalay surgirent de partout. Ils avançaient le long du cortège, en se tenant loin des soldats et des cercles lumineux de leurs torches.

Rajkumar prit ses jambes à son cou et prit les devants sur la route pour grimper sur un tamarinier. Alors que le premier char à bœufs apparaissait, il aperçut le roi, visible seulement à travers la vitre minuscule. Assis très droit, le regard loin devant lui, le corps secoué au rythme syncopé de la carriole.

Rajkumar se fraya lentement un chemin dans la foule jusqu'à ce qu'il se trouve à quelques mètres de Dolly. Il resta à sa hauteur, surveillant le soldat qui marchait à côté d'elle. L'homme détourna les yeux un instant pour parler à quelqu'un derrière lui. Rajkumar saisit l'occasion : il se précipita vers Dolly et lui fourra la feuille de bananier dans la main.

« Prends ça, souffla-t-il. C'est de la nourriture. »

Elle le regarda fixement sans comprendre, surprise.

« C'est le *kalaa* d'hier. » Evelyn lui donna un coup de coude. « Prends ! »

Rajkumar refila comme un dard dans l'obscurité : il n'était qu'à trois mètres de Dolly, avançant à ses côtés, enveloppé par la nuit. Elle ouvrit le paquet et contempla les friandises. Puis, tendant les mains, elle offrit les bonbons au soldat. L'homme sourit et, d'un mouvement de tête, refusa gentiment. Quelqu'un dit quelques mots en anglais et il rit. Plusieurs des jeunes filles rirent aussi, y compris Dolly.

Rajkumar demeura stupéfait, voire furieux : que faisait donc Dolly ? Pourquoi donnait-elle ces friandises chèrement payées à ces gens qui l'emmenaient en captivité et en exil ? Puis, peu à peu, ce sentiment de trahison se mua en soulagement et même en gratitude. Oui, bien sûr, c'était ce qu'il fallait faire ; Dolly faisait exactement ce qu'il fallait. À quoi servirait à ces filles de manifester bêtement leur ressentiment ? Comment pouvaient-elles réussir par le défi là où l'armée même du royaume avait échoué ? Non, il valait bien mieux attendre, et entre-temps sourire. Ainsi Dolly survivrait-elle.

À un kilomètre du port, les soldats formèrent un cordon pour repousser la foule. Les gens se mirent à grimper sur les arbres et à se regrouper sur les toits, à la recherche de bons postes d'observation. Sans s'y attendre, Rajkumar tomba sur Ma Cho, assise sur une souche. Elle pleurait et, entre deux sanglots, racontait à qui voulait l'entendre l'histoire de sa rencontre avec la reine la veille au soir.

Rajkumar tenta de la consoler en lui passant gentiment la main sur la tête. Il n'avait encore jamais vu un adulte pleurer ainsi : pourquoi sanglotait-elle ? Il leva les yeux comme pour chercher une réponse sur les visages autour de lui. C'est alors qu'il remarqua que beaucoup d'autres pleuraient. Il s'était tellement soucié de ne pas perdre de vue Dolly qu'il avait fort peu prêté attention au reste de la foule. Maintenant, de quelque côté qu'il regardât, il n'y avait pas un seul visage qui ne ruisselât de larmes.

Il reconnut plusieurs des pillards de la veille : il se rappelait la manière dont ils avaient attaqué les meubles et le sol à coups de hache. À présent, ces mêmes hommes et femmes gisaient écrasés de chagrin, déplorant la perte de leur roi et sanglotant sous l'effet de ce qui semblait un désespoir inconsolable.

Rajkumar ne comprenait pas du tout cette douleur. Il était un petit sauvageon, ignorant que, dans certains endroits, des liens invisibles soudent les gens les uns aux autres au travers des incarnations de ce qu'ils ont en commun. Dans son Bengale natal, ces liens avaient été tranchés par un siècle d'occupation et n'existaient plus, même en souvenir. Au-delà des liens du sang, de l'amitié et d'une immédiate réciprocité, Rajkumar ne reconnaissait aucune loyauté, aucune obligation, et aucune limite à l'étendue de son droit à se servir. Il réservait sa confiance et son affection à ceux qui les gagnaient par des exemples concrets et une bonne volonté avérée. Une fois acquise, sa loyauté l'était totalement, sans aucune de ces conditions tacites par lesquelles les gens se protègent de la trahison ; en cela aussi il ressemblait un peu à une créature retournée à la jungle. Mais qu'il existât un univers de fidélité sans rapport avec lui-même et ses besoins immédiats, voilà qui lui paraissait presque incompréhensible.

Un murmure de colère parcourut la foule : les prisonniers sortant de leurs carrioles montaient dans un bateau. Rajkumar sauta vite sur les branches d'un arbre voisin. Le fleuve était loin et tout ce qu'il put voir ce fut un vapeur et une file de petites silhouettes, impossibles à distinguer, grimpant à la queue leu leu sur une passerelle. Puis ses lumières s'éteignirent et le navire se fondit dans la nuit.

Des milliers de personnes veillèrent jusqu'au petit matin. Le bateau s'appelait le *Thooriya*, le soleil. À l'aube, quand le ciel commença à blanchir au-dessus des collines, il avait disparu.

5

Après cinq jours sur l'Irrawaddy, le *Thooriya* atteignit la Rangoon dans la pénombre d'une fin d'après-midi. Il jeta l'ancre à bonne distance des quais animés de la ville. Le lendemain dès l'aube, le roi monta sur le pont avec une paire de jumelles dorées – dont les lentilles étaient de fabrication française –, un bien précieux ayant appartenu autrefois à son père, le roi Mindon. Le vieux souverain était fort attaché à ses jumelles et il les emportait partout, y compris dans la salle d'audience.

Il faisait très froid et un brouillard opaque montait de la rivière. Le roi attendit patiemment que le soleil morde dans les nuages. Quand ceux-ci se furent un peu dissipés, il porta les jumelles à ses yeux.

Et soudain, elle fut là, cette vue dont il avait rêvé toute sa vie : la masse imposante de la pagode de Shwedagon, plus grande encore qu'il ne l'avait imaginée, son *hti* pointé vers le ciel, flottant sur un lit de brume et étincelant sous la lumière de l'aube. Il avait travaillé au *hti* lui-même, avait aidé de ses propres mains à la dorure de la flèche, étalant feuille d'or sur feuille d'or. C'était le roi Mindon qui avait fait fondre le *hti* à Mandalay avant de l'expédier au temple de Shwedagon à bord d'une péniche royale. Lui, Thebaw, était alors novice dans un monastère et tous, même le plus âgé des moines, s'étaient disputé l'honneur de travailler sur le *hti*.

Le roi abaissa un peu ses jumelles pour scruter les quais

de la ville. Aussitôt les lentilles débordèrent d'une masse de choses : murs, colonnes, carrioles et gens pressés. Le prince Thonzai, son demi-frère, avait beaucoup parlé de Rangoon à Thebaw. La ville avait été fondée par leur ancêtre, Alaungpaya, mais peu de membres de leur dynastie avaient pu la visiter. Les Anglais s'étaient emparés de la ville avant la naissance de Thebaw, en même temps que des villes côtières de Birmanie. C'est alors que les frontières du royaume avaient été repoussées, presque à mi-cours de l'Irrawaddy. Depuis, parmi les membres de la famille royale, seuls les rebelles et les exilés, les princes en disgrâce avec les autorités de Mandalay, avaient pu visiter Rangoon.

Le prince Thonzai était un de ceux-là : il s'était querellé avec le vieux roi Mindon et, prenant la fuite, s'était réfugié dans la ville aux mains des Anglais. Plus tard, le prince, pardonné, était retourné à Mandalay. Dans le palais, on l'avait bombardé de questions : tout le monde voulait tout savoir sur Rangoon. Thebaw était alors un adolescent et il avait écouté, fasciné, le prince décrire les navires qu'on voyait sur la Rangoon : les jonques chinoises, les boutres arabes, les sampans de Chittagong, les clippers américains et les paquebots anglais. Il avait entendu les descriptions du Strand et de ses bâtiments somptueux – ses grandes maisons à colonnes, ses banques et ses hôtels ; du quai Godwin, des entrepôts et des menuiseries qui bordaient la crique de Pazundaung ; des larges avenues, des foules grouillantes et des étrangers qui se pressaient dans les lieux publics : Anglais, Cooringhis, Tamouls, Américains, Malais, Bengalis, Chinois.

Entre autres histoires, le prince Thonzai racontait souvent celle de Bahadur Shah Zafar, le dernier empereur moghol. Après la répression de la révolte de 1857, les Britanniques avaient exilé l'empereur déchu à Rangoon. Il avait habité une petite maison non loin du Shwedagon. Un soir, le prince était parti discrètement avec quelques amis à sa découverte. Ils avaient trouvé le vieil homme assis sur sa véranda, égrenant son chapelet. Il était non seulement très vieux mais aveugle. Le prince et ses amis avaient voulu tout d'abord lui parler puis ils s'étaient ravisés à la dernière minute. Que pouvait-on dire à un tel homme ?

Il existait dans Rangoon, racontait le prince, une rue nommée en l'honneur du vieil empereur : Moghol Street. Beaucoup d'Indiens y habitaient : le prince prétendait qu'il y avait plus d'Indiens que de Birmans à Rangoon. Les Britanniques les avaient amenés pour les faire travailler sur les quais et dans les usines, tirer les pousse-pousse et vider les latrines : il était apparemment impossible de trouver des gens du cru pour ces tâches. En effet, pourquoi les Birmans auraient-ils accepté de faire ce genre de travail ? En Birmanie, personne ne mourait de faim, tout le monde savait lire et écrire, et on achetait de la terre comme on voulait : pourquoi tirer des rickshaws ou transporter des déjections humaines ?

Le roi porta les jumelles à ses yeux et remarqua plusieurs visages indiens sur le quai. Quel immense, quel incompréhensible pouvoir, que de déplacer les gens en si grand nombre d'un endroit à l'autre – empereurs, rois, fermiers, dockers, soldats, coolies, policiers. Pourquoi ? Pourquoi ce furieux mouvement : des gens déplacés d'un endroit à l'autre pour tirer des pousse-pousse, demeurer aveugle sans rien faire en exil ?

Et où iraient désormais ses propres sujets maintenant qu'ils appartenaient à cet Empire ? Tout ce mouvement ne leur conviendrait pas. Ce n'était pas un peuple transplantable, les Birmans : il le savait, il pouvait en témoigner lui-même. Il n'avait jamais voulu aller nulle part. Et pourtant, il était là, en route pour l'Inde.

Il se tourna pour redescendre : il n'aimait pas s'éloigner trop longtemps de sa cabine. Plusieurs de ses objets précieux avaient disparu, certains dès le premier jour, quand les officiers anglais les avaient transportés du palais jusque sur le *Thooriya*. Il s'était enquis de leur sort et les officiers s'étaient raidis, l'air offensé, et avaient parlé de constituer une commission d'enquête. Il avait compris que, sous leurs manières hautaines et leurs grands uniformes, ils n'en étaient pas moins capables de vol pur et simple.

Le plus drôle, c'est que, s'ils le lui avaient demandé, il aurait été ravi de leur donner quelques-uns de ses joyaux : ils auraient probablement reçu de plus jolies pièces que celles qu'ils avaient prises – après tout, que connaissaient-ils aux pierres précieuses ?

Même sa bague de rubis avait disparu : le reste, il ne s'en souciait pas trop, c'étaient juste des babioles, mais il pleurait le Ngamauk. Ils auraient dû lui laisser le Ngamauk.

En arrivant à Madras, le roi Thebaw et sa suite furent conduits dans le palais qui leur avait été attribué pour la durée de leur séjour dans la ville. Une demeure vaste et luxueuse mais quelque peu déconcertante : peut-être était-ce dû à la présence aux portes d'un contingent de soldats britanniques à l'air féroce, ou bien à celle de foules de curieux qui se réunissaient autour des murs chaque jour. Quoi qu'il en fût, aucune des jeunes suivantes ne s'y sentait chez elle.

Mr Cox (c'était le policier anglais qui les avait accompagnés depuis Rangoon et il parlait bien le birman) encourageait souvent les membres de la maisonnée à sortir, à aller se promener dans les jardins spacieux et bien entretenus. Dolly, Evelyn et Augusta firent dûment le tour de la propriété plusieurs fois mais elles étaient toujours contentes de rentrer.

D'étranges faits commencèrent à se produire. On apprit que l'éléphant royal était mort à Mandalay. L'éléphant était blanc, et tellement chéri qu'il avait été nourri au sein : des nourrices se postaient devant lui et laissaient tomber leur corsage. Chacun savait que l'éléphant ne survivrait pas longtemps à la chute de la dynastie. Mais qui aurait pu penser qu'il mourrait si tôt ? Cela ressemblait à un mauvais présage : la maison fut plongée dans la tristesse.

Sans qu'on sache pourquoi, le roi conçut soudain une passion pour la viande de porc. Très vite, il se mit à dévorer des quantités extraordinaires de bacon et de jambon. Un beau jour, il en mangea trop et il tomba malade. Un médecin, armé d'une trousse en cuir et chaussé de bottes, traversa d'un pas martial la maison. Les jeunes filles durent le suivre pour nettoyer le sol derrière lui. Personne ne dormit cette nuit-là.

Un matin, Apodaw Mahta se rua dehors et grimpa sur un arbre. Apodaw Mahta était la vieille femme qui supervisait les nourrices de la reine. Celle-ci envoya les nourrices tenter de persuader Apodaw Mahta de descendre de son perchoir. Elles passèrent une heure sous l'arbre. Apodaw Mahta ne leur prêta aucune attention.

La reine rappela les nourrices et expédia Dolly et les autres filles pour parler à la vieille femme. L'arbre était un *neem* au feuillage très dense. Les jeunes femmes, le nez en l'air, entouraient l'arbre. Apodaw Mahta s'était coincée entre deux branches.

« Descends ! disaient les filles. Il va bientôt faire nuit.

– Non.

– Pourquoi non ?

– J'étais un écureuil dans ma vie antérieure. Je me rappelle cet arbre. Je veux rester là. »

Apodaw Mahta avait un gros ventre et des verrues sur le visage.

« Elle ressemble plus à un crapaud qu'à un écureuil », chuchota Evelyn.

Les filles éclatèrent de rire et repartirent en courant à l'intérieur de la maison.

U Maung Gyi, l'interprète, sortit à son tour et brandit son poing sous le nez d'Apodaw Mahta. Le roi, dit-il, allait quitter sa chambre et venir armé d'un bâton pour la battre. À ces mots, Apodaw Mahta dégringola à toute allure de son arbre : elle avait vécu très longtemps dans le palais de Mandalay et avait une peur bleue du roi.

Tout le monde aurait pu lui dire que la dernière chose au monde que ferait le roi serait de se précipiter dans le jardin pour lui donner des coups de bâton. Depuis son arrivée à Madras, il n'était jamais sorti de la maison. Au début de leur séjour, il avait demandé à visiter le musée de Madras. La requête avait pris de court Mr Cox qui lui avait opposé une fin de non-recevoir assez véhémente. Depuis lors, comme pour protester, le roi avait refusé de mettre un pied dehors.

Confiné dans sa chambre sans avoir rien à faire, le roi commença à avoir de curieuses idées. Il décida de commander un immense plat en or pour la naissance de son prochain enfant. Le plat pèserait plusieurs kilos et serait orné de cent cinquante des plus précieux rubis de la collection royale. Afin de payer le plat, le roi entreprit de vendre quelques-uns de ses biens. Les serviteurs tamouls de la maisonnée lui servirent d'émissaires.

Certains de ces domestiques étaient des espions et Mr Cox fut très vite au courant de ces ventes. Il en fut furieux. Le roi, dit-il, gaspillait sa fortune et, qui plus est, il se faisait voler : les serviteurs bradaient ses biens pour une fraction de leur valeur.

Cela rendit le roi encore plus secret dans ses tractations. Il confia à Dolly et à Evelyn de coûteux joyaux et leur demanda de se débrouiller pour les vendre. Il en tira un bien plus mauvais prix. Inévitablement, les Anglais découvrirent l'affaire. Ils déclarèrent qu'on ne pouvait pas faire confiance au roi en matière de finances et ils édictèrent une loi leur transférant l'essentiel de ses possessions et de celles de sa famille.

Un calme lourd de rébellion s'abattit sur la grande maison. Dolly nota d'étranges petits changements chez Evelyn, Augusta et ses autres amies. Leurs *shiko* se firent plus négligents ; elles commencèrent à se plaindre de genoux douloureux et refusèrent de rester à quatre pattes autour de la reine. Parfois, quand celle-ci leur criait après, elles lui jetaient des regards noirs.

Une nuit, la reine se réveilla assoiffée et découvrit toutes ses suivantes endormies à côté de son lit. Elle en conçut une telle colère qu'elle lança une lampe contre le mur et gifla Evelyn et Mary. Evelyn en fut très fâchée.

« Ils ne peuvent plus nous battre, déclara-t-elle à Dolly. Nous ne sommes pas obligées de rester si nous ne le souhaitons pas.

– Comment le sais-tu ? demanda Dolly.

– Mr Cox me l'a dit. Il dit qu'à Mandalay nous étions des esclaves mais que maintenant nous sommes libres.

– Pourtant nous sommes prisonnières, non ?

– Pas nous, affirma Evelyn. Seulement Min et Mebya. » (Signifiant par là le roi et la reine.)

Dolly réfléchit un moment.

« Et les princesses ? »

Ce fut au tour d'Evelyn de réfléchir.

« Oui, répliqua-t-elle enfin. Les princesses sont également prisonnières. »

Ce qui, pour Dolly, réglait définitivement l'affaire. Où les princesses étaient, elle serait aussi : elle ne pouvait pas imaginer ce qu'elles feraient sans elle.

Un matin, un homme se présenta à la porte, disant qu'il arrivait de Birmanie pour ramener sa femme chez lui. Sa femme était Taungzin Minthami, une des nourrices préférées de la reine. Elle avait abandonné ses enfants en Birmanie et souffrait terriblement du mal du pays. Elle décida de repartir avec son mari.

Ce départ rappela à chacune ce qu'elles avaient essayé d'oublier – à savoir que, laissées à elles-mêmes, elles seraient toutes rentrées au pays, qu'aucune d'elles n'était là de son propre gré. La reine s'inquiéta d'un départ possible de toutes ses filles et elle se mit à combler de cadeaux ses favorites. Dolly fut parmi les élues, mais Evelyn et Augusta ne reçurent rien.

Furieuses d'avoir été exclues de la distribution, les deux jeunes filles commencèrent à faire des remarques sarcastiques à portée d'oreille de la souveraine. Celle-ci en parla au Padein Wun, qui enferma les coupables dans une pièce pour les battre et leur tirer les cheveux. Ce qui ne fit qu'accroître le ressentiment des demoiselles. Le lendemain matin, elles refusèrent de servir la reine.

Supayalat décida que l'affaire était désormais insoluble. Elle convoqua Mr Cox et l'informa qu'elle entendait renvoyer sept de ses suivantes en Birmanie : elle s'arrangerait en engageant des servantes du cru.

Une fois que la reine avait pris une décision, il n'était pas question de la persuader de revenir dessus. Les sept filles partirent la semaine suivante : Evelyn, Augusta, Mary, Wahthau, Nan Pau, Minlwin et Hemau, qui était la plus proche de Dolly en âge. Dolly les avait toujours toutes considérées comme ses sœurs, sa famille. Elle savait qu'elle ne les reverrait plus. Le matin de leur départ, elle s'enferma dans une chambre et refusa d'en sortir, même pour regarder leur calèche franchir les portes. U Maung Gyi, l'interprète, les conduisit au port. À son retour, il raconta que les jeunes filles avaient pleuré en embarquant sur le navire.

On engagea un certain nombre de nouveaux domestiques, hommes et femmes, tous des gens de la région. Dolly était désormais un des derniers membres du contingent birman originel : il lui revint d'enseigner au nouveau personnel les habitudes de la maisonnée. Les ayah et les servantes s'adressaient à elle quand elles voulaient savoir la manière dont on faisait les choses dans le Palais des Miroirs. C'est elle qui dut leur apprendre comment faire le *shiko* et comment se déplacer dans la chambre de la reine à quatre pattes. Ce fut très difficile pour commencer, car elle n'arrivait pas à se faire comprendre. Elle expliquait tout de la manière la plus polie, mais les autres ne comprenaient rien, alors elle criait de plus en plus fort et les femmes s'affolaient de plus en plus. Elles se cognaient aux meubles, cassaient des chaises et renversaient des tables.

Peu à peu, Dolly apprit quelques mots de tamoul et d'hindoustani. Il lui fut plus facile de travailler avec les nouvelles, mais celles-ci semblaient encore étrangement maladroites et incompétentes. À certains moments, Dolly ne pouvait pas s'empêcher de rire – quand, par exemple, elle les voyait pratiquer leurs *shiko*, secouer leurs coudes et ajuster leurs saris. Ou quand elle les regardait se trimballer sur les genoux, sifflant et soufflant, ou s'emmêlant les pieds dans leurs vêtements avant de s'étaler par terre. Dolly ne put jamais comprendre pourquoi ces filles trouvaient si difficile de se déplacer à quatre pattes. Pour elle, c'était tellement plus commode que d'avoir à se lever chaque fois qu'il fallait entreprendre quoi que ce soit ; beaucoup plus reposant ainsi : quand vous ne faisiez rien en particulier, vous pouviez vous détendre, votre poids reposant sur les talons.

Mais les nouvelles ayah semblaient trouver cela affreusement dur. On ne pouvait jamais leur faire confiance pour apporter un plateau à la reine. Soit elles renversaient tout sur leur passage, soit elles s'avançaient si lentement qu'il leur fallait une demi-heure pour aller de la porte à la couche royale. La reine, allongée sur le flanc et regardant son verre d'eau comme transporté par un escargot, s'impatientait. Parfois, elle criait et c'était pire. L'ayah, terrifiée, se flanquait par terre avec son plateau, et il fallait reprendre tout le cérémonial depuis le début.

Les choses auraient été beaucoup plus simples, bien entendu, si la reine n'avait pas insisté autant sur l'observation de la vieille étiquette de Mandalay : les *shiko*, le déplacement à quatre pattes. Mais elle se refusait à tout changement. Elle était la reine de Birmanie, disait-elle, et si elle n'exigeait pas d'être traitée convenablement, comment pouvait-elle s'attendre à ce qu'on lui rende à son tour justice ?

Un beau jour, U Maung Gyi causa un énorme scandale. Une des nourrices royales entra dans la nursery et le trouva, *longyi* retroussé, par terre avec une autre nourrice. Au lieu de s'enfuir honteux, il s'en prit à celle qui l'avait découvert et voulut lui flanquer une raclée. Il la poursuivit dans les couloirs jusque dans la chambre du roi.

Le roi, assis à une table, était en train de se rouler un *cheroot*. U Maung Gyi se jeta sur la nourrice qui entrait en courant. Et qui trébucha et s'accrocha à la nappe. Tout vola en l'air : le tabac se répandit partout. Le roi éternua et continua à éternuer pendant des heures. Quand enfin il s'arrêta, il était dans un état de fureur qu'on ne lui avait jamais connu. Ce qui entraîna d'autres départs.

Entre la nourrice en chef qui se prenait pour un écureuil et une autre rentrée en Birmanie, la reine n'avait plus désormais que peu de nourrices de confiance. Elle décida de s'assurer les services d'une sage-femme anglaise. Mr Cox lui en trouva une, Mrs Wright, qui paraissait plutôt plaisante et amicale. Mais son arrivée conduisit à d'autres problèmes. Elle refusa d'exécuter le *shiko* et de se mettre à quatre pattes pour s'occuper de la reine. La reine en appela à Mr Cox qui se rangea du côté de Mrs Wright. Elle pouvait, dit-il, se courber à partir de la taille, mais elle n'avait pas besoin de faire le *shiko* et elle ne ramperait sûrement pas. Elle était anglaise.

La reine accepta cela mais elle n'en conçut guère d'affection pour Mrs Wright. Elle s'appuya alors de plus en plus sur un masseur birman qui s'était introduit dans l'entourage royal. Il avait de très bonnes mains et le don de débarrasser la reine de ses douleurs. Mais le médecin anglais s'en aperçut et fit une scène. Il déclara que ce que faisait le masseur était une insulte à la science médicale. Il dit aussi que cet homme touchait Sa Majesté dans des endroits malsains. La reine pensa qu'il était fou et affirma qu'elle ne renverrait pas son masseur. Le médecin rétorqua qu'il refusait désormais de la soigner.

Heureusement, l'accouchement de la reine fut bref et se déroula sans complication. L'enfant était une fille que l'on nomma Ashin Hteik Su Myat Paya.

Tout le monde se sentit très nerveux, sachant combien la reine avait désiré un garçon. Mais la reine les surprit. Elle était ravie, dit-elle : une fille supporterait bien mieux les douleurs de l'exil.

Pour un temps, Mandalay devint une ville de fantômes.

Après l'invasion britannique, beaucoup de soldats du roi s'enfuirent dans la campagne avec leurs armes. Ils commencèrent à mener des actions, organisant des attaques contre les occupants, parfois surgissant la nuit à l'intérieur de la cité. Les occupants répondirent par un raffermissement de leur autorité : arrestations, exécutions, pendaisons. L'écho des fusillades résonna dans les rues ; les gens s'enfermèrent dans leurs maisons et désertèrent les marchés. Des jours entiers s'écoulèrent sans que Ma Cho ait l'occasion d'allumer son feu de cuisine.

Un soir, la gargote fut cambriolée. À eux deux, Rajkumar et Ma Cho réussirent à repousser les intrus mais pas avant que de considérables dommages aient été causés. Ma Cho alluma une lampe et découvrit que la plupart de ses pots, casseroles et ustensiles avaient été soit cassés soit volés.

Elle poussa un cri de douleur :

« Que vais-je faire ? Où vais-je aller ? »

Rajkumar s'accroupit à côté d'elle.

« Pourquoi ne parlez-vous pas à Saya John ? suggéra-t-il. Peut-être qu'il pourra vous aider. »

Ma Cho renifla de dégoût larmoyant.

« Ne me parle pas de Saya John. À quoi sert un homme qui n'est pas là quand on a besoin de lui ? »

Et elle se mit à sangloter, le visage entre les mains.

Rajkumar fut envahi de tendresse.

« Ne pleurez pas, Ma Cho. » Il lui passa maladroitement les mains sur la tête, peignant de ses ongles les cheveux bouclés. « Arrêtez, Ma Cho. Arrêtez. »

Elle se moucha et se redressa.

« Ça va, ça va, grommela-t-elle. C'est rien. »

Tâtonnant dans le noir, elle attrapa le *longyi* de Rajkumar et se pencha pour s'essuyer la figure.

Souvent, les crises de larmes de Ma Cho s'étaient terminées ainsi : elle s'essuyait les joues avec le *longyi* de Rajkumar. Mais cette fois, alors qu'elle s'y s'accrochait, le frottement du tissu produisit un effet nouveau sur le garçon. Il sentit une sorte de chaleur s'allumer en lui et, involontairement, son pelvis se projeta en avant, vers les doigts de Ma Cho, au moment où elle les refermait. Sans y prêter attention, Ma Cho tira languissamment une poignée de l'étoffe sur ses joues, se tapota les commissures des lèvres et tamponna les cernes humides de ses yeux. Debout, tout près d'elle, Rajkumar tituba, tourna les hanches pour obéir aux mouvements de la main de Ma Cho. Ce n'est que quand elle en passa l'extrémité entre ses lèvres que le bout de tissu trahit Rajkumar. À travers les couches de cotonnade, maintenant mouillées et collantes, elle sentit une indubitable résistance lui caresser les commissures des lèvres. Soudain en alerte, elle resserra son emprise et infligea à la bosse de tissu un pinçon inquisiteur. Rajkumar, haletant, se renversa en arrière.

« Oh ? » grogna-t-elle. Puis, avec une incroyable adresse, une de ses mains s'empara du nœud du *longyi* et le défit ; l'autre força Rajkumar à s'agenouiller. Elle ouvrit les jambes et le fit approcher, à genoux, de son tabouret. Le front de Rajkumar était maintenant sur la joue de Ma Cho, le bout de son nez enfoncé profondément sous sa mâchoire. Il sentit une odeur de curcuma et d'oignon monter d'entre ses seins. Et puis une aveuglante blancheur l'éblouit et sa tête se renversa aussi loin qu'elle le put, secouée de saccades par les convulsions de son épine dorsale.

Brutalement, Ma Cho le repoussa avec un cri de dégoût :

« Qu'est-ce que je fais ? hurla-t-elle. Qu'est-ce que je fais avec ce garçon, ce gamin, ce demeuré de *kalaa* ? »

Elle l'écarta d'un coup de coude, grimpa son échelle et disparut dans sa chambre.

Il fallut un moment à Rajkumar pour rassembler son courage et dire quelque chose :

« Ma Cho, appela-t-il, d'une petite voix tremblante. Vous êtes en colère ?

– Non ! aboya-t-elle de là-haut. Je ne suis pas en colère. Je veux que tu oublies Ma Cho et que tu ailles te coucher. Tu dois penser à ton avenir à toi. »

Ils ne reparlèrent jamais de ce qui s'était passé ce soir-là. Les jours suivants, Rajkumar vit très peu Ma Cho : elle disparaissait tôt le matin pour ne revenir que le soir tard.

Puis, un beau jour, Rajkumar se réveilla et comprit qu'elle était partie pour de bon. Alors, pour la première fois, il grimpa l'échelle qui menait à la chambre. La seule chose qu'il y trouva était un *longyi* bleu, neuf, plié et posé au milieu de la pièce. Il savait qu'elle l'avait laissé pour lui.

Qu'allait-il devenir maintenant ? Où devait-il aller ? Il avait toujours supposé qu'il finirait par retourner à bord du sampan, avec les autres marins. Mais à présent, en repensant à sa vie sur le bateau, il comprit qu'il n'y retournerait pas : il en avait trop vu à Mandalay, et acquis trop d'ambitions nouvelles.

Au cours des dernières semaines, il avait souvent repensé à ce qu'avait dit Matthew, le fils de Saya John, à propos du teck, cause de l'invasion britannique. Aucun autre détail n'aurait pu être aussi bien calculé pour se loger dans un esprit tel que celui de Rajkumar, à la fois curieux et avide. Si les Anglais étaient prêts à faire la guerre pour quelques arbres, ce ne pouvait être que parce qu'ils connaissaient l'existence de richesses cachées sécrétées par la forêt. Ce qu'étaient précisément ces richesses, il ne le savait pas mais il était clair qu'il ne le découvrirait jamais sauf à y aller voir lui-même.

Tout en réfléchissant, il s'était éloigné rapidement du bazar. Et alors qu'il regardait autour de lui pour se repérer, il découvrit qu'il se trouvait devant la façade blanchie à la chaux de l'église de la Mission baptiste. Il décida de traîner un peu, passa et repassa devant l'église. Il en fit le tour, attendit et, comme prévu, dans l'heure qui suivit, vit arriver Saya John tenant par la main son fils Matthew.

« Saya !

– Rajkumar ! »

À présent, face à Saya John, Rajkumar baissait la tête, confus. Comment allait-il lui parler de Ma Cho alors que c'était à cause de lui qu'elle avait cocufié Saya ?

C'est Saya John qui parla le premier :

« Est-il arrivé quelque chose à Ma Cho ? »

Rajkumar fit signe que oui.

« Quoi donc ? Elle est partie ?

– Oui, Saya. »

Saya John poussa un long soupir et leva les yeux au ciel.

« Peut-être, est-ce pour le mieux, dit-il. Un signe, je pense, que le temps est venu pour le pauvre pécheur que je suis de me tourner vers le célibat.

– Saya ?

– Peu importe. Et que vas-tu faire maintenant toi, Rajkumar. Repartir en Inde sur ton bateau ?

– Non, Saya. » Rajkumar secoua la tête. « Je veux rester ici, en Birmanie.

– Et comment vas-tu gagner ta vie ?

– Vous avez dit, Saya, que si jamais je voulais du travail, je devais venir vous voir. Alors, Saya ? »

Un matin, le roi lut dans les journaux que le vice-roi allait se rendre à Madras. Fort excité, il envoya chercher Mr Cox.

« Le vice-roi va-t-il venir nous voir ? » demanda-t-il.

Mr Cox secoua la tête.

« Altesse, je n'ai pas été informé d'un tel projet.

– Mais le protocole l'exige. Les rois de Birmanie sont les égaux de souverains tels que les rois de Siam et du Cambodge, les empereurs de Chine et du Japon.

– Je regrette, Altesse, qu'il soit sans doute trop tard pour opérer un changement dans le programme du vice-roi.

– Mais nous devons le voir, Mr Cox.

– L'emploi du temps du vice-roi est déjà complet. Je suis désolé.

– Mais nous voulons découvrir ce que le gouvernement a l'intention de faire de nous. À notre arrivée ici, on nous a dit que ce ne serait pas notre résidence permanente. Nous sommes impatients de savoir où nous allons vivre et quand nous allons nous y rendre. »

Mr Cox partit et revint quelques jours plus tard.

« Altesse, dit-il, je suis heureux de vous informer que

la question d'une résidence permanente pour vous et votre famille a été enfin résolue.

– Ah, dit le roi. Et où cela ?

– Dans un lieu du nom de Ratnagiri.

– Comment ? » Le roi le regarda, perplexe. « Où est cet endroit ?

– À environ deux cents kilomètres au sud de Bombay. Un endroit parfait avec une vue merveilleuse sur la mer.

– Une vue merveilleuse ? »

Le roi fit chercher des cartes et demanda à Mr Cox de lui montrer où se trouvait Ratnagiri. Mr Cox indiqua un point entre Bombay et Goa. Le roi s'inquiéta terriblement que l'endroit fût trop insignifiant pour figurer sur une carte.

« Mais nous préférerions être dans une ville, Mr Cox. Ici, à Madras. Ou Bombay. Ou Calcutta. Que ferons-nous dans un petit village ?

– Ratnagiri est un chef-lieu de province, Votre Altesse, pas le moins du monde un village.

– Combien de temps resterons-nous là-bas ? Quand serons-nous autorisés à retourner en Birmanie ? »

Ce fut au tour de Mr Cox de se montrer perplexe. Il ne lui était pas venu à l'idée que le roi continuât à nourrir l'espoir de retourner en Birmanie.

Mr Cox, à sa façon un peu rude, était un homme de cœur.

« Altesse, dit-il d'une voix calme et plaisante, vous devez vous préparer à rester à Ratnagiri quelque temps, un temps assez long, j'en ai peur. Peut-être...

– Peut-être pour toujours ?

– Ce n'est pas ce que j'ai dit, toussota Mr Cox. Pas du tout. Ce n'est pas ce que j'ai dit. Non, je dois insister, ce n'est pas... »

Le roi se leva brusquement et partit dans sa chambre. Il n'en sortit pas de plusieurs jours.

Ils quittèrent Madras un mois plus tard sur un vapeur appelé le *Clive*. Cette fois, le voyage fut très différent. Ils longèrent la côte, la terre était pratiquement toujours en vue. Ils traversèrent le détroit de Palk avec la pointe nord de Ceylan visible à bâbord, et le point le plus au sud de l'Inde, le cap Comorin, à tribord.

Quatre jours après avoir quitté Madras, le *Clive* entra dans une vaste baie ensoleillée, bordée de chaque côté par de hautes falaises entourant au fond une immense plage et un cours d'eau sinueux. La ville était perchée sur une colline, au-dessus de la baie ; elle était protégée par un rideau de palmiers si épais qu'on n'en voyait presque rien.

Ils passèrent la nuit à bord du vapeur et débarquèrent le lendemain matin. Le *Clive* s'amarra à une jetée qui s'avançait très loin dans la baie peu profonde. Des calèches les attendaient au bout, près d'un village de pêcheurs. Il y avait des policiers et des officiels mais très peu de gens de la ville. Le roi fut accueilli par un coup de canon et une garde d'honneur. Puis les calèches se mirent en route à la queue leu leu le long d'un étroit sentier ourlé d'arbres et bordé de maisons aux toits de tuiles rouges avec des jardins de manguiers et d'aréquiers. Partout, des policiers retenaient les curieux. Le cortège passa devant un marché, une prison aux murs gris et une série de casernes. La route se terminait sur un vaste bungalow à deux étages entouré d'un parc muré et situé sur un promontoire dominant la ville et la baie : Outram House.

Le roi entra le premier et gravit lentement l'escalier. Puis il pénétra dans une grande chambre à coucher. La pièce était meublée d'un bureau, d'un lit et de trois fauteuils. Elle s'ouvrait sur un petit balcon donnant à l'ouest, sur la mer.

Le roi en fit tout à loisir le tour et s'arrêta pour tripoter les lattes des volets. Il gratta un reste de bougie fondue et passa un doigt sur une marque à moitié effacée, écrasant entre le pouce et l'index le plâtre écaillé. Une vague odeur de renfermé traînait dans la pièce et une trace de moisissure sillonnait le mur. Il essaya d'emmagasiner ces choses dans sa mémoire car il savait qu'elles s'estomperaient avec le temps et qu'un jour viendrait où il voudrait s'en souvenir : la vivacité de sa première rencontre avec le lieu de sa captivité, son parfum de moisi aigre et la rugosité de sa texture sur la peau.

En bas, Dolly courait dans le jardin avec la première princesse derrière un lézard rouge vif. Cet endroit était différent du palais de Madras, beaucoup plus petit mais plus accueillant : ici, on pouvait galoper et jouer à cache-cache entre les troncs des palmiers alanguis. Elle arriva devant un manguier dont les branches atteignaient une fenêtre au dernier étage du bungalow. Peut-être serait-ce là sa fenêtre, sa chambre, avec des branchages égratignant les vitres.

Une cloche se mit à sonner, dans un temple, en un lieu de la ville à ses pieds. Dolly s'arrêta pour écouter, contemplant, par-dessus la voûte des feuillages des cocotiers du jardin en pente, l'immense baie miroitante. Elle pouvait sentir le poisson séché et l'encens. Tout était si lumineux, si paisible. Tout semblait si sûr ici, derrière ces hauts murs de pierre.

Le roi aussi entendit les cloches. Il sortit sur son balcon. La ville entière s'étalait en contrebas, encadrée par la courbe de la baie et les deux hauts promontoires de chaque côté. La vue était magnifique, ainsi que l'avait annoncé Mr Cox. Le roi revint dans sa chambre. Il s'assit dans un des fauteuils et regarda les ombres fantomatiques des cocotiers se balancer sur les murs de plâtre blanc. Dans cette pièce, les heures s'entasseraient comme des grains de sable jusqu'à finir par l'ensevelir.

DEUXIÈME PARTIE

Ratnagiri

6

Pour Rajkumar et Saya John, la période la plus active de l'année commençait avec les pluies et la crue des rivières. Toutes les deux ou trois semaines, ils chargeaient une cargaison de sacs, de caisses et de cartons sur l'un des bateaux de l'Irrawaddy Steamship Flotilla : des bateaux à roues trépidants, menés le plus souvent par des capitaines écossais avec des équipages composés essentiellement de ces *khalasi* de Chittagong dont Rajkumar avait autrefois souhaité faire partie. Avec la poussée de la rivière engorgée derrière eux, ils descendaient de Mandalay à des vitesses propres à chambouler les horaires de la Flotilla. Au coucher du soleil, quand il était temps de faire escale, ils jetaient fréquemment l'ancre à côté d'un minuscule hameau consistant en une petite poignée de huttes aux toits de chaume, regroupées tels les doigts recourbés d'une main enserrant la paume du terrain de parade d'un poste de police.

Aussi petit que fût le village, une sorte de foire se créait immédiatement autour du bateau à l'ancre : des colporteurs, des vendeurs de nourriture, des commerçants embarqués, des marchands de *baya-gyaw* et des distillateurs de *gazaw* se précipitaient avec leurs denrées, enchantés par la prise inattendue de ce gros banc de clients. Parfois la nouvelle de l'arrivée du bateau se propageait jusqu'à une troupe d'acteurs en tournée ; à la tombée de la nuit, au son d'un concert de croassements alimentés par la pluie, des écrans de marionnettistes s'animaient au-dessus des rives, et les silhouettes émaciées, saccadées du Bodaw et du Bayin, du Minthami et du Minthagyi, du Nat-kadaw et du Nan Belu surgissaient de l'obscurité, aussi grandes et familières que les ombres sur la lune.

Saya John aimait à voyager en première classe, dans une cabine : il n'était plus un humble apothicaire, le pharmacien du pauvre, un vendeur de poudre d'ivoire ou de rate en conserve. Tout avait changé avec l'occupation anglaise : la Birmanie avait été très vite intégrée dans l'Empire, transformée de force en une province de l'Inde britannique. L'élégant Mandalay était désormais un centre commercial bourdonnant d'activité : les ressources naturelles étaient exploitées avec une énergie et une efficacité jusque-là inimaginables ; l'industrie et le commerce étaient en plein essor. Le palais avait été redécoré pour satisfaire aux plaisirs obscurs des conquérants ; l'aile ouest avait été convertie en club ; les murs de la salle d'audience étaient tapissés d'exemplaires (vieux d'un mois) de *Punch* et de l'*Illustrated London News* ; les sentiers pavés du jardin du Sud étaient maintenant surtout utilisés par des serveurs tamouls aux pieds nus apportant des plateaux de boissons glacées aux joueurs de polo faisant une pause entre deux parcours. Mandalay, prédisait-on avec assurance, deviendrait bientôt le Chicago de l'Asie ; la prospérité était le destin naturel d'une ville au confluent de deux des plus importantes voies d'eau du monde, l'Irrawaddy et le Chindwin.

Quant à Saya John, il faisait aujourd'hui de gros profits en transportant équipements et provisions aux camps de teck. Et bien qu'il ne fût pas homme à nourrir une grande envie de luxe, lorsqu'il partait pour une de ses expéditions de ravitaillement, il éprouvait la nécessité de s'offrir une bonne nuit de sommeil. Une cabine en première classe d'un bateau de l'Irrawaddy n'était après tout qu'une petite gâterie.

Rajkumar, lui, passait ses nuits sur le pont inférieur. Certains membres de l'équipage étaient des garçons de son âge dont le travail était de se pencher par-dessus la proue du bateau avec une ligne de sonde, juste comme il l'avait fait lui-même autrefois, à surveiller les bancs de sables mouvants et criant les profondeurs : « *Ek gaz ; do gaz, teen gaz aur nahin mila...* » Avec eux, il reparlait sa langue de Chittagong et quand le navire faisait escale, ils le tiraient de son tapis de couchage et l'emmenaient à terre pour lui montrer les lieux où se rendaient les marins la nuit.

Au moment de débarquer le lendemain, Rajkumar aurait les yeux rouges, mais Saya John, après un solide petit déjeuner, serait de bonne humeur et soucieux de décharger au plus vite sa marchandise afin de prendre la route du camp où il se rendait. La première partie du voyage se faisait en général par char à bœufs : ils traversaient des fleuves de boue tout en avançant dans les grincements vers les lointaines montagnes.

Quand tout se passait comme prévu, ces expéditions se terminaient dans un petit hameau de l'intérieur, où des éléphants les attendaient pour prendre le relais et leur permettre de repartir. Mais trop souvent, ils arrivaient au bout de leur route pour apprendre que le camp là-haut ne pouvait pas leur envoyer d'éléphants et qu'il leur faudrait trouver leurs propres porteurs pour livrer leur cargaison dans les montagnes. Alors Rajkumar devait s'accrocher un panier sur le dos, un *pah* en osier tressé avec un grand couvercle et une lanière passée autour de son front : il avait en charge les petites gâteries spéciales commandées par les assistants forestiers qui dirigeaient les camps – cigares, bouteilles de whisky, viandes en conserve, sardines à l'huile, et même une fois une carafe en cristal, envoyée par Rowe & Co, un grand magasin de Rangoon.

Ils se mettaient en route à l'aube, Saya John menant une longue file de porteurs tandis que Rajkumar fermait la marche ; ils grimpaient à l'oblique, comme des mulets, le long des sentiers détrempés, enfonçant leurs pieds dans la boue rouge, glissante. Pour Saya John, c'était un rite, une sorte de superstition, que de commencer ces voyages habillé à l'européenne : un casque colonial, des bottes de cuir, des pantalons kaki. Rajkumar allait pieds nus, comme les porteurs, vêtu seulement d'un maillot de corps, d'un *longyi* et d'un chapeau de fermier en bambou à larges bords.

Mais quel que fût le soin qu'il en prît, Saya John et son costume ne demeuraient pas longtemps intacts : les broussailles s'animaient au passage des marcheurs, les sangsues, réveillées par la tiédeur des corps, déployaient leurs ventouses. Étant le plus lourdement vêtu, Saya John bénéficiait de la plus abondante de ces sanglantes récoltes. Chaque heure ou deux, il ordonnait une halte. Les pistes étaient bordées d'abris en bambou, érigés à intervalles réguliers par les bûcherons. Recroquevillé sous le chaume dégoulinant de pluie, Saya John fouillait dans ses sacs pour en extraire le paquet de toile huilée dans lequel Rajkumar avait enveloppé ses allumettes et ses *cheroot*. Il allumait un *cheroot* et en tirait une longue bouffée jusqu'à ce que le bout devienne d'un rouge profond. Il entreprenait alors une inspection de tout son corps pour brûler les sangsues une à une.

Celles-ci se réunissaient surtout en grappes épaisses le long des plis du corps, là où le tissu se frottait à la peau, avec pour lieux d'élection les aisselles, l'aine, les replis entre les jambes et les fesses. Parfois Saya John en découvrait des dizaines dans ses chaussures, la plupart accrochées à la peau entre les orteils – pour une sangsue, le plus prisé des refuges du corps humain. Un certain nombre avaient éclaté sous la pression de la botte, laissant leurs ventouses incrustées dans la chair. C'étaient là les endroits qui risquaient le plus d'être de nouveau attaqués, aussi bien par les insectes que par les sangsues. Laissés sans soin, ils s'infectaient et se transformaient en plaies puantes et profondes. Saya John les recouvrait donc de *kow-yok*, un papier ou un bout d'étoffe enduit d'une sorte de goudron au tabac rouge : le cataplasme se collait si étroitement à la peau qu'il y demeurait même sous l'eau, et qu'il guérissait l'infection tout en protégeant la blessure

À chaque étape, Saya John se débarrassait d'un vêtement et au bout de quelques heures il se retrouvait vêtu comme Rajkumar, sans rien d'autre qu'un maillot de corps et un *longyi*.

Presque toujours, ils suivaient le cours d'un *chaung*, un torrent de montagne. Régulièrement, un tronc dévalait à la surface de l'eau, en route vers la plaine. Être coincé à mi-gué par un de ces projectiles de deux tonnes signifiait l'invalidité ou la mort. Lorsque la piste passait d'une rive du *chaung* à l'autre, on postait un guetteur qui indiquait les intervalles entre l'apparition des grumes, de façon que les porteurs puissent savoir quand traverser en toute sécurité.

Souvent les troncs n'arrivaient pas seuls mais en groupes, des douzaines de tonnes de bois se tamponnant dans le torrent avec un impact qu'on ressentait tout le long des rives. Parfois un tronc s'accrochait quelque part, dans les rapides ou près de la berge et, en quelques minutes, se créait un barrage compliqué qui bouchait le cours d'eau. L'une après l'autre, les grumes venaient percuter la masse et s'ajouter au poids total qui augmentait jusqu'à devenir une force irrésistible. Alors, quelque chose finissait par céder ; un tronc de trois mètres de circonférence se brisait comme une allumette ; dans une énorme détonation, le barrage chavirait et un raz-de-marée de bois et d'eau s'abattait sur les pentes de la montagne.

« Les *chaung* sont les alizés du teck », aimait à répéter Saya John.

Au cours de la saison sèche, quand la terre se craquelait et que les forêts dépérissaient, les torrents se réduisaient à des ruisselets sur les pentes, à peine capables de supporter le poids d'une poignée de feuilles, simples filets de boue entre des séries de mares troubles au fond du lit de la rivière. Saison durant laquelle les bûcherons ratissaient la forêt à la recherche de teck. Les arbres, une fois choisis, devaient être tués, « charmés », puis laissés à sécher, car la densité du teck est telle que les troncs ne flottent pas tant qu'ils sont humides. Le meurtre était effectué par un cercle d'incisions profondes dans le bois, de minces fentes à une hauteur légalement imposée de un mètre et trente-sept centimètres au-dessus du sol (malgré l'éloignement du terrain d'exploitation, le traitement du teck était gouverné dans les moindres détails par des règlements impériaux).

Les arbres « charmés » restaient à mourir sur place, parfois pendant trois ou quatre années. Ce n'est qu'après avoir été jugés assez secs pour flotter qu'ils étaient marqués pour être abattus. C'est alors que venaient les exécuteurs, leur hache sur l'épaule, louchant sur leurs lames tendues afin de juger l'angle de chute de leurs victimes.

Tout morts qu'ils fussent, les arbres sonnaient fort le tocsin quand ils tombaient, laissant échapper des bruits d'explosion qu'on entendait à des kilomètres, écrasant tout sur leur passage, quantités d'arbrisseaux, des entrelacs de lianes. D'épais rideaux de bambous étaient aplatis en quelques minutes, des milliers de branches explosant simultanément en échardes mortelles et vomissant des nuages de débris.

Puis les équipages d'éléphants se mettaient au travail, guidés par leurs cornacs, les *oo-si* et *pe-si* : ils poussaient, exploraient, soulevaient. Des courroies de rouleaux de bois étaient étalées sur le sol et des *pa-kyeik* aux doigts agiles, spécialisés dans l'accrochage des chaînes, filaient entre les pattes des éléphants, pour boucler des harnais d'acier. Quand les grumes se mettaient enfin à bouger, la friction sur leur passage était telle que des porteurs d'eau devaient courir à côté d'elles pour arroser les rouleaux surchauffés.

Conduits sur les rives des *chaung*, les troncs étaient empilés en attendant le jour où les torrents se réveilleraient, après la saison chaude. Avec les premières pluies, les flaques au fond des lits s'animaient, s'étendaient et se rejoignaient, se gonflant pour balayer les débris accumulés durant les mois d'assèchement. Puis en quelques jours, sous les pluies incessantes, ils multipliaient cent fois leur étiage : là où, une semaine auparavant, ils s'affaissaient sous le poids des feuilles et des brindilles, ils expédiaient en aval comme des flèches des troncs de deux tonnes.

Ainsi commençait le voyage des grumes jusqu'aux chantiers de Rangoon : avec les éléphants les poussant sur les pentes jusqu'aux eaux écumantes des *chaung* en contrebas. Suivant la configuration du terrain, ils se frayaient leur route depuis les torrents jusqu'aux affluents des rivières engorgées des plaines dans lesquelles ils finissaient par déboucher.

Les années de pluies médiocres, quand les *chaung* étaient trop faibles pour transporter ces énormes charges, les profits des négociants en bois chutaient. Mais même dans les bonnes années c'étaient des tyrans jaloux et méchants que ces torrents montagnards : en pleine saison, un seul arbre coincé suffisait à provoquer un carambolage de cinq mille grumes ou plus. L'utilisation de ces eaux bouillonnantes était une science en soi, avec ses propres cadres d'équipes spécialisées et compétentes de *oo-si* et d'éléphants qui patrouillaient sans cesse les forêts durant les mois de mousson : c'étaient les fameux *aunging*, les troupeaux experts en l'art difficile et dangereux de dégager les *chaung*.

Un jour, alors qu'ils s'abritaient à côté d'un tronc de teck incisé et mourant, Saya John mit dans une main de Rajkumar une feuille de menthe et dans l'autre une feuille tombée de l'arbre. « Sens-les, dit-il, frotte-les entre tes doigts. »

Le teck, *tectona grandis,* appartient à la famille de la menthe. Né du même genre d'arbuste à fleurs, mais d'une branche lointaine présidée par la verveine, cette herbe des plus apaisantes, il compte parmi ses proches cousines bien d'autres plantes odorantes et familières – la sauge, la sarriette, le thym, la lavande, le romarin et le basilic, sacré entre tous, avec ses nombreux descendants, verts et pourpres, tendres et rudes de feuilles, forts et doux d'odeur, amers et sucrés de saveur.

Il y avait autrefois à Pegu un teck, avec un fût de trente-cinq mètres sous branches. Imaginer à quoi ressemblerait une feuille de menthe si elle devait pousser sur une plante qui s'élèverait à plus de trente mètres de hauteur, sans diminuer ni varier, sa tige aussi droite qu'un fil à plomb, ses premières feuilles apparaissant presque au sommet, rassemblées en bouquet et tendue comme les mains d'un plongeur faisant surface.

La feuille de menthe était de la taille du pouce de Rajkumar tandis que l'autre aurait couvert l'empreinte d'un pas d'éléphant ; la première était une herbe utilisée pour parfumer des soupes tandis que la seconde venait d'un arbre qui avait fait tomber des dynasties, provoqué des invasions, créé des fortunes, apporté un nouveau mode de vie. Pourtant même Rajkumar, qui n'était guère enclin à donner dans le recherché ni l'imaginaire, dut admettre qu'entre la texture duveteuse de l'une et la surface rude, hérissée, de l'autre, il existait une indéniable parenté, un lien familial palpable.

C'étaient par les clochettes de leurs éléphants que se signalaient les camps. Même étouffé par la pluie ou la distance, le son produisait toujours un effet magique sur la file des porteurs, qui allongeaient le pas et accéléraient l'allure.

Aussi longtemps qu'il eût marché ou aussi fatigué qu'il fût Rajkumar sentait toujours son cœur bondir quand un camp surgissait brusquement à l'horizon – une clairière dans la forêt avec quelques huttes au toit de chaume regroupées autour d'un *tai*, une longue maison de bois sur pilotis.

Les camps se ressemblaient tous et pourtant ils étaient tous différents : il n'y en avait pas deux construits au même endroit d'une saison sur l'autre. L'abattage initial était fait par les éléphants avec le résultat que les clairières restaient toujours jonchées d'arbres déracinés et creusées de cratères déchiquetés.

Au centre de chaque camp, le *tai* était toujours occupé par l'assistant forestier, le représentant de la compagnie responsable du site. Aux yeux de Rajkumar, ces *tai*, construits à deux mètres du sol sur des plates-formes de bois soutenues par des piliers de teck, étaient des structures d'une élégance incomparable. Chacun possédait plusieurs grandes pièces en enfilade menant à une vaste véranda, toujours orientée de manière à offrir la meilleure vue possible. Dans un camp où l'assistant forestier bénéficiait d'un *luga-lei* industrieux, la véranda s'abritait sous une voûte de plantes grimpantes dont les fleurs brillaient comme des braises sur le dais de bambou tressé. Là, le soir, l'assistant s'asseyait, un verre de whisky dans une main, une pipe dans l'autre, pour contempler le coucher du soleil sur la vallée, tout en songeant à son lointain pays.

Des gens distants, maussades, ces assistants. Avant d'aller les saluer, Saya John se changeait et s'habillait à l'européenne : chemise blanche, pantalon de coutil. Rajkumar regardait de loin Saya John s'approcher du *tai* pour lancer une salutation, une main posée respectueusement sur le premier barreau de l'échelle. S'il y était invité, il grimpait lentement l'échelle, plaçant avec soin un pied après l'autre. Suivaient une abondance de sourires, de courbettes et de salutations. Parfois il était de retour au bout de quelques minutes. Parfois l'assistant lui offrait un whisky et l'invitait à rester dîner.

En règle générale, les assistants se comportaient très correctement. Mais un jour un assistant s'était mis à insulter Saya John, l'accusant d'avoir oublié un article qu'il avait commandé. « Fous-moi le camp avec ta gueule à grimaces !... hurla l'Anglais. Que je ne te revoie plus jamais, Johnny Chinetoque ! »

À l'époque, Rajkumar savait très peu d'anglais mais la colère et le mépris dans la voix de l'assistant lui suffirent pour comprendre. Un instant, Rajkumar vit Saya John à travers le regard de l'assistant : petit, excentrique et accoutré n'importe comment avec ses vêtements européens mal taillés, son embonpoint accentué par son pantalon de coutil rapiécé tombant en gros plis autour de ses chevilles, et son casque colonial râpé perché en équilibre sur sa tête.

Au service de Saya John depuis trois ans, Rajkumar en était venu à le considérer comme son guide en toutes choses. Il se sentit bouillir d'indignation devant l'insulte faite à son mentor. Il traversa en courant la clairière pour gagner le *tai*, bien décidé à grimper l'échelle et à affronter l'assistant sur sa véranda. Mais alors Saya John, la mine sombre, descendait en hâte.

« Sayagyi ! Dois-je monter... ?

– Monter où ?

– Sur le *tai*. Pour dire à ce salaud...

– Ne sois pas idiot, Rajkumar. Va-t'en trouver quelque chose d'utile à faire. »

Avec un reniflement de mécontentement, Saya John tourna le dos à Rajkumar.

Ils passaient la nuit avec le *hsin-ouq*, le chef des *oo-si* du camp. Les huttes où vivaient les forestiers étaient situées à l'arrière du *tai*, de manière à ne pas gâter la vue de l'assistant. C'étaient de petites structures sur pilotis, composées d'une ou deux pièces, chacune avec une sorte de petit balcon devant. Les *oo-si* les construisaient de leurs mains, et, tant qu'ils habitaient le camp, ils entretenaient le site avec le plus grand zèle, réparant chaque jour les fissures dans les panneaux de bambous ou les toits de chaume, et construisant des sanctuaires pour leur *nat*. Souvent, ils plantaient de petits carrés de légumes autour de leurs huttes pour compléter les rations reçues de la plaine. Quelques-uns élevaient des poules ou des cochons entre les pilotis ; d'autres créaient des barrages dans les ruisseaux voisins et les remplissaient de poissons. Le résultat était que les camps avaient souvent l'apparence de petits hameaux montagnards, les logis familiaux regroupés en demi-cercle derrière la maison d'un chef de village. Une apparence trompeuse car ces installations étaient strictement temporaires. Il suffisait d'un jour ou deux à une équipe de *oo-si* pour monter un camp, simplement à partir de lianes, de bambous et de joncs tressés. À la fin de la saison, le camp était abandonné à la jungle, pour renaître l'année suivante dans un autre lieu.

Au *hsin-ouq* était attribuée la plus grande hutte, et c'est là que Saya John et Rajkumar passaient en général la nuit. Presque toujours, Rajkumar déroulait sa natte sur le petit balcon tandis que Saya John dormait à l'intérieur, partageant l'obscurité enfumée de la grande et unique pièce avec le *hsin-ouq* et ses autres invités.

Le soir où Saya John fut insulté par l'assistant, Rajkumar, étendu sur le balcon, resta longtemps éveillé à contempler les lumières vacillantes du *tai*. Malgré les remontrances de Saya John, il n'arrivait pas à étouffer son indignation en songeant au comportement de l'Anglais.

Juste au moment où il s'endormait, il entendit quelqu'un sortir en rampant sur le balcon. C'était Saya John, armé d'un cigare et d'une boîte d'allumettes. Rajkumar se réveilla immédiatement, tout aussi en colère que plus tôt dans la soirée.

« Sayagyi, lança-t-il tout de go, pourquoi n'avez-vous rien dit quand cet homme s'est mis à crier? J'étais si furieux que je voulais monter lui donner une bonne leçon ! »

Saya John jeta un coup d'œil sur le *tai*, de l'autre côté de la trouée, où une lumière brillait encore. À travers la mince paroi de jonc tressé, la silhouette de l'assistant se dessinait clairement: l'homme était assis sur une chaise et lisait.

« Tu n'as aucune raison d'être furieux, Rajkumar. À sa place, tu ne serais pas différent, et même peut-être pire. Ce qui m'étonne, c'est qu'il n'y en ait pas plus comme lui.

–Pourquoi, Sayagyi ?

–Pense à la vie qu'ils mènent ici, ces pauvres jeunes Européens. Ils n'ont au mieux que deux ou trois ans dans la jungle avant que la malaria ou la dengue les affaiblisse au point de plus pouvoir s'éloigner des médecins et des hôpitaux. La compagnie le sait très bien: elle sait qu'en quelques années ces hommes auront vieilli prématurément – déjà vieux à vingt et un ans, il faudra les envoyer dans les bureaux, en ville. Ce n'est que quand ils débarquent à seize ou dix-sept ans qu'ils peuvent mener cette vie, et la compagnie doit profiter au maximum de ce laps de temps. Elle les envoie donc de camp en camp, mois après mois, sans pause ou presque. Pense à celui-ci. On m'a dit qu'il avait déjà eu un méchant accès de dengue. Ce garçon n'est guère plus âgé que toi, Rajkumar. Dix-huit ou dix-neuf ans peut-être, et le voilà, malade et seul, à des milliers de kilomètres de chez lui, au cœur d'une forêt, entouré de gens dont il n'a jamais connu l'équivalent. Et regarde-le : il est en train de lire un livre sans la moindre trace de peur sur le visage.

– Vous êtes loin de chez vous, aussi, Sayagyi. Et moi pareil.

– Oui, mais pas aussi loin que lui. Et laissés à notre propre initiative, nous ne serions pas ici, à récolter les trésors de cette forêt. Vois les *oo-si* de ce camp, vois le *hsin-ouq*, étendu sur sa natte, abruti par l'opium ; vois le faux orgueil qu'ils ont tous de leur talent à mener les éléphants. Ils croient, parce que leur père et leur famille ont toujours travaillé ainsi, que personne ne connaît mieux les éléphants qu'eux. Pourtant, jusqu'à ce que les Européens arrivent, aucun d'eux n'avait jamais pensé à utiliser ces bêtes pour l'exploitation du bois. On ne s'en servait que dans les pagodes et les palais, pour les guerres ou les cérémonies. Ce sont les Européens qui ont vu que les éléphants domptés pouvaient être mis au travail de façon profitable. Ce sont eux qui ont inventé tout ce que nous voyons dans ce camp. Cette manière de vivre, elle est entièrement leur création – pas celle des *oo-si* et de leurs *hsin-ouq*. Ce sont les Européens qui ont pensé à cette méthode d'incision des arbres, ce moyen de faire déplacer les grumes par les éléphants, ce système de transport par flottage sur le fleuve. Même des détails tels que la structure et l'emplacement de ces huttes, le plan du *tai*, l'utilisation du bambou et de l'osier – ce ne sont pas les *oo-si*, dans leur vénérable sagesse, qui y ont songé. Tout ça, c'est venu du cerveau de types comme celui qui est assis dans ce *tai* – ce garçon qui n'est guère plus vieux que toi. » Et, pointant un doigt en direction de la silhouette, Saya John ajouta : « Tu vois, Rajkumar, voilà quelqu'un qui pourrait beaucoup t'apprendre. Faire plier la nature à ta volonté, rendre les arbres de la terre utiles aux êtres humains, quoi de plus admirable, quoi de plus excitant ? C'est ce que je dirais à n'importe quel garçon ayant sa vie devant lui. »

Rajkumar comprit que Saya John ne pensait pas à lui, son *luga-lei*, mais à Matthew, son fils absent, et il en éprouva un brusque et surprenant chagrin. Mais la douleur ne dura qu'un instant et, dès qu'elle fut passée, Rajkumar ne s'en sentit que plus fort, mieux préparé. Après tout, il était ici, dans ce camp, tandis que Matthew était très loin, à Singapour.

7

À Ratnagiri, beaucoup pensaient que le roi Thebaw était toujours le premier à savoir quand la mer faisait une victime. Tous les jours, il passait des heures sur son balcon à la contempler avec ses jumelles dorées. Les pêcheurs avaient appris à en reconnaître les éclairs jumeaux ; en revenant dans la baie, le soir, ils levaient la tête en direction du balcon au sommet de la colline, comme pour se rassurer. Rien n'arrivait dans Ratnagiri que le roi ne le sache d'abord.

Pourtant on ne l'avait jamais plus vu depuis ce premier jour quand il était venu du port en calèche avec sa famille. Les *gaari* royaux étaient un spectacle habituel dans la ville, avec leur attelage de chevaux pommelés et leur cocher moustachu, Mohan Sawant. Mais le roi ne se trouvait jamais à l'intérieur, ou, en tout cas, on n'en savait rien. La famille royale avait deux calèches, un phaéton découvert et un Brougham avec des rideaux aux vitres. La rumeur courait que le roi était parfois caché dans le Brougham, mais personne ne pouvait en être sûr à cause des lourds rideaux de velours.

En revanche, on voyait les princesses, trois ou quatre fois par an, se rendre à la jetée de Mandvi ou au temple de Bhagavati, ou encore chez ces Britanniques qu'elles avaient la permission de rencontrer. Première, deuxième, troisième et quatrième (née à Ratnagiri, l'année après l'exil du roi), les habitants les connaissaient toutes de vue.

Au début, les princesses s'habillaient à la birmane – *aingyi* et *htamein*. Mais au fil des années leurs vêtements changèrent. Un beau jour – personne ne se rappelait vraiment quand –, elles apparurent en sari, non pas des saris coûteux ou somptuaires, mais les simples saris en coton vert et rouge portés dans la région. Elles commencèrent à tresser et à huiler leurs cheveux comme les écolières de Ratnagiri ; elles apprirent à parler le marathi et l'hindoustani aussi couramment que n'importe qui en ville – elles ne parlaient plus le birman qu'avec leurs parents. C'étaient des fillettes à l'allure charmante avec un côté direct, sans affectation. En passant en calèche dans les rues, elles ne détournaient pas le regard, pas plus qu'elles n'évitaient celui des autres. Il y avait une sorte de faim dans leurs yeux, un désir, comme si elles mouraient d'envie de savoir ce que c'était que de se promener dans le bazar de Jhinjhinaka, de flâner dans les boutiques et de marchander les saris. Assises bien droites, alertes, elles enregistraient tout, posant de temps en temps une question au cocher : à qui appartenait cette boutique ? Quelle espèce de mangues donnait donc cet arbre ? Quelle sorte de poisson pendait là-bas dans cette échoppe ?

Mohan Sawant, le cocher, était un garçon du cru. Il venait d'un pauvre hameau sur la rivière. Il avait des dizaines de parents en ville, des tireurs de pousse-pousse, des coolies et des *tonga-wallah* : tout le monde le connaissait.

Quand il visitait le bazar, les gens accouraient vers lui. « Donne ces mangues à la deuxième princesse, ce sont des alphonsos de notre jardin ; donne à la petite une poignée de ce *kokum* séché, je l'ai vue t'en demander. »

Le regard des princesses émouvait tous ceux qui le rencontraient. C'étaient des enfants : qu'avaient-elles fait pour mériter de vivre ainsi ? Pourquoi ne pouvaient-elles pas fréquenter des familles locales, ni se lier d'amitié avec des enfants marathis bien élevés ? Pourquoi étaient-elles condamnées à devenir des femmes sans avoir jamais eu d'autre compagnie que celle de leurs domestiques ?

Une fois ou deux par an, la reine sortait avec ses filles ; son visage était un masque blanc, austère et impassible, ses lèvres teintes d'un mauve maladif par ses cigarillos. Les gens accouraient dans les rues pour la voir passer dans sa calèche mais, assise raide comme un piquet, elle semblait ne remarquer rien ni personne.

Et puis il y avait Miss Dolly, avec ses longs cheveux noirs et son visage ciselé, aussi belle qu'une princesse de conte de fées. Au cours des années, tous ceux qui avaient accompagné la famille royale à Ratnagiri étaient peu à peu partis – les suivantes, les chambrières et autres membres de la maisonnée.

Seule Miss Dolly était restée.

Le roi savait ce que les gens de Ratnagiri disaient de lui, et s'il était inquiet des pouvoirs qu'on lui attribuait, il en était aussi amusé et très flatté. Il essayait dans une certaine mesure de remplir le rôle dont on l'avait affublé. Parfois, les femmes montaient sur leur toit en tendant leur nouveau-né à bout de bras dans l'espoir d'attirer les bénédictions supposées du regard royal. Le roi gardait ses jumelles fixées pendant plusieurs minutes sur ces mères crédules : une requête bien modeste, lui semblait-il, et pourquoi n'aurait-il pas donné ce qu'il était en son pouvoir de donner ?

Et tout ce qu'on racontait à son sujet n'était pas faux : l'affaire des marins, par exemple. Chaque jour, quand il sortait sur son balcon, il voyait les voiles blanches carrées de la flottille de pêche collées sur la baie comme une rangée de timbres-poste. Ces bateaux étaient des *hori*, des catamarans à la coque profonde avec un unique flotteur, venus du village de pêcheurs de Karla, à l'embouchure de la rivière. Le soir, au crépuscule, il regardait ces mêmes bateaux prendre des bords pour remonter la baie au vent. Il n'avait jamais conscience de compter les embarcations qui faisaient voile le matin mais, d'une manière ou d'une autre, il connaissait leur nombre. Un jour, alors que les catamarans étaient loin en mer, il vit un soudain coup de vent les balayer. Ce soir-là, comme la flottille regagnait la baie en désordre, il comprit aussitôt que le compte n'y était pas, qu'il manquait un bateau.

Le roi envoya chercher Sawant : il savait que le village de pêcheurs n'était pas loin du hameau où vivait la famille du gamin. Sawant n'était pas encore cocher à l'époque : il avait quatorze ans et n'était qu'un *syce*, un garçon d'écurie.

« Sawant, dit le roi. Il y a eu une tempête en mer. » Il expliqua ce qui était arrivé. Sawant dégringola en courant la colline et la nouvelle parvint au village avant le retour des bateaux. Ainsi naquit la légende du roi vigilant de Ratnagiri.

De son balcon, le roi avait une vue de la mer meilleure que quiconque dans le pays : il était naturel qu'il vît certaines choses avant tout le monde. Sur la baie, non loin de l'embarcadère, se trouvait un petit hangar à bateaux, un abri au toit de chaume attenant à un dépôt. Ce hangar avait une histoire : on racontait qu'un général anglais, Lord Lake, était entré un jour dans la ville à la tête d'une unité de troupes d'élite, le Bataillon royal, après que plusieurs souverains indigènes eurent été mis en déroute. Sa Grâce était de fort bonne humeur et une nuit, à la fin d'une longue soirée de festivités, il avait organisé une course de bateaux pour ses officiers. Des embarcations avaient été réquisitionnées chez les pêcheurs des environs et les officiers du Bataillon royal avaient été se tremper dans des canots et des pirogues pour traverser la baie, en ramant comme des fous, sous les acclamations de leurs soldats. Selon la légende, Sa Grâce avait gagné d'une bonne longueur.

Après quoi, pour les autorités de Ratnagiri, faire de l'aviron sur la baie était devenu une sorte de tradition. D'autres garnisons en Inde bénéficiaient de distractions telles que la chasse au sanglier ou le polo : la baie était tout ce que Ratnagiri avait à offrir. Au fil des années, le hangar à bateaux avait acquis son petit panthéon de héros de la rame et ses propres légendes marines. La plus connue concernait un certain Mr Gibb, un champion de

Cambridge et un haut fonctionnaire régional de grande réputation. Mr Gibb était un rameur si expérimenté qu'on l'avait vu faire franchir à sa longue et mince coque l'étroit et turbulent chenal menant au large. C'est le roi qui avait observé le premier de cette série d'étonnants exploits et c'est grâce à lui que Ratnagiri en avait été informé.

C'est aussi du roi que les habitants dépendaient pour des renseignements fiables sur l'arrivée de la mousson. Chaque année, un matin au réveil, il observait un vague mais immanquable assombrissement de la ligne qui divisait sa fenêtre. Le soulagement tournait vite à la panique. Cette tache sur l'horizon, aussi fine qu'un trait d'antimoine sur une paupière, grossissait rapidement en un rideau mouvant de pluie. Haut perchée sur la colline, Outram House marquait le premier atterrissage de la mousson : la pluie venait s'écraser sur le balcon, elle se glissait sous la porte et dans les fissures des encadrements des fenêtres, s'accumulait sous le lit du roi.

« Sawant ! La pluie est là. Vite ! Calfeutrez les volets, sortez les seaux et ôtez tout ce qui est par terre ! »

En quelques minutes la nouvelle dévalait la colline : « Le roi a vu la pluie. » S'ensuivait un formidable remue-ménage : les grands-mères se précipitaient pour ramasser leurs petits légumes mis à mariner au soleil et les enfants sortaient de leurs maisons en piaillant joyeusement.

Et c'est encore le roi qui, le premier, découvrait les paquebots qui entraient dans la baie. À Ratnagiri, leurs allées et venues marquaient le passage du temps, comme le faisaient les coups de canon et les grandes horloges dans d'autres villes. Le matin de l'arrivée d'un navire, les gens se rassemblaient en grand nombre sur la jetée de Mandvi. Les bateaux de pêche se glissaient dans la baie à l'aube, avec des cargos de poissons séchés. Les commerçants arrivaient sur des chars à bœufs chargés de poivre et de riz.

Personne n'attendait l'arrivée des paquebots avec plus d'impatience que le roi. Malgré les mises en garde de son médecin, il n'avait pas été capable de maîtriser ses envies de cochonnailles. Comme il était impossible d'en trouver à Ratnagiri, on lui expédiait de Bombay chaque semaine des colis de bacon et de jambon. De Goa venait le chorizo portugais, assaisonné au piment.

Le roi avait essayé de son mieux de combattre cette passion inconvenante. Il pensait souvent à son lointain prédécesseur, le roi Narathihapati de Birmanie, célèbre pour sa gloutonnerie porcine. Ayant commis l'infamie d'abandonner sa capitale aux armées de Kubilai Khan, Narathihapati avait aussi gagné le titre éternellement honteux du « roi qui avait fui devant les Chinois ». Sa femme et son propre fils lui avaient tendu le poison qui devait mettre fin à sa vie. L'amour du porc n'était pas de bon augure chez un roi.

En général, le roi apercevait le navire alors que celui-ci était encore loin en mer, à une heure ou plus de l'embarcadère. « Sawant ! Le bateau ! » En quelques minutes le cocher était en route avec le coupé. La calèche devint le signe avant-coureur de l'arrivée du paquebot. Les gens n'eurent plus à attendre toute la journée sur le quai : ils étaient prévenus suffisamment à l'avance. Ainsi, la fonction de marquer le temps passa peu à peu des navires à la calèche noire ornée des armoiries au paon : comme si le temps lui-même était passé à la charge de Thebaw. Invisible sur son balcon, Thebaw devint l'esprit gardien de la ville. De nouveau un roi.

L'année des quinze ans de Dolly, une épidémie de peste éclata sur la côte. Ratnagiri fut particulièrement frappé. Dans le crématorium, les feux brûlaient jour et nuit. Les rues se vidaient. Beaucoup de gens quittèrent la ville ; les autres se barricadèrent chez eux.

Outram House était située à bonne distance des points sensibles de l'épidémie, assez loin des principaux centres populeux pour échapper à la contagion. Mais tandis que la terreur se répandait dans la région, il devint évident que cet isolement n'était pas sans risques : Outram House se trouva abandonnée. La maison ne possédait ni tout-à-l'égout ni réserve d'eau. Les toilettes devaient être vidées chaque jour de leur contenu par des vidangeurs ; l'eau devait être rapportée de la rivière voisine dans des seaux. Dès le début de l'épidémie, les vidangeurs avaient cessé de venir et les seaux demeuraient retournés près de la cuisine.

D'ordinaire, Dolly servait d'intermédiaire entre les serviteurs et la famille royale ; par défaut, au fil des années, il lui était revenu de gérer un nombre croissant de tâches quotidiennes d'intendance. Travail difficile que de régenter les dizaines de personnes qui vivaient sur la propriété – porteurs, palefreniers, jardiniers, ayah, cuisiniers. Même dans les meilleures circonstances, Dolly avait du mal à trouver des domestiques et à les persuader de rester. Le problème était qu'il n'y avait jamais assez d'argent pour payer leurs salaires. Le roi et la reine avaient vendu presque la totalité de ce qu'ils avaient apporté de Mandalay : leur trésor avait disparu, à part quelques babioles ou souvenirs.

Dans la ville paralysée par la peur de la maladie, Dolly apprit vite ce que signifierait mener la maison sans domestiques. À la fin de la première journée, les toilettes dégageaient une insupportable puanteur ; les citernes étaient vides et l'eau manquait pour la lessive ou les bains.

Les seuls serviteurs qui restaient étaient la demi-douzaine qui vivaient sur la propriété, dont Mohan Sawant. Sawant s'était rapidement élevé de la position de *syce* à celle de cocher, et son flegme autant que sa bonne humeur lui avaient conféré une certaine autorité, en dépit de sa jeunesse. En temps de crise, c'était vers lui que tout le monde se tournait.

Les deux premiers jours, avec l'aide de Sawant, Dolly réussit à s'assurer que les citernes de la chambre de la reine restent remplies. Mais il n'y avait pas d'eau pour le roi, et les toilettes étaient pratiquement inutilisables.

Dolly en appela à Sawant :

« Mohanbhai, fais quelque chose, *kuchh to karo*.

– Attends. »

Sawant trouva une solution : si la reine autorisait les serviteurs de la maison à édifier quelques cabanes autour des murs de la propriété, alors eux aussi seraient à l'abri de la contagion. Ils reviendraient et, en outre, ils seraient toujours là pour faire leur travail. Plus besoin de contraindre des messagers à des allées et venues entre la maison et la ville pour ramener ce cuisinier ou cette ayah : plus personne ne parlerait de partir. On aurait un petit village indépendant, ici même, sur la colline.

Dolly lui pressa le bras avec reconnaissance. « Mohanbhai ! » Pour la première fois depuis des jours elle pouvait respirer un peu. Ah, quel garçon de confiance, qui avait toujours une solution pour tout ! Qu'aurait-on fait sans lui ?

Mais, maintenant, comment obtenir le consentement de la reine ? Elle ne cessait de se plaindre que la propriété fût trop petite, qu'on s'y sentît trop à l'étroit, comme dans une prison. Que dirait-elle à l'idée de voir tout le personnel y débarquer ? Le temps pressait. Dolly se présenta à la porte de la reine.

« Mebya.

– Oui ? »

Dolly leva sa tête du plancher et s'assit sur ses talons.

« Les domestiques ne viennent plus à cause de l'épidémie en ville. D'ici un jour ou deux, ils s'enfuiront dans la campagne. Personne ne restera à Ratnagiri. Bientôt, il n'y aura plus d'eau dans la maison. Les toilettes déborderont. Nous devrons descendre nous-mêmes les déjections au pied de la colline. Mohanbhai dit : Pourquoi ne pas laisser le reste des serviteurs construire quelques chambres autour de la propriété. Au-delà des murs d'enceinte. Une fois la peur passée, ils partiront. Cela résoudra tout. »

La reine détourna son regard de la fille accroupie pour le porter vers la fenêtre. Elle aussi était lasse des problèmes de domestiques – de misérables, de misérables ingrats, que dire d'autre ? Plus on leur en donnait, plus ils en exigeaient, semblait-il – oui, même les meilleurs, comme cette fille, Dolly. Peu importait ce qu'ils recevaient, il y avait toujours quelque chose d'autre, une autre demande : de nouveaux vêtements, un nouveau collier. Quant au reste, cuisiniers, balayeurs et ayah, pourquoi paraissaient-ils plus difficiles à recruter chaque année ? Il suffisait de sortir pour voir des milliers de gens plantés là, sans rien de mieux à faire que de traîner sur le bord de la route. Pourtant, quand il s'agissait de trouver des domestiques on aurait cru vivre dans un monde de fantômes.

Et maintenant, avec la propagation de cette maladie, ils étaient certains de périr par milliers. Et puis alors ? Ceux qui étaient désireux de travailler deviendraient encore plus rares – comme les éléphants blancs. Mieux valait les déménager tant qu'il était temps. Cette fille disait vrai : il serait plus sûr de les avoir sur la colline, loin de la ville. Autrement, ils risquaient d'apporter la maladie dans la propriété. Et il y aurait des avantages à ce vilain spectacle. Ils seraient là dès qu'on en aurait besoin, jour et nuit.

La reine se retourna vers Dolly.

« J'ai décidé. Laissons-les construire leurs abris sur la colline. Dis à Sawant de leur faire savoir qu'ils peuvent venir. »

En l'espace de quelques jours, un *basti* surgit autour de la propriété, un ensemble de huttes et de cabanes. Dans les salles de bains d'Outram House, l'eau se remit à couler ; les toilettes furent de nouveau propres. Les habitants du *basti* remerciaient tous les jours la reine dont ce fut alors le tour d'être divinisée : du jour au lendemain, elle devint une déesse tutélaire, protectrice des malheureux, la réincarnation d'une *devi* ayant sauvé des centaines de personnes des ravages de la peste.

Au bout d'un mois, l'épidémie se calma. Désormais, une cinquantaine de familles vivaient autour de la propriété. Elles ne montraient aucune intention de regagner leurs anciennes demeures dans les ruelles congestionnées de la ville : on était bien mieux sur la colline ventilée. Dolly débattit de l'affaire avec la reine et elles décidèrent d'autoriser les occupants à rester. « Et si une autre épidémie éclatait ? dit la reine. Après tout, nous ne savons pas si celle-ci est déjà vraiment terminée. »

Les princesses furent ravies : jusqu'ici, elles n'avaient jamais eu de compagnons de jeux de leur âge. Maintenant, elles en avaient des dizaines. La première princesse avait huit ans, la plus jeune trois. Elles passaient leurs journées à courir sur la propriété avec leurs nouveaux amis, découvrant de nouveaux jeux et parlant le marathi. Quand elles avaient faim, elles se précipitaient dans les cabanes de leurs camarades pour demander à manger ; l'après-midi, quand il faisait trop chaud pour jouer dehors, elles s'endormaient sur le sol en terre battue des bicoques aux toits de chaume.

Quatre ans plus tard, éclata une nouvelle épidémie de peste. D'autres gens déménagèrent sur la colline. Tout comme l'avait prédit Sawant, le *basti* autour de la propriété devint un petit village en soi, avec des ruelles sinueuses et des échoppes. Les habitations ne consistaient plus seulement en huttes et cabanes : des maisons aux toits de tuiles apparurent, une à une. Mais la petite colonie n'avait aucun égout ni autre commodité. Quand le vent changeait de direction, une odeur d'excréments et d'ordures montait des ravins de l'autre côté du promontoire, et enveloppait Outram House,

Un fonctionnaire anglais de la province conçut des inquiétudes au sujet de l'éducation des princesses et décida d'engager une gouvernante anglaise. Seule une des princesses, la plus jeune, montra une certaine aptitude aux études. C'est elle et Dolly qui profitèrent le plus du séjour de l'institutrice. Toutes deux apprirent vite à parler couramment l'anglais. Dolly commença à faire de l'aquarelle. Mais la gouvernante ne fit pas long feu. Elle se montra si indignée par les conditions de captivité de la famille royale qu'elle se brouilla avec les autorités britanniques locales. En fin de compte, on dut la renvoyer en Angleterre.

Maintenant, les princesses avaient grandi, ainsi que leurs compagnons de jeux : parfois les garçons tiraient les tresses des filles et se frottaient un peu contre elles en courant autour de la propriété. À Sawant revenait le rôle de défenseur et de chevalier servant. Il se précipitait dans le *basti* et rentrait avec des bleus sur le visage et des lèvres écorchées. Dolly et les princesses l'entouraient, muettes d'admiration : sans le demander, elles savaient que c'était en les défendant qu'il avait acquis ses blessures.

Devenu un grand jeune homme au teint basané, au torse large et à la moustache noire bien coupée, Sawant n'était plus désormais seulement cocher mais aussi portier. À ce titre, on lui avait attribué, pour son usage personnel, la salle de garde, à côté du portail. La pièce était petite, avec une seule fenêtre et un lit de cordes et, pour unique ornement, une image de Bouddha – gage de la conversion de Sawant, sous l'influence du roi.

D'ordinaire, la chambre de Sawant était interdite aux filles mais celles-ci avaient peine à s'en écarter quand il s'y trouvait en train de soigner des plaies acquises en les défendant. Elles se débrouillaient pour découvrir des moyens d'entrer sans être vues avec des plats de nourriture et des paquets de friandises.

Par un chaud après-midi de juillet, Dolly, qui venait consulter Sawant sur un problème d'intendance, le trouva endormi sur son lit, nu à part un *langot* de coton blanc noué entre ses jambes. Elle s'assit près de lui et regarda sa poitrine onduler au rythme de sa respiration. Pensant le réveiller, elle voulut lui toucher l'épaule mais sa main se posa sur son cou dont la peau, couverte d'un léger film de sueur, était glissante. Dolly passa l'index sur le centre de la poitrine du dormeur, jusqu'à la spirale du nombril. Une ligne de poils fins en descendait avant de disparaître dans les replis humides du pagne. Elle les caressa du bout des ongles en sens inverse. Sawant remua puis ouvrit les yeux. Dolly sentit qu'il lui passait les doigts sur le visage, traçant la forme de son nez, entrouvrant ses lèvres, lui touchant le bout de la langue, suivant la courbe de son menton jusqu'à sa gorge. Au moment où il atteignait son décolleté, elle lui saisit la main pour l'arrêter.

« Non.

– C'est toi qui as commencé », lui dit-il.

Elle ne répondit pas. Elle demeura immobile tandis qu'il cherchait à défaire les lacets et les boucles de son *aingyi*. Elle avait de petits seins, pas encore très formés, avec de minuscules mamelons. Les paumes rugueuses couvertes de callosités égratignaient durement la pointe tendre des seins. Elle fit courir ses mains le long de la cage thoracique de Sawant. Une boucle de cheveux s'échappa sur sa tempe et des gouttes de sueur glissèrent en tourbillonnant le long de la mèche avant de s'égrener lentement sur les lèvres de Sawant.

« Dolly, tu es la plus belle femme du monde. »

Ni l'un ni l'autre ne savaient quoi faire. Il semblait impossible que leurs membres puissent s'accorder. Leurs corps tâtonnèrent, se frottèrent. Et puis, soudain, Dolly sentit une grande flamme de douleur s'allumer entre ses jambes. Elle hurla.

Il défit son pagne de coton pour éponger le sang sur les hanches de Dolly. Elle saisit un bout du tissu et essuya les taches rouges sur le sexe empourpré de Sawant. Il lui écarta les jambes et nettoya doucement son pubis. Ils se rassirent sur les talons l'un en face de l'autre, leurs genoux entremêlés. Il étala sur leurs membres le tissu blanc humide : la pourpre de son sang à elle mouchetée de son sperme opaque à lui. Ils contemplèrent le tissu aux couleurs vives avec un étonnement muet : cela était leur œuvre, le drapeau de leur union.

Elle revint le lendemain et bien des jours suivants. Son lit se trouvait au premier étage, dans la garde-robe voisine de la chambre où dormait la première princesse. À côté du lit, il y avait une fenêtre et, à l'extérieur, facile à atteindre, un manguier. Dolly prit l'habitude de s'éclipser par là la nuit et de revenir par le même chemin avant l'aube.

Un après-midi, au poste de garde, Dolly et Sawant s'endormirent ruisselants de sueur sur le lit de cordes. Puis un cri emplit soudain la pièce et ils se réveillèrent en sursaut, tentant d'attraper un vêtement pour se couvrir. Le regard embrasé, les mains sur les hanches, la première princesse se penchait sur eux. L'ardeur de sa colère transformait cette gamine de quatorze ans en une femme adulte.

« Je me posais des questions, et maintenant je sais ! » Elle ordonna à Dolly de se lever et de quitter la chambre. « Si jamais je vous revois ensemble, j'irai trouver Sa Majesté. Vous êtes des domestiques. Vous serez jetés dehors ! »

Sawant, tout nu, tomba à genoux, les mains jointes. « Princesse, j'ai commis une faute, une grande faute. Ma famille, elle dépend de moi. Ouvrez votre cœur, princesse. C'était une faute. Jamais plus. »

À partir de ce jour-là, le regard de la princesse les suivit où qu'ils aillent. Elle raconta à la reine qu'elle avait vu un voleur grimper sur le manguier. On coupa l'arbre et on mit des barreaux aux fenêtres.

Il fut décidé que les journaux de Bombay seraient désormais livrés à Outram House en même temps que les commandes de porc du roi. Le premier envoi contenait des articles sur un sujet d'un intérêt passionnant : une tournée des capitales européennes par le roi Chulalangkorn du Siam. C'était la première fois qu'un souverain d'Asie faisait une visite officielle en Europe. La tournée s'étendit sur plusieurs semaines durant lesquelles le roi Thebaw ne s'intéressa à rien d'autre.

À Londres, le roi Chulalangkorn dormit au palais de Buckingham. Il fut reçu en Autriche par l'empereur François-Joseph, accueilli à Copenhague par le roi du Danemark, fêté à Paris par le président de la République. En Allemagne, le Kaiser Guillaume l'attendait sur le quai de la gare. Les récits étaient courts et le roi Thebaw ne cessait de les relire jusqu'à les savoir par cœur.

Il n'y avait pas si longtemps qu'Alaungpaya, l'arrière-grand-père de Thebaw, et Bagyidaw, son grand-père, avaient envahi le Siam, écrasé ses armées, détrôné ses souverains et mis à sac Ayutthaya, sa capitale. Après quoi, les nobles vaincus avaient choisi un nouveau monarque et Bangkok était devenue la nouvelle capitale. C'était aux rois de Birmanie, aux ancêtres de Thebaw, à la dynastie des Konbaung que le Siam devait sa présente dynastie et son souverain régnant.

« Quand notre ancêtre, le grand Alaungpaya, envahit le Siam, dit un jour Thebaw à ses filles, il envoya une lettre au roi d'Ayutthaya. Il y en avait une copie au Palais des Miroirs. Je me rappelle quelques-uns des mots. Voici ce qu'elle disait : "Notre gloire et notre karma sont sans rivaux : vous placer à côté de nous revient à comparer le Grand Galon de Vishnou à une hirondelle ; le soleil à une luciole, la divine hamadryade des cieux à un ver de terre ; Dhatarattha, le roi de Hamsa, à un bousier." Voilà ce que notre ancêtre dit au roi du Siam. Mais aujourd'hui ils dorment au palais de Buckingham tandis que nous gisons enterrés sous ce tas de fumier. »

On ne pouvait pas nier qu'il disait vrai. Au fil des années, Outram House avait fini par ressembler de plus en plus aux taudis environnants. Des tuiles s'étaient envolées sans être remplacées. Le plâtre s'écaillait sur les murs, découvrant de grandes surfaces de briques. Des branches de banian avaient pris racine dans les fissures avant de devenir très vite de solides arbrisseaux. À l'intérieur, la moisissure était montée du sol jusqu'à ce que les murs aient l'air d'avoir été drapés dans du velours noir. La décrépitude était devenue la marque de défi de la reine. « La responsabilité de l'entretien de cette maison ne nous incombe pas, disait-elle. Ils ont choisi d'en faire notre prison, qu'ils s'en occupent ! »

Les nouveaux trésoriers parlaient parfois de raser le *basti* et de renvoyer les domestiques en ville. La reine riait : qu'ils étaient bêtes, ces hommes, avec leur arrogance, d'imaginer que dans un pays comme l'Inde ils pouvaient garder une famille isolée sur une colline : mais enfin ! le sol même se révolterait contre ça !

Les rares visiteurs autorisés étaient choqués par la vue du *basti*, l'odeur des ordures et des excréments, l'épais linceul de fumée en suspens dans l'air. Souvent, ils descendaient de leur fiacre avec des mines stupéfaites, incapables de croire que la résidence du dernier roi de Birmanie était devenue le centre d'un bidonville.

La reine les accueillait avec son petit sourire pincé et fier. Oui, regardez autour de vous, regardez comment nous vivons Oui, nous qui étions les souverains du plus riche royaume d'Asie, nous voici désormais réduits à cela. Voilà ce qu'ils nous ont fait, voilà ce qu'ils feront à toute la Birmanie. Ils ont pris notre royaume, en promettant des routes, des chemins de fer et des ports, mais, écoutez-moi bien, c'est ainsi que ça finira. Dans quelques dizaines d'années, toutes les richesses auront disparu – toutes les pierres précieuses, le bois précieux et le pétrole – et alors eux aussi partiront. Dans notre Birmanie d'or, où personne n'eut jamais faim et où personne n'était trop pauvre pour savoir lire et écrire, seuls resteront la misère et l'ignorance, la famine et le désespoir. Nous avons été les premiers à connaître la prison au nom du progrès : des millions d'autres suivront. Voilà ce qui nous attend, voilà comment nous finirons tous : prisonniers, dans des bidonvilles nés de la peste. D'ici cent ans, vous lirez la condamnation de l'avidité de l'Europe dans la différence entre le royaume du Siam et l'état de notre pauvre territoire asservi.

8

L'Irrawaddy n'était pas la seule voie fluviale que Saya John utilisait. Son travail l'amenait souvent plus à l'est, en aval de la rivière Sittang, au cœur des régions montagneuses chan. À une journée de la ville riveraine de Pyinmana, se trouvait un village du nom de Huay Zedi. Bien des années auparavant, quand les compagnies avaient commencé à exploiter cette partie de forêt, Huay Zedi n'avait été qu'un camp temporaire comme les autres. Mais, au fil du temps, les camps annuels n'avaient cessé de se déplacer plus haut sur la pente, de sorte que les approvisionner représentait une tâche toujours plus compliquée. Grâce à sa position, à la charnière de la montagne et de la plaine, Huay Zedi était devenu une sorte d'étape routière sur le chemin des hauteurs. Nombre de bûcherons et de cornacs, qui avaient suivi la compagnie dans cette région jusqu'ici désertique, choisirent de s'installer à l'intérieur ou autour de ce village.

Les *oo-si* et les *pa-kyeik* qui habitaient à Huay Zedi étaient rarement birmans d'origine. Quelques-uns étaient karens, d'autres pa-o, padaung ou kadu-kanan : il y avait même quelques familles de mahouts indiens, des cornacs de Koraput, dans les Ghats orientaux. Les villageois vivaient repliés sur eux-mêmes et n'avaient que peu de rapports avec les gens de la plaine. Huay Zedi était une entité en soi, une partie du nouveau cycle de vie qu'avait fait naître le teck.

Le village se situait juste au-dessus d'un plateau sablonneux sur lequel un *chaung* s'était égaré en un large méandre. La rivière s'étalait sur un lit caillouteux, si bien que, la majeure partie de l'année, l'eau n'arrivait qu'à hauteur du genou, une profondeur parfaite pour les gamins du village qui s'y promenaient toute la journée avec de petites arbalètes. Elle était remplie de poissons argentés faciles à attraper qui tournaient en rond dans les hauts-fonds, étourdis par le changement soudain de la vitesse de l'eau. La population permanente de Huay Zedi était largement féminine : à partir de l'âge de douze ans, les mâles se trouvaient la plupart du temps dans un camp ou un autre, là-haut sur les flancs de la montagne.

Le village était entouré d'arbres immenses et très droits, d'une telle densité qu'ils formaient un impressionnant mur de feuillage. Derrière ce mur se cachaient des volées de perruches aussi bien que des bandes de singes – langurs au museau blanc et rhésus au pelage cuivre. Il suffisait d'un son familier venu du village – le grattement d'une louche en noix de coco contre un pot en métal, le grincement d'un jouet – pour qu'une tempête d'affolement traversât l'obscurité tachetée de la forêt : les singes battaient bruyamment en retraite et une immense volée d'oiseaux s'élevait des sommets des arbres en une masse ondulante, tel un drap soufflé par le vent.

Les habitations de Huay Zedi ne différaient de celles des camps qu'en hauteur et en taille. Autrement, en forme et apparence, elles se ressemblaient beaucoup, faites des mêmes matériaux, bambou tressé et osier, chacune surélevée sur des piliers de teck à hauteur d'épaule. Seules quelques structures ressortaient sur la verdure environnante : un pont en bois, une pagode aux murs blancs et une église au toit de chaume surmonté d'une croix en teck peint. Cette église était fréquentée par un bon nombre des villageois, pour la plupart d'origine karen – des gens dont les familles avaient été converties par des disciples du missionnaire baptiste américain, le révérend Adoniram Judson.

Quand il passait par Huay Zedi, Saya John descendait en général chez la veuve fort digne d'un ancien *hsin-ouq*, une chrétienne karen qui tenait une petite boutique sur le balcon couvert de plantes grimpantes de son *tai*. Cette dame avait un fils, Doh Say, qui devint un des meilleurs amis de Rajkumar.

Doh Say, de deux ans l'aîné de Rajkumar, un garçon timide, style échalas, avec un gros visage plat et un nez en mégot de cigare, était à l'époque un humble *sin-pa-kyeik*, l'assistant d'un *pa-kyeik*, un préposé aux chaînes, un des hommes responsables du harnachement des éléphants et du remorquage des grumes. Doh Say était trop jeune et trop inexpérimenté pour se voir confier le moindre arrimage : son travail consistait simplement à soulever les lourdes chaînes pour son patron. Mais Doh Say était un travailleur sérieux, dur à la tâche, et quand Rajkumar et Saya John revinrent, il était devenu *pa-kyeik*. L'année suivante, il était déjà *pe-si*, cornac en second, et travaillait avec un troupeau de *aunging*, spécialisé dans le nettoyage des rivières.

Au camp, Rajkumar s'attachait à Doh Say : il passait ses journées sur ses talons, se rendant utile de temps à autre en allumant un feu ou en faisant bouillir de l'eau. C'est Doh Say qui apprit à Rajkumar à faire le thé comme l'aimaient les *oo-si*, épais, amer et acide, en commençant par verser de l'eau dans un pot déjà à moitié plein de feuilles, puis en remettant des feuilles à chaque ajout d'eau. Le soir, il aidait Doh Say à tresser des parois d'osier et, plus tard, il s'asseyait sur l'échelle de sa hutte, pour mâcher du bétel et écouter les conversations des *oo-si*. La nuit, le troupeau n'avait besoin d'aucun soin. Les éléphants étaient entravés avec des chaînes et libres d'aller fourrager dans la jungle environnante.

Doh Say parlait souvent de la fille qu'il aimait, Naw Da, une adolescente mince et jolie, vêtue d'une tunique blanche à pompons et d'un *longyi* tissé à la main. Ils se marieraient dès que Doh Say aurait été promu *oo-si*.

« Et toi ? demandait Doh Say. Y a-t-il une fille à laquelle tu penses ? »

D'habitude, Rajkumar écartait la question d'un haussement d'épaules mais un soir Doh Say insista et il hocha la tête.

« Qui est-ce ? voulut savoir Doh Say.

– Elle s'appelle Dolly. »

C'était la première fois que Rajkumar parlait d'elle et il y avait si longtemps qu'il l'avait vue qu'il se souvenait à peine de ce à quoi elle ressemblait. Elle n'était qu'une enfant et pourtant elle l'avait ému comme personne d'autre ni rien encore. Dans ses grands yeux, débordants de peur, il avait vu, reflétée, sa propre solitude, rendue visible, à fleur de peau.

« Et où habite-t-elle ?

– En Inde, je pense. Je n'en suis pas certain. »

Doh Say se gratta le menton.

« Un jour, il faudra que tu ailles la chercher. »

Rajkumar éclata de rire.

« C'est très loin !

– Il faudra que tu y ailles. Il n'y a pas d'autre moyen. »

C'est de Doh Say que Rajkumar apprit les multiples formes sous lesquelles la fatalité traquait les *oo-si* : la vipère, la grume rebelle, l'attaque d'un buffle sauvage. Pourtant ce que redoutait le plus Doh Say concernait non pas ces incarnations reconnaissables de la mort mais une forme particulièrement vengeresse : l'anthrax, la plus mortelle des maladies de l'éléphant.

Le charbon était répandu dans les forêts de Birmanie centrale et les épidémies difficiles à prévenir. La maladie pouvait rester inactive dans les prairies pendant plus de trente ans. Une piste ou un sentier d'apparence tranquille, jugé sans danger après avoir été délaissé des années durant, se révélait soudain une route directe pour la mort. Sous sa forme la plus virulente, le charbon tuait un éléphant en quelques heures. Une énorme bête, de cinq mètres de haut, pouvait se nourrir paisiblement le soir et mourir à l'aube. Un troupeau de cent éléphants se voyait complètement décimé en trois ou quatre jours. Les animaux adultes valaient plusieurs milliers de roupies, et le coût d'une épidémie était de nature à se répercuter sur la Bourse de Londres. Rares étaient les assureurs prêts à parier sur pareille maladie.

L'anthrax, quand il atteint l'homme, se manifeste par de petits boutons enflammés dont le centre, en grossissant, se marque d'un point noir, formant une série d'infimes pustules semblables à de la poudre de charbon : d'où le nom de la maladie. Sur la peau d'un pachyderme, les lésions se multiplient avec la puissance d'un volcan. Elles apparaissent d'abord sur l'arrière-train : grosses comme le poing, d'un brun rougeâtre, elles enflent très vite et, chez les mâles, enrobent rapidement le pénis. Puis elles finissent par sceller l'anus de l'animal. Les éléphants consomment une énorme quantité de fourrage et défèquent constamment. Le fonctionnement de leur appareil digestif ne cesse pas avec le début de la maladie ; leurs intestins continuent à produire de la matière fécale qui vient dramatiquement se heurter au passage anal obstrué.

« La douleur est si terrible, disait Doh Say, qu'un éléphant malade attaque tout ce qu'il voit. Il déracine des arbres, démolit des murs. Les femelles les mieux dressées deviennent des tueuses enragées. Les éléphanteaux les plus doux se jettent sur leur mère. »

Ils se trouvaient ensemble dans le même camp quand éclata une épidémie. Rajkumar et Saya John étaient hébergés comme d'habitude par le *hsin-ouq*, un petit homme bossu à la fine moustache. Un soir tard, Doh Say arriva en trombe pour annoncer au *hsin-ouq* qu'un *oo-si* manquait à l'appel : on pensait qu'il avait été tué par son propre animal.

La nouvelle laissa le *hsin* perplexe : cette éléphante était cornaquée depuis quinze ans par le même *oo-si* sans lui avoir créé le moindre problème. Pourtant, juste avant sa mort, l'*oo-si* l'avait conduite à l'écart du troupeau et l'avait enchaînée à un arbre. La bête montait à présent la garde devant le corps de son maître dont elle refusait que quiconque approche. Rien de tout cela n'était dans l'ordre des choses. Que s'était-il donc passé ? Malgré l'heure très tardive, le *hsin-ouq* partit dans la jungle avec Doh Say et quelques autres. Saya et Rajkumar décidèrent de les accompagner.

Le hasard voulut que l'assistant en charge du camp soit allé passer deux jours à Prome, au club de la compagnie. En son absence, impossible de se procurer le moindre fusil. Les *oo-si* n'étaient munis que de torches et de leurs armes habituelles, épées et *da*.

Rajkumar entendit de loin les barrissements de l'animal. Et le bruit ne cessa d'enfler à mesure qu'ils avançaient. Bien souvent, déjà, Rajkumar avait été étonné par le volume sonore qu'un éléphant pouvait produire à lui tout seul : barrissements, couinements, flatulences, piétinements des arbrisseaux et du sous-bois. Mais, pour l'heure, le tintamarre sortait de l'ordinaire : des accents de souffrance perçaient au travers des sons habituels.

À leur arrivée sur les lieux, ils découvrirent que l'éléphante avait ravagé l'espace autour d'elle, abattant tout ce qui se trouvait à sa portée. Meurtri, ensanglanté, le corps de l'*oo-si* gisait sous un arbre, à un mètre ou deux des pattes enchaînées de l'animal.

Saya John et Rajkumar regardèrent de loin le *hsin-ouq* et ses hommes tourner autour de l'animal en colère, pour essayer de déterminer la cause du drame. Soudain le *hsin-ouq* poussa un cri et, de sa main levée, montra la croupe du pachyderme. Malgré le faible éclairage de la torche, Rajkumar aperçut sur l'arrière-train de l'animal des boursouflures rouge vif.

Aussitôt, le *hsin-ouq* et ses hommes tournèrent les talons pour plonger tête première dans la forêt et reprendre à toute allure le chemin du camp.

« Sayagyi, que se passe-t-il ? Pourquoi courent-ils ? »

Saya John se hâtait aussi dans le sous-bois, soucieux de ne pas perdre de vue les torches des *oo-si*.

« À cause de l'anthrax, Rajkumar ! »

Saya John lança le mot en haletant, par-dessus son épaule.

« De quoi ?

– L'anthrax, le charbon !

– Mais, Saya, pourquoi n'essayent-ils pas de récupérer le cadavre ?

– Personne ne peut approcher maintenant de la créature, par peur de la contagion. Et de toute manière ils ont d'autres choses plus urgentes à faire.

– Plus urgentes que récupérer le corps de leur ami ?

– Bien plus. Ils pourraient tout perdre : leurs bêtes, leur travail, leur gagne-pain. Le mort a donné sa vie pour tenter d'empêcher son éléphant de contaminer les autres. Ses amis lui doivent d'écarter le troupeau du danger. »

Rajkumar avait déjà vu pas mal d'épidémies naître et disparaître : typhoïde, variole, choléra. Il avait même survécu à celle qui avait tué sa famille : pour lui, la maladie était plutôt une fatalité qu'un danger, une menace dont il fallait s'accommoder jour après jour. Il n'arrivait pas à croire que les *oo-si* puissent si facilement abandonner le corps de leur camarade.

Il éclata de rire.

« Ils se sont enfuis comme s'ils avaient eu un tigre aux trousses ! »

Ce qui déclencha chez Saya John, d'ordinaire si calme et mesuré, une fureur soudaine.

« Fais attention, Rajkumar ! » s'écria-t-il. Puis, d'un ton plus posé : « Le charbon est un fléau, et c'est pour punir l'orgueil que le Seigneur l'a envoyé sur terre. » Comme chaque fois qu'il citait la Bible, sa voix se fit lente et grave : « "Et le Seigneur dit à Moïse et à Aaron : 'Prenez des poignées de cendres de la fournaise et que Moïse les lance en l'air devant Pharaon. Et elles deviendront de la poussière qui se répandra sur toute la terre d'Égypte et alors surgiront des furoncles avec des pustules sur l'homme et sur les bêtes de tout le pays d'Égypte.'" »

Rajkumar ne comprit que quelques mots mais le ton de son maître suffit à lui faire garder le silence.

Ils regagnèrent le camp et le trouvèrent presque vide. Doh Say et les autres étaient partis avec le troupeau, laissant le *hsin-ouq* seul attendre le retour de l'assistant. Saya John décida de lui tenir compagnie.

Le lendemain matin à l'aube, ils retournèrent sur les lieux de l'accident. Abrutie par la douleur et sa lutte contre la maladie, l'éléphante était plus calme. Les grosseurs avaient atteint la taille d'un ananas et la peau avait commencé à se craqueler. Au fil des heures, les lésions se multiplièrent et les fissures s'élargirent. Bientôt jaillit de ces pustules un épais liquide blanchâtre recouvrant en peu de temps tout l'animal. Des ruisselets de pus striés de sang s'égouttèrent sur le sol et très vite les pattes du pachyderme baignèrent dans une bouillasse sanguinolente.

Rajkumar fut incapable de continuer à regarder. Il vomit, plié en deux, son *longyi* relevé à la taille.

Saya John eut pitié de lui.

« Si cette scène a eu un pareil effet sur toi, Rajkumar, songe à ce que peut signifier pour les *oo-si* de voir leurs éléphants périr de cette façon. Ces hommes s'occupent de ces animaux comme de leur propre famille. Mais quand le charbon atteint ce degré, ils ne peuvent rien faire, que contempler ces gigantesques montagnes de chair en train de se dissoudre sous leurs yeux. »

L'éléphante mourut au début de l'après-midi. Peu après, le *hsin-ouq* et ses hommes récupérèrent le corps broyé de leur camarade et le ramenèrent au camp.

« "Et ils prirent des cendres dans la fournaise", récita doucement dans sa barbe Saya John, "et parurent devant Pharaon ; et Moïse les lança en direction du ciel : et elles devinrent des furoncles bourgeonnant avec des pustules sur les hommes et les bêtes. Et les magiciens ne purent se tenir devant Moïse à cause des furoncles ; car les furoncles couvraient les magiciens et tous les Égyptiens..." »

Écœuré par les événements des derniers jours, Rajkumar avait hâte de partir. Mais Saya John demeura imperméable à ses supplications. Le *hsin-ouq* était un vieil ami, dit-il, et il resterait avec lui jusqu'à ce que le défunt *oo-si* soit enterré et la tragédie terminée.

Normalement, les funérailles auraient dû avoir lieu aussitôt le corps récupéré. Mais l'absence de l'assistant forestier fut la cause d'un retard imprévu. La coutume voulait que le mort fût officiellement délié de ses obligations terrestres par la signature d'une note. Nulle part ce rite n'était plus strictement observé que parmi les *oo-si*, qui vivaient une vie de hasards mortels quotidiens. Or, seul l'assistant, en sa qualité d'employeur, pouvait signer la note de décharge du défunt. Un messager lui fut donc dépêché, qui devait revenir le lendemain avec la note signée. Il ne restait plus qu'à attendre l'aube.

Dès le coucher du soleil, le camp était pratiquement désert. Saya John et Rajkumar faisaient partie des rares individus qui allaient encore y passer la nuit. Rajkumar demeura longtemps éveillé sur le balcon du *hsin-ouq*. Au centre du camp, le *tai* étincelait de lumière. Le *luga-lei* de l'assistant avait allumé toutes ses lampes et, dans la noirceur de la jungle, le *tai* inhabité prenait une sorte de grandeur irréelle.

Tard dans la soirée, Saya John vint sur le balcon fumer un *cheroot*.

« Saya, pourquoi le *hsin-ouq* doit-il attendre si longtemps pour les funérailles ? se plaignit Rajkumar. Quel mal y avait-il à enterrer le mort aujourd'hui et à s'occuper de la note plus tard ? »

Saya John tira une longue bouffée de son cigarillo dont le bout rougeoyant se reflétait sur ses lunettes. Il resta si longtemps silencieux que Rajkumar se demanda s'il avait entendu sa question. Il s'apprêtait à la répéter quand Saya John prit la parole :

« Je me trouvais un jour dans un camp où, à la suite d'un malheureux accident, un *oo-si* fut tué. Un camp pas loin de celui-ci, à deux jours de marche à peine, et où notre hôte d'aujourd'hui avait la responsabilité des troupeaux. L'accident se produisit au moment le plus actif de l'année, vers la fin des pluies. Le travail de la saison s'achevait. Il ne restait plus que quelques tas de troncs quand une grosse grume tomba de travers sur les rives du *chaung*, bloquant la chute utilisée pour faire rouler le teck jusqu'au torrent. La grume se logea entre deux souches de telle façon que tout s'arrêta : aucun autre tronc ne pouvait descendre jusqu'à ce qu'elle soit dégagée.

» L'assistant à la tête de ce camp était un jeune homme, de dix-neuf ou vingt ans, qui s'appelait, si je me souviens bien, McKay. McKay-*thakin*, on le surnommait. En Birmanie depuis deux ans, c'était la première fois qu'il dirigeait un camp tout seul. La saison avait été longue et difficile, et la pluie n'avait pas cessé de tomber depuis plusieurs mois. Fier de ses nouvelles responsabilités, McKay avait travaillé dur, passant toute la durée de la mousson au camp, sans s'accorder le moindre repos, sans partir même pour un week-end. Il avait souffert de plusieurs méchants accès de fièvre. Les attaques l'avaient tellement affaibli que, certains jours, il n'avait pas la force de descendre de son *tai*. À présent, avec la saison touchant à sa fin, on lui avait promis un mois de congé, dans l'air frais des monts Maymyo. La compagnie lui avait dit qu'il était libre de partir aussitôt que le domaine dont il avait la charge serait débarrassé de toutes les grumes marquées pour l'exportation. À mesure que le jour de son départ approchait, McKay-*thakin* montrait une impatience croissante, menant son équipe de plus en plus durement. Le travail était pratiquement terminé quand survint l'accident.

» Le blocage de la piste se produisit vers neuf heures du matin. Le *hsin-ouq* était là et il envoya immédiatement ses *pa-kyeik* avec mission d'enchaîner le fût de manière à pouvoir le remorquer. Mais celui-ci était coincé à un angle si malcommode qu'il fut impossible d'attacher correctement les chaînes. Le *hsin-ouq* tenta d'abord de le déplacer en l'attachant à un seul énorme éléphant mais, la manœuvre ayant échoué, il la renouvela avec deux femelles d'habitude très efficaces. En vain : le tronc refusa de bouger. Finalement, McKay-*thakin*, rongé d'impatience, ordonna au *hsin-ouq* d'envoyer un éléphant au bas de la pente pour dégager la grume réfractaire.

» La pente était très rude et, après des mois de passage des énormes troncs, sa surface avait été réduite à de la terre meuble. Le *hsin-ouq* savait qu'il serait très dangereux pour un *oo-si* de mener un éléphant sur un terrain aussi peu sûr. Mais McKay-*thakin* n'en pouvait plus d'attendre et, étant donné sa position, il l'emporta. À contrecœur, le *hsin-ouq* convoqua un jeune *oo-si*, qui se trouvait être son neveu, le fils de sa sœur. Les dangers de la tâche à accomplir étaient parfaitement évidents, et le *hsin-ouq* savait qu'aucun autre de ses hommes ne lui obéirait s'il leur ordonnait de descendre cette pente. Avec son neveu, c'était différent. "Vas-y, lui dit-il, mais sois prudent et n'hésite pas à faire demi-tour."

» La première partie de l'opération se déroula sans heurts mais, au moment où le fût se dégagea brusquement, le jeune cornac perdit l'équilibre et alla valser droit sur le chemin du tronc de deux tonnes en train de dévaler la piste. C'était inévitable : il fut écrasé. Son corps ne portait pas de blessures quand on le récupéra : mais, à l'intérieur, chaque os avait été pulvérisé.

» Il se trouve que ce garçon était très aimé à la fois de ses compagnons et de sa monture, une éléphante gentille et calme nommée Shwe Doke, dont il avait la charge depuis plusieurs années.

» Ceux qui les connaissent bien prétendent pouvoir détecter chez les éléphants tout l'éventail des émotions : colère, plaisir, jalousie, chagrin. Shwe Doke se montra totalement inconsolable de la perte de son cornac. Le *hsin-ouq* était tout aussi triste, écrasé de remords et de culpabilité.

» Mais le pire était encore à venir. Ce soir-là, une fois le corps préparé pour l'enterrement, le *hsin-ouq* apporta à McKay-*thakin* l'habituelle lettre de décharge et lui demanda de la signer.

» McKay, à ce moment précis, n'avait plus toute sa tête. Il venait de vider une bouteille de whisky et souffrait d'un nouvel accès de fièvre. Les prières du *hsin-ouq* le laissèrent indifférent. Il n'était plus capable de comprendre ce qu'on lui demandait.

» Le *hsin-ouq* eut beau expliquer que l'enterrement ne pouvait pas être retardé, que le corps ne se conserverait pas, que le défunt devait avoir sa décharge avant ses funérailles, rien n'y fit. Il plaida, supplia et, désespéré, tenta même de grimper l'échelle et de pénétrer de force dans le *tai*. Mais McKay-*thakin* le vit venir et sortit furieux, un verre dans une main et un fusil de chasse de gros calibre dans l'autre. Tout en tirant une volée de balles en l'air, il hurla : "Par pitié, ne peux-tu pas me laisser tranquille juste ce soir ?"

» Le *hsin-ouq* abandonna et décida de procéder à l'enterrement. Le défunt fut enseveli à la tombée du jour.

» Comme à l'accoutumée, je passais la nuit dans la hutte du *hsin-ouq*. Nous partageâmes un repas frugal puis je sortis fumer mon cigarillo. D'habitude, à cette heure-là, le camp est plein d'animation : des cuisines monte un grand tintamarre d'assiettes et de pots en métal, et partout, près des huttes, là où les *oo-si* savourent leurs dernières bouffées de tabac de la journée et mâchouillent une ultime chique de bétel, l'obscurité est trouée par les bouts rougeoyants des *cheroot*. Mais, à mon grand étonnement, il n'y avait personne alentour ; je n'entendais que des grenouilles, des chouettes et le battement d'ailes velouté des gros papillons de nuit. Absent aussi le plus familier et rassurant des bruits d'un camp, le cliquetis des clochettes des éléphants. De toute évidence, à peine la terre aplatie sur la tombe du défunt, les autres *oo-si* avaient fui, emmenant leurs bêtes avec eux.

» Le seul éléphant à rester dans le voisinage était Shwe Doke, la monture du défunt. Le *hsin-ouq* l'avait prise en charge tout de suite après l'accident. Elle était agitée, disait-il, et nerveuse, secouant fréquemment les oreilles et griffant l'air du bout de sa trompe. Ce qui n'avait rien de très extraordinaire, car les éléphants sont par-dessus tout des créatures attachées à leurs habitudes et à leur routine. Un bouleversement aussi marqué que l'absence d'un maître familier peut mettre le plus doux des pachydermes de fort méchante humeur, souvent dangereusement.

» Cela étant précisément le cas, le *hsin-ouq* avait décidé de ne pas laisser Shwe Doke fourrager librement la nuit comme il était de règle. Il l'avait emmenée dans une clairière à environ huit cents mètres du camp et lui avait donné un grand tas de feuillages charnus. Puis il l'avait attachée entre deux arbres immenses et indéracinables. Pour plus de sécurité, il avait utilisé non pas les fers légers avec lesquels on entrave les éléphants la nuit mais les lourdes chaînes en fer dont on se sert pour entourer et remorquer les troncs. Cela, dit-il, par précaution.

» "Précaution contre quoi ?" demandai-je. Mais déjà son regard était voilé par l'opium. Il me jeta un coup d'œil en coin et répliqua d'une voix douce et vague : "Simplement par précaution."

» Ne restaient plus dans le camp que le *hsin-ouq* et moi. Et, bien entendu, McKay-*thakin* dans son *tai*. Le *tai* était brillamment éclairé, des lampes à toutes ses fenêtres, et, perché sur ses grands pilotis de teck, il paraissait très haut. La hutte du *hsin-ouq* était petite en comparaison et bien plus proche du sol, de sorte que, debout sur sa plate-forme, il me fallait renverser la tête en arrière pour voir les fenêtres illuminées du *tai*. Alors que j'étais là à les contempler, un gémissement ténu s'en échappa : c'était le son d'une clarinette, un instrument dont le *thakin* jouait parfois le soir, histoire de passer le temps. Comme il était étrange d'écouter cette musique plaintive, mélancolique, venue du *tai*, les notes suspendues dans l'air jusqu'à ce qu'elles se fondent dans les bruits nocturnes de la jungle... C'est ainsi, pensai-je, que doit apparaître, au rameur dans sa pirogue, un grand paquebot traversant la nuit et laissant dans son sillage la musique d'un bal.

» Il n'avait pas beaucoup plu dans la journée mais, le soir, les nuages avaient commencé à s'amasser dans le ciel ; au moment où je déroulai ma natte et soufflai ma lampe, on ne voyait plus la moindre étoile. Très vite, la tempête éclata, déclenchant un déluge de pluie, tandis que le tonnerre grondait de toutes parts dans les vallées dont les parois en renvoyaient l'écho. Je dormais depuis une heure ou deux quand je fus réveillé par un filet d'eau passant à travers le toit de bambou. Je me levai pour transporter ma natte au sec et jetai un coup d'œil sur le camp. Soudain, illuminé par un éclair, le *tai* jaillit de la nuit : ses lampes s'étaient éteintes.

» Je m'étais presque rendormi lorsque, à travers le crépitement de la pluie, j'entendis un petit son frêle, un léger tintement, venu de loin mais approchant rapidement. Et bientôt je reconnus indubitablement le son d'une clochette d'éléphant. Très vite, dans la discrète tension des supports en bambou de la hutte, je perçus le pas lourd et précipité de l'animal. “Tu entends ? chuchotai-je au *hsin-ouq*. Qu'est-ce que c'est ? – C'est l'éléphante, Shwe Doke.”

» Un *oo-si* reconnaît sa bête par sa clochette : c'est en suivant le son que, chaque matin, il localise sa monture après son équipée nocturne dans la forêt. Pour bien faire son travail, un *hsin-ouq* doit connaître le son de chaque membre du troupeau : il doit pouvoir, en cas de besoin, déterminer la position de tous ses éléphants simplement en écoutant avec soin le tintement de leurs clochettes. Mon hôte était un *hsin-ouq* tout aussi compétent qu'expérimenté. En l'occurrence, il n'y avait pas la moindre chance qu'il puisse se tromper.

» “Peut-être, risquai-je, Shwe Doke a-t-elle été affolée par la tempête ? Peut-être a-t-elle réussi à se libérer de ses entraves ? – Dans ce cas, répliqua le *hsin-ouq*, elle traînerait encore ses chaînes aux pieds.” Il se tut pour écouter. “Mais je n'entends pas de bruit de chaînes. Non. Elle a été libérée par une main humaine. – Mais de quelle main pourrait-il s'agir ?” dis-je.

» Il me coupa d'un geste. La clochette était très proche à présent, et la hutte tremblait au rythme du pas de l'éléphant. Je voulus aller vers l'échelle, mais le *hsin-ouq* me retint. “Non, dit-il. Reste ici.”

» L'instant suivant, le ciel fut déchiré par un éclair. Dans l'éclat momentané de cette percée de lumière, j'aperçus devant nous Shwe Doke, qui se dirigeait droit sur le *tai*, la tête baissée et la trompe enroulée sous la lèvre.

» Je sautai sur mes pieds et me mis à hurler : “*Thakin!* McKay-*thakin*... !” McKay-*thakin* avait déjà entendu les clochettes, senti la trépidation du sol sous le poids de l'éléphant en marche. Une lumière clignota dans l'encadrement d'une des fenêtres du *tai* et le jeune homme apparut sur la véranda, tout nu, une lanterne dans une main et son fusil de chasse dans l'autre.

» À trois mètres du *tai*, Shwe Doke s'arrêta. Elle leva la tête comme si elle examinait la bâtisse. C'était un vieil éléphant, dressé selon les pratiques du troupeau *aunging*. Ces animaux sont experts dans l'art de la démolition. Il leur suffit d'un coup d'œil pour évaluer un barrage de grumes bloquées et décider d'un point d'attaque.

» McKay tira juste au moment où Shwe Doke commençait à charger. Elle était si près maintenant qu'il ne pouvait pas la rater : il l'atteignit exactement là ou il l'avait visée, à l'endroit le plus vulnérable, entre l'oreille et l'œil.

» Mais, dans son élan, et bien qu'elle fût en train de mourir, Shwe Doke continua d'avancer. Elle aussi atteignit le *tai* exactement où elle l'avait voulu, à la jonction des deux poutres maîtresses de l'édifice. Celui-ci sembla exploser, troncs, poutres et chaume volant en tous sens. McKay fut catapulté par-dessus la tête de Shwe Doke et vint atterrir sur le sol.

» Un éléphant *aunging* bien entraîné possède un tel jeu de jambes qu'il peut rester en équilibre même au bord d'une cascade, ou perché comme une grue sur un petit rocher au milieu d'une rivière, tourner dans un espace où une mule ne le pourrait pas. C'est avec ces petits pas précis que Shwe Doke fit demi-tour, jusqu'à ce qu'elle se retrouve face au corps allongé de l'assistant. Alors, très lentement, elle se laissa tomber sur lui, sa masse mourante roulant par-dessus, en un mouvement circulaire, une exécution techniquement parfaite des manœuvres de poussée des grumes, une poussée précise au point de pouvoir faire sauter un enchevêtrement de dix tonnes de teck comme on dénoue un nœud marin. La lanterne de McKay-*thakin*, qui grésillait près de lui, s'éteignit et nous ne vîmes plus rien.

» Je me précipitai en bas de l'échelle, suivi du *hsin-ouq*. En courant vers le *tai*, je trébuchai dans l'obscurité et m'étalai la tête la première dans la boue. Le *hsin-ouq* m'aidait à me relever quand un autre éclair déchira le ciel. Le *hsin-ouq* lâcha brusquement ma main et laissa échapper un cri rauque. "Que se passe-t-il ? hurlai-je. Qu'as-tu vu ? – Regarde ! Regarde par terre !"

» Un autre éclair illumina la nuit et je vis, droit devant moi, l'énorme empreinte festonnée des pattes de Shwe Doke. Mais à côté se trouvait une empreinte plus petite, curieusement informe, presque rectangulaire. "Qu'est-ce que c'est ? dis-je. D'où vient cette marque ? – C'est l'empreinte d'un pied, répliqua-t-il. D'un pied humain, bien qu'elle soit difficile à reconnaître écrasée et remuée comme elle l'est."

» Je sentis mon sang se glacer et je me figeai sur place, priant pour la venue d'un autre éclair afin de pouvoir m'assurer de la vérité de ce qu'il disait. Mais j'eus l'impression d'attendre un siècle avant que les cieux ne s'illuminent de nouveau. Et, entre-temps, il avait plu si fort que les marques sur le sol avaient toutes été effacées. »

9

En 1905, la dix-neuvième année de l'exil du roi, un nouveau trésorier général arriva à Ratnagiri. Le trésorier était le chef administratif de la région, l'autorité responsable en dernier ressort des rapports avec la famille royale de Birmanie. Le poste était important et ceux qui y étaient nommés étaient presque toujours des membres de l'Indian Civil Service – l'auguste institution de fonctionnaires qui administraient les possessions indiennes de la Grande-Bretagne. Pour intégrer le ICS, les candidats devaient passer un examen difficile en Angleterre. La grande majorité des lauréats étaient des Anglais mais il y avait aussi un petit nombre d'Indiens parmi eux.

Le trésorier qui arriva en 1905 était un Indien du nom de Beni Prasad Dey. La quarantaine, étranger à la région, c'était un Bengali de Calcutta, une ville diamétralement opposée sur la carte à Ratnagiri. Mince, il avait un profil aquilin et un nez en forme de bec pointu. Il s'habillait de costumes du meilleur faiseur londonien et portait des lunettes cerclées d'or. Il arriva accompagné de son épouse, Uma, une grande femme vigoureuse, aux épais cheveux bouclés, et de quinze ans plus jeune que lui.

Le roi Thebaw était à son balcon quand les autorités de Ratnagiri se réunirent sur la jetée de Mandvi pour accueillir le nouveau trésorier et sa jeune femme. La première chose qu'il remarqua fut que l'épouse du nouveau trésorier arborait un vêtement inhabituel. Étonné, il tendit ses jumelles à la reine. « Que porte-t-elle donc ? »

La reine regarda longuement. « C'est simplement un sari, dit-elle enfin. Mais elle le porte à la nouvelle mode. » Elle expliqua qu'un fonctionnaire indien avait inventé une nouvelle manière de porter un sari en y ajoutant des éléments divers empruntés aux vêtements européens – un jupon, une blouse. Elle avait entendu dire que dans toute l'Inde les femmes adoptaient cette mode. Mais, bien entendu, tout arrivait si tard à Ratnagiri... Elle-même n'avait jamais eu l'occasion d'étudier cette affaire de près.

La reine avait vu beaucoup de trésoriers aller et venir, anglais et indiens : elle les considérait comme ses ennemis et ses geôliers, des parvenus à mépriser. Mais, cette fois, elle se montra intriguée. « J'espère qu'il amènera son épouse quand il viendra se présenter. Ce serait intéressant de voir comment cette sorte de sari se porte. »

En dépit de ce début prometteur, la première rencontre de la famille royale avec le trésorier faillit tourner au désastre. Le trésorier et son épouse étaient arrivés à un moment où la politique occupait beaucoup les esprits. Chaque jour affluaient les récits de rassemblements, de marches et de pétitions : les gens étaient encouragés à boycotter les marchandises en provenance de Grande-Bretagne ; les femmes allumaient des feux de joie avec les tissus du Lancashire. En Extrême-Orient, la guerre avait éclaté entre la Russie et le Japon et, pour la première fois, il semblait qu'un pays d'Asie pouvait l'emporter sur une puissance européenne. Les journaux indiens étaient pleins de nouvelles sur cette guerre et ce qu'elle signifierait pour les pays colonisés.

Il n'était pas dans les habitudes du roi de rencontrer les fonctionnaires qui visitaient Outram House. Mais il avait suivi le conflit russo-japonais de près et était très curieux de savoir ce que les autres en pensaient. Quand le nouveau trésorier et sa femme vinrent se présenter, les tout premiers mots du roi furent au sujet de la guerre :

« Trésorier-sahib, dit-il tout de go, avez-vous lu la nouvelle ? Les Japonais ont vaincu les Russes en Sibérie. Qu'en pensez-vous ?

– J'ai certes vu des rapports, Votre Altesse, répliqua le trésorier après s'être incliné, très raide. Mais je dois avouer que je ne considère pas qu'il s'agisse là d'un événement d'une quelconque importance.

– Ah ? s'étonna le roi. Eh bien, je suis surpris d'entendre cela. »

Il fronça les sourcils d'une manière qui laissait comprendre qu'il n'était pas prêt à abandonner le sujet.

La veille au soir, Uma et le trésorier avaient été longuement instruits du déroulement de leur future visite à Outram House. On les avait informés que le roi n'était jamais présent lors de ces visites : ce serait la reine qui les recevrait dans la salle de réception du rez-de-chaussée. Mais à leur entrée, le roi était bel et bien là, vêtu d'un *longyi* froissé et marchant de long en large tout en se tapant la hanche avec un journal enroulé. Il avait un visage pâle et bouffi, et ses cheveux laineux et gris tombaient en mèches désordonnées sur sa nuque.

La reine, en revanche, se trouvait exactement là où elle était censée être : assise, raide, très droite sur une chaise haute, le dos tourné à la porte. Cela, Uma le savait, faisait partie de l'ordre de bataille : les visiteurs devaient entrer et s'asseoir sur des chaises basses autour de Son Altesse, sans aucune salutation de part et d'autre. C'était la façon qu'avait la reine de préserver l'esprit du protocole de Mandalay : puisque les représentants de la Grande-Bretagne refusaient fermement de pratiquer le *shiko*, elle, à son tour, se faisait un devoir de ne pas admettre les avoir vus entrer.

On avait prévenu Uma de rester sur ses gardes dans la salle de réception et de ne pas trébucher sur des sacs de riz abandonnés ou des paquets de *dal* traînant dans les coins. Cette pièce était parfois utilisée comme un entrepôt provisoire, et l'on connaissait plusieurs visiteurs sans méfiance qui avaient eu des ennuis avec ces écueils secrets. Il n'était pas exceptionnel de trouver des tas de piments cachés sous les canapés et des jarres de condiments fourrées sur les étagères de la bibliothèque. Un jour, un commissaire de police en chef s'était pesamment assis sur les arêtes pointues d'un poisson séché. Une autre fois, piégé par une puissante senteur de poivre, un vénérable juge de la province avait, en un énorme éternuement, envoyé valser son râtelier à travers la pièce. Le râtelier était tombé en cliquetant aux pieds de la reine.

Ces histoires avaient provoqué beaucoup d'appréhension chez Uma, la poussant à consolider son sari avec un nombre excessif de broches et d'épingles à nourrice. Mais, en entrant dans la pièce, ce qu'elle ressentit fut tout à fait contraire à ce à quoi elle s'attendait : loin d'être déconcertée, elle fut étrangement réconfortée par les odeurs familières du riz et du *mung dal*. Dans tout autre décor, la reine Supayalat, avec son visage pareil à un masque aux lèvres mauves, lui serait apparue comme un spectre effrayant. Cependant, les effluves de domesticité semblaient adoucir un peu ses contours, ajouter un élément de réconfort à son inflexible présence.

De l'autre côté de la salle, le roi frappait bruyamment son journal contre sa paume.

« Eh bien, monsieur le trésorier, dit-il, aviez-vous jamais pensé que nous serions de notre vivant témoins du jour où un pays d'Orient vaincrait une puissance européenne ? »

Uma retint sa respiration : au cours des dernières semaines, le trésorier avait eu des discussions très vives quant aux implications d'une victoire japonaise sur la Russie. Certaines s'étaient terminées par des éclats de colère. Anxieuse, elle regarda son mari se racler la gorge.

« J'ai conscience, Votre Altesse, dit le trésorier d'un ton égal, que la victoire du Japon sur la Russie a provoqué beaucoup de joie parmi les nationalistes en Inde et sans nul doute en Birmanie aussi. Mais la défaite du tsar n'est une surprise pour personne, et elle ne devrait être d'aucun réconfort pour les ennemis de l'Empire britannique.

L'Empire est plus fort qu'il ne l'a jamais été. Il suffit de jeter un coup d'œil sur une carte du monde pour le vérifier.

– Mais en temps voulu, trésorier-sahib, tout change. Rien ne continue pour toujours. »

La voix du trésorier se fit plus sèche.

« Puis-je rappeler à Votre Altesse que même si Alexandre le Grand ne passa pas plus de quelques mois dans les steppes d'Asie centrale, les satrapies qu'il fonda lui ont survécu durant des siècles ? L'Empire britannique a, lui, plus de cent ans, et vous pouvez être certain, Votre Altesse, que son influence persistera pendant encore bien des siècles. La puissance de l'Empire est telle qu'elle résiste à tous les défis et continuera ainsi dans l'avenir. Je prendrai la liberté de faire remarquer à Votre Altesse que vous ne seriez pas ici aujourd'hui si l'on vous avait rappelé cela il y a vingt ans. »

Le roi rougit et regarda le trésorier sans pouvoir dire un mot. Il incomba à la reine de répondre à sa place. Elle se pencha, en enfonçant ses grands ongles dans les bras de son fauteuil.

« Cela suffit, trésorier, dit-elle. Assez, *bas karo* ! »

Il y eut un instant de silence pendant lequel on entendit seulement le grattement des ongles de la reine sur le bois verni du fauteuil. La pièce parut trembloter, comme si le plancher avait émis une soudaine brume de chaleur.

Uma était assise entre Dolly et la deuxième princesse. Figée sur sa chaise, elle avait écouté, atterrée, l'échange de propos entre son mari et le roi. Devant elle, accrochée au mur, une petite aquarelle représentait un paysage au lever du soleil, une plaine rouge vif parsemée de milliers de pagodes enveloppées de brume. Tout à coup, tapant des mains, Uma s'écria très fort :

« Pagan ! »

Le mot eut l'effet d'une explosion dans un espace confiné. Tout le monde sursauta et se tourna pour regarder Uma qui leva la main et montra le mur.

« Là, c'est une vue de Pagan, n'est-ce pas ? »

La deuxième princesse profita de cette diversion avec vivacité.

« Oui, oui, c'est cela, en effet. Dolly peut vous le dire, c'est elle qui l'a peinte. »

Uma se tourna vers la jeune femme mince sur sa gauche qui s'appelait Dolly Sein. Elle s'en souvenait : elles avaient été présentées avant d'entrer. Uma lui avait trouvé un je-ne-sais-quoi d'inhabituel mais elle était trop préoccupée par le protocole pour y réfléchir plus avant.

« Avez-vous vraiment peint cela ? s'exclama-t-elle. Mais c'est merveilleux !

– Merci, répliqua calmement Dolly. Je l'ai copié dans un livre de gravures. »

Leurs regards se croisèrent et elles échangèrent un rapide sourire. Soudain, Uma comprit ce qui l'avait frappée : cette Miss Sein était peut-être la plus jolie créature qu'elle ait jamais vue.

« Madame Trésorier ! » La reine tapa d'une phalange sur le bras de son fauteuil. « Comment saviez-vous qu'il s'agissait d'une vue de Pagan ? Avez-vous eu l'occasion de visiter la Birmanie ?

– Non, dit Uma sur un ton de regret. J'aurais bien voulu mais je ne l'ai pas fait. J'ai un oncle à Rangoon qui m'a envoyé un jour un tableau.

– Ah ? »

La reine hocha la tête. La manière dont la jeune femme était intervenue pour sauver la situation l'impressionnait : le sang-froid était une qualité qu'elle avait toujours admirée. Cette Uma Dey avait quelque chose d'attirant, et sa vivacité contrastait agréablement avec l'arrogance de son époux. N'eût été sa présence d'esprit, la reine se serait vue dans l'obligation d'ordonner au trésorier de sortir, et l'affaire aurait pu mal se terminer. Mrs Dey avait eu raison de parler quand elle l'avait fait.

« Nous aimerions vous demander, madame trésorier, votre vrai nom, reprit la reine. Nous n'avons jamais été capables de nous accoutumer à votre façon de nommer les femmes d'après leur père et leur mari. Nous ne procédons pas ainsi en Birmanie. Peut-être n'auriez-vous pas d'objection à nous dire votre prénom ?

– Uma Debi, mais tout le monde m'appelle Uma.

– Uma ? C'est un nom qui nous est familier. Je dois reconnaître, Uma, que vous parlez bien l'hindoustani », ajouta la reine avec une nuance d'admiration non feinte.

Elle et le roi le parlaient couramment et c'était la langue qu'elle préférait utiliser dans ses relations avec les officiels. Elle avait découvert que cela mettait les représentants du gouvernement à leur désavantage, les Indiens surtout. En général, les fonctionnaires britanniques maniaient bien l'hindoustani, et ceux pour qui ce n'était pas le cas n'hésitaient pas à répondre en anglais. En revanche, les Indiens étaient souvent parsis ou bengalis, Mr Chatterjee machin ou Mr Dorabjee chose, et le pratiquaient rarement. Et, au contraire de leurs collègues anglais, ils hésitaient à changer de langue : que la reine de Birmanie puisse parler l'hindoustani mieux qu'eux semblait les embarrasser. Ils bafouillaient, bégayaient et, en quelques minutes, devenaient muets.

« J'ai appris l'hindoustani quand j'étais enfant, Votre Altesse. Nous avons habité un temps à Delhi.

– *Accha ?* Eh bien, maintenant nous aimerions vous demander autre chose, Uma. » La reine lui fit signe d'approcher. « Vous pouvez venir vers nous. »

Uma obéit et courba la tête.

« Uma, chuchota la reine, nous aimerions examiner vos vêtements.

– Votre Altesse !

– Comme vous le voyez, mes filles portent leur sari ainsi qu'on le fait ici. Mais je préfère cette nouvelle mode, elle est plus élégante, le sari ressemble davantage à un *htamein*. Serait-ce abuser de votre bonté que de vous demander de nous révéler les secrets de ce nouveau style ? »

Stupéfaite, Uma éclata de rire.

« J'en serai ravie, quand vous le voudrez. »

La reine se tourna avec raideur vers le trésorier.

« Vous, monsieur trésorier, vous êtes sans aucun doute

impatient de retrouver la Trésorerie et les nombreuses tâches urgentes qui vous y attendent. Mais puis-je vous demander de permettre à votre épouse de rester avec nous un peu plus longtemps ? »

Le trésorier partit et, en dépit des augures initiaux de désastre, la visite se termina aimablement ; Uma passa le reste de l'après-midi à Outram House, à bavarder avec Dolly et les princesses.

La maison du trésorier s'appelait « la Résidence ». C'était un grand bungalow avec un portique à colonnes et un toit pointu en tuiles rouges, perché en haut d'une colline, et donnant au sud sur la baie et la vallée de la Kajali. Il était entouré d'un jardin clos qui s'étendait loin sur le flanc de la colline, s'arrêtant juste aux gorges de la rivière.

Un matin, au fond de son jardin, Uma découvrit une porte étroite cachée derrière un bosquet de bambous. Elle était enfouie sous les herbes folles mais Uma put la pousser juste assez pour s'y glisser. Six mètres plus loin, un affleurement boisé avançait sur la vallée. Il y avait un banian à l'orée de la gorge, un vieil arbre majestueux avec une barbe épaisse de racines aériennes pendant de ses branches grises torturées. Elle devina que les chèvres venaient paître ici : le sol sous l'arbre avait été nettoyé de toutes broussailles. Elle voyait les sillages de crottes noires conduisant en bas de la pente. Les chevriers s'étaient construit une plate-forme sur laquelle s'asseoir en amassant de la terre et des pierres autour du tronc du banian.

La vue étonna Uma : les méandres de la rivière, l'estuaire, la courbe de la baie, les falaises balayées par le vent – elle voyait mieux la vallée d'ici que de la Résidence au sommet de la colline. Elle revint le lendemain et le jour suivant. Les chevriers n'apparaissaient qu'à l'aube et, le reste de la journée, l'endroit demeurait désert. Elle prit l'habitude de quitter discrètement la maison chaque matin, laissant la porte de sa chambre fermée pour que les domestiques pensent qu'elle se trouvait encore à l'intérieur. Elle s'asseyait à l'ombre du banian pendant une heure ou deux avec un livre.

Un matin, surgissant du fouillis des racines suspendues, Dolly la surprit dans son refuge. Elle était venue rapporter des vêtements qu'Uma avait envoyés à Outram House : des jupons et des blouses que les princesses voulaient faire copier par leurs tailleurs. Elle avait attendu dans le salon de la Résidence tandis que les domestiques étaient allés chercher Uma puis avaient renoncé après avoir regardé partout : memsahib n'était pas à la maison, elle devait être partie, sans qu'on la voie, faire une promenade.

« Comment avez-vous su que j'étais ici ?

– Notre cocher est parent du vôtre.

– Kanhoji ? »

Kanhoji était le vieux cocher qui conduisait Uma en ville.

« Oui.

– Je me demande comment il connaît mon coin secret.

– Il dit l'avoir appris des chevriers qui amènent leurs bêtes ici le matin. Ils sont de son village.

– Vraiment ? » Uma se tut. Étrange de savoir que les chevriers étaient tout aussi conscients de sa présence qu'elle de la leur. « Eh bien, la vue est magnifique, vous ne trouvez pas ? »

Dolly jeta un coup d'œil indifférent sur la vallée.

« J'y suis tellement habituée que je n'y pense même plus.

– Je la trouve étonnante. Je viens ici presque tous les jours.

– Tous les jours ?

– Juste pour un moment.

– Je comprends pourquoi. » Elle se tut et regarda Uma « Vous devez vous sentir un peu seule, ici à Ratnagiri.

– Seule ? »

Uma resta interdite : elle n'aurait pas pensé elle-même à utiliser ce mot. Ce n'était pas comme si elle ne rencontrait jamais personne ou qu'elle ne sache jamais quoi faire – le trésorier y veillait. Chaque lundi, son bureau lui envoyait un mémorandum lui donnant la liste de ses engagements pour la semaine – une réception municipale, une journée des sports dans une école, une distribution des prix dans un collège professionnel. Elle n'avait qu'une seule obligation par jour, pas assez pour qu'elle en ressente de la fatigue, mais suffisamment pour que ses journées lui paraissent d'une longueur oppressante. Quand la liste arrivait, au début de la semaine, elle l'examinait avec soin puis elle la posait sur sa coiffeuse, avec un poids dessus pour qu'elle ne s'envole pas. L'idée de manquer un engagement l'inquiétait mais le risque était limité ; les bureaux du trésorier excellaient à lui envoyer des aide-mémoire : un péon venait à la Résidence une heure avant chaque rendez-vous pour demander à Kanhoji d'amener le *gaari* devant la porte. Uma entendait les chevaux piaffer et renifler sous le porche tandis que Kanhoji faisait claquer sa langue : tloc, tloc, tloc.

Le côté le plus agréable de ces sorties était l'aller-retour en ville. Une vitre séparait le cocher des passagers. De temps en temps, Kanhoji collait son petit visage ridé sur la vitre pour signaler à Uma les endroits qu'ils traversaient : la Trésorerie, la prison, le collège, les bazars. Par moments, elle était tentée de descendre pour aller s'y promener et marchander avec les poissonnières. Mais elle savait que cela ferait scandale : en rentrant le trésorier lui dirait : « Vous auriez dû simplement m'en parler, j'aurais organisé un *bandobast* quelconque. » Mais le *bandobast* aurait ôté toute la joie qu'elle aurait pu en retirer : la moitié de la ville se serait réunie, chacun se mettant en quatre pour plaire au trésorier. Les commerçants lui auraient donné tout ce sur quoi elle aurait jeté le moindre coup d'œil et, à son retour, les domestiques et le *khansama*, leur chef, auraient boudé comme si elle leur avait fait des reproches.

« Et vous, Dolly ? dit Uma. Vous sentez-vous seule ici ?

– Moi ? Je vis ici depuis vingt ans et j'y suis chez moi maintenant.

- Vraiment ? »

Il était presque incroyable pour Uma qu'une jeune femme d'une telle beauté et d'une telle distinction ait passé la majeure partie de sa vie dans cette petite ville de province.

« Avez-vous encore des souvenirs de Birmanie ?

– Je me rappelle le palais de Mandalay. Surtout les murs.

– Pourquoi les murs ?

– Ils étaient couverts de glaces, de miroirs. On pouvait se voir partout si on se couchait sur le sol.

– Et Rangoon ? Vous vous souvenez de Rangoon ?

– Notre bateau y a fait escale deux jours, mais on ne nous a pas permis de visiter la ville.

– J'ai un oncle à Rangoon. Il travaille dans une banque. Si j'allais le voir, je pourrais vous en parler. »

Dolly tourna son regard vers le visage d'Uma.

« Croyez-vous que je veuille entendre parler de la Birmanie ?

– Non ?

– Non. Pas du tout.

– Mais vous en êtes partie depuis si longtemps ! »

Dolly éclata de rire.

« Je pense que vous avez un peu pitié de moi. Pas vrai ?

– Non... bredouilla Uma. Non.

– Il n'y a aucune raison d'avoir pitié de moi. J'ai l'habitude de vivre à l'intérieur de hauts murs. Mandalay n'était pas très différent. Je ne m'attends vraiment pas à beaucoup mieux.

– Vous ne pensez jamais à retourner là-bas ?

– Jamais. » Le ton était catégorique. « Si j'allais en Birmanie aujourd'hui, je serais une étrangère. On me traiterait de *kalaa*, comme on appelle les Indiens, une intruse, une indésirable d'au-delà des mers. Ça me serait très pénible, je pense. Je ne pourrais jamais me débarrasser de l'idée qu'il me faudrait partir encore un jour, comme je l'ai déjà fait. Vous comprendriez si vous saviez comment s'est passé notre départ.

– Est-ce que cela a été si terrible ?

– Je ne m'en rappelle pas grand-chose, ce qui est une sorte de grâce, je suppose. J'en revois des bribes, de temps en temps. Comme des gribouillages sur un mur : peu importe combien de fois vous peignez par-dessus, il en ressort toujours un peu, mais pas assez pour reconstituer le tout.

– Que voyez-vous ?

– De la poussière, la lumière d'une torche, des soldats, une foule de gens dont les visages sont invisibles dans l'obscurité... » Dolly frissonna. « J'essaye de ne pas trop y penser. »

Après quoi, en un temps étonnamment court, Dolly et Uma devinrent des amies intimes. Au moins une fois par semaine, parfois deux et voire plus, Dolly venait à la Résidence et elles passaient la journée ensemble. D'ordinaire, elles ne sortaient pas, elles lisaient et bavardaient, mais souvent Dolly avait l'idée d'une expédition. Kanhoji les conduisait à la mer ou à la campagne. Quand le trésorier était absent, en tournée dans la région, Dolly restait pour tenir compagnie à Uma. La Résidence avait plusieurs chambres d'amis et Uma en attribua une exclusivement à Dolly. Durant des heures, jusque tard dans la nuit, elles parlaient. Souvent, elles se réveillaient en boule sur le lit de l'une ou de l'autre, après s'être endormies au milieu d'une conversation.

Un soir, rassemblant son courage, Uma remarqua :

« On entend dire des choses horribles au sujet de la reine Supayalat.

– Quoi donc ?

– Qu'elle a fait tuer un tas de gens... à Mandalay. »

Dolly ne répondit pas mais Uma insista :

« Ça ne t'effraye pas ? De vivre sous le même toit qu'une personne pareille ? »

Dolly demeura silencieuse un moment et Uma eut soudain peur de l'avoir blessée. Mais finalement Dolly dit de sa voix la plus douce :

« Tu sais, Uma, chaque fois que je viens chez toi, je vois ce tableau accroché à côté de ta porte d'entrée...

–Tu veux parler de celui de la reine Victoria ?
–Oui.
–Eh bien, quoi ? fit Uma, intriguée.
–Tu ne te demandes pas parfois combien de personnes ont été tuées au nom de Victoria ? Elles doivent être des millions, n'est-ce pas ? Au moins ça, j'imagine. Je crois que j'aurais peur de vivre avec un de ces tableaux. »

Quelques jours plus tard, Uma décrocha le tableau et l'expédia à la Trésorerie pour qu'on le mette dans le bureau du trésorier.

Uma avait vingt-six ans et était mariée depuis cinq ans déjà. Dolly avait un an ou deux de plus. Uma s'inquiétait : quel serait l'avenir de Dolly ? N'aurait-elle jamais ni mari ni enfants ? Et les princesses ? La première princesse avait vingt-deux ans, la plus jeune dix-huit. Ces jeunes filles étaient-elles destinées à n'avoir d'autres perspectives qu'une vie d'emprisonnement ?

« Pourquoi, dit-elle au trésorier, quelqu'un ne s'occupe-t-il pas d'arranger des mariages pour ces filles ?
–Ce n'est pas faute d'essayer, répliqua le trésorier. C'est la reine qui s'y oppose. »

Dans ses bureaux, le trésorier avait découvert une épaisse correspondance, chronique des tentatives de ses prédécesseurs pour résoudre le problème de l'avenir des princesses. Celles-ci étaient à l'orée de leur vie de femme. Si jamais un scandale ou un accident survenait à Outram House, le trésorier alors en poste serait tenu pour responsable : les autorités de Bombay n'avaient laissé planer aucun doute là-dessus. Afin de se protéger, plusieurs des ex-trésoriers avaient tenté de trouver des maris pour les princesses. L'un d'eux avait même écrit à ses collègues de Rangoon afin de les charger de rechercher de bons partis birmans – pour apprendre finalement qu'il n'y en existait que seize d'acceptables dans tout le pays.

La coutume des dynasties régnantes de Birmanie était de se marier à l'intérieur de leurs maisons. Seul un homme descendant des Konbaung par son père et sa mère pouvait prendre épouse dans la famille royale. La reine était responsable de la rareté présente des princes de lignée pure : c'est elle qui avait décimé sa dynastie en faisant massacrer tous les rivaux potentiels de Thebaw. Quant aux quelques prétendants acceptables qui restaient, aucun n'obtint son approbation ; elle annonça que pas un de ces hommes n'était un époux convenable pour une vraie princesse Konbaung. Elle ne permettrait pas à ses filles de souiller leur lignée en se mariant au-dessous de leur condition.

« Et Dolly ? dit Uma au trésorier. Dolly n'a pas à se soucier de trouver un prince.

– C'est vrai, répliqua le trésorier, mais son cas est encore plus difficile. Elle a passé toute sa vie en compagnie des quatre princesses. Néanmoins, elle est à leur charge, c'est une domestique, de famille et d'origine inconnues. Comment lui chercheriez-vous un mari ? Où commenceriez-vous : ici ou en Birmanie ? »

Uma ne sut que répondre. Ni elle, ni Dolly n'avaient jamais abordé le sujet du mariage ou des enfants. Avec certaines de ses amies, Uma ne parlait guère que de cela et, bien entendu, des remèdes possibles à sa propre stérilité. Mais avec Dolly, c'était différent : leur amitié n'était pas de celles qui sont fondées sur des révélations intimes – bien au contraire. Toutes deux savaient d'instinct les thèmes de conversation à exclure – les efforts d'Uma pour concevoir, le célibat de Dolly – et c'est ce qui conférait à leurs échanges une vigilance extrême. Avec Dolly, Uma avait l'impression qu'un énorme poids lui était ôté de l'esprit, qu'elle pouvait regarder à l'extérieur d'elle-même au lieu de s'inquiéter de ses échecs en tant qu'épouse : au cours de leurs promenades dans la campagne par exemple, elle s'émerveillait de voir comment les gens se précipitaient hors de leurs maisons pour venir parler à Dolly, lui offrir des tas de petits cadeaux, des fruits, quelques légumes, des coupons de tissu. Ils bavardaient un moment en konkani et, lorsqu'elles reprenaient la route, Dolly souriait et disait, en manière d'explication : « L'oncle (ou le frère ou la tante) de cette femme travaillait autrefois à Outram House. » En dépit des haussements d'épaules indifférents de son amie, Uma sentait qu'il y avait dans ces relations quelque chose de bien plus profond qu'un lien banal. Elle avait très souvent envie de savoir qui étaient ces gens et de quoi Dolly et eux parlaient. Mais, dans ces rencontres, c'était elle l'étrangère, la memsahib : c'était à elle, pour une fois, que revenait le silence de l'exil.

Parfois, quand la foule autour d'elles devenait trop dense, Kanhoji montrait les dents, ordonnait aux villageois de laisser passer le *gaari* du trésorier et menaçait d'appeler la police. Femmes et enfants jetaient un coup d'œil sur Uma et, reconnaissant l'épouse du trésorier, écarquillaient les yeux et reculaient.

« Tu vois, dit un jour Dolly en riant, les gens de ton pays sont plus à l'aise avec les prisonniers qu'avec les geôliers.

– Je ne suis pas ton geôlier !

– Qu'es-tu alors ? répliqua Dolly toujours avec le sourire mais aussi une note de défi dans la voix.

– Une amie. Quand même oui ?

– Oui, aussi, mais par accident. »

Malgré elle, Uma fut contente de la nuance de dédain dans le ton de Dolly : c'était un fortifiant tonique contre l'envie et l'obséquiosité qu'elle rencontrait partout en qualité d'épouse du trésorier et de première memsahib de la région.

Un autre jour, au cours d'une promenade, Dolly eut un vif échange de propos avec Kanhoji à travers la vitre. Le ton de la discussion monta et Dolly parut presque oublier la présence d'Uma. De temps à autre, elle tentait de reprendre son comportement normal, montrant à son amie des coins de paysage ou racontant une anecdote à propos d'un village. Mais, chaque fois, sa colère reprenait le dessus de sorte qu'en quelques secondes elle était repartie, pivotant brusquement pour lancer d'autres mots au cocher.

Uma se sentit mystifiée : ils parlaient en konkani et elle ne comprenait rien à ce qu'ils disaient. De quoi pouvaient-ils bien discuter sur ce ton aigu de violente querelle familiale ?

« Dolly, Dolly ! » Uma lui secoua le genou. « Que diable se passe-t-il ?

– Rien, dit Dolly en pinçant les lèvres d'un air guindé. Rien du tout. Tout va bien. »

Elles étaient en route pour le temple de Bhagavati qui se dressait sur la falaise balayée par les vents au-dessus de la baie, abrité par les murs de la forteresse médiévale de Ratnagiri. Dès que le *gaari* fit halte, Uma prit Dolly par la main et l'emmena vers les remparts en ruine. Elles grimpèrent sur les créneaux et contemplèrent la vue : sous elles, le mur plongeait en ligne droite vers la mer, trente mètres plus bas.

« Dolly, je veux savoir ce qui se passe. »

Dolly secoua la tête, affolée.

« J'aimerais te le dire mais je ne peux pas.

– Dolly, tu ne peux pas crier sur mon cocher et refuser de me raconter de quoi vous parliez. »

Dolly hésitait. Uma insista :

« Il faut me le dire, mon amie. »

Dolly se mordit la lèvre et regarda Uma les yeux dans les yeux.

« Si je te le dis, tu me promets de ne pas le répéter au trésorier ?

– Oui, bien sûr.

– Tu promets ?

– Solennellement. Je te promets.

– C'est au sujet de la première princesse.

– Oui ? Et alors ?

– Elle est enceinte. »

Le souffle coupé, Uma, incrédule, porta vivement la main à sa bouche.

« Et le père ?

– Mohan Sawant.

– Votre cocher ?

– Oui. Voilà pourquoi ton Kanhoji est si furieux. C'est l'oncle de Mohan. Leur famille veut que la reine autorise un mariage afin que l'enfant ne soit pas un bâtard.

– Mais, Dolly ! Comment la reine pourrait-elle autoriser sa fille à épouser un cocher ?

– Nous ne le considérons pas comme un cocher, répliqua sèchement Dolly. Pour nous, il est Mohanbhai.

– Mais... et sa famille, son milieu ?

– Oh, vous, les Indiens ! dit Dolly avec un dédaigneux mouvement du poignet. Vous êtes les mêmes, tous obsédés par vos castes et vos mariages arrangés. En Birmanie, quand une femme aime un homme, elle va vivre avec lui. Les gens n'y voient aucun mal.

– Mais, Dolly, protesta Uma, j'ai entendu dire que la reine était très pointilleuse à ce sujet. Elle pense qu'il n'y a pas un homme en Birmanie qui soit digne de ses filles.

– Tu es donc au courant de la liste des maris possibles ? » Dolly se mit à rire. « Mais, tu comprends, ces hommes n'étaient que des noms. Les princesses ne savaient rien d'eux. En épouser un aurait été extrêmement compliqué, une affaire d'État. Tandis que ce qui s'est passé entre Mohanbhai et la princesse n'est pas du tout compliqué. C'est très simple : il s'agit juste d'un homme et d'une femme qui ont vécu des années ensemble, à l'intérieur des mêmes murs.

– Mais la reine ? N'est-elle pas furieuse ? Et le roi ?

– Non. Vois-tu, nous sommes tous très attachés à Mohanbhai, Min et Mebya les premiers. Chacun à notre manière, nous l'adorons tous. Il a tout traversé avec nous, il est celui qui a toujours été à nos côtés. Dans un sens, c'est lui qui nous a gardés en vie, et sains d'esprit. La seule personne vraiment bouleversée par cette histoire, c'est Mohanbhai. Il pense que ton mari l'enverra en prison quand il découvrira l'affaire.

– Et la princesse ? Comment est-elle ?

– On la croirait ressuscitée, rescapée d'une maison de la mort !

– Et toi, Dolly ? Nous ne parlons jamais de ton avenir. De tes perspectives de mariage, d'avoir des enfants ? Ne penses-tu jamais à ces choses ? »

Dolly se pencha sur le mur, les yeux fixés sur la mer déchaînée.

« Pour te dire la vérité, Uma, je pensais sans arrêt à avoir des enfants. Mais une fois qu'on a su pour l'enfant de la princesse – l'enfant de Mohanbhai –, une chose étrange s'est produite. Ces pensées ont disparu. Maintenant, quand je me réveille, je sens que l'enfant est à moi, qu'il grandit en moi. Ce matin, j'ai entendu les filles demander à la première princesse : "Est-ce que l'enfant a grossi ? L'as-tu senti remuer cette nuit ? Où sont ses talons ce matin ? Pouvons-nous caresser sa tête avec nos mains ?" J'étais la seule à ne pas avoir besoin de l'interroger : je sentais que je pouvais répondre à chacune de ces questions moi-même, comme s'il s'agissait de mon propre enfant.

– Mais, Dolly, dit gentiment Uma, ce n'est pas ton enfant. Quoi qu'il t'en semble, ce n'est pas et ce ne sera jamais le tien.

– Ça peut te paraître très étrange, Uma. Je comprends qu'il en soit ainsi pour quelqu'un comme toi. Mais c'est différent pour nous : à Outram House, nous menons de très petites vies. Chaque jour depuis vingt ans, nous nous réveillons avec les mêmes bruits, les mêmes voix, les mêmes décors, les mêmes visages. Nous avons dû nous contenter de ce que nous avions, trouver le bonheur que nous pouvions. Pour moi, peu importe qui attend cet enfant. Au fond de mon cœur, je me sens responsable de sa conception. Il suffit qu'il arrive dans nos vies. Je le ferai mien. »

Uma vit les yeux de son amie briller de larmes.

« Dolly, dit-elle, ne comprends-tu pas que rien ne sera pareil après la naissance de cet enfant ? La vie que tu as connue à Outram House prendra fin. Il faut que tu t'en ailles tant que tu le peux. Tu es libre de partir : il n'y a que toi qui sois ici de par ta propre volonté.

– Et où irais-je ? » Dolly lui sourit. « C'est le seul endroit que je connaisse. Je suis ici chez moi. »

10

Quand les rivières chargées de bois débouchaient dans l'Irrawaddy, l'impact équivalait à celui de trains en collision, avec pour seule différence qu'il s'agissait ici d'un accident permanent, un télescopage qui se poursuivait sans interruption nuit et jour durant des semaines. La rivière devenait un torrent énorme, furieux, traversé de courants contradictoires et troué de tourbillons. À l'endroit où les affluents se jetaient dans le fleuve, des grumes de deux tonnes partaient faire la roue en l'air, des troncs de quinze mètres ricochaient sur l'eau tels des galets. Le bruit était celui d'un barrage d'artillerie, l'écho des détonations s'entendait à des kilomètres à l'intérieur des terres.

C'était là que les profits des compagnies forestières couraient le plus grand risque. Les courants de l'Irrawaddy étaient si forts en cette saison que, à moins d'être immédiatement ramené sur la rive, le bois était perdu. Et c'était là, obligatoirement, que les grumes passaient de leurs manutentionnaires terrestres aux manutentionnaires fluviaux, des *oo-si* et de leurs éléphants aux mariniers et aux barreurs de radeaux.

Les confluents étaient surveillés par des hommes spécialisés dans la récupération des troncs flottants : pour trois *anna* par grume, ces nageurs tissaient un filet humain à travers le fleuve, arrachant les grumes aux courants et les guidant vers le rivage. Au commencement de la saison, des villages entiers se déplaçaient pour venir se poster le long des rives. Les enfants montaient la garde sur les berges tandis que leurs aînés affrontaient les courants, filant à toute allure entre les troncs géants, faisant du surplace autour du teck en ébullition. Certains de ces spécialistes revenaient sur la rive couchés sur les grumes capturées tandis que d'autres les chevauchaient, jambes pendantes. Rares étaient ceux qui restaient debout dessus, guidant de leurs orteils préhensiles les fûts moussus et tournoyants : ceux-là étaient les rois du fleuve, les maîtres reconnus de la récupération.

Une fois ramenées sur les berges, les grumes étaient arrimées. Quand leur nombre était suffisant, des experts les liaient ensemble pour en faire un radeau navigable. Ces trains de bois étaient tous de la même taille, le nombre de troncs les composant étant fixé, par règlement de la compagnie, à exactement trois cent soixante, un chiffre rond de trente douzaines. À une tonne et demie ou deux par tronc, cela donnait à chaque radeau la jauge d'un petit bateau de guerre et un espace-pont bien plus grand, assez vaste en fait pour accueillir une foire ou un terrain de football. Au centre de chacune de ces immenses plates-formes flottantes se dressait une petite hutte, destinée à loger l'équipage. Comme les abris temporaires des camps de teck, ces cabanes étaient montées en quelques heures, toutes exactement sur le même plan et pourtant toujours d'exécution différente : l'une marquée par les ramifications d'une plante grimpante, une autre par un poulailler, voire un abri pour un cochon ou une chèvre. Chaque radeau portait un grand mât et une perche avec une poignée d'herbe au sommet, une offrande aux *nat* du fleuve. Avant d'être lancé, il recevait un numéro qu'il arborait sur son mât avec le drapeau de la compagnie dont il était la propriété. Les trains de bois ne naviguaient qu'entre l'aube et le crépuscule, couvrant de dix à quinze milles nautiques par jour, propulsés par le seul courant du fleuve et manœuvrés simplement par des rames : le trajet depuis les forêts de l'intérieur jusqu'à Rangoon pouvait durer cinq semaines ou plus.

Chaque saison, Rajkumar trouvait un prétexte ou un autre pour aller passer plusieurs jours sur ces radeaux. Il prenait une sorte de plaisir hypnotique au rythme de la vie sur ces gigantesques plates-formes rectangulaires, au contraste entre la langueur délectable de la journée, quand il n'y avait souvent rien d'autre à faire que surveiller un hameçon traînant dans l'eau, à l'excitation intense de l'amarrage du soir, quand les cordages volaient en sifflant entre le pont et la rive, et que tout le monde devait se précipiter pour arroser les grumes fumantes. Malgré leur énorme taille, les trains de bois étaient fragiles : confrontés à un haut-fond ou à un banc de sable, ils pouvaient se désintégrer en quelques minutes. D'apparence solide, leurs surfaces étaient aussi trompeuses que des sables mouvants. Des milliers de brèches s'ouvraient et se fermaient constamment entre les troncs, chacune constituant un piège minuscule mais fatal pour la cheville.

Bon nombre de barreurs venaient de Chittagong, et Rajkumar éprouvait une satisfaction particulière à retrouver le dialecte de sa jeunesse, à savourer le piquant des *dal* aux têtes de poisson et des *jhol* aux queues de poisson, saupoudrés de graines de nigelle et de moutarde ; à contempler une fois de plus le flot changeant du fleuve, son ralentissement au moment de s'étaler sur une plaine inondée et puis sa reprise soudaine de vitesse à l'approche d'une gorge ; à observer les mutations inattendues du paysage, tantôt vert et très boisé, tantôt un désert rouge et brûlé, parsemé des troncs squelettiques de palmiers assoiffés.

De tous les spectacles qu'offrait le fleuve, le plus étrange était celui qui surgissait un peu au sud de la grosse bosse volcanique du mont Popa. Là, l'Irrawaddy décrivait une vaste courbe, s'étendant sur plus d'un mille. Sur la rive droite du fleuve apparaissait une chaîne de monticules à l'odeur infecte. Ces tertres étaient couverts d'un suintement épais, une substance qui parfois s'enflammait spontanément sous la chaleur du soleil, allumant des feux qui s'avançaient lentement vers le bord de l'eau. Souvent, la nuit, on pouvait voir au loin des petites flammes tremblantes tapisser les pentes.

Les gens de la région appelaient huile de terre ce liquide d'un vert foncé scintillant, de la couleur des ailes de la mouche à viande. Il suintait des roches comme de la transpiration, s'accumulant dans des flaques recouvertes d'un film verdâtre. Par endroits, les flaques se rejoignaient pour former des criques et des rigoles, un delta oléagineux qui s'étalait le long des rives. L'odeur en était si forte qu'on la sentait jusque de l'autre côté de l'Irrawaddy : les mariniers passaient très au large de ces pentes, ce lieu de criques puantes – Yenangyaung.

C'était un des rares endroits du monde où le pétrole montait naturellement à la surface de la terre. Bien avant la découverte du moteur à combustion interne, il existait déjà un excellent marché pour ce pétrole, abondamment utilisé en liniment et pommade dans le traitement de certaines maladies de peau. Des marchands venaient à Yenangyaung d'aussi loin que la Chine pour se procurer cette substance. La collecte du pétrole était l'œuvre d'une communauté toujours présente sur ces pentes brûlantes, un groupe de gens connus sous le nom de *twin-za*, une bande secrète de parias, de renégats, de fugitifs et d'étrangers étroitement liés entre eux.

Au fil des générations, des familles de *twin-za* s'étaient approprié sources et mares dont elles ramassaient le pétrole dans des seaux et des bassines qu'elles transportaient vers les villes voisines. Nombre des mares de Yenangyaung étaient exploitées depuis si longtemps que le niveau du pétrole était tombé au-dessous de la surface, forçant leurs propriétaires à creuser. Certaines étaient donc devenues des puits d'une trentaine de mètres de profondeur, voire plus – de gros trous imbibés de pétrole, entourés du sable et de la terre des excavations. Plusieurs de ces puits étaient si travaillés qu'ils avaient l'air de petits volcans avec des pentes raides, coniques. À ces profondeurs, le pétrole ne pouvait pas être simplement collecté à l'aide d'un seau lesté : les *twin-za* y descendaient sur des cordes, en retenant leur respiration comme des pêcheurs de perles.

Souvent, quand son embarcation était ancrée à quelques minutes de marche de Yenangyaung, Rajkumar allait voir les *twin-za* au travail. Debout au bord d'un puits, il regardait un homme descendre dans le boyau, tournant lentement autour d'un baudrier. La corde était attachée au moyen d'une poulie à sa femme, sa famille et ses animaux : ils le laissaient glisser en remontant eux-mêmes la pente du puits et, lorsqu'ils le sentaient tirer sur la corde, ils le faisaient remonter en repartant dans l'autre sens. Les abords des puits étaient rendus glissants par le pétrole répandu et il arrivait que des imprudents ou de jeunes enfants tombent dedans. Souvent, ces chutes passaient inaperçues : ni plouf ni clapotis. La sérénité est l'un des caractères de ce produit : il est difficile de laisser une marque à sa surface.

Après ces visites à Yenangyaung, des spectres trempés de pétrole venaient hanter l'imagination de Rajkumar : quel effet cela faisait-il de se noyer dans ce liquide visqueux ? De sentir cette vase verdâtre se refermer par-dessus votre tête, se glisser dans vos oreilles ?

Âgé alors d'à peu près dix-huit ans, Rajkumar tomba un jour sur un spectacle inhabituel à Yenangyaung : il remarqua deux étrangers, des Blancs, qui allaient de puits en puits. À partir de là, à chacun de ses passages, il rencontra sur les pentes toujours plus de ces hommes, armés d'instruments et de trépieds de géomètre. Ils venaient de France, d'Angleterre et d'Amérique, et offraient, disait-on, beaucoup d'argent aux *twin-za* pour leurs mares et leurs puits. Des obélisques en bois commencèrent à se dresser sur les collines, des pyramides ressemblant à des cages à l'intérieur desquelles d'énormes becs mécaniques martelaient sans cesse le sol.

Au cours d'une de ses visites à Yenangyaung, le radeau de Rajkumar embarqua un passager qui s'appelait Baburao et venait de Guntur, en Inde. Il était si velu que, même vêtu d'un tricot de corps en coton, il semblait couvert d'un fin grillage. Il avait beaucoup d'argent et distribuait généreusement de l'alcool aux mariniers tard dans la nuit. Il était *maistry,* déclara-t-il, fournisseur de main-d'œuvre : il venait de transporter une fournée de quarante-huit Cooringhis de l'est de l'Inde jusqu'à Yenangyaung. Nulle part, on ne pouvait se faire de l'argent aussi vite. Beaucoup de compagnies étrangères s'activaient à creuser pour trouver du pétrole et elles cherchaient désespérément de la main-d'œuvre : elles étaient prêtes à payer grassement. Il était difficile de recruter des hommes en Birmanie : peu de Birmans étaient pauvres au point d'accepter de travailler dans des conditions telles qu'à Yenangyaung. Mais là-bas au pays, en Inde, dit Baburao, il y avait des milliers de gens si désireux de partir qu'ils étaient prêts à abandonner des années de salaire. Un jeune homme comme Rajkumar pouvait s'enrichir rapidement dans ce commerce. Quel moyen plus facile de gagner de l'argent ? Il suffisait de quelques centaines de roupies pour payer un aller simple aux recrues.

Rajkumar rejoignit lentement le bord du radeau à l'ancre et, allongé sur le ventre, alluma un *cheroot.* Son visage était très près de l'eau, et des bancs de minuscules poissons montaient à la surface pour tenter d'attraper les cendres du *cheroot.* Sa rencontre avec le *maistry* s'était produite alors que son avenir le préoccupait beaucoup. Durant la majeure partie de l'année écoulée, Saya John n'avait cessé de l'encourager à faire des projets. « Ta vie de *luga-lei* touche à sa fin, Rajkumar. Le temps est venu pour toi de te faire ta propre place au soleil. »

Entrer dans le commerce du bois était ce que Rajkumar désirait par-dessus tout, d'autant plus qu'il savait qu'il ne serait jamais aussi compétent dans un autre négoce. Mais il ne possédait aucune des spécialisations qui lui aurait permis d'intégrer une compagnie en qualité de *oo-si* ou de marinier. D'ailleurs, la perspective de gagner un maigre salaire de vingt ou trente roupies par mois ne l'emballait pas du tout. Alors quoi ?

Le meilleur moyen de se lancer, avait décidé Rajkumar, serait d'acquérir un dépôt de bois. Au cours de ses navigations, il faisait parfois escale dans le port fluvial de Henzada. Son vieux copain Doh Say y vivait maintenant avec sa femme et ses deux enfants. Il travaillait sur un petit chantier et supervisait une équipe de deux éléphants. Il avait suggéré à Rajkumar de monter son propre entrepôt. « Tu peux commencer petit, disait-il. Tu te débrouilles avec un seul éléphant. Je viendrai travailler pour toi pour la moitié du salaire normal, en échange d'une part dans l'affaire. » Il ne restait plus qu'à trouver des fonds.

Rajkumar avait pour habitude de ne percevoir qu'une partie de ses gages et de laisser le reste à la garde de Saya John. Cependant, après tant d'années, ses économies ne dépassaient guère plus de deux cents roupies. Monter un entrepôt en exigeait plusieurs milliers – une trop grosse somme pour l'emprunter à Saya John. En revanche, se rendre en Inde avec Baburao ne lui coûterait guère plus que ce qu'il avait déjà en poche. Et s'il pouvait persuader Saya John de lui prêter le reste, eh bien, dans quelques années, il aurait peut-être assez d'argent pour établir son dépôt.

De retour à Mandalay, il attendit le moment favorable pour entreprendre Saya John. « Tout ce qu'il me faut, c'est quelques centaines de *kyat*, dit-il calmement, en prenant soin de ne pas donner trop d'explications. Et ça vous rapportera cent fois plus. Saya ? »

Trois mois plus tard, Rajkumar partait pour l'Inde avec Baburao. Il fallait quatre jours pour aller de Rangoon à Calcutta et quatre autres pour descendre sur Madras. Baburao loua deux chars à bœufs dans une petite ville et les fit décorer de tissus de couleurs vives. Au marché, il acheta plusieurs paquets de riz grillé et recruta au titre de gardes une demi-douzaine de *lathiyal* armés de bâtons.

Ils prirent la route de la campagne accompagnés par les tambours : on aurait cru une procession se rendant à un mariage. En chemin, Baburao questionnait les passants au sujet des villages qu'ils allaient traverser : étaient-ils riches ou pauvres ? Les villageois possédaient-ils leur terre ou travaillaient-ils en participation ? À quelles castes appartenaient-ils ?

Ils s'arrêtèrent dans un petit hameau, un vilain tas de huttes regroupées autour d'un énorme banian. Baburao s'assit sous l'arbre et ordonna aux joueurs de battre du tambour. Aussitôt, toute autre activité cessa. Les hommes arrivèrent en courant des champs, abandonnant leurs bœufs attelés à leurs charrues. Les enfants traversèrent les rizières en pataugeant. Leurs bébés en équilibre sur la hanche, les femmes sortirent des huttes.

Baburao accueillit tout le monde à l'ombre du banian. Quand la foule fut dense et nombreuse, il entama un discours sur un ton incantatoire, à la manière révérencielle d'un narrateur du *Ramayana*. Il montra le châle à pompons qu'il avait autour du cou et invita ses auditeurs à le caresser de leurs doigts ; il leva sa main pour que tout le monde voie ses bagues en or ornées de rubis.

Tout cela, déclara Baburao, venait de Birmanie, le pays enchanté. Avant d'aller là-bas, il ne possédait pas même une chèvre ou une vache.

« Et toutes ces choses peuvent être à vous aussi, affirma Baburao à l'assistance. Pas dans votre prochaine vie. Pas dans un an. Maintenant. Elles peuvent vous appartenir aujourd'hui. Il suffit qu'un homme valide de votre famille mette son pouce sur cette feuille de papier. » Il sortit une poignée de pièces en argent d'un sac en velours et les laissa retomber, tintantes. « Y en a-t-il ici qui aient des dettes ? Y en a-t-il qui doivent de l'argent à leur propriétaire ? Vous pouvez régler tout ça tout de suite, ici même. Dès que vos fils et vos frères auront apposé leurs marques sur ces contrats, cet argent sera à vous. En quelques années, ils auront gagné suffisamment pour se libérer de toute dette. Ils seront libres de revenir ici ou de rester en Birmanie, selon leur choix. »

Quinze hommes signèrent dans ce village et vingt-trois dans le suivant : certains se précipitaient, d'autres étaient poussés par leurs parents, et d'autres encore se voyaient forcés de poser la main sur le papier par leur père ou leur frère. Portant des malles en fer-blanc et des baluchons de vêtements, ils suivirent le char à bœufs de Baburao qui repartait pour la ville. Les *lathiyal* fermaient la marche afin de s'assurer que personne ne traîne. On s'arrêtait de temps à autre pour manger du riz et du sel.

À leur arrivée sur la côte, Baburao loua un bateau pour emmener sa troupe à Calcutta. Plusieurs hommes n'avaient encore jamais navigué. Ils furent terrifiés par les vagues et, cette nuit-là, l'un d'eux sauta à la mer. Baburao sauta derrière lui et le ramena sur le bateau. Le candidat à la fuite avait avalé une importante quantité d'eau. Il était flasque et décharné, ses os pointaient sous ses fesses. Baburao le colla autour du plat-bord, puis il grimpa dessus, plaquant le torse avec son genou replié. Du pied, il poussa l'homme contre la rambarde, lui pompant l'estomac jusqu'à ce que l'eau qu'il avait avalée vienne dégouliner de sa bouche en même temps qu'une masse spongieuse de riz au sel.

« Où pensais-tu donc aller ? lui susurra Baburao, presque tendrement, comme s'il chantait une sérénade à sa bien-aimée. Et tout l'argent que j'ai donné à ton père pour qu'il puisse payer ses dettes ? Pour lui ou pour moi, à quoi il servirait ton cadavre ? »

À Calcutta, ils embarquèrent sur le *Dufferin*, appartenant à une compagnie anglaise. Baburao avait passé un accord avec le steward du bateau : considéré comme un précieux client à cause du volume d'affaires qu'il apportait, il avait droit à un passage gratuit en deuxième classe. Il empocha le prix du billet de Rajkumar qu'il autorisa à dormir par terre dans sa cabine. Les trente-huit hommes qu'ils avaient amenés avec eux furent expédiés sous le pont, dans la cale.

Quelque deux mille candidats à l'émigration s'y trouvaient déjà. Des hommes pour la plupart, mais environ cent cinquante femmes aussi. À l'arrière, en saillie au-dessus du sillage du navire, une étroite plate-forme en bois avec quatre trous servait de toilettes. La traversée fut agitée et le sol de la cale fut bientôt couvert de vomissures et d'urine. Cette couche de vase puante ondulait avec le roulis, montant à une dizaine de centimètres sur les parois. Les recrues se pelotonnaient sur leurs malles en fer-blanc et leurs ballots de vêtements. Dès qu'ils aperçurent la terre, au large de la côte d'Arakan, plusieurs hommes sautèrent par-dessus bord. Au troisième jour du voyage, il y avait quelques dizaines de passagers en moins dans la cale. Les cadavres de ceux qui étaient morts à bord furent transportés à la poupe du navire et jetés dans son sillage bouillonnant.

En arrivant dans le port de Rangoon, Baburao découvrit que la traversée lui avait coûté deux hommes. Il ne se montra pas mécontent. « Deux sur trente-huit, ce n'est pas mal, dit-il à Rajkumar. En d'autres occasions, j'en ai perdu jusqu'à six. »

Ils partirent ensemble pour Yenangyaung. Rajkumar annonça alors à Baburao qu'il devait monter à Mandalay. C'était une ruse. Rajkumar prit la direction du nord, mais dès qu'il fut suffisamment éloigné de Baburao, il revint en arrière droit sur Rangoon. Dans une petite boutique de Moghol Street, il acheta une chaîne en or et une belle bague en turquoise. Puis il se rendit sur les quais et rembarqua à bord du *Dufferin*. Durant sa précédente traversée, il avait eu soin de conclure ses propres accords avec les stewards du navire : il fut accueilli comme un *maistry* ès qualités.

Il retourna dans la région qu'il avait visitée avec Baburao. Il loua un char à bœufs sur le même marché et engagea les mêmes *lathiyal*. Il réussit à recruter cinquante-cinq hommes et trois femmes. En revenant à Calcutta, soucieux de ce qui s'était passé lors du précédent voyage, il resta éveillé toute la nuit sur son bateau de pêche afin de garder l'œil sur ses recrues. Et, en effet, un soir, il avisa un homme qui essayait de passer silencieusement par-dessus bord. Plus fort et plus alerte que Baburao, Rajkumar n'eut pas besoin de sauter à l'eau. Il tira l'homme par les cheveux et le tint gigotant à bout de bras devant les autres. Puis il lui donna des coups dans le ventre jusqu'à ce que le malheureux ait vidé son estomac. Il réussit à ramener le groupe au complet à Yenangyaung où il revendit les contrats à un patron du coin pour une somme substantielle. Il décida alors de rembourser son emprunt à Saya John.

Trois ans passèrent avant que Doh Say déniche une affaire de bois prometteuse. Rajkumar avait déjà fait huit voyages en Inde. Ses économies atteignaient désormais les deux tiers du prix demandé pour l'entrepôt. Saya John lui prêta le reste.

Le dépôt se trouvait à Rangoon, dans Lower Kemendine Road. Il y avait beaucoup de menuiseries dans le quartier et l'air sentait toujours la sciure. Il y avait aussi un crématorium hindou non loin, dans Sanchaung, et parfois, quand le vent tournait, des nuages de cendres s'élevaient en volutes au-dessus des bûchers funéraires. Un mur de briques entourait presque entièrement le chantier et, à l'arrière, une étroite jetée s'avançait comme une langue tirée sur la Rangoon. À marée basse, la berge devenait une vaste étendue de boue cotonneuse. Devant le dépôt se dressaient deux cabanes faites de vieux morceaux de bois et de bambou. Rajkumar s'installa dans la plus petite et Doh Say, Naw Da et leurs enfants, désormais au nombre de quatre, dans l'autre.

C'est là que dîna Saya John lors de sa première visite au dépôt. Il n'avait pas été informé du projet d'association entre Doh Say et Rajkumar, mais il ne fut pas surpris de l'apprendre. Rajkumar avait toujours fait preuve d'une sorte de constance entêtée – une qualité très différente de la fidélité mais non moins vive. Les mêmes silhouettes semblaient revenir sans cesse dans sa vie, comme dans un théâtre d'ombres.

L'année suivante, Saya John prit une semi-retraite et déménagea de Mandalay à Rangoon. La vente de sa compagnie avait fait de lui un homme riche. Il installa un petit bureau dans Merchant Street et acheta un appartement sur Blackburn Lane. Il le meubla abondamment, dans l'espoir que Matthew, son fils, rentrerait bientôt au pays. Mais le garçon était plus loin que jamais – un parent l'avait emmené à San Francisco où il faisait ses études dans un séminaire catholique. Impossible de dire quand il reviendrait.

Ayant désormais du temps à perdre, Saya John prit l'habitude de se promener, afin de faire prendre l'air à ses oiseaux. Son domicile se trouvant à peine à une demi-heure de marche du dépôt de Rajkumar, ce devint bientôt un rituel pour lui que de s'y arrêter chaque matin, une cage d'oiseau à la main et un journal sous le bras.

Un matin, quand il arriva, il trouva Rajkumar qui sautillait d'impatience devant le portail.

« Vous êtes en retard aujourd'hui, Saya !

– En retard ? Et pour quoi ?

– En retard avec votre journal, Saya. » Rajkumar arracha *The Rangoon Gazette* des mains de Saya John. « Doh Say a entendu dire sur les quais qu'une compagnie de chemins de fer indienne allait lancer un appel d'offres pour la fourniture de traverses. »

« Appel d'offres pour la fourniture de traverses ! » sifflota le mainate à l'intérieur de la cage, comme en écho aux gloussements de rire de son maître.

« Et alors, Rajkumar ? Un contrat avec une compagnie de chemins de fer signifie le transport de milliers de tonnes de teck. Pour fournir du bois à cette échelle, il te faudrait des équipes de *oo-si*, *pe-si*, mariniers, agents, assistants. Tout ce que tu as, c'est Doh Say et un éléphant. Comment penses-tu pouvoir remplir ce contrat ?

– Cette compagnie de chemins de fer est petite et nouvelle, Saya John, et elle a besoin de fournitures bon marché. Je n'ai pas à commencer par acheter le bois : je commencerai avec le contrat. Quand je l'aurai décroché, le bois suivra automatiquement. Vous verrez. Il y a des dizaines de dépôts ici qui ont trop de stocks. Dès qu'ils verront que j'offre des acomptes, ils viendront tous à moi.

– Et où prendras-tu l'argent pour payer ces acomptes ?

– Eh bien, Saya, dit Rajkumar avec un sourire un peu embarrassé, chez vous, naturellement. Pourquoi irais-je proposer une telle affaire à qui que ce soit d'autre ?

– Enfin, considère le risque, Rajkumar ! Les grosses compagnies anglaises pourraient te détruire, te couvrir de ridicule dans Rangoon. Tu pourrais te ruiner.

– Mais, Saya, regardez ce que j'ai maintenant ici. » Rajkumar fit un geste en direction de sa cabane branlante et de son dépôt à moitié vide. « Ce n'est pas mieux qu'une gargote en bord de route, je pourrais tout aussi bien travailler encore chez Ma Cho. Si je veux que cette affaire prospère, je dois prendre des risques.

– Réfléchis, Rajkumar, réfléchis bien. Tu débutes à peine. Tu n'as aucune idée de la manière dont ces marchés se concluent à Rangoon. Tous les gens importants se connaissent : ils fréquentent les mêmes clubs, mangent dans les mêmes restaurants, parient réciproquement sur leurs chevaux...

– Il n'y a pas que les gens importants qui savent tout, Saya, dit Rajkumar. Si je peux découvrir le montant exact des prix que vont donner les autres compagnies, je serai alors en mesure de proposer une offre qui l'emporte.

– Et comment vas-tu le découvrir ?

– Je ne sais pas, Saya. Enfin, je crois avoir un moyen. Nous verrons.

– Mais, Rajkumar, tu ne sais même pas lire l'anglais ! Comment crois-tu pouvoir faire cette offre ? »

Rajkumar sourit.

« C'est vrai que je ne sais pas lire l'anglais, Saya, mais j'ai appris à le parler. Et pourquoi aurais-je besoin de savoir le lire quand vous pouvez le faire à ma place, hein, Saya ? »

Il incomba donc à Saya John de remplir les papiers de l'appel d'offres. C'est à lui que Rajkumar apporta la lettre qu'il avait reçue de la compagnie.

Saya John brisa le sceau très orné et laissa échapper un cri d'incrédulité :

« Rajkumar ! On te demande de rencontrer la semaine

prochaine les directeurs de la compagnie des chemins de fer Chota-Nagpur. Ils viennent en Birmanie étudier les offres. Tu es convoqué dans les bureaux de la Chartered Bank sur le Strand jeudi à dix heures. »

Il leva les yeux de la feuille de papier craquante qu'il tenait dans ses mains et fit claquer sa langue : il n'arrivait pas à y croire.

« Rajkumar, je n'ai jamais pensé que tu irais aussi loin. »

Rajkumar sourit.

« Je vous l'avais dit, Saya. J'ai découvert les offres des autres compagnies et j'en ai fait une meilleure.

– Et comment les as-tu découvertes ?

– Ça, c'est mon secret, dit Rajkumar toujours souriant.

– Ton secret ne va guère t'aider maintenant. C'est cette entrevue qui décidera de tout. Il faut que tu y réfléchisses à présent. » Saya John examina d'un œil critique le *longyi* vert de Rajkumar et son maillot de corps effiloché. « Par exemple, que vas-tu mettre ? On ne te laissera même pas franchir les portes de la Chartered Bank habillé comme tu l'es ! »

Le lendemain, Saya John débarqua au dépôt accompagné d'un jeune homme pimpant.

« Je te présente U Ba Kyaw, dit-il à Rajkumar. Il a été le valet d'un planteur anglais de Maymyo. Il peut t'apprendre beaucoup de choses, comme manger à l'européenne avec un couteau et une fourchette. Achète exactement ce qu'il te conseillera et fais exactement ce qu'il te dira. »

Le matin de la rencontre, Saya John arriva dans une calèche louée. Il était vêtu de son plus beau costume noir, coiffé d'un chapeau neuf et armé d'une jolie canne en malacca. À son entrée dans la cabane, il trouva Rajkumar debout droit et raide comme la justice dans sa chemise et son pantalon neufs tandis que U Ba Kyaw s'occupait de sa cravate.

Une fois l'habillage terminé, Saya John l'examina d'un œil critique et décida qu'il n'avait rien à y redire : le costume était simple et noir comme il convenait, la cravate bien nouée, le col cassé au bon angle. Certes, ces vêtements n'étaient pas aussi bien coupés qu'ils l'auraient été à Singapour ou à Hong Kong, mais pour Rangoon ils suffisaient largement. De toute manière, aussi coûteux ou élégants qu'ils fussent, on n'aurait jamais pu prendre Rajkumar pour un homme riche ou éduqué : la rudesse de son visage était un démenti sans appel.

« Je t'accompagne, Rajkumar, annonça Saya John. Juste pour te porter chance. »

À la Chartered Bank, Saya John et Rajkumar furent introduits dans une antichambre par un caissier, un Indien. Saya John découvrit avec surprise que Rajkumar connaissait déjà cet homme – un nommé D.P. Roy.

« Tout est arrangé, dit Mr Roy à voix basse. Les directeurs sont à présent dans la salle du Conseil. Ils vous feront appeler bientôt. »

Le caissier partit et ils restèrent seuls. La pièce était sombre et immense, et ses profonds fauteuils de cuir sentaient la fumée de cigare. Après une longue attente, un serviteur enturbanné vint chercher Rajkumar. Saya John se leva avec l'intention de prononcer quelques mots d'encouragement et de réconfort. Mais comme il s'apprêtait à parler, le regard fixé sur Rajkumar, il se ravisa : son ancien *luga-lei* était désormais si sûr de lui, si confiant, que tout ce qu'il pourrait dire serait superflu. Il recula d'un pas ou deux pour mieux le voir. Soudain, sous cet angle de vision différent – comme avec ces reculs révélateurs qui changent à jamais notre perception des tableaux et des paysages –, il eut l'impression de regarder quelqu'un qu'il n'avait encore jamais vu, un être réinventé, formidablement imposant et d'une présence écrasante. À cet instant, Saya John revécut en un éclair ce matin, à Mandalay, où il s'était précipité dans une ruelle pour secourir Rajkumar ; il le revit petit garçon, un *kalaa* abandonné, un gamin indien en guenilles égaré trop loin de son pays. Déjà, à l'époque, il avait vécu toute une vie, et, à le voir maintenant, il était de toute évidence embarqué pour quantité d'autres.

Rajkumar fit alors une chose qu'il n'avait jamais faite. Au moment où il allait entrer dans la salle de réunion, il se courba pour toucher les pieds de Saya John, à la manière indienne.

« Donnez-moi votre bénédiction, Saya. »

Saya John détourna la tête pour cacher les larmes qui lui montaient aux yeux.

« Ce qu'un homme prend pour lui, personne ne peut le lui refuser. Le contrat sera pour toi, Rajkumar. J'ai eu tort d'en douter. »

11

Dès son arrivée, deux fois par semaine, le courrier était livré directement au bureau du trésorier. Le trésorier faisait porter par un péon à la Résidence la correspondance destinée à Uma, essentiellement des lettres de ses parents – mais une ou deux fois par mois arrivait aussi un livre ou un magazine, expédié par une librairie de Calcutta.

Ces jours-là, Uma passait des heures à rêvasser sous le banian. Si elle avait un engagement officiel, elle se montrait brusque, impatiente, pressée de revenir à ses lettres. Elle pensait à sa mère, là-bas à Calcutta, écrivant dans son lit, soucieuse de ne pas tacher d'encre les draps.

Un matin, le péon apporta une missive avec un timbre inhabituel. Sur l'enveloppe, le trésorier avait griffonné une note : « De Rangoon ». Uma retourna l'enveloppe et fut surprise de découvrir le nom de son oncle, D.P. Roy, dont elle n'avait pas eu de nouvelles durant des années. Mais après son mariage, elle s'était habituée à recevoir des lettres de parents perdus de vue depuis longtemps : le trésorier avait beaucoup d'influence et pouvait obtenir pas mal de choses. Uma se douta que son oncle avait besoin d'un service.

Elle emporta la lettre avec elle sous le banian. Comme elle s'y attendait, son oncle lui écrivait afin de lui demander une faveur pour un ami – un certain Rajkumar Raha qui était en route vers Bombay pour affaires et avait exprimé le désir de passer par Ratnagiri le temps d'une courte visite : il tenait à présenter ses respects au roi et à son épouse.

> Je serais très reconnaissant, Uma, si ton époux pouvait organiser une visite de Rajkumar-babu au roi. Ayant, je ne sais comment, appris mes liens avec le trésorier, il a très spécialement requis mon aide dans cette affaire. Je dois ajouter que je suis redevable à Rajkumar-babu de plusieurs bontés – en fait, de nombreux membres de la communauté bengali de Rangoon ont bénéficié de son assistance d'une façon ou d'une autre.

Rajkumar-babu, poursuivait la lettre, avait vécu à Rangoon plusieurs années mais, pendant la majeure partie de ce temps, il n'avait eu aucun contact avec les autres Bengalis de la ville. Puis, soudain, un matin, il était tombé du ciel, droit sur le temple de Durga, le Kalibari, dans Spark Street, le lieu de réunion des Bengalis hindous de Rangoon. Il avait débarqué, parfaitement vêtu pour la circonstance d'un *dhoti* blanc amidonné et d'un *punjabi* aux boutons dorés. Afin de faciliter son entrée, il avait pris la précaution d'apporter une donation substantielle pour le *purohit*.

Il s'avéra que Mr Raha faisait le commerce du bois. Il avait le projet de répondre à un appel d'offres pour un contrat important et il était venu demander au *purohit* de prier pour lui. Lequel, un vieil homme malin, avait comme tous les gens de sa sorte, et dès qu'il s'agissait de juger une proie possible, l'intuition d'un tigre affamé. Il fit bien plus qu'offrir sa bénédiction. Plusieurs employés des grandes banques européennes et des compagnies forestières fréquentaient le temple. Le *purohit* se chargea de présenter Rajkumar-babu à tous ces gens.

Les jours qui suivirent, les messages ne cessèrent de s'échanger à toute allure entre Spark Street et Merchant Street, le Kalibari et les bureaux des compagnies forestières. Finalement, quand les directeurs de la compagnie des chemins de fer Chota-Nagpur annoncèrent leur choix, on apprit avec étonnement dans les cercles d'affaires de Rangoon qu'un certain Mr Rajkumar Raha, parfaitement inconnu dans le commerce du teck, avait réussi à battre les offres de toutes les autres grandes entreprises.

Sur ce seul contrat, Rajkumar avait fait un profit de huit cent mille roupies, une fortune. Pour prouver sa gratitude, il avait pratiquement reconstruit le Kalibari, fait daller de marbre le sol, redorer les murs du sanctuaire et construire une nouvelle et superbe demeure pour le *purohit* et sa famille. Depuis, il avait connu beaucoup d'autres succès et avait atteint une position éminente à l'intérieur de la communauté commerciale. Et tout cela à l'âge de trente et un ans, avant même d'avoir eu le temps de se marier.

> Tu comprendras ce que je veux dire, Uma, en affirmant que notre Rajkumar-babu n'est pas le style de personne que vous êtes accoutumés à fréquenter. Vous risquez même de le trouver un peu rude, voire de manières frustes. Tu seras sans aucun doute étonnée d'apprendre que, quoique parlant plusieurs langues couramment, y compris l'anglais et le birman, il est en fait un illettré, à peine capable de signer son propre nom.
>
> Chez nous, en Inde, un homme comme Rajkumar-babu aurait peu de chances d'être accepté dans la société de personnes telles que nous. Mais ici, en Birmanie, nos exigences sont un peu plus souples. Certains des hommes les plus riches de la ville sont indiens et la plupart ont commencé avec rien de plus qu'un baluchon de vêtements et une malle en fer-blanc.
>
> Je sais bien qu'en Inde un individu du niveau de Rajkumar-babu pourrait difficilement espérer être invité – ou même reçu – par un trésorier provincial. Mais il faut considérer qu'il a vécu si longtemps en Birmanie qu'il est maintenant plus birman qu'indien et peut être traité comme un étranger. J'espère que vous en tiendrez compte, en vous rappelant que je vous serai personnellement très reconnaissant de votre condescendance en la matière.

Un luxe particulier était associé aux jours de courrier : de la glace, venue de Bombay par le paquebot. Ces soirs-là, le trésorier aimait à s'asseoir dans le jardin, sur son fauteuil en osier, avec une boisson glacée. Uma attendit qu'il eût son whisky en main avant de commencer à lui lire la lettre de son oncle. Quand elle eut fini, le trésorier s'empara de la missive et la relut lui-même. Il la rendit avec un geste de regret.

« Si c'était en mon pouvoir, dit-il, j'aurais eu plaisir à obliger votre oncle. Mais malheureusement, c'est hors de question. Les instructions du gouvernement sont très claires. Leurs Majestés ne doivent pas recevoir de visiteurs.

– Mais pourquoi pas ? s'écria Uma. Vous pourriez le laisser venir, si vous le vouliez. Personne n'a besoin de savoir ! »

Le trésorier posa brusquement son verre sur la petite table à côté de son fauteuil.

« C'est impossible, Uma. Il me faudrait faire suivre cette demande à Bombay et, de là elle serait envoyée au ministre des Colonies à Londres. Cela pourrait prendre des mois.

– Simplement pour une visite à Outram House ?

– Nos professeurs, dit le trésorier (il aimait beaucoup traiter ses collègues britanniques de *amader gurujon*), nos professeurs ne veulent pas de problèmes politiques en Birmanie. C'est la plus riche de leurs provinces et ils refusent d'y prendre le moindre risque. Le roi est la seule personne qui pourrait unir le pays contre eux. Il y a plus d'une douzaine de peuplades et de tribus là-bas. La monarchie est l'unique chose qu'elles aient en commun. Nos professeurs le savent et ils veulent s'assurer que le roi est oublié. Ils ne tiennent pas à se montrer cruels ; ils ne veulent pas de martyrs ; tout ce qu'ils veulent, c'est que le roi soit effacé des mémoires – comme un vieux parapluie dans un placard poussiéreux.

– Mais quelle différence pourrait faire un seul et unique visiteur ?

– Il pourrait parler à son retour. Quelque chose pourrait filtrer dans les journaux. Le ministère des Colonies ne permet même pas que le roi soit photographié, de peur que la photo soit vue en Birmanie. J'ai reçu l'autre jour la lettre d'une photographe, une Parsi qui fait une tournée et voulait venir prendre quelques clichés à Outram House. J'ai transmis sa requête à Bombay et j'ai eu une réponse dans la semaine : interdiction absolue de photographier la famille royale. Ordre du gouvernement.

– Mais c'est monstrueux ! s'exclama Uma.

– Pas du tout. » Le trésorier plissa les yeux. « C'est simplement judicieux. Croyez-vous que des troubles politiques serviraient les intérêts de la Birmanie ? Croyez-vous que ce Raha aurait pu amasser ses richesses si Thebaw régnait encore ? Sans les Anglais, les Birmans se seraient probablement dressés contre ces hommes d'affaires indiens et les auraient chassés comme du bétail. »

Uma savait qu'il lui serait impossible de l'emporter dans une discussion avec le trésorier. Elle baissa la voix et posa sa main sur le bras de son époux.

« Voyez-vous, ce n'est pas pour le roi ni pour mon oncle que je vous demande cela.

– Alors, pourquoi ? »

Elle hésita.

« Dites-moi.

– C'est à cause de Dolly.

– Dolly ?

– Elle a vécu ici toute sa vie, en prisonnière virtuelle, et elle ne peut pas imaginer autre chose que la vie qu'elle a eue. Mais il lui faudra quitter Outram House un jour et alors où ira-t-elle ? Elle a tout oublié de la Birmanie et je pense qu'elle a besoin de parler à des gens qui peuvent raviver ses souvenirs.

– Dolly peut retourner en Birmanie quand elle le veut.

– Mais elle n'y a plus aucune famille et elle n'y connaît personne. C'est précisément pourquoi il faut qu'elle rencontre des gens qui habitent là-bas. »

Le trésorier se tut et Uma sentit qu'il commençait à fléchir.

« Il s'agit de si peu de choses, insista-t-elle. Je suis sûre qu'il y a une solution.

– Très bien, dit-il finalement avec un rien d'exaspération. Puisque cela a tant d'importance pour vous, je pourrais vous faire une proposition, je pense.

– Quoi donc ?

– J'inviterai moi-même ce Raha, à titre personnel. Je dirai que nous sommes parents par alliance. Et puis, s'il faisait une visite à Outram House, ce serait juste à titre privé, rien d'officiel...

– Oh, je serais si contente... »

Dès le lendemain matin, un télégramme fut expédié à l'oncle d'Uma, à Rangoon, l'informant que son ami, Mr Raha, était bienvenu à Ratnagiri ; il y serait reçu en qualité d'invité personnel du trésorier.

12

À peine le paquebot fut-il à l'ancre que la rumeur se répandit sur le quai qu'un très riche prince se trouvait à bord, un certain Rajkumar, un étranger, fort généreux de son argent. S'ensuivit un grand tumulte : coolies et porteurs assiégèrent l'échelle de coupée ; les désœuvrés quittèrent l'ombre des arbres pour se réunir sur la plage.

Rajkumar dormait encore dans sa cabine au moment où le navire accosta. C'est U Ba Kyaw qui le réveilla. Rajkumar avait pour habitude, lors de ses déplacements à l'étranger, de se faire accompagner par certains de ses gens : une manière de se protéger des embûches de sa nouvelle situation. Ce voyage en particulier avait provoqué chez lui des appréhensions d'un autre genre et, en conséquence, sa suite était encore plus nombreuse que de coutume. Outre un sténographe et un comptable, il avait aussi emmené U Ba Kyaw, son ami et homme de confiance.

Il expédia U Ba Kyaw en éclaireur pour distraire la foule tandis qu'il quittait discrètement le navire. Deux fiacres attendaient au bout de la jetée : l'un venait de la Résidence. Absent de la ville ce matin-là, le trésorier avait laissé des instructions précises sur la manière dont le visiteur devait être reçu. Kanhoji le conduirait au Dak Bungalow où il serait hébergé. Le soir, il dînerait à la Résidence.

L'autre fiacre était le phaéton d'Outram House. À côté de Kanhoji, Sawant contemplait l'agitation sur le quai.

Tous deux furent surpris quand on leur désigna Rajkumar : de tout son groupe, il correspondait le moins à l'homme que Kanhoji était venu chercher. Après avoir déposé l'invité au Dak Bungalow, Kanhoji revint vers la Résidence faire à Uma un rapport complet sur l'incident de la jetée. Il n'épargna aucun détail à propos de Rajkumar : il raconta le cigare à moitié mâchouillé, la tenue débraillée, le *longyi* froissé, le maillot de corps graisseux et les cheveux mal coiffés. Uma en conçut un sentiment de malaise. Était-il prudent d'inviter pareil individu à dîner ? Que mangeait-il exactement ?

Rompant étonnamment avec la coutume, le trésorier avait confié l'organisation du repas de ce soir-là à Uma : d'habitude, c'était lui qui supervisait les réceptions à la Résidence. Quoiqu'il se désintéressât de toute autre question ménagère, il se montrait très pointilleux quant aux dîners qu'il donnait : il aimait examiner personnellement la table et les couverts, réarranger les fleurs et désigner les assiettes et les verres qui ne brillaient pas assez. C'est à lui que s'adressaient les domestiques pour recevoir leurs instructions sur la nourriture et la vaisselle à utiliser.

Ce matin-là, lorsque le *khansama* était venu s'enquérir du menu, Uma avait été prise de court. Réfléchissant rapidement, elle lui avait ordonné de servir exactement ce qu'il avait servi la semaine précédente quand le directeur de l'Éducation publique était venu dîner : hachis Parmentier, poisson frit et blanc-manger.

« Je veux tout cela, dit-elle au cuisinier, *ekdum woh hi cheez.* » Puis, prise d'une impulsion soudaine, elle écrivit un mot à Mr Wright, le commissaire de police anglo-indien, lui demandant de venir dîner avec son épouse. Elle avait déjà invité le juge Naidu et sa femme, un couple âgé, d'une amabilité et d'une simplicité sans faille. Et, bien entendu, Dolly viendrait aussi : cela avait été organisé de longue date.

Comme la soirée approchait, Uma tenta de se rappeler tout ce que le trésorier faisait avant une réception de ce genre. Pour une fois, elle entendait se montrer une bonne maîtresse de maison. Elle alla dans la salle à manger et s'agita autour des assiettes, des couverts et des fleurs. Mais, à l'arrivée de son époux, elle découvrit qu'elle aurait pu économiser ses efforts. De toute évidence, le trésorier ne fut pas très impressionné. Après un tour d'inspection de la salle à manger, il en sortit, la réprobation étalée sur son visage.

« Les couteaux à poisson n'étaient pas à leur place, dit-il. Et il y avait de la poussière sur les verres à vin... » Il obligea Uma à aller tout réarranger. « Je reviendrai vérifier plus tard. »

En attendant les invités, Uma s'assit près d'une fenêtre, les mains jointes sur ses genoux, telle une écolière punie. Tout cela était peut-être une erreur : le dîner, l'invitation à Dolly à rencontrer cet étranger. Peut-être sa présence même à elle, ici, était-elle une erreur. Jamais encore cette pensée ne lui était venue à l'esprit, mais son ombre glaciale eut vite fait de s'allonger dans sa tête. Était-ce ce qu'on appelait une prémonition ?

« Madame... »

Cheveux gris, grands, débordants d'une douce bienveillance, les Naidu s'avançaient. « Comme c'est gentil... » Puis vinrent les Wright, suivis peu après par Dolly.

Rajkumar se présenta le dernier. Uma se leva pour l'accueillir et découvrit que, contre toute attente, sa première impression était favorable. Par-dessus ses mains jointes, elle nota qu'il avait pris la peine de s'habiller avec simplicité « à l'anglaise » : un sobre costume noir, une cravate soigneusement nouée, des chaussures bien cirées. Il tenait à la main une canne en malacca ornée d'une poignée de jade délicatement sculptée. Il paraissait beaucoup plus âgé qu'elle ne l'aurait pensé : il avait un visage tanné par les intempéries, des lèvres épaisses et très colorées, d'un rouge vif qui ressortait sur sa peau foncée. Un pli de chair autour de la mâchoire suggérait des bajoues à venir. Il était loin d'être beau, mais il avait quelque chose d'impressionnant, un côté massif allié à une incroyable mobilité d'expression, un mur d'ardoise dans lequel on aurait insufflé de la vie.

D'un coup d'œil par-dessus son épaule, Uma avisa Dolly, à moitié cachée derrière le bras en volute d'une chaise longue. Elle portait un *htamein* mauve et un *aingyi* de soie blanche. Un lys illuminait le noir brillant de sa chevelure.

« Dolly ! » Uma esquissa un geste de présentation en direction de Rajkumar. « Voici Mr Raha. Je ne crois pas que vous vous soyez rencontrés... »

Il la reconnut aussitôt, au premier regard, sans le moindre doute possible. Non qu'elle fût la même : son visage était plus allongé que dans son souvenir, et, autour des yeux et de la bouche, se dessinait, presque invisible, un filigrane de ridules, telles les marques légères d'une alène de bijoutier. Il se rappelait autre chose : un élément de son expression, une sorte de mélancolie dans son regard. C'est ce qui l'avait fasciné ce soir-là dans le Palais des Miroirs et c'est ce qui le fascinait maintenant.

« Mr Raha – une note d'inquiétude teintait la voix d'Uma –, quelque chose ne va pas ?

– Non. » Il baissa les yeux et vit qu'il tenait sa canne en l'air. « Non. Pas du tout. Il n'y a rien. »

Pour s'empêcher de quitter la pièce, il s'assit lourdement sur la chaise la plus proche. C'était trop tôt : il ne s'était pas attendu à la voir ici. Il ne détestait rien de plus que d'être pris de court. Il avait prévu de se préparer à cette rencontre à petits pas lents et mesurés. Il n'était pas encore prêt. Entrer dans cette maison avait déjà été suffisamment difficile : même aujourd'hui, après deux ans de dîners et de réceptions, il trouvait pénible de s'adapter à cette atmosphère de mondanité compassée.

« Avez-vous fait un bon voyage, Mr Raha ? »

C'était son hôtesse, l'épouse du trésorier : elle tentait visiblement de le sortir de sa rêverie. Il hocha la tête et sourit. Il sentit son regard s'égarer du côté de la chaise longue et il baissa vite les yeux. D'autres personnes s'approchaient, elles étaient là, autour de lui. Qu'allait-il bien pouvoir leur dire ? Jamais il n'avait autant désiré être seul.

« Le dîner. Si vous voulez bien... »

En route pour la salle à manger, Uma se trouva un instant seule avec Dolly.

« Que penses-tu de notre invité ? lui glissa-t-elle très vite à voix basse.

– Il ne ressemble pas du tout à ce que j'attendais : pas du tout à un grand magnat.

– Parce qu'il est tellement silencieux, tu veux dire ?

– Il ne paraît pas très à son aise, non ?

– As-tu remarqué comment il te regarde ? À croire qu'il t'a déjà rencontrée quelque part. »

Dolly écarquilla les yeux.

« Quelle idée étrange, Uma ! Je me demande ce qui te fait penser ça. »

La salle à manger de la Résidence était trop vaste pour être convenablement éclairée. La longue table d'acajou flottait à la dérive dans un océan d'obscurité. Il y avait plusieurs grands chandeliers en argent mais, à cause des ventilateurs manœuvrés à la main au-dessus, il était impossible d'en allumer les bougies. Les visages des convives restaient donc à moitié dans l'ombre, jamais vraiment visibles même pour leurs voisins.

Uma avait placé Rajkumar à sa droite et Mr Wright, le commissaire de police, à sa gauche. Dolly était en face, à côté du trésorier. Le long des murs, à six pas de la table, se tenait une rangée de serviteurs, un derrière chaque chaise. Ainsi que le voulait la coutume, les invités avaient amené leurs propres domestiques, sauf Dolly qui faisait pratiquement partie de la maison. Les serviteurs des Naidu étaient des gens du cru, celui de Mr Wright, un sikh. Derrière Rajkumar se tenait U Ba Kyaw, vêtu d'un *gaungbaung* rose et d'un *longyi* violet : tout le monde paraissait terne en comparaison.

Le trésorier déplia sa serviette et s'adressa à Rajkumar, en face de lui.

« Et la Birmanie, Mr Raha, dit-il sur son ton ironique habituel, vous nous en avez fort peu parlé... Et d'abord, qu'est-ce qui vous y a amené ?

– Le hasard, répliqua sèchement Rajkumar.

– Quelle sorte de hasard emporte-t-il un homme dans un autre pays ?

– Je travaillais sur un bateau et je me suis trouvé largué à Mandalay. C'était au début de l'invasion britannique. Le fleuve était fermé à la navigation.

– Une époque fertile en événements.

– Une époque étrange, monsieur.

– Vraiment ? Comment cela ? »

De sa place, de l'autre côté de la table, Dolly l'observait. Son visage était le seul qu'il pouvait voir : les autres étaient enveloppés d'ombre.

« Il a fallu deux semaines à la flotte anglaise pour remonter le fleuve, dit Rajkumar. La majeure partie de ce temps, Mandalay est demeuré très calme. Je n'étais qu'un gamin en ce temps-là, et pourtant un des rares habitants de la ville à sembler savoir que des troubles s'annonçaient. »

Se produisit alors un petit incident bizarre. On venait de servir le poisson : Rajkumar jeta un coup d'œil impatient aux couteaux et fourchettes autour de son assiette. Puis, comme exaspéré par cette profusion, il leva la main et claqua des doigts. Avant même qu'il ait achevé son geste, U Ba Kyaw surgit à ses côtés et lui tendit l'ustensile approprié. La scène ne dura que quelques secondes mais fut remarquée avec surprise par chacun dans la pièce. Seul Rajkumar parut ne pas s'apercevoir de l'interruption. Il reprit son récit comme si de rien n'était.

« Un matin, nous avons entendu une canonnade quelque part au loin. Puis le bruit a cessé, et tout a repris son cours normal. C'est seulement quand les soldats étrangers sont entrés dans la ville que les gens ont compris ce qui était arrivé : le roi avait été vaincu et la cité conquise. Vers le soir, nous avons vu des troupes sortir du fort avec des sacs de butin. Des employés du palais aussi. Une foule s'était amassée autour des murs du fort. Je n'avais jamais dépassé ces murs. En voyant les gens franchir les douves, je les ai rejoints et nous sommes entrés en courant. Sur la façade du palais, nous avons trouvé une porte brisée. Nous nous y sommes engouffrés, par centaines. Une sorte d'émeute, pourrait-on dire. Aucun de nous ne savait ce que nous faisions, chacun suivait quelqu'un d'autre. Nous nous sommes précipités à l'arrière du palais : le quartier des femmes. Les objets les plus précieux avaient déjà disparu, mais ceux qui restaient nous ont paru d'une somptuosité inimaginable, d'une valeur fabuleuse. Les gens ont fait main basse sur tout ce qu'ils pouvaient atteindre, tout ce qu'ils voyaient : ils brisaient les meubles, extrayaient les pierres du sol. Au bout d'un moment, j'ai quitté le hall principal et je suis entré dans une antichambre. Une femme se trouvait à l'intérieur. Elle était petite et frêle d'allure ; bien que je ne l'eusse jamais vue auparavant, j'ai tout de suite compris que c'était la reine Supayalat.

– La reine ?

– Oui. Sa Majesté en personne. J'imagine qu'elle était venue là pour sauver ce qu'il restait de ses possessions. Elle était sans ses gardes, sans aucune escorte. Elle aurait dû être terrifiée et pourtant elle ne l'était pas. Elle nous a crié dessus, elle nous a menacés. Mais ce qui est encore plus remarquable c'est que tous ceux qui entraient dans la pièce se jetaient au sol pour faire le *shiko* à la reine. Imaginez la bizarrerie de tout cela : ils étaient en train de piller le palais et en même temps ils rendaient hommage à leur souveraine ! J'étais fasciné : je restais dans mon coin à tout regarder. Et j'étais là depuis un bon moment quand je me suis aperçu que la reine n'était pas seule : il y avait deux enfants avec elle et quelques suivantes, un groupe de très jeunes filles. L'aîné des enfants avait peut-être trois ans. D'après ses vêtements, j'ai pensé que c'était une princesse. À côté d'elle se trouvait une suivante, une enfant elle aussi, plus jeune que moi d'un an ou deux, ou plus, je n'en étais pas sûr, car c'était une fillette comme je n'en avais jamais vu encore, belle au-delà de l'entendement, belle à ne pas y croire. Elle était comme le palais lui-même, une sorte de miroir dans lequel on pouvait voir tout ce dont l'imagination était capable. Autour de nous régnait le bruit, celui des couteaux, des haches, des piétinements. De toute évidence, la fillette avait peur et pourtant, en même temps, elle demeurait parfaitement calme. J'ai compris que je voyais quelque chose que je n'oublierais jamais.

– Qui était-ce ? intervint Uma. Cette fillette, qui était-ce ? L'avez-vous jamais découvert ?

– Pour vous dire la vérité... »

Rajkumar allait poursuivre quand Dolly le coupa net.

« Il semblerait, dit-elle d'un ton cassant, en s'adressant au trésorier, il semblerait que tout cela ait été très divertissant pour Mr Raha.

– Non. » Rajkumar haussa la voix. « Pas du tout. »

Dolly ne le regardait toujours pas.

« Mr Raha, insista-t-elle, paraît s'être beaucoup amusé.

– Non, ce n'est pas du tout ce que je voulais dire. »

Uma jeta un coup d'œil à Rajkumar et lut sur son visage un indicible désarroi. Soudain elle eut pitié de lui : Dolly se conduisait de manière inutilement cruelle, injuste. Tout le monde pouvait voir que cet homme n'avait pas eu l'intention de se montrer irrespectueux.

« Mr Raha... »

Elle tendit la main pour lui tapoter le poignet afin de le ramener au présent et lui rappeler qu'il était en compagnie. Mais son coude cogna accidentellement la table et bouscula une fourchette qui glissa de son assiette et dégringola par terre. Quoique très léger, un peu métallique, le bruit à l'intérieur de cet espace résonna comme une explosion. Quittant leur place le long du mur, deux serviteurs bondirent en même temps : l'un ramassa vite la fourchette tandis que l'autre en tendait une autre enveloppée dans une serviette.

« Ah, madame... »

La voix du trésorier était forte et chaleureuse, remplie d'une ironie joyeuse. En l'entendant, Uma, mortifiée, se recroquevilla sur sa chaise. Elle en était venue à redouter cette note de dérision, ces inflexions qui si souvent accompagnaient les commentaires de ses petits gestes de maladresse. Elle savait que l'incident serait mentionné à plusieurs reprises ce soir-là : il y aurait d'innombrables plaisanteries, allusions et malicieux sous-entendus qui seraient sa punition.

« Ah, madame, poursuivit le trésorier, puis-je vous demander une fois encore de vous abstenir de jongler avec l'argenterie du gouvernement ? »

Elle frissonna, les yeux rivés sur son assiette. Comment était-il possible de supporter ça ? Elle contempla la nouvelle fourchette déposée devant elle et, comme de son propre gré, sa main entama un mouvement. Son poignet sauta, expédiant la fourchette tournoyer en l'air. Juste avant que l'ustensile ait fini de décrire un arc de cercle, Rajkumar tendit la main et le rattrapa.

« Tenez ! dit-il en le plaquant sur la nappe. Y a pas de mal ! »

À l'autre bout de la table, le trésorier observait la scène avec stupéfaction.

« Uma ! cria-t-il, toute ironie disparue de sa voix. Uma ! Que vous arrive-t-il aujourd'hui ? »

Suivit un moment de silence pendant lequel leur parvint le bruit d'un fiacre montant à toute allure vers la Résidence, puis le cri de défi de la sentinelle, *« kaun hai ? »*. Bien que la réponse fût étouffée et indistincte, Dolly se leva aussitôt.

« C'est Mohanbhai. Il a dû arriver quelque chose à Outram House. »

Un messager entra, le dos courbé, et tendit une enveloppe au trésorier.

« Urgent, monsieur. »

Le trésorier ouvrit l'enveloppe et en tira une feuille de papier à lettre à en-tête. Il la lut et leva les yeux, avec un sourire grave.

« Je crains d'avoir à abandonner ces réjouissances. Une convocation. Son Altesse me requiert à Outram House. Immédiatement.

– Alors, je dois y aller aussi. »

Dolly repoussa sa chaise.

« Certainement pas. » Le trésorier lui tapota la main. « Restez et amusez-vous. C'est moi que Son Altesse veut voir. Pas vous. »

Dolly et Uma échangèrent un regard : elles savaient toutes deux que la reine avait convoqué le trésorier afin de lui annoncer la grossesse de la princesse. Dolly n'arrivait pas à décider s'il valait mieux qu'elle rentre à Outram House ou qu'elle se tienne à distance.

« Reste, Dolly, insista Uma.

– Très bien, acquiesça Dolly avec un hochement de tête. Je reste. »

La complicité des deux femmes n'échappa pas au trésorier. Son regard alla de l'une à l'autre.

« Que se passe-t-il exactement à Outram House ? dit-il. Est-ce que l'une de vous a une idée ?

– Non ! se hâta de répondre Uma d'une voix un peu plus aiguë que d'habitude. Quelle que soit la raison, je suis sûre que cela n'exige pas la présence de Dolly.

– Alors très bien. » Le trésorier fit rapidement le tour de la table pour prendre congé. « Je reviendrai quand cela conviendra à Son Altesse. Bonne soirée... »

La soudaineté du départ du trésorier provoqua un mouvement des invités. Les Naidu et les Wright se levèrent en murmurant : « Il est très tard... », « Nous devrions être déjà partis... » Il y eut une rafale de bonsoir et de serrements de mains. En raccompagnant ses hôtes à la porte, Uma s'arrêta pour chuchoter à Dolly : « Je reviens. Attends-moi. »

Tout étourdie, Dolly alla dans le salon et ouvrit une des portes-fenêtres. Elle fit un pas dans le jardin puis s'immobilisa pour écouter les voix des invités en train de partir. « Merci... » « Tellement gentil... » Celle d'Uma paraissait venir de très loin. Dolly était incapable de penser clairement à cet instant : tout lui semblait brouillé. Elle aurait dû fermer la porte-fenêtre, pour éviter l'invasion des insectes. Mais elle ne fit rien : il lui fallait réfléchir à trop de choses.

En cet instant précis, à Outram House, les princesses étaient probablement installées près des fenêtres donnant sur la route, guettant le bruit du fiacre du trésorier. En bas, la salle de réception était sans doute déjà ouverte, les lampes allumées – deux seulement, pour économiser le pétrole. La reine descendrait bientôt, vêtue de son *htamein* rouge rapiécé : dans un moment, elle s'assiérait, le dos tourné à la porte. Et là, elle attendrait que le trésorier soit introduit dans la salle.

C'était ainsi que le petit monde habituel d'Outram House prendrait fin : elles l'avaient su depuis toujours, les princesses et elle. C'était exactement ainsi que cela devait se passer : un beau jour, soudain, la reine déciderait que le temps était venu. Elle enverrait quérir le trésorier sur-le-champ, sans perdre une minute. Le lendemain, tout le monde saurait : le gouverneur, le vice-roi, la Birmanie entière. Mohanbhai serait renvoyé ; les princesses aussi peut-être. Seule, elle, Dolly resterait pour en supporter la responsabilité.

« Miss Dolly... »

Elle reconnut la voix : celle de cet homme, le visiteur venu de Birmanie.

« Miss Dolly... »

Elle se retourna, sentant sa colère monter.

« Comment savez-vous mon nom ?

– J'ai entendu... » Il se reprit pour se corriger : « La vérité, c'est que c'est vous qui m'avez dit votre nom.

– Impossible.

– Pourtant si. Vous ne vous rappelez pas ? Ce soir-là, dans le Palais des Miroirs. Vous étiez la fillette avec la princesse. Vous devez vous en souvenir. Je vous ai parlé, je vous ai demandé votre nom. »

Dolly se plaqua les mains sur les oreilles.

« C'est un mensonge. Chaque mot. Vous avez tout inventé. Tout. Chaque mot. Il n'y a pas une once de vérité dans ce que vous avez raconté ce soir. Min et Mebya étaient des dieux pour les habitants de Mandalay. Personne n'aurait jamais osé faire ce que vous avez décrit... Les gens pleuraient quand on nous a emmenés.

– Oui, ils pleuraient. C'est vrai. Mais tout le reste est vrai aussi : la populace, le palais. J'y étais, et vous aussi. Vous devez vous en souvenir – cette nuit-là dans le palais, un homme vous a arraché quelque chose des mains : une boîte. Je la lui ai reprise et je vous l'ai redonnée. C'est alors que vous m'avez dit votre nom : Dolly. Je vous entends encore. »

Elle détourna son visage.

« Et c'est à cause de cela que vous êtes ici ? À cause de ce que vous avez vu ce soir-là dans le palais ?

– Oui.

– Vous faites erreur, Mr Raha ! » C'était un cri de dénégation plaintif. « Ce n'est pas moi que vous avez vue. C'était quelqu'un d'autre. Les enfants changent en grandissant. Je n'étais pas là. Nous étions très nombreuses, les filles, à travailler au palais. Peut-être était-ce quelqu'un d'autre. Je ne sais pas. Ce n'était pas moi. Je n'étais pas là.

– Je me rappelle ce que j'ai vu.

– Comment pouvez-vous en être sûr ? Je ne me rappelle rien de cette époque. Je m'y suis toujours refusée. Et vous-même vous n'étiez qu'un jeune garçon, un enfant.

– Mais je m'en souviens encore.

– Et c'est à cause de cela que vous êtes venu ici à ma recherche ?

– Miss Dolly, je n'ai ni famille, ni parents, ni frères, ni sœurs, aucun tissu de petits souvenirs dans lequel tailler un grand manteau. Les gens trouvent cela triste et ça l'est. Mais cela signifie aussi que je n'ai d'autre possibilité que de choisir mes propres liens. Ce n'est pas facile, comme vous le voyez. Mais c'est une sorte de liberté, et par conséquent non sans valeur.

– Et qu'espériez-vous trouver ? Êtes-vous venu ici en pensant encore me trouver enfant ? Quelqu'un qui pouvait vous ramener à votre adolescence ?

– Je suis venu parce que je l'ai pu. Sans rien en attendre. »

Dolly s'éventa le visage de ses mains. Elle pouvait sentir les fleurs de frangipanier gisant mourantes autour d'elle sur l'herbe.

« Mr Raha. » Elle était plus calme à présent, elle respirait mieux. « Vous êtes un homme riche, me dit-on, un homme qui a réussi. Vous avez de toute évidence mené une vie passionnante. Je n'arrive pas à comprendre ce qui vous a conduit ici exactement. En ce qui me concerne, je dois vous dire ceci : ce pays est le mien et je n'en ai pas d'autre. J'y ai passé vingt ans de ma vie. Je mène une existence très simple, très prosaïque. Il n'y a rien en elle ni en moi qui puisse présenter le moindre intérêt pour quelqu'un comme vous.

– Je voudrais vous dire, très respectueusement, que ce n'est pas à vous d'en juger.

– Mr Raha. Il est préférable que vous vous en alliez maintenant.

– Je n'ai pas pu me résoudre à partir sans vous avoir dit que vous m'aviez mal compris ce soir, à table. C'est pourquoi, alors que je m'en allais, j'ai fait demi-tour. Je suis venu de loin. Je ne pouvais pas repartir sur ce malentendu. »

Une ombre apparut au loin, encadrée par la porte-fenêtre ouverte du salon. C'était Uma qui appelait : « Où es-tu Dolly ? Dans le jardin ? »

Dolly baissa la voix.

« Mr Raha, je suis désolée si j'ai dit quelque chose d'injuste ou de désagréable. Je suis sûre que vous n'aviez pas de mauvaises intentions. Mais votre venue ici était une erreur et il vaudrait mieux pour vous oublier tout cela aussi vite que possible. Il est dommage que vous ayez gaspillé autant de temps et d'efforts.

– Ce n'était pas gaspillé.

– Il n'y a rien à ajouter, Mr Raha. » Dolly joignit ses mains. « Je dois partir. Je ne pense pas que nous nous reverrons mais je vous présente tous mes vœux. *Namaste*. »

La reine reçut le trésorier comme toujours, assise dans son fauteuil noir orné, le dos tourné à la porte. Son visage était un masque peint, ses lèvres un coucher de soleil cramoisi. Sa peau ivoire semblait presque translucide à la lueur des lampes. Elle était vêtue d'un *htamein* de soie rouge et ses pieds étaient chaussés de pantoufles noires rebrodées de fils d'or effilochés.

Elle fit signe au trésorier de prendre un siège, et, sans préambule, elle déclara en hindoustani :

« C'est le souhait de Sa Majesté le roi, trésorier-sahib, de vous informer que notre fille aînée, la princesse Ashin Hteik Su Mya Phaya Lat, est enceinte et que son accouchement devrait avoir lieu d'ici une semaine ou deux. Nous vous serions reconnaissants de bien vouloir transmettre la bonne nouvelle à vos supérieurs du gouvernement de l'Inde. »

La réaction instinctive du trésorier fut de la corriger.

« Mais, Votre Altesse, c'est impossible. La princesse n'a pas de mari.

– Pas à votre connaissance, peut-être.

– Cela n'est pas une affaire d'opinion, dit le trésorier. Je n'ai pas émis d'autorisation pour le mariage de la princesse. Par conséquent, elle ne peut pas être légalement mariée. »

La reine demeura un instant silencieuse, puis un léger sourire éclaira son visage.

« Trésorier-sahib, vous êtes toujours si bien informé... je suis surprise qu'aucun de vos espions n'ait jamais songé à vous dire que les enfants pouvaient naître sans aucune autorisation.

– Vous voulez donc dire que l'enfant...

– Oui. Selon vos lois, l'enfant sera un bâtard.

– Et le père ?

– Vous l'avez souvent rencontré. » Elle le fixa droit dans les yeux sans ciller. « C'est notre cocher, un excellent jeune homme. »

C'est seulement alors que le trésorier commença à saisir la pleine signification des propos de la reine.

« Mais que dois-je rapporter ? Que vais-je dire au gouvernement ?

– Vous transmettrez ce que l'on vous a dit : vous déclarerez que notre fille va bientôt avoir un enfant et que le père est notre cocher, Sawant.

– Enfin, Votre Altesse, protesta le trésorier, considérez la réputation de la princesse, considérez votre rang dans la société.

– Notre rang ? Qu'entendez-vous exactement par là, trésorier-sahib ?

– Votre époux est le roi de Birmanie, quoique déposé. Votre fille est une princesse.

– Je vous assure, trésorier-sahib, que vous, en particulier, n'avez pas besoin de prendre la peine de nous le rappeler. »

Il sentit la sueur lui perler au front. Il était encore temps, se dit-il : l'affaire pouvait être traitée discrètement, sans risque de devenir publique. Le jeune homme pourrait être persuadé de retourner sans histoire dans son village et sa famille. S'il créait le moindre ennui, Mr Wright et ses policiers s'en occuperaient.

« Votre Altesse, je vous supplie de réfléchir. Est-il convenable qu'une princesse de Birmanie s'allie à un employé de maison, un domestique ? »

Un petit rire en trille s'échappa des lèvres de la reine.

« Trésorier-sahib, Sawant est moins un domestique que vous. Lui, en tout cas, ne se fait aucune illusion sur sa place dans le monde. »

Le trésorier la regarda fixement.

« Je suis franchement stupéfait que Votre Altesse choisisse de traiter à la légère un tel scandale.

– *Scandale* ? » Les traits de la reine se durcirent tandis qu'elle répétait le mot anglais. « Vous avez l'insolence de venir ici nous parler de scandale ? Il n'y a aucun scandale dans ce que ma fille a fait : le scandale réside dans ce que vous nous avez fait à nous : dans l'état auquel vous nous avez réduits ; dans votre présence même ici. Qu'ont donc fait mes filles, trésorier-sahib, pour mériter de passer leur vie dans cette prison ? Ont-elles commis un crime ? Ont-elles été jugées ou punies ? Nous avons entendu tant de sermons de votre bouche et de celles de vos collègues au sujet de la barbarie des rois de Birmanie et de l'humanité des *Angrez* ; nous étions des tyrans, disiez-vous, des ennemis de la liberté, des assassins. Seuls les Anglais comprennent la liberté, nous déclarait-on ; ils ne mettent pas à mort les rois et les princes ; ils gouvernent en se conformant aux lois. S'il en est ainsi, pourquoi le roi Thebaw n'a-t-il jamais comparu devant un tribunal ? Quelles sont ces lois dont on nous parle ? Est-ce un crime que de défendre son pays contre un envahisseur ? Les Anglais n'agiraient-ils pas de même ? »

Le trésorier savait que la réponse adéquate eût été un geste de protestation et un éclat d'indignation. Mais sous le dur regard scrutateur de la reine, il fut incapable de trouver ses mots.

« Votre Altesse, dit-il enfin, je ne suis pas votre ennemi. Au contraire, j'ai souvent reconnu avec vous le bien-fondé de vos plaintes. Le problème, hélas, ne dépend pas de moi. Je vous prie de me croire quand je dis que seuls vos intérêts me tiennent à cœur. C'est uniquement par considération pour vous et les vôtres que je vous demande de réexaminer votre décision d'accepter cet homme – ce cocher – dans votre famille. Je vous implore, Votre Altesse, de réfléchir à la manière dont le public réagira, au tort causé à la réputation de votre famille. »

La reine pencha la tête.

« Nous ne sommes pas des fonctionnaires, trésorier-sahib. Pour nous, l'opinion des gens dans leur ensemble nous est parfaitement indifférente.

– Je vois que votre décision est prise.

– Honte à vous, trésorier-sahib, qui vous autorisez à juger la conduite de mes enfants ; honte à vous d'avoir l'effronterie de venir dans cette maison me parler de scandale. »

Le trésorier se leva.

« Votre Altesse, puis-je mentionner une dernière considération ? Je ne pense pas qu'elle ait beaucoup de poids pour vous mais je crois avoir néanmoins le droit de la soumettre à votre attention. Vous devez savoir, Votre Altesse, que si cette affaire devient publique, c'est moi, en tant que votre gardien, qui serai sans doute tenu pour responsable. En fait, cela signifiera presque certainement la fin de mes fonctions ici comme trésorier.

– Je vous assure, trésorier-sahib, répliqua la reine en riant, que nous en sommes très conscients. » Elle pouffa de nouveau et leva la main, une main minuscule, pour se couvrir la bouche. « Je suis persuadée que vous trouverez un moyen de vous protéger. Les fonctionnaires y réussissent, en général. Sinon, vous n'aurez qu'à vous en prendre à vous-même. »

Il n'y avait plus rien à dire. Marmonnant quelques mots de regrets, le trésorier prit congé de la reine. En partant, il avisa Sawant qui sortait de sa loge. Il entendit une voix de femme à l'intérieur. Alors qu'il passait devant la porte, le regard discrètement détourné, il sentit une bouffée de l'air chaud et humide qui s'en échappait. Il pressa le pas : était-ce donc là, dans ce minuscule clapier, que cohabitaient le cocher et la première princesse ? Une profusion d'images se présenta à ses yeux : Sawant, appuyé au chambranle, lissant sa moustache huilée, faisant signe à la jeune fille de s'approcher avec un sourire ; la princesse se glissant hors de la maison tandis que tout le monde dormait ; la petite pièce puant la sueur résonnant de leurs cris étouffés ; les craquements d'un *charpoy*...

Il se hâta de monter dans son *gaari* et cria avec impatience à Kanhoji : « *Chalo ! Jaldi chalo, jaldi !* A la Résidence, vite ! » Il se pencha par la fenêtre du fiacre et inspira très profondément, mais même l'air frais nocturne ne réussit pas à débarrasser ses narines de l'odeur de cette loge. Était-ce donc ça l'amour ? Cet accouplement dans l'obscurité, une princesse de Birmanie et un cocher marathi ? Cet insouciant mélange de sueurs ?

Et la reine avec son regard noir hargneux ? On lui avait dit un jour qu'elle n'avait jamais cessé d'adorer Thebaw. Mais que pouvaient-ils savoir de l'amour, de tout sentiment raffiné, ces aristocrates sanguinaires, ces semi-illettrés qui n'avaient jamais lu un livre de leur vie, jamais contemplé avec plaisir un tableau ? Qu'est-ce que l'amour pouvait signifier pour cette femme, cette meurtrière, responsable du massacre de dizaines de ses propres parents ? Pourtant il était vrai qu'elle avait préféré la prison à la liberté par amour pour son mari, et condamné ses filles à vingt ans d'exil. Uma ferait-elle de même pour lui ? Ou quiconque ? Il frissonna et tendit les bras pour s'appuyer sur les parois de la calèche.

À la Résidence, Uma l'attendait. Elle courut lui ouvrir, congédiant d'un geste les domestiques.

« Que s'est-il passé ? Qu'a-t-elle dit ? Racontez-moi.

– Où est Dolly ? demanda le trésorier.

– Elle était fatiguée. Elle est allée droit au lit.

– Venez. »

Le trésorier la précéda dans leur chambre puis en ferma la porte.

« Vous saviez, n'est-ce pas ?

– Quoi donc ?

– Uma, quoi qu'il vous en semble, je ne suis pas un idiot. Je parle de la grossesse de la princesse. »

Uma s'assit sur le bord du lit sous la moustiquaire et détourna le regard.

« Ainsi vous saviez, n'est-ce pas ?

– Oui.

– Par Dolly ?

– Oui.

– Et il ne vous est jamais venu à l'esprit de me le dire ? Alors qu'il pouvait s'agir d'une affaire importante ? Lourde de conséquences pour moi ?

– Comment aurais-je pu vous en parler ? J'avais promis de ne pas le faire. »

Il s'approcha d'elle, contempla sa tête baissée.

« Et votre promesse à Dolly était plus importante que

ce qui nous lie, vous et moi ? » Il prit tendrement ses mains dans les siennes. « Regardez-moi, Uma. Pourquoi n'avez-vous pas pu me faire confiance ? Vous ai-je jamais trahie, en quelque manière ? Avez-vous pensé que je ne serais pas discret ?

– J'avais promis. »

Stupéfait, il la regarda fixement.

« Vous étiez au courant depuis des jours, voire des mois. Nous étions constamment ensemble. N'avez-vous jamais éprouvé une seule fois le désir de me parler de tout cela ? Non pas comme au trésorier général de Ratnagiri, ni même comme à votre époux, mais simplement comme à un compagnon, quelqu'un avec qui vous passez vos journées ? »

Elle retira ses mains des siennes. Que voulait-il d'elle ? Elle lui obéissait en toutes choses : elle allait au club quand il le disait ; elle ne manquait à aucun de ses engagements. Que fallait-il de plus ?

Elle se mit à sangloter, les mains sur son visage. Les vertus d'épouse qu'elle pouvait lui offrir, il n'en avait pas l'utilité : Cambridge lui avait enseigné à exiger davantage ; à s'assurer que rien ne restât en suspens, à acheter l'âme d'une femme contre gentillesse et patience. Cette idée la terrifia : il s'agissait là d'une sujétion au-delà de la décence, au-delà de l'imagination. Elle refusait d'y penser. Tout plutôt que se soumettre.

13

Il sembla à Uma qu'elle venait juste de s'assoupir après de longues heures d'insomnie quand elle entendit une voix à son chevet : « Memsahib ! Memsahib ! » Elle se retourna, somnolente, repoussa ses oreillers contre la tête de lit vernie. « Memsahib ! » C'était une ayah, le visage voilé par les nuages de tulle de la moustiquaire. « Levez-vous, memsahib ! Levez-vous ! »

Les fenêtres étaient ouvertes et le plafond inondé par les reflets du soleil. Une odeur d'herbe fraîchement coupée montait dans l'air. Uma entendit les sifflements des faux et elle se souvint avoir demandé aux *mali* de tondre la pelouse.

« Memsahib, réveillez-vous. Un monsieur attend dans le *baithak-khana*.

– Un monsieur ? Qui donc ?

– Celui qui était ici pour le dîner hier, le monsieur *bahaarka*.

– Mr Raha ? » Uma se redressa brusquement dans son lit. « Que fait-il ici ?

– Il a demandé à vous voir. Et aussi Dolly-memsahib.

– Lui as-tu dit ?

– Dolly-memsahib n'est pas là. Elle est partie tôt ce matin.

– Quand ?

– Très tôt. Kanhoji l'a ramenée à Outram House. »

La moustiquaire s'était entortillée autour d'elle : Uma n'arrivait pas se dégager.

« Pourquoi ne m'a-t-on pas avertie ?

– Le trésorier-sahib a dit de ne pas vous réveiller. »

Uma tira impatiemment sur la moustiquaire. Suivit le bruit d'une déchirure, un trou s'ouvrit soudain devant la jeune femme qui y passa ses jambes et s'extirpa du lit. Ça ne ressemblait pas à Dolly de partir aussi vite, sans un mot.

« Fais porter du thé au *baithak-khana*, ordonna Uma à l'ayah. Et dis au monsieur que j'arrive. »

Elle se hâta de s'habiller et sortit précipitamment de sa chambre. Par souci des convenances, elle emmena l'ayah avec elle au salon et la laissa accroupie près de la porte.

« Mr Raha ? »

Il était à l'autre bout de la pièce, soufflant des volutes de fumée par une fenêtre ouverte. Il se retourna en faisant tomber la cendre de son cigare. Il était vêtu à l'européenne, d'un costume de lin blanc.

« Madame, je suis désolé de vous avoir dérangée...

– Non. Non, pas du tout. »

Elle se mit à tousser. La pièce était remplie d'un brouillard âcre.

« Pardonnez-moi. » Il chassa un nuage de fumée d'un geste d'excuse. « Je suis venu vous remercier... pour hier soir. » Suivit un silence dans lequel elle l'entendit déglutir, comme s'il essayait de se calmer avant de dire quelque chose. « Et je voulais aussi remercier Miss Sein, si possible.

– Dolly ? Mais elle n'est plus là. Elle est rentrée à Outram House.

– Oh. »

Il se laissa tomber sur une chaise, ses lèvres remuant silencieusement, comme s'il se parlait à lui-même. Uma remarqua qu'il était décoiffé et que ses yeux étaient rougis par le manque de sommeil.

« Puis-je vous demander s'il est vraisemblable qu'elle revienne ici aujourd'hui ?

– Mr Raha, dit doucement Uma, je dois avouer que je suis un peu surprise de vous voir vous préoccuper autant de quelqu'un que vous connaissez à peine. »

Il la regarda.

« Madame...

– Oui ?

– Il faut que je vous parle.

– Faites.

– Je n'ai pas été entièrement franc avec vous. Ni avec votre oncle.

– Comment cela ?

– Ce n'est pas la première fois que je rencontre Miss Sein. En vérité, c'est à cause d'elle que je suis ici. Je suis venu à sa recherche.

– Quoi ? » Uma tenta de rire. « Il doit y avoir une erreur, Mr Raha. Vous pensez sûrement à quelqu'un d'autre. Vous ne pouvez pas avoir rencontré Dolly avant hier soir. Dolly a vécu toute sa vie ici. Je peux vous en assurer. Elle n'a pas quitté Ratnagiri depuis l'âge de dix ans.

– La petite fille dont j'ai parlé hier, celle du Palais des Miroirs ?

– Oui ?

– C'était elle. Dolly. Miss Sein. »

La fumée du cigare piquait les yeux d'Uma qui se leva, un peu vacillante, et sortit par une des portes-fenêtres dans le jardin. « Venez, Mr Raha. » Sans l'attendre, elle commença à traverser la pelouse tout juste tondue. Les *mali* s'activaient à ramasser l'herbe coupée qu'ils emporteraient pour la donner à leurs vaches et à leurs chèvres : ils levèrent la tête et la saluèrent tandis qu'elle passait rapidement.

Rajkumar rattrapa Uma au fond du jardin, au moment où elle ouvrait le portillon.

« Cela doit vous paraître très étrange.

– Oui. Certes. »

Elle le conduisit jusqu'au siège en terre sous le banian. Dans la vallée, la Kajali brillait comme du verre.

« Je ne savais pas que je la trouverais ici, dit Rajkumar. Pas vraiment. C'était simplement un endroit par où commencer – une manière de régler un compte avec moi-même. Tant qu'il existait un lieu où je pouvais faire des recherches, il fallait que j'y vienne. Je n'avais pas le choix. J'étais certain de découvrir l'affaire réglée : elle serait mariée, pensais-je, ou bien elle porterait l'enfant d'un autre. Ou encore elle serait morte, ou devenue méconnaissable. Les choses s'arrêteraient là, la voir suffirait à l'effacer de ma mémoire, à me libérer. Et puis je suis entré dans votre maison hier soir et elle était là. Je l'ai reconnue tout de suite : son visage, son expression. L'affaire m'a échappé, en effet, mais pas du tout comme je m'y attendais.

– Et vous ne l'aviez vue qu'une fois auparavant ?

– Deux fois. À Mandalay. Mais l'aurais-je rencontrée mille fois que cela n'aurait fait aucune différence. Je le sais. J'en suis sûr. Quand j'étais très jeune, je travaillais sur un bateau, un sampan de Chittagong. Il y a très longtemps, avant même que je n'aille à Mandalay. Un jour, nous avons été pris dans une tempête. Nous étions en pleine mer et la tempête a éclaté très brusquement, comme cela se produit au large de la côte du Bengale. L'eau a commencé à s'engouffrer dans le bateau, par l'arrière. On m'a attaché à un mât avec un seau pour écoper. Très vite, le ciel est devenu si noir que je n'ai plus vu ce qui m'entourait, sauf à la lueur des éclairs. Durant un de ces brefs éclats, j'ai remarqué quelque chose : un animal, une petite tortue verte. Elle avait été jetée à bord par une vague et s'était prise dans un bout de filet. Elle était juste hors de ma portée, et les vagues déferlaient si violemment sur le bateau que je n'osais pas me délier. Nous étions tous deux prisonniers, la tortue et moi. À chaque éclair, je regardais, et elle était là. Et cela a continué ainsi durant toute cette longue nuit : l'animal et moi, nous observant l'un l'autre, à travers les vagues et le vent. À l'aube, la tempête s'est calmée. J'ai défait mes cordages et j'ai libéré la tortue de son filet. Encore aujourd'hui, je la revois clairement. Si vous lâchiez mille tortues devant moi maintenant, elles ne seraient pas aussi réelles pour moi que cette seule et unique petite bête.

–Pourquoi me racontez-vous cela, Mr Raha ?

–À qui d'autre pourrais-je le raconter ?

–À Dolly.

–J'ai essayé. Hier soir. Je l'ai vue sortir dans le jardin et je suis revenu après vous avoir quittée.

–Qu'a-t-elle dit ?

–Elle avait décidé d'être en colère, tout comme elle l'avait été au dîner. Elle a critiqué ce que je disais. Elle m'a ordonné de repartir. Elle a refusé de me revoir. Je suis resté debout toute la nuit, à me demander : que faire maintenant ? N'importe où ailleurs, j'aurais eu des êtres vers qui me tourner : mes amis auraient su ce qu'elle pensait par ses amis. J'aurais demandé à quelqu'un de parler à sa famille. Et puis je serais allé moi-même voir son père. On aurait discuté d'argent, de contrat de mariage. Ce genre de choses. J'aurais été aidé. Des personnes seraient intervenues en ma faveur.

–Oui. » Uma hocha la tête. « Il y aurait eu des intermédiaires. Des négociateurs. Des gens qui peuvent nous défendre mieux que nous le pouvons nous-même. »

Il avait raison, elle le savait – c'était ainsi que ces choses se passaient : quelqu'un informait quelqu'un d'autre et ainsi de suite de bouche à oreille, les chuchotements courant comme de jeunes pousses sur les treillages d'une serre. C'était exactement ainsi que cela s'était passé pour elle : un soir, un *gaari* était arrivé à grand bruit dans la cour pavée de la maison familiale à Calcutta – la maison que son père avait baptisée Lankasuka. On avait frappé fort à la porte d'entrée, au rez-de-chaussée. Il était tard, après dîner. Son père se trouvait dans son bureau en train de travailler à son traité d'architecture des temples. Sa mère se préparait à aller au lit. « Quelqu'un a dû mourir, avait-elle déclaré. Il n'y a jamais que des mauvaises nouvelles pour arriver à cette heure. »

Uma et son petit frère s'étaient précipités sur la véranda qui surplombait la cour. Une de leurs tantes attendait devant la porte, en bas. « Est-ce que quelqu'un est mort ? cria Uma. – Mort ? » La tante éclata de rire. « Non, petite sotte. Viens m'ouvrir ! »

Uma et son frère avaient écouté derrière la porte tandis que leur mère conférait avec la visiteuse. Ils l'entendirent citer le nom du trésorier qu'ils reconnurent : on avait récemment parlé de lui dans les journaux et les magazines. On disait qu'il était un jeune homme brillant : étudiant, il avait si bien réussi à l'université de Calcutta que les familles riches de son quartier s'étaient cotisées pour l'envoyer à Cambridge. Il était revenu un peu en héros après avoir été admis dans le plus prestigieux et le plus important corps impérial, celui de l'Indian Civil Service.

On apprit par la suite qu'il avait vu Uma à une fête, alors que, âgée de treize ans, elle était encore écolière. À son retour de Cambridge, il avait fait prendre des renseignements sur elle. Sa famille s'était montrée plutôt mécontente : les propositions affluaient de tous les coins de la ville et les parents du jeune homme estimaient qu'il pouvait prétendre à bien mieux. Mais il avait persisté, soulignant qu'il ne voulait pas d'un mariage conventionnel. Il allait travailler avec des Européens : une épouse conservatrice, clouée chez elle, ne lui conviendrait pas. Il lui fallait une fille désireuse de se montrer en société, jeune et prête à s'adapter aux manières de vivre modernes.

« Et il voudrait mon Uma ? » Le cri involontaire de sa mère avait résonné dans toute la maison. Uma n'était pas la plus jolie ni la plus accomplie des filles de son milieu, loin de là ; elle ne savait ni chanter ni coudre ; ses cheveux n'étaient pas vraiment lisses et on la disait trop grande pour être gracieuse. « Mon Uma ! »

Le frère d'Uma s'était écarté d'elle, bouche bée d'incrédulité. « Toi ?! – Eh bien, il aurait du mal à t'épouser toi ! » avait-elle répliqué, histoire de le taquiner. Il avait éclaté en sanglots, comme si c'était précisément ce qu'il avait espéré.

« Pourquoi moi ? » Uma avait posé cent fois la question à tous les intermédiaires habituels. « Pourquoi moi ? »

Tout ce qu'on avait pu lui répondre, c'était : « Il pense que tu apprendras vite. »

Leur mariage ne ressembla à aucun autre : le gouverneur y assista, ainsi qu'un grand nombre de fonctionnaires et d'officiers anglais. Un orchestre militaire de Fort William remplaçait le *shehnai*.

Une fois seuls, dans la chambre fleurie de leur nuit de noces, ils étaient restés tous deux assis un long moment sur le lit, silencieux, transis de timidité, lui pas moins qu'elle. Ils avaient écouté les voix de leurs parents et amis agglutinés contre la porte close, riant et lançant les plaisanteries grivoises habituelles. Enfin, au grand soulagement d'Uma, il avait commencé à parler : il lui avait décrit Cambridge, ses rues pavées et ses ponts de pierre, les concerts auxquels il avait assisté. Il avait fredonné un air – de son musicien préféré, avait-il dit. Elle en avait aimé la vivacité et demandé : « Comment s'appelle-t-il ? » Et lui, content qu'elle ait posé la question, avait expliqué : « C'est un extrait de *La Truite*. De Schubert. – C'est joli. Chantonnez-le encore. »

Elle s'était endormie, se réveillant des heures plus tard sous ses caresses. La douleur n'avait pas été aussi terrible qu'on le lui avait prédit, guère pire qu'une visite chez le médecin, et la pièce était très sombre ce qui avait rendu les choses plus faciles. Quand sa mère l'avait interrogée le lendemain, elle avait été gênée de ne pas avoir, comme tout le monde, une effroyable histoire à lui raconter. « Il a été gentil, prévenant. – Que peut-on demander de plus ? avait dit sa mère. Bénis ta chance, Uma. Ne laisse pas passer un seul jour sans remercier le ciel de ce que tu as reçu. »

Un mois plus tard, dans un train, le trésorier lui demanda soudain si elle se rappelait le nom de la chanson qu'il avait fredonnée ce soir-là. Elle eut un trou de mémoire. Ils traversaient les plaines rudes du Rajput occidental et elle était fascinée par le paysage. « Je ne m'en souviens pas », dit-elle. Il se détourna brusquement, la mine déconfite. Elle sentit le désarroi la paralyser peu à peu. Cela n'était que le commencement, elle le savait : ces petits épisodes de déception s'enchaîneraient rapidement, formant une longue chaîne de plomb.

La voix de Rajkumar la ramena dans un sursaut à la réalité présente.

« M'aiderez-vous donc, madame ? Vous êtes la seule personne qui puisse me permettre de joindre Dolly maintenant. Je n'ai personne d'autre vers qui me tourner. »

Elle tenta d'imaginer Dolly à travers les yeux de l'homme assis à ses côtés, ce quasi-étranger. Brusquement, son cœur déborda de tendresse, d'amour : de l'amour de qui ? De celui de cet homme ? Ou du sien propre ? Ou des deux ? Que ferait-elle si Dolly partait ? Toute la gaieté de sa vie venait d'elle, de Dolly, quoique, en toute justice, ç'aurait dû être le contraire. C'était Dolly la prisonnière, après tout ; et la chanceuse, Mrs Uma Dey, dont tout le monde disait : que peux-tu demander de plus ? Mais maintenant, pensant à ce que serait Ratnagiri sans Dolly, elle sentait les larmes lui monter aux yeux. Elle tendit le bras pour mieux s'appuyer au banc et sa main toucha celle de Rajkumar.

« Mrs Dey ? » Il l'observait, inquiet, le sourcil froncé. « Mrs Dey ? Vous allez bien ?

– Oui, oui. » Elle retira brusquement sa main. « Juste un peu étourdie. Je ne sais pas ce qui se passe.

– Voulez-vous que nous rentrions ?

– Oui. » Elle se leva. « Mr Raha, vous ne me l'avez pas encore dit : qu'attendez-vous exactement de moi ?

– Peut-être pourriez-vous lui parler ?

– Vous devez lui parler vous-même, Mr Raha. Les choses ne finissent jamais bien quand elles se font par des intermédiaires. »

Il la regarda attentivement et puis, soudain, la prenant de court, il lança :

« Le trésorier est un excellent homme, madame, un homme de qualité. Des hommes tels que lui valent beaucoup...

– Oui, bien sûr, l'interrompit-elle en hâte. Oui. Venez, rentrons. »

L'ayah conduisit Dolly dans le salon et lui montra la porte-fenêtre ouverte. « Madame est sortie dans le jardin, il y a quelques minutes. »

Dolly hocha la tête : naturellement, à cette heure-ci, Uma était toujours sous le banian. Elle traversa en vitesse la pelouse, laissant derrière elle les *mali* et leurs salutations, et gagna le portillon. Au moment même où elle levait le loquet, elle entendit des voix. Avant qu'elle ne puisse faire demi-tour, Uma et Rajkumar surgirent devant elle, émergeant soudain de la barbe grise et ébouriffée du banian. Ils restèrent plantés sur place tous les trois, se contemplant mutuellement.

Uma parla la première :

« Mr Raha, dit-elle doucement, j'espère que vous ne m'en voudrez pas si je vous demande de nous laisser un instant ? J'aimerais parler à Dolly – seulement quelques mots. Peut-être pourriez-vous nous attendre ici, près du portillon ?

– Bien sûr. »

Uma prit Dolly par le bras.

« Viens, allons-nous asseoir sous l'arbre un moment. »

Pendant qu'elle se frayait un chemin à travers le labyrinthe de racines sous l'arbre, Dolly chuchota :

« Que faisait-il ici, Uma ? Que veut-il ?

– Il parlait. De toi.

– Qu'a-t-il dit ?

– Je crois qu'il essayait de m'expliquer qu'il est amoureux de toi. »

Uma s'assit sous l'arbre et attira Dolly à côté d'elle.

« Oh, Uma ! » Dolly enfouit son visage dans ses mains. « Hier soir, dans ton jardin : il m'a raconté tant de choses. C'était si étrange, si bouleversant. Je n'ai pas pu dormir, je n'ai cessé de penser au pays, à Mandalay, au palais, aux murs de miroirs.

– Il a dit que tu n'avais aucun souvenir de lui.

– Je le croyais en effet.

– Tu en as donc ?

– Je n'en suis pas certaine. Je me rappelle quelqu'un, un jeune garçon, à la peau très sombre ; je me rappelle avoir reçu un petit paquet de nourriture ; je me rappelle Evelyn disant "prends-le, prends-le". Mais rien de très clair. C'était il y a si longtemps, et chaque fois que j'y pense, j'ai peur.

– Je crois qu'il est vraiment amoureux de toi, Dolly.

– Il est amoureux d'un souvenir. Qui n'est pas moi.

– Et toi ? Que ressens-tu ?

– J'ai peur, Uma. J'ai commis tant d'erreurs terribles dans le passé. Je me suis promis de ne jamais me permettre d'en commettre une autre.

– Quelles erreurs ?

– Je ne te l'ai jamais raconté, Uma, mais il y a bien des années, j'ai cru être amoureuse de Mohanbhai – notre cocher. Et puis la princesse nous a surpris. Elle nous a menacés. Je suppose qu'elle l'aimait déjà elle-même.

– Voulais-tu l'épouser ?

– Je ne sais pas. J'étais très jeune et je ne comprenais pas vraiment ce qui se passait. Dans la journée, je l'écartais de mes pensées. Mais la nuit, je rêvais de lui, puis je me réveillais et je me disais : "Pourquoi ne pas nous enfuir ? Pourquoi ne pas faire tout de suite mon baluchon, le réveiller et lui dire : Mohanbhai, il n'y a pas d'avenir pour nous, ici à Outram House." Mais où aurions-nous pu aller ? Et qu'aurions-nous fait ? Sa famille est très pauvre et dépend de lui. Au fond de mon cœur, je savais que même si je l'avais supplié il ne serait pas parti. Et c'était là le pire de tout, cette humiliation. Je me disais, est-ce que je suis devenue moi aussi une domestique, au fond de moi, comme lui ?

– Le lui as-tu dit ?

– Non. Nous ne nous sommes jamais parlé, sauf de tâches quotidiennes. Et au bout d'un moment, les rêves ont cessé, et j'ai pensé : je suis libérée de lui, maintenant, tout va bien enfin. Mais la nuit dernière, alors que je dormais chez toi, j'ai recommencé à rêver. J'étais à Outram House, dans mon lit. Il y avait un manguier près de ma fenêtre. Je me suis levée, j'ai ficelé mes affaires dans un baluchon que j'ai mis sur mon épaule. Je suis descendue par le manguier et j'ai couru jusqu'à la loge. La porte était ouverte et je suis entrée. Il faisait très sombre et tout ce que je voyais de lui c'était son pagne blanc noué entre ses jambes, et se soulevant au rythme de sa respiration. J'ai posé ma main sur son corps. Mon doigt replié s'emboîtait parfaitement dans le creux de sa gorge. Il s'est réveillé, m'a regardée et a caressé mon visage. Et il a dit : On y va ? Nous sommes sortis et, une fois sous la clarté de la lune, j'ai vu que ce n'était pas Mohanbhai.

– Qui était-ce ?

– Lui. »

Elle pencha la tête en direction du portillon où elles avaient laissé Rajkumar.

« Et alors ?

– Je me suis réveillée. J'étais terrifiée. Je me trouvais dans ta maison, dans cette chambre. Je n'ai pas pu supporter de rester un instant de plus. Je suis allée réveiller Kanhoji.

– Dolly, je crois que tu dois le lui dire.

– Le dire à qui ?

– À Mr Raha.

– Non ! » Dolly se mit à sangloter, sa tête sur l'épaule d'Uma. « Non. Uma, tout ce à quoi je peux penser pour le moment, c'est à la naissance de mon enfant. Il n'y a pas place dans mon esprit pour autre chose. »

Uma passa doucement sa main sur les cheveux de son amie.

« Cet enfant n'est pas à toi, Dolly.

– Mais il aurait pu l'être.

– Dolly, écoute-moi. » Uma posa ses mains sur les épaules de la jeune femme et la redressa de façon à la regarder bien en face. « Me croiras-tu si je te dis que je t'aime comme je n'ai jamais encore aimé personne ? Je n'étais qu'une gamine avant de te rencontrer. Tu m'as montré ce qu'est le courage, ce que les êtres humains peuvent endurer. Je ne peux pas supporter l'idée d'être séparée de toi. Je ne crois pas que je pourrais rester un jour de plus ici si tu n'y étais pas. Mais je sais aussi ceci, Dolly : tu dois partir si tu le peux. Tu dois partir maintenant. La naissance de cet enfant te rendra folle si tu restes à Outram House.

– Ne dis pas cela, Uma.

– Dolly, écoute-moi. Cet homme t'aime. J'en suis convaincue. Tu dois au moins t'autoriser à l'écouter.

– Uma, je ne peux pas. Pas maintenant. Pas avec la venue de cet enfant. Si cela avait été l'année dernière...

– Alors, tu dois le lui dire toi-même. Tu lui dois ça.

– Non, Uma. Non. »

Uma se leva.

« Je vais te l'envoyer ici. Ça ne prendra qu'une minute.

– Ne pars pas Uma ! Je t'en prie. » Elle s'accrocha aux mains d'Uma. « S'il te plaît, non !

– Il faut le faire, Dolly. Il n'y a pas moyen d'y échapper. Je vais l'envoyer ici. Puis je rentrerai à la maison. J'attendrai. Tu viendras me dire ce qui s'est passé. »

Rajkumar la vit alors qu'il se frayait un chemin autour de l'arbre : elle était assise très droite sur le banc de terre, les mains bien jointes sur les genoux. Il jeta son *cheroot* presque consumé et en mit un autre entre ses lèvres. Sa main tremblait si fort qu'il lui fallut s'y reprendre à plusieurs fois avant de craquer une allumette.

« Miss Dolly...

– Mr Raha.

– Je me prénomme Rajkumar. Je serais heureux que vous m'appeliez ainsi. »

Elle prononça les syllabes avec hésitation :

« Rajkumar...

– Merci.

– Uma voulait que je vous parle.

– Oui ?

– Mais la vérité est que je n'ai rien à vous dire.

– Alors, permettez-moi de... »

Elle leva la main pour l'interrompre.

« Je vous en prie. Laissez-moi finir. Il faut que vous compreniez. C'est impossible.

– Pourquoi est-ce impossible ? Je voudrais le savoir. Je suis un homme pratique. Dites-moi et j'essaierai de faire quelque chose.

– Il y a un enfant.

– Un enfant ? » Rajkumar ôta le cigare de sa bouche. « L'enfant de qui ? Le vôtre ?

– La première princesse attend un enfant. Le père travaille à Outram House. Moi aussi, je l'ai aimé autrefois – le père de l'enfant de la princesse. Il faut que vous le sachiez. Je ne suis pas la fillette de neuf ans que j'étais à Mandalay.

– L'aimez-vous encore aujourd'hui ?

– Non.

– Alors pour moi le reste ne compte pas.

– Mr Raha, il faut que vous compreniez. Il y a des choses que vous ne pouvez pas changer, quel que soit le montant de votre fortune. Les choses auraient pu être différentes pour nous en d'autres temps, d'autres lieux. Mais aujourd'hui, il est trop tard. Mon foyer est ici. J'y ai vécu toute ma vie. Ma place est à Outram House. »

C'est seulement alors que les espoirs qui l'avaient soutenu jusqu'ici commencèrent à se dissiper lentement. Il avait dit tout ce qu'il pouvait dire. Il ne pouvait songer à aucune autre manière de plaider sa cause auprès d'elle, et d'ailleurs elle le réduisit au silence avant même qu'il puisse ouvrir la bouche.

« S'il vous plaît. Je vous en supplie. N'ajoutez plus un mot. Vous ne réussirez qu'à causer de la peine sans nécessité. Il y a en ce monde des choses qui ne peuvent pas exister, quel que soit le désir que nous en ayons.

– Mais celle-ci le peut... le pourrait si vous vous permettiez d'y réfléchir.

– Non. S'il vous plaît, n'en dites pas plus. J'ai pris ma décision. Je ne vous demande qu'une seule chose à présent.

– De quoi s'agit-il ?

– Je vous demande de quitter Ratnagiri dès que vous le pourrez. »

Il tressaillit puis courba la tête.

« Je ne vois aucune raison de refuser. »

Sans un autre mot, il tourna les talons et s'éloigna dans l'ombre du banian barbu.

14

« Sawant ! »

Le roi posa ses jumelles et pointa le doigt en direction de la baie. Un bateau était amarré à la jetée, une grosse barque de la région, connue localement sous le nom de *hori* : un catamaran à coque profonde, avec un seul balancier.

« Sawant ! Il s'en va.

– Min ? »

Il était très tôt et Sawant venait d'apporter au roi la tasse de thé qu'il aimait boire à l'aube.

« L'homme qui est arrivé l'autre jour sur le courrier de Bombay. Il s'en va. On est en train d'embarquer ses bagages sur la jetée.

– Min, il n'y a pas de courrier aujourd'hui.

– Il a loué un bateau, un *hori*. »

À cette époque de l'année, peu après la fin de la mousson, un changement s'opérait dans les courants sous-marins, et les eaux autour de l'embouchure de la baie devenaient, pour une courte période, extrêmement hasardeuses. Durant ces quelques jours, les *hori* étaient les seules embarcations propres à braver les dangereux remous qui balayaient la côte.

« Oui, Min. »

Sawant posa la théière à côté de la chaise du roi et sortit rapidement à reculons de la pièce.

À part le roi et Sawant lui-même, le reste de la maison dormait encore. L'antichambre où couchait Dolly se trouvait seulement deux portes plus loin dans le couloir. Dolly disposait de la suite à présent car la première princesse montait rarement à l'étage, préférant rester dans la loge avec Sawant.

Sawant poussa la porte de Dolly et se glissa à l'intérieur. Dolly dormait, étendue sur le même petit lit étroit qu'elle utilisait depuis vingt ans. Ses cheveux, défaits pendant la nuit, étaient étalés sur son oreiller. Au repos, sa peau semblait presque translucide, et son visage avait la beauté sereine d'une sculpture religieuse. Debout penché sur le lit, contemplant la jeune femme qui respirait lentement, Sawant hésita.

La veille, en route vers son village sur l'estuaire, Sawant avait rencontré un chevrier qui revenait du côté de la Résidence. Ils avaient parlé un moment, du banian, de la memsahib du trésorier, du riche prince de Birmanie et de sa toquade pour Dolly.

Il était impossible de concevoir Outram House sans Dolly ; impossible d'imaginer Ratnagiri privé de sa présence. Mais c'était mieux que de la voir dépérir sous ses yeux. Non, il le lui devait. Il s'agenouilla près d'elle et leva la main.

Elle portait un sari de nuit blanc, froissé, qui tombait comme un voile sur ses longues jambes minces. Il repensa au temps où ils s'étaient retrouvés tous deux sur son lit de corde distendu, avec son *langot* taché de sang couvrant leurs membres entremêlés. Comme il s'apprêtait à la réveiller, sa main se figea. Penser à vivre sans Dolly, c'était de la folie ! Il commença à reculer. Puis il s'arrêta de nouveau. Non, il lui devait bien cela.

Soudain, elle ouvrit les yeux.

« Toi ! »

Elle se redressa et croisa les bras sur sa poitrine. Il mit un doigt sur ses lèvres.

« Chut. Tout le monde dort. Vite. Habille-toi.

– Pourquoi ?

– Il s'en va. Ton homme. »

Elle écarquilla les yeux, consternée.

« Si vite ?

– Oui.

– Mais il n'y a pas de bateau aujourd'hui. Et à cette époque de l'année je n'ai pas pensé qu'il pourrait partir.

– Il a loué un *hori*.

– Mais n'est-ce pas trop tard maintenant ?

– Non. Ils ne pourront pas prendre la mer avant que la lumière soit meilleure. Vite. Il faut que tu l'arrêtes. Trop de choses ont mal tourné pour toi, Dolly. Cela suffit. Allez, viens.

– Comment ?

– Je vais atteler la charrette anglaise et je t'emmènerai à Mandvi. Vite. »

Le temps qu'elle s'habille, la charrette anglaise était devant la porte : Sawant y avait attelé son cheval le plus rapide, une jument grise. Il tendit la main à Dolly pour l'aider à monter et puis il caressa la tête de la jument du bout de son fouet. La voiture fonça en avant et ils dévalèrent à toute allure la colline, laissant derrière eux la caserne de la police, la prison, la Trésorerie. Au bazar de Jhinjhinaka, une meute de chiens de garde les poursuivit de ses hurlements tandis qu'ils filaient tel le vent. De très loin, ils aperçurent le *hori* en train de larguer les amarres et de se propulser à la rame dans la baie.

« Mohanbhai ! »

Il fit claquer son fouet.

« Je ne peux pas aller plus vite, Dolly ! »

Quand ils arrivèrent à la jetée, le bateau était déjà loin et approchait de l'embouchure de la baie.

« Cours, Dolly, cours ! » Sawant sauta à bas de la charrette et s'accrocha au mors de la jument. « Cours ! Cours ! »

Elle se précipita sur la jetée en agitant les bras. Au loin, le *hori* tentait de manœuvrer, de sorte à se glisser entre les hauts-fonds et les courants. Sa poupe se cabra violemment tandis qu'il affrontait les eaux en furie de la haute mer. Dans quelques minutes, il serait hors de la baie. Dolly n'avait cessé de faire des signes de la main et elle était sur le point d'abandonner quand l'avant du *hori* commença à virer de bord et à s'éloigner de l'embouchure. Après un tour complet de la baie, la lourde embarcation revint à quai. Le *hori* était haut sur l'eau et Rajkumar sauta sans peine du plat-bord à la jetée.

Son cigare à la bouche, il s'avança vers elle.

« Oui ? »

Elle sentit son cœur bondir, et le sang monter à ses joues.

« Mr Raha, dit-elle, choisissant ses mots avec soin. Les courants sont dangereux à cette époque de l'année et le Dak Bungalow vous a été réservé pour une semaine. Il n'y a aucune raison de partir si vite.

– Pourtant c'est vous qui m'avez dit...

– Oui, mais il y a parfois une différence entre ce qu'une personne dit et ce qu'elle désire... »

Comme frappé de stupéfaction, Rajkumar, d'un mouvement très lent de la main, retira le cigare de sa bouche. Puis avec un hurlement de joie il le lança en l'air. Côte à côte, riant aux éclats, Dolly et lui le regardèrent tourbillonner au-dessus de leurs têtes. Soudain le bout allumé se désintégra et une pluie d'étincelles en retomba doucement, pareilles aux cascades d'un feu d'artifice venu du ciel.

À l'annonce du mariage de Rajkumar et Dolly, le trésorier donna l'apparence d'être enchanté. « Splendide ! Splendide ! » dit-il.

Uma expliqua que Dolly souhaitait une cérémonie très discrète : elle était certaine que la reine, si elle était mise au courant, ferait tout ce qui était en son pouvoir pour empêcher le mariage.

Dans l'excitation du moment, le trésorier fit plusieurs suggestions. Pourquoi ne pas célébrer la cérémonie à la Résidence ? Il rédigerait les papiers lui-même et présiderait en personne. Après, peut-être un peu de champagne... Seulement pour eux quatre – Uma devait se montrer économe dans son utilisation du dernier envoi de glace de Bombay... Son enthousiasme était tel qu'Uma ne put s'empêcher de sentir que son époux était ravi par la perspective du départ de Dolly.

Le grand jour arriva et Uma composa deux guirlandes de soucis et de jasmin. Elle les avait confectionnées avec des fleurs cueillies dans le jardin. À la fin de la cérémonie, dans le bureau du trésorier, Dolly et Rajkumar, souriant comme des enfants, se passèrent mutuellement un collier de fleurs autour du cou.

Le jeune couple avait fait le projet de passer sa nuit de noces au Dak Bungalow, où résidait Rajkumar. Avec l'aide de la première et de la deuxième princesse, Dolly y avait emporté en secret quelques babioles et un ballot de vêtements. La première princesse lui avait donné une paire de boucles d'oreilles et la deuxième un bracelet de jade. Elles étaient heureuses pour elle et persuadées que les autres filles le seraient aussi. Mais, pour l'instant, afin de préserver le secret, elles avaient décidé de ne pas informer leurs deux jeunes sœurs. Plus tard, quand tout serait signé et scellé, Dolly pourrait retourner à Outram House avec son époux, présenter leurs respects aux souverains.

Tout se passa comme prévu jusqu'à ce que le moment soit venu pour Dolly et Rajkumar de signer le registre. Uma était le seul témoin disponible et Dolly refusait d'en prendre un second parmi les domestiques. Or, à ce moment précis, presque par miracle, Mrs Khambatta, la photographe de Bombay, descendait d'un *gaari*, munie de ses bagages et de son appareil. Rajkumar se précipita pour l'enrôler. Elle accepta aussitôt de jouer les témoins. Après quoi tout le monde sortit dans le jardin. Le trésorier fit venir du champagne. Une légère brise soufflait de la mer. La lumière était tendre et dorée.

L'appareil photo de Mrs Khambatta était un superbe modèle : un Graflex 1901, un appareil reflex à un seul objectif, de forme cubique, avec un soufflet et un capuchon à quatre côtés, équipé d'un objectif à grand angle Globe qui se révéla parfait pour le panorama. Avant de commencer, Mrs Khambatta passa une bonne demi-heure avec un posomètre actinographe Hurter et Driffield, le nez sur sa règle à calcul et calibrant son cylindre rotatif en fonction de l'heure et de la latitude. Puis, la main levée pour signaler qu'elle était prête, elle exposa plusieurs plaques en succession rapide, s'écartant de son appareil avant d'appuyer sur la poire de son obturateur Guery.

Au crépuscule, Rajkumar et Dolly rassemblèrent leurs effets. Uma leur prêta le *gaari* de Kanhoji. En route pour le Dak Bungalow, Dolly changea d'idée.

« Allons à Outram House maintenant, dit-elle à Rajkumar. Allons parler à la reine. Finissons-en. »

Il faisait nuit quand ils arrivèrent. Une lampe brillait dans la chambre du roi et une autre dans la loge de Sawant. Les princesses devaient se trouver au rez-de-chaussée, assises autour d'une seule lampe pour économiser le pétrole. Comme elles seraient surprises ! Le portail était fermé, et Dolly demanda à Kanhoji d'utiliser le heurtoir. Mais il eut beau frapper pendant cinq bonnes minutes, il n'obtint pas de réponse.

Dolly alla à la fenêtre de la loge et tapa sur les volets.

« Mohanbhai, appela-t-elle, ouvre. C'est moi, Dolly. Je suis venue dire au revoir. Ouvre ! »

La lumière à l'intérieur s'éteignit et, une minute ou deux après, elle entendit Sawant chuchoter :

« Dolly ?

– Où es-tu, Mohanbhai ?

– Ici. À côté de la loge. » Il regardait à travers la fente entre le mur et le portail. « Dolly, Mebya est au courant. Elle m'a ordonné de ne pas te laisser entrer, de ne pas ouvrir. »

Dolly sentit l'air lui manquer. Comment pouvait-elle quitter Ratnagiri sans prendre congé, sans dire au revoir à Min et Mebya, ni aux princesses ?

« Enfin, Mohanbhai, c'est moi, Dolly. Fais-moi entrer.

– Je ne peux pas, Dolly. Tu sais bien que je le ferais si je le pouvais. Mais Mebya est en pleine crise de rage : tu sais à quel point elle peut se mettre en colère. »

Un silence suivit puis un ballot de vêtements apparut au-dessus du portail.

« Mebya nous a fait emballer tes affaires, dit Sawant. Elle m'a ordonné de m'assurer qu'elles te seraient remises. »

Dolly laissa le ballot tomber par terre.

« Mohanbhai, ouvre-moi ! » Elle le suppliait maintenant. « Juste quelques minutes. Juste pour dire au revoir.

– Je ne peux pas, Dolly. Je ne peux vraiment pas. Mebya a dit qu'elle me renverrait si je t'ouvrais ; elle a dit qu'elle ne voulait plus jamais entendre prononcer ton nom dans la maison. »

Dolly éclata en sanglots et se cogna la tête contre le montant de la porte.

« Ne pleure pas, Dolly ! » Sawant regarda par la fente. « Tu vas nous manquer, à nous tous. Regarde, les filles te font signe de là-haut. »

Serrées l'une contre l'autre derrière une fenêtre de l'étage, les quatre princesses agitaient la main. Dolly essaya d'en faire autant mais ses jambes se dérobèrent sous elle et elle tomba à genoux en sanglotant. Rajkumar se précipita pour la relever. La tenant d'un bras, il ramassa le ballot de vêtements de sa main libre.

« Venez, Dolly, partons. Il n'y a rien que nous puissions faire. »

Il lui fallut la soulever à bras-le-corps pour la mettre dans le *gaari.*

« *Chalo, chalo, jaldi chalo.* »

Alors qu'ils passaient devant les casernes, près du terrain de manœuvres, quelques épouses et enfants de policiers sortirent pour leur faire signe. Ils semblaient tous savoir que Miss Dolly s'en allait.

Elle leur rendit leurs saluts en essuyant furieusement ses larmes. Elle ne se laisserait pas voler de cette dernière image : les cocotiers inclinés, l'Union Jack flottant sur son mât tordu au-dessus de la prison, l'échoppe de thé bancale à l'entrée. C'était là son foyer, cette étroite ruelle avec ses murs de latérite moussue. Elle savait qu'elle ne la reverrait plus.

Elle se pencha et serra contre elle son paquet de vieux vêtements. Un baluchon, une fois de plus : seulement, cette fois-ci, elle ne le transportait pas sur sa tête.

Uma s'apprêtait à frapper à la porte du bureau du trésorier quand elle nota que celle-ci était légèrement entrouverte. Elle pouvait voir son mari dans l'entrebâillement. Il était assis très droit dans son fauteuil au dossier raide. Ses lunettes pendaient autour de son cou et il regardait dans le vague. Il se tourna en sursautant lorsqu'elle frappa.

« Entrez. »

Elle s'assit en face de lui, sur une simple chaise, là où, d'habitude, s'installait le secrétaire, le petit Mr Ranade, un bloc-notes sur ses genoux, pour écrire sous la dictée. Ils se regardèrent silencieusement par-dessus le vaste bureau recouvert de cuir. Une lettre était ouverte devant lui et elle remarqua qu'elle était scellée d'une imposante rosette de cire rouge. Elle baissa les yeux la première et c'est seulement alors qu'il parla :

« Vous êtes venue me dire que vous vouliez rentrer chez vous, lança-t-il. Est-ce bien cela ? »

Elle inclina la tête.

« Oui.

– Puis-je savoir pourquoi ?

– Je suis inutile ici. Il n'y a rien que je puisse faire pour vous que vous ne puissiez mieux faire vous-même. Et avec le départ de Dolly... »

Il s'éclaircit la gorge et l'interrompit.

« Et puis-je vous demander quand vous comptez revenir ? »

Elle ne répondit pas et continua à contempler en silence ses genoux.

« Eh bien ?

– Vous méritez mieux que moi. »

Il détourna brusquement son visage, de sorte qu'elle ne pouvait voir que son profil.

« Vous pourrez vous remarier, dit-elle très vite. Prendre une autre épouse. Je veillerai à ce que ma famille n'y mette aucun obstacle. »

Il leva un doigt pour lui imposer silence. Puis, d'une voix froidement cérémonieuse :

« Auriez-vous l'obligeance de me dire ce que j'ai fait de mal ? Vous ai-je maltraitée ? Me suis-je mal conduit ?

-Non. Jamais. » Les larmes lui montèrent aux yeux, l'aveuglant. « Vous avez toujours été bon et patient. Je n'ai à me plaindre de rien.

– Je rêvais autrefois à la sorte de mariage que je désirais. » Il s'adressait à lui-même plus qu'à elle. « Vivre avec une femme qui serait mon égale en esprit et en intelligence, cela me paraissait la chose la plus merveilleuse que la vie eût à offrir. Découvrir ensemble le monde de la littérature, de l'art : que pouvait-il y avoir de plus magnifique, de plus satisfaisant ? Mais ce dont je rêvais n'est pas encore possible, pas ici, en Inde, pas pour nous. »

Il passa ses doigts sur la lettre devant lui, grattant distraitement l'épais sceau de cire.

« Ainsi vous allez donc retourner vivre chez vos parents ?

– Oui.

– Vous avez choisi le bon moment. » Il la gratifia d'un petit sourire ironique. « Il vous aurait fallu de toute manière faire bientôt vos bagages.

– Pourquoi ? » Elle fut soudain sur le qui-vive. « De quoi parlez-vous ? »

Il prit la lettre sur son bureau et la tapota de son pince-nez.

« Ceci vient de Bombay, du secrétaire en chef. C'est arrivé aujourd'hui. Une réprimande, pour ainsi dire. La grossesse de la princesse a soudain éveillé nos professeurs à l'énormité de ce qu'ils ont fait à cette famille. Toutes les lettres que mes prédécesseurs et moi-même avons écrites n'ont eu aucun effet. Mais l'idée d'un croisement de races les a alarmés comme rien d'autre n'aurait pu le faire : ils se montrent tolérants à beaucoup d'égards mais pas à celui-là. Ils aiment garder leurs races bien séparées. La perspective de se retrouver avec un bâtard métis a semé la panique dans leurs bureaux. Je suis condamné à être le bouc émissaire de vingt ans de négligence. Mes fonctions ici prennent fin et je suis rappelé à Bombay. »

Il joignit les bouts de ses doigts et sourit, de l'autre côté de sa table, à sa manière vaguement ironique.

« Comme je vous le disais, vous avez choisi le bon moment pour partir. »

Dans le hangar du Yacht Club de Ratnagiri se trouvait une embarcation qui servait fort peu : un skiff ayant autrefois appartenu à Mr Gibbon, un rameur de légende.

Le trésorier avait pour habitude de se rendre deux fois par semaine au hangar à bateaux de Ratnagiri. Il avait fait un peu d'aviron à Cambridge et en aurait fait davantage s'il n'avait pas été aussi absorbé par sa préparation au concours de l'Administration des Indes. Il aimait la concentration extrême exigée par ce sport, la sensation d'avancer à un rythme régulier, rapide mais sans précipitation. D'autre part, il avait une foi quasi religieuse dans l'importance de l'exercice.

Aujourd'hui, en entrant dans le hangar, le trésorier avisa le bateau de course de Mr Gibb. Le vieux *chowkidar* qui veillait sur les lieux parlait souvent de Mr Gibb – un champion d'aviron et très bon marin en plus. Il était le seul, dans l'histoire du club, à avoir jamais osé mener la mince et fragile embarcation en haute mer et à en être revenu pour raconter l'histoire.

À son départ, Mr Gibb avait fait don au club de son skiff qui, devenu depuis une sorte de monument, un reliquaire, gisait dans un coin du hangar, inutilisé.

« Et celui-ci ? demanda le trésorier au gardien.

– Ça, c'était le bateau de Mr Gibb. C'était dans ce bateau que Mr Gibb partait à l'aviron en mer.

– Est-il utilisable ?

– Oui, sahib. Bien entendu. »

Le gardien était fier de son travail et s'appliquait à bien entretenir ses bateaux.

« Eh bien, alors, je vais peut-être le sortir aujourd'hui.

– Vous, sahib ? » Le *chowkidar* en eut le souffle coupé. « Mais Mr Gibb était très expérimenté... »

Son ton déplut au trésorier.

« Je crois que je peux m'en débrouiller, dit-il sèchement.

– Mais, sahib...

– Fais ce qu'on te dit, s'il te plaît. »

Le skiff fut mis à l'eau. Le trésorier monta dedans et s'empara des avirons. Il traversa lentement la baie et revint. Il se sentait étrangement euphorique. L'espace entre les deux bras de la baie semblait lui faire signe d'approcher.

Depuis plusieurs semaines, il songeait à tenter de franchir le chenal : il avait observé les pêcheurs se glissant hors de la baie et pris mentalement note du point précis de leur passage, du chemin par lequel ils menaient leurs barques en haute mer.

Un jour, s'était-il dit, un jour... Il commencerait par une petite sortie, histoire de tester les eaux, pour ainsi dire. Un jour... Mais il n'avait plus le temps désormais. La semaine prochaine, il serait à Bombay, dans un bureau sans fenêtres, aux prises avec le recouvrement des taxes municipales.

Il remarqua à peine que son embarcation avait dévié de sa trajectoire et que, ayant viré sur tribord, elle se dirigeait maintenant vers l'embouchure de la baie. Comme si l'esquif était réclamé par l'esprit d'un autre fonctionnaire défunt, comme s'il se guidait tout seul.

Le trésorier se sentait curieusement en paix. Il valait mieux laisser faire des hommes tels que Mr Gibb : on serait toujours en sécurité avec eux. Surveillé. Protégé.

Il n'avait aucune raison de se presser de rentrer à la Résidence. Personne ne l'y attendait. La mer semblait chaude, engageante, et le skiff paraissait connaître son chemin.

Là-haut, à Outram House, bien au-dessus de la baie, le roi s'apprêtait à sortir sur son balcon avec, à la main, les jumelles dorées de son père. Il était resté éveillé une bonne partie de la nuit et s'était levé encore plus tôt que d'habitude. Le départ de Dolly avait créé une sorte d'inquiétude dans la maison. Le roi était sensible à ces choses : elles le dérangeaient. À son âge, il n'était pas facile de s'accommoder des changements. Ni de trouver le sommeil.

Il porta les jumelles à ses yeux. La lumière n'était pas bonne. Les pêcheurs du village de Karla n'étaient pas encore sortis de l'estuaire. Puis il avisa la longue et mince silhouette d'un skiff filant sur les eaux sombres. Le rameur ramait à un rythme rapide et régulier, touchant presque ses genoux de son front avant de se redresser.

Il fut très surpris. Il y avait longtemps qu'il n'avait pas vu l'esquif se diriger vers la haute mer – pas depuis Mr Gibb, et cela ne datait pas d'hier, plus de dix ans maintenant. Et même Mr Gibb ne s'était jamais aventuré en mer au moment de la mousson : il n'y aurait jamais pensé, il connaissait trop bien les courants contraires qui balayaient le rivage durant les pluies.

Il observa avec surprise la fine embarcation se cabrer et son avant jaillir de l'eau à la verticale. Le rameur leva un bras en l'air, puis le courant sous-marin l'emporta et l'aspira sous la surface. Le roi se leva d'un bond, choqué. S'agrippant à la balustrade, il se pencha et se mit à crier : « Sawant ! Sawant ! »

Il était tôt le matin et sa voix avait prématurément faibli. Sawant dormait dans la loge sur son lit de cordes, un bras protecteur jeté en travers du corps de la première princesse.

« Sawant ! Sawant ! »

C'est la reine qui entendit ses hurlements. Elle aussi avait passé toute la nuit debout – pensant à Dolly, se rappelant comment elle était arrivée tout enfant, comment elle avait été la seule, dans le Palais des Miroirs, à pouvoir calmer la deuxième princesse, comment elle était restée quand toutes les autres étaient parties.

« Sawant ! »

La reine sortit lentement de son lit et alla s'enquérir de ce que voulait le roi. Celui-ci lui montra du doigt quelques bouts de bois flottant au loin, à l'embouchure de la baie. « Le trésorier ! »

Elle regarda longuement à travers les jumelles dorées.

« Il est mort ?

– Je pense que oui. »

Sans cet homme, Dolly serait encore à Outram House. Dolly qu'elle avait adoptée, élevée et aimée comme sa propre enfant. Mais Dolly était partie maintenant et il était juste que cet homme paye pour son acte. La reine se pencha sur la balustrade et, en l'honneur de la mort de son geôlier, cracha dans le jardin.

TROISIÈME PARTIE

L'arbre en or

15

Édifié pour ressembler à un pavillon flottant, d'un bois finement travaillé et couvert d'un toit pointu comme celui d'un chalet alpin, le débarcadère de Barr Street à Rangoon constituait une sorte de curiosité. Saya John se tenait à un pilier sculpté tout en se penchant pour scruter le fleuve et apercevoir le *Nuwara Eliya*, le navire qui ramenait Rajkumar et Dolly à Rangoon. Quand enfin il le repéra, le bateau était encore loin, à l'approche de l'embouchure de la crique de Pazundaung, et affrontait les violents courants qui déchiraient la surface boueuse de l'eau.

Il avait été décidé que, pour commencer, Rajkumar et Dolly habiteraient chez Saya John, dans son vaste appartement de Blackburn Lane. Ce qu'offrait en matière de logement le chantier de Rajkumar à Kemendine était trop rudimentaire pour y abriter le jeune couple. Saya John avait télégraphié à Rajkumar pour les inviter, Dolly et lui, à s'installer à Blackburn Lane jusqu'à ce qu'ils aient pu faire construire une maison.

La crique de Pazundaung marquait la limite sud de la ville. Des usines de riz et un grand nombre des scieries étaient concentrées le long de ses rives – et parmi elles le chantier de bois qui était le siège des affaires de Rajkumar. Quand le vapeur arriva à hauteur de la crique, Rajkumar, en observation à l'avant du *Nuwara Eliya*, entrevit un instant la cabane de teck surélevée qui lui servait de bureau. Puis l'ensemble des quais de Rangoon s'offrit à sa vue : la pagode Botataung, les immeubles majestueux du Strand, et, au loin, la flèche dorée de la pagode de Shwedagon.

Rajkumar se détourna avec impatience et regagna sa cabine. Depuis l'aube, il tentait de persuader Dolly d'en sortir : il avait très envie de lui montrer cette image de Rangoon vue du fleuve ; et il était curieux de voir si elle se rappelait quoi que ce fût de son départ, vingt-cinq ans auparavant. Mais au cours des trois derniers jours, tandis que leur bateau approchait de la Birmanie, Dolly s'était de plus en plus repliée sur elle-même. Ce matin, elle avait refusé de monter sur le pont, en proie, avait-elle dit, au mal de mer. Elle viendrait plus tard, quand elle se sentirait mieux. Pour le moment, elle voulait simplement se reposer et se reprendre un peu.

Mais à présent, il n'y avait plus de temps à perdre. On arriverait au débarcadère d'ici quelques minutes. Rajkumar pénétra en trombe dans la cabine, la voix exubérante : « Dolly, on est chez nous. Allez, viens, sortons... » Il s'interrompit en voyant qu'elle ne répondait pas. Elle était recroquevillée sur la couchette, le front sur les genoux, dans le *htamein* de soie rouge qu'elle avait revêtu pour l'occasion.

« Que se passe-t-il, Dolly ? » Il lui toucha l'épaule et découvrit qu'elle tremblait. « Que s'est-il passé ?

– Rien. » Elle se débarrassa de la main de son époux avec un haussement d'épaules. « Je vais bien. Je te rejoindrai plus tard : laisse-moi simplement ici jusqu'à ce que tout le monde ait débarqué. »

Il la connaissait assez bien pour savoir qu'il ne fallait pas traiter ses appréhensions à la légère.

« Très bien. Je reviendrai te chercher dans vingt minutes.

– Oui. Je serai prête. »

Dolly demeura comme elle était, la tête sur les genoux, essayant de se calmer. Elle sentit un cahot au moment où le vapeur accostait, puis elle entendit les voix des coolies et des porteurs résonner dans les coursives. Venant du hublot, après avoir joué sur la surface vaseuse du fleuve, des ondulations de lumière opalescente dansaient au plafond. Peu après, la porte de la cabine s'ouvrit en grinçant et elle entendit la voix de Rajkumar : « Dolly... »

Elle leva la tête et vit Rajkumar qui poussait quelqu'un dans la cabine : un petit homme rondouillard avec un air de hibou, habillé d'un costume gris et coiffé d'un feutre mou. Le visiteur souleva son chapeau et sourit, si largement que ses yeux disparurent presque dans les creux de son visage profondément ridé. C'était sûrement Saya John, elle le savait, et de le savoir la rendit encore plus inquiète que de coutume. Elle redoutait par-dessus tout cette rencontre : Rajkumar lui avait tant parlé de son mentor que dans son esprit Saya John était devenu l'équivalent d'un beau-père, quelqu'un à craindre et à amadouer, ou alors à qui il faudrait résister et qu'il faudrait combattre. Elle n'avait aucune idée sur la façon dont les choses tourneraient entre elle et lui. À présent, face à lui, machinalement, par la force d'une longue habitude, elle se découvrait joignant les mains, à la manière indienne.

Il rit et traversa rapidement la cabine. S'adressant à Dolly en birman, il dit : « Regardez, j'ai quelque chose pour vous. » Elle remarqua qu'il parlait avec un fort accent étranger. Il fouilla dans sa poche et en tira un bracelet d'or filigrané, enveloppé d'un papier de soie. Il lui prit le poignet et glissa le bracelet par-dessus ses phalanges. « Il appartenait à ma femme, dit-il. Je l'ai mis de côté pour vous. »

Elle fit tourner le bracelet autour de son poignet. Les facettes d'or poli étincelèrent dans la lumière tachetée venue du hublot. Saya John passa le bras autour des épaules de Dolly et, sous la pression de sa main, elle sentit fondre ses craintes. Elle lui jeta un coup d'œil timide et sourit.

« Il est magnifique, Saya. J'en prendrai grand soin. »

Du seuil de la cabine, Rajkumar vit se lever un peu des brumes qui s'étaient abattues sur son épouse ces derniers jours.

« Viens ! dit-il très vite. Allons-y. Le *gaari* attend. »

En route vers Blackburn Lane, dans la calèche, Saya John fouilla de nouveau dans sa poche. « J'ai quelque chose pour toi aussi, Rajkumar. » Il sortit un petit objet sphérique, également enveloppé de papier de soie. Il le tendit avec précaution à Rajkumar.

Rajkumar défit le papier et eut dans la main une boule spongieuse faite de ficelles blanc grisâtre emmêlées comme de la laine. Il porta la boule à son visage et plissa le nez devant l'odeur bizarre.

« Qu'est-ce que c'est ?

– Du *rubber.* »

Saya John avait employé le mot anglais.

« Rubber ? »

Rajkumar reconnut le mot, mais il n'avait qu'une vague idée de ce à quoi il se référait. Il tendit la boule à Dolly qui la renifla avec un mouvement de dégoût : l'odeur était plus humaine que végétale, l'odeur d'une sécrétion corporelle, comme la sueur.

« Où avez-vous trouvé ceci, Saya ? demanda Rajkumar, intrigué.

– Dans ma ville natale, Malacca. »

Saya John aussi avait voyagé pendant que Rajkumar était en Inde : il était allé à l'est, en Malaisie, voir des amis et des parents par alliance. Il s'était arrêté à Malacca pour se rendre sur la tombe de sa femme. Il n'était pas retourné dans son pays depuis longtemps et il avait immédiatement constaté que des changements s'étaient produits dans l'intervalle. Quelque chose de nouveau se passait. Depuis des années, du plus loin qu'il se souvînt, Malacca était une ville qui se mourait lentement : son port s'ensablait et ses négociants partaient soit au nord à Penang, soit au sud, à Singapour. Mais, tout à coup, Malacca n'était plus la même : on sentait une sorte d'accélération dans les artères boueuses de la vieille cité endormie. Un jour, un ami l'emmena aux limites de la ville, dans un endroit que lui, John Martins, se rappelait de son enfance, un endroit où étaient alors concentrés des dizaines de petits jardins d'épices, où les poivriers poussaient sur des vignes. Les vignes avaient désormais disparu, remplacées par de longues rangées régulières d'arbustes gracieux au tronc mince. Saya John avait regardé longuement ces arbres sans pouvoir les nommer. « Qu'est-ce que c'est ? – Du *rubber*. »

Quelque neuf ans auparavant, Mr Tan Chay Yan, héritier d'une famille chinoise très connue de Malacca, avait converti ses champs de poivriers en plantation d'hévéas. En 1897, cela avait semblé une folie. Tout le monde s'en était offusqué : on savait que le caoutchouc représentait un gros risque. Mr Ridley, le conservateur des Jardins botaniques de Singapour, s'efforçait depuis des années d'inciter les planteurs britanniques à se lancer dans la culture du caoutchouc. À Londres, le gouvernement impérial avait dépensé une fortune en organisant le vol de stocks de graines au Brésil. Mais Mr Ridley était le premier à admettre qu'il faudrait peut-être dix ans pour qu'une plantation de caoutchouc devienne productive. Et les planteurs européens de Malaisie avaient reculé. Sans se décourager, Mr Tan Chay Yan avait persévéré, et, en trois courtes années, il avait réussi à tirer du latex de ses arbres. Aujourd'hui, tout le monde suivait son exemple et plantait du caoutchouc, même les compagnies britanniques les moins audacieuses : l'argent se déversait à flots dans la ville. La compagnie B.F. Goodrich d'Akron, Ohio, avait envoyé des représentants, pressant les planteurs de Malaisie de s'intéresser à cette nouvelle culture. On tenait là le matériau de l'avenir : la nouvelle génération de machines ne pouvait pas fonctionner sans cet indispensable amortisseur. Les automobiles les plus récentes avaient des dizaines de pièces en caoutchouc : les marchés étaient potentiellement innombrables, les profits dépassaient l'imagination.

Saya John s'était renseigné, avait interrogé quelques personnes compétentes sur ce qu'impliquait une plantation d'hévéas. Les réponses étaient toujours brèves : du terrain et de la main-d'œuvre, voilà ce qu'il fallait essentiellement à un planteur ; les graines et les arbustes étaient faciles à obtenir. La terre ne posait pas de problème : c'est la main-d'œuvre qui manquait déjà. Le gouvernement britannique colonial lorgnait sur l'Inde pour fournir des coolies et des ouvriers

Saya John avait commencé à caresser l'idée d'acheter du terrain pour Matthew, son fils. Il avait vite découvert que les prix autour de Malacca avaient augmenté très fortement : on lui avait conseillé d'aller vers le nord, dans la direction de la frontière avec le Siam. Il était parti, encore peu convaincu. Il était trop âgé pour se lancer dans un projet aussi vaste, cela il en était conscient : mais il pouvait compter sur Rajkumar qui, lui, saurait comment s'y prendre pour recruter de la main-d'œuvre – et puis, bien sûr, il y aurait toujours Matthew qui se trouvait depuis plusieurs années en Amérique. Personne ne savait précisément ce qu'il y faisait : aux dernières nouvelles, le garçon était à New York. Dans une lettre arrivée voici quelque temps, Matthew parlait de chercher une situation, mais sans aucune allusion à son retour. Peut-être ce projet était-il exactement ce qu'il fallait pour ramener le petit à la maison : une vaste et nouvelle entreprise à laquelle il pourrait se consacrer ; quelque chose qui serait bien à lui, quelque chose qu'il bâtirait lui-même. Saya John se voyait vieillir aux côtés de Matthew – le garçon aurait une famille, des enfants : ils vivraient ensemble dans un endroit tranquille, entouré d'arbres et de verdure.

Ces idées trottaient dans sa tête quand, de la fenêtre d'un train, il avait aperçu le lieu idéal : le versant sud d'une montagne, un volcan éteint qui se dressait sur la plaine, telle la tête d'un monstre fantastique. Un lieu sauvage, une jungle, mais en même temps proche d'une ligne de chemin de fer importante, et à distance raisonnable de l'île de Penang et du port de Butterworth.

« J'ai du terrain là-bas, maintenant, dit Saya John à Rajkumar, et qui attend le jour où Matthew reviendra. »

Jeune marié, impatient de connaître les plaisirs de la vie de famille, Rajkumar n'était pas disposé à prendre son mentor au sérieux.

« Mais, Saya, que sait Matthew en matière de caoutchouc ou de plantations ?

– Peu importe. Il apprendra. Et, bien entendu, tu seras

là pour l'aider. Nous serons associés, tous les trois : toi, moi, Matthew. »

Rajkumar haussa les épaules.

« Saya, j'en sais encore moins là-dessus que Matthew. Mon affaire, c'est le bois.

–Le bois est une chose du passé, Rajkumar : il faut penser à l'avenir. Et s'il existe un arbre sur lequel on peut dire que l'argent pousse, c'est bien celui-là, le caoutchouc. »

Rajkumar sentit la main de Dolly presser la sienne, en une sorte d'interrogation anxieuse. Il lui donna un petit coup de coude rassurant, comme pour lui dire : il s'agit juste d'une lubie du vieux. Aucune raison de s'inquiéter.

Tout de suite après son veuvage, Uma retourna vivre à Calcutta, dans Lankasuka, la maison de ses parents. À part ces derniers, elle n'avait pour famille qu'un frère, beaucoup plus jeune qu'elle. Avec ses deux étages pourvus chacun d'un balcon semi-circulaire, leur demeure était spacieuse et confortable, quoique sans prétention. Les pièces étaient vastes et lumineuses, les plafonds hauts, et les sols de pierre restaient frais même au plus fort d'un été torride.

Pour autant, le retour d'Uma ne fut pas très joyeux. Si son père, un archéologue et un savant, n'était pas le genre d'homme à insister sur l'observance des coutumes d'un veuvage hindou, sa largeur de vues ne le rendait pas totalement indifférent aux critiques de ses voisins. Il fit ce qu'il put, à la lumière de ses opinions, pour adoucir les rigueurs de la situation de sa fille. Mais, en tant que veuve habitant chez ses parents, Uma menait une vie pleine de contraintes rigides et de privations : elle dut se raser la tête, fut condamnée à ne manger ni viande ni poisson et à ne s'habiller que de blanc. Elle avait vingt-huit ans et son existence devant elle : à mesure que les mois s'étiraient, il devint clair qu'il lui fallait réfléchir à une autre solution.

Bénéficiaire d'une pension substantielle, elle était désormais financièrement indépendante. Le trésorier avait eu un des postes les plus lucratifs de l'Empire, et, à sa mort, on avait découvert qu'il avait fait beaucoup d'investissements astucieux, dont plusieurs au nom d'Uma. Ses revenus assurés, et sans enfant à charge, celle-ci n'avait aucune raison de rester chez elle, où rien ne la retenait. L'affaire fut réglée et sa décision prise quand elle reçut une lettre de Dolly l'invitant à lui rendre visite à Rangoon : il était évident que le mieux pour elle était de partir à l'étranger.

Au cours du voyage, Uma garda sa tête couverte d'un châle afin de cacher son crâne rasé. Dolly et Rajkumar l'attendaient sur la jetée de Barr Street et, dès qu'elle débarqua, Dolly lui arracha son châle. « Pourquoi caches-tu ton visage ? s'écria-t-elle. Je te trouve très jolie comme ça. »

Dolly et Rajkumar amenèrent Uma directement chez eux, dans leur nouvelle maison de Kemendine où ils venaient d'emménager bien qu'elle ne fût pas encore terminée. Construite très rapidement, elle l'avait été aussi au petit bonheur et à l'ancienne – deux niveaux de pièces en enfilade groupées autour d'une cour carrée. Les sols étaient de pierre rouge vernie et la cour bordée de balcons formant corridors munis de minces balustrades en fer forgé. Le long des murs de la propriété un certain nombre de petites dépendances abritaient gardiens, jardiniers et autres domestiques.

Rangoon était aussi inconnue à Dolly qu'à Uma, qui commencèrent à explorer la ville ensemble : elles gravirent les marches de Shwedagon, visitèrent l'oncle d'Uma dans *kalaa-basti*, le quartier indien, assistèrent aux courses de chevaux sur le champ de Kyaikasan, se promenèrent dans les ruelles de Syriam, sur l'autre rive du fleuve, flânèrent autour des lacs et se firent conduire au cantonnement. Où qu'elles aillent, Dolly était fêtée, recherchée, assiégée par une foule de vieilles connaissances qui la questionnaient sans fin sur le roi, la reine et leur vie à l'étranger. Cela était un sujet d'intérêt universel en Birmanie, et la participation de Dolly à l'exil de la famille royale faisait d'elle une sorte de célébrité.

Le temps s'écoulait donc très agréablement pour Uma. Elle était souvent invitée avec Dolly et avait toujours quelque chose à faire. Mais, à mesure que les semaines passaient, elle se découvrait de plus en plus péniblement consciente de l'écart entre le bonheur exubérant de Dolly et sa propre situation. Dans le passé, Uma s'était souvent interrogée sur le mariage de Dolly : avait-elle épousé Rajkumar afin d'échapper à l'emprisonnement d'Outram House ? Ou était-elle tout bonnement tombée amoureuse – cela et rien d'autre ? En observant le couple aujourd'hui, Uma voyait que ces raisons ne s'excluaient pas l'une l'autre : que chacun de ces motifs avait contribué à créer un tout, comme l'assemblage des pièces déformées d'un puzzle. Elle voyait aussi que c'était là une complétude qu'elle, pourtant toujours certaine de bien se connaître, n'avait pas connue et ne connaîtrait peut-être jamais, parce qu'il n'était pas dans sa nature de céder à l'impulsion du moment, à la manière de Dolly.

Dolly et Rajkumar semblaient ne pas savoir grand-chose de ce que l'un ou l'autre aimait ou n'aimait pas, ni de ses préférences et de ses habitudes, et pourtant – et cela encore Uma le voyait clairement – par une sorte de miracle, loin d'affaiblir leurs liens, cette incompréhension mutuelle servait plutôt à les renforcer. Alors que, entre le trésorier et elle, chaque éventualité avait été gouvernée par des règles bien définies ; chaque fois que se posait la question de savoir ce que l'un ou l'autre aurait aimé ou souhaité, il lui suffisait de se référer implicitement à l'usage et à l'étiquette. Maintenant, en y réfléchissant, elle se rendait compte qu'elle avait fini par ressembler au trésorier plus qu'elle n'aurait songé à l'admettre : elle aussi était un être de règles et de méthodes, et d'une persévérance entêtée – et, en ce sens, d'un caractère totalement opposé à Dolly.

Au fil des jours, elle prit conscience d'un chagrin grandissant, d'une émotion plus forte qu'aucune autre jamais éprouvée. Avec le recul, elle comprenait que les mots utilisés par les gens à propos du trésorier – un homme bien – étaient justes : c'était vraiment un homme bien, un homme honnête, un homme peu communément doué, né dans un milieu qui ne pouvait pas lui offrir un débouché approprié à l'accomplissement de ses talents. En qualité de trésorier général, il avait joui d'un immense pouvoir et pourtant, paradoxalement, sa position ne lui avait apporté que malaise et incertitude ; elle se rappelait la manière nerveuse, ironique, avec laquelle il avait joué le rôle du trésorier, elle se rappelait comment il la surveillait à table, l'intolérable minutie de son contrôle, le mal qu'il s'était donné pour la mouler dans un reflet de ce qu'il aspirait lui-même à être. Pas un moment, semblait-il, où il n'ait pas été hanté par la peur d'être jugé inapte par ses collègues britanniques. Et pourtant tout le monde paraissait s'accorder pour dire qu'il était un des plus brillants Indiens de sa génération, un modèle pour ses compatriotes. Cela signifiait-il qu'un jour toute l'Inde deviendrait l'ombre de ce qu'il avait été ? Des millions de personnes essayant de vivre leur vie conformément à des règles incompréhensibles ? Mieux valait être ce que Dolly avait été : une prisonnière sans illusion sur la nature de sa condition, connaissant exactement les dimensions de sa cage et capable de chercher de quoi se contenter à l'intérieur de ces limites. Mais elle n'était pas Dolly et ne le serait jamais ; une part d'elle-même demeurait à tout jamais la création du trésorier, et s'il ne lui servait à rien de se lamenter sur cette déformation, il était de son devoir de consacrer ses capacités à tenter d'y trouver un remède.

« Tout ce que nous avons, nous vous le devons, lui dit un beau matin Rajkumar. Si jamais un jour vous aviez besoin de n'importe quoi, nous voudrions être les premiers à en être informés.

– N'importe quoi ? répéta-t-elle en souriant.

– Oui, certainement. »

Elle prit une grande inspiration.

« Eh bien, je vais vous demander de me prendre un billet pour l'Europe... »

Alors que le navire d'Uma voguait vers l'ouest, une vague de lettres et de cartes postales vint s'échouer à la porte de Dolly dans Kemendine. De Colombo, il y avait une vue de la mer prise du mont Lavinia, avec un mot racontant la rencontre d'Uma avec une amie de la famille à bord du bateau, une Mrs Kadambari Dutt – une des célèbres Hatkhola Dutt de Calcutta, une cousine de Toru Dutt, la poétesse et une parente du distingué Romesh Dutt, l'écrivain. Mrs Dutt était beaucoup plus âgée qu'Uma et avait vécu un temps en Angleterre ; elle était fort expérimentée et très bien informée, la personne idéale avec qui voyager, un don du Ciel, en vérité. Elles s'amusaient beaucoup ensemble.

D'Aden arriva une carte postale avec la vue d'un bras de mer étroit entre deux immenses falaises. Uma écrivait qu'elle avait été ravie de découvrir que ce chenal qui reliait l'océan Indien à la mer Rouge était connu en arabe sous le nom de Bab al-Mandab, la porte des Lamentations. Pouvait-il y avoir un nom mieux choisi ?

D'Alexandrie, il y avait la photo d'une forteresse accompagnée de quelques remarques désabusées sur la façon dont les Européens se trouvant à bord du navire s'étaient montrés bien plus amicaux une fois le canal de Suez franchi. Uma en avait été fort surprise mais Mrs Dutt avait affirmé qu'il en allait toujours ainsi : l'air de la Méditerranée possédait quelque chose qui semblait transformer même les colonialistes les plus hautains en affables démocrates.

Sa première longue lettre, Uma l'expédia de Marseille : avec sa nouvelle amie, Mrs Dutt, elles avaient décidé de passer quelques jours dans cette ville. Pour l'occasion, Mrs Dutt avait revêtu une jupe à l'européenne ; elle avait offert à Uma de lui en prêter une, mais, s'y sentant mal à l'aise, cette dernière avait refusé. Elle avait débarqué en sari. Elles n'avaient pas fait trois pas qu'Uma avait été prise pour une Cambodgienne : des dizaines de personnes s'étaient rassemblées autour d'elle en lui demandant si elle était danseuse. Le roi Sisowath du Cambodge venait de visiter la ville avec une troupe de danseuses royales. Celles-ci avaient obtenu un grand succès, toute la ville s'en était entichée. Un grand sculpteur, M. Rodin, était venu de Paris rien que pour les dessiner. Uma avait presque regretté de décevoir la foule en expliquant qu'elle était indienne et non pas cambodgienne.

Elles s'étaient follement amusées, Mrs Dutt et elle : elles s'étaient promenées autour de la ville, avaient fait du tourisme et s'étaient même aventurées dans la campagne. Une expérience étrange, grisante, exaltante – deux femmes voyageant seules, sans problème, n'attirant guère qu'un regard curieux de temps à autre. Elle s'était demandé pourquoi il n'était pas possible de faire de même en Inde. Pourquoi les femmes ne pouvaient-elles pas songer à voyager ainsi en Inde, avec un tel sentiment de liberté ? Il était néanmoins troublant de penser que ce privilège – aussi momentané fût-il – n'avait été rendu possible qu'à cause des circonstances de son mariage, et parce qu'elle avait maintenant l'argent nécessaire pour voyager. Elle en avait longuement parlé avec Kadambari – Mrs Dutt : pourquoi ces libertés ne pourraient-elles être partout à disposition de toutes les femmes ? Et Mrs Dutt avait dit que c'était certes là un des grands bénéfices de la domination britannique en Inde : elle avait donné aux femmes des droits et des protections qu'elles n'avaient jamais eus jusque-là. Pour la première fois, Uma s'était alors sentie en total désaccord avec sa nouvelle amie. Elle avait su, instinctivement, qu'il s'agissait d'un faux argument, illogique et sans fondement. Comment serait-il possible à quelqu'un de garantir la liberté en imposant son joug ? Comment pouvait-on ouvrir une cage en la poussant dans une cage plus grande ? Comment une partie d'un peuple pouvait-elle espérer obtenir la liberté là où l'ensemble de ce peuple était maintenu en état de soumission ? Après une longue discussion, elle avait enfin réussi à persuader son amie de la justesse de ses vues. Elle avait compris que c'était là un grand triomphe – car, bien sûr, Mrs Dutt était beaucoup plus âgée (et largement plus instruite) qu'elle et, jusqu'ici, elle lui disait ce qu'il fallait penser.

Quand elle lut cette lettre, Dolly était couchée. Elle buvait une décoction au goût âcre prescrite par une sage-femme et tentait de se reposer. Depuis quelques semaines, elle soupçonnait qu'elle était enceinte et cette intuition venait d'être confirmée. En conséquence de quoi, elle avait été mise à un régime qui exigeait quantité d'infusions diverses et beaucoup de repos. Mais le repos n'était pas chose facile dans une maison aussi active et chaotique que la sienne. Alors même qu'elle lisait la lettre d'Uma, elle était constamment interrompue – par le cuisinier, par U Ba Kyaw et par les maçons qui entraient précipitamment l'un après l'autre pour demander des instructions. Tout en essayant de penser à ce qui se préparait pour le dîner et à combien d'argent il fallait avancer à U Ba Kyaw pour son prochain voyage dans sa famille, elle tentait d'imaginer Uma toute à la joie de pouvoir se promener librement seule en Europe. Elle comprenait intuitivement pourquoi Uma y prenait tant de plaisir alors qu'elle-même n'en avait aucune envie. Il ne semblait y avoir place dans son esprit que pour les encombrements d'une vie quotidienne dénuée d'événements réels. Elle découvrit soudain qu'elle accordait rarement une pensée à des questions telles que la liberté, l'indépendance ou autres.

Elle prit la plume pour répondre à Uma mais ne trouva rien à dire : il y avait quelque chose d'incommunicable dans les contentements journaliers de sa vie. Elle aurait pu, par exemple, essayer de raconter que son amie Daw Thi était passée la semaine précédente, qu'elles étaient allées voir les nouveaux meubles exposés chez Rowe & Co ; ou encore, décrire sa dernière visite au champ de courses de Kyaikasan, comment Rajkumar avait gagné presque mille roupies et avait parlé en riant d'acheter un cheval. Mais rien de tout cela ne semblait valoir d'être écrit – certainement pas en réponse au genre de soucis qu'Uma avait exprimés.

Ou bien elle aurait pu parler de sa grossesse, de la joie de Rajkumar et de sa hâte à trouver aussitôt un prénom (l'enfant, bien entendu, serait un garçon). Mais elle était superstitieuse à propos de ces choses : ni elle ni Rajkumar n'avaient encore informé quiconque et ils ne le feraient pas avant que ce soit inévitable. Elle se refusait aussi à entretenir Uma de ce sujet : elle aurait l'impression de brandir son bonheur domestique à la tête de son amie, de lui rappeler sa stérilité.

Deux mois passèrent sans autres nouvelles d'Uma. Au fil des jours, Dolly éprouvait des difficultés croissantes à dormir. Des douleurs fulgurantes au ventre la faisaient se tordre en deux sur son lit. Pour ne pas déranger Rajkumar, elle déménagea dans une autre chambre. Malgré les assurances contraires de la sage-femme, Dolly était de plus en plus certaine que quelque chose n'allait pas. Puis, une nuit, les douleurs à présent familières se transformèrent en contractions qui lui secouèrent tout le bas du corps. Elle comprit qu'elle faisait une fausse couche et appela en criant Rajkumar. Celui-ci réveilla la maison entière et expédia des gens dans toutes les directions quérir médecins, infirmières, sages-femmes. Mais trop tard : Rajkumar était seul avec Dolly quand le bébé mort-né fut expulsé.

Dolly était encore convalescente quand arriva la lettre suivante d'Uma, portant une adresse de Londres et commençant par d'abondantes excuses. Uma se disait très triste à l'idée d'avoir laissé passer autant de temps sans donner de nouvelles. Elle avait été très occupée à Londres. Mrs Dutt l'avait aidée à trouver un logement – comme pensionnaire d'une vieille dame missionnaire qui avait vécu en Inde la moitié de sa vie. L'arrangement s'était révélé excellent et Uma n'avait pas manqué de compagnie. Peu après son arrivée, des gens avaient cherché à la voir : surtout des amis et collègues du trésorier, la plupart anglais. Certains avaient connu son défunt mari à Cambridge, d'autres avaient travaillé avec lui en Inde. Tous s'étaient montrés fort aimables, lui faisant visiter la ville, l'invitant à des concerts, des spectacles ou des conférences à la Royal Academy, le genre de choses auxquelles le trésorier aimait tant assister. Au bout d'un moment, Uma avait eu l'impression que son mari était de nouveau à ses côtés : elle entendait sa voix décrire Drury Lane ou Covent

Garden, en soulignant les traits les plus remarquables, expliquant ce qui était de bon goût et ce qui ne l'était pas.

Heureusement, elle avait aussi conservé d'excellents rapports avec son amie de traversée, Mrs Dutt. Or Mrs Dutt connaissait tous les Indiens, ou presque, vivant à Londres. Grâce à elle, Uma avait rencontré beaucoup de personnes intéressantes et singulièrement une dame nommée Madame Cama. Parsi, originaire de Bombay, Madame Cama semblait au premier abord plus européenne qu'indienne – côté vêtements, manières et allure. Pourtant Uma n'avait jamais rencontré quelqu'un qui parlât avec plus de franchise et de sincérité des problèmes concernant l'Inde. Elle avait eu l'amabilité d'introduire Uma dans le cercle de ses relations. Uma n'avait jamais vu de gens pareils – si intéressants et idéalistes, des hommes et des femmes dont les opinions et les sentiments étaient si proches des siens. Grâce à eux, elle avait commencé à comprendre qu'une femme telle qu'elle pouvait énormément contribuer, depuis l'étranger, au combat de l'Inde.

Récemment, Madame Cama l'avait vivement encouragée à visiter les États-Unis. Elle avait des amis à New York, dans la communauté irlandaise, dont beaucoup, affirmait-elle, sympathisaient avec la cause de l'Inde. Elle pensait qu'il était urgent pour Uma de les rencontrer et que, par ailleurs, Uma aimerait s'installer là-bas. Uma y réfléchissait sérieusement. En tout cas, elle était certaine qu'elle ne resterait pas encore très longtemps à Londres : elle était hantée par l'idée que toute la ville conspirait à lui rappeler son défunt époux.

Épuisée par l'effort que représentait la lecture de cette lettre, Dolly la laissa tomber sur sa table de chevet où, en rentrant le soir, Rajkumar la vit et s'en empara.

« Ça vient d'Uma ?

– Oui.

– Que raconte-t-elle ?

– Lis-la. »

Rajkumar lissa les pages et les déchiffra de bout en bout, lentement, suivant de l'index les pattes de mouche d'Uma, demandant l'aide de Dolly pour les mots qu'il ne comprenait pas. À la fin, il replia la lettre et la remit sur la table de nuit.

« Elle parle d'aller à New York.

– Oui.

– C'est là que se trouve Matthew.

– Oui. J'avais oublié.

– Tu devrais lui envoyer son adresse. Si elle va là-bas, Matthew pourra l'aider à s'installer.

– C'est vrai.

– Et en même temps, tu pourrais aussi lui dire que Saya John s'inquiète à propos de Matthew. Il lui a écrit de revenir mais Matthew n'a pas répondu. Sayagyi n'arrive pas à comprendre pourquoi il ne revient pas. Peut-être Uma sera-t-elle en mesure de résoudre l'énigme.

– Très bien, dit Dolly en hochant la tête. Ça me donnera un sujet sur quoi écrire. »

Elle passa une semaine à composer une lettre, rédigeant les paragraphes un par un. Elle ne mentionna pas son état de santé. N'ayant rien dit de sa grossesse, il lui semblait déplacé de parler d'une fausse couche. Elle consacra essentiellement sa missive à Saya John et Rajkumar, et elle l'expédia à Londres.

Uma avait déjà traversé l'Atlantique quand Dolly reçut sa réponse : elle était même à New York depuis plusieurs semaines. Une fois de plus, elle s'excusait abondamment de ne pas avoir écrit plus tôt – elle avait tant de choses à raconter qu'elle ne savait par quel bout commencer. New York se révélait être tout ce qu'elle avait espéré – une sorte de havre pour quelqu'un comme elle, à ceci près que le refuge qu'il offrait n'était pas de paix et de tranquillité mais le contraire. C'était le genre d'endroit où l'on pouvait se perdre dans la foule. Elle avait décidé d'y rester pour le moment : même avant de débarquer, elle avait su que le lieu lui plairait car un grand nombre des passagers étaient tout autant fatigués qu'elle de l'hypocrisie éhontée de l'Europe.

Mais elle avait aussi quelque chose d'important à raconter à propos de la lettre de Dolly. Elle avait rencontré Matthew Martins peu de temps après son arrivée en Amérique : il était venu la voir à la Mission Ramakrishna, dans Manhattan, où elle logeait provisoirement. Il n'était pas du tout le genre de personne auquel elle s'attendait : il ressemblait fort peu à son père. Très beau, de stature athlétique, il était aussi d'une courtoisie extrême. Elle avait très vite découvert sa grande passion pour les automobiles et une promenade dans les rues en sa compagnie s'était révélée fort instructive car il pointait un doigt d'un côté ou d'un autre avant d'annoncer, tel un magicien : « Voilà un tout nouveau modèle de la Hutton 1908 » ; ou bien : « Voici une Beeston Humber », ou encore : « Ça, c'est une Gaggenau. »

Quant à sa réticence à quitter New York, Uma en avait rapidement résolu le « mystère ». Le jeune homme avait une fiancée américaine, une jeune femme nommée Elsa Hoffman. Il l'avait présentée à Uma qui l'avait jugée tout à fait plaisante : elle possédait cette vive bonne humeur, ce comportement naturel typiquement américain, et elle était jolie aussi, avec un gentil visage en forme de cœur et de longs cheveux bruns. Elles étaient très vite devenues amies et, un jour, Elsa avait confié à Uma qu'elle était secrètement fiancée à Matthew. Elle n'avait rien dit à sa famille car elle savait qu'on la désapprouverait et craignait qu'on ne l'expédie ailleurs. Matthew, de son côté, n'était pas très sûr de la réaction de son père – Elsa étant américaine et protestante par-dessus le marché. Uma était persuadée que c'était la seule raison qui empêchait Matthew de rentrer. Si Saya John consentait à laisser savoir d'un mot que Matthew n'avait rien à redouter à ce sujet, il était fort probable que celui-ci renoncerait à son idée de rester en Amérique.

Très excitée par le récit d'Uma, Dolly décida aussitôt d'aller trouver Rajkumar à la scierie pour lui en donner la primeur. Un *gaari* de location l'emmena à travers les rues poussiéreuses et rustiques de Kemendine jusqu'au macadam du Strand, avec les cargos ancrés le long des quais, puis au-delà de la pagode Botataung, aux bassins remplis de poissons rouges, et du passage à niveau, par les rues étroites de Pazundaung, vers le terrain ceint de murs où était situé le chantier de Rajkumar. À l'intérieur, un attelage d'éléphants était au travail et entassait des grumes. Dolly aperçut Rajkumar debout à l'ombre de la cabane sur pilotis qui lui servait de bureau. Vêtu d'un *longyi* et d'un tricot de corps, le visage et la tête saupoudrés de sciure, il fumait un *cheroot*.

« Dolly ! s'exclama-t-il, stupéfait de la voir au chantier.

– J'ai des nouvelles ! »

Elle brandit la lettre.

Ils grimpèrent l'échelle qui menait au bureau de Rajkumar. Dolly regarda son époux lire la missive d'Uma et, quand il eut fini, elle lança :

« Qu'en penses-tu, Rajkumar ? Crois-tu que Sayagyi désapprouverait – que la fiancée de Matthew ne soit pas catholique et le reste ? »

Rajkumar éclata bruyamment de rire.

« Sayagyi n'a rien d'un missionnaire ! Il garde sa religion pour lui. Depuis le temps que je travaille à ses côtés, il ne m'a pas demandé une seule fois d'aller à la messe.

– Tout de même, dit Dolly, il faut que tu te montres prudent quand tu lui diras...

– Je le serai. J'irai le voir aujourd'hui. Je crois qu'il sera soulagé que cette histoire se réduise à ça. »

Peu après, Dolly apprit qu'elle était de nouveau enceinte. Elle oublia Matthew, Elsa et même Uma, consacrant son énergie à ce que tout aille bien cette fois. Sept mois passèrent très vite, puis, sur l'ordre des médecins, Dolly fut transportée dans un hôpital de missionnaires sur Dufferin Road, non loin de Kemendine.

Un jour, Saya John vint lui rendre visite. Il s'assit à son chevet et lui prit une main pour la serrer entre les siennes.

« Je suis venu vous remercier, dit-il.

– De quoi donc, Sayagyi ?

– De m'avoir rendu mon fils.

– Que voulez-vous dire ?

– J'ai reçu une lettre de Matthew. Il rentre en Malaisie. Il a déjà tout arrangé. Je sais que c'est vous qu'il faut remercier. Je n'ai même pas encore informé Rajkumar. Je voulais que vous soyez la première à savoir.

– Non, Sayagyi. C'est Uma qu'il faut remercier. C'est grâce à elle.

– C'est grâce à vous deux.

– Et Matthew ? Il revient seul ? »

Saya John sourit, les yeux brillants.

« Non, il ramène une épouse. Ils vont se marier juste avant de partir, de façon à pouvoir voyager ensemble.

– Et cela signifie, Sayagyi... ?

– Que le temps est venu pour moi aussi de rentrer. Je mettrai en vente mes propriétés ici. Puis je repartirai en Malaisie préparer leur arrivée. Mais pas tout de suite. Nous avons encore beaucoup de temps. Je serai ici pour la naissance de votre enfant. »

Six semaines plus tard, Dolly accoucha d'un superbe garçon de trois kilos et demi. Pour célébrer l'événement, Rajkumar ferma le chantier et octroya une semaine de gratification à ses employés. On convoqua un astrologue afin qu'il donne son avis sur les prénoms de l'enfant, qui devaient être au nombre de deux ainsi que le voulait la coutume chez les Indiens de Birmanie. Après des délibérations qui durèrent plusieurs semaines, on décida que le nom birman du bébé serait Sein Win, et l'indien Neeladhri, Neel en raccourci. Décision qui intervint juste à temps pour que Saya John en soit informé avant de partir pour la Malaisie.

Quatre ans plus tard, Dolly eut un second enfant, un autre garçon. Comme Neel, il reçut deux noms, un birman, Tun Pe, et un indien, Dinanath, rapidement transformé en Dinu pour toute la famille.

Peu après, Rajkumar reçut une lettre de Saya John. Le hasard voulait qu'Elsa vienne aussi d'accoucher de son premier bébé, une fille baptisée Alison. De plus, Matthew et Elsa avaient décidé de construire leur propre maison sur la plantation : le terrain avait déjà été déblayé et une date fixée pour la pose de la première pierre. Saya John souhaitait vivement que Rajkumar et Dolly assistent à la cérémonie, avec leurs enfants.

Depuis le départ de Saya John, Rajkumar avait passé beaucoup de temps à voyager entre la Birmanie, l'Inde et la Malaisie. Associé dans la plantation, il avait la charge d'assurer la fourniture de la main-d'œuvre dont la majorité venait de l'État de Madras, en Inde du Sud. Rajkumar avait tenu Dolly au courant des progrès de la plantation mais, en dépit de ses prières, elle ne l'avait jamais accompagné dans aucune de ses expéditions. Elle n'était pas une bonne voyageuse, disait-elle. Il lui avait déjà été assez pénible de quitter Ratnagiri pour la Birmanie : elle n'était pas pressée d'aller où que ce fût. Du coup, elle n'avait jamais rencontré Matthew et Elsa.

Rajkumar montra à Dolly la lettre de Saya John et la commenta ainsi : « Si tu dois aller un jour là-bas, c'est le moment. – D'accord, dit Dolly, après avoir lu. Allons-y. »

De Rangoon, il fallait trois jours pour atteindre l'île de Penang dans le nord de la Malaisie. Lors de leur dernier jour en mer, Rajkumar indiqua à Dolly une lointaine tache bleue à l'horizon, qui devint très vite un pic escarpé dominant l'océan telle une pyramide, seul et unique amer en vue.

« C'est le Gunung Jerai, expliqua Rajkumar. C'est là où se trouve la plantation. » Quelques années auparavant, poursuivit-il, quand on avait nettoyé la forêt, le volcan avait paru revivre. En se rendant à Penang, on apercevait d'immenses volutes de fumée s'élevant de la montagne vers le ciel. « Mais il y a longtemps de ça. L'endroit a beaucoup changé depuis. »

Le paquebot amarra à Georgetown, le port principal de l'île. De là, il fallut plusieurs heures à Dolly et Rajkumar pour se rendre à la plantation : ils prirent d'abord un ferry afin de traverser l'étroit bras de mer séparant Penang de Butterworth, le point de départ de la route et du rail. Puis un train les emmena vers le nord à travers un luxuriant panorama de rizières vertes et de palmeraies denses.

Devant eux, toujours visible à travers les fenêtres du compartiment, se dressait au-dessus de la plaine la masse impressionnante du Gunung Jerai, son sommet obscurci par une brume nuageuse, ses pentes plongeant droit à l'ouest dans les étincelantes eaux bleues de la mer d'Andaman. Désormais habituée aux paysages fluviaux de la Birmanie du Sud, Dolly fut frappée par l'exubérante beauté de la plaine côtière qui lui rappela Ratnagiri et, pour la première fois depuis des années, elle regretta de ne pas avoir son album de croquis avec elle.

Cette étape de leur voyage se termina à Sungei Pattani, un chef-lieu de district, au pied de la montagne. Les rails venaient d'être posés et la gare ne consistait qu'en un terrain de terre battue et un abri au toit de tuiles. Dolly repéra Saya John de loin : il semblait plus vieux, un peu rabougri. Il lisait d'un œil myope un journal tandis que le train pénétrait dans la gare en ahanant. Debout à ses côtés, on remarquait un grand jeune homme vêtu de kaki et une femme avec une jupe noire qui lui arrivait à la cheville. Avant même que Rajkumar les lui désigne, Dolly sut qu'il s'agissait de Matthew et Elsa.

Le train s'arrêta, Elsa se porta à la hauteur de la vitre de Dolly et ses premiers mots furent :

« Je vous aurais reconnue n'importe où. Uma vous a parfaitement décrite.

– Et vous deux aussi ! » s'écria Dolly en riant.

À l'extérieur de la petite gare rudimentaire, au centre d'une enceinte beaucoup plus vaste, poussait un mince arbuste, guère plus grand que Dolly.

« Tiens, s'exclama celle-ci, stupéfaite, mais c'est un *padauk*, non ?

– On les appelle des *angsana* ici, dit Elsa. Matthew l'a planté peu après la naissance d'Alison. Il prétend que dans quelques années ce sera un vrai parasol qui donnera de l'ombre à toute la gare ! »

Le regard de Dolly fut alors attiré par un autre étonnant spectacle : une automobile, un éblouissant véhicule au toit plat avec un capot arrondi et des roues à douze rayons.

C'était la seule voiture en vue et une petite foule s'était rassemblée autour pour admirer ses phares en cuivre et son étincelante peinture noire.

La voiture appartenait à Matthew.

« C'est une Oldsmobile Defender, annonça-t-il. Une auto modeste en vérité mais toute neuve, le modèle de l'année, une véritable 1914. Elle est sortie de l'usine en janvier et m'a été livrée six mois plus tard. »

Il parlait comme un Américain, nota Dolly, et sa voix ne ressemblait absolument pas à celle de son père.

Leur groupe – qui incluait une ayah pour Dinu et Neel, et un homme en charge des bagages – était trop important pour que tous puissent monter dans la voiture. Après que Dolly, Elsa et les enfants furent installés, il ne restait de place que pour l'ayah et Matthew qui conduisait. Les autres durent suivre dans un fiacre.

Ils traversèrent Sungei Pattani, longeant de larges avenues bordées de magasins dont les devantures se rejoignaient pour former de longues et gracieuses arcades. Puis on sortit de la ville et la voiture commença à grimper.

« De quand datent vos dernières nouvelles d'Uma ? demanda Dolly à Elsa.

– Je l'ai vue l'an passé. Je suis allée aux États-Unis pour les vacances et nous nous sommes rencontrées à New York. »

Uma avait déménagé dans un appartement à elle, raconta Elsa. Elle travaillait en qualité de correctrice chez un éditeur. Mais elle faisait plein de choses aussi : elle était, semblait-il, fort occupée.

« À quoi d'autre exactement ?

– Elle donne surtout dans la politique, je crois, dit Elsa. Elle m'a parlé de meetings et de discours, et aussi d'un magazine pour lequel elle écrit.

– Oh ? »

Dolly songeait encore à tout cela quand Elsa pointa le doigt en avant.

« Regardez... La propriété. C'est ici qu'elle commence. »

Ils grimpaient très dur, le long d'une piste de terre battue flanquée des deux côtés d'une forêt dense. Dolly aperçut un large portail avec une arche qui surplombait la route, portant trois mots gravés en énormes lettres d'or qu'elle lut à haute voix, en les faisant rouler sur sa langue : MORNINGSIDE RUBBER ESTATE.

« C'est Elsa qui a pensé à ce nom, dit Matthew.

– Quand j'étais petite, expliqua Elsa, j'habitais près d'un parc appelé Morningside, Soleil levant. J'ai toujours aimé ce nom. »

Au-delà du portail, l'épais rideau de verdure qui couvrait le flanc de la montagne se déchirait soudain : aussi loin que l'œil pouvait voir, s'étendaient des rangées bien ordonnées d'arbustes, tous exactement de la même taille, tous espacés avec la même régularité précise, géométrique. La voiture franchit une petite colline et une vallée apparut, un bassin peu profond contenu dans le creux arrondi d'une corniche. La cuvette avait été déboisée, offrant en son centre un espace dégagé autour duquel se dressaient deux bâtisses branlantes au toit de tôle, à peine mieux que des huttes.

« C'était censé être les bureaux de la plantation, dit Elsa sur un ton d'excuse. Mais nous y vivons pour le moment. Le confort est très élémentaire, j'en ai peur, d'où la nécessité de nous construire bientôt un endroit habitable. »

Les invités s'installèrent et, un peu plus tard, Elsa emmena Dolly faire une promenade parmi les hévéas. Chaque arbre portait une entaille en diagonale à travers le tronc, et la moitié d'une écorce de noix de coco était posée en coupe au-dessous. Elsa tourna son index dans un de ces godets et en sortit un croissant durci de latex.

« On appelle ça des *cup-lumps* », dit-elle en tendant la boule spongieuse grisâtre à Dolly qui la porta à son nez : l'odeur avait quelque chose d'aigre et de vaguement rance. Elle rejeta la boule dans la coque de noix de coco. « Les cueilleurs viendront demain matin ramasser ces boules de caoutchouc, expliqua Elsa. Il ne faut pas en perdre une miette. »

Elles s'avancèrent dans la plantation, grimpant face au sommet nuageux du Gunung Jerai. Un épais tapis de feuilles mortes donnait au sol une souplesse extrême. Devant elles, la pente était striée par l'ombre de milliers de troncs, tous exactement parallèles, telles des entailles faites par une machine. On se serait cru dans la jungle, et pourtant non : au cours de ses multiples visites à Huay Zedi, Dolly avait fini par adorer le calme électrique de la jungle. Mais ici, on n'était ni dans la ville, ni dans les champs, ni dans la forêt : cette uniformité avait quelque chose d'étrange, tout comme le fait qu'elle puisse être imposée à un paysage d'une nature aussi exubérante. Elle se rappela son étonnement quand la voiture était passée de la profusion folle de la jungle à la géométrie ordonnée de la plantation.

« On a l'impression d'entrer dans un labyrinthe, dit-elle.

– Oui, répliqua Elsa. Et vous seriez surprise de voir combien il est facile de s'y perdre. »

Elles pénétrèrent dans une vaste clairière et Elsa s'arrêta.

« Voilà, dit-elle, où sera Morningside House. »

L'endroit offrait de tous côtés une vue spectaculaire. À l'ouest, la montagne descendait doucement vers la mer rougie par le couchant ; au nord, s'élevait le sommet boisé du Gunung Jerai.

« C'est un lieu magnifique », dit Dolly.

Cependant, en prononçant ces mots, elle sentit soudain qu'elle ne voudrait pas vivre là, sous le regard désapprobateur de la montagne, dans une maison perdue au milieu d'un labyrinthe d'arbres.

« Superbe, n'est-ce pas ? Mais vous auriez dû voir à quoi ça ressemblait avant qu'on défriche. »

Elsa raconta qu'elle avait été horrifiée la première fois qu'elle était venue au Gunung Jerai. L'endroit était d'une beauté inimaginable mais c'était la jungle – une jungle dense, imposante, inextricable, infranchissable. Matthew l'avait emmenée y faire un tour, et elle avait eu l'impression d'avancer dans une nef tapissée d'un épais tapis, les sommets des arbres se rencontrant très haut, en une voûte infinie. Il était difficile, voire impossible, d'imaginer que ces pentes puissent être défrichées, rendues habitables.

Une fois le nettoyage de la forêt commencé, Matthew s'était installé sur les lieux dans une petite cabane construite de ses mains, là où se trouvaient à présent les bureaux. Elsa était restée à Penang dans une maison louée. Elle aurait préféré être avec Matthew mais il avait refusé. C'était trop dangereux, disait-il, ça ressemblait à un champ de bataille avec la jungle défendant chaque centimètre carré. Saya John avait tenu compagnie un moment à Matthew puis il était tombé malade et avait dû repartir à Penang. Bien que la plantation eût été son idée, il n'avait pas la moindre notion de ce que sa création pouvait impliquer.

Plusieurs mois s'écoulèrent avant qu'Elsa fût autorisée à revenir sur les lieux et elle avait alors compris pourquoi Matthew avait tenté de la tenir à l'écart. Le flanc de la montagne donnait l'impression d'avoir été ravagé par une série de désastres : d'immenses étendues de terrain étaient couvertes de cendres et de souches noircies. Matthew avait maigri et ne cessait de tousser. Elsa entrevit les huttes des ouvriers – de petites masures aux toits de branches et de feuillages, toutes occupées par des Indiens de la région de Madras : Matthew avait appris leur langue, le tamoul, mais Elsa ne comprenait pas un mot de ce qu'ils disaient. Elle avait fait une incursion dans la hutte en boue séchée où ils se faisaient soigner quand ils étaient malades : des conditions sordides, inimaginables, le sol couvert de saletés. Elle avait voulu rester, travailler comme infirmière mais Matthew s'y était opposé. Elle avait dû regagner Penang.

Mais à son voyage suivant, la transformation était telle qu'elle paraissait miraculeuse. Lors de sa dernière visite, elle avait eu l'impression de pénétrer sur un terrain ravagé par la peste : à présent, elle se serait crue dans un jardin tout juste créé. Les cendres avaient été lavées par la pluie, les souches noircies avaient disparu et les premiers jeunes hévéas commençaient à pousser.

Pour la première fois, Matthew lui permit de dormir

dans sa cabane. À l'aube, elle avait regardé par la fenêtre et vu la lumière du matin se déverser sur le flanc de la montagne, s'étalant sur leur propriété comme un drap d'or.

« C'est alors, dit Elsa, que j'ai déclaré à Matthew qu'il ne pouvait y avoir qu'un seul nom pour cet endroit : Morningside, Soleil levant. »

Plus tard, Elsa montra à Dolly les croquis de la future maison ; elle la voulait pareille à ces imposantes demeures de Long Island ancrées dans ses souvenirs : elle aurait une tourelle, des pignons raides et une véranda en ferait le tour afin de profiter de tous les points de vue spectaculaires. La seule note orientale serait le toit, rouge avec des auvents relevés.

Pendant que ces dames examinaient les plans, Saya John lisait le *Straits Times* de la veille, le journal publié à Singapour et qu'il avait acheté à la gare. Soudain, il leva la tête et fit signe à Matthew et Rajkumar de l'autre côté de la pièce.

« Regardez donc ça ! »

Il plia le journal en deux pour leur montrer un article sur l'assassinat du grand-duc Ferdinand à Sarajevo. Rajkumar et Matthew lurent les deux premiers paragraphes, puis ils se regardèrent et haussèrent les épaules.

« Sarajevo ? demanda Rajkumar. Où ça se trouve ça ?

– Très loin d'ici ! » répliqua Matthew en riant.

Pas plus que quiconque au monde, ni l'un ni l'autre n'eurent la moindre intuition que les événements de Sarajevo déclencheraient une guerre mondiale. Ils ne se doutaient pas non plus que le caoutchouc deviendrait un matériau stratégique d'une importance vitale dans ce conflit : en Allemagne, jeter des articles en caoutchouc constituerait un délit passible d'une condamnation ; des sous-marins seraient envoyés outre-mer pour faire passer du caoutchouc en contrebande ; et cette matière première finirait par être prisée comme elle ne l'avait jamais été, accroissant leur richesse au-delà de leurs rêves les plus fous.

16

Dès leur petite enfance, il fut évident que Neel et Dinu tenaient chacun d'un seul de leurs parents. Grand et robuste, plus indien que birman de stature et de peau, Neel ressemblait beaucoup à Rajkumar. Dinu, lui, avait les traits fins de sa mère, son teint d'ivoire et sa frêle ossature.

Tous les ans, aux environs de décembre, Dolly et Rajkumar emmenaient les garçons à Huay Zedi. Doh Say et Naw Da étaient rentrés dans leur village quelques années auparavant. Le développement des affaires de Rajkumar avait fait de Doh Say un homme riche, désormais propriétaire de plusieurs maisons à l'intérieur et autour du village, dont l'une était réservée à Dolly et Rajkumar. Les enfants, semblait-il, aimaient beaucoup ces expéditions, surtout Neel qui s'était lié avec un des fils de Doh Say, un garçon solide et réfléchi nommé Raymond. Dolly aussi attendait avec impatience ces visites annuelles : depuis son voyage à Morningside, elle avait recommencé à dessiner et elle passait des heures au bord de la rivière de Huay Zedi, son carnet de croquis sur les genoux, pendant que Dinu jouait à côté d'elle.

Une année, au cours de leur séjour, Dinu tomba malade. Ni Dolly ni Rajkumar ne s'en alarmèrent particulièrement. Dinu était plutôt fragile, et il se passait rarement une semaine sans qu'il souffre d'un rhume, d'une toux ou d'un peu de fièvre. Mais il était aussi doué d'une résistance qui l'aidait à combattre activement sa mauvaise santé, et la fièvre ne persistait jamais au-delà d'un ou deux jours. Sachant combien il récupérait vite, Dolly et Rajkumar décidèrent en l'occurrence de rester au village.

Bâtie sur de gros pilotis en bois de près de deux mètres de haut, la maison qu'ils habitaient ressemblait beaucoup au *tai* d'un camp de teck. Elle était située un peu à l'écart du village, non loin de la pente fortement boisée, toile de fond de Huay Zedi. La jungle s'élevait telle une falaise derrière le *tai*, l'enveloppant sur trois côtés. Du balcon, on apercevait la rivière et ses galets ainsi que le haut clocher en bambou de l'église du village.

Comme dans tous les *tai*, les pièces étaient en enfilade. À cause de la maladie de Dinu, Dolly changea l'organisation habituelle, elle prit l'enfant dans son lit pour la nuit et expédia Rajkumar dans une autre chambre. Dinu endormi à côté d'elle, Dolly s'assoupit et fit un rêve. Elle se vit écarter sa moustiquaire, se lever et aller s'asseoir sur le balcon. Le *tai* était plongé dans l'obscurité mais la nuit grouillait de grillons et de lucioles. À deux portes de là, elle entendait Rajkumar respirer lourdement dans son sommeil. Elle demeura ainsi assise dans son fauteuil, puis, au bout d'un moment, quelqu'un parla, une voix qu'elle connaissait bien : celle de Thebaw. Il lui disait quelque chose avec beaucoup d'insistance. Comme souvent dans les rêves, elle n'arrivait pas à bien distinguer les mots mais elle comprit exactement ce qu'il cherchait à lui communiquer.

Elle hurla.

Rajkumar se précipita en trébuchant avec une bougie et trouva son épouse en train de se balancer comme une folle dans son fauteuil sur la véranda, ses bras tremblants serrés autour d'elle.

« Que s'est-il passé ?

– Il faut que nous partions, dit-elle. Il faut que nous emmenions Dinu à l'hôpital à Rangoon.

– Pourquoi ?

– Ne me le demande pas maintenant. Je te raconterai plus tard. »

Ils quittèrent Huay Zedi alors qu'il faisait encore nuit. Doh Say leur fournit deux chars à bœufs et les escorta lui-même jusqu'à Pyinmana. Ils arrivèrent à Rangoon tard le lendemain soir. Dinu fut transporté aussitôt dans un hôpital de Mission Road.

Après de longs examens, les médecins prirent Dolly et Rajkumar à part. L'enfant avait la polio, leur annoncèrent-ils ; sans la promptitude de Dolly à l'amener à l'hôpital, il aurait pu mourir.

« J'ai su que je devais l'amener, dit Dolly.

– Comment cela ?

– On me l'a dit.

– Qui donc ?

– Peu importe. Ce qui compte, c'est que nous soyons venus. »

Dolly passa la nuit à l'hôpital et le lendemain matin une infirmière lui apporta son petit déjeuner sur un plateau.

« Avez-vous entendu la nouvelle, madame ? lança-t-elle. Le vieux roi est mort. Il est mort en Inde. »

Le plateau glissa des genoux de Dolly.

« Quand ? demanda-t-elle.

– Voyons... » L'infirmière compta les jours sur ses doigts. « Je crois que ça s'est passé la nuit précédant votre arrivée. »

C'est la deuxième princesse, dont Dolly enfant avait eu la charge, qui fut blâmée pour la mort du roi. Par un jour froid de décembre 1916, elle s'était enfuie avec un roturier birman et était allée se réfugier à la Résidence. Ce fut le commencement de la fin.

À cette époque, bien des choses avaient changé à Ratnagiri. La première princesse avait eu son bébé, une fille (un événement que Dolly avait raté de quelques semaines) nommée Baisu, la Grosse, qui, à la surprise de tous, était devenue rapidement le chouchou de la reine.

Peu après la naissance de l'enfant, l'administration régionale s'était découvert des fonds suffisants pour construire le palais promis depuis longtemps au roi. Une grande bâtisse avait surgi sur le flanc de la colline face à la Résidence, avec salle du Conseil, galerie, annexes, l'eau courante et un garage pour abriter les deux voitures (une Ford et une De Dion) récemment fournies au couple royal. Tout Ratnagiri célébra le déménagement. Des foules enthousiastes s'alignèrent le long des routes tandis que la famille royale quittait Outram House pour la dernière fois. Mais, comme dans tous les déménagements, la nouvelle maison se révéla posséder pas mal de défauts. Son entretien exigeait une petite armée : vingt-sept portiers, dix péons, six *hazurdaar* et d'innombrables autres serviteurs, femmes de ménage, balayeurs et nourrices – un total de cent soixante et un employés. En outre, les visiteurs venaient plus nombreux de Birmanie et les pique-assiettes se multipliaient. Comment nourrir tous ces gens ? Comment les loger ? Sans Dolly, personne ne savait que faire.

Là-dessus, un beau matin, la deuxième princesse disparut. On découvrit, après enquête, qu'elle s'était enfuie avec un jeune homme et s'était réfugiée à la Résidence. Le roi chargea Sawant de transmettre une lettre à sa fille lui demandant de rentrer au palais. Debout près d'une fenêtre, il garda ses jumelles fixées sur la De Dion se rendant à la Résidence. Quand la voiture fit demi-tour pour reprendre le chemin du palais, il vit que sa fille n'était pas à l'intérieur. Les jumelles tombèrent de ses mains. Il s'écroula sur le sol, en se tenant le bras gauche. Le médecin qui arriva dans l'heure le déclara victime d'une crise cardiaque. Dix jours plus tard, le roi mourait.

La reine fit savoir que la deuxième princesse ne serait plus jamais admise en sa présence.

La première princesse écrivit, dans une lettre clandestine qui devait être suivie de beaucoup d'autres :

> ... Et les funérailles, Dolly, furent si tristes et misérables que Sa Majesté la reine refusa d'y assister. Le gouvernement n'était représenté que par un simple trésorier adjoint ! Tu aurais pleuré rien que de voir cela. Personne

> n'aurait pu croire qu'il s'agissait des funérailles du dernier roi de Birmanie ! Nous souhaitions conserver quelque part le cercueil de manière à pouvoir le ramener un jour en Birmanie. Mais, informées de nos intentions, les autorités nous l'ont repris de force. Elles craignent que la dépouille mortelle du roi ne devienne un point de ralliement en Birmanie ! Du jour au lendemain ou presque, elles ont fait édifier un monument sur sa tombe pour que nous ne puissions jamais le ramener. Tu aurais dû être ici avec nous Dolly. Tu nous as manqué à tous, même à Sa Majesté, bien que, naturellement, elle n'ait pas pu le dire puisque c'est elle qui nous a interdit de prononcer ton nom.

Durant la convalescence de Dinu, Dolly ne quitta pas une seule fois l'enceinte de l'hôpital. Ils partageaient une chambre, vaste, ensoleillée, remplie de fleurs, avec vue sur le majestueux *hti* en or de la pagode de Shwedagon. Rajkumar fit tout ce qu'il put pour assurer leur confort. Aux heures des repas, U Ba Kyaw arrivait en voiture, apportant, dans une énorme cantine en cuivre, de la nourriture cuisinée à la maison. L'hôpital avait fini par céder et relâcher son règlement. Les amis venaient n'importe quand dans la journée, et Rajkumar et Neel restaient tard le soir, ne partant que lorsqu'il était l'heure pour Dinu de dormir.

Dinu endura son mois de séjour à l'hôpital avec un stoïcisme exemplaire qui lui valut les félicitations de tout le personnel. Bien qu'il eût perdu en partie l'usage de sa jambe droite, les médecins lui promirent qu'il le recouvrerait et ne conserverait qu'une légère boiterie comme trace de sa maladie.

À son retour à la maison avec Dinu, Dolly tenta avec assiduité de reprendre ses activités domestiques normales. Elle installa Dinu dans une chambre à lui, sous la surveillance d'une ayah. Les premiers jours, il ne se plaignit pas. Puis, une nuit, Dolly se réveilla soudain en sentant le souffle du petit garçon sur son visage. Il était debout à côté d'elle, appuyé contre le lit. Il avait laissé son ayah ronfler dans sa chambre et s'était traîné avec sa jambe malade dans le corridor. Dolly prit contre elle ce petit corps tout en os, respirant l'odeur tendre et propre de ses cheveux rincés à l'eau de pluie. Cette nuit-là, elle dormit mieux que depuis plusieurs semaines.

Dans la journée, alors que Dinu essayait de réapprendre à marcher, Dolly ne le quittait pas, elle se précipitait pour pousser tables et tabourets hors de son chemin. En le regardant lutter pour récupérer sa mobilité, elle commença à s'émerveiller de la ténacité et de la résistance de son fils – de cette force de volonté qui l'aidait à se mobiliser inlassablement jusqu'à ce qu'il soit capable de boitiller un pas ou deux de plus. Mais elle s'aperçut aussi que cette lutte quotidienne le transformait. Il devenait plus réservé, paraissait plus mûr et plus maître de soi qu'on ne l'est à son âge. Avec son père et son frère, il se montrait froid, sans réaction, comme s'il voulait délibérément décourager leurs tentatives de l'inclure dans leurs jeux exubérants.

La convalescence de Dinu finit par occuper complètement l'esprit de Dolly qui pensait de moins en moins aux gens et aux activités auxquels elle s'était consacrée auparavant : réunions, thés, pique-nique. Quand parfois une amie ou une connaissance passait faire une petite visite, il y avait des silences embarrassants : Dolly feignait de s'intéresser aux histoires qu'on lui racontait sans contribuer d'un seul mot à la conversation. Elle trouvait difficile d'expliquer ce qu'elle faisait de son temps. Les succès de Dinu se mesuraient à de si petites choses – un pas ou deux de plus à la fois, quelques centimètres à ajouter – qu'il était impossible de communiquer soit la joie, soit le vide navrant, qui marquait le passage de chaque jour. Ses amies hochaient poliment la tête en écoutant ses explications et, quand elles partaient, elle savait qu'elle ne les reverrait pas de sitôt. Le plus étrange, c'est qu'au lieu d'en éprouver des regrets elle en était ravie.

« Tu n'es pas sortie depuis des mois ! » lui dit un jour Rajkumar. Un de ses chevaux concourait ce week-end-là pour le prix du Gouverneur, au Rangoon Turf Club. Il insista pour qu'elle l'accompagne aux courses.

Elle s'habilla avec l'impression d'accomplir un rituel à demi oublié. Au moment de monter dans la voiture, U Ba Kyaw lui ouvrit la portière avec une courbette, comme s'il l'accueillait après une longue absence. La voiture était une Pic-Pic – une Piccard-Pictet de fabrication suisse –, une confortable et solide machine, avec une vitre séparant le chauffeur des passagers.

La Pic-Pic contourna le lac Royal, laissa derrière elle le cimetière chinois et passa non loin du Rangoon Club. Dolly eut soudain le sentiment d'avoir vraiment été très longtemps absente. Tous les paysages familiers paraissaient nouveaux, étonnants – le reflet étincelant de la pagode de Shwedagon à la surface du lac, les longs bâtiments du Boat Club, perchés sur la rive. À la voir penchée en avant sur son siège, le visage à moitié hors de la vitre, on aurait cru qu'elle visitait la ville pour la première fois. Les rues autour du champ de courses étaient barrées par la police, mais on reconnut la Pic-Pic et on leur fit signe de passer. Les tribunes avaient un air de fête, avec des fanions et des drapeaux que le vent agitait au-dessus des terrasses. Sur le chemin de la loge de Rajkumar, Dolly salua un grand nombre de gens dont elle avait oublié l'existence. Une fois qu'elle fut assise, des dizaines d'amis s'arrêtèrent pour lui souhaiter la bienvenue. Elle remarqua, au bout d'un moment, que Rajkumar, sous couvert de son programme, lui chuchotait leurs noms et leurs situations : « U Tha Din Gyi, un des organisateurs du Club ; U Ohn, un entraîneur, Mr MacDonald, du Pari mutuel... »

Tout le monde se montrait très gentil. Le vieux Mr Piperno, le bookmaker, envoya un de ses fils lui demander si elle désirait placer un pari. Touchée, elle choisit deux chevaux au hasard sur son programme. La fanfare du régiment du Gloucestershire défila puis joua une sérénade tirée de la *Lola* de Friedemann. Elle entama un autre air, solennel, et Rajkumar donna un léger coup de coude à Dolly.

« C'est le *God save the King* ! souffla-t-il.

– Désolée, dit-elle. Je ne faisais pas attention. »

Enfin, à son grand soulagement, les courses commencèrent. Il y eut un long intervalle entre elles et une interminable attente après. Alors que tous les gens autour d'elle s'excitaient de plus en plus, l'esprit de Dolly se mit à vagabonder. Cela faisait des semaines qu'elle n'avait pas quitté si longtemps Dinu – mais, sans doute, n'avait-il même pas remarqué son absence.

Une soudaine explosion d'applaudissements la fit revenir sur terre. Daw Thi, l'épouse de Sir Lionel Ba Than, un des administrateurs du Turf Club, était assise à côté d'elle. Daw Thi arborait son célèbre collier de rubis dont elle tripotait distraitement les pierres grosses comme l'ongle du pouce. Dolly s'aperçut qu'elle la regardait avec un air interrogateur.

« Que se passe-t-il ? dit-elle.

– Lochinvar a gagné.

– Ah ? » fit Dolly.

Daw Thi lui jeta un long regard puis éclata de rire.

« Dolly, petite idiote, as-tu oublié ? Lochinvar appartient à ton mari ! »

Dans la voiture, au retour, Rajkumar se montra étrangement silencieux. Juste avant d'arriver à la maison, il se pencha et ferma d'un coup sec la vitre qui les séparait du chauffeur. Puis il se tourna pour regarder sa femme d'un œil incertain. Il avait bu beaucoup de champagne après sa visite au pesage et il était un peu ivre.

« Dolly ? dit-il.

– Oui ?

– Il t'est arrivé quelque chose.

– Non. » Elle secoua la tête. « Non. Il ne m'est rien arrivé.

– Tu changes... Tu nous abandonnes.

– Qui ?

– Moi... Neel... »

Elle tressaillit. Elle savait qu'elle avait récemment négligé son fils aîné. Mais Neel était plein d'énergie, de fougue, d'une bruyante bonne volonté, et Rajkumar l'adorait. Avec Dinu, en revanche, il se montrait nerveux, hésitant : la fragilité et la faiblesse l'inquiétaient, le surprenaient. Il ne s'était pas attendu à les rencontrer chez son propre fils.

« Neel n'a pas besoin de moi, dit Dolly, pas comme Dinu. »

Rajkumar lui prit la main.

« Dolly, nous avons tous besoin de toi. Tu ne peux pas disparaître en toi-même. Tu ne peux pas nous abandonner.

– Bien sûr que non. » Elle rit, un peu gênée. « Où irais-je, si je vous abandonnais ? »

Il laissa retomber sa main et détourna son visage.

« Parfois, je ne peux pas m'empêcher de sentir que tu es déjà partie – que tu t'es enfermée derrière un mur de verre.

– Quel mur ? s'écria-t-elle. De quoi parles-tu ? »

Elle leva les yeux et vit U Ba Kyaw qui la regardait dans le rétroviseur de la Pic-Pic. Elle se mordit la lèvre et se tut.

Cette conversation lui fit l'effet d'un choc. D'abord, elle ne put lui trouver le moindre sens. Au bout d'un jour ou deux, elle décida que Rajkumar avait raison, elle devait sortir davantage, ne serait-ce que pour se rendre au Scott Market faire les magasins. Dinu était déjà plus qu'à moitié autonome ; il serait temps bientôt pour lui d'aller à l'école. Il faudrait qu'elle s'habitue à ne pas l'avoir constamment à ses côtés, et d'ailleurs il n'était pas sain de rester toujours cloîtrée derrière les murs de sa maison.

Elle entreprit de s'organiser de petites expéditions. Un matin, elle se retrouva coincée dans un des quartiers les plus peuplés de la ville, près de la mairie de Rangoon. Juste devant elle, au croisement de Dalhousie Street et de Sule Pagoda Street, il y avait eu un accident, une collision entre un char à bœufs et un pousse-pousse. Quelqu'un avait été blessé, une foule s'était rassemblée et l'atmosphère était bruyante et poussiéreuse.

La pagode Sule se trouvait au centre de ce carrefour.

Récemment repeinte, elle se dressait au-dessus des rues agitées tel un roc au-dessus de la mer. Dolly était passée d'innombrables fois devant la pagode mais elle ne l'avait jamais visitée. Elle demanda à U Ba Kyaw de l'attendre non loin de là et elle descendit de la voiture.

Elle traversa prudemment le carrefour encombré et grimpa une volée de marches. Elle ôta ses chaussures et foula nu-pieds le sol dallé de marbre frais. Le bruit de la rue s'était éteint et l'air semblait propre, débarrassé de poussière. Dolly avisa un groupe de moines, vêtus de robes safran, qui psalmodiaient dans un des petits sanctuaires entourant la nef circulaire de la pagode. Elle s'approcha et s'agenouilla derrière eux, sur une natte. Dans une niche surélevée, au-dessus d'elle, se trouvait une petite statue de Bouddha, assis en *bhumisparshamudra*, le majeur de sa main droite touchant la terre. Des tas de fleurs s'entassaient dessous, roses, jasmin, lotus, qui emplissaient l'atmosphère de leur senteur.

Elle ferma les yeux, essayant d'écouter les moines, mais à la place c'est la voix de Rajkumar qu'elle entendit : « Tu changes... tu nous abandonnes. » Dans la quiétude de ce lieu, ces mots résonnaient différemment. Rajkumar avait raison, elle le reconnaissait. Les événements de ces derniers temps l'avaient changée, elle tout autant que Dinu.

À l'hôpital, la nuit, couchée près du petit garçon, elle avait entendu des voix inaudibles dans la journée : murmures de parents inquiets ; cris de douleur lointains ; femmes se lamentant sur leur deuil. À croire que les murs, devenus poreux dans le silence nocturne, inondaient sa chambre d'une marée invisible de défaites et de souffrances. Plus elle écoutait ces voix, plus elles s'adressaient à elle directement, parfois sur un ton qui semblait rappeler le passé, parfois avec une note d'avertissement.

Tard, un soir, elle avait aussi entendu une vieille femme demander de l'eau en pleurant. La voix était faible – un chuchotement rauque, âpre – mais elle avait rempli la chambre. Bien que Dinu dormît, Dolly avait posé une main sur son front. Un moment elle était restée sur le flanc, rigide, agrippée à son enfant, utilisant son corps pour effacer le bruit. Puis elle s'était levée et était sortie rapidement dans le couloir.

Une infirmière karen l'avait arrêtée.

« Que faites-vous ici ?

– J'ai entendu quelqu'un, quelqu'un qui réclamait de l'eau... »

Elle obligea l'infirmière à écouter.

« Ah, oui, répliqua l'autre d'un ton brusque, ça vient de la salle des malades atteints de malaria, à l'étage en dessous. Quelqu'un qui délire. Retournez dans votre chambre. »

Les gémissements avaient cessé peu après, mais Dolly n'avait pas dormi de la nuit, hantée par le son de la voix.

Une autre fois, en sortant dans le couloir, elle avait heurté un brancard sur lequel gisait un corps d'enfant recouvert d'un drap blanc. Quoique Dinu eût été à quelques pas de là, en train de dormir paisiblement, Dolly avait été incapable de maîtriser la panique qui l'avait envahie à la vue du brancard. Elle était tombée à genoux, dans le couloir, et avait arraché le drap qui recouvrait le corps. Celui d'un garçon de l'âge de Dinu, à peu près de même stature. Elle s'était mise à pleurer, hystérique, terrassée autant par le remords que par le soulagement. Une infirmière et un garçon de salle avaient dû la soutenir pour la ramener dans son lit.

De nouveau, cette nuit-là, elle n'avait pas pu dormir. Elle avait pensé à ce corps d'enfant ; elle avait pensé à ce que serait sa vie sans Dinu ; elle avait pensé à la mère du petit garçon mort. Elle s'était mise à pleurer – comme si ses pleurs s'étaient fondus dans ceux de cette femme inconnue, comme si un lien invisible s'était formé entre eux tous, elle, Dinu, l'enfant mort, sa mère.

À présent, agenouillée sur le sol de la pagode Sule, elle se rappelait la voix du roi Thebaw, à Ratnagiri. Dans les dernières années de sa vie, le roi avait semblé s'appuyer de plus en plus sur les préceptes acquis du temps de son noviciat, dans le monastère du palais. Elle se souvint d'un mot qu'il utilisait souvent : *karuna*, un des mots de Bouddha, le *pali* pour compassion, pour l'immanence de toutes les choses vivantes, l'attraction de la vie pour ce qui lui ressemble. Un temps viendrait, disait-il aux jeunes filles, où elles découvriraient aussi ce que ce mot *karuna* signifiait et, à partir de ce moment-là, leur existence ne serait plus jamais la même.

Peu après les funérailles du roi Thebaw, la reine écrivit à ses geôliers pour leur demander la permission de retourner en Birmanie. Sa requête fut rejetée, sous prétexte de sécurité, à cause de la guerre en Europe. On pensait que sa présence pourrait se révéler incendiaire à un moment délicat pour l'Empire. La reine et ses filles ne furent autorisées à regagner leur pays qu'à la fin de la guerre.

C'est alors que la première princesse provoqua une nouvelle crise. Devait-elle quitter Ratnagiri et repartir en Birmanie avec sa mère ? Ou bien devait-elle rester avec Sawant ?

La princesse fit une promesse à son mari : elle accompagnerait sa mère en Birmanie, puis reviendrait dès que Sa Majesté serait installée dans sa nouvelle demeure. Sawant la prit au mot et ne souleva aucune objection. Mais c'est le cœur lourd qu'il accompagna sur le quai de Mandvi le groupe royal lors de son grand départ. Après tout, ce pouvait être la dernière fois que ses enfants et lui voyaient la princesse.

Depuis Bombay, la reine et sa suite traversèrent lentement en train le sous-continent d'ouest en est. À Calcutta, la souveraine fut reçue au Grand Hôtel. Or le hasard voulut que la deuxième princesse habitât alors à Calcutta avec son époux : il lui était difficile d'ignorer la présence de sa mère et de ses sœurs. Un soir, rassemblant son courage, la princesse prodigue se rendit au Grand Hôtel.

La reine refusa carrément de recevoir sa fille ou son gendre. Connaissant sa mère, la princesse battit en retraite de bonne grâce, mais pas son mari qui eut la témérité de s'aventurer, sans y être invité, en la présence de Sa Majesté. Cet assaut fut promptement repoussé : d'un seul hurlement de rage, la reine envoya valser le délinquant dans l'escalier du Grand Hôtel. Le malheureux, chaussé de mocassins à semelles de cuir lisse, glissa et entama un vol plané en direction du foyer où un orchestre de chambre donnait un concert devant un auditoire d'invités distingués. Il atterrit en rebondissant telle une truite hors du torrent, dans un bris de violoncelle et les vibrations d'un alto. Assise non loin de là, la troisième princesse, dont les nerfs avaient été sérieusement éprouvés par le voyage, piqua une crise d'hystérie que seul un médecin put calmer.

Le 16 avril 1919, la reine et sa suite embarquèrent à bord de l'*Arankola*. Elles arrivèrent quatre jours plus tard à Rangoon où on les transporta subrepticement dans un bungalow de Churchill Road. Une quinzaine de jours s'écoulèrent, marqués par une activité débordante. Puis un matin la première princesse prit tout le monde de court en annonçant qu'elle était prête à retourner auprès de Sawant. Les conseillers de la famille s'arrachèrent les cheveux. Il fut suggéré que la princesse, en sa qualité de fille aînée, avait le devoir de rester auprès de sa mère – il était admis, après tout, dans l'intérêt du bon sens et de la décence, que certaines promesses ne fussent pas tenues. Personne ne doutait qu'un moyen puisse être trouvé pour en terminer discrètement avec l'affaire Sawant.

C'est alors que la première princesse se montra la véritable héritière de sa dynastie, une Konbaung bon teint : son amour pour l'ex-cocher de sa famille se révéla aussi inébranlable que celui de sa mère pour le défunt roi. Défiant les siens, elle rejoignit Sawant et ne quitta plus jamais Ratnagiri. Elle passa le reste de sa vie avec son mari et leurs enfants dans une petite maison aux abords de la ville. Et c'est là qu'elle mourut, vingt-huit ans plus tard.

La deuxième princesse et son époux vécurent plusieurs années à Calcutta avant de se transporter dans les collines à Kalimpong, près de Darjeeling. Ils y fondèrent une laiterie.

Ainsi le sort voulut que des quatre princesses, les deux nées en Birmanie choisissent de vivre en Inde, tandis que leurs deux jeunes sœurs, nées en Inde, décidaient de s'installer en Birmanie où elles se marièrent et eurent des enfants. Quant à la reine, elle termina son existence à Rangoon dans sa maison de Churchill Road. Tout l'argent qu'elle pouvait extraire des autorités coloniales, elle le consacrait à des œuvres charitables et à nourrir des moines. Elle ne portait que du blanc, la couleur birmane du deuil.

Dolly écrivit plusieurs fois à la reine, la suppliant de lui permettre de venir la voir. Elle ne reçut jamais de réponse. La souveraine mourut en 1925, six ans après son retour de Ratnagiri. Bien qu'elle eût vécu cloîtrée durant tant d'années, sa mort provoqua une soudaine vague d'émotion dans la ville et les gens vinrent en foule assister à ses obsèques. Elle fut enterrée près de la pagode de Shwedagon.

17

En 1929, après une interruption de plusieurs années, Dolly reçut de New York une lettre d'Uma lui annonçant qu'elle quittait l'Amérique. Âgée maintenant de cinquante ans, Uma n'était pas rentrée en Inde depuis plus de vingt ans. Ses parents, morts en son absence, lui avaient laissé en héritage le rez-de-chaussée de Lankasuka, leur maison (le premier étage était revenu à son frère, à présent marié et père de trois enfants). Elle avait décidé de retourner s'installer à Calcutta.

En raison de divers engagements à Tokyo, Shanghai et Singapour, elle ferait la traversée par le Pacifique au lieu de l'Atlantique. Un des avantages de cet itinéraire était qu'il lui permettrait de rendre visite à ses amis : Matthew et Elsa en Malaisie et, bien entendu, Dolly et Rajkumar à Rangoon. Elle proposait que Dolly et elle se rencontrent à Morningside et y passent une quinzaine de jours : ce serait des vacances agréables, puis elles pourraient rentrer ensemble en Birmanie – après tant d'années, il y avait beaucoup de temps à rattraper. Mieux encore, si Dolly venait avec Neel et Dinu, Uma aurait ainsi l'occasion de faire connaissance avec les garçons.

Cette lettre secoua étrangement Dolly. Bien qu'heureuse d'avoir des nouvelles de son amie, elle éprouvait aussi une certaine appréhension. Renouer des liens d'amitié depuis si longtemps relâchés n'était pas chose facile. Elle ne pouvait s'empêcher d'admirer Uma pour sa franchise. Elle-même, de plus en plus recluse, refusant de voyager, voire de sortir, s'était retirée du monde. Elle était satisfaite de la vie qu'elle menait mais elle s'inquiétait de ce que ses fils n'aient rien vu du reste de la planète – de l'Inde, de la Malaisie ou de n'importe quelle autre contrée. Il n'était pas bon qu'ils ne connaissent que la Birmanie : personne ne pouvait prédire l'avenir. Même derrière les volets clos de sa chambre, elle percevait une sorte d'agitation dans le pays.

Depuis sa première visite, quinze ans auparavant, Dolly n'était pas retournée à Morningside. Les garçons non plus. Il était improbable, elle le savait, que Rajkumar consentît à faire le voyage. Il travaillait plus dur que jamais, et parfois Dolly ne le voyait pas de la semaine. Quand elle souleva l'idée devant lui, il secoua brusquement la tête, comme elle l'avait prévu : non, il était trop occupé, pas question de s'absenter.

Mais Dolly, de son côté, était de plus en plus attirée par la perspective de rencontrer Uma à Morningside. Et revoir Matthew et Elsa ne manquait certainement pas d'intérêt : les Martins étaient venus passer quelque temps à Rangoon avec leurs deux enfants – après Alison, ils avaient eu un garçon, Timmy. Les gamins, tous très jeunes à l'époque, s'étaient fort bien entendus, même Dinu, si réservé de nature et si lent à se lier d'amitié. Mais il y avait longtemps : aujourd'hui, Dinu avait quatorze ans et fréquentait l'école St. James, une des plus connues de Rangoon. Neel, dix-huit ans, costaud et extraverti, poursuivait non sans réticence ses études au Judson College : il lui tardait d'entrer dans le commerce du bois mais Rajkumar avait déclaré qu'il ne le prendrait pas dans la firme familiale avant la fin de sa scolarité.

Quand Dolly parla à Neel d'aller à Morningside, il se montra aussitôt enthousiaste, impatient de partir. Elle n'en fut pas surprise : elle le savait toujours aux aguets d'un prétexte pour sécher ses cours. Dinu se révéla beaucoup moins excité mais annonça qu'il était prêt à conclure un marché : il irait, dit-il, si sa mère lui achetait chez

Rowe & Co un appareil photo Brownie. Dolly accepta: encourager le goût de son cadet pour la photographie lui plaisait, en partie parce qu'elle croyait que ce goût lui venait de l'habitude prise dans son enfance de regarder par-dessus l'épaule de sa mère ce qu'elle dessinait; et en partie parce qu'elle se sentait le devoir de soutenir toute activité qui le tirait de sa réserve.

Les préparatifs furent rapidement entamés, avec un échange nourri de lettres entre la Birmanie, la Malaisie et les États-Unis (Rangoon s'était récemment doté d'un service postal aérien, ce qui rendait les communications infiniment plus rapides). En avril, l'année suivante, Dolly embarqua avec ses deux fils sur un vapeur à destination de la Malaisie. Rajkumar vint assister au départ de la famille. Alors que, montée à bord, Dolly se penchait sur la rambarde, elle vit que son mari lui faisait signe, gesticulant comme un fou pour tenter d'attirer son attention sur quelque chose. Elle regarda vers l'avant du bateau et découvrit qu'elle se trouvait sur le *Nuwara Eliya*, le même navire qui l'avait ramenée à Rangoon au lendemain de son mariage. Une étrange coïncidence.

Matthew et les siens les attendaient sur le quai de Georgetown quand le *Nuwara Eliya* y accosta. C'est Dinu qui les repéra le premier à travers le viseur de son Brownie. « Là... par ici... regarde ! »

Dolly se pencha, en protégeant ses yeux de sa main: Matthew, auréolé d'une épaisse toison argentée, très distingué; Elsa l'air un peu plus mûre que lors de leur dernière rencontre mais d'une manière majestueuse et fort imposante; à côté d'elle, Timmy, grand pour son âge et maigre comme un haricot, puis Alison, dans son uniforme d'écolière, ses cheveux tressés en deux longues nattes. Une fillette d'allure inhabituelle, pensa Dolly, son visage étant un mélange étonnant d'éléments pris à ses deux parents: elle avait les pommettes de Matthew et les yeux d'Elsa, les cheveux soyeux de son père et le maintien de sa mère. De toute évidence, elle promettait de devenir une vraie beauté.

Matthew monta à bord pour escorter ses invités à leur descente du navire. Ils passeraient la nuit dans un hôtel de Georgetown où des chambres leur avaient été réservées. Uma devait arriver le lendemain et ils repartiraient ensemble par la route pour Morningside. Matthew avait amené deux voitures et un chauffeur qui les attendaient à Butterworth, sur le continent.

Le lendemain matin, après le petit déjeuner, ils se rendirent tous les sept au port. Sur le quai, ils furent pris dans une cohue bruyante : beaucoup de gens s'étaient déjà rassemblés là, pour la plupart des Indiens, dont plusieurs chargés de fleurs et de guirlandes, avec à leur tête, deux personnages flamboyants et pittoresques, un sadhu en robe safran, et un sikh, un *giani*, à la barbe abondante et aux sourcils blancs broussailleux. Neel, bien charpenté et très sûr de lui, se fraya un chemin à travers la foule pour découvrir la cause de ce remue-ménage. Il revint avec une mine stupéfaite.

« Je leur ai demandé ce qu'ils faisaient ici et ils m'ont répondu : on est venus accueillir Uma Dey. »

Incrédule, Dolly se tourna vers Elsa.

« Penses-tu qu'il s'agisse de notre Uma ?

– Bien sûr. Il ne peut pas y avoir deux Uma Dey sur le même bateau. »

Le navire surgit alors à l'horizon et un cri d'enthousiasme s'éleva de la foule : « *Uma Dey zindabad, zindabad*. – Vive, vive Uma Dey ! » Ce qui fut suivi d'autres hurlements et slogans, tous en hindoustani : « *Inquilab zindabad* » et « *Halla bol, halla bol !* » Dès que le bateau eut accosté, les chefs de la troupe envahirent la passerelle avec fleurs de soucis et guirlandes. Uma apparut en haut de la passerelle et fut saluée par une folle explosion de vivats : « *Uma Dey, zindabad, zindabad !* » La confusion la plus totale régna un bon moment.

Observant la scène à l'autre bout du quai, Dolly se rendit compte qu'Uma avait été complètement prise de court : non préparée, d'évidence, à cette réception, elle ne savait trop comment y répondre. Elle parcourait la foule du regard, comme à la recherche de quelqu'un en particulier. Dolly leva un bras et lui fit signe. Uma l'aperçut et ses yeux s'illuminèrent. Elle retourna le salut d'un air inquiet, esquissant en même temps un geste d'impuissance. Dolly lui fit un autre signe, pour la rassurer cette fois : ne t'inquiète pas, on t'attendra.

Après quoi Uma fut escortée jusqu'au pied de la passerelle et gratifiée d'autres colliers de fleurs. Plusieurs personnes prononcèrent des discours tandis que tout le monde patientait en transpirant sous le soleil. Dolly essaya de se concentrer sur ce qui se disait mais son regard ne cessait de revenir à son amie. Elle lui trouvait un visage émacié : ses yeux s'étaient enfoncés dans des creux profonds comme pour protester contre une vie trépidante et incertaine. Mais en même temps, Uma dégageait une sorte d'assurance nouvelle dans son comportement. Il était clair qu'elle était habituée à ce qu'on l'écoute et, quand vint son tour de parler, Dolly nota avec une admiration croissante qu'elle paraissait savoir exactement quoi dire et comment manier son auditoire.

Puis, brusquement, ce fut la fin des discours. Uma fendit la foule et se retrouva devant Dolly, les bras grands ouverts. « Il y a si longtemps ! Si longtemps ! » Elles riaient, s'embrassaient, s'agrippaient l'une à l'autre, tandis que les enfants, un peu à l'écart, les contemplaient d'un air perplexe.

« Comme tu as bonne mine, Elsa ! Et ta fille – une vraie beauté !

– Tu as bonne mine aussi, Uma.

– Tu n'es pas obligée de me mentir ! Je parais le double de mon âge...

– Qui sont ces gens, Uma ? intervint Dolly en donnant un coup de coude à son amie. Nous avons été si surpris...

– Ils appartiennent à un groupe avec lequel j'ai travaillé, répliqua Uma très vite, un groupe nommé la Ligue pour l'indépendance de l'Inde. Je ne leur avais pas dit que je venais ici mais je suppose que la nouvelle s'est répandue...

– Mais que veulent-ils ? Pourquoi sont-ils ici ?

– Je vous expliquerai plus tard. » Uma prit la main de Dolly et passa un bras sous celui d'Elsa. « Il y a tant à raconter et je veux en avoir le temps... »

Dans l'après-midi, ils prirent le ferry pour Butterworth où les voitures de Matthew les attendaient au port. L'une était d'une longueur telle que Dolly n'en avait jamais vu, presque de la taille d'un wagon de chemin de fer. Une Duesenberg, modèle J Tourster, déclara Matthew, avec un système de freinage hydraulique et un moteur de 6,9 litres, huit cylindres en ligne. Elle avait des arbres à came en chaîne et pouvait atteindre cent trente kilomètres à l'heure en deuxième vitesse. En quatrième, elle faisait une moyenne de cent soixante-dix kilomètres à l'heure.

Matthew était impatient de montrer en détail la Duesenberg à Neel et à Dinu qui y montèrent donc avec lui, Timmy et Alison. Dolly et Uma suivirent plus calmement dans la voiture que Matthew avait offerte à Elsa pour ses cinquante ans – une magnifique Isotta-Fraschini Tipo 8A Berlina Transformabile avec freinage assisté. La carrosserie était signée Castagna et les sièges recouverts d'un superbe cuir florentin.

L'Isotta-Fraschini prit la direction du nord tandis que le soleil plongeait dans la mer d'Andaman, et elle atteignit Sungei Pattani à la nuit. Elle entama la montée des pentes du Gunung Jerai, ses phares brillant dans un brouillard de poussière. Elle franchit l'arcade du portail, accéléra sur une piste en terre battue rouge, puis elle tourna et une vaste maison apparut, surgissant théâtralement de la colline, ses éclairages étincelant à travers les fenêtres et les portes. Une tourelle formait le pivot de la maison qu'entouraient de larges vérandas circulaires et que surmontait un toit aux bords légèrement relevés dans le style chinois.

« Morningside ! » annonça Elsa.

Dolly fut éblouie. Dans la nuit d'encre, il semblait qu'une lumière irréelle se déversât de la maison, se nourrissant d'une source intérieure, jaillie du volcan éteint sur lequel Morningside était bâtie.

« C'est magnifique, Elsa, dit Uma. Il n'y a pas d'autre mot. C'est peut-être la plus belle maison que j'aie jamais vue... »

Tout l'intérieur brillait du riche éclat du bois poli. En descendant dîner, Dolly et Uma se perdirent dans les longs couloirs, distraites par les nombreux détails raffinés du décor : le sol au parquet ouvragé, les murs lambrissés de riches boiseries. Elsa vint à leur recherche et les découvrit en train de tapoter la rampe du grand escalier qui occupait le centre de la demeure.

« Quelle beauté !

– Ça vous plaît ? » Le visage d'Elsa s'illumina de bonheur. « Quand nous construisions Morningside, Matthew m'a dit un jour : "Tout ce que j'ai, je le dois à des arbres d'une sorte ou d'une autre – le teck, les hévéas." Et j'ai pensé, eh bien, voilà : Morningside sera un monument au bois ! J'ai demandé à Rajkumar de m'expédier le plus beau teck de Birmanie ; j'ai envoyé des gens aux Célèbes et à Sumatra. Vous remarquerez que chaque chambre est faite d'une essence différente... »

Elsa les conduisit au rez-de-chaussée et les fit entrer dans la salle à manger très vaste, avec une longue table en bois massif ciré. Les murs étaient tapissés de bambous tressés et les ampoules au plafond étaient encastrées dans des nids d'osier. À leur entrée, Saya John se leva de table et vint vers Dolly et Uma, d'un pas lent, et s'aidant d'une canne : il paraissait plus petit qu'autrefois, avec cette même allure de gnome, comme si son corps s'était réduit proportionnellement à sa tête.

« Bienvenue, bienvenue ! »

Au dîner, Uma et Dolly se retrouvèrent assises entre Matthew et Saya John qui s'employèrent activement à remplir les assiettes de leurs invitées.

« Ça, c'est du *gulai tumis*, du poisson cuit à la vapeur avec des pousses de gingembre rose, *bunga kuntan*.

– Et ça ?

– Des crevettes grillées dans des feuilles de pandanus.

– Des crêpes aux cacahuètes.

– Du poulet aux fleurs bleues – *bunga telang*.

– Du poisson mariné aux feuilles de curcuma, tilleul et menthe pourpre.

– Une salade de lanières de calmars, avec renouée et *duan kado*, une plante grimpante qui sent comme un jardin d'épices. »

Chaque bouchée les initiait à des saveurs nouvelles, aussi délicieuses qu'inconnues.

« Quel est le nom de cette nourriture ? s'écria Uma. Je croyais avoir tout essayé à New York, mais je n'ai jamais rien goûté de ce genre.

– Notre cuisine *nyonya* vous plaît donc ? dit Saya John en souriant.

– Je n'ai jamais rien mangé d'aussi merveilleux. D'où cela vient-il ?

– De Malacca et de Penang, expliqua Elsa. Un des derniers grands secrets du monde. »

Enfin rassasiée, Uma repoussa son assiette et se tourna vers Dolly assise à côté d'elle.

« Ça fait tant d'années...

– Vingt-trois, presque jour pour jour, dit Dolly, depuis ton départ de Rangoon. »

Après le dîner, Dolly accompagna Uma dans sa chambre. Elle s'installa en tailleur sur le lit tandis que son amie se brossait les cheveux devant sa coiffeuse.

« Uma, dit Dolly timidement, tu sais que je continue à me demander...

– Quoi donc ?

– Ta réception au port aujourd'hui – tous ces gens...

– Ah, tu veux dire la Ligue ? »

Uma reposa sa brosse et sourit à Dolly dans le miroir.

« Oui, raconte-moi.

– C'est une si longue histoire, Dolly. Je ne sais par où commencer.

– Peu importe. Commence. »

Ça remontait à New York, dit Uma. C'est là qu'elle

avait adhéré à la Ligue, incitée par des amis, d'autres Indiens habitant la ville. Les Indiens n'étaient pas nombreux mais très étroitement liés : certains étaient venus se mettre à l'abri des services d'espionnage impériaux ; d'autres avaient été attirés par le coût relativement abordable de l'éducation. Presque sans exception, ils étaient tous passionnément politisés : impossible dans cette position d'exilé de demeurer à l'écart. À Columbia, il y avait Dadasaheb Ambedkar, brillant et passionné ; Taraknath Das, aux manières aimables mais à l'esprit têtu. Au centre de la ville, il y avait la Mission Ramakrishna, installée dans un appartement minuscule style grenier, et dirigée par un *sant* en robe safran et des dizaines de sympathisants américains ; plus bas, dans un lotissement de Houston Street, il y avait un excentrique Raja qui se prenait pour le Bolivar de l'Inde. Non pas que l'Amérique se montrât accueillante envers ces gens ou leur entreprise : pas intéressée, elle les ignorait carrément, mais cette indifférence même leur fournissait une sorte de protection.

Très vite, l'appartement d'Uma devint l'un des nœuds de ce réseau, réduit mais dense, de relations indiennes. La jeune femme et ses compatriotes ressemblaient à des explorateurs ou des naufragés : surveillant, observant, disséquant en détail ce qu'ils voyaient autour d'eux, essayant d'en tirer des leçons pour eux et leur pays. Témoins de la naissance du nouveau siècle en Amérique, ils étaient aux premières loges pour en observer les marées et courants. Ils visitaient des usines, des fabriques et les récentes fermes mécanisées. Ils voyaient de nouvelles méthodes de travail, exigeant de nouveaux modèles de mouvement, de nouvelles manières de penser. Ils comprirent que, dans le monde à venir, l'alphabétisation serait indispensable à la survie ; que l'éducation était devenue d'une urgence propre à inciter toutes les nations modernes à la rendre obligatoire. De leurs camarades qui s'étaient rendus en Orient, ils apprirent que le Japon s'était hâté d'agir dans cette direction ; au Siam aussi, l'éducation était devenue une croisade dynastique pour la famille royale.

En revanche, en Inde, c'étaient les militaires qui dévoraient le plus gros des finances publiques ; bien que l'armée fût réduite en effectifs, elle absorbait plus de soixante pour cent des revenus du gouvernement, une proportion supérieure même à des pays fustigés comme « militaristes ». Lala Har Dayal, un des plus brillants contemporains d'Uma, ne se lassait jamais de souligner que l'Inde était, en fait, une immense garnison et que le pauvre malheureux paysan indien payait à la fois pour l'entretien de l'armée conquérante et pour les campagnes anglaises en Orient.

Qu'adviendrait-il de la population de l'Inde quand l'avenir qu'ils avaient entrevu en Amérique serait devenu l'état présent du monde ? Ils voyaient bien que ce ne seraient ni eux ni même leurs enfants qui paieraient le vrai prix de cet Empire : les conditions qui se créaient en ce moment dans leur pays étaient la garantie que leurs descendants entreraient dans l'époque nouvelle en invalides, dépourvus des moyens les plus élémentaires de survie ; qu'ils deviendraient réellement dans l'avenir ce qu'ils n'avaient jamais été dans le passé, un fardeau pour le monde. Ils comprenaient aussi que le temps allait manquer, qu'il serait bientôt impossible de changer l'angle de l'entrée de leur pays dans le futur – le moment viendrait quand même de la chute de l'Empire, et le départ de leurs maîtres ferait peu de différence : leur pays avait été lancé sur une trajectoire inamovible qui l'enverrait inexorablement droit à la catastrophe.

Ce qu'ils virent et pensèrent les marqua au fer rouge : ils furent tous plus ou moins mutilés par la connaissance du mal qui était leur ennemi. Certains devinrent un peu détraqués, d'autres fous, d'autres encore baissèrent purement et simplement les bras. Certains se firent communistes, d'autres se jetèrent dans la religion, écumant les Saintes Écritures pour y trouver des imprécations et des formules à s'appliquer tel un baume apaisant.

Parmi les contemporains indiens d'Uma à New York, beaucoup prenaient leurs directives d'un bulletin publié par des étudiants indiens de l'université de Californie à Berkeley. Un magazine intitulé *Ghadar*, d'après le mot hindoustani désignant la révolte de 1857, et dont les correspondants constituaient le parti Ghadar, parti soutenu essentiellement par des Indiens installés sur la côte du Pacifique au tournant du siècle. Un grand nombre de ces immigrants étaient des sikhs, anciens soldats de l'armée britannique des Indes. Leur expérience de la vie américaine avait transformé beaucoup de ces loyalistes en révolutionnaires. Percevant un rapport entre la manière dont ils étaient traités à l'étranger et l'état de sujétion de l'Inde, ils étaient devenus des ennemis patentés de l'Empire qu'ils avaient autrefois servi. Certains concentraient leurs efforts à tenter de convertir ceux de leurs parents et amis qui se trouvaient encore dans l'armée des Indes. D'autres recherchaient des alliés à l'étranger et avaient développé des liens avec la résistance irlandaise en Amérique.

Comparativement, les Indiens étaient des novices dans l'art de la sédition. Les Irlandais furent leurs mentors : ils leur enseignèrent leurs méthodes d'organisation, leur apprirent les astuces pour acheter des armes à expédier au pays, les instruisirent des techniques propres à fomenter des mutineries. Les Indiens ne pouvaient pas boire avec les Irlandais dans leurs pubs à cause de la ségrégation, mais le jour de la Saint-Patrick, à New York, un petit contingent indien défilait parfois au sein de la parade irlandaise, sous ses propres bannières, vêtu de *sherwani* et de turbans, *dhoti* et *kurta*, *angarkha* et *angavastram*.

Au début de la Première Guerre mondiale, sous la pression des services secrets anglais, le parti Ghadar était entré dans la clandestinité, se métamorphosant peu à peu en différents groupes dont le plus important était la Ligue pour l'indépendance de l'Inde, avec des milliers de partisans parmi les Indiens d'outre-mer : c'étaient leurs bureaux qu'Uma avait visités en Asie du Sud-Est.

À ce point du récit, Dolly, de plus en plus étonnée, interrompit son amie :

« Mais, Uma, si ce que tu me racontes est vrai, pourquoi n'ai-je donc jamais entendu parler de cette Ligue ? Les journaux sont toujours remplis d'histoires à propos du mahatma Gandhi, mais personne ne mentionne jamais ton groupe.

– La raison, Dolly, répliqua Uma, est que Mr Gandhi dirige l'opposition de Sa Majesté. Comme beaucoup d'Indiens, il a choisi d'affronter le gant de velours de l'Empire au lieu de sa main de fer. Il n'arrive pas à comprendre que l'Empire sera en sécurité tant que ses soldats indiens lui resteront loyaux. L'armée indienne réprimera toujours l'opposition où qu'elle se dresse – pas seulement en Inde mais en Birmanie, en Malaisie, en Afrique équatoriale, n'importe où. Et, bien entendu, l'Empire fait l'impossible pour garder ces hommes sous sa coupe : les troupes ne se recrutent que dans certaines castes ; elles sont complètement coupées de la politique et de la société, au sens large du terme : elles reçoivent des terres et leurs enfants sont assurés d'avoir du travail.

– Qu'espérez-vous donc faire ? demanda Dolly.

– Ouvrir les yeux des soldats. Ce n'est pas aussi difficile qu'on pourrait le penser. Beaucoup de dirigeants de la Ligue sont d'anciens soldats. Giani Amreek Singh par exemple, tu te souviens de lui ? C'est ce sikh distingué qui était sur le quai aujourd'hui, tu vois ?

– Oui.

– Je vais te raconter une histoire à son propos. Je l'ai rencontré pour la première fois en Californie, il y a bien des années. C'est un ancien militaire lui-même : il avait atteint le rang de sous-lieutenant dans l'armée britannique des Indes avant de déserter. Il expliquait ce jour-là la nécessité d'ouvrir les yeux des soldats indiens. Au bout d'un moment, je lui ai dit : “Mais, *giani*, vous avez servi dans cette armée : pourquoi vous a-t-il fallu si longtemps pour vous rendre compte qu'on vous utilisait afin de conquérir des gens pareils à vous ?”

– Et qu'a-t-il répondu ?

– Il m'a dit : “Vous ne comprenez pas. Nous n'avons jamais pensé que nous étions utilisés pour conquérir des peuples. Pas du tout : nous pensions le contraire. On nous racontait que nous libérions ces gens. On nous l'affirmait : nous allions les délivrer de leurs mauvais rois ou de leurs mauvaises coutumes ou de ce genre de choses. Nous le croyions parce que nos maîtres le croyaient aussi. Il nous a fallu longtemps avant de comprendre qu'à leurs yeux la liberté existe partout et pas seulement là où ils règnent eux." »

Dolly acquiesça d'un sourire et d'un signe de tête.

« Mais quoi d'autre, Uma ? N'as-tu jamais rencontré quelqu'un ? Un homme ? Ne discutais-tu que de politique avec tes révolutionnaires ? »

Uma lui adressa un faible sourire.

« J'ai rencontré quantité d'hommes, Dolly. Mais nous nous sommes toujours comportés en frères et sœurs – c'est d'ailleurs ainsi que nous nous adressions les uns aux autres : *bhai* et *bahen*. Quant à moi, parce qu'ils me savaient veuve, les hommes, je pense, me considéraient comme une sorte de femme idéale, un symbole de pureté – et pour te dire la vérité, ça m'était plutôt égal. C'est cela la politique : une fois qu'on s'y engage, ça élimine de votre vie tout le reste... »

18

À son réveil le lendemain, Uma découvrit que le petit déjeuner avait été servi sur une véranda avec vue sur le flanc de la montagne et le bleu étincelant de la mer d'Andaman. Penchés sur la balustrade, Neel et Timmy discutaient voitures. Alison et Dinu écoutaient sans se mêler à la conversation. En les regardant, Uma se dit soudain que, jusqu'à la veille, si elle les avait rencontrés dans la rue, elle aurait été incapable de les reconnaître. Pourtant, à présent, elle voyait inscrits sur leurs visages l'histoire de ses amitiés et la vie de ses amis, les événements et trajectoires qui avaient conduit l'existence d'Elsa à se conjuguer avec celle de Matthew, celle de Dolly avec Rajkumar, Malacca avec New York, la Birmanie avec l'Inde.

« Les enfants » – ils étaient là, devant elle : au terme d'une journée écoulée, elle n'avait pas échangé un seul mot avec eux. À San Francisco, à la veille d'embarquer, elle s'était rendue dans une boutique pour acheter des cadeaux et avait fini par errer du côté des hochets, des timbales et des vêtements de bébé, avant de se rappeler dans un sursaut que « les enfants » étaient presque des adultes aujourd'hui, que Neel avait vingt ans ou à peu près, Dinu et Alison seize, et Timmy quatorze. Si elle avait eu des rejetons elle-même, ils auraient été du même âge, et tous amis – la trame des relations d'une vie aurait acquis la patine d'une autre génération. Mais cela ne devait pas être et, à présent, en écoutant les enfants de ses amis plaisanter dans le langage codé des jeunes, elle éprouvait une étrange timidité : elle essaya de songer à ce qu'elle pourrait leur dire et elle se rendit compte qu'elle n'avait pas la moindre idée de leurs occupations, de leurs pensées, des livres qu'ils lisaient.

Elle se sentit glisser dans un silence qui, si elle le laissait persister, pouvait devenir, elle le savait, irrémédiable. Et, parce qu'elle était la sorte de personne qu'elle était, elle fit exactement ce qu'elle aurait fait dans une réunion politique : elle se leva et les interpella : « J'ai quelque chose à vous dire, alors écoutez-moi. J'ai le sentiment que je dois parler à chacun de vous en tête à tête, ou bien je ne saurai jamais quoi dire à aucun d'entre vous... »

Ils se tournèrent vers elle, les yeux écarquillés. Qu'ai-je fait ? pensa-t-elle. Je les ai effrayés. Je les ai perdus pour toujours. Mais tandis qu'ils saisissaient peu à peu la signification de ce qu'elle venait de dire, ils commencèrent à sourire ; Uma eut l'impression qu'aucun adulte ne leur avait jamais encore parlé ainsi ; qu'aucune grande personne n'avait jamais songé à rechercher leur compagnie.

« Bon, eh bien, Alison, allons faire une promenade. »

À partir de là, ce fut facile : ils voulurent tous, semblait-il, lui faire faire le tour de la propriété, se promener avec elle. Ils l'appelèrent « Tantine » et, bizarrement, cela aussi lui plut. Très vite, ils ne furent plus simplement « les enfants » : elle put identifier chacun comme un individu. Timmy, plein d'assurance, sachant exactement ce qu'il ferait : aller en Amérique, poursuivre ses études, tout comme Matthew, et puis créer sa propre affaire. Neel était une version émoussée et plus tendre de Rajkumar : Uma retrouvait son père en lui, très clairement, mais passé par une génération de richesse et de confort. Alison se montrait un peu énigmatique, parfois silencieuse et d'humeur sombre quoique, à l'occasion, follement exubérante, pleine de gaieté et de reparties vives, intelligentes.

Dinu était le seul avec qui Uma se sentait complètement perdue. Chaque fois qu'elle essayait de lui parler, il prenait un air boudeur, buté, et les quelques remarques qu'il lançait de temps à autre étaient souvent d'une acidité frisant l'aigreur. Il ne s'exprimait, quand il le faisait, qu'en bouts de phrases mitraillés, avalant la moitié de ses mots et projetant le reste à vau-l'eau : une façon de parler qui faisait craindre à Uma de répliquer quoi que ce fût par peur de sembler vouloir l'interrompre. Ce n'est que lorsqu'il avait un appareil photo en main qu'il paraissait se détendre un peu : mais il était difficile de bavarder avec quelqu'un qui ne pensait à rien d'autre qu'à son viseur.

Un matin, Alison dit à Uma :

« Je voudrais vous montrer quelque chose. Voulez-vous venir avec moi en voiture ?

– Avec joie. »

Dinu était dans les parages, et l'invitation avait manifestement été lancée de manière à l'inclure, mais il parut torturé par un accès de timidité. Il commença à reculer, traînant son pied droit avec ostentation.

« Dinu, tu ne veux pas te joindre à nous ? insista Alison.

– Je ne sais pas... »

Il pâlit et se mit à marmonner confusément.

Uma qui l'observait de près comprit soudain que le garçon nourrissait une passion secrète pour Alison. Elle eut envie de sourire. Il n'en résulterait rien, elle le savait : ils étaient on ne peut plus différents, lui une créature de l'ombre, elle un animal assoiffé d'attention et de lumière. Il passerait sa vie à nourrir des désirs inexprimés. Uma fut tentée de l'attraper par les épaules et de le secouer pour le réveiller.

« Allez, viens, Dinu. Ne fais pas l'enfant, ordonna-t-elle d'une voix sèche et péremptoire.

– Oui, viens donc, ajouta gaiement Alison. Je crois que ça te plaira.

– Je peux apporter mon appareil photo ?

– Bien sûr. »

Ils descendirent le majestueux escalier d'acajou et sortirent dans l'allée de graviers où attendait, garée sous le porche, une petite voiture de sport rouge, une Paige Daytona 6 litres, une trois-places, avec un siège unique à l'arrière qui se tirait comme un tiroir et reposait sur le marchepied. Alison sortit le siège pour Dinu puis ouvrit la portière à Uma.

« Alison ! s'exclama Uma surprise. Ton père vous laisse conduire ses voitures ?

– Seulement celle-ci, répliqua la jeune fille avec un sourire. Il refuse qu'on prenne la Duesie ou l'Isotta. »

Elle démarra le moteur et la voiture s'élança, expédiant une giclée de graviers sous le porche.

« Alison ! s'écria Uma en s'accrochant à sa portière. Tu vas beaucoup trop vite !

– Pas la moitié de ce que j'aimerais ! »

Alison éclata de rire et renversa la tête. Le vent s'empara de ses cheveux, les rejeta en arrière telle une voile. Franchissant en trombe le portail au fond du jardin, la voiture plongea abruptement dans l'ombre étouffée de la plantation et ses grands arbres minces aux longues feuilles formant voûte de chaque côté de la route. Des rangées d'arbres s'étendant aussi loin que l'œil pouvait voir, et finissant en longs tunnels étroits, avec un effet optique étourdissant, des milliers et des milliers exactement semblables les uns aux autres, jusqu'aux détails de leurs branches. On avait l'impression de voir des lignes sur un écran qui se déplaçaient à toute vitesse : Uma sentit la tête lui tourner et dut baisser les yeux.

Soudain, ce fut la fin des arbres et un petit bidonville apparut, avec des cahutes en bordure de la route, des chaumières en brique et ciment, protégées par des toits de tôle pointus. Les chaumières étaient toutes du même type et pourtant chacune différait en apparence de ses voisines, dans une sorte de défi : certaines bien proprettes avec de petits rideaux voletant aux fenêtres, tandis que d'autres, des taudis, exhibaient des pyramides d'ordures devant leurs portes.

« Le quartier des ouvriers », dit Alison, ralentissant un instant, pour le traverser avant d'accélérer de nouveau.

Une fois de plus, un tunnel d'arbres se referma sur eux et ils s'enfoncèrent dans un tube de lignes kaléidoscopiques.

La route s'arrêtait devant un ruisseau. Un ruban d'eau dévalait la face d'une plaque rocheuse en pente, sa surface tressée de ridules. En face, la montagne s'élevait très vite, couverte d'une forêt dense et enchevêtrée. Alison gara la voiture dans une clairière abritée et ouvrit sa portière.

« Nous sommes à la limite de la propriété, dit-elle. Maintenant, il faut aller à pied. »

Elle prit Uma par la main pour l'aider à traverser le ruisseau. De l'autre côté, un sentier menait tout droit dans la jungle et sur la pente du Gunung Jerai. La montée était rude et Uma fut bientôt à bout de souffle.

« C'est encore loin ? cria-t-elle à Alison qui la précédait.

– Non. Nous y sommes presque.

– Où ça ? »

Tout à coup, Dinu fut à ses côtés.

« Regardez ! »

Uma leva la tête dans la direction indiquée. À travers un enchevêtrement de lianes et de bambous, elle aperçut un alignement de briques rouges.

« Eh bien, dit-elle, ça m'a tout l'air d'un genre de ruines. »

Dinu fila en avant, très excité, sur les talons d'Alison. Uma les rattrapa dans un endroit où un palier plat et rocailleux interrompait la pente. Devant elle se dressaient deux structures pareilles à des cénotaphes et placées sur des soubassements carrés : des chambres murées, d'un dessin fort simple, munie chacune d'une entrée menant à un petit enclos. Les murs de pierre étaient moussus de vieillesse et les toits s'étaient effondrés.

« J'espérais que vous pourriez nous dire ce que c'était, Tantine.

– Pourquoi moi ?

– Eh bien, votre père était archéologue, n'est-ce pas ?

– Oui, mais... » Uma secoua la tête. « Je n'ai guère appris de lui... »

La vue était très évocatrice : les pierres rouges écroulées à côté de la verdure enchevêtrée de la jungle, avec le volcan éteint se dressant sereinement au-dessus, un halo de nuages autour de son sommet. Dinu, absorbé dans sa photographie des ruines, se déplaçait autour des structures aussi vite que son pied le lui permettait. Uma éprouva soudain une sorte d'envie : à son âge, moi aussi ça m'aurait accrochée, ça aurait changé ma vie. Je serais revenue cent fois ici, jusqu'à plus soif. Ces ruines, je les aurais excavées et emportées avec moi...

« Tante Uma ! cria Dinu de l'autre côté de la clairière. Qu'est-ce que c'est tout ça – ces pierres ? »

Uma passa le bord de son pouce sur la pierre spongieuse.

« Je crois que c'est ce que mon père appelait des *chandi*, répliqua-t-elle doucement. Des sanctuaires.

– Quelle sorte de sanctuaires ? demanda Dinu. Qui les a construits ?

– À mon sens, il s'agit de sanctuaires bouddhistes ou hindous. » Elle leva les mains dans un geste de frustration à l'égard de son ignorance. « J'aimerais bien pouvoir t'en dire plus.

– Pensez-vous qu'ils soient très vieux ?

– Oui. J'en suis certaine. Regarde comme les pierres sont érodées. Je pense vraiment que ces *chandi* sont très très anciens.

– Je le savais, dit Alison triomphante. Je le savais. Papa ne me croit pas. Il prétend qu'ici rien ne peut être vieux parce qu'il n'y avait que la jungle quand il est arrivé. »

De sa manière brusque habituelle, Dinu se tourna vers Alison.

« Et comment as-tu découvert cet endroit ?

– Mon père nous emmène parfois chasser dans la jungle. Nous sommes tombés un beau jour par hasard sur cet endroit. » Elle prit la main de Dinu. « Je vais te montrer autre chose. Viens. »

Elle l'entraîna vers le plus grand des deux édifices. S'arrêtant à côté du socle, elle désigna du doigt une statue sur un piédestal, un Ganesh en pierre moussue, érodé par les intempéries.

« Nous l'avons trouvé gisant sur le sol, dit-elle, et nous l'avons remis là : il semble que ce soit sa place. »

Uma aperçut Dinu et Alison, l'un à côté de l'autre, dans l'encadrement de l'entrée en ruine. Ils paraissaient très jeunes, plus des enfants que des adolescents.

« Donne-moi ton appareil ! cria-t-elle à Dinu. Je vais prendre une photo de vous deux. »

Elle s'empara du Brownie et recula, l'œil collé au viseur. Les voir cadrés ensemble la fit sursauter. Soudain elle comprit pourquoi les gens arrangeaient des mariages pour leurs enfants : c'était une manière de construire l'avenir sur le modèle du passé, de cimenter ses liens à ses souvenirs et à ses amis. Dinu et Alison – si seulement ils étaient mieux assortis –, comme ce pourrait être merveilleux, l'aboutissement de tant d'histoires singulières. Puis elle se rappela ce qu'elle était censée faire et s'en voulut de penser à des choses qui ne la regardaient aucunement. Elle appuya sur le déclic et rendit son appareil à Dinu.

La journée commençait très tôt à la plantation. Chaque matin, bien avant l'aube, Uma était réveillée par les pas de Matthew qui descendait le grand escalier puis gagnait sa voiture. De sa fenêtre, elle voyait, dans la pénombre du petit jour, les phares rayer la pente, en direction des bureaux de la propriété.

« Où allez-vous ainsi dès potron-minet ? demanda-t-elle un soir à Matthew.

– Au rassemblement.

– Qu'est-ce que c'est ?

– Nous avons un terrain de réunion près des bureaux de la régie. Les saigneurs y viennent le matin et les fournisseurs de main-d'œuvre leur distribuent le travail de la journée. »

Ce jargon, « rassemblement, saigneurs, fournisseurs », l'intriguait.

« Puis-je vous accompagner ?

– Certainement. »

Le lendemain, Uma se rendit aux bureaux en voiture avec Matthew, par des raccourcis en tire-bouchon jusqu'au bas de la pente. À la lumière de lampes à pétrole, des dizaines de travailleurs convergeaient sur les bâtiments au toit de tôle : tous des Indiens, surtout des Tamouls. Les femmes en sari et les hommes en sarong.

La cérémonie qui suivit tenait à la fois de la revue militaire et de la réunion d'élèves dans un lycée. Elle était présidée par le régisseur, Mr Trimble, un Eurasien corpulent. Les ouvriers se rangèrent en files bien alignées pour faire face à un grand mât dans le coin le plus reculé du terrain. Mr Trimble hissa le drapeau britannique puis se mit au garde-à-vous sous le mât, saluant sans bouger un muscle, avec, en formation derrière lui, deux rangées de contremaîtres : les « conducteurs de travaux ».

Mr Trimble surveilla attentivement ces derniers quand ils procédèrent à l'appel. Son attitude oscillait entre celle d'un proviseur sévère et d'un adjudant hargneux. De temps à autre, il fonçait dans les rangs, sa badine sous le bras. Pour certains des ouvriers, il avait un sourire et un bref mot d'encouragement ; avec d'autres, il faisait une grande démonstration de mauvaise humeur, gesticulait et lançait des jurons en tamoul et en anglais, désignant l'objet de sa fureur du bout de sa badine : « Espèce de chien de coolie, montre ta gueule de noiraud et regarde-moi quand je te parle... »

Uma fut troublée par ce spectacle : elle eut le sentiment d'être le témoin d'un événement archaïque, d'une manière de vivre qu'elle avait crue appartenir enfin au passé. Dans la voiture, Matthew lui demanda ce qu'elle avait pensé du « rassemblement » et elle eut du mal à contrôler sa voix.

« Je ne sais pas quoi dire, Matthew. J'ai eu l'impression de regarder quelque chose qui n'existait plus. Ça m'a rappelé le Sud des États-Unis, avant la guerre de Sécession, *La Case de l'oncle Tom*.

– Oh ! Allons donc, vous n'exagérez pas un peu ? Nos saigneurs sont bien nourris et bien soignés. Et ils sont drôlement plus riches qu'ils ne le seraient là d'où ils viennent.

– N'est-ce pas ce que les maîtres ont toujours dit de leurs esclaves ? »

Matthew haussa le ton :

« Ce ne sont pas des esclaves, Uma.

– Non, bien sûr que non. » Uma lui toucha le bras en manière d'excuse. « Non. Mais avez-vous vu leurs visages terrifiés quand ce type – le régisseur – leur criait dessus ?

– Il faisait juste son travail, Uma. C'est un boulot très difficile et il le fait très bien. Ce n'est pas simple de diriger une plantation, vous savez. À la voir, tout est très vert et très beau, un genre de forêt. Mais en réalité, c'est une énorme machine faite de bois et de chair. Et à chaque tournant, chaque petite pièce de cette machine vous résiste, vous combat, attend que vous lui cédiez. » Il arrêta brusquement la voiture. « Laissez-moi vous montrer quelque chose. » Il ouvrit la portière et précéda Uma dans un bosquet d'hévéas. « Venez. Par ici. »

À présent, l'aube se levait sur le sommet du Gunung Jerai : le seul moment de la journée où les hauteurs de la montagne étaient visibles, dégagées de la brume qui montait plus tard de la plaine surchauffée. Sur les pentes, la jungle s'animait peu à peu : des volées d'oiseaux s'élevaient de la forêt et des troupes cachées de singes naviguaient au sommet des arbres, rejetant en l'air des sillages de feuilles.

Sous les hévéas, de la rosée s'égouttait lentement. Matthew s'appuya contre un tronc et pointa son doigt.

« Regardez cet arbre, et regardez les autres autour. Ne diriez-vous pas qu'ils sont tous exactement semblables ?

– Si, répliqua Uma avec un hochement de tête, ça m'a frappée, l'autre jour : jusqu'à leurs branches qui se détachent à la même hauteur et de la même manière.

– Et c'est ainsi que cela doit être. Il a fallu une immense dose d'astuce humaine pour que ces arbres soient parfaitement semblables. On les appelle des clones, voyez-vous, et des savants ont travaillé dessus pendant des années. La plupart de nos arbres sont d'une variété nommée Avros, mise au point par les Hollandais à Sumatra dans les années vingt. Nous dépensons beaucoup d'argent pour nous assurer que nous obtenons de bonnes semences. Mais je vais vous montrer autre chose. »

Il désigna une moitié de noix de coco attachée au tronc de l'arbre, sous une longue saignée en spirale dans l'écorce.

« Voyez combien de latex cet arbre a produit dans la nuit ? Le godet est à moitié plein, ce qui est à peu près convenable. Si vous longiez cette rangée d'arbres vous verriez que la plupart ont produit plus ou moins la même quantité de latex. Mais maintenant, regardez par ici. » Il la conduisit vers un autre arbre. « Voyez ce godet-ci. »

Uma regarda à l'intérieur : le godet en question était presque vide.

« Quelque chose cloche avec cet arbre ?

– Rien que je puisse préciser, répliqua Matthew. Il semble aller bien – aucune différence avec les autres. Songez aux efforts accomplis pour le rendre pareil au reste. Et pourtant... » Il désigna le récipient presque vide. « ... voilà !

– De quoi donc pensez-vous qu'il s'agisse ?

– Les botanistes vous diront une chose, les géologues une autre et les spécialistes du sol une troisième. Mais à mon sens, la vérité est très simple...

– Et c'est quoi ?

– C'est l'arbre qui se rebelle. »

Uma éclata d'un rire étonné.

« Vous ne croyez tout de même pas cela !

– J'ai planté cet arbre, Uma. J'ai entendu tout ce que les experts disaient. Mais les saigneurs en savent plus long. Ils ont un dicton, voyez-vous : "Chaque arbre à caoutchouc de Malaisie a été payé d'une vie indienne." Ils savent qu'il y a des arbres qui refusent de faire ce que les autres font et c'est ce qu'ils disent : cet arbre se rebiffe. »

À travers les troncs, au bas de la pente, on apercevait au loin les bureaux de la plantation. Matthew fit un vaste geste dans leur direction.

« Voici mon petit empire, Uma. Je l'ai fabriqué. Je l'ai enlevé à la jungle et j'en ai fait ce que je souhaitais qu'il soit. Maintenant qu'il est à moi, j'en prends grand soin. La loi et l'ordre y règnent, tout y est bien mené. À le voir, vous penseriez que tout ici est maîtrisé, domestiqué, que toutes les pièces ont été soigneusement ajustées. Mais c'est quand vous essayez de faire fonctionner la machine qu'on découvre que chaque petit bout contre-attaque. Ça n'a rien à voir avec moi, ni avec la justice ou l'injustice : je pourrais faire de cette plantation le mieux géré des petits royaumes du monde et il continuerait à se rebeller.

– Et pour quelle raison ?

– C'est la nature : la nature qui a fait ces arbres et la nature qui nous a faits.

– Alors vous voulez dire – Uma se mit à rire – que certains de vos arbres sont des rebelles par instinct.

– En gros, oui.

– Mais, Matthew ! Qu'allez-vous faire si vos saigneurs décident de prendre exemple sur vos arbres ? »

Ce fut au tour de Matthew d'éclater de rire.

« Espérons que nous n'en arriverons jamais là. »

Incapable de dormir après le lever du jour, Uma commença à entreprendre de longues promenades dans la plantation. Il y avait des années qu'elle ne s'était pas levée aussi tôt : l'aube lui fut une découverte. Certains jours, des équipes de saigneurs surgissaient brusquement de la brume dorée matinale, des vrilles de brouillard accrochées à leur sari et leur sarong. Ils passaient à quelques pas d'elle, ignorant sa présence, totalement absorbés par leur souci d'aller tous à la même allure, leurs couteaux pareils à des faucilles luisant dans la pénombre tandis qu'ils pelaient des tranches d'écorce sur les troncs des arbres.

Lors d'une de ces promenades, Uma se rendit compte qu'elle était suivie. Elle regarda par-dessus son épaule et vit une silhouette s'éclipser : un enfant ou un homme, impossible à dire. Il était facile de perdre quelqu'un de vue dans les bosquets d'hévéas, surtout dans la faible lumière de l'aube. La disposition des arbres était telle que les choses disparaissaient d'une ligne de vision à une autre sans que l'on puisse deviner où elles se trouvaient par rapport à soi.

Le lendemain, en entendant le craquement de feuilles derrière elle, c'est elle qui se cacha. Cette fois, elle put apercevoir son poursuivant au loin : un gamin maigre, dégingandé et noir de peau, vêtu d'une chemise et d'un sarong à carreaux. Sans doute l'enfant d'un coolie.

« Eh toi, là-bas ! cria-t-elle, sa voix résonnant le long des tunnels de feuillage. Qui es-tu ? Viens ici. »

Soudain, dans l'obscurité, elle vit luire le blanc de ses yeux. Puis il disparut.

De retour à la maison, Uma décrivit le gamin à Alison.

« Sais-tu qui il peut être ?

– Oui. » Alison hocha la tête. « Il s'appelle Ilongo. Il vient du quartier des ouvriers. Il vous suivait ?

– Oui.

– Il fait ça parfois. Ne vous inquiétez pas : il est complètement inoffensif. Nous l'appelons le simplet du village. »

Uma décida d'apprivoiser le gamin. Elle s'y appliqua avec soin, emportant tous les matins avec elle des petits cadeaux : oranges, bonbons, crayons. Dès qu'elle l'apercevait, elle s'arrêtait et criait : « Ilongo, Ilongo, viens ici. » Puis elle posait son offrande par terre et s'en allait. Bientôt, l'enfant eut assez confiance pour s'approcher. Au début, Uma ne tenta pas d'engager la conversation. Elle posait ses cadeaux et regardait de loin l'enfant s'en emparer. Il avait dans les dix ans, mais il était grand pour son âge et très maigre. Ses yeux immenses étaient très expressifs, et Uma n'arrivait pas à croire que ce fussent ceux d'un simple d'esprit.

« Ilongo, lui dit-elle un jour en anglais, pourquoi me suis-tu ? »

Comme il ne répondait pas, elle passa à l'hindoustani et lui posa la même question. Ce qui produisit un effet immédiat. Crachant un pépin d'orange, le gamin se mit à parler.

« Après le départ de ma mère pour le rassemblement, je n'aime pas rester seul à la maison.

– Tu es donc tout seul chez toi ?

– Oui.

– Et ton père ?

– Mon père n'est pas ici.

– Pourquoi ? Où est-il ?

– Je ne sais pas.

– Tu ne l'as jamais vu ?

– Non.

– Sais-tu où il habite ?

– Non, mais ma mère a une photo de lui. Elle dit que c'est un homme important.

– Puis-je voir la photo ?

– Il faut que je demande à ma mère. »

Puis quelque chose le fit sursauter et il disparut dans les arbres.

Deux jours plus tard, passant devant une file de saigneurs, Ilongo montra du doigt une femme avec un visage carré aux traits forts et un anneau d'argent dans le nez.

« C'est ma mère », annonça-t-il. Uma fit mine d'approcher et le garçon s'affola. « Non ! Maintenant, elle travaille. Le contremaître va lui mettre une amende.

– Mais j'aimerais lui parler.

– Plus tard. Chez nous. Venez ici à cinq heures, je vous conduirai. »

Cet après-midi-là, Uma pénétra avec Ilongo dans la rangée de cabanes où il habitait. La baraque était petite mais propre et dépouillée. En prévision de la visite d'Uma, la mère d'Ilongo avait revêtu un beau sari bleu paon. Elle envoya l'enfant jouer dehors et mit à chauffer une casserole d'eau pour le thé.

« Ilongo dit que vous avez une photo de son père.

– Oui. »

La femme tendit une coupure de journal jaunie.

Uma reconnut le visage au premier coup d'œil. Elle se rendit alors compte qu'elle avait toujours su, sans vouloir se l'avouer. Elle ferma les yeux et retourna la photo de façon à ne plus avoir à la regarder. C'était celle de Rajkumar.

« Savez-vous qui est cet homme ? dit-elle enfin.

– Oui.

– Savez-vous qu'il est marié ?

– Oui.

– Comment est-ce arrivé ? Entre vous et lui ?

– On m'a envoyée à lui. Sur le bateau quand je venais ici. Ils m'ont fait sortir de la cale et ils m'ont emmenée dans sa cabine. Je n'ai rien pu faire.

– Ça a été la seule occasion ?

– Non. Pendant des années après, chaque fois qu'il était ici, il m'envoyait chercher. Il n'était pas si méchant, bien mieux que certains autres. Un jour, j'ai vu une photo de sa femme et je lui ai dit : elle est si belle, elle ressemble à une princesse, que voulez-vous d'une femme comme moi ?

– Qu'a-t-il répondu ?

– Il m'a dit que sa femme s'était détournée du monde, qu'elle avait perdu tout intérêt pour sa maison et sa famille, pour lui...

– Et quand l'avez-vous vu pour la dernière fois ?

– Il y a longtemps. Il a cessé de venir après que je lui ai dit que j'étais enceinte.

– Il n'a pas voulu voir l'enfant – Ilongo ?

– Non. Mais il envoie de l'argent régulièrement.

– Pourquoi n'avez-vous pas parlé à sa femme ? Ou à Mr ou Mrs Martins ? Ils pourraient intervenir. Ce qu'il a fait est très mal : on ne peut pas le laisser vous abandonner de la sorte. »

La mère d'Ilongo jeta un coup d'œil à Uma et vit que son visage était rouge d'indignation. Une note d'angoisse colora le calme de sa voix :

« Madame, vous ne parlerez de ceci à personne ?

– Vous pouvez être sûre du contraire, répliqua Uma. Cette affaire est honteuse. J'irai à la police s'il le faut... »

La femme s'affola. Elle traversa rapidement la pièce et tomba à genoux aux pieds d'Uma.

« Non ! dit-elle avec véhémence en secouant la tête. Non. Non. Comprenez-moi, je vous en prie. Je sais que vous voulez m'aider mais vous êtes une étrangère. Vous ne savez pas comment les choses se font ici.

– Que voulez-vous alors ? » Uma se leva, furieuse. « Vous voulez que je laisse tomber cette histoire ? Que cet homme s'en sorte sans problème ?

– C'est mon affaire. Vous n'avez pas le droit de parler de cela à qui que ce soit... »

Uma, la poitrine soulevée par la colère, respirait lourdement.

« Je ne comprends pas, dit-elle. Cet homme devrait être puni pour ce qu'il vous a fait, à vous, à son épouse et à sa famille. Pourquoi voulez-vous garder cette histoire secrète ?

– Parce que ça ne me servirait à rien qu'il soit puni : ça ne fera qu'empirer les choses pour tout le monde. L'argent n'arrivera plus, il y aura des problèmes. Je ne suis pas une enfant : ce n'est pas à vous de décider pour moi... »

Des larmes de frustration montèrent aux yeux d'Uma. Elle avait si souvent critiqué ces femmes qui se laissaient emprisonner dans ces dédales de peur – mais, à présent, confrontée à ces circonstances, elle était sans pouvoir, devenue elle-même partie du labyrinthe.

« Madame, je veux que vous me donniez votre parole que vous ne parlerez pas de cela ; je ne vous laisserai pas partir avant. »

Uma ne put qu'acquiescer d'un hochement de tête contraint et forcé.

19

Dès lors, le voyage d'Uma commença à paraître quelque peu irréel avec des impressions et des événements qui se succédaient en désordre, tels des grêlons s'abattant sur un treillis métallique.

Lors de son dernier jour à Morningside, elle eut avec Dinu une conversation qui la surprit complètement. Elle avait remarqué que Dolly passait un temps fou seule dans sa chambre durant la matinée et ne faisait que rarement son apparition avant midi. Succombant à la curiosité, elle interrogea Dinu.

« Pourquoi Dolly ne prend-elle pas son petit déjeuner avec nous ? Pourquoi descend-elle si tard ? »

Dinu lui lança un regard étonné.

« Vous ne savez pas ? Le matin, elle pratique son *te-ya-tai*.

– Qu'est-ce que c'est ?

– Je ne sais pas comment l'expliquer... Je suppose qu'on pourrait dire qu'elle médite.

– Ah... » Uma se tut le temps de digérer l'information. « Et quand a-t-elle commencé ça ?

– Je ne sais pas. Autant que je m'en souvienne, elle pratique depuis toujours... Y a-t-il eu une époque où elle ne le faisait pas ?

– Je ne me rappelle pas... »

Uma changea brusquement de sujet et n'y revint plus.

L'étape suivante de son itinéraire n'était autre que

Rangoon. Son périple avait été organisé de façon à lui permettre de faire le voyage de Malaisie en Birmanie en compagnie de Dolly, Neel et Dinu. Elle devait passer un mois chez Dolly et Rajkumar avant de reprendre le bateau pour Calcutta. C'était cette partie de son expédition qu'Uma avait attendue avec le plus d'impatience : elle s'était imaginée passant des heures avec Dolly durant la traversée à bavarder ainsi qu'elles le faisaient autrefois. À présent, cette perspective la remplissait d'appréhension.

Mais, une fois à bord, les contraintes des derniers jours disparurent comme par enchantement. Peu à peu, la vieille intimité se réinstalla, au point qu'Uma put même se décider à commenter les périodes de réclusion quotidiennes de Dolly.

Un matin, alors qu'elles se trouvaient toutes les deux sur le pont, Uma dit :

« Tu sais, Dolly, après notre conversation, ce premier soir à Morningside, j'ai cru que ce serait de nouveau comme à Ratnagiri. Tu te rappelles, nous parlions toute la nuit et, quand on se réveillait, on recommençait, comme si le fait de dormir n'était qu'une interruption ? À Morningside, chaque matin je me disais : aujourd'hui je vais aller faire une promenade avec Dolly, on s'assiéra sous un arbre et on contemplera la mer. Mais tu n'étais jamais là : tu ne descendais jamais pour le petit déjeuner. Alors un matin, j'ai interrogé Dinu et il m'a expliqué pourquoi tu restais si tard dans ta chambre...

– Je vois.

– J'ai essayé de te raconter ma vie du mieux que je pouvais et tu ne m'as jamais dit un mot de la tienne. Rien de ce à quoi tu pensais ni de ce que tu faisais de ton temps.

– Que pouvais-je dire, Uma ? Si je maniais mieux les mots, peut-être aurais-je pu... Mais je ne savais pas quoi raconter. Et surtout à toi...

– Pourquoi surtout à moi ?

– Avec toi, j'ai l'impression que je dois me justifier, donner une explication. »

Uma concéda que ce n'était pas faux.

« Peut-être as-tu raison, Dolly. Peut-être aurais-je trouvé cette pratique difficile à comprendre. Je n'ai pas moi-même de penchant pour la religion, je l'admets, mais j'aurais tenté de comprendre, simplement à cause de toi. Et je vais essayer encore, si tu veux bien. »

Dolly demeura un moment silencieuse.

« Pas commode de savoir par où commencer, Uma. Tu te souviens que je t'ai parlé dans mes lettres de la maladie de Dinu ? Après sa guérison, j'ai découvert que quelque chose avait changé en moi. Je n'ai pas pu reprendre la vie que je menais auparavant. Non pas que j'aie été malheureuse avec Rajkumar, ou que je n'aie plus rien ressenti pour lui : simplement, ce que je faisais ne suffisait plus à occuper mon temps ni mon esprit. Le type d'impression qu'on a quand votre journée est vide et qu'il n'y a rien à faire. Et cela de manière permanente. Puis j'ai eu des nouvelles d'une vieille amie – Evelyn. J'ai entendu dire qu'elle se trouvait à Sagaing, près de Mandalay, et qu'elle était à la tête d'une *thi-la-shin-kyaung*, comment dit-on ?... un monastère de nonnes bouddhistes. Je suis allée la voir, et j'ai su aussitôt que c'était là où je voulais être, que là serait désormais ma vie.

– Ta vie ! » Sous le choc, Uma la regardait, ébahie. « Mais que fais-tu des garçons ?

– C'est à cause d'eux, et de Rajkumar, que je ne suis pas encore partie. Je veux d'abord les voir établis, en Inde peut-être, quelque part loin de la Birmanie, en tout cas. Une fois qu'ils seront en sécurité, je me sentirai libre d'aller à Sagaing...

– En sécurité ? Mais ne sont-ils pas en sécurité là où ils sont ?

– Les choses ont changé en Birmanie, Uma. J'ai peur, maintenant. La colère y règne, beaucoup de ressentiment dont une grande partie vise les Indiens.

– Mais pourquoi ?

– L'argent, la politique... » Dolly se tut puis reprit : « Tant de choses différentes, qui peut dire ? Les prêteurs sur gages indiens se sont emparés de toutes les terres cultivables ; les Indiens possèdent la plupart des boutiques ; les gens disent que les riches Indiens se comportent comme des colonialistes et traitent de haut les Birmans. Je ne sais qui a tort ou raison, mais je sais que j'ai peur pour les garçons, et même pour Rajkumar. Il y a quelque temps, Dinu s'est fait huer dans la rue : on l'a traité de « *zerbadi* », une insulte grossière pour les gens qui sont moitié indien, moitié birman. Et l'autre jour, à Rangoon, la foule a encerclé la voiture en me montrant le poing. Je leur ai demandé : "Pourquoi faites-vous cela ? Que vous ai-je fait ?" Au lieu de me répondre, ils se sont mis à chanter *"Amyotha Kwe Ko Mayukya Pa Net"*...

– Qu'est-ce que ça veut dire ?

– C'est une antienne politique : en gros, ça signifie que c'est mal pour les Birmans d'épouser des étrangers, que des femmes comme moi, qui sont mariées à des Indiens, sont des traîtres à leur peuple.

– Tu ne leur as rien dit ?

– Bien sûr que si. J'étais furieuse. "Savez-vous, leur ai-je lancé, que j'ai passé vingt ans de ma vie en exil, avec le dernier roi de Birmanie ? Ici, vous nous aviez complètement oubliés. Le peu de joie que nous avons eue, nous l'avons due aux Indiens."

– Et comment ont-ils réagi ?

– Ils sont partis la tête basse. Mais, une autre fois, qui sait ce qu'ils pourront faire ?

– As-tu dit à Rajkumar que tu voulais que la famille quitte la Birmanie ?

– Oui, mais, bien sûr, il ne veut rien entendre. "Tu ne comprends pas, me rétorque-t-il. Sans les hommes d'affaires indiens, l'économie du pays s'effondrerait. Ces protestations contre les Indiens sont le travail d'agitateurs et de fauteurs de troubles qui essayent simplement d'exciter l'opinion publique." Je m'escrime à lui expliquer que c'est lui qui ne comprend pas, que la Birmanie d'aujourd'hui n'est plus la Birmanie dans laquelle il a débarqué à l'âge de onze ans. Mais, bien entendu, il ne me prête aucune attention... Tu verras toi-même ce qu'il en est quand nous serons là-bas. »

Elles arrivèrent à Rangoon le lendemain. Alors que le bateau manœuvrait pour se mettre à quai à côté du pavillon flottant de la jetée de Barr Street, Uma aperçut Rajkumar debout à l'ombre des auvents décoratifs. Il lui adressa un large sourire et un signe de la main. Ses cheveux grisonnaient vivement aux tempes et il paraissait plus grand et plus massif que jamais, avec une poitrine immense en forme de soufflet. Uma serra les dents et plaqua un sourire forcé sur son visage.

Ils se rendirent à Kemendine dans la nouvelle automobile de Rajkumar, une berline Packard 1929. En chemin, Rajkumar désigna les changements dans les quartiers traversés. Pour Uma, la ville semblait transformée au point d'être méconnaissable. Elle offrait désormais de majestueux hôtels, d'immenses banques, des restaurants élégants, des grands magasins en arcades et même des boîtes de nuit. Le seul endroit qui paraissait imperméable à tous ces changements était la pagode de Shwedagon. Elle était exactement telle qu'Uma s'en souvenait, son gracieux *hti* doré s'élevant au-dessus de la ville comme pour la bénir.

La maison de Kemendine avait changé aussi : elle avait toujours son allure improvisée mais elle était maintenant beaucoup plus grande, avec des étages supplémentaires et de vastes ailes de chaque côté. Où qu'Uma posât son regard, elle ne voyait que gardiens, jardiniers, *chowkidar*.

« Comme ta maison s'est agrandie ! dit Uma à Dolly. Tu pourrais y loger une armée !

– Rajkumar veut qu'elle soit assez vaste pour que les garçons y habitent, dit Dolly. Ils auront chacun un étage à eux. Il se voit régnant sur une de ces immenses familles qui se multiplient à chaque génération...

– Il me semble que tu auras beaucoup de peine à le convaincre de partir...

– Oui. Ça va être très difficile... »

Un peu plus tard, Dinu présenta à Uma un de ses camarades d'école birmans : un garçon nommé Maung Thiha

Saw, à l'air gauche et passionné, avec une grosse tignasse brune et luisante et des lunettes épaisses et sales, aussi bavard que Dinu était réservé, et qui mitrailla Uma de questions inattendues sur l'Amérique et la crise.

La journée était anormalement lourde et calme et il faisait très chaud à l'intérieur de la maison.

« Venez, dit Uma aux jeunes gens, allons bavarder dehors, il y fera peut-être un peu meilleur. »

Ils descendirent et entamèrent une promenade autour de la propriété. À l'entrée, près du portail, se trouvait un grand pylône électrique et, alors qu'ils en approchaient, Uma remarqua qu'il avait l'air penché. Elle s'arrêta brusquement et se passa la main devant les yeux. Puis soudain, ses pieds devinrent instables. Elle eut l'impression que ses jambes allaient la projeter en avant.

« Dinu ! cria-t-elle. Que se passe-t-il ?

– Un tremblement de terre ! »

Dinu lui posa sa main sur l'épaule et ils se blottirent l'un contre l'autre. Un très long moment parut s'écouler avant que la terre cesse de bouger. Uma et Dinu se séparèrent avec méfiance et regardèrent autour d'eux. Tout à coup, les yeux fixés sur l'horizon, Maung Thiha Saw hurla : « Non ! »

Uma se retourna juste à temps pour voir le grand *hti* doré de la Shwesandaw basculer dans le vide.

Peu après ce séisme, Uma organisa un voyage à travers la Birmanie avec d'autres membres de la Ligue pour l'indépendance de l'Inde. De Rangoon, elle partit pour Moulmein, à l'est, puis prit la direction du nord pour gagner Taunggyi, Toungoo, Meiktila et Mandalay. Partout elle découvrit des signes d'un clivage grandissant entre les Indiens et leurs voisins birmans. Parmi les étudiants et les nationalistes, on s'agitait pour exiger la séparation de l'administration de la Birmanie de celle de l'Inde anglaise. Beaucoup d'Indiens voyaient là un sujet d'alarme, persuadés que leur sécurité en serait menacée.

Uma était déchirée par cette controverse : elle comprenait les craintes de la minorité indienne mais s'inquiétait que ces gens puissent croire que leur sécurité dépendît de ce qu'elle jugeait être la racine du problème : les méthodes du gouvernement impérial et sa politique d'assurer sa nécessité en divisant ses sujets. À son retour à Rangoon, elle se hâta de faire amende honorable auprès de Dolly. « Dolly, j'espère que tu me pardonneras d'avoir pris tes angoisses à la légère. Je me rends compte à présent qu'il y a largement de quoi s'inquiéter. À dire vrai, je ne sais absolument plus où j'en suis... »

Quelques jours avant son départ pour Calcutta, Uma alla tôt le matin faire une promenade avec Dolly dans la Packard grise. Elles se rendirent d'abord sur Churchill Road pour voir la maison où la reine Supayalat était morte quelques années auparavant.

« L'avais-tu revue, Dolly ? s'enquit Uma.

– Non. » Dolly secoua lentement la tête. « Pour elle, j'étais dans le même sac que la deuxième princesse : bannie à jamais de sa présence... »

En revenant, elles passèrent devant la pagode Sule et trouvèrent le quartier d'un calme inhabituel à cette heure de la journée.

« Je me demande pourquoi il n'y a ni pousse-pousse, ni colporteurs... » Dolly jeta un regard autour d'elle. « Comme c'est étrange : je ne vois pas un seul Indien dans les parages. »

Au loin, à un coin de rue, une longue file d'hommes s'était formée. En les dépassant dans la Packard, elles virent que les hommes attendaient de se faire peindre des sortes de tatouages sur la poitrine. La réaction de Dolly fut instantanée. Elle se pencha et secoua l'épaule d'U Ba Kyaw.

« Dolly ! Que se passe-t-il ?

– Il faut faire demi-tour. Il faut rentrer, rentrer à la maison.

– À cause de ces gens ? Pourquoi ? Est-ce que ça a à voir avec ces tatouages ?

– Ce ne sont pas des tatouages, Uma. Ce sont des emblèmes pour les soldats partant en guerre... » Affolée, Dolly se mit à tambouriner ses genoux de son poing. « Je pense qu'il va y avoir des problèmes. Il faut qu'on trouve les garçons. Et Rajkumar. Si nous allons assez vite, nous pourrons les empêcher de quitter la maison. »

À une quinzaine de mètres devant la Packard, un homme sauta du trottoir et se précipita dans la rue. Uma et Dolly le remarquèrent quand il apparut dans un coin du vaste pare-brise convexe de la voiture. C'était un Indien, un tireur de pousse-pousse, vêtu d'un maillot de corps et d'un *longyi* en lambeaux. Il s'enfuyait à toute allure et des gouttes de sueur s'envolaient de ses bras. Une de ses mains fendait l'air tandis que l'autre retenait son *longyi*, l'empêchant de s'entortiller entre ses jambes. Il avait un visage très noir et des yeux globuleux très blancs. En deux mouvements, il fut au centre du pare-brise : il se retourna pour jeter un coup d'œil par-dessus son épaule, le regard exorbité. Dolly et Uma s'aperçurent alors qu'il était poursuivi de très près par un homme, à deux pas derrière lui, un homme dont le torse nu était peint d'un dessin noir et qui portait quelque chose caché par le rebord du pare-brise. Puis, tout à coup, le poursuivant tourna les épaules et rejeta ses bras en arrière, à la manière d'un joueur de tennis se préparant à renvoyer la balle. Elles virent alors qu'il tenait à la main un *da*, une longue lame luisante avec un petit manche, moitié épée moitié hache. Elles demeurèrent paralysées sur leur siège tandis que le *da* fendait l'air dans un mouvement circulaire. Le tireur de pousse-pousse avait presque atteint l'autre bout du pare-brise quand soudain sa tête bascula comme une branche brisée, pendant sur sa colonne vertébrale, retenue seulement par un mince repli de chair. Mais le corps ne tomba pas immédiatement par terre : durant une fraction de seconde, le tronc décapité resta debout. Elles le virent avancer encore d'un pas avant qu'il ne s'écroule sur le trottoir.

La première réaction d'Uma fut de mettre la main sur la poignée de la portière.

« Que fais-tu ? hurla Dolly. Arrête.

– Il faut aller à son secours, Dolly. On ne peut pas le laisser comme ça dans la rue...

– Uma, tu es devenue folle ? siffla Dolly. Si tu sors de la voiture maintenant, ils te tueront toi aussi. » Elle poussa son amie et la jeta sur le plancher de l'auto. « Il faut que tu te caches. On ne peut pas prendre le risque que tu sois vue. » Elle l'obligea à s'allonger puis elle arracha les housses de la banquette arrière de la Packard. « Je vais te recouvrir avec ça. Reste immobile et ne dis pas un mot. »

Uma posa sa tête sur le tapis de sol et ferma les yeux. L'image du tireur de pousse-pousse lui apparut : elle revit sa tête basculer en arrière. À l'instant où le corps décapité était encore debout continuant à avancer, elle avait entraperçu ces yeux blancs, pendant par-dessus la colonne vertébrale : elle avait eu l'impression qu'ils la fixaient elle, dans la voiture. Elle sentit son cœur se soulever, et le vomi se déversa de sa bouche et de son nez, salissant le tapis de sol.

« Dolly... » Comme elle commençait à relever la tête, Dolly lui donna un violent coup de coude. La voiture s'arrêta brusquement et Uma se figea, son visage à quelques centimètres du tapis souillé. Quelque part au-dessus d'elle, Dolly parlait à des gens – un groupe d'hommes. Elle s'exprimait en birman. La conversation ne dura qu'une minute ou deux, mais une éternité sembla s'écouler avant que la voiture ne se remette en marche.

Les émeutes se prolongèrent plusieurs jours et firent des centaines de victimes. Le nombre en aurait été plus grand encore si de nombreux Birmans n'avaient pas donné refuge à des Indiens après les avoir tirés des griffes de la populace. On découvrit plus tard que les troubles avaient commencé sur les quais, par une dispute entre des dockers indiens et birmans. Beaucoup d'entreprises indiennes et chinoises furent attaquées, dont une scierie appartenant à

Rajkumar. Trois de ses ouvriers furent tués et des dizaines d'autres blessés.

Rajkumar était chez lui quand l'émeute éclata. Ni lui ni quiconque dans la famille ne fut touché. Neel se trouvait par chance hors de la ville et Dinu revint de l'école escorté par son ami Maung Thiha Saw.

En dépit de ses pertes, Rajkumar se montra plus que jamais décidé à rester en Birmanie. « J'ai vécu ici toute ma vie ; tout ce que je possède est ici. Je ne suis pas lâche au point d'abandonner au premier signe de trouble tout ce pourquoi j'ai travaillé. Et d'ailleurs, qu'est-ce qui te fait penser que nous serons mieux reçus en Inde qu'ici ? Il y a des émeutes tous les jours en Inde – comment sais-tu que la même chose ne nous arriverait pas là-bas ? »

Uma, se rendant compte que Dolly frôlait la dépression, décida de prolonger son séjour à Rangoon afin de l'aider à récupérer. Une semaine se transforma en un mois puis deux. Chaque fois qu'elle parlait de départ, Dolly lui demandait de rester un peu plus : « Ce n'est pas encore fini – je sens quelque chose dans l'air. »

À mesure que les semaines passaient, l'impression de malaise qui régnait sur la ville s'accentua. D'autres événements étranges se produisirent. Il fut question de sédition dans l'asile de fous où plusieurs milliers d'Indiens sans abri avaient été logés après les émeutes. Dans la prison municipale, une mutinerie éclata et fut réprimée au prix de nombreuses vies. On chuchotait qu'un soulèvement encore plus important se préparait.

Un beau matin, dans la rue, un étranger arrêta Dolly. « Est-il vrai que vous avez travaillé dans le palais de Mandalay, au temps du roi Thebaw ? » Dolly ayant répondu par l'affirmative, l'étranger lui adressa un sourire. « Préparez-vous : il y aura bientôt un autre couronnement. Un prince vient d'être découvert qui va libérer la Birmanie... »

Quelques jours plus tard, on apprit qu'il y avait bien eu un genre de couronnement non loin de Rangoon : un guérisseur du nom de Saya San s'était proclamé lui-même roi de Birmanie selon tous les rites traditionnels. Il avait rassemblé autour de lui une bande disparate de soldats et leur avait ordonné de venger la capture du roi Thebaw.

Ces rumeurs rappelèrent à Uma les événements qui, en Inde, avaient précédé le soulèvement de 1857. À cette époque aussi, bien avant que ne fût tiré le premier coup de feu, des signes de troubles s'étaient manifestés dans les plaines du Nord. Des chapati – la plus banale des nourritures quotidiennes – avaient commencé à circuler de village en village, comme en manière d'avertissement. Personne ne savait d'où ils venaient ni qui les avait mis en circulation, mais les gens avaient appris de la sorte qu'une grande révolte se préparait.

Les prémonitions d'Uma se vérifièrent. Le soulèvement birman débuta au sein de la province de Tharawaddy, où un employé des forêts et deux chefs de village furent tués ; le lendemain, les rebelles prirent d'assaut une gare. On expédia une compagnie de soldats indiens à leur poursuite. Mais, soudain, ils furent partout : à Insein, Yamthin et Pyapon. Ils surgissaient des forêts tels des fantômes, avec des dessins magiques peints sur le corps. Ils se battaient comme des fous, se jetant torse nu au-devant des fusils, attaquant des avions avec des catapultes et des lances. Des milliers de paysans déclarèrent leur allégeance au prétendant au trône. Les autorités coloniales répliquèrent par l'envoi de troupes en renfort. Des villages furent occupés, des centaines de Birmans périrent et des milliers furent blessés.

Pour Uma, le soulèvement et sa répression représentèrent le point culminant d'un long mois de cauchemars ; elle se sentit le témoin de la concrétisation de ses pires craintes : une fois de plus, les soldats indiens étaient utilisés pour consolider l'Empire. En Inde, personne ne semblait être au courant de ces événements ; personne ne semblait s'en soucier. Il était impératif que quelqu'un se charge de la mission d'informer le peuple de son pays.

Il se trouvait que KLM, la compagnie aérienne hollandaise, avait récemment inauguré une ligne reliant une série de villes entre Batavia et Amsterdam. Il existait désormais des vols réguliers entre Mingaladon, le nouvel aéroport de Rangoon, et Dum Dum, celui de Calcutta. Le voyage durait six heures, une fraction de la traversée par bateau. Uma était maintenant trop agitée pour entreprendre une traversée de quatre jours. Rajkumar lui offrit un billet d'avion.

Dans la Packard, en route pour Mingaladon, Uma se laissa aller aux larmes.

« Je ne peux pas croire ce que j'ai vu ici : la même vieille histoire, les Indiens forcés de tuer pour l'Empire, de combattre des gens qui devraient être leurs amis...

– Uma, vous racontez n'importe quoi... l'interrompit Rajkumar.

– Que voulez-vous dire ?

– Avez-vous réfléchi un instant à ce qui se passerait si on n'utilisait pas ces troupes ? Vous étiez ici pendant les émeutes : vous avez vu ce qui est arrivé. Que croyez-vous que ces rebelles nous auraient fait, à moi, à Dolly, aux garçons ? Ne voyez-vous donc pas que ce n'est pas seulement l'Empire que ces soldats protègent, que c'est aussi Dolly et moi ? »

La colère qu'avait contenue Uma depuis Morningside explosa :

« Rajkumar, vous n'êtes pas en mesure de nous asséner vos opinions. Ce sont des gens comme vous qui sont responsables de cette tragédie. Avez-vous jamais songé aux conséquences quand vous ameniez des travailleurs ici ? Ce que vous avez fait, vous et des individus de votre sorte, est bien pire que les pires actions des Européens. »

Rajkumar avait pour règle de ne jamais discuter politique avec Uma. Mais il était nerveux ce jour-là, lui aussi, et il craqua.

« Vous avez tant d'opinions, Uma, sur des sujets dont vous ne savez rien. Depuis des semaines, je vous entends critiquer tout ce que vous voyez : l'état de la Birmanie, la manière dont les femmes sont traitées, l'état de l'Inde, les atrocités commises par l'Empire. Mais qu'avez-vous jamais fait vous-même qui vous qualifie pour exprimer ces opinions ? Avez-vous jamais bâti quelque chose ? Donné du travail à quiconque ? Amélioré l'existence de quelqu'un d'une manière ou d'une autre ? Non. Vous passez votre vie à vous mettre à l'écart, comme si vous étiez au-dessus de nous tous, et à critiquer et recritiquer. Votre mari était un homme épatant et vous l'avez poussé à la mort avec votre dédain satisfait...

– Comment osez-vous ? s'écria Uma. Comment osez-vous me parler ainsi ? Vous, espèce d'animal, avec votre avidité, votre détermination à vous emparer de tout ce que vous pouvez, à n'importe quel prix. Croyez-vous que personne ne sache les choses que vous avez faites à des gens en votre pouvoir, à des femmes et des enfants incapables de se défendre ? Vous ne valez pas mieux qu'un marchand d'esclaves et un violeur, Rajkumar. Vous croyez peut-être que vous n'aurez jamais à répondre de vos actes, mais vous vous trompez ! »

Sans un mot de plus pour Uma, Rajkumar se pencha vers U Ba Kyaw et lui ordonna d'arrêter la voiture. Puis il descendit au milieu de la route et dit à Dolly :

« Je me débrouillerai pour rentrer en ville. Accompagne-la à son avion. Je ne veux plus jamais entendre parler d'elle. »

À Mingaladon, l'avion attendait sur la piste : un trimoteur Fokker F-VIII avec un fuselage argenté et des ailes maintenues par des entretoises. Une fois hors de la voiture, Dolly chuchota :

« Uma, tu étais très en colère contre Rajkumar et je crois savoir pourquoi. Mais tu ne devrais pas le juger trop durement, vois-tu. Il faut te rappeler que moi aussi je suis en partie coupable... »

Elles étaient à la porte d'embarquement. Uma serra Dolly contre elle.

« Dolly, est-ce que ceci va tout changer – pour nous, toi et moi ?

– Non. Bien sûr que non. Je viendrai te voir à Calcutta, chaque fois que je le pourrai. Tout ira bien, tu verras... »

QUATRIÈME PARTIE

Le mariage

20

De l'autre côté du golfe du Bengale, le frère d'Uma et sa famille l'attendaient à Dum Dum, l'aéroport de Calcutta.

Son frère était un homme calme et sans grand relief qui travaillait dans les services comptables d'une compagnie de navigation. Sa femme, victime d'un asthme sévère, quittait rarement la maison. Bela, la plus jeune de leurs enfants, avait six ans ; son frère et sa sœur, des jumeaux, sept de plus. L'aîné des jumeaux était le garçon, Arjun, et sa cadette avait été surnommée Manju. Son vrai nom, magnifique, était Brihannala, mais il résistait obstinément à un usage quotidien.

Pour les jumeaux, l'arrivée d'Uma constituait un événement d'une importance incomparable. Pas tant à cause de sa personnalité que parce qu'aucun membre de la famille n'avait encore eu l'occasion de se rendre à Dum Dum. La première apparition d'un avion à Calcutta remontait à tout juste dix ans : en 1920, un Handley Page avait été accueilli sur le champ de courses par une foule enthousiaste. Depuis, des appareils appartenant aux Imperial Airways et à Air France avaient également atterri, mais c'est KLM qui avait mis en place le premier service régulier, et le côté théâtral de ses allées et venues avait tenu la cité en haleine durant des mois.

Ce jour-là, l'excitation était telle dans la maison que la famille alla jusqu'à prendre la décision sans précédent de louer une voiture, une Austin Chummy 1930 neuve. Mais les attentes des jumeaux furent déçues à leur arrivée à Dum Dum : il n'y avait là qu'un bout de tarmac, bordé de rizières et de cocotiers. Le moyen de transport était encore trop récent pour avoir déjà engendré son cérémonial. On ne retrouvait rien de la pompe qui accompagnait une expédition sur les quais : pas de marins en uniforme, pas de casquettes galonnées ni de commandants de port médaillés. Le terminal était un hangar au toit de tôle et le personnel se composait de mécanos mal embouchés en bleus de chauffe noircis de graisse. Seule la présence de la foule d'admirateurs venus accueillir Uma donnait de l'importance à l'événement.

La salle d'attente consistait en un petit enclos grillagé et sans toit. La famille, complètement intimidée, fut de plus en plus repoussée par les exubérants admirateurs d'Uma. On entendit le Fokker F-VIII alors qu'il était encore caché par les nuages. Arjun fut le premier à l'apercevoir quand il surgit, son fuselage trapu argenté luisant entre ses doubles ailes et tremblant au-dessus des palmiers au moment de ses manœuvres d'approche.

Il fallut attendre longtemps au soleil avant qu'Uma en ait terminé avec les formalités d'entrée. Puis les gens au premier rang se mirent à applaudir, et sa famille sut qu'elle arrivait. Et, tout à coup, elle fut là, en personne, très simplement vêtue d'un sari de coton blanc.

Pour les jumeaux, Uma représentait une créature de légende : la tante explosive qui avait consacré sa vie à la politique au lieu d'accepter le sort convenu d'une veuve hindoue. Se retrouver soudain en sa présence les rendit muets : il leur semblait incroyable que leur héroïne fût cette frêle créature aux cheveux grisonnants et au visage défait.

En revenant à Lankasuka, serrés les uns contre les autres dans l'Austin, ils échangèrent les nouvelles. Puis Uma fit quelque chose qui remplit ses frère, belle-sœur et neveux de stupéfaction : sans raison, aucune en tout cas qu'ils puissent comprendre, elle se mit à pleurer. Ils la contemplèrent, horrifiés, tandis qu'elle sanglotait dans son sari. Intimidés par sa réputation, ils ne purent se résoudre à se pencher vers elle et à la toucher. Ils demeurèrent sur leurs sièges, agités, sans oser prononcer un seul mot.

Alors qu'ils parvenaient à destination, Uma se reprit. « Je ne sais pas ce qui m'est arrivé, dit-elle sans s'adresser à personne en particulier. Ces derniers mois ont été très durs. J'ai l'impression de me réveiller d'un affreux cauchemar. À Rangoon, juste avant mon départ, il y a eu une terrible dispute. Il faut que je m'efforce d'oublier certaines de ces choses... »

Il se passa un certain temps avant que la famille ne revoie vraiment Uma. Les mois qui suivirent, celle-ci consacra toute son énergie à faire connaître la rébellion birmane au public indien. Elle expédia des articles à la *Modern Review* de Calcutta, écrivit des lettres aux principaux journaux, et fit toutes sortes d'efforts afin d'alerter ses compatriotes sur le rôle qu'on faisait jouer aux troupes indiennes dans la répression du soulèvement. Ses écrits n'eurent aucun effet perceptible. Le public indien était tout entier passionné par des problèmes de politique locale et n'avait guère de temps à perdre avec la Birmanie.

Un matin, en ouvrant un journal bengali, elle vit une sinistre photo de seize têtes décapitées alignées sur une table. « Ces têtes, disait le commentaire, sont celles de rebelles birmans tombés au cours d'une bataille avec les troupes impériales dans la province de Prome, en Birmanie. Elles auraient été exposées, croit-on, au quartier général de Prome afin d'instiller une sainte terreur dans le cœur de ceux qui se sentiraient enclins à la rébellion. »

Uma s'empara de l'article avec des mains tremblantes. Elle l'emporta vers son bureau afin de le mettre dans le dossier où elle gardait ses coupures. Alors qu'elle le rangeait, son regard tomba sur la chemise contenant le talon de son billet de KLM et qui gisait là, oublié sur un coin de sa table depuis son arrivée.

En le revoyant, elle songea à la ville qu'elle avait quittée dans le Fokker argenté : elle songea aux hommes d'affaires – des négociants en bois et des pétroliers – qui avaient été ses compagnons de voyage ; elle pensa à la manière dont ils s'étaient tous félicités d'être présents à l'aube d'une ère nouvelle, au moment où l'aviation allait rendre le monde si petit que les divisions du passé disparaîtraient. Elle aussi s'était jointe à leur chœur : en contemplant de là-haut les vagues écumantes dans le golfe du Bengale, il semblait impossible de croire que le monde rétréci qui avait produit cet avion ne fût pas bien meilleur que tous ceux qui l'avaient précédé.

Et maintenant, quelques mois plus tard, voilà que surgissait cette photo de seize têtes coupées, exposées par le pouvoir en place, une image d'une violence médiévale inimaginable. Elle se souvint que Prome était le site de la pagode de Shwesandaw, presque aussi vénérée que la Shwedagon ; elle se rappela une histoire que lui avait racontée un des passagers de l'avion, un gros pétrolier au teint basané. Le jour du tremblement de terre, il se trouvait au Club anglais de Prome, tout à côté de la Shwesandaw. Sous son regard, la pagode s'était brisée en deux. Une grande partie s'était effondrée dans les jardins du club.

Sous les yeux d'Uma défilèrent des images de souvenirs récents : la terrible scène dont elle avait été témoin, encadrée dans le pare-brise de la Packard de Dolly ; Rajkumar et sa série de trahisons ; la querelle dans la voiture sur la route de l'aéroport ; et maintenant la mort de ces seize rebelles et leur atroce décapitation.

Ce jour marqua chez elle le commencement d'un changement aussi profond que le bouleversement qui avait suivi la mort du trésorier. Avec la défaite de la révolte de Saya San en Birmanie, elle entreprit de repenser du tout au tout ses idées politiques. C'était précisément sur un soulèvement de ce genre qu'elle et ses alliés du parti Ghadar avaient fondé leurs espoirs. Mais elle se rendait compte à présent qu'une insurrection populaire, inspirée par la légende et le mythe, n'avait aucune chance de l'emporter sur l'Empire, un empire si habile et si impitoyable dans le déploiement de son irrésistible pouvoir, et si expert à manipuler l'opinion. Rétrospectivement, il apparaissait clairement que des populations privées d'armes et de technologie, comme celles de l'Inde et de la Birmanie, ne pouvaient pas espérer vaincre par la force une puissance militaire très organisée et parfaitement moderne ; et que même si pareil effort devait réussir ce serait au prix d'un inimaginable carnage, une rébellion de Saya San multipliée par cent, qui dresserait les Indiens les uns contre les autres de telle manière qu'elle rendrait la victoire aussi peu désirable que la défaite.

Dans le passé, Uma avait considéré avec dédain la pensée politique du mahatma Gandhi : la non-violence, à son sens, était une philosophie qui consistait à prendre ses désirs pour des réalités. Elle comprenait maintenant que, côté vision, le mahatma la précédait de plusieurs dizaines d'années. Les chimères, c'étaient les idées romantiques qu'elle avait nourries à New York. Elle se rappela les mots du mahatma qu'elle avait souvent lus et toujours dédaignés : le mouvement contre le colonialisme était un soulèvement d'Indiens sans armes contre ceux – à la fois Indiens et Britanniques – qui en portaient, et les instruments qu'il s'était choisis étaient les armes des désarmés, sa faiblesse même étant la source de sa force.

Une fois sa décision prise, elle agit promptement. Elle écrivit au mahatma pour lui offrir ses services, et lui, en retour, l'invita dans son ashram de Wardha.

21

Très jeunes, le neveu et la nièce d'Uma, les jumeaux, étaient déjà célèbres pour leur beauté. Manju et Arjun possédaient en commun un trait qui leur donnait un charme inhabituel : une fossette qui apparaissait quand ils souriaient, mais sur une seule joue, la gauche pour Manju et la droite pour Arjun. En les voyant ensemble, on avait l'impression qu'un circuit avait été complété, une symétrie rétablie.

L'attention que sa beauté lui valait avait très tôt rendu Manju soucieuse de son apparence. Elle avait grandi avec une conscience aiguë de l'effet qu'elle produisait sur les gens. À cet égard, Arjun était son contraire : d'un négligé frôlant le débraillé, il n'aimait rien tant que traîner dans la maison en maillot de corps effrangé, un *longyi* noué autour de la taille.

Arjun était la sorte de garçon dont les professeurs déplorent que ses performances soient incorrigiblement au-dessous de ses possibilités. Tout le monde savait qu'il avait l'intelligence et la capacité de réussir en classe, mais ses intérêts semblaient se résumer à reluquer les filles et à lire des romans de quatre sous. Aux repas, bien après que chacun eut fini, il s'attardait sur son assiette, mâchouillant à loisir des arêtes et léchant sur ses doigts les derniers grains de riz imbibés de *daal*. En grandissant, il devint une source croissante d'inquiétude pour toute la famille. Les gens secouaient la tête en disant : « Finira-t-on par faire quelque chose de ce garçon ? »

Puis, par une chaude journée d'avril, la torpeur post-prandiale de Lankasuka fut déchirée par la voix d'Arjun poussant des cris et des hurlements de joie. Chacun se précipita sur le balcon à l'arrière de la maison pour voir ce qui se passait dans la cour.

« Arjun, mais que fais-tu donc ?

– Je suis accepté ! Je suis accepté ! »

Vêtu de ses habituels maillot de corps sale et *longyi* en lambeaux, Arjun dansait dans la cour en brandissant une lettre.

« Accepté où ?

– L'Académie militaire indienne de Dehra Dun !

– Petit crétin, de quoi parles-tu ?

– Oui, c'est vrai ! » Arjun escalada quatre à quatre l'escalier, le visage empourpré, les cheveux dans les yeux. « Je suis accepté comme cadet.

– Mais comment est-ce possible ? Comment ont-ils pu savoir que tu existais ?

– J'ai passé un examen, Ma. J'y suis allé avec – il nomma un camarade de classe – et je vous ai rien dit parce que je ne pensais pas réussir.

– Mais c'est impossible...

– Regardez ! »

La lettre passa de main en main, chacun admirant le beau papier à lettres épais et l'en-tête avec l'emblème gaufré. On n'aurait pas pu être davantage étonné si Arjun avait soudain eu des ailes. À Calcutta, à cette époque, entrer dans l'armée britannique des Indes était pratiquement inconnu. Pendant des générations, le recrutement avait été dicté par une politique raciale qui excluait la plupart des hommes du pays, y compris ceux originaires du Bengale. De même qu'il n'avait pas été possible pour les Indiens, jusqu'à très récemment, d'intégrer l'armée en qualité d'officier. La fondation de l'Académie militaire indienne de Dehra Dun datait de cinq ans à peine et le fait que quelques places fassent l'objet d'un concours ouvert à tous était passé largement inaperçu.

« Comment as-tu pu faire ça, Arjun ? Et sans jamais rien nous dire ?

– Je te le répète, je n'ai jamais pensé que je réussirais. Et puis, tout le monde me serine que je ne ferai jamais rien, alors je me suis dit, bon, allons voir.

– Attends que ton père rentre ! »

Mais le père d'Arjun ne fut pas du tout contrarié par la nouvelle. Il fut même si content qu'il organisa aussitôt une expédition d'action de grâces au temple de Kalighat.

« Le garçon est casé maintenant et nous n'avons plus de souci à nous faire... » Le soulagement se lisait sur son visage. « C'est une carrière toute tracée : qu'il réussisse brillamment ou pas, il sera poussé sur l'échelle. Avec, au bout, une excellente pension. Du moment qu'il réussit à l'Académie, il est à l'abri pour le restant de sa vie.

– Mais c'est encore un gamin ! Et s'il était blessé ? Ou pire ?

– Sottises ! Les risques sont minimes. C'est seulement un travail comme un autre. Et puis, songe au statut, au prestige... »

La réaction d'Uma fut encore plus surprenante. Depuis sa visite au mahatma Gandhi dans son ashram de Wardha, elle avait changé d'attaches politiques. Elle avait adhéré au parti du Congrès et commencé à travailler dans la section féminine. Arjun s'était attendu à ce qu'elle tente de le dissuader de s'engager. Bien au contraire. « Le mahatma pense que le pays ne peut que bénéficier du fait d'avoir des hommes de conscience dans l'armée, dit-elle. L'Inde a besoin de soldats qui n'obéiront pas aveuglément à leurs supérieurs... »

La carrière de Manju prit un tour très différent de celle de son jumeau. À l'âge de vingt et un ans, elle attira l'attention d'une importante personnalité du cinéma, un metteur en scène dont la nièce se trouvait être une de ses camarades d'université. Jouissant d'une formidable réputation, le metteur en scène était alors à la recherche d'une jeune actrice pour un premier rôle. L'histoire de cette chasse au talent avait provoqué une grande excitation dans Calcutta.

Sans qu'elle le sache, Manju fut remarquée à l'université : elle ne l'apprit que lorsqu'elle reçut une invitation à un bout d'essai. Son premier mouvement fut de refuser : elle se savait timide et gauche et ne pouvait s'imaginer aimant le métier d'actrice. Mais à son retour chez elle, à Lankasuka, cet après-midi-là, elle découvrit que cette invitation n'était pas aussi facile à rejeter. Elle commença à avoir des doutes.

Sa chambre possédait une grande fenêtre ; en général, c'était assis sur le rebord qu'Arjun et elle bavardaient autrefois. Elle n'avait encore jamais rien eu à décider toute seule, puisqu'elle avait toujours pu consulter Arjun. Mais il se trouvait maintenant à des centaines de kilomètres, au quartier général de son bataillon à Saharanpur, dans le Nord de l'Inde.

Elle s'installa dans l'encadrement de la fenêtre et, tout en faisant et défaisant sa tresse, elle contempla les baigneurs qui s'ébattaient dans le lac voisin. Peu après, elle se leva pour aller chercher la boîte de biscuits Huntley & Palmers dans laquelle elle gardait les lettres d'Arjun. Les plus anciennes dataient de sa période « jeune cadet » et elles étaient rédigées sur l'épais papier frappé de l'emblème de l'Académie. Les pages craquaient entre les doigts de Manju. Comme il écrivait bien, avec les phrases et les paragraphes appropriés... Ensemble, ils parlaient toujours le bengali, mais les lettres étaient rédigées en anglais – un anglais inhabituel, idiomatique, avec des mots d'argot qu'elle ne connaissait pas et qu'elle ne pouvait pas trouver dans le dictionnaire. Il était allé dans un restaurant « en pékin » avec un autre cadet, Hardayal Singh, « Hardy » pour ses amis, et ils avaient mangé des « palanquées » de sandwiches et bu des « charibotées de carburant ».

Sa dernière lettre était arrivée quelques jours auparavant. Le papier avait changé et portait à présent les insignes du nouveau régiment d'Arjun, le 1er Jat d'infanterie légère.

> Tout est calme ici parce que nous sommes dans notre garnison, à Saharanpur. Tu penses sans doute que nous passons notre temps en marches forcées sous le soleil. Rien de pareil. La seule difficulté, c'est de se lever tôt afin d'aller sur le terrain de manœuvres pour l'exercice avec les hommes. Après quoi, c'est sans douleur : on se promène, on passe les troupes en revue et on regarde les sergents faire faire l'exercice aux hommes. Mais tout cela ne prend que deux heures au plus, et ensuite on se change pour le petit déjeuner, à neuf heures (des montagnes d'œufs, de bacon et de jambon). Puis quelques-uns d'entre nous vont attendre dans la salle des rapports, juste au cas où un des hommes y serait amené. De temps en temps, les officiers des transmissions nous font revoir les derniers codes, ou alors nous avons une leçon de déchiffrage de cartes ou bien de comptabilité, ce genre de choses. Puis c'est le déjeuner – avec bière et gin si on en veut (mais pas de whisky !) – et ensuite on est libre d'aller dans sa chambre. Plus tard, on a en général le temps de faire un match de football avec les hommes. À 7 heures 30, on prend la direction du mess pour boire sur la pelouse quelques whiskies avant le dîner. On a baptisé le mess « la Pépinière », en manière de plaisanterie, parce que les plantes en pot crèvent dès qu'on les y amène – personne ne sait pourquoi. Certains des gars affirment que c'est à cause des Cendres des Colonels Disparus. On se moque de la Pépinière, mais je vais te dire, parfois au milieu du dîner, ou bien quand nous portons un toast, je regarde autour de moi et, même maintenant, après tous ces mois ici, je n'arrive simplement pas à croire à ma veine...

La dernière longue conversation que Manju avait eue avec Arjun s'était passée sur ce rebord de fenêtre, un peu moins d'une année auparavant, immédiatement après sa sortie de l'Académie. Elle avait expressément tenu à l'appeler « sous-lieutenant Arjun », en partie pour le taquiner mais aussi parce qu'elle aimait le son des mots. Elle avait été déçue qu'il ne porte pas son uniforme mais il lui avait ri au nez. « Pourquoi ne peux-tu pas me montrer à tes amis tel que je suis ? »

La vérité, c'est que la plupart des amies de Manju étaient déjà amoureuses de lui. Elles la tannaient pour en avoir des nouvelles et, lorsqu'elles venaient à la maison, elles étaient prêtes à n'importe quoi pour se faire bien voir de la famille, espérant qu'on se souviendrait d'elles quand le temps viendrait de chercher une épouse pour Arjun.

Jusqu'à son départ pour l'Académie, Manju n'avait jamais très bien compris pourquoi ses amies trouvaient Arjun si beau : pour elle, il était tout bonnement Arjun, et son visage celui d'un frère. Puis il était revenu pour cette visite et elle avait eu le sentiment de le voir pour la première fois. Elle avait dû admettre qu'il faisait grande impression avec sa jolie moustache naissante et ses cheveux coupés court. Elle avait été jalouse, craignant qu'il ne veuille pas lui consacrer de temps. Mais il l'avait rapidement rassurée. Il s'installait sur le rebord de la fenêtre tous les soirs, vêtu de son maillot de corps habituel et de son vieux *longyi* usé. Ils bavardaient durant des heures tandis qu'elle lui pelait des oranges, des mangues ou des litchis : il était toujours aussi affamé qu'autrefois.

Il parlait interminablement de son régiment. Il avait posé sa candidature pour une demi-douzaine d'autres mais, dès le début, il n'en avait souhaité vraiment qu'un seul : le 1er Jat. En partie parce que son ami Hardy avait postulé pour le même et était presque certain d'y être accueilli. Il venait d'une vieille famille de soldats, et son père ainsi que son grand-père avaient tous deux servi dans ce régiment. Le cas était très différent pour Arjun : il n'avait aucun lien avec l'armée, et il s'était préparé à une déception. Il avait donc été fou de joie en apprenant que le régiment l'avait accepté.

Le soir où, au dîner, j'ai été formellement intronisé dans le régiment a été probablement le plus heureux de ma vie. À l'instant même où je te l'écris, je me rends compte que cela va probablement te paraître étrange, Manju. Mais c'est vrai : il faut que tu te rappelles que le régiment va être mon foyer durant les quinze à vingt prochaines années, voire plus, si les choses ne marchent pas trop bien et que (Dieu m'en garde !) je n'obtienne pas une nomination à l'état-major.
Quoique, ce qui me botte vraiment c'est mon bataillon. Cela va sans doute te surprendre parce que les civils croient toujours que le régiment est ce qu'il y a de plus important dans l'armée. Mais en fait, dans l'armée, un régiment est juste une collection de symboles – couleurs, drapeaux, etc. Nous sommes fiers de nos régiments, bien entendu, mais ce ne sont pas des unités opérationnelles ; un changement de drapeau est à peu près la seule occasion où tous les bataillons d'un régiment se réunissent – et il faut des années pour que ça arrive.
Le reste du temps, tu vis et tu travailles avec ton bataillon, et c'est ce qui importe vraiment : ta vie peut devenir un enfer si tu te trouves embarqué avec la mauvaise catégorie de compagnons. Mais une fois de plus j'ai eu une veine incroyable – Hardy a tiré deux ou trois de ses ficelles pour être sûr que nous soyons tous deux dans le même bataillon : le premier. Officiellement, nous sommes le 1er bataillon du 1er régiment jat d'infanterie légère, mais tout le monde nous appelle simplement le 1er bataillon du 1er régiment jat – sauf que de temps à autre tu tombes sur un vieux colonel à moustache qui utilise encore notre ancien nom qui était « le Royal ». L'histoire veut que le bataillon se soit si bien battu durant les guerres de Mahratta que, quand Lord Lake atteignit la côte, il nous honora d'un titre spécial : le Bataillon royal.
Hier, Hardy et moi nous avons regardé la liste des distinctions du bataillon et je te jure, Manju, qu'elle est longue comme mon bras. Durant la Mutinerie, nos troupes sont restées loyales – une de nos compagnies faisait partie de la colonne qui a capturé le vieil empereur, Bahadur Shah Zafar, dans sa cachette, près de la tombe

de Humayun. J'ai noté quelque chose qui, je parie, intéresserait Dinu et Neel : le Royal se trouvait en Birmanie pendant l'avance du général Prendergast sur Mandalay et il s'est si bien battu qu'on l'a baptisé le « *Jarnail-sahib ki dyni haat ki paltan* » (le bras droit du général).
À dire vrai, c'est un peu impressionnant de penser à tout ça. Tu devrais voir la liste de nos décorations : une Victoria Cross pour la bataille de la Somme : deux Military Cross pour la répression du soulèvement arabe en Mésopotamie en 1918 ; une demi-douzaine de DSO et d'OBE acquises au cours de nos combats contre les Boxers en Chine. Parfois le matin en me réveillant, je n'arrive pas à croire que j'appartiens vraiment à une telle compagnie. Ça rend si fier mais aussi si humble de penser qu'il faut être digne de tels exemples. Ce qui me rend encore plus fier, c'est l'idée que Hardy et moi allons être les premiers officiers indiens du 1er bataillon du 1er Jat : ça paraît une si immense responsabilité – comme si nous représentions tout le pays !
Pour couronner le tout, nous avons un commandant absolument épatant – le lieutenant-colonel Buckland – que tout le monde appelle Bucky. À le voir, on ne le prendrait pas du tout pour un officier, plutôt pour un professeur. Il est venu faire deux ou trois conférences à l'Académie : il a été si formidable qu'il a même réussi à rendre intéressante l'histoire militaire. C'est aussi un stratège du tonnerre et les soldats l'adorent. Sa famille est associée au 1er régiment jat depuis le temps où il s'appelait le Bataillon royal, et je ne crois pas qu'il y ait un type sur la base dont il ne sache pas le nom. Et pas seulement le nom mais le village, et qui est marié à la fille de qui, et quel a été le montant de la dot. Mais je suis si nouveau que je ne suis pas certain qu'il soit au courant de mon existence.
C'est la soirée des invités aujourd'hui à la Pépinière alors il faut que je te laisse. Ma nouvelle ordonnance est en train de repasser ma ceinture de cérémonie et je sens, à la manière dont il me regarde, qu'il est temps que j'enfile mon smoking. Il s'appelle Kishan Singh et je ne l'ai que depuis quelques semaines. Un garçon malingre, à la mine grave ; au début, j'ai pensé qu'il ne ferait pas l'affaire

> mais il s'est révélé pas mal du tout. Tu te souviens de ce livre qu'Uma-*pishi* m'a envoyé, les nouvelles de O. Henry ? Tu ne le croiras jamais mais je l'ai laissé à mon chevet et un soir, en rentrant dans ma chambre, j'ai trouvé Kishan Singh le nez dessus. Il faisait une sorte de grimace étonnée, pareil à un ours aux prises avec un transistor. Il a eu une trouille bleue en se voyant découvert, il est resté planté là telle une statue. Alors je lui ai raconté l'histoire du collier perdu. Tu aurais dû le voir au garde-à-vous, raide comme s'il passait en cour martiale, l'œil fixé sur le mur, tandis que je lui traduisais les pages en hindoustani. À la fin, j'ai aboyé, avec ma voix de revue de détail : « Kishan Singh ! que penses-tu de ce *kahani* ? – Sahib, c'est une très triste histoire... » J'aurais juré qu'il avait les larmes aux yeux. Ils sont très sentimentaux, ces *fauji*, en dépit de leur moustache et de leurs yeux injectés de sang. C'est bien vrai ce que disent les British : au fond, ils sont très purs. Des gens comme il y en a peu – on peut faire confiance à leur loyauté. Exactement le genre de types qu'on souhaiterait avoir à ses côtés en cas de problème.

C'est cette lettre qui amena Manju à reconsidérer l'idée d'un bout d'essai. À des centaines de kilomètres d'elle, voilà que son jumeau buvait du whisky, dînait au mess des officiers et faisait repasser son smoking par son ordonnance, tandis qu'elle, à Calcutta, se trouvait dans la chambre qu'elle occupait depuis sa naissance et se tressait les mêmes nattes depuis l'âge de sept ans. Le pire, c'est qu'Arjun n'avait même pas tenté de prétendre que la maison lui manquait.

Elle était seule désormais et il lui fallait penser à ce qu'elle allait faire de sa vie. Du côté maternel, Manju le savait, son avenir était déjà décidé : elle quitterait la maison en qualité de jeune mariée et pas un jour avant. Les mères de deux candidats étaient déjà venues la « voir ». L'une d'elles lui avait tiré discrètement les cheveux pour s'assurer qu'elle ne portait pas une perruque ; l'autre lui avait fait ouvrir la bouche comme à un cheval, lui écartant les lèvres de ses doigts, tout en émettant des petits claquements de langue. Après cette séance, sa mère s'était confondue en excuses mais elle avait dit clairement qu'il n'était pas en son pouvoir d'éviter le renouvellement de tels incidents : ils faisaient partie du processus. Manju savait qu'elle devait s'attendre à d'autres désagréments de ce genre.

Elle examina de nouveau l'invitation du metteur en scène. Le studio se trouvait dans Tollygunge, au terminus du tram n° 4, celui qu'elle prenait tous les jours pour se rendre à l'université. Il lui suffirait de le prendre dans l'autre direction. Il ne lui faudrait pas très longtemps pour y arriver. Elle décida d'y aller – juste pour voir à quoi ça ressemblait.

Mais alors une légion de problèmes pratiques firent soudain surface. Par exemple, comment devait-elle s'habiller ? Son « beau » sari en soie de Bénarès, celui qu'elle portait pour les mariages, était enfermé dans l'*almirah* de sa mère. Si elle le réclamait, celle-ci ne mettrait pas cinq minutes à lui extirper la vérité et ce serait la fin du bout d'essai. D'ailleurs, que diraient les gens en la voyant sortir à onze heures du matin drapée dans un superbe sari rouge et or ? Même si elle réussissait à échapper au regard maternel, tout le quartier serait en révolution avant qu'elle ait traversé la rue.

Elle décida que le metteur en scène ne se serait pas mis à la recherche d'une étudiante s'il avait voulu une actrice en tenue de gala. Elle choisit donc le plus joli de ses saris de coton, celui à petits carreaux verts. Mais une fois ce problème résolu, une multitude de nouveaux dilemmes surgirent. Quid du maquillage ? Poudre ? Rouge à lèvres ? Parfum ?

Le matin de l'essai arriva et, comme de bien entendu, tout alla de travers. Le sari qu'elle avait décidé de porter n'était pas revenu de chez la blanchisseuse : elle dut en prendre un autre, beaucoup plus vieux, raccommodé sur le pan du devant. Ses cheveux refusaient de rester en place et, aussi énergiquement qu'elle tentât de remonter son sari, elle n'arrêtait pas de trébucher sur l'ourlet. Avant de sortir, elle passa par la pièce des *puja* pour faire une petite prière, non pas qu'elle souhaitât tellement être choisie mais simplement pour demander qu'elle puisse traverser les heures à venir sans se couvrir de ridicule.

Naturellement, sa mère la coinça à la sortie de la chambre aux prières. « Manju, c'est toi ? Que faisais-tu là-dedans ? Tu as des ennuis ? » Elle scruta avec suspicion le visage de sa fille. « Et pourquoi es-tu tartinée de poudre ? Est-ce une manière de s'habiller pour aller au lycée ? »

Manju fila, sous prétexte d'aller se laver la figure dans la salle de bains. Elle descendit rapidement la rue jusqu'à l'arrêt du tram. Tête baissée, elle se couvrit les cheveux de son sari, espérant que les voisins ne remarqueraient pas qu'elle prenait le tram dans le mauvais sens. Au moment où elle pensait avoir réussi à ne pas attirer l'attention, le vieux Nidhu-babu sortit en courant de la pharmacie de Lake Road.

« Est-ce que c'est bien toi, Manju-*didmoni* ? » Il remonta son *dhoti* et se plia en deux pour aller regarder sous le nez le visage de Manju enveloppé de son sari. « Mais pourquoi attends-tu du mauvais côté de la rue ? Tu vas te retrouver dans Tollygunge ! »

Maîtrisant son affolement, Manju réussit à inventer une histoire de visite à une tante.

« Ah ? dit le pharmacien en se grattant la tête. Mais alors il faut que tu viennes attendre dans la boutique. Tu ne peux pas rester debout au soleil.

– Je vais très bien, affirma-t-elle. Ne vous faites pas de souci pour moi. Tout ira bien. Vous devriez regagner votre magasin.

– Comme tu voudras. » Il s'éloigna en continuant de se gratter la tête, mais quelques minutes plus tard il était de retour avec un apprenti portant une chaise. « Si tu dois attendre ici, dit le vieux pharmacien, au moins assieds-toi. » L'apprenti posa la chaise sous l'arrêt du tram et l'essuya avec d'amples gestes.

Il était plus facile de céder que de résister. Manju se laissa installer sur son trône, à côté de l'arrêt d'autobus poussiéreux. Mais en un instant ses pires craintes se réalisèrent : une petite foule s'attroupa autour d'elle pour la contempler.

« C'est la fille des Roy, entendit-elle le pharmacien expliquer aux curieux. Elle habite au bout de la rue – dans cette maison là-bas. Elle va visiter sa tante à Tollygunge. Elle rate ses cours. »

Puis enfin, à son grand soulagement, le tram arriva. Le pharmacien et son apprenti empêchèrent quiconque d'avancer afin de permettre à Manju de monter la première.

« Je vais envoyer un mot à ta mère, lui cria le vieil homme, pour lui dire que tu es bien partie pour Tollygunge.

– Non, supplia Manju, penchée par la fenêtre et se tordant les mains. Ce n'est vraiment pas utile...

– Comment ? Comment ? » Le pharmacien mit sa main en cornet. « Oui, j'ai dit que j'enverrai quelqu'un chez ta mère avec un mot. Non, ça ne me dérange pas, pas du tout... »

Déjà secouée par ce fâcheux début, Manju fut encore plus déconfite en arrivant aux studios. Elle s'attendait à quelque chose de fascinant, comme le Grand Hôtel ou le Metro Cinéma ou encore les restaurants de Park Street, avec leurs lumières vives et leurs dais cramoisis. Au lieu de quoi, elle se retrouva à l'intérieur d'un bâtiment qui ressemblait à un entrepôt ou une usine, un vaste hangar avec un toit de tôle ondulée. Menuisiers et *mistries* s'activaient à l'intérieur, pour monter des toiles de décor et des échafaudages en bambou.

Un *chowkidar* conduisit Manju dans une salle de maquillage, une petite cabine sans fenêtres, avec des parois faites d'un assemblage de caisses de thé sciées. Deux femmes, étalées sur des fauteuils inclinés, mâchonnaient du *paan*, leurs saris de mousseline reflétant les lumières brillantes des miroirs derrière elles. Leurs yeux se plissèrent tandis qu'elles examinaient Manju des pieds à la tête, leurs mâchoires fonctionnant en un parfait unisson.

« Pourquoi est-elle déguisée en infirmière, celle-là ? marmonna l'une à l'autre.

– Peut-être qu'elle croit qu'elle entre à l'hôpital ! »

Suivirent des gloussements, puis un sari fut lancé à Manju, un coupon de mousseline pourpre bordé de rose vif.

« Allez-y. Changez-vous.

– Pourquoi donc ? tenta de protester Manju.

– Il convient à votre teint, répliqua d'un ton sec une des femmes, laconique. Mettez-le. »

Manju regarda autour d'elle, à la recherche d'un endroit où se changer. En vain.

« Qu'attendez-vous ? gronda la femme. Grouillez. Le metteur en scène a un invité très important aujourd'hui. Pas question de le faire attendre. »

De toute sa vie adulte, Manju ne s'était jamais déshabillée devant quiconque, pas même sa mère. Quand elle comprit enfin qu'elle allait devoir le faire sous le regard critique de ces deux mâchouilleuses de *paan*, les jambes lui manquèrent. Le courage qui l'avait portée jusque-là commença à s'effriter.

« Allez-y ! la pressèrent les femmes. Le metteur en scène ramène un homme d'affaires qui va financer le film. Pas question de le faire attendre. Tout doit être impeccable aujourd'hui. »

L'une d'elles arracha le sari des mains de Manju et entreprit de le lui draper. Quelque part tout près on entendit une voiture freiner et s'arrêter, puis un échange d'aimables salutations.

« L'invité est arrivé ! cria quelqu'un par la porte. Vite, vite, le metteur en scène va la vouloir d'une minute à l'autre. »

Les deux femmes se précipitèrent pour jeter un œil sur le personnage attendu.

« Ce qu'il fait important, avec sa barbe et tout !

– Et vise-moi son costume ! Ce qu'il est chic comme ça.. »

Les deux femmes revinrent en gloussant et poussèrent Manju sur une chaise.

« Rien qu'à première vue on devine qu'il est riche...

– Ah ! Si seulement il m'épousait...

– Toi ? Pourquoi pas moi ? »

Manju, ahurie, regarda dans le miroir : les visages des deux femmes lui apparurent monstrueusement larges, leurs lippes narquoises d'une taille et d'une forme grotesques. Un ongle pointu lui égratigna le crâne et elle cria, furieuse :

« Que faites-vous ?

– On vérifie pour les poux.

– Les poux ! s'exclama Manju, outragée. Je n'ai pas de poux !

– La dernière en avait. Et pas seulement dans la tête ! »

Remarque qui fut suivie de hurlements de rire.

« Comment le savez-vous ? s'enquit, défiante, Manju.

– Le sari en grouillait après qu'elle l'avait porté.

– Le sari ! »

Avec un piaillement aigu, Manju bondit de sa chaise et tenta de s'extirper, en l'arrachant, du sari qu'on lui avait donné.

Les deux femmes n'en pouvaient plus de rire.

« C'est une plaisanterie ! » Elles s'étouffaient presque à force de glousser. « C'était un autre sari. Pas celui-ci. »

Manju se mit à sangloter.

« Je veux rentrer chez moi, gémit-elle. S'il vous plaît, laissez-moi partir. Ne m'obligez pas à aller devant eux.

– Toutes celles qui viennent ici disent la même chose. Après quoi elles restent là à perpétuité. »

Elles la prirent par le bras et l'emmenèrent dans le studio brillamment illuminé. Manju était à présent complètement affolée, les nerfs à vif. Pour s'empêcher de pleurer, elle gardait les yeux fixés sur le sol, son sari jeté autour de la tête. Une paire de chaussures noires vernies surgit dans son champ de vision. Elle entendit qu'on la présentait au metteur en scène. Elle joignit les mains et chuchota un *nomoshkar* sans lever le nez. Puis elle vit une seconde paire de chaussures s'approcher d'elle.

« Et voici mon excellent ami, entonna la voix du metteur en scène, Mr Neeladhri Raha, de Rangoon... »

Manju leva la tête. Si elle n'avait pas entendu le nom, elle ne l'aurait pas reconnu. Elle avait rencontré Neel et Dinu des années auparavant. Ils étaient venus à Calcutta avec leur mère, pour rendre visite à Uma qui les avait hébergés. Mais Neel était totalement différent aujourd'hui, avec sa barbe noire bien taillée et son costume trois pièces.

« Neel ? »

Il la contemplait, bouche bée, la langue coincée dans une exclamation inexprimée. Non pas qu'il ait reconnu Manju : s'il était incapable de parler, c'est parce qu'elle était, sans l'ombre d'un doute, la plus belle femme qu'il ait jamais vue.

« Neel, c'est bien vous ? dit Manju. Vous ne vous souvenez pas de moi ? Je suis Manju, la nièce d'Uma Dey. »

Il hocha lentement la tête, incrédule, comme s'il avait oublié son propre nom.

Elle se jeta sur lui et se pendit à son cou.

« Oh, Neel ! s'écria-t-elle, en s'essuyant les yeux sur sa veste. Ramenez-moi à la maison ! »

La salle des costumes n'était plus pareille quand Manju y retourna chercher ses vêtements. Les deux maquilleuses se montrèrent d'une attention frisant l'adoration.

« Alors vous le connaissez ?

– Mais pourquoi vous ne nous l'avez pas dit ? »

Manju ne perdit pas son temps en explications. Elle se changea à toute allure et repartit de même. Neel l'attendait dehors à côté d'une Delage D8 Drophead 1938 flambant neuve. Il ouvrit la porte à Manju qui monta à bord. La voiture sentait le chrome et le cuir frais.

« Quelle merveilleuse machine ! dit Manju. Elle est à vous ?

– Non ! » Neel éclata de rire. « Le concessionnaire a offert de me la prêter quelques jours. Je n'ai pas pu résister. »

Leurs regards se croisèrent un instant, mais tous deux se hâtèrent de détourner la tête.

« Où aimeriez-vous aller ? » demanda Neel.

Il mit la clé dans le démarreur et la Delage répondit avec un ronronnement.

« Voyons... »

Maintenant qu'elle était assise dans la voiture, Manju ne se sentait plus aussi pressée de rentrer chez elle.

Il commença à dire :

« Eh bien... »

Elle sut qu'ils pensaient tous deux à peu près la même chose.

« Peut-être... »

Une phrase qui avait débuté de manière prometteuse dans sa tête vint mourir, inachevée, sur ses lèvres.

« Je vois.

– Oui. »

D'une certaine manière, cet échange laconique réussit à exprimer ce que chacun souhaitait communiquer à l'autre. Neel fit démarrer la voiture et ils quittèrent le terrain du studio : tous deux savaient qu'ils allaient nulle part en particulier, jouissant simplement du plaisir physique d'être assis dans une voiture en marche.

« J'ai été si surpris de vous voir dans ce studio, dit Neel en riant. Voulez-vous vraiment faire du cinéma ? »

Manju se sentit devenir cramoisie.

« Non. J'avais juste envie de voir à quoi ça ressemblait. Il règne un tel ennui à la maison... »

Après quoi, elle ne put s'arrêter. Elle lui raconta des choses qu'elle n'avait jamais racontées à personne ; combien Arjun lui manquait ; comment ses lettres l'avaient remplie de désespoir quant à son avenir à elle ; quelle malédiction c'était pour une femme de vivre par procuration à travers son jumeau. Elle lui parla même des mariages que sa mère avait essayé d'arranger pour elle ; et de la façon dont les mères des candidats lui avaient tiré les cheveux et inspecté les dents.

Il ne dit pas grand-chose, mais elle comprit que ce silence était surtout dû à un manque habituel d'éloquence. Derrière l'épaisse barbe noire, son visage était difficile à déchiffrer, mais Manju avait le sentiment qu'il l'écoutait avec sympathie et enregistrait chacun de ses propos.

« Et vous alors ? demanda-t-elle enfin. Êtes-vous vraiment un grand producteur ?

– Non ! » Le mot sortit de sa bouche avec la force d'un juron. « Non. Ce n'est pas du tout mon idée. C'est Apé, mon père, qui l'a suggérée... »

Ce qu'il voulait en fait, c'était travailler dans le commerce du bois. Il avait demandé à rejoindre l'affaire de famille et avait essuyé le refus de son père. Rajkumar l'avait encouragé à songer à d'autres secteurs : le commerce du bois n'était pas fait pour tout le monde, avait-il dit, et surtout pas pour un citadin comme Neel. Et alors que celui-ci insistait, il lui avait donné une somme d'argent et lui avait ordonné de revenir quand il aurait doublé son capital. Mais comment ? avait demandé Neel. « Va et mets ça dans des films, ou n'importe quoi », avait répliqué Rajkumar. Neel l'avait pris au mot. Il avait prospecté autour de lui à la recherche d'un film à financer et n'avait pas pu en trouver un à Rangoon. Il avait donc décidé d'aller voir en Inde.

« Depuis quand êtes-vous donc ici ? s'enquit Manju. Et pourquoi n'êtes-vous pas venu nous voir ? Vous auriez pu habiter chez Uma-*pishi*, en bas de chez nous. »

Embarrassé, Neel se gratta la barbe.

« Oui, mais, voyez-vous, l'ennui c'est que...

– Quoi donc ?

– Mon père ne s'entend pas avec votre tante.

– Ça ne fait rien, protesta Manju. Votre mère vient souvent. Je suis sûre que votre père ne vous en voudrait pas de venir aussi.

– Peut-être pas, mais je ne le souhaiterais pas de toute façon.

– Pourquoi pas ?

– Eh bien... » Neel se gratta de nouveau la barbe. « Ce ne serait pas bien...

– Qu'est-ce qui ne serait pas bien ?

– Je ne sais pas si je peux l'expliquer. »

Il lui lança un regard étonné et elle s'aperçut qu'il

s'efforçait de trouver des mots pour décrire une pensée qu'il n'avait jamais exprimée auparavant, pas même en son for intérieur.

« Allez-y.

– Voyez-vous, dit-il presque sur un ton d'excuse, je suis le seul à être de son côté. »

Manju fut stupéfaite.

« Que voulez-vous dire ?

– C'est simplement ce que je ressens, répliqua Neel. Que je suis le seul à être de son côté. Prenez mon frère Dinu, par exemple, je pense parfois qu'il déteste Apé.

– Pourquoi ?

– Peut-être... peut-être parce qu'ils sont l'opposé l'un de l'autre.

– Et vous, vous lui ressemblez ?

– Oui. Du moins, c'est ce que j'aimerais penser. »

Il détourna ses yeux de la route pour lui sourire.

« Je ne sais pas pourquoi je vous raconte tout ça. Je me sens idiot.

– Vous ne l'êtes pas. Je comprends ce que vous essayez de dire... »

Ils continuèrent leur balade, Neel conduisant plus ou moins au hasard, prenant une rue puis l'autre, faisant marche arrière dans les impasses et virant à contresens dans les grandes avenues. Il faisait presque nuit quand il la déposa devant chez elle. Ils convinrent qu'il valait mieux qu'il n'entre pas.

Ils se revirent le lendemain et le jour d'après. Il prolongea son séjour et, au bout d'un mois, il expédia un télégramme en Birmanie.

Un beau matin, Dolly se présenta à la porte du bureau d'Uma.

« Dolly ? Toi ici ?

– Oui. Et tu ne devineras jamais pourquoi... »

22

Le mariage fut une sorte de tornade, changeant tout ce qu'il touchait. En quelques jours, Lankasuka fut transformée en un immense et bruyant champ de foire. Sur le toit, une équipe d'installateurs de *pandal* érigeait un immense dais de bambou et de tissu de couleur vive. Dans le jardin ombragé à l'arrière de la maison, une petite armée de cuisiniers engagés pour la circonstance avait dressé des tentes et creusé des trous pour des braseros. On aurait cru qu'un cirque avait pris ses quartiers là.

Bela, à quinze ans, était la benjamine de la maison : une gamine mince, gauche, connaissant une adolescence un peu tardive et compliquée. Elle se montrait tour à tour inquiète et surexcitée, hésitant entre se jeter dans les festivités ou se cacher dans son lit.

À l'approche de la grande date, un tourbillon de télégrammes – jusqu'alors si rares et si redoutés – s'abattit sur Lankasuka, secouant ses portes et fenêtres closes. Pas un jour qui ne s'écoulât sans que Bela n'avise un facteur grimpant quatre à quatre l'escalier une enveloppe rose à la main. Arjun devait arriver en train, accompagné par son ordonnance, Kishan Singh. Dolly, Dinu et Rajkumar viendraient en avion, deux jours avant, sur l'un des DC3 tout neufs de KLM.

L'excitation atteignit son comble le jour prévu pour l'arrivée du groupe de Rangoon. Heureusement, la famille avait, cette année-là, décidé d'acheter une voiture dont les frais seraient partagés entre Uma et son frère. Voiture qui avait été livrée juste au moment où l'on commençait à organiser le mariage, une modeste Jowett huit chevaux, nouveau modèle 1939, avec un long capot et une belle grille ovale de radiateur. À quoi s'ajoutait, côté transports, la Delage Drophead que Neel avait réussi à emprunter une fois de plus à son concessionnaire.

Ils trouvèrent l'aéroport de Dum Dum complètement transformé depuis le retour d'Uma en Inde. Le modeste terrain d'atterrissage était maintenant devenu une véritable aérogare avec ses propres services douaniers. Une centaine d'hectares avaient été défrichés et trois nouvelles pistes aménagées, ainsi qu'un bâtiment administratif de trois étages, une tour de contrôle et une salle de radio. La salle des visiteurs avait changé elle aussi, c'était désormais une longue galerie brillamment éclairée, avec des ventilateurs tournant énergiquement au plafond. À un bout de la galerie, une radio diffusait les nouvelles tandis qu'à l'autre un bar offrait du thé et des en-cas.

« Regardez ! » Bela se précipita aux fenêtres et désigna du doigt un avion qui tournait au-dessus de la piste. On regarda le DC3 atterrir. Le premier à débarquer fut Dinu. Il était vêtu d'un *longyi* et d'une chemise qui flottaient sur sa mince et compacte ossature alors que, sur le tarmac, il attendait ses parents.

Dolly et Rajkumar furent parmi les derniers à émerger. Dolly portait un *longyi* vert à rayures et, comme toujours, une fleur blanche dans ses cheveux. Rajkumar avançait très lentement en s'appuyant un peu sur Dolly, sa chevelure comme une épaisse couronne givrée et les traits de son visage affaissés de fatigue. Âgé maintenant d'environ soixante-cinq ans, il venait d'être victime d'une légère attaque cérébrale et avait quitté son lit contre l'avis de son médecin. Ses affaires, atteintes par la Crise, n'étaient plus aussi florissantes qu'autrefois. L'industrie du teck avait changé au cours des dernières années, et les vieux commerçants en bois du style de Rajkumar étaient devenus des anachronismes. Rajkumar, criblé de dettes, avait été forcé de vendre plusieurs de ses propriétés.

Mais pour le mariage de Neel, il était bien décidé à mettre de côté ses difficultés financières. Ce que les autres faisaient, il entendait le faire à une échelle plus grande et plus luxueuse. Neel était son préféré et il était résolu à ce que les noces de son fils soient un événement qui compenserait toutes les célébrations manquées de sa propre vie.

Dinu était le préféré de Bela : elle aimait beaucoup son allure, ses pommettes hautes et minces, son grand front ; elle aimait aussi son sérieux et sa manière d'écouter les gens, avec un froncement de sourcils attentif, l'air de vraiment se soucier de ce qu'on lui racontait : elle aimait même la façon dont il parlait, en courtes rafales explosives, comme si ses pensées jaillissaient de lui en éruptions.

Le jour où ils allèrent à la gare chercher Arjun, Bela s'assura une place à côté de Dinu. Elle remarqua qu'il tenait un sac de cuir sur ses genoux.

« Qu'est-ce tu as là ? » voulut-elle savoir.

Il ouvrit le sac et lui montra un appareil photo tout neuf, d'un genre que Bela n'avait encore jamais vu.

« C'est un Rolleiflex, expliqua-t-il. Un appareil reflex à objectifs jumeaux... » Il le sortit du sac pour lui en montrer le fonctionnement : l'appareil s'ouvrait comme une boîte, avec un capuchon pliant de sorte qu'il fallait se pencher dessus pour regarder dedans. « J'ai un trépied spécial. Tu verras quand je l'aurai monté...

– Pourquoi l'emportes-tu à la gare ? » demanda-t-elle.

Il haussa vaguement les épaules.

« J'ai vu quelques photos récemment... Des dépôts de chemin de fer par Alfred Stieglitz... Du coup, je me suis demandé... »

L'appareil provoqua des remous quand Dinu l'installa à Howrah. La gare était bondée et beaucoup de gens firent cercle autour. Dinu ajusta le trépied pour le mettre à la hauteur de Bela.

« Ticns, vicns voir... »

Le quai, tout en longueur, était surmonté d'un toit de tôle ondulée en pente raide. Le soleil de cette fin d'après-midi s'infiltrait par les découpes de la marquise créant en arrière-plan un effet d'éclairage contrasté. Devant circulaient un grand nombre de personnes : des porteurs en veste rouge, des vendeurs de thé pressés et des passagers en attente à côté de montagnes de bagages.

Dinu souligna tous ces détails à Bela.

« Je trouve que c'est encore mieux que les photos auxquelles je songeais, dit-il. À cause de tous ces gens... et du mouvement... »

Bela regarda de nouveau dans le viseur et, comme par enchantement, Arjun apparut dans le cadre. Il se penchait hors d'un wagon, se tenant à la barre d'acier d'une porte ouverte. En les voyant, il sauta à terre, et la vitesse du train en marche lui donna de l'élan. Hilare, évitant les vendeurs et porteurs qui grouillaient sur le quai, il surgit en courant du brouillard opaque que déversait la cheminée fumante de la locomotive. La tunique de son uniforme kaki bien ceinturée, sa casquette rejetée en arrière, il leur tomba dessus les bras grands ouverts, riant aux éclats, souleva Manju et la fit tourbillonner follement.

Bela s'écarta de l'appareil photo, avec l'espoir de ne pas se montrer jusqu'à ce que les premières manifestations de l'exubérance d'Arjun se calment. Mais il l'aperçut à cet instant-là. « Bela ! » Il fondit sur elle, la souleva au-dessus de sa tête, sans prêter la moindre attention à ses cris de protestation. Alors qu'en plein brouhaha elle entamait l'atterrissage de son vol plané, son regard se posa sur un soldat qui s'était discrètement approché et se tenait un pas derrière Arjun. Il paraissait plus jeune que ce dernier, et plus petit de stature : Bela remarqua qu'il portait les bagages de son frère.

« Qui est-ce ? » chuchota-t-elle à l'oreille d'Arjun.

Arjun regarda par-dessus son épaule.

« Kishan, répondit-il. Mon ordonnance. »

Il reposa Bela par terre et s'avança vers les autres tout en parlant avec excitation. Bela le suivit, à la même hauteur que Kishan Singh à qui elle jeta un coup d'œil en coin – un agréable visage, pensa-t-elle : sa peau avait une texture de velours brun et, bien qu'il eût des cheveux très courts, on les devinait fins et lisses et ils soulignaient joliment les contours de son front. Il gardait son regard fixé devant lui, pareil à une statue en marche.

Ce n'est qu'au moment de monter en voiture qu'elle sut, sans l'ombre d'un doute, qu'il était conscient de sa présence à elle. Ses yeux rencontrèrent les siens un instant et elle perçut un léger changement dans son expression, un petit sourire. Elle sentit la tête lui tourner : elle n'aurait jamais cru qu'un sourire pouvait avoir un effet physique – comme un coup frappé par un objet volant.

Alors qu'elle grimpait sur la banquette arrière, elle entendit Dinu lancer à Arjun : « Est-ce que tu sais ? Hitler a signé un pacte avec Mussolini... Il pourrait y avoir une autre guerre. » Mais la réponse de son frère se perdit pour elle dans une sorte de brouillard. Tout le long du chemin, jusqu'à la maison, elle n'entendit plus un mot de ce qui se disait.

23

Bien que se connaissant depuis longtemps, Arjun et Dinu n'avaient jamais été amis. Dinu avait tendance à considérer Arjun comme un gentil animal empoté – du genre gros chien ou mulet bien dressé –, une créature d'une bonne volonté et d'une obéissance infaillibles mais incurablement indolente, et incapable de s'exprimer de manière cohérente. Cependant Dinu n'était pas arrogant au point de refuser de corriger son opinion. À la gare de Howrah, le jour où il photographia Arjun courant sur le quai, il se rendit compte qu'il s'agissait là d'une personne totalement différente du garçon qu'il avait connu. Arjun avait perdu son air somnolent et sa façon de parler n'était plus aussi confuse qu'autrefois. Ce qui en soi était un paradoxe intéressant car son vocabulaire semblait désormais consister surtout en un jargon parsemé de fragments divers d'argot anglais et panjabi : tout le monde était maintenant soit un « pote », soit un *« yaar »*.

Mais sur le chemin de la maison, Arjun fit quelque chose qui étonna Dinu. En racontant un exercice tactique, il se lança dans une description topographique : celle d'une colline. Il en énuméra les crêtes, les affleurements, la nature précise de sa végétation et l'abri qu'elle offrait, il cita l'angle d'inclinaison de la pente et s'amusa de l'erreur commise à ce propos par son ami Hardy dont les résultats « ne collaient pas ».

Dinu comprenait les mots et les images, et la métaphore

qui les reliait – ce n'était pas là un langage auquel il aurait jamais songé à associer Arjun. Pourtant, à la fin de la description, il eut l'impression qu'il pouvait voir la colline. De tous ceux qui écoutaient le récit d'Arjun, il était peut-être le seul qui fût conscient de l'extrême difficulté de se souvenir avec autant de minutie et de réussir une description aussi vive : il ressentit un étonnement admiratif à la fois pour la précision du récit d'Arjun et pour la manière foncièrement désinvolte dont il avait été fait.

« Arjun, dit-il, le fixant sans ciller de son regard sévère, je suis stupéfait... Tu as décrit cette colline comme si tu t'en rappelais la moindre particularité.

– Certes, répliqua Arjun. Mon commandant affirme que, sous le feu de l'ennemi, tu payes de ta vie chaque détail oublié. »

Une réponse qui fit réfléchir Dinu. Il avait cru connaître la valeur de l'observation mais sans jamais encore concevoir qu'elle puisse se mesurer en vies. Cette pensée avait quelque chose de mortifiant. Il avait toujours jugé la formation d'un soldat comme étant en premier lieu physique, un dressage du corps. Une seule conversation avait suffi à lui prouver qu'il avait tort. Ses amis étaient surtout des écrivains, des intellectuels : il n'avait jamais rencontré un militaire de sa vie. Soudain, à Calcutta, il se trouvait entouré de soldats. À peine arrivé, Arjun avait rempli la maison de ses camarades. Il connaissait deux ou trois officiers en garnison à Fort William, la caserne de Calcutta. Dès qu'il eut pris contact avec eux, ses copains commencèrent à débarquer à toute heure du jour, en Jeep ou parfois même en camion, leur arrivée signalée par de retentissants coups de klaxon et de bruyants bruits de bottes.

« C'est toujours comme ça que ça se passe avec l'armée, *yaar*, expliqua l'un d'eux en manière d'excuse. Là où va un *fauji*, tout le *paltan* suit !... »

Jusqu'alors l'attitude de Dinu à l'égard des militaires avait varié de l'hostilité déclarée à l'indifférence amusée. À présent, il se sentait plus intrigué que malveillant, de plus en plus intéressé par les mécanismes qui les faisaient fonctionner. L'atmosphère communautaire de leur vie le surprenait profondément. Le plaisir, par exemple, que prenait Arjun à « se trimbaler » avec les autres. C'était là une manière de penser et de travailler aux antipodes de toutes les convictions de Dinu. Lui-même n'était jamais aussi heureux que seul. Il avait peu d'amis et, même en compagnie des plus intimes, subsistait toujours un léger malaise, une réserve analytique. C'était d'ailleurs une des raisons pour lesquelles il aimait tant la photographie. Aucun lieu n'était plus solitaire qu'une chambre noire, sa pénombre et son atmosphère renfermée.

Arjun, au contraire, semblait puiser une intense satisfaction à travailler sur les détails de plans établis par d'autres – pas simplement par des gens d'ailleurs mais par des manuels de procédure. Un jour, parlant du déplacement de son bataillon d'un cantonnement à un autre, il décrivit la routine de l'embarquement à bord du train avec autant de fierté que s'il avait guidé en personne chaque soldat jusqu'à la gare. Alors qu'en fin de compte il s'avéra que son rôle s'était réduit à se tenir à la porte d'un wagon et à remplir une feuille d'appel. Dinu fut stupéfait de constater que c'était justement de ce genre de petites tâches qu'Arjun tirait son bonheur : l'accumulation de feuilles d'appel qui aboutissaient au déplacement d'un peloton puis d'un bataillon.

Arjun se donnait souvent beaucoup de mal pour expliquer que, dans l'armée, il était d'une nécessité vitale pour les « gars » d'avoir une connaissance totale et complète les uns des autres ; de savoir exactement comment chacun d'eux réagirait en certaines circonstances. Il y avait pourtant là un paradoxe qui n'échappait pas à Dinu : quand Arjun et ses camarades parlaient les uns des autres, leurs jugements étaient si exagérés qu'ils semblaient inventer des versions d'eux-mêmes pour leur auditoire. Dans le bestiaire imaginaire de leurs propos de table, Hardy était le Perfectionniste Nickel, Arjun le Séducteur de ces Dames, un autre Le Vrai Gentleman, etc. Ces portraits superficiels faisaient partie de leur folklore d'amitié collectif, une camaraderie dont ils tiraient un immense orgueil, l'investissant de métaphores qui parfois s'étendaient au-delà d'une simple parenté. En général, ils n'étaient que des « frères », mais parfois ils étaient aussi bien davantage, voire les « Premiers Véritables Indiens ». « Regardez-nous, disaient-ils, Panjabis, Marathas, Bengalis, sikhs, hindous, musulmans. Dans quel autre endroit de l'Inde rencontrerait-on un groupe tel que le nôtre, où peu importent région et religion, où nous pouvons tous boire ensemble, manger du bœuf et du porc sans problème ? »

Chaque repas dans un mess d'officiers, affirmait Arjun, était une aventure, une glorieuse transgression des tabous. Ils avalaient des nourritures qu'aucun d'entre eux n'avait jamais touchées chez lui : bacon, jambon et saucisse au petit déjeuner ; rosbif et côtelettes de porc au dîner. Ils buvaient du whisky, de la bière et du vin, fumaient cigares, cigarettes et cigarillos. Et il ne s'agissait pas là simplement de satisfaire l'appétit ; chaque bouchée avait une signification – chacune représentait une avance en direction d'une catégorie nouvelle, plus complète d'Indien. Tous avaient une histoire à raconter sur la manière dont leur estomac s'était retourné la première fois qu'ils avaient mâché un morceau de bœuf ou de porc ; et comment ils avaient lutté pour ne pas recracher et maîtriser leur répugnance. Pourtant ils avaient persisté car ces petites batailles étaient essentielles, et elles testaient non seulement leur virilité mais aussi leur capacité à intégrer la classe des officiers. Ils devaient prouver, à eux comme à leurs supérieurs, qu'ils étaient qualifiés pour devenir des chefs, les membres d'une élite : qu'ils avaient la clairvoyance nécessaire pour s'élever au-dessus des liens de leur sol, pour vaincre les réactions instillées en eux par leur éducation.

« Regardez-nous, s'écriait Arjun après un ou deux whiskys, nous sommes les premiers Indiens modernes ; les premiers à être vraiment libres. Nous mangeons ce que nous voulons, nous buvons ce que nous désirons, nous sommes les premiers Indiens à ne pas subir le poids du passé. »

Pour Dinu, ces propos étaient profondément offensants. « Ce n'est pas ce qu'on boit et ce qu'on mange qui rend moderne ; c'est la manière de voir les choses... » Il allait chercher des reproductions de photographies découpées dans des magazines, signées Stieglitz, Cunningham et Weston.

Arjun les repoussait d'une réplique amusée : « Pour toi le monde moderne est simplement ce que tu en lis. Ce que tu en sais te vient des livres et des journaux. Nous, nous vivons avec les Occidentaux... »

Dinu comprit que c'était à travers leur association avec des Européens qu'Arjun et ses camarades officiers se voyaient en pionniers. Ils savaient que, pour la plupart de leurs compatriotes, l'Ouest demeurait une abstraction lointaine ; même s'ils étaient conscients d'être gouvernés par l'Angleterre, très peu d'Indiens avaient en fait jamais vu un Anglais et plus rares encore étaient ceux qui avaient eu l'occasion de lui parler. Les Anglais vivaient dans leurs propres enclaves et poursuivaient leurs propres activités : la majorité des tâches quotidiennes gouvernementales étaient accomplies par des Indiens. En revanche, dans l'armée, les officiers indiens faisaient partie des élus : ils vivaient dans une proximité des Occidentaux parfaitement inconnue de leurs compatriotes. Ils partageaient les mêmes logements, mangeaient la même nourriture, faisaient le même travail. Ce en quoi leur situation ne ressemblait à aucune des autres sujets de l'Empire.

« Nous comprenons les Occidentaux mieux que n'importe lequel d'entre vous, les civils, aimait à répéter Arjun. Nous savons comment leurs cerveaux fonctionnent. Ce n'est que quand chaque Indien sera comme nous que le pays sera vraiment moderne. »

Les repas avec les amis d'Arjun étaient des manifestations tapageuses, accompagnées de « flopées » de bière, de rires bruyants et de plaisanteries acerbes, surtout par les officiers, à leurs dépens réciproques. Ce qu'ils décrivaient comme du « chahut » essentiellement bon enfant. Mais, un soir, le rythme du repas fut rompu par un bizarre petit incident. À la vue d'un plat de chapati tout chauds et bien gonflés, un des officiers lança à voix haute sur un ton moqueur, « chahuteur » : « Hardy aurait dû être là : c'est lui qui adore les chapati !... » Ces mots apparemment innocents eurent un effet étonnant : le bruit cessa soudain et les visages des officiers se firent brusquement très graves. Prenant conscience, semble-t-il, d'une rebuffade collective, le lieutenant qui venait de parler rougit jusqu'aux oreilles. Puis, comme pour rappeler à ses amis la présence d'étrangers – en d'autres termes Dinu, Manju et Neel –, Arjun s'éclaircit bruyamment la gorge et la conversation se porta aussitôt sur un autre sujet. L'interruption ne dura guère plus qu'une minute et passa inaperçue de tous sauf de Dinu.

Plus tard, ce même soir, Dinu passa par la chambre d'Arjun qu'il trouva assis dans son lit, un livre coincé contre ses genoux et un brandy à la main. Dinu s'attarda un peu.

« Tu veux m'empoigner, hein ? dit Arjun. À propos de ce qui s'est passé ce soir ?

– Oui.

– Ce n'était rien, en fait.

– Raison de plus pour me raconter... »

Arjun soupira.

« C'était une allusion à un excellent ami à moi, Hardy. Quand je pense qu'il n'était même pas là...

– De quoi parlait-on ?

– C'est une longue histoire. Tu comprends, Hardy a eu une histoire de bagarre l'année dernière. Elle va te paraître idiote...

– Que s'est-il passé ?

– Tu es certain de vouloir le savoir ?

– Oui.

– Hardy est un *sardar*, dit Arjun, un sikh, appartenant à une famille qui est dans l'armée depuis des générations.

Tu serais surpris par le nombre de types qui viennent de ce genre de famille. Je les appelle les vrais *fauji*. Des types comme moi, sans liens familiaux avec l'armée, sont l'exception... »

Hardy avait grandi dans la caserne du bataillon à Saharanpur. Son père et son grand-père avaient tous deux servi dans le 1er régiment jat. Engagés comme simples soldats, ils avaient atteint le rang d'officier du vice-roi, le plus haut grade auquel pût prétendre un Indien à l'époque, quelque chose entre sergent et officier. Hardy était le premier de la famille à rejoindre l'armée en qualité d'officier et il souhaitait de toutes ses forces être versé au 1er Jat. Il répétait en plaisantant que son rêve était d'être appelé « sahib » par les anciens collègues de son père.

Mais entre la vie des officiers et celle des subalternes, il y avait une différence dont Hardy n'avait pas tenu compte. Au mess des sous-officiers, on servait de la nourriture indienne, préparée selon les prescriptions diététiques exactes de leurs diverses religions. Au contraire, chez les officiers, on ne servait que de la nourriture « anglaise », et l'ennui avec Hardy c'est qu'il était un de ces garçons qui, malgré leurs efforts, ne pouvaient se passer de leur *dal-roti* quotidien. Il mangeait consciencieusement ce qu'on lui donnait au mess, mais, au moins une fois par jour, il trouvait un prétexte pour quitter le cantonnement de façon à aller se rassasier tout son content en ville. C'était un exercice assez courant chez les officiers indiens, mais Hardy avait franchi une frontière invisible : il avait commencé à fréquenter le mess des sous-officiers. Ces petites incursions lui plaisaient beaucoup : enfant, il avait appelé « mon oncle » pas mal de ces hommes et il présumait qu'ils lui témoigneraient la même indulgence et la même affection qu'autrefois. Ils garderaient le secret de ses visites, pensait-il. Après tout, beaucoup d'entre eux venaient du même village, de la même famille étendue. Plusieurs avaient connu son père.

Il n'aurait pas pu se tromper davantage. Loin d'être ravis de se retrouver sous les ordres de Hardy, les anciens camarades de son père se montrèrent profondément offensés par sa présence dans le bataillon. Ils étaient la première génération de soldats indiens à servir sous des officiers indiens. Ce qui mettait mal à l'aise un grand nombre d'entre eux : leurs rapports avec leurs officiers britanniques étaient la source de leur fierté et de leur prestige. Servir sous des Indiens représentait une dilution de ce privilège.

Le jour vint où le commandant du bataillon, le lieutenant-colonel « Bucky » Buckland recommanda que Hardy soit nommé à la tête de la compagnie C. Pour les sous-officiers, ce fut la goutte d'eau en trop. Certains connaissaient bien le lieutenant-colonel : ils servaient sous ses ordres depuis plusieurs années, et le renseigner sur ce qui se passait dans leur unité faisait partie de leurs tâches. Ils formèrent une délégation qui alla le voir. « Ce garçon, Hardayal Singh, que vous venez de mettre en charge de la compagnie C, lui dirent-ils, nous connaissons son père, ses sœurs sont mariées à nos frères, sa maison est dans le village voisin du nôtre. Comment pouvez-vous vous attendre à ce que nous traitions ce gamin comme un officier ? Enfin, quoi, il ne peut même pas supporter la nourriture que mangent les officiers ! Il vient en secret dans nos mess dévorer nos chapati ! »

Le lieutenant-colonel Buckland fut très troublé par ces plaintes : impossible de ne pas être dégoûté par la noirceur de ces sentiments. Si ne faire confiance qu'aux siens impliquait déjà la haine de soi, alors combien plus profonde était cette même haine qui conduisait un groupe d'hommes à désavouer quelqu'un pour la seule raison qu'il était un des leurs.

Buckland réprimanda vertement les sous-officiers : « Vous vivez dans le passé. Le temps est venu pour vous d'apprendre à recevoir vos ordres des Indiens. Cet homme est le fils d'un de vos anciens camarades. Voulez-vous vraiment lui faire honte en public ? »

En dépit de cette algarade, les sous-officiers ne cédèrent pas. En fin de compte, c'est le lieutenant-colonel qui dut reculer. Il y avait toujours eu un contrat tacite entre les hommes et leurs officiers britanniques : sur certains points, il était entendu que leurs souhaits devaient être pris en compte. Buckland n'eut d'autre choix que d'envoyer chercher Hardy et l'informer que sa nomination ne pouvait pas être confirmée pour l'instant. Ce qui se révéla la partie la plus difficile de toute l'affaire. Comment expliquer ces griefs à Hardy ? Comment un soldat se défend-il de l'accusation d'être, pour ainsi dire, un mangeur de chapati clandestin ? Quel effet cela a-t-il sur son amour-propre ?

Buckland traita la situation avec autant de tact que possible, et Hardy sortit de son entrevue sans signes visibles de déconfiture. Seuls ses amis intimes savaient combien il avait été blessé, et combien il avait été malaisé pour lui de faire face à ces sous-officiers le lendemain. De plus, l'armée étant une petite institution étroitement unie, les histoires se répandaient vite, et, de temps en temps, même des amis disaient ce qui ne fallait pas, exactement comme cela était arrivé ce soir-là.

« Êtes-vous donc tous confrontés au même problème ? demanda Dinu à Arjun. Est-ce difficile pour vous d'être acceptés comme officiers par vos hommes ?

– Oui et non, répliqua Arjun. On a toujours l'impression qu'ils vous surveillent de plus près qu'ils ne le feraient si on était anglais, surtout moi, je suppose, puisque je suis le seul Bengali dans le paysage. Mais on a aussi le sentiment qu'ils s'identifient à vous, que certains vous poussent en avant tandis que les autres attendent que vous vous cassiez la figure. Face à eux, je les sens qui se mettent à ma place, franchissant une barrière qui est devenue une immense ligne de partage dans leur esprit. Le moment où ils s'imaginent au-delà de cette ligne, quelque chose change. Plus rien n'est comme avant.

– Que veux-tu dire ?

– Je ne suis pas sûr de pouvoir l'expliquer, Dinu. Je vais te raconter une histoire. Un soir, un vieux colonel anglais est venu visiter notre mess. Il débordait d'anecdotes sur les jours heureux d'autrefois. Après dîner, je l'ai entendu par hasard parler à Bucky, notre commandant. Il soufflait, haletait et sifflait à travers ses moustaches. Son opinion c'était que cette idée de bombarder officiers des Indiens détruirait l'armée ; tout le monde se sauterait à la gorge et l'édifice entier s'effondrerait. Or Bucky est le type le plus juste et le plus décent qui soit et il n'allait pas accepter ce genre de propos. Il nous a défendus ardemment en disant que ses officiers indiens faisaient un excellent boulot et tout le reste. Mais, vois-tu, la vérité c'est que je savais au fond de mon cœur que Bucky avait tort et la vieille baderne raison.

– Pourquoi ?

– C'est simple. Chaque institution a sa propre logique et l'armée britannique des Indes a toujours fonctionné sur la base acceptée de la séparation entre les Indiens et les Anglais. C'était un système sans complication : les deux parties restaient séparées et chacune avait le sentiment que cette partition opérait à son bénéfice. Ce n'est pas chose aisée, vois-tu, d'amener les hommes à se battre. Les Britanniques ont trouvé un moyen de le faire et ils l'ont rendu opérationnel. Mais aujourd'hui, avec nous à l'intérieur du mess des officiers, je ne sais pas si ça peut continuer à marcher.

– Pourquoi pas ? »

Arjun se leva pour se verser un autre brandy.

« Parce que ce qu'a dit la vieille baderne est vrai : on se saute tous à la gorge.

– Qui ?

– Les Anglais et les Indiens.

– Vraiment ? Pourquoi ? À quel sujet ?

– Des broutilles, la plupart du temps. Au mess, par exemple, si un British met la radio sur une émission en anglais, tu peux être sûr que trois minutes plus tard un Indien la branchera sur des chansons de films indiens. Et puis quelqu'un la remettra sur l'émission précédente et ainsi de suite jusqu'à ce que tu souhaites qu'on la ferme définitivement. Des trucs comme ça.

– On dirait des mômes en train de se disputer dans la cour de récréation.

– Oui. Mais je crois qu'il y a quelque chose d'important derrière ça.

– Quoi donc ?

– Vois-tu, on fait tous le même boulot, on mange la même nourriture, etc. Mais les types qui ont été entraînés en Angleterre sont payés un paquet plus que nous. En ce qui me concerne, je m'en fiche un peu, mais des gars comme Hardy s'inquiètent de tout ça. Pour eux, ce n'est pas simplement un travail comme ça l'est pour moi. Tu comprends, ils croient vraiment en ce qu'ils font : ils croient que les Anglais défendent la liberté et l'égalité. La plupart d'entre nous, quand on entend des grands mots de ce genre, on a tendance à ne pas les prendre à la lettre. Eux, non. Ils sont vachement sérieux sur ces trucs-là, et c'est pour ça que c'est si dur pour eux de découvrir que cette égalité dont on leur a tant parlé est une carotte au bout d'un bâton, quelque chose qu'on leur agite sous le nez pour les faire marcher mais qui reste hors de leur portée.

– Pourquoi ne se plaignent-ils pas ?

– Ils le font parfois. Mais en général il n'y a aucun motif particulier de se plaindre. Prends le cas de la nomination de Hardy : qui est à blâmer ? Hardy lui-même ? Les hommes ? Certainement pas le commandant. Et c'est toujours pareil. Chaque fois que l'un de nous n'obtient pas un poste ou une promotion, il y a constamment un fatras de règlements pour tout embrouiller. À la surface, chaque chose dans l'armée semble gouvernée par des manuels, des codes, des procédures : ça paraît réglé comme du papier à musique. Mais, en fait, là-dessous règnent toutes ces ombres ténébreuses qu'on ne peut jamais vraiment discerner : préjugé, méfiance, suspicion. »

Arjun avala son cognac et s'arrêta de parler pour s'en verser un autre.

« Je vais te raconter une histoire, reprit-il, un truc qui m'est arrivé à moi pendant que j'étais à l'Académie. Un jour, nous sommes allés en ville, moi, Hardy et quelques autres. Il a commencé à pleuvoir et nous sommes entrés dans une boutique. Le commerçant a offert de nous prêter des parapluies. Sans réfléchir, j'ai répondu, oui, bien sûr, ça nous sera utile. Les autres m'ont regardé comme si j'étais devenu fou. “À quoi penses-tu donc ? m'a lancé Hardy. Il n'est pas question qu'on te voie avec un parapluie !” Je me suis étonné : “Mais pourquoi pas ? Pourquoi ne puis-je pas être vu avec un parapluie ?” “As-tu jamais rencontré un soldat indien avec un parapluie ?” a rétorqué Hardy. J'ai réfléchi et je me suis rendu compte que je n'en avais jamais vu. “Non”, ai-je dit. “Et sais-tu pourquoi ? – Non. – Parce que autrefois, dans l'Est, les parapluies étaient un signe de souveraineté. Les Britanniques ne tenaient pas à ce que leurs cipayes deviennent trop ambitieux. C'est pourquoi tu ne verras jamais de parapluie dans une caserne.”

» Je suis resté stupéfait. Était-ce possible ? J'étais persuadé qu'il n'y avait aucun règlement à ce sujet. Peux-tu imaginer un règlement qui dirait : “Il est interdit aux Indiens d'avoir des parapluies dans leurs casernes ?” C'est impensable. Mais en même temps, il est vrai qu'on n'a jamais vu quiconque avec un parapluie dans une garnison. Un beau jour, j'ai demandé au capitaine Pearson. “Sir, pourquoi n'utilisons-nous jamais de parapluie, même quand il pleut ?” Le capitaine Pearson est un petit homme coriace au cou de taureau. Il m'a regardé comme si j'étais un ver de terre. Rien n'aurait pu me fermer la gueule plus vite que sa réponse : “Nous n'utilisons pas de parapluies, lieutenant, parce que nous ne sommes pas des femmes.” »

Arjun se mit à rire.

« Et maintenant, dit-il, je préférerais n'importe quoi – y compris me noyer dans la tornade – plutôt que d'être vu avec un parapluie. »

24

Cette année-là, la mousson donna l'impression de s'abattre sur Lankasuka avant même l'apparition des premiers nuages. Le mariage de Manju eut lieu fin juin, à la veille de l'arrivée des pluies. Les journées étaient très chaudes et dans le parc, devant la maison, le niveau du lac était descendu au point qu'il n'était plus question d'y sortir les bateaux. On était à cette période de l'année où même la terre paraît tourner au ralenti par anticipation du déluge imminent.

Mais dans Lankasuka le mariage créa une sorte d'anomalie climatique : on aurait cru la propriété emportée par le courant, ses habitants tourbillonnant comme des fous vers l'embouchure de la rivière, charriés par de grandes marées d'éléments disparates – individus, cadeaux, anxiété, rires, nourriture. Dans le jardin sur l'arrière, des feux brûlaient nuit et jour et, sur le toit, sous les dais de couleurs vives érigés pour la circonstance, plusieurs dizaines d'invités semblaient prendre part à un banquet permanent.

Les jours se passèrent dans une tempête de festivités et de cérémonies rituelles : les engagements familiaux solennels du *paka-dekha* menèrent inexorablement à l'onction de safran jaune du *gaye-holud*. Peu à peu, tout comme les eaux montantes de la mousson submergent les parcelles quadrillées d'une rizière, la constante progression des noces balaya les rivages séparant les vies des habitants de la maison. Drapées dans leur sari blanc, les partenaires politiques d'Uma accoururent à l'aide, ainsi qu'un grand nombre de membres du parti du Congrès dans leur tenue kaki ; les camarades d'Arjun basés à Fort William expédièrent des détachements auxiliaires de cuisiniers, de serveurs et même à l'occasion des fanfares au complet avec cuivres et chefs en uniforme ; la majorité du lycée de Manju débarqua, imitée par la foule pittoresque des amis et relations de Neel des studios de Tollygunge, metteurs en scène, acteurs, étudiants, chanteurs en play-back, y compris les deux terrifiantes maquilleuses qui avaient habillé Manju le jour de son bout d'essai.

Dolly participa aussi activement au mélange. Au cours de ses voyages à Calcutta pour aller voir Uma, elle avait établi des liens particuliers avec le temple birman de la ville. Aussi modeste qu'il fût, ce temple jouissait d'une certaine réputation. Beaucoup de grands personnages birmans y étaient passés, et parmi eux le célèbre moine activiste U Wisara. Grâce à Dolly, une importante partie de la communauté birmane de Calcutta – étudiants, moines, avocats et même quelques malabars de la police municipale (dont beaucoup d'origine anglo-birmane) – vint assister au mariage de Manju.

Si l'on considère l'étrange échantillon que représentaient ces groupes, les désagréments furent relativement rares. Mais, en fin de compte, il se révéla impossible de faire taire les vents puissants qui balayaient le monde. Un beau jour, un ami d'Uma, un éminent membre du parti du Congrès, arriva habillé à la manière de Jawaharlal Nehru, bonnet kaki, long *sherwani* noir et rose à la boutonnière. L'élégant homme politique se retrouva à côté d'un camarade d'Arjun, un lieutenant portant l'uniforme du 14e régiment du Panjab.

« Et quelle impression, dit le député en se tournant vers le soldat avec un sourire de mépris, cela fait-il à un Indien de porter cet uniforme ?

– Si vous tenez à le savoir, monsieur, répliqua sèchement le camarade d'Arjun, avec le même sourire méprisant, cet uniforme est plutôt chaud, mais j'imagine qu'il doit en aller de même pour le vôtre ? »

Une autre fois, Arjun dut faire face à un groupe de moines bouddhistes, d'étudiants activistes birmans et de membres du parti du Congrès qui, conservant des souvenirs amers de leurs affrontements avec les soldats et policiers indiens, se mirent à lui reprocher son appartenance à une armée d'occupation.

Se rappelant que c'était le mariage de sa sœur, Arjun réussit à garder son calme.

« Nous n'occupons pas le pays, répliqua-t-il d'un ton aussi léger qu'il le put. Nous sommes là pour vous défendre.

– De qui nous défendez-vous ? De nous-mêmes ? D'autres Indiens ? C'est de vos maîtres que notre pays a besoin d'être défendu !

– Écoutez, dit Arjun, c'est un boulot et j'essaye de le faire de mon mieux... »

Un des étudiants birmans lui adressa un sourire sans gaieté.

« Savez-vous ce que nous disons en Birmanie quand nous voyons des soldats indiens ? Nous disons : tiens voilà l'armée des esclaves en route pour aller capturer d'autres esclaves pour leurs maîtres. »

Arjun dut faire un effort considérable pour ne pas exploser : au lieu de se lancer dans une bagarre, il fit demi-tour et partit. Plus tard, il alla se plaindre à Uma qui ne lui montra aucune sympathie. « Ils t'ont simplement dit ce que tout le monde pense dans le pays, lui répliqua-t-elle sans ambages. Si tu as assez de cran pour faire face aux balles ennemies, tu devrais en avoir suffisamment pour écouter ces gens. »

Pour la durée de son séjour à Lankasuka, on avait attribué à Kishan Singh une petite pièce placée au fin fond de la maison, utilisée d'habitude pour conserver des provisions, en particulier de la nourriture. On trouvait le long des murs de grands *martaban* de pierre remplis de légumes au vinaigre ; dans les coins, des tas de mangues et de goyaves en train de mûrir ; des pots de terre, dans lesquels on gardait le beurre et le *ghee* de la maisonnée, étaient accrochés sur des cordes aux poutres, hors de portée des fourmis et des chats.

Un après-midi, Bela fut expédiée dans la pièce à provisions pour chercher du beurre. Légèrement déformée, la porte en bois fermait mal. Par l'entrebâillement, Bela aperçut Kishan Singh allongé sur une natte à l'intérieur. Il s'était changé pour sa sieste et ne portait qu'un *longyi*. Son uniforme kaki était pendu à un piton. Il transpirait sous la chaleur de juin, le torse nu à l'exception de son maillot de corps collé sur sa poitrine.

Au mouvement de sa cage thoracique, Bela devina qu'il était profondément endormi. Elle se glissa dans la pièce et contourna la natte sur la pointe des pieds. Elle était à genoux, en train de défaire les ficelles du pot de beurre quand Kishan Singh se réveilla brusquement.

Il se leva d'un bond et enfila sa tunique kaki, le visage rouge d'embarras.

« Ma mère m'a envoyée chercher ça... » dit Bela précipitamment.

Elle désigna le pot.

Kishan s'assit en tailleur sur sa natte et sourit à Bela qui lui sourit timidement à son tour. Elle n'avait aucune envie de repartir : elle n'avait pas parlé à Kishan jusqu'à ce jour et elle découvrait qu'elle souhaitait lui poser beaucoup de questions.

Elle commença par celle qui la préoccupait le plus.

« Kishan Singh, lança-t-elle, es-tu marié ?

– Oui, répliqua-t-il gravement. Et j'ai un petit garçon. De tout juste un an.

– Quel âge avais-tu quand tu t'es marié ?

– C'était il y a quatre ans. Je devais avoir seize ans.

– Et ta femme, comment est-elle ?

– Elle vient du village voisin du mien.

– Et où est ton village ?

– Dans le Nord, loin d'ici. Près de Kurukshetra où a eu lieu la grande bataille du *Mahabharata*. C'est pourquoi les hommes de notre région font de bons soldats. C'est ce que disent les gens.

– Et tu as toujours voulu être soldat ?

– Non ! » Il éclata de rire. « Pas du tout. Mais je n'ai pas eu le choix. »

Les hommes de la famille avaient toujours vécu du métier de soldat. Son père, son grand-père, ses oncles – tous avaient servi dans le 1er bataillon du 1er régiment jat. Son grand-père était tombé à Passchendaele, pendant la Première Guerre mondiale. La veille de sa mort, il avait dicté une lettre destinée à sa famille, remplie d'instructions sur la marche à suivre pour les récoltes, ce qui devrait être ensuite planté et où, le meilleur temps pour les semailles et pour la moisson. Le lendemain il était sorti de sa tranchée pour aller sauver son *afsar* blessé, un capitaine anglais dont il avait été l'ordonnance cinq ans durant et qu'il vénérait. Pour cet acte de bravoure, il avait reçu la Médaille militaire, que sa famille conservait dans une boîte en verre.

« Et jusqu'à aujourd'hui, les parents de l'*afsar* continuent à nous envoyer de l'argent, non pas parce que nous leur en demandons mais par affection pour mon grand-père, en hommage à ce qu'il a fait pour leur fils... »

Le regard fixé sur chaque mouvement des muscles de son visage, Bela buvait les paroles de Kishan Singh.

« Vas-y, raconte. »

Son père avait été blessé en Malaisie, lors d'un soulèvement. Un coup de poignard lui avait ouvert le flanc et percé le colon. Les médecins militaires avaient fait ce qu'ils pouvaient mais la blessure lui avait laissé de violentes douleurs d'estomac chroniques. Il était allé fort loin consulter des experts en médecine ayurvédique et autres : des dépenses qui l'avaient forcé à vendre sa part des terrains familiaux. Il n'avait pas voulu que Kishan Singh connaisse le même sort : il désirait que son fils aille au lycée et comprenne les choses ; lui-même, il avait parcouru le monde – la Malaisie, la Birmanie, la Chine, l'Afrique de l'Est – et n'avait rien compris du tout.

Kishan Singh aussi aurait bien aimé aller au lycée mais à l'âge de quatorze ans il avait perdu son père. Après quoi, il n'avait pas eu le choix : la famille avait besoin d'argent et l'avait pressé de se rendre au bureau local de recrutement, en soulignant la chance qu'il avait d'être né au sein d'une caste autorisée à s'engager dans l'armée du *sarkar* anglais.

« C'est pour ça que tu t'es engagé ? »

Il hocha la tête.

« Oui.

– Et les filles de ton village, elles sont comment ?

– Pas comme toi.

– Pourquoi ? demanda-t-elle, blessée. Que veux-tu dire ?

– Dans un sens, dit-il, ce sont des soldats aussi. Dès leur petite enfance, elles apprennent ce que signifie être veuve jeune, élever des enfants sans leur mari, passer sa vie avec des hommes estropiés et invalides. »

A cet instant-là, Bela entendit sa mère l'appeler et elle s'enfuit en courant.

Rajkumar et les siens étaient descendus au Great Eastern Hotel. Pour Rajkumar, il était impensable, vu leur inimitié passée, d'habiter chez Uma comme le faisait d'habitude Dolly. Il avait cependant été convenu que Neel et Manju passeraient leur nuit de noces, la dernière à Calcutta, à Lankasuka, dans l'appartement d'Uma.

Le jour venu, Uma et Dolly préparèrent elles-mêmes la chambre nuptiale. Elles se rendirent tôt le matin au marché aux fleurs de Kalighat et revinrent avec des dizaines de paniers débordants. Elles passèrent la matinée à orner le lit de guirlandes, par centaines. Tout en travaillant, elles évoquèrent leurs mariages respectifs, si différents l'un de l'autre. Dans l'après-midi, elles furent rejointes par la deuxième princesse venue spécialement de Kalimpong, complétant ainsi le cercle.

Il faisait chaud et elles furent bientôt trempées de sueur.

« J'en ai assez ! s'exclama Dolly. Mon mariage était plus simple !

– Tu te rappelles Mrs Khambatta avec son appareil photo ? »

Elles s'assirent par terre en riant à ce souvenir.

Au fil de la journée, cent crises mineures s'accumulèrent, beaucoup concernant des courses oubliées : un second *dhoti* pour le prêtre, une poignée de *durba* fraîche, un sari pour une vieille tante, bref des objets insignifiants mais néanmoins essentiels. En fin d'après-midi, Arjun reçut l'ordre d'organiser une rapide expédition en ville dans la Jowett familiale. Dinu, Uma et Bela l'accompagneraient, chacun armé d'une liste d'achats à faire.

Arjun amena la Jowett dans la cour et les autres s'y engouffrèrent.

« Où allons-nous exactement ? s'enquit Uma.

– Au marché de Kalighat, dit Arjun.

– Eh bien, il faudra faire vite.

– Pourquoi donc ?

– Il y a une grande manifestation aujourd'hui, nous pourrions être bloqués.

– Encore une manif ? s'écria Arjun surpris. Et en l'honneur de quoi cette fois ? »

Sa réplique irrita Uma.

« Tu ne lis donc jamais les journaux, Arjun ? C'est une marche pour la paix. Nous, au parti, nous croyons que dans le cas d'une autre guerre la Grande-Bretagne ne peut pas compter sur notre soutien à moins qu'elle ne soit prête à nous garantir l'indépendance.

– Oh, je vois, dit Arjun en haussant les épaules. Alors dans ce cas, nous ne risquons rien, il va leur falloir un bon bout de temps pour arriver à tout ça... »

Dinu éclata de rire.

Ils atteignirent le marché en quinze minutes et firent leurs courses en moins d'une demi-heure. Ils se trouvaient sur le chemin de retour quand, en tournant dans une grande avenue, ils avisèrent les premiers manifestants.

« Pas de quoi s'inquiéter, dit calmement Arjun. Nous sommes très loin devant. Ils ne nous bloqueront pas. »

Mais comme il disait cela, le moteur de la Jowett se mit à crachoter. Et puis, soudain, la voiture s'arrêta.

« Fais quelque chose, Arjun ! ordonna sèchement Uma. Nous ne pouvons pas nous arrêter ici.

– La bougie, murmura Arjun, incrédule. Je savais que j'aurais dû la nettoyer ce matin.

– Tu ne peux pas la remplacer ?

– Ça va prendre quelques minutes.

– Quelques minutes ! s'exclama Uma. Mais ils seront tous autour de nous. Arjun, comment as-tu pu nous mettre dans pareille situation ?

– Ce sont des choses qui arrivent... »

Avec Dinu, ils descendirent ouvrir le capot. La Jowett avait beaucoup tourné au ralenti dans la cour de la maison et le moteur était brûlant. La bougie remplacée, ils se retrouvèrent au milieu des manifestants qui continuaient de défiler de chaque côté de la voiture, certains faisant halte pour contempler la Jowett en panne et les deux hommes debout près du capot soulevé. Arjun et Dinu remontèrent en voiture : il n'y avait rien à faire, sinon attendre que les derniers manifestants soient passés.

Un des marcheurs lança un prospectus par la vitre baissée de la voiture. Arjun le ramassa et y jeta un coup d'œil. Deux phrases en bengali imprimées gras exhortaient les Indiens à ne pas se mettre au service de l'Empire qui avait réduit leur pays en esclavage depuis deux cents ans. Suivaient des citations du mahatma Gandhi et un passage qui disait : « Pourquoi l'Inde, au nom de la liberté, devrait-elle venir au secours de cet Empire satanique qui est lui-même la plus grande menace à la liberté que le monde ait jamais connue. »

Déjà extrêmement irrité, Arjun émit un sifflement de fureur.

« Quels idiots ! s'écria-t-il. J'aimerais leur faire rentrer ça dans la gorge. On pourrait penser qu'ils ont autre chose à foutre que de défiler sous un soleil brûlant...

– Fais attention à ce que tu dis, l'interrompit sèchement Uma, sur la banquette arrière. J'espère que tu sais que j'étais censée participer à cette manifestation moi aussi. Je ne crois pas que tu devrais les traiter d'idiots. Après tout, que sais-tu de ces choses ?

– Oh, eh bien... »

Arjun s'apprêtait à détourner la conversation avec un haussement d'épaules quand, de manière inattendue, Dinu vint à la rescousse.

« Je pense qu'Arjun a raison ! lança-t-il. Ces gens sont vraiment des idiots...

– Comment ? s'exclama Uma. De quoi parles-tu, Dinu ?

– Je parle de fascisme et je dis que la chose la plus importante aujourd'hui est de le combattre. Parce que si la guerre éclate, elle ne ressemblera à aucune autre guerre... Hitler et Mussolini sont parmi les chefs d'État les plus tyranniques et les plus destructeurs de toute l'histoire de l'humanité... Ils sont grotesques, ce sont des monstres... S'ils réussissent à imposer leur autorité sur le monde, nous sommes tous condamnés. Regardez à quoi ils croient... toute leur idéologie est fondée sur la supériorité de certaines races et l'infériorité des autres... Regardez ce qu'ils font aux Juifs... Et si on les laisse faire, ils détruiront le mouvement des travailleurs partout dans le monde... leur règne sera le plus despotique et le plus violent qu'on puisse imaginer, avec certaines races foulées aux pieds et d'autres portées au pinacle... Et ne croyez pas un instant que l'Inde et la Birmanie tireront quoi que ce soit de la défaite de l'Angleterre... Le plan des Allemands est tout bonnement de prendre la place de l'Empire et de régner à sa place... Et songez à ce qui se passera en Asie... Les Japonais rêvent déjà d'un empire, comme les nazis et les fascistes... L'an dernier à Nankin, ils ont massacré des centaines de milliers d'innocents... Un véritable génocide... Dans sa dernière lettre, Saya John disait que beaucoup des parents de sa femme avaient été tués... Collés contre un mur et fusillés... Hommes, femmes, enfants... Croyez-vous que si l'armée japonaise arrivait en Inde, elle ne ferait pas la même chose ici ? Si oui, vous vous mettez le doigt dans l'œil... Elle le fera... Ce sont des impérialistes et des racistes de la pire espèce... S'ils réussissent, ce sera la pire catastrophe de toute l'histoire de l'humanité.

– Dinu, répliqua calmement Uma, tu ne dois pas croire un seul instant que moi, ou quiconque dans le parti, nous ayons une once de sympathie pour les nazis et les fascistes. Absolument pas ; ils sont précisément ce que tu dis : monstrueux, grotesques. Ainsi que l'a souvent répété le mahatma Gandhi, ils représentent exactement l'opposé de tout ce à quoi nous croyons. Mais, selon moi, nous sommes pris entre deux fléaux : deux sources du mal absolu. La question pour nous est : pourquoi choisir l'un plutôt que l'autre ? Tu dis que les nazis régneront par la violence et la conquête, qu'ils institutionnaliseront le racisme, qu'ils commettront d'innommables génocides. Tout cela est vrai : je ne le conteste pas un seul instant. Mais songe aux maux que tu as énumérés : génocide, racisme, règne de l'agression et de la conquête. L'Empire n'est-il pas coupable de tous ? Combien de dizaines de millions de personnes ont-elles péri au cours de la conquête du monde par cet Empire, dans son appropriation de continents entiers ? Je ne pense pas qu'on puisse jamais les compter exactement. Pire encore, l'Empire est devenu l'idéal du succès national, un modèle auquel aspirer pour les nations. Pense aux Belges, se précipitant pour conquérir le Congo : ils ont tué dix ou onze millions de personnes là-bas. Et que voulaient-ils d'autre sinon créer une version de cet Empire ? Que veulent donc le Japon et l'Allemagne sinon créer leurs propres empires... »

Bela se pencha par-dessus le siège pour essayer d'intervenir :

« Il faut qu'on rentre ! s'écria-t-elle. On ne peut pas rester ici à se disputer. C'est la soirée du mariage de Manju ! »

Les derniers manifestants s'étaient maintenant éloignés. Arjun fit démarrer la voiture et ils repartirent à toute vitesse vers Lankasuka.

Mais en ce qui concernait Dinu, la discussion n'était pas terminée. Il se retourna.

« Tante Uma, dit-il, vous parlez sans cesse des maux sécrétés par l'Empire et de ce que les Britanniques ont fait à l'Inde... Mais croyez-vous qu'il ne se passait pas aussi des choses épouvantables ici avant leur arrivée ? Regardez la manière dont les femmes sont traitées encore aujourd'hui, regardez le système des castes, les intouchables, le bûcher des veuves... toutes ces choses terribles, terribles. Les maux qui prévalaient ici alors étaient bien pires que tout ce qu'ont fait les Anglais...

– Permets-moi, rétorqua vivement Uma, d'être la première à reconnaître les horreurs de notre propre société. En tant que femme, je t'assure que j'en suis même plus consciente que toi. Le mahatma Gandhi a toujours affirmé que notre lutte pour l'indépendance ne pouvait être séparée de notre lutte pour les réformes. Mais cela dit, permets-moi aussi d'ajouter que nous ne devons pas nous laisser berner par cette idée selon laquelle l'impérialisme est une entreprise de réforme. Les colonialistes aimeraient à nous le faire croire mais il existe une réfutation simple et claire. Il est vrai que l'Inde est déchirée par les maux que tu décris, castes, maltraitance des femmes, ignorance, illettrisme. Mais prends l'exemple de ton propre pays, la Birmanie. Il n'y avait pas de système de castes là-bas. Au contraire, les Birmans étaient très égalitaires. Les femmes jouissaient d'un important statut, probablement meilleur qu'en Occident. L'alphabétisation était universelle. Mais la Birmanie a été conquise et soumise, elle aussi. Sous certains aspects, ses habitants ont connu un sort bien pire que le nôtre aux mains des impérialistes. C'est une erreur d'imaginer que les colonialistes prennent le temps de peser les bons et mauvais côtés des sociétés qu'ils entendent conquérir : ce n'est pas pour cela que les empires sont bâtis. »

Dinu émit un rire rauque.

« Et vous voilà, si pleine d'indignation à l'égard des Britanniques. Et pourtant vous utilisez la langue anglaise plus souvent qu'à votre tour...

– Ça n'a rien à voir, répliqua vertement Uma. Beaucoup d'écrivains juifs écrivent en allemand. Crois-tu que ça les empêche de reconnaître la vérité ? »

De sa place de conducteur, Arjun cria : « Accrochez-vous ! » tout en faisant opérer à la voiture un virage à angle aigu pour franchir les grilles de Lankasuka. Ils furent accueillis à leur descente par les youyous et les mugissements des conques. Ils se précipitèrent à l'étage pour retrouver Neel et Manju marchant autour du feu, le *dhoti* du garçon noué au sari de la jeune fille.

Sous la capuche de son sari, Manju ne cessait de regarder autour de la pièce, essayant en vain d'apercevoir Arjun. Quand elle le vit enfin entrer, dans ses vêtements tachés de cambouis, elle leva brusquement la tête, laissant ainsi tomber son capuchon. Toute l'assistance s'immobilisa, stupéfaite par le spectacle d'une jeune mariée sans voile. À cet instant précis, une seconde avant que Manju ait eu le temps de remettre son sari en place, le flash de Dinu explosa. Plus tard, chacun devait convenir que c'était là de loin la meilleure photo du mariage.

La nuit était insupportablement chaude et, malgré le tourbillon du ventilateur de plafond, le lit de Bela était trempé de sueur. L'adolescente ne pouvait pas dormir ; l'odeur des fleurs la poursuivait, ce lourd parfum des dernières nuits brûlantes avant l'explosion des pluies. Elle pensa à Manju près de Neel, au rez-de-chaussée, dans son lit semé de pétales. Étrange combien la chaleur avait pour effet d'accentuer l'odeur des fleurs.

Elle avait la gorge sèche, complètement sèche. Elle se leva et gagna le hall. La maison était plongée dans l'obscurité et, pour la première fois depuis des semaines, il n'y avait personne dans les parages. Le silence paraissait presque irréel, surtout après le brouhaha des derniers jours. Elle traversa sur la pointe des pieds le hall jusqu'à la véranda à l'arrière. La lune était pleine et ses reflets brillaient sur le sol comme du papier argenté. Bela jeta un coup d'œil dans la chambre où Kishan Singh dormait, par la porte comme d'habitude entrebâillée : il gisait sur sa natte, son *longyi* retroussé entre ses jambes. Un courant d'air ouvrit un peu plus la porte. Il semblait qu'il fasse plus frais à l'intérieur. Bela se glissa et alla s'asseoir dans un coin, le menton sur les genoux.

Soudain, Kishan Singh remua et se redressa.

« Qui est-ce ?

– C'est moi. Bela.

– Bela ? »

Elle perçut une note d'appréhension dans sa voix et elle comprit que cela concernait plus Arjun qu'elle ; qu'il redoutait ce qui se passerait si on la trouvait dans sa chambre – la sœur d'un officier, une fille d'à peine quinze ans, pas encore mariée. Elle ne voulait pas qu'il ait peur. Elle se poussa sur le sol et lui toucha la main.

« Tout va bien, Kishan Singh.

– Et si... ?

– Tout le monde dort.

– Mais quand même... »

Elle vit qu'il n'était toujours pas rassuré, alors elle allongea les jambes et se coucha près de lui.

« Raconte-moi, Kishan Singh, quand tu t'es marié, comment ça s'est passé, ta première nuit avec ta femme ? »

Il rit doucement.

« C'était très étrange. Je savais que mes amis et mes parents étaient derrière la porte en train d'écouter et de rigoler.

– Et ta femme ? Est-ce qu'elle avait peur ?

– Oui, mais moi aussi – même plus qu'elle, d'une certaine manière. Plus tard, quand on en a parlé avec d'autres, on a appris que c'était toujours comme ça... »

Il aurait pu la prendre à ce moment-là et elle l'aurait laissé faire, mais elle comprit qu'il n'agirait pas, non par peur mais par une sorte de pudeur innée, et elle en fut heureuse parce que cela justifiait qu'elle fût là. Elle était contente d'être simplement allongée près de lui, consciente de son corps à côté du sien, sachant qu'il en était conscient aussi.

« Et quand ton fils est né, dit-elle, tu étais là ?

– Non. Ma femme était au village et moi en garnison.

– Qu'as-tu fait en apprenant la nouvelle ?

– J'ai acheté des gâteaux chez un *halwai* et je suis allé voir ton frère et je lui ai dit : "Sah'b, voici des *mithai.*" Il m'a regardé et m'a demandé : "Pourquoi ?" Alors je lui ai dit : "Sah'b, j'ai un garçon." »

Elle essaya d'imaginer Arjun en uniforme parlant à Kishan Singh. L'image refusa de se matérialiser.

« Mon frère... il est comment ? Comme soldat, je veux dire ?

– C'est un bon officier. Nous, les hommes, nous l'aimons bien.

– Il est dur avec vous ?

– Parfois. De tous les Indiens dans le bataillon, c'est lui le plus anglais. On l'appelle "l'Angrez". »

Elle rit.

« Il faut que je le lui dise. »

Soudain, il lui mit la main sur la bouche.

« Chut ! » On entendit un bruit, des remuements au rez-de-chaussée. Il se redressa, inquiet. « Ils prennent l'avion pour Rangoon ce matin, dit-il. Ils vont se lever tôt. Il faut que tu partes.

– Juste un peu, supplia-t-elle. Il fait encore nuit.

– Non. »

Il l'obligea à se lever et la conduisit vers la porte. Comme elle allait se glisser dehors, il l'arrêta. « Attends. » Une main sous son menton, il l'embrassa, très vite, mais en plein sur la bouche.

Quand Neel la secoua pour la réveiller, Manju eut peine à croire qu'il était déjà l'heure.

« Attends encore un peu, gémit-elle. Seulement quelques minutes... »

Il posa son menton contre sa joue et la chatouilla avec sa barbe.

« Manju, l'avion part à quatre heures du matin. On n'a pas le temps... »

Il faisait encore nuit lorsque le remue-ménage du départ battit son plein : trousseaux de clés retrouvés et oubliés, valises fermées en sautant dessus puis sanglées et bouclées ; portes et fenêtres verrouillées, vérifiées et reverrouillées. Une ultime tasse de thé et puis, tandis que le voisinage dormait, les bagages furent chargés dans la voiture, et la famille – Uma, Bela, Arjun, leurs parents – se déploya dans la cour pour leur dire au revoir et agiter la main. Kishan Singh contemplait la scène du premier étage. Manju pleura un peu, mais le temps manquait pour de longs adieux. Neel la fit monter en hâte dans la voiture et ferma la portière.

« On reviendra l'année prochaine... »

Il était si tôt que les rues étaient vides et il ne leur fallut qu'une demi-heure pour arriver à la base aérienne de Willingdon, sur les rives de la Hooghly. Dolly, Rajkumar et Dinu les rejoignirent quelques minutes plus tard. À quatre heures exactement, on les conduisit sur une jetée où attendait une belle vedette grise. Le moteur démarra dans un rugissement et, l'avant soulevé, le pont à angle aigu, ils filèrent comme une flèche sur le fleuve. Il faisait très sombre et Manju ne put distinguer autour d'elle que le cercle d'eau boueuse illuminé par le puissant projecteur de la vedette.

Le bateau ralentit et le rugissement du moteur se réduisit à un tendre gémissement. La proue retomba et le projecteur balaya le cours du fleuve. Soudain deux énormes flotteurs blancs surgirent au-dessus de l'eau, et la lumière illumina l'appareil qui allait les emmener à Rangoon. L'avion était immense, un hydravion de dix-huit tonnes et demie. Le logo de la compagnie était peint sur la queue de l'appareil et un nom était écrit en grosses lettres au travers de son nez : *Centaurus*.

« C'est un Martin C-130, chuchota Neel à l'oreille de Manju. C'est le même que celui qui assure la traversée du Pacifique pour la PanAm.

– Comme l'avion de Humphrey Bogart dans *Courrier de Chine* ?

– Oui, acquiesça-t-il en riant. Et il y en avait un aussi dans *La Carioca*, tu te souviens, avec Fred Astaire et Ginger Rogers ? »

C'est en franchissant la porte de la cabine que Manju prit la pleine mesure de la taille de l'hydravion. L'intérieur était aussi spacieux qu'un salon de paquebot, avec des sièges rembourrés et des appliques de cuivre étincelant. Manju pressa le nez contre la vitre du hublot et vit les hélices commencer à tourner. Des mouchetures d'écume apparurent sur les tourbillons d'eau brune au-dessous, puis le fuselage tremblant se mit à avancer, et le sillage de sa vague de proue se déploya en direction du rivage invisible, chahutant les petits îlots de jacinthes d'eau qui surnageaient en aval. Un bruit d'aspiration, de gargouillis, surgit des flotteurs tandis que l'appareil, prenant de la vitesse, luttait contre l'emprise de l'eau. Soudain le *Centaurus* se projeta en avant, comme catapulté par la force du vent sur l'eau. Puis l'appareil prit lentement de l'altitude au-dessus des rives raides du fleuve. Bientôt les lumières de la ville disparurent et il n'y eut plus que l'obscurité : ils volaient maintenant au-dessus des mangroves de Sunderbans, vers le golfe du Bengale.

Peu après, un steward emmena Manju et Neel faire le tour de l'avion. Ils se rendirent directement dans la cabine de pilotage où le capitaine et le premier officier étaient assis côte à côte devant des tableaux de bord identiques. Le premier officier expliqua que le vol Calcutta-Rangoon n'était qu'une étape d'un voyage bimensuel de près de dix-huit mille kilomètres qui emmenait le *Centaurus* de Southampton à Sydney et retour.

Derrière le poste de pilotage se trouvaient diverses cabines. Il y avait un espace réservé aux stewards, un entrepont, une cabine pour fumeurs et un pont-promenade – une zone sans sièges de façon à permettre aux passagers de se dégourdir les jambes au cours du vol. Aussi bien aménagé que fût tout le reste, c'est surtout l'astucieuse conception de la cuisine et de l'office qui époustoufla Manju. Dans un espace aussi étroit qu'un placard de taille moyenne, on avait réussi à caser tous les équipements d'un restaurant de premier ordre : vaisselle, linge, argenterie et même fleurs fraîches.

À l'approche de l'aube, le steward conseilla à Manju et à Neel d'aller admirer le lever du soleil sur le pont-promenade. Ils y arrivèrent juste à temps pour voir l'étendue sombre des Sunderbans balayée par le reflet métallique du golfe du Bengale. Au loin, une écharde de couleur avait surgi sur l'horizon, comme une lumière filtrant sous une porte. Les cieux sombres tournèrent rapidement au mauve puis à un vert translucide chatoyant, traversé de rayures jaunes et pourpres.

Tandis que Dinu tentait de photographier ce spectacle, Manju et Neel allèrent regarder de l'autre côté. Manju poussa un cri : à l'ouest s'offrait un stupéfiant tableau. L'horizon était obscurci par une masse de noirceur, un amoncellement de nuages aussi vaste qu'une chaîne de montagnes. Comme si l'Himalaya avait été transporté par enchantement à travers les mers. Les nuages étaient si lourds que leurs fonds plats semblaient presque toucher les vagues alors que leurs sommets s'élevaient loin, loin au-dessus de l'hydravion – de grands Everest de nuages s'élevant sur des milliers de mètres dans le ciel.

« La mousson, dit Neel, incrédule. On entre tout droit dans les zones de pluies.

– Ça pourrait être dangereux ? demanda Manju.

– Avec un autre appareil, peut-être, répliqua Neel, confiant. Mais pas celui-ci. »

Ils regagnèrent leurs sièges et bientôt des rideaux diluviens vinrent frapper les hublots avec une force qui fit s'écarter Manju de la vitre. Pourtant la violence très visible du temps n'eut quasiment aucun effet sur l'avion – le compteur de vitesse dans la cabine indiquait que le *Centaurus* volait à plus de trois cents kilomètres à l'heure. Mais, un peu plus tard, le commandant annonça que l'appareil allait changer d'altitude pour éviter la tempête. Il descendrait de son altitude de croisière actuelle de presque dix mille mètres à environ trois cents mètres au-dessus de la mer.

Manju s'assoupit et fut soudain réveillée par des remous d'excitation à travers l'avion. On venait d'apercevoir la terre à tribord : une île de rêve frangée de plages. D'énormes vagues se désintégraient en nappes d'écume blanche sur le sable. Au centre de l'île s'élevait une tour blanche rayée de noir.

« Mesdames, messieurs, annonça le capitaine, nous avons ici le phare d'Oyster Reef. Nous devrions apercevoir très vite la Birmanie. Et d'abord la côte d'Arakan... »

Qui fut soudain là, presque à portée de main : un épais tapis de mangroves, veiné de criques étroites et de ruisseaux argentés. Alors que Manju gardait le nez collé au hublot, Neel lui chuchota à l'oreille comment sa grand-mère, la mère de Rajkumar, était morte, quelque part là, en dessous, sur un sampan ancré dans une de ces anses.

Akyab, la capitale de l'Arakan, était leur première escale. « C'est ici, dit Neel fièrement, qu'est né mon père. » La base aérienne se trouvait dans un couloir de navigation naturel, à bonne distance de la ville. Tout ce qu'ils virent d'Akyab au moment de la descente du *Centaurus* fut une tour d'horloge dans le lointain. Après un rapide ravitaillement en carburant, l'hydravion décolla de nouveau. La pluie s'arrêta et, à la pleine lumière du jour, les eaux bordant les côtes se révélèrent tapissées de kilomètres de récifs et de grands bancs d'algues, tous clairement visibles depuis les airs, pareils à des taches sur la mer étincelante. Rangoon se trouvait maintenant plein est et le *Centaurus* vira bientôt à l'intérieur des terres pour survoler une étendue de campagne déserte. Le steward vint présenter aux passagers d'épais menus reliés en cuir.

À la fin de son petit déjeuner, Manju contemplait un panorama de rizières carrées dont quelques-unes étaient déjà vertes et d'autres sur le point de le devenir. Des ouvriers en rangs avançaient dans la boue pour transplanter des jeunes pousses. Au passage de l'hydravion, les hommes se relevèrent, et, la tête rejetée en arrière, agitèrent d'immenses chapeaux pointus.

Manju avisa une rivière qui serpentait à travers le paysage.

« C'est l'Irrawaddy ? demanda-t-elle à Neel.

– Non. C'est la Rangoon, l'Irrawaddy ne traverse pas la ville. »

Puis un reflet du soleil attira l'œil de la jeune femme sur une immense structure, au loin, une montagne dorée qui s'effilait en une flèche d'or.

« Qu'est-ce que c'est ?

– La pagode de Shwedagon. On est arrivés chez nous. »

Manju consulta sa montre et constata que le voyage avait duré exactement cinq heures et demie. Il semblait impossible que moins d'un jour se fût écoulé depuis sa nuit de noces, depuis le moment où Neel avait fermé la porte de leur chambre décorée de fleurs. Elle songea à la frayeur qu'elle avait ressentie et elle eut envie de rire. C'est seulement maintenant, en survolant la ville qui allait être la sienne qu'elle se rendait compte à quel point elle était amoureuse. Neel était son présent, son futur, son existence entière. Le temps et la vie n'avaient aucune signification sans lui. Elle glissa sa main dans la sienne et contempla de nouveau la grande rivière boueuse et la flèche d'or.

« Oui, dit-elle, je suis arrivée chez moi. »

CINQUIÈME PARTIE

Morningside

25

Manju et Neel n'étaient pas mariés depuis trois mois quand, au nom de la Grande-Bretagne et de son Empire, le Premier ministre anglais, Neville Chamberlain, déclara la guerre à l'Allemagne. Dès le début du conflit, un plan de Défense passive fut mis en place à Rangoon : la ville fut divisée en secteurs et un comité formé dans chacun d'entre eux. Les médecins reçurent des instructions sur la manière de traiter des empoisonnements par les gaz ; les gardes de sécurité apprirent à repérer les bombes incendiaires ; des escouades de pompiers volontaires se formèrent et des centres de premiers secours furent établis. La nappe phréatique de la ville était trop haute pour permettre la construction d'abris souterrains, mais des tranchées en biais furent aménagées à des points stratégiques. On procéda à des couvre-feux réguliers : les trains entraient et sortaient de la gare de Rangoon avec des vitres obscurcies ; gardes et chefs d'îlot restaient à leurs postes toute la nuit.

Tous ces exercices se déroulaient de manière satisfaisante : les habitants de la ville suivaient les ordres avec bonne humeur et les incidents étaient rares. Il est vrai qu'un couvre-feu à Rangoon donnait plus l'impression d'une représentation que d'un exercice : la population semblait suivre le mouvement sans être convaincue de l'imminence de la guerre ni de ses possibles conséquences sur sa vie. Certes, en Birmanie comme en Inde, l'opinion était très divisée : dans les deux pays, maints personnages publics avaient apporté officiellement leur soutien au gouvernement colonial. Mais on entendait aussi bon nombre d'autres condamner amèrement la déclaration de guerre faite par l'Angleterre en leur nom sans leur donner la moindre garantie d'indépendance au bout. L'humeur des étudiants activistes birmans se résumait dans un slogan inventé par le jeune chef charismatique, Aung San : « Les difficultés du colonialisme, proclamait-il, sont les chances de la Liberté. » Un beau jour, Aung San disparut : le bruit courut qu'il était parti en Chine chercher le soutien des communistes. On apprit plus tard qu'il s'était en fait rendu au Japon.

Mais ces problèmes étaient assez éloignés de la vie des rues, où les gens semblaient surtout considérer les exercices de Défense passive comme une sorte de distraction, un spectacle de masse. Les fêtards se baladaient allégrement dans les allées sombres ; les jeunes gens flirtaient en douce dans les parcs ; les amateurs de cinéma se rendaient nombreux au Metro voir *Ninotchka*, d'Ernst Lubitsch ; *When tomorrow comes* tint longtemps l'affiche et Irène Dunne devint l'une des idoles de la ville. Au Silver Grill, sur Fytche Square, la vie nocturne se poursuivait comme d'ordinaire. Dinu et son ami Thiha Saw étaient parmi les rares jeunes gens qui se dévouaient avec ardeur au plan de Défense passive.

À cette époque, très engagés tous deux dans le mouvement syndical étudiant, ils se situaient à l'extrême gauche de l'éventail politique et participaient à la publication d'un magazine antifasciste. Contribuer à la Défense passive leur paraissait une conséquence naturelle de leurs activités politiques.

Dinu vivait toujours dans la propriété de Kemendine, où il occupait deux pièces au dernier étage de la maison. Mais, chez lui, il ne parlait jamais de ses activités – en partie parce qu'il savait que Neel l'accuserait de perdre son temps et lui conseillerait de dénicher un vrai job, et en partie parce que l'expérience l'avait amené à penser que ses opinions seraient toujours violemment contraires à celles de son père. C'est pourquoi il fut totalement pris de court quand, à une réunion de chefs d'îlot, il se retrouva soudain nez à nez avec Rajkumar.

« Toi !

– Toi ! »

Impossible de dire qui fut le plus surpris des deux.

Après cette rencontre, et pour la première fois, se créa brièvement un lien entre le père et le fils. La déclaration de guerre les avait amenés par des routes opposées à une position commune : Rajkumar était convaincu qu'en l'absence de l'Empire britannique l'économie de la Birmanie s'effondrerait. Le soutien de Dinu à l'effort de guerre des Alliés s'ancrait dans d'autres terreaux : dans ses sympathies à gauche, son soutien aux mouvements de résistance en Chine et en Espagne, son admiration pour Charlie Chaplin et Robert Capa. Au contraire de son père, il ne croyait pas au colonialisme. De fait, son hostilité à la souveraineté britannique n'était surpassée que par sa haine du fascisme européen et du militarisme japonais.

Quelles qu'en fussent les raisons, ce fut là une occasion où père et fils tombèrent d'accord, une situation sans précédent dans le souvenir de l'un comme de l'autre. Pour la première fois de leur vie, ils travaillaient ensemble, assistaient à des réunions, discutaient de problèmes tels que la nécessité d'importer des masques à gaz ou de confectionner des affiches de propagande. Une expérience si nouvelle que tous deux s'en délectaient en silence, n'en parlant jamais à la maison ni ailleurs.

Un soir, au début d'un couvre-feu, un orage éclata. En dépit de la pluie, Rajkumar insista pour accompagner les chefs d'îlot dans leur tournée. Il rentra trempé chez lui. Le lendemain matin, il se réveilla frissonnant. Le médecin appelé diagnostiqua une pneumonie, et Rajkumar fut emmené en ambulance à l'hôpital. Les premiers jours, il demeura dans une sorte de demi-coma, incapable de reconnaître Dolly, Dinu ou Neel. Son état fut jugé si sérieux que les visites lui furent interdites. Puis, peu à peu, la fièvre diminua.

Dans ses périodes de lucidité, Rajkumar observait son environnement. Le hasard voulut qu'il eût atterri dans la chambre d'hôpital occupée par Dinu et Dolly vingt-quatre ans plus tôt. Rajkumar reconnut la vue qu'on avait de la fenêtre : la Shwedagon s'y encadrait exactement comme il s'en souvenait. Les rideaux bleu et blanc, quoiqu'un peu passés, étaient toujours aussi immaculés et bien amidonnés, le sol carrelé étincelant de propreté, les meubles sombres et lourds absolument pareils, avec des numéros d'inventaire peints en blanc sur le bois verni.

Quand il fut enfin suffisamment rétabli pour s'asseoir dans son lit, Rajkumar nota deux ajouts : d'abord un climatiseur Carrier et puis, à son chevet, une radio, une Paillard 7 valves avec un « œil magique », un coffret métallique et des montants chromés. Le climatiseur, Rajkumar s'en fichait, mais la radio l'intrigua. Il appuya sur un interrupteur et se retrouva à l'écoute d'une station de Singapour : une voix décrivait les derniers développements de la guerre et en particulier l'évacuation des troupes britanniques de Dunkerque.

Dès lors, Rajkumar garda la radio branchée presque constamment. Chaque soir, l'infirmière l'éteignait en même temps que les lumières ; Rajkumar attendait qu'elle se fût éloignée pour rallumer l'appareil. Couché sur le flanc, il tournait le bouton, allant de station en station. Vingt-quatre ans plus tôt, à l'époque du séjour de Dolly, l'Europe avait été en proie à une autre guerre. Dolly aussi était restée éveillée dans cette chambre, écoutant les bruits de la nuit. Mais les murmures qu'elle entendait venaient de l'intérieur de l'hôpital ; à présent la chambre était remplie de voix venues du monde entier, Londres, New Delhi, Chungking, Tokyo, Moscou, Sydney. Et elles parlaient avec une telle urgence, une telle insistance, que Rajkumar commença à sentir qu'il avait perdu le contact avec le flot des événements ; il était devenu un de ces hommes qui, oubliant de noter l'importance de ce qui se passe autour d'eux, marchent droit au désastre, en somnambules. Pour la première fois depuis des années, il réfléchit à la manière dont il avait mené ses affaires. Jour après jour, mois après mois, il avait tenté de gérer chaque décision, de revoir quotidiennement tous les comptes, de visiter chaque endroit, chaque usine, chaque chantier et chaque filiale. Il avait dirigé sa compagnie comme une gargote de bazar et, ce faisant, il était resté aveugle au contexte général.

Neel s'efforçait depuis longtemps d'obtenir un plus grand rôle dans la conduite de l'affaire et Rajkumar avait réagi en essayant de l'en exclure totalement. Il lui avait donné de l'argent en lui conseillant d'aller l'investir dans le cinéma, comme s'il achetait un enfant avec des paquets de bonbons. Le tour avait réussi parce que Neel avait trop de respect pour lui pour défier son autorité, un fait que Rajkumar avait refusé de regarder en face. Il avait fait la sourde oreille aux indications de ses comptables et de ses directeurs qu'il enguirlandait quand ils tentaient de le mettre en garde. Et la simple vérité, c'est qu'il n'avait personne d'autre à blâmer que lui : il avait tout bonnement perdu de vue le but et la raison de ce qu'il faisait. Tandis qu'allongé il écoutait les voix grésillantes de la radio, le remords s'abattit sur Rajkumar comme une lourde couverture mouillée. Les médecins le disaient sur le chemin d'une complète guérison, et pourtant sa famille ne voyait aucun signe de rétablissement, que ce fût dans son attitude ou dans son apparence. Il avait soixante-cinq ans mais il paraissait beaucoup plus vieux, avec ses sourcils gris et broussailleux, ses joues qui se muaient en bajoues et triple menton. Il semblait à peine remarquer la présence des gens autour de lui ; souvent, quand ses visiteurs tentaient de lui parler, il les réduisait au silence en augmentant le volume du son de sa radio. Un jour, Dolly débrancha l'appareil et ferma la porte.

« Rajkumar, qu'est-ce qui te fait souci ? Dis-moi. »

Tout d'abord, il refusa de parler mais elle le harcela jusqu'à ce qu'il réponde.

« J'ai réfléchi, Dolly.

– À quoi ? Dis-moi.

– Tu te souviens quand toi et Dinu étiez dans cette chambre...

– Oui. Bien sûr.

– Cette nuit, à Huay Zedi, où Dinu est tombé malade et où tu as dit qu'il fallait l'emmener d'urgence dans un hôpital, j'ai cru que tu faisais une crise d'hystérie. J'ai acquiescé pour te faire plaisir... »

Elle sourit.

« Oui, je sais.

– Mais tu avais raison.

– C'était simplement de la chance, une prémonition.

– C'est ce que tu dis. Mais quand j'y repense, je constate que tu as très souvent raison. Alors que tu vis si calmement, enfermée dans la maison, tu sembles en savoir plus que moi sur ce qui se passe dans le monde.

– Que veux-tu dire ?

– J'ai réfléchi à ce que tu répétais depuis tant d'années, Dolly. Que nous devrions partir. »

Avec un long soupir de soulagement, Dolly prit la main de son époux.

« Alors enfin tu y songes ?

– Oui, mais c'est difficile, Dolly, c'est difficile de songer à partir. La Birmanie m'a donné tout ce que j'ai. Les garçons ont grandi ici, ils n'ont jamais eu d'autre maison. Quand je suis arrivé à Mandalay, le *nakhoda* de mon bateau m'a dit : "Voilà un pays béni. Ici, personne ne meurt de faim." Ça s'est révélé vrai pour moi et, malgré tout ce qui s'est passé récemment, je ne crois pas que je pourrais jamais aimer de la même manière un autre pays. Mais je l'ai appris dans ma vie, Dolly : rien n'est certain là encore. Mon père venait de Chittagong et il a fini dans l'Arakan. Moi j'ai échoué à Rangoon : tu es allée de Mandalay à Ratnagiri et tu as atterri ici aussi. Pourquoi devrions-nous nous attendre à finir nos vies à Rangoon ? Il y a des gens qui ont la chance de finir leur vie là où ils l'ont commencée. Mais ce n'est pas quelque chose qui nous est dû. On ne peut pas le considérer comme garanti – au contraire, il faut s'attendre à ce que vienne un temps où il nous faudra reprendre de nouveau la route. Plutôt que d'être emporté par les événements, nous devrions établir des plans et nous assurer du contrôle de notre propre sort.

– Qu'essayes-tu de dire, Rajkumar ?

– Simplement que peu importe que je considère la Birmanie comme ma patrie ou pas. Ce qui importe, c'est ce que les gens pensent de nous. Et il est bien évident que des individus tels que moi sont désormais considérés comme l'ennemi – de tous les côtés. C'est la réalité, et il faut la reconnaître. Ma tâche maintenant est de trouver le moyen d'assurer que Neel et Dinu soient financièrement à l'abri.

– Mais ils le sont sûrement déjà ? »

Rajkumar se tut un instant avant de répondre :

« Dolly, je pense que tu le sais : l'affaire n'a pas été florissante récemment. Mais tu ne soupçonnes sans doute pas à quel point.

– Et ça va jusqu'où ?

– Ce n'est pas brillant du tout, Dolly, dit-il doucement. Il y a des dettes, beaucoup de dettes.

– Mais si nous vendions la maison, les chantiers, notre part dans Morningside, ça laisserait tout de même de quoi permettre aux garçons d'aller recommencer une affaire ailleurs ? »

Rajkumar se mit à tousser.

« Ça ne marcherait pas. Vu l'état présent des choses, même si nous vendions tout, ça ne suffirait pas. Quant à Morningside, Matthew a ses problèmes aussi, tu sais. Le caoutchouc a été très durement touché par la crise. Nous ne pouvons pas agir précipitamment, ce serait le moyen le plus sûr de courir au désastre. Il faut procéder très, très prudemment. Il faut prendre notre temps...

– Je ne sais pas, Rajkumar. » Dolly se mit à tripoter nerveusement le pan de son *htamein*. « Les choses arrivent si vite maintenant, les gens disent que la guerre peut encore s'étendre, que le Japon peut s'en mêler, qu'il pourrait même attaquer la Birmanie. »

Rajkumar sourit de nouveau.

« C'est impossible, Dolly. Il te suffit de regarder une carte. Pour parvenir ici, les Japonais devraient traverser Singapour et la Malaisie. Singapour est un des endroits les mieux défendus au monde. Les Britanniques ont des dizaines de milliers de soldats là-bas, des Indiens, des Australiens. La côte est truffée de canons de trente-six. Il ne faut pas courir après de la fumée, Dolly, on ne peut pas agir dans l'affolement. Si nous voulons réussir, il nous faut être réalistes, nous devons établir des plans minutieux. »

Dolly se pencha sur lui pour retaper les oreillers.

« Alors, as-tu donc un plan ?

– Non, pas encore. Mais j'ai réfléchi. Quoi que nous fassions, ça prendra du temps. Au moins un an, peut-être plus. Il faut te préparer. Je veux faire en sorte que nous puissions quitter la Birmanie avec assez d'argent pour que les garçons s'installent confortablement ailleurs, en Inde ou n'importe où ils le voudront.

– Et après ça ?

– Toi et moi, nous serons libres.

– De faire quoi ?

– Eh bien, toi, tu as déjà décidé : tu veux vivre à Sagaing.

– Et toi ?

– Peut-être que je reviendrai moi aussi. Je pense parfois aller vivre tranquillement à Huay Zedi – je suis sûr que Doh Say me trouverait une place – et je ne serais pas trop loin de toi. »

Dolly éclata de rire.

« Alors tu vas tout vendre, nous déraciner tous, passer par tout ça simplement pour retourner vivre tranquillement à Huay Zedi ?

– Ce n'est pas pour moi que je songe à le faire, Dolly. C'est pour les garçons. »

Rajkumar laissa retomber sa tête sur l'oreiller. Une fois déjà dans sa vie, il s'était su à la croisée des chemins. C'était à l'époque où il tentait d'obtenir son premier contrat, celui des chemins de fer de Chota-Nagpur. Il avait longuement réfléchi et concocté un plan qui avait marché, ouvrant ainsi la route à sa future réussite. Cette fois-ci encore il allait devoir trouver quelque chose, une autre idée brillante : ce serait son dernier défi, le dernier obstacle à franchir. Après quoi il se reposerait. Il n'y avait aucune honte à vieillir et à chercher le repos.

Arjun passa les premiers mois de la guerre avec son bataillon sur la frontière de l'Afghanistan. Il était en garnison dans un petit avant-poste nommé Charbagh, près de la passe de Khyber. La frontière était calme – d'un calme anormal selon les officiers plus âgés –, et le conflit en Europe semblait très éloigné. Charbagh était tenu par une seule compagnie, avec Arjun pour unique officier. Les environs étaient d'une beauté spectaculaire : montagnes ocre escarpées, rayées de balafres de couleurs vives. Il y avait peu à faire à part les exercices quotidiens, les inspections des baraquements et de temps à autre une marche d'entraînement. Arjun, qui passait de longues heures à lire, manqua bientôt de livres.

Tous les quinze jours, régulièrement, le commandant du bataillon, le lieutenant-colonel « Bucky » Buckland venait faire son inspection. Le colonel était un homme de haute taille, très militaire d'allure, avec une collerette de cheveux drus accrochée à la base d'une tête chauve en forme de dôme.

« Et que faites-vous de votre temps, lieutenant ? s'enquit-il en passant lors d'une de ses visites. Chassez-vous un peu ? On m'a dit qu'il y avait abondance de gibier par ici.

– En fait, sir, dit Arjun calmement, je lis...

– Ah ? » Le colonel se tourna vers lui avec intérêt. « Je ne vous aurais pas pris pour un amateur de lecture. Et puis-je vous demander ce que vous lisez ? »

Leurs goûts se révélèrent complémentaires : le colonel fit connaître Robert Graves et Wilfrid Owen à Arjun qui, en retour, lui prêta ses exemplaires de *La Guerre des mondes* et de *Vingt Mille Lieues sous les mers*. Ces échanges devinrent une part fort agréable de la vie d'Arjun à

Charbagh. Mais entre les visites de Buckland, qu'il se mit à attendre avec impatience, Arjun voyait les journées se traîner sans le moindre événement. Il avait peu à faire en dehors de bavarder avec un voyageur occasionnel.

Vers la fin de l'été, Hardy, l'ami d'Arjun, s'arrêta, en route vers son nouveau poste au-dessus de la passe de Khyber. Calme, l'œil clair, de taille et de stature moyennes, Hardy, qu'il portât ou non son uniforme, était toujours fort bien vêtu – les plis de son turban arrangés de manière précise et sa barbe coiffée serré contre son menton. En dépit de ses origines, Hardy ne ressemblait en rien aux guerriers sikhs de tradition : l'air endormi, il était lent de parole et de mouvement. Doué d'une bonne oreille, il était généralement le premier au mess à apprendre les chansons de films indiens à la mode. Il avait la manie – assommante pour certains et amusante pour d'autres – de les fredonner tout en travaillant. Ces excentricités lui valaient de se faire charrier parfois un peu plus que de raison, mais ses amis savaient qu'il y avait certaines limites à ne pas franchir : quoique lent à se vexer, Hardy, une fois en colère, devenait inflexible et rancunier.

Il revenait d'une permission passée dans son village. Lors de sa première soirée à Charbagh, il rapporta à Arjun des rumeurs récoltées au cours de son séjour. La plupart de ses voisins avaient des parents dans l'armée, et quelques-uns avaient parlé de troubles : on disait que les troupes résistaient aux ordres de transfert à l'étranger. À Bombay, une unité sikhe, un escadron de la cavalerie de l'Inde centrale, s'était mutinée. Les soldats avaient déposé les armes et refusé d'embarquer sur un bateau qui devait les emmener en Afrique du Nord. Deux hommes avaient été passés par les armes, une dizaine d'autres exilés dans les prisons des îles Andaman. Certains venaient du village de Hardy : on ne pouvait pas douter de la véracité de ces récits.

Arjun se montra très surpris.

« Tu devrais en parler à Bucky. Il faut qu'il sache.

– Il doit déjà être au courant, répliqua Hardy. Et, s'il ne nous a rien dit, il doit y avoir une raison... »

Ils se regardèrent, mal à l'aise, et laissèrent tomber le sujet. Ni l'un ni l'autre ne mentionna cela à quiconque.

Quelques mois plus tard, le 1er bataillon du 1er Jat regagna sa base à Saharanpur, près de Delhi. Redescendre dans la plaine marqua un changement dramatique dans leur rythme de vic de soldats. L'armée se développait désormais à une vitesse foudroyante : les régiments levaient de nouveaux bataillons et l'état-major recherchait partout du personnel expérimenté. Comme toutes les autres unités, le 1er bataillon du 1er Jat fut saigné de plusieurs de ses officiers et sous-officiers. Il fallut s'efforcer de colmater les brèches. Le centre d'entraînement du bataillon envoya des compagnies récemment recrutées, et un nouveau contingent d'officiers arriva pour remplacer les partants. Ces officiers étaient pour la majorité des expatriés britanniques avec des « brevets d'urgence », des gens qui jusqu'ici avaient exercé les métiers de planteur, homme d'affaires et ingénieur. Ils avaient peu d'expérience de l'armée des Indes, ou de ses us et coutumes compliqués.

Promus lieutenants à deux galons, Arjun et Hardy faisaient partie des rares officiers réguliers maintenus dans l'unité. Le lieutenant-colonel Buckland commença à s'appuyer de plus en plus sur eux pour la gestion quotidienne du bataillon.

Tout d'abord, il leur colla la corvée de créer une nouvelle section administrative. Puis, plus tôt qu'on ne s'y attendait, la mécanisation du bataillon fut portée à la hauteur autorisée. Trois douzaines de camions de quinze tonnes arrivèrent en même temps qu'une douzaine de plus petits. On découvrit que l'unité disposait de nombreux muletiers mais manquait totalement de chauffeurs. Arjun fut transféré de l'administration et nommé officier des transports motorisés. Il lui revint d'enseigner aux apprentis chauffeurs comment négocier le passage de mastodontes dans les ruelles étroites et les marchés de Saharanpur.

Alors même que le bataillon s'adaptait à ses nouveaux véhicules, une cargaison d'armes arriva de New Delhi : des mortiers de 75, des mitraillettes et des mitrailleuses légères Vickers-Berthier, suivis de six fusils-mitrailleurs, avec leurs chenillettes, six mitrailleuses moyennes et cinq fusils anti-tanks, un pour chaque compagnie. Hardy se vit confier la responsabilité de diriger des cours pratiques d'usage d'armement pour les hommes.

À peine Arjun et Hardy s'installaient-ils allégrement dans leurs nouveaux jobs que le commandant bouleversa une fois de plus les choses. Il retira les deux jeunes officiers de leur poste et les affecta à la préparation d'un plan de mobilisation d'une unité.

À ce moment-là, la majorité des condisciples d'Arjun et de Hardy à l'école militaire avaient déjà été envoyés à l'étranger. Certains servaient en Afrique du Nord, d'autres en Érythrée (où l'un d'eux avait reçu la Victoria Cross), d'autres encore en Asie : Malaisie, Hong Kong et Singapour. Arjun et Hardy pensaient eux aussi être appelés bientôt à rejoindre d'autres unités de l'armée britannique des Indes. Ils prirent la demande de leur commandant comme le signe d'un départ imminent. Mais un mois puis un autre s'écoulèrent sans plus de nouvelles. Ils célébrèrent la veille du Nouvel An de façon tristounette. Malgré l'interdiction de parler boutique au mess, la conversation ne cessait de retomber sur les lieux où ils pourraient être expédiés, à l'Est ou à l'Ouest, en Afrique du Nord ou en direction de la Malaisie.

Les opinions étaient également divisées.

Rajkumar quitta l'hôpital avec l'ordre strict de garder le lit au moins un mois. À son retour, il insista pour qu'on le déménage dans une chambre tout en haut de la maison. On lui monta un lit près d'une fenêtre. Neel acheta une radio, une Paillard identique à celle de l'hôpital, et l'installa à son chevet. Quand tout fut organisé exactement comme il le souhaitait, Rajkumar se coucha, adossé contre un mur d'oreillers, de sorte à avoir une vue de la ville jusqu'à la Shwedagon.

Au fil des jours, un plan commença à se dessiner, très lentement, devant ses yeux. Durant la dernière guerre, le prix du bois avait atteint des sommets. Les profits que Rajkumar en avait tirés alors l'avaient financé pour les dix années suivantes. Il n'était pas absurde de penser que le phénomène pouvait se renouveler. Les Britanniques et les Hollandais renforçaient leurs défenses à travers l'Est, en Malaisie, à Singapour, Hong Kong, Java et Sumatra. Qu'ils aient besoin de matériaux tombait sous le sens. S'il pouvait amasser un stock de bois dans ses chantiers, il n'était pas exclu du tout qu'il le revende à très bon prix l'année suivante. Le hic, c'étaient les liquidités : il lui faudrait vendre ou hypothéquer tous ses biens afin de se procurer du liquide. Il aurait à se débarrasser des dépôts, des scieries, des concessions forestières, voire de la maison de Kemendine. Peut-être pourrait-il persuader Matthew de lui racheter sa part de Morningside : possible qu'il y ait un peu d'argent à récolter là.

Plus il y réfléchissait, plus le plan lui paraissait plausible. Les risques étaient énormes, certes, mais ils l'étaient toujours quand l'enjeu était important. Et les profits aussi pouvaient être énormes : suffisants pour payer ses dettes et financer de nouveaux départs pour Neel et Dinu. Cette manière d'organiser les choses présentait d'autres avantages : l'affaire terminée, il aurait disposé de tous ses biens, et il serait donc libre de partir – plus rien pour le retenir, plus rien dont s'inquiéter.

Un jour, alors que Dolly lui apportait son repas, il lui exposa les grandes lignes de son plan.

« Je pense que ça peut marcher, conclut-il. Je pense que c'est notre meilleure chance. »

Dolly lui opposa nombre d'objections :

« Comment mettre à exécution tout cela, Rajkumar ? Dans ton état de santé, tu ne peux pas voyager, aller en Malaisie et ailleurs.

–J'y ai pensé. C'est Neel et Dinu qui se déplaceront,

pas moi. Je leur dirai comment procéder. L'un d'eux peut monter dans le nord, l'autre aller en Malaisie liquider notre part dans Morningside. »

Dolly secoua la tête.

« Dinu ne sera pas d'accord. Il ne s'est jamais senti concerné par l'affaire, tu le sais bien.

– Il n'a pas vraiment le choix, Dolly. Si je mourais aujourd'hui, il aurait à payer mes dettes, qu'il le veuille ou non. Tout ce que je lui demande, c'est quelques mois de son temps. Après ça, il sera libre de se consacrer à ce qui lui chante. »

Dolly se tut et Rajkumar lui attrapa le bras.

« Dis quelque chose, Dolly, dis-moi ce que tu penses.

– Rajkumar, répondit-elle doucement, ton plan... Tu sais comment on appelle les gens qui pratiquent cette sorte de choses ?

– Quoi donc ?

– Des accapareurs. Des profiteurs de guerre. »

Rajkumar se renfrogna.

« Accaparer, c'est pour les matières premières essentielles, Dolly. Ce n'est pas ce dont je fais commerce. Mon plan n'a rien d'illégal.

– Je ne parle pas de légalité... »

Rajkumar s'impatienta.

« Dolly, il n'y a rien d'autre à faire. Il faut que nous saisissions cette chance, tu ne vois donc pas ? »

Dolly se leva.

« Ce que je pense a-t-il vraiment de l'importance, Rajkumar ? Si c'est là ce que tu as décidé, alors c'est ce que tu feras. Peu importe mon opinion. »

Tard ce soir-là, tandis que toute la maison dormait, le téléphone sonna dans un couloir au rez-de-chaussée. Dolly se leva précipitamment et courut prendre l'appel avant qu'il ne réveille Rajkumar. Elle entendit au bout du fil la voix grésillante d'un opérateur l'informant d'un appel interurbain. La communication parut coupée un moment et puis soudain la voix d'Alison lui parvint : une voix très lointaine comme si elle criait à l'autre bout d'une pièce surpeuplée.

« Alison ? » Elle perçut un son ressemblant à un sanglot. Elle parla plus fort : « Alison, c'est toi ?

– Oui.

– Alison... Tout va bien ?

– Non... J'ai de mauvaises nouvelles.

– C'est Sayagyi ?

– Non... » Encore un sanglot. « ... Mes parents.

– Alison ! Je suis désolée... Qu'est-il arrivé ?

– Ils étaient en vacances. En voiture dans les montagnes d'Écosse. La voiture est passée par-dessus un talus...

– Alison, Alison... » Dolly ne savait plus quoi dire. « Alison, je viendrais moi-même si je le pouvais mais Rajkumar ne va pas bien. Je ne peux pas le quitter. Cependant, je vais t'envoyer quelqu'un, un des garçons, probablement Dinu. Ça prendra peut-être quelques semaines mais il viendra. Je te le promets... »

La communication fut interrompue avant qu'elle ait pu ajouter quoi que ce soit d'autre.

26

La veille de son vingt-troisième anniversaire, Arjun emprunta une Jeep et, avec Hardy, ils partirent passer le week-end à Delhi. En se promenant sous les arcades de Connaught Circus, ils tombèrent sur un de leurs anciens condisciples de l'Académie, le dénommé Kumar, un aimable et célèbre fêtard.

Kumar appartenait au 14e régiment du Panjab et son bataillon était pour l'heure en poste à Singapour. Venu suivre un cours de transmissions, il n'était en Inde que pour un bref séjour. Il parut à ses camarades distrait et préoccupé, très différent de son habituel personnage de bon vivant. Ils allèrent déjeuner ensemble et Kumar leur raconta un étrange incident, une affaire qui avait provoqué un gros malaise au quartier général.

Dans le camp de Tyersall Park, à Singapour, un soldat indien avait, sans explication, tué un officier avant de se suicider. L'enquête avait révélé qu'il ne s'agissait pas d'un classique cas de meurtre suivi de suicide : des courants d'agitation traversaient le bataillon, on avait entendu certains de ses officiers dire que les Indiens devraient refuser de participer à cette guerre. Une guerre qui n'était qu'une compétition pour la suprématie entre des nations – la France, l'Angleterre, l'Allemagne – convaincues que leur destin commun était d'en réduire d'autres en esclavage. On s'inquiétait beaucoup en haut lieu. Plus de la moitié des troupes en Malaisie était de nationalité indienne – il était clair que, si l'agitation se répandait, la colonie pouvait devenir impossible à défendre. En dépit de la nature incendiaire de ces rumeurs, le haut commandement avait décidé de réagir de manière judicieuse et mesurée. La seule mesure disciplinaire consista dans le renvoi en Inde d'un des jeunes officiers du bataillon.

Or, l'officier en question était un musulman. En apprenant sa punition, une compagnie de soldats musulmans appartenant à son bataillon déposa les armes en signe de solidarité. Le lendemain, un grand nombre de soldats hindous firent de même.

L'incident prit alors une tournure plus grave. Pendant des générations, l'armée britannique des Indes avait fonctionné par le maintien d'un minutieux équilibre entre les troupes. Chaque bataillon était constitué de compagnies recrutées parmi différentes castes et différentes religions : hindous, musulmans, sikhs, jats, brahmanes. Chaque compagnie avait son propre mess, respectant scrupuleusement les lois alimentaires du groupe auquel appartenaient les soldats. Précaution supplémentaire : les divisions d'infanterie étaient composées de telle sorte que les troupes indiennes étaient toujours équilibrées par un certain nombre d'unités australiennes ou britanniques.

Que des soldats musulmans et hindous agissent de conserve pour soutenir un officier indien provoqua un choc dans le haut commandement. Personne n'avait besoin qu'on lui rappelât qu'il ne s'était rien produit de ce genre depuis la Grande Mutinerie. Dès lors, il ne fut plus question de demi-mesures : on expédia une section de soldats britanniques des Argyll & Sutherland Highlanders avec la mission d'encercler les Indiens mutinés.

Jusqu'ici. Kumar n'avait pas encore donné à ses camarades le nom du bataillon concerné ni celui de l'officier sanctionné. Quand il se décida à le faire, il devint évident que, en bon raconteur d'anecdotes qu'il était, il avait gardé le meilleur pour la fin. Le bataillon appartenait, comme le 1er bataillon du 1er Jat, à un régiment d'infanterie d'Hyderabad. L'officier renvoyé dans ses foyers était quelqu'un qu'Arjun et Hardy avaient fort bien connu à l'Académie.

Kumar conclut son histoire d'une remarque désinvolte :

« Partir outre-mer a un effet dérangeant sur les troupes, constata-t-il en haussant les épaules. Et sur les officiers aussi. Vous verrez.

– Peut-être que ça ne nous arrivera pas, dit Hardy, avec espoir. Il n'est absolument pas certain que nous soyons envoyés à l'étranger. On va avoir besoin de forces armées ici aussi, après tout...

– Et ça nous avancerait à quoi, toi et moi ? l'interrompit vivement Arjun, prêt à le contredire. On passera la guerre chez nous et nos carrières seront fichues. Je préfère courir ma chance à l'étranger. »

Ils repartirent en silence, sans savoir que tirer de cette conversation. Quelque chose dans l'histoire de Kumar défiait l'entendement. Ils connaissaient l'officier puni : un homme tranquille, appartenant à la moyenne bourgeoisie, et qui avait certainement besoin de son poste. Qu'est-ce qui l'avait poussé à agir ainsi ? C'était difficile à comprendre.

Si l'histoire était vraie – et ils n'en étaient pas du tout certains –, alors l'incident contenait d'autres implications. Il signifiait, par exemple, que les troupes suivaient maintenant les officiers indiens plutôt que le haut commandement. Mais cela était inquiétant, pour eux pas moins que pour le quartier général, car si les hommes devaient perdre foi dans la structure hiérarchique, alors les officiers indiens aussi deviendraient en fin de compte inutiles. Ce n'était qu'en faisant cause commune avec leurs correspondants britanniques qu'ils pouvaient espérer éviter cette issue. Que se passerait-il si une fissure devait vraiment se produire ? Comment les hommes réagiraient-ils ? Impossible de le dire.

Aussi troublant que fût le sujet, Arjun se sentit étrangement exalté : c'était une responsabilité peu commune que de faire face à de pareilles questions à l'âge de vingt-trois ans.

Ce soir-là, ils revêtirent un *kurta* et un pyjama *churidar* pour aller dans un *kotha* près de l'Ajmeri Gate. La danseuse avait une bonne quarantaine d'années, le visage peint en blanc et des sourcils aussi fins que du fil. À première vue, elle paraissait froide et peu séduisante mais, quand elle se leva pour danser, la dureté s'effaça de son visage : son corps était souple et agile, ses pieds d'une merveilleuse légèreté. À mesure que les battements de tabla s'accéléraient, elle se mit à tourbillonner au même rythme. Son *angarkha* de tulle s'entortilla autour d'elle en étroites spirales. Les aréoles de ses seins se dessinèrent contre le mince tissu blanc. Arjun sentit sa gorge se dessécher. Au moment où le dernier coup de tabla explosait, l'index de la danseuse vint se poser sur le front d'Arjun. La femme lui fit signe de la suivre.

Stupéfait, Arjun se tourna vers Hardy qui sourit et lui donna un coup de coude. « Vas-y, *yaar*, c'est ton anniversaire, non ? *Jaa !* »

Arjun monta une volée de marches raides derrière la danseuse puis entra dans une chambre étroite au plafond bas. La femme le déshabilla lentement, défaisant de ses ongles le cordon du pyjama *churidar* en coton. Il voulut la caresser mais elle repoussa sa main avec un rire. « Attends. »

Elle l'obligea à se coucher sur le ventre et lui massa le dos avec de l'huile, le bout de ses doigts parcourant les aspérités de sa colonne vertébrale en imitant le rythme des pieds d'une danseuse. Quand, enfin, elle s'allongea près de lui, elle était encore tout habillée. Il tendit la main vers ses seins et elle le repoussa de nouveau. « Non, pas ça. » Elle défit son propre cordon et guida Arjun en elle, l'observant avec un sourire tandis qu'il la pénétrait. Quand il eut fini, elle s'écarta très vite et il eut l'impression que rien ne s'était passé : même ses vêtements semblaient s'être remis instantanément en place.

Elle passa un doigt sous le menton d'Arjun, le forçant à relever la tête, et avança les lèvres comme si elle contemplait un très bel enfant.

« Si jeune, dit-elle. Un petit garçon.

– J'ai vingt-trois ans », répliqua Arjun fièrement.

La femme éclata de rire.

« Tu as l'air d'en avoir seize. »

Quand Alison annonça la mort de ses parents à Saya John, celui-ci n'eut pour réaction qu'un léger sourire suivi d'une série de questions, comme si les faits avancés n'étaient qu'une vague possibilité, une hypothèse pleine d'imagination avancée par Alison pour expliquer l'absence prolongée de ses parents au dîner.

Alison avait eu si peur du choc que la nouvelle pourrait provoquer chez son grand-père qu'elle avait pris grand soin de se redonner une contenance, se tartinant de fond de teint afin de cacher sa pâleur et nouant une écharpe sur ses cheveux en désordre. Elle avait essayé de se préparer à toute éventualité imaginable. Mais la vue du sourire enfantin de son grand-père se révéla au-dessus de ses forces. Elle se leva et quitta la pièce en courant.

Saya John approchait à présent des quatre-vingt-dix ans. Son régime d'exercices matinaux, maintenu tout au long de sa vie, lui avait réussi et il était en relative bonne santé. Son ouïe ne s'était pas trop détériorée et, bien que sa vue n'eût jamais été bonne, il pouvait encore circuler seul dans la maison et le jardin. Son âge avancé se trahissait parfois en une tendance à la confusion. Il oubliait souvent des choses qu'on venait de lui dire alors qu'il pouvait se rappeler en détail des événements survenus trente ou quarante ans auparavant. L'accident accentua très vite cette tendance : Alison découvrit que, au contraire de ce qu'il prétendait, son grand-père avait enregistré la nouvelle de la mort de ses parents. Mais sa réaction était un peu pareille à celle d'un enfant à un bruit désagréable : il avait bouché ses oreilles avec ses doigts afin de ne pas entendre ce qu'il ne voulait pas savoir. Il parlait de moins en moins chaque jour. Il descendait prendre ses repas avec Alison, mais il demeurait assis à la grande table sans dire un mot. Les phrases qu'il adressait à l'occasion à sa petite-fille commençaient presque invariablement par des observations du genre : « Quand Matthew reviendra... » ou « Il faut se rappeler de dire à Elsa... »

Au début, réagissant à ces remarques avec une fureur non dissimulée, Alison frappait la table de la paume de ses mains en répétant dix fois : « Matthew ne reviendra PAS !... » À l'époque rien ne lui semblait plus important que le fait que le vieillard admette ce qui était arrivé. Elle en espérait sinon un adoucissement de son propre chagrin, du moins un partage de son fardeau. Mais Saya John continuait à sourire pendant les explosions d'Alison et, à la fin, il reprenait son propos là où elle l'avait interrompu : « ... et à leur retour... »

Il semblait presque indécent, voire obscène – une profanation de la paternité –, qu'il réponde aussi mollement à une telle perte. Mais elle comprit que son insistance et ses coups sur la table n'y changeraient rien : à moins de lui taper dessus, elle n'avait aucun moyen d'opérer une déchirure dans la couverture protectrice de confusion qu'il avait drapée autour de lui. Elle s'obligea à maîtriser sa colère, mais elle ne put y réussir qu'au prix de l'acceptation d'une autre perte, celle de son grand-père. Son Baba, ainsi qu'elle l'appelait, et elle avaient toujours été très proches. Maintenant, elle était obligée d'accepter qu'il ait cessé d'être une présence sensible dans sa vie ; que les réconforts du compagnonnage qu'ils avaient partagé aient pris fin pour toujours ; que lui, autrefois une infaillible source de soutien, ait désormais, au moment le plus critique, choisi de devenir un fardeau. De toutes les trahisons qu'il aurait pu perpétrer, celle-ci semblait la plus terrible : qu'il soit devenu un enfant au moment même où elle se trouvait totalement abandonnée. Elle ne l'aurait jamais imaginé.

Ces semaines auraient été insupportables à vivre sans une circonstance fortuite. Quelques années auparavant, sur un coup de tête, Saya John avait adopté l'enfant d'une ouvrière de la plantation, Ilongo, « ce petit qui traîne toujours autour de la maison ». Le garçon avait continué à vivre avec sa mère tout en allant à l'école dans la ville voisine de Sungei Pattani, aux frais de Saya John ; plus tard, ce dernier l'avait envoyé poursuivre ses études dans un lycée technique à Penang et passer un diplôme d'électricien.

Peau sombre, cheveux frisés, mouvements lents et voix douce mais taille et carrure imposantes, Ilongo avait aujourd'hui vingt ans. Après son diplôme, il était revenu dans le voisinage de Morningside ; sa mère habitait maintenant une petite maison au toit de tôle aux confins de la propriété.

Dans les jours qui suivirent l'accident, Ilongo rendit souvent visite à Saya John. Peu à peu, sans déploiement de zèle excessif, il prit en charge la majeure partie des soins quotidiens du vieil homme. Sa présence était aussi discrète que réconfortante et Alison eut bientôt très naturellement recours à lui pour l'aider dans la gestion des bureaux de la plantation. Élevé à Morningside, Ilongo en connaissait tous les ouvriers. Ils lui accordaient à leur tour une autorité inégalée dans la plantation. S'il avait grandi sur la propriété, il en avait aussi franchi les frontières, appris à parler le malais et l'anglais, acquis une éducation. Il n'avait pas besoin de hausser le ton ou de lancer des menaces pour se faire respecter : les ouvriers lui faisaient confiance comme à l'un d'entre eux.

Saya John aussi trouvait sa compagnie rassurante. Tous les dimanches, Ilongo empruntait un camion de la plantation pour emmener le vieillard à l'église du Christ-Roi, à Sungei Pattani. En chemin, ils s'arrêtaient devant les arcades ombragées des magasins aux façades de carreaux rouges qui bordaient la rue principale. Saya John entrait dans un petit restaurant et demandait à voir le propriétaire, Ah Fatt, un gros homme avec d'étincelantes incisives en or. Ah Fatt avait des accointances politiques en Chine du Sud et, depuis l'invasion de la Mandchourie en 1929, Saya John s'était toujours montré un généreux donateur.

Chaque semaine, il donnait à Ah Fatt une grosse enveloppe à envoyer à qui de droit.

Les jours où il officiait à Morningside, Ilongo répondait au téléphone. Un matin, il arriva à vélo de la maison chercher Alison au bureau.

« Il y a eu un appel...

– De qui ?

– Mr Dinu Raha.

– Comment ? » Alison était assise à sa table de travail. Elle leva la tête en fronçant les sourcils. « Dinu ? Tu es sûr ?

– Oui. Il téléphonait de Penang. Il vient de débarquer de Rangoon. Il arrive par le train à Sungei Pattani.

– Ah ? » Alison repensa aux lettres que lui avait écrites Dolly après la mort de ses parents : elle se souvint d'une référence à une visite imminente – mais la lettre disait que ce serait Neel qui viendrait, pas Dinu. « Tu es sûr que c'était Dinu ? répéta-t-elle.

– Oui. »

Elle jeta un coup d'œil à sa montre.

« Peut-être vais-je aller le chercher à la gare.

– Il a dit que ce n'était pas la peine : il prendra un taxi.

– Ah ? Eh bien, je verrai. J'ai encore le temps. »

Ilongo parti, Alison s'appuya contre le dossier de sa chaise et se tourna vers une fenêtre pour contempler à l'horizon, au-delà de la plantation, l'étendue bleue de la mer d'Andaman. Il y avait longtemps qu'elle n'avait pas eu de visiteur. Aussitôt après la mort de ses parents, la maison avait été pleine. Amis et membres de la famille avaient afflué de Penang, Malacca, Singapour – il y avait eu quantité de télégrammes. Timmy était venu de son lointain New York, survolant le Pacifique à bord du *China Clipper* de la PanAm. Alors totalement désorientée, Alison avait prié pour que Morningside demeure peuplée ainsi à jamais : il était inconcevable qu'elle eût à affronter seule ces pièces, ces corridors, l'escalier dont chaque marche lui rappelait sa mère. Mais au bout d'une ou deux semaines, la maison s'était vidée tout aussi brusquement qu'elle s'était remplie. Timmy avait regagné New York où il avait maintenant sa propre affaire dont il ne pouvait pas s'éloigner trop longtemps. À son départ, il lui avait de fait abandonné Morningside lui laissant le choix de vendre ou bien de gérer elle-même la plantation. Peu à peu, ce sentiment d'abandon s'était effacé et elle avait fini par comprendre qu'elle ne pouvait pas se tourner vers le passé pour remplir le vide du présent ; qu'elle ne pouvait pas compter sur les souvenirs laissés par ses parents pour servir d'amortisseur à l'isolement douloureux de Morningside : l'écrasante monotonie, la solitude résultant de cet entourage constant des mêmes visages, des mêmes rangées d'arbres bien régulières, de la même vue incontournable des mêmes nuages suspendus au-dessus de la même montagne.

Et voilà à présent que débarquait Dinu, ce vieil original de Dinu, si incorrigiblement sérieux, si gauche et si peu sûr de lui. Elle regarda sa montre puis par la fenêtre. Loin à l'horizon, elle voyait un train fonçant à travers la plaine. Elle attrapa son sac à main et y prit les clés de la Daytona. Ce serait un soulagement que de quitter la maison, ne serait-ce que pour deux heures.

27

C'est la guerre qui avait autant retardé la venue de Dinu à Morningside. La menace de sous-marins dans le golfe du Bengale ayant contraint les compagnies maritimes à interrompre la publication de leurs horaires, les départs n'étaient désormais annoncés que quelques heures avant l'embarquement. Ce qui signifiait, concrètement, une veille permanente dans les bureaux des compagnies maritimes. S'estimant heureux d'avoir pu enfin trouver une couchette, Dinu n'avait pas songé un instant à câbler son arrivée.

Avec son quai unique et son auvent en brique rouge, la station de chemin de fer de Sungei Pattani était jolie comme un jouet. Dinu repéra Alison dès l'entrée du train en gare : vêtue d'une longue robe noire, chaussée de lunettes de soleil, elle se tenait à l'ombre de l'auvent. Elle paraissait maigre, faible, épuisée – une mèche de chandelle consumée par le chagrin.

Sa vue inspira à Dinu un moment de panique. Toute émotion suscitait en lui de la peur mais aucune autant que le chagrin : durant plusieurs minutes après l'arrêt du train, il fut incapable de s'arracher à son siège. Il fallut que le chef de gare commence à brandir son drapeau vert pour qu'il se décide à faire mouvement en direction de la portière.

En descendant de son wagon, il essaya de se rappeler les phrases de condoléances qu'il avait préparées en vue de cet instant. Mais à présent, tandis qu'Alison traversait le quai pour venir vers lui, l'idée de consolation apparaissait comme une impossible impertinence. N'était-il pas préférable de se comporter comme si rien ne s'était passé ?

« Tu n'aurais pas dû venir, dit-il d'un ton bourru, les yeux baissés. J'aurais pris un taxi.

– Ça m'a fait plaisir, répliqua-t-elle. Ça fait du bien de quitter un peu Morningside.

– Mais quand même... »

Chargeant ses appareils photos sur l'épaule, il tendit sa valise à un porteur.

Alison sourit.

« Est-ce que ton père va mieux ?

– Oui, dit Dinu avec raideur. Il se porte bien maintenant... et Manju et Neel attendent un bébé.

– Voilà une bonne nouvelle. »

Elle sourit de nouveau en hochant la tête.

Ils sortirent de la gare. La place était ombragée par un arbre immense en forme de dôme. Dinu s'arrêta et leva les yeux. Des branches moussues de l'arbre pendait toute une variété de plantes grimpantes et de fleurs sauvages.

« Tiens ! s'écria-t-il, n'est-ce pas un *padauk* ?

– Ici, on les appelle des *angsana*, répondit Alison. Mon père a planté celui-ci l'année de ma naissance. » Elle marqua un temps. « L'année de notre naissance, devrais-je dire.

– Tiens, oui... bien sûr... nous sommes nés la même année. »

Dinu sourit, hésitant, surpris à la fois qu'elle s'en soit souvenue et qu'elle ait choisi de le mentionner.

La Daytona était garée à côté, sa capote baissée. Alison se glissa derrière le volant tandis que Dinu mettait ses bagages dans le coffre. Ils quittèrent la gare et laissèrent derrière eux la place du marché avec ses longues arcades de boutiques. Aux abords de la ville, ils dépassèrent un champ de barbelés. Au centre du champ se dressaient plusieurs rangées de huttes *attap* couvertes de tôle ondulée.

« Qu'est-ce que c'est ? s'enquit Dinu. Je ne me souviens pas...

– C'est notre base militaire, expliqua Alison. À cause de la guerre, l'armée est présente en nombre à Sungei Pattani en ce moment. Il y a même une piste d'atterrissage gardée par des soldats indiens. »

La route commençait à monter et le Gunung Jerai surgit devant eux, son sommet obscurci par l'habituelle brume de chaleur. Dinu se renfonça sur son siège, encadrant la montagne dans un viseur imaginaire. La voix d'Alison le prit de court.

« Tu sais ce qui est le plus dur ?

– Non. Quoi donc ?

– Rien n'a de forme.

– Comment ça ?

– Tu ne le vois pas jusqu'à ce que ça disparaisse – ce sont les formes que les choses ont et la manière dont les gens autour de vous les façonnent. Je ne parle pas des grandes choses, simplement des petites. Ce que tu fais quand tu te lèves le matin, les centaines de pensées qui te passent par la tête pendant que tu te laves les dents : "Il faudra que je parle à Maman de la nouvelle plate-bande de fleurs", ce genre de choses. Ces dernières années, j'avais commencé à me charger d'un tas de petits trucs que Papa et Maman avaient l'habitude de faire à Morningside. Maintenant, quand je me réveille le matin, ces choses me reviennent exactement de la même manière : il faut que je fasse ceci ou cela pour Maman ou Papa. Et puis je me rappelle : non, je n'ai plus à m'en préoccuper, il n'y a plus de raison. Et, bizarrement, ce qu'on ressent à ce moment-là, ce n'est pas vraiment de la tristesse mais une sorte de déception. Et ça c'est horrible aussi, car on se dit : est-ce tout ce que je peux faire ? Non : ça ne suffit pas. Je devrais pleurer, tout le monde dit que ça fait du bien de pleurer. Mais le sentiment à l'intérieur n'est pas facile à nommer : ce n'est pas exactement de la douleur ou du chagrin, pas à ce moment-là. Ça ressemble plus à ce qu'on éprouve en s'asseyant très lourdement dans un fauteuil : ça vous coupe le souffle et ça vous donne un haut-le-cœur. Difficile de trouver un sens à tout ça. On voudrait que la souffrance soit simple, directe, on ne veut pas qu'elle vous tende des embuscades, de manière détournée, chaque matin quand on se lève pour faire quelque chose d'autre, se laver les dents ou prendre son petit déjeuner... »

La voiture fit une brusque embardée. Dinu attrapa le volant pour le redresser.

« Alison ! Ralentis, fais attention ! »

Elle s'engagea délibérément sur le bas-côté herbeux de la route et s'arrêta sous un arbre. Elle porta les mains à ses joues dans un geste d'incrédulité.

« Regarde, dit-elle. Je pleure.

– Alison ! »

Il aurait voulu tendre la main, lui toucher l'épaule, mais il n'était pas du genre démonstratif. Elle posa son front sur le volant, en sanglotant, et soudain les hésitations de Dinu s'évanouirent.

« Alison... » Il attira sa tête contre son épaule et sentit ses larmes tièdes mouiller le mince coton de sa chemise. Ses cheveux soyeux contre sa joue dégageaient une légère odeur de raisin. « Alison, tout va bien... »

Il fut très surpris de ce qu'il avait fait. Comme si quelqu'un lui avait rappelé que des gestes de cette nature ne lui venaient pas naturellement. Le bras au creux duquel la tête d'Alison reposait contre son épaule se fit lourd, raide, et Dinu se découvrit en train de marmonner, maladroit :

« Alison... Je sais que ça a été très dur... »

Il fut interrompu par le rugissement d'un quinze tonnes dévalant la route. Alison s'écarta rapidement de Dinu et se redressa. Dinu tourna la tête tandis que le camion passait en trombe. Assis en tailleur, un escadron de soldats indiens, en turban et short kaki, s'entassaient à l'arrière du véhicule.

Le bruit du camion s'effaça et l'instant passa. Alison s'essuya le visage et s'éclaircit la gorge.

« Il est temps de rentrer, dit-elle, en tournant la clé du démarreur. Tu dois être fatigué. »

Ce n'est qu'à la mi-février que l'ordre de mobilisation attendu finit par arriver. Hardy fut l'un des premiers à l'apprendre et il déboula en courant chez Arjun.

« Dis donc, t'as entendu, vieux ? » C'était le début de la soirée et Hardy ne se donna pas la peine de frapper. « Arjun, où es-tu ? »

Arjun se trouvait à l'intérieur de la penderie qui séparait par des rideaux sa salle de bains de son espace « séjour ». Il venait de se laver après un match de football, et ses chaussures boueuses gisaient à côté de son short en tas par terre. On était jeudi, jour où, par tradition, on dînait au mess en tenue de soirée ; c'était en effet un jeudi que la nouvelle de la mort de la reine Victoria était parvenue en Inde. Dans la chambre, Kishan Singh s'affairait autour des vêtements d'Arjun – veste de smoking, pantalon, ceinture de satin – qu'il étalait sur le lit.

Hardy traversa la pièce en hâte.

« Arjun ? Tu as entendu ? On a reçu l'ordre. »

Arjun tira le rideau, une serviette nouée autour de la taille.

« Tu es sûr ?

– Oui. Je le tiens de l'adjudant-sahib. »

Ils se regardèrent, ne sachant quoi dire d'autre. Hardy s'assit sur le rebord du lit et se mit à faire craquer ses jointures. Arjun boutonna sa chemise amidonnée, les genoux pliés de façon à pouvoir se voir dans la glace. Il aperçut Hardy derrière lui, qui contemplait le sol d'un air morose. Essayant d'être un peu drôle, il lança :

« Eh bien, au moins, on va voir maintenant si ces fichus plans de mobilisation que nous avons concoctés valent quelque chose ou pas... »

Hardy ne répondit pas et Arjun jeta un coup d'œil pardessus son épaule.

« Tu n'es pas content que l'attente soit finie ? Hardy ? »

Hardy gardait les mains jointes entre ses genoux. Il leva brusquement la tête.

« Je n'arrête pas de penser à...

– À quoi ?

– Tu te rappelles Chetwode Hall ? À l'Académie, à Dehra Dun ?

– Bien sûr.

– Il y avait une inscription qui disait : “La sécurité, l'honneur et le bien de votre pays viennent en premier, toujours et partout. L'honneur, le bien-être et le confort des hommes que vous commandez viennent ensuite...

– ... et votre propre bien-être, confort et sécurité viennent en dernier, toujours et partout”, compléta Arjun en riant. Bien sûr que je me rappelle. Elle figurait sur le podium, et nous sautait au nez chaque fois qu'on pénétrait dans Chetwode Hall.

– Elle ne t'a jamais intrigué, cette inscription ?

– Non. Pourquoi l'aurait-elle dû ?

– Eh bien, tu n'as jamais pensé : ce pays dont la sécurité, l'honneur et le bien-être viennent en priorité, toujours et partout, quel est-il ? Où est-il ? Le fait est que toi et moi nous n'avons pas de pays – alors où est cet endroit dont la sécurité, l'honneur et le bien-être doivent venir en premier, toujours et partout ? Et comment se fait-il que, lorsque nous avons prêté serment, ce n'était pas à un pays mais au roi-empereur – pour défendre l'Empire ? »

Arjun se tourna pour faire face à son ami.

« Hardy, où veux-tu en venir ?

– Simplement à ceci, vieux : si mon pays a vraiment la priorité, pourquoi m'envoie-t-on à l'étranger ? Il n'existe pour l'heure aucune menace contre mon pays, et s'il y en avait, ce serait mon devoir de rester ici pour le défendre.

– Hardy, le tança gentiment Arjun, rester ici n'aiderait pas beaucoup ta carrière...

– La carrière, la carrière ! » Hardy claqua la langue de dégoût. « Est-ce que tu ne penses jamais à autre chose, vieux ?

– Hardy ! » lança Arjun avec un regard destiné à rappeler à son ami la présence de Kishan Singh.

Hardy haussa les épaules et consulta sa montre.

« D'accord. Je la ferme, dit-il en se levant pour partir. Il faut que j'aille me changer moi aussi. On parlera plus tard. »

Hardy fila et Kishan Singh apporta le pantalon d'Arjun dans la penderie. Agenouillé sur le sol, il maintint le pantalon bien ouvert par la ceinture et Arjun y entra avec précaution, prenant soin de ne pas détruire la fragile netteté des plis. Puis Kishan Singh se releva et commença à tourner autour d'Arjun pour lui enfoncer sa chemise dans le pantalon. Sa main effleura le bas du dos d'Arjun qui se raidit et s'empêcha juste à temps d'aboyer à son ordonnance de se dépêcher. Qu'après deux ans de vie d'officier il n'eût pas encore réussi à s'accommoder de l'intimité forcée de la vie militaire l'agaçait beaucoup. C'était là une des nombreuses choses, il le savait, qui le séparait des autres *fauji*, les *army-wallah* tels que Hardy. Il avait un jour regardé son camarade s'habiller pour la soirée des Invités avec l'aide de son ordonnance : Hardy oubliait la présence de ce dernier d'une manière dont Arjun était incapable avec Kishan Singh.

Soudain, prenant Arjun par surprise, Kishan Singh demanda :

« Sah'b, savez-vous où s'en va le bataillon ?

– Non. Personne ne le sait. Nous ne le saurons pas avant d'avoir embarqué. »

Kishan Singh commença à enrouler la ceinture autour de la taille d'Arjun.

« Sah'b, les sous-off disent que nous allons à l'est...

– Pourquoi ?

– D'abord, on s'est entraînés pour le désert et tout le monde disait qu'on irait en Afrique du Nord. Mais l'équipement qu'on vient de recevoir est clairement fait pour la pluie...

– Qui t'a raconté ça ? s'étonna Arjun.

– Tout le monde, sah'b. Même dans les villages, on sait.

Ma mère et ma femme sont venues me voir la semaine dernière. Elles avaient entendu des rumeurs selon lesquelles on allait partir.

– Qu'ont-elles dit ?

– Ma mère : "Kishan Singh, quand vas-tu revenir ?"

– Et que lui as-tu répondu ? »

Agenouillé de nouveau devant Arjun, Kishan Singh vérifia les boutons de braguette, lissa le pantalon, pinça les plis pour en restaurer le fil. Arjun ne voyait que le haut du crâne de son ordonnance, et les tortillons de ses cheveux courts.

Soudain, Kishan Singh leva la tête.

« Sah'b, je lui ai dit que vous feriez en sorte que je revienne sûrement... »

Surpris, Arjun sentit le sang affluer à ses joues. Il y avait quelque chose d'inexplicablement émouvant dans la simple candeur de cette expression de confiance. Il se sentit à court de mots.

Un jour, lors de leurs conversations à Charbagh, le lieutenant-colonel Buckland avait déclaré que, pour les Anglais, la récompense de servir en Inde se trouvait dans le lien qu'ils établissaient avec « les hommes ». Une relation, disait-il, d'un genre totalement différent de celui rencontré à l'intérieur de l'armée anglaise régulière, la loyauté mutuelle du soldat indien et de l'officier anglais étant à la fois si puissante et si inexplicable qu'elle ne pouvait être comprise que comme une sorte d'amour.

Arjun se souvint à quel point ce mot avait paru étrange sur les lèvres réticentes de son commandant et combien il avait été tenté de se moquer. Il semblait que dans ces histoires « les hommes » ne fussent que des abstractions, une collectivité sans visage emprisonnée dans une enfance permanente – lunatique, imprévisible, fabuleusement courageuse, désespérément loyale, sujette à d'extraordinaires excès émotionnels. Pourtant, il savait qu'il était vrai que, même pour lui, il y avait des moments où il semblait que les attributs de cette collectivité sans visage – « les hommes » – s'incarnaient dans la réalité en la personne d'un seul soldat, Kishan Singh : que le lien qui avait fini par s'établir entre eux était vraiment une sorte d'amour. Il était impossible de savoir dans quelle mesure cela était du fait de Kishan Singh et dans quelle mesure le produit de l'intimité particulière de leur situation ; ou peut-être était-ce quelque chose de complètement autre, que Kishan Singh, par sa propre individualité, était devenu plus que lui-même – un village, un pays, une histoire, un miroir pour qu'Arjun y découvre son propre reflet.

Durant un instant inquiétant, Arjun se vit à la place de Kishan Singh : agenouillé devant un officier en tenue de soirée, astiquant ses chaussures, ajustant sa chemise dans son pantalon, vérifiant ses boutons de braguette, levant la tête à l'abri de ses pieds écartés et lui demandant protection. Il grinça des dents.

28

Le lendemain de son arrivée, Dinu emprunta une bicyclette et partit à la recherche des *chandi* en ruine du Gunung Jerai. Alison lui dessina un plan qu'il suivit. Dès Morningside, le sentier grimpait fort sur la plus grande partie du trajet et Dinu dut à plusieurs reprises descendre de son vélo, le guidant à la main le long des pentes les plus rudes. Il prit deux ou trois mauvais tournants mais finit par trouver l'endroit exact où, la dernière fois, Alison avait garé sa voiture. Le ruisseau coulait en contrebas et ses environs étaient tels que Dinu se les rappelait : un passage à gué pavé de pierres plates. Un peu plus bas, le ruisseau s'élargissait en un bassin entouré de rochers massifs. De l'autre côté, un sentier s'enfonçait dans la jungle.

Sa jambe lui faisait mal et Dinu suspendit son appareil photo à une branche avant de descendre vers le bassin. Sur la rive, un rocher offrait un siège parfait. Dinu ôta ses chaussures, roula le bas de son pantalon jusqu'aux genoux et plongea ses jambes dans l'eau vive et fraîche.

Il avait hésité à venir en Malaisie mais, à présent, il était content d'être loin de Rangoon, content d'avoir laissé derrière lui les tensions de la maison et les soucis permanents causés par l'affaire. Quel soulagement aussi de s'éloigner des querelles politiques internes qui semblaient consumer tous ses amis. Il savait que son père voulait qu'il presse Alison de vendre Morningside : ce serait trop difficile pour elle de gérer seule la plantation, disait-il, l'affaire perdrait de l'argent. Mais autant que Dinu pouvait en juger, la plantation marchait très bien et Alison semblait parfaitement aux commandes. Elle n'avait, à son sens, nullement besoin de son avis, mais de toute manière il était content d'être là. Il aurait ainsi le temps de réfléchir : à Rangoon, il était toujours trop occupé, par la politique, par le magazine. Il avait vingt-sept ans maintenant, et c'était le moment ou jamais de décider si la photographie allait rester pour lui un passe-temps ou devenir une carrière.

Il alluma une cigarette et la fuma jusqu'au bout avant de reprendre son appareil et de traverser le ruisseau. Le sentier était plus envahi de végétation qu'il ne s'en souvenait et par endroits il lui fallut se frayer un chemin à travers. Quand il arriva à la clairière, il fut frappé d'admiration pour la sereine beauté du lieu : les couleurs des *chandi* couverts de mousse étaient même plus vives que dans sa mémoire, le panorama à l'arrière-plan plus majestueux. Il installa son trépied sans perdre de temps. Il utilisa deux rouleaux de pellicule et ne rentra à Morningside qu'au coucher du soleil.

Il retourna sur les lieux le lendemain et le jour suivant. Le trajet devint une sorte de routine : il partait tôt, en emportant deux ou trois *roti* en guise de déjeuner. Arrivé au bord du ruisseau, il rêvassait un peu, assis sur son rocher préféré, les pieds plongés dans l'eau. Puis il partait pour la clairière et installait son équipement. Il s'arrêtait un long moment à l'heure du déjeuner et faisait une sieste, étendu à l'ombre d'un des *chandi*.

Un matin, ayant décidé de s'aventurer un peu plus loin dans la forêt, il avisa devant lui un monticule couvert de végétation. Il s'y fraya un chemin et se trouva face à une autre ruine, faite du même matériau – de la latérite – que les deux *chandi* mais d'une architecture différente : celle-ci était à peu près octogonale et formée comme une pyramide à étages, ou une ziggourat. En dépit du style monumental, la structure était de taille modeste, pas beaucoup plus haute que lui. Dinu escalada avec précaution les blocs moussus et, au sommet, il découvrit une pierre carrée massive, avec une ouverture rectangulaire creusée au centre. Il regarda à l'intérieur et vit une flaque d'eau de pluie emprisonnée au fond. La flaque avait la forme régulière et le reflet métallique d'un miroir antique. Il prit une photo, un instantané, puis s'assit pour fumer une cigarette. À quoi servait cette ouverture ? Avait-elle été la base d'une sculpture monumentale, un monolithe gigantesque et souriant ? Peu importait : à présent, c'était juste un trou, colonisé par une famille de minuscules grenouilles vertes. Lorsqu'il regarda son reflet ondulé, les grenouilles vexées réagirent par des coassements furieux.

Ce soir-là, de retour à la maison, il interrogea Alison.

« Savais-tu qu'il y avait encore une ruine, une sorte de pyramide, un peu plus loin dans la jungle ?

– Oui, dit-elle en hochant la tête, et il y en a d'autres. Tu les trouveras si tu vas plus loin. »

Le lendemain, il découvrit qu'elle avait raison. Montant un peu plus sur le flanc de la montagne, Dinu tomba littéralement sur une plate-forme carrée d'un mètre de côté faite de blocs de latérite, apparemment la base d'un petit sanctuaire. Le plan du temple se dessinait visiblement sur le sol, telle l'esquisse d'un architecte, avec une ligne d'embrasures carrées indiquant le placement d'une rangée de colonnes. Un jour ou deux plus tard, il découvrit une autre ruine, bien plus étrange : une structure qui paraissait suspendue à l'intérieur d'une explosion, comme un accessoire dans un trucage photographique. Un banian avait pris racine dans le temple et, en grandissant, avait repoussé les murs, disjoignant des blocs de maçonnerie. Une porte avait été coupée en deux, comme si une bombe avait explosé sur le seuil. Un montant de pierre avait été renversé, tandis qu'un autre avait été soulevé, entortillé dans de la végétation, à plusieurs mètres du sol.

Parfois, en pénétrant dans les ruines, Dinu entendait un bruissement ou un sifflement prolongé. De temps à autre, le sommet des arbres autour de lui remuait comme frappé par un coup de vent. Dinu levait la tête pour apercevoir sur les branches une troupe de singes l'examinant avec circonspection. Une fois, il entendit une toux râpeuse qui aurait pu venir d'un léopard.

À mesure que son intimité avec les ruines croissait, Dinu découvrit que son œil se portait directement vers le lieu où avait dû se trouver autrefois la statue principale du temple : ses mains se tendaient machinalement vers les niches où l'on avait dû déposer des offrandes de fleurs ; il commença à reconnaître les limites au-delà desquelles il n'avancerait pas sans se déchausser. Quand il traversait le ruisseau, après sa course en bicyclette, il n'avait plus l'impression de pénétrer sur la pointe des pieds dans un lieu étrange et inconnu, où la vie et l'ordre le cédaient à l'ombre et l'obscurité. C'est quand il regagnait l'ordonnancement monochrome de la plantation qu'il avait le sentiment de traverser un territoire de ruines, une profanation bien plus profonde qu'un délabrement temporel.

Tard un après-midi, debout derrière son trépied, une certaine agitation parmi les oiseaux de la jungle lui fit prêter l'oreille au bruit d'une voiture. Il se précipita vers une brèche dans la végétation qui permettait de voir le ruisseau en contrebas. Il aperçut la Daytona rouge d'Alison qui approchait de l'autre côté. Il abandonna son trépied et descendit en courant le sentier.

Depuis le jour de son arrivée, Dinu avait très peu vu Alison. Elle quittait la maison avant l'aube, afin d'assister au rassemblement ; à son retour, il était le plus souvent déjà sur la montagne en train de prendre des photos. Ils ne se rencontraient en général qu'au dîner, quand la conversation était inévitablement affectée par les silences absents de Saya John. Elle ne semblait pas savoir comment intégrer un visiteur dans la routine de sa vie sur la plantation, et Dinu, de son côté, était encombré par la conscience de la mission dont il avait été chargé. Il savait qu'il lui faudrait trouver un moyen de dire à Alison que son père voulait céder sa part dans Morningside, et cela paraissait impossible à un moment où elle était si absorbée, à la fois par le chagrin de la mort de ses parents et par l'angoisse quotidienne d'assurer la survie économique de la plantation.

Alors que Dinu atteignait le bout du sentier, Alison avait déjà traversé le ruisseau. Nez à nez avec elle, Dinu ne sut plus quoi dire et il fouilla dans ses poches à la recherche d'une cigarette.

« Tu rentres à la maison ? dit-il enfin entre ses dents tout en grattant une allumette.

– J'ai pensé que je pourrais voir comment tu te débrouillais.

– J'installais juste mon appareil... »

Ils s'avancèrent tous deux vers la clairière où le trépied attendait devant un des *chandi*.

« Je peux te regarder prendre tes photos ? » demanda-t-elle gaiement. Il hésita, porta la cigarette à sa bouche, plissa les yeux dans la fumée. Comme si elle sentait chez lui une certaine réticence, Alison ajouta : « Ça te gênerait ? Je t'embêterais ?

– Non, dit-il. Ce n'est pas ça... Tu ne m'embêterais pas exactement... C'est juste que quand j'opère, je dois me concentrer beaucoup... ou alors c'est raté... C'est comme n'importe quel autre boulot, vois-tu... Ce n'est pas facile si on vous regarde.

– Je vois. » Le son creux de sa voix indiqua qu'elle venait d'interpréter sa réponse comme une rebuffade. Elle rougit. « Eh bien, alors, je vais m'en aller.

– Non, dit-il très vite, je t'en prie, reste... mais puisque tu vas être là, puis-je prendre quelques photos de toi... ? »

Elle fut prompte à lui asséner son propre refus :

« Non. Je ne suis pas vraiment dans le bon état d'esprit pour prendre part à ton ... à ton travail. »

Elle tourna les talons et prit la direction du ruisseau.

Dinu comprit qu'il venait sans le vouloir de s'égarer dans une querelle.

« Alison... Je n'avais pas l'intention... » Il courut derrière elle mais elle marchait vite et Dinu était handicapé par sa jambe. « Alison... je t'en prie, reste. » Il la rattrapa au bord du ruisseau. « Alison... J'essayais simplement de te dire comment c'était... quand je prends une photo... Je ne voulais pas te repousser... Tu ne veux pas rester ?

– Pas maintenant. » Elle consulta sa montre. « Pas aujourd'hui.

– Alors tu reviendras ? »

Elle avait déjà commencé à traverser le gué. Au milieu du ruisseau, sans se retourner, elle lui fit un signe de la main.

Juste avant le départ du bataillon pour Saharanpur, de nouvelles listes de matériel arrivèrent. Ce qui signifia qu'Arjun et Hardy durent passer la nuit à réviser leur projet de mobilisation préparé avec tant de soins. Mais en fin de compte tout se déroula bien : le commandant fut content et le bataillon put procéder comme prévu à son lever de camp. Le train pour Bombay démarra à l'heure dite. Il y eut un léger retard à Ajmer. Le 1er bataillon du 1er Jat fut mis sur une voie de garage pour laisser passer un convoi de prisonniers de guerre italiens. Les Italiens et les Indiens se regardèrent en silence à travers le quai et les fenêtres à barreaux de leurs wagons respectifs. Leur premier aperçu de l'ennemi. Le lendemain matin, ils arrivèrent au terminus, la gare Victoria de Bombay. On leur annonça que leur transport de troupes, le *Nuwara Eliya*, les attendait dans le port. Ils gagnèrent le quai Sassoon pour découvrir que l'ordre de leur embarquement avait déjà été donné.

Les quais se révélèrent extraordinairement congestionnés : le hasard voulait qu'un bataillon anglais embarque sur un autre navire exactement à la même heure. Très vite, les bagages et équipement des deux unités se retrouvèrent inextricablement mélangés. Les sous-officiers se mirent à hurler, répandant la panique parmi les dockers. Hardy fut jeté en plein dans l'arène : officier en charge des bagages du 1er bataillon du 1er Jat, il lui incombait d'essayer de remettre de l'ordre.

En consultant la liste de Hardy, Arjun apprit qu'on lui avait attribué une cabine pour lui tout seul. Il n'avait jamais encore été à bord d'un bateau et il eut peine à contenir son excitation. Il monta en hâte la passerelle pour aller voir sa cabine ; sur ses talons, Kishan portait ses bagages.

Ils furent les premiers à embarquer : à part l'équipage, le bateau était vide. Tout semblait neuf et surprenant : les plats-bords blancs et les étroites passerelles, les écoutilles béantes et les hublots tout ronds.

Alors qu'ils débouchaient sur le pont supérieur, Kishan Singh jeta un coup d'œil par-dessus le bastingage. « Sah'b ! Regardez ! » Du doigt, il attira l'attention d'Arjun sur une altercation en bas sur les quais. Arjun vit que Hardy était engagé dans une prise de bec avec un gros sergent anglais. Ils étaient debout l'un contre l'autre, et Hardy brandissait une liasse de papiers sous le nez du sergent.

« Reste ici. »

Arjun refit en courant le chemin qu'il venait de parcourir. Il arriva sur la scène un instant trop tard. Un autre officier de leur régiment l'avait précédé, le capitaine Pearson, le commandant en second, un Anglais carré, trapu, avec une voix de stentor et un caractère de cochon.

À quelques pas de lui, Arjun vit Hardy se tourner vers Pearson, d'évidence très soulagé, pleinement persuadé que son supérieur allait le soutenir – au moins par loyauté envers un membre de son bataillon sinon pour une autre raison. Mais le capitaine Pearson n'avait jamais caché qu'il jugeait Hardy « difficile » et « beaucoup trop susceptible ». Au lieu de l'appuyer, il fit montre de son mécontentement

« Lieutenant, avez-vous encore provoqué une dispute... ? »

L'expression du visage de Hardy passa du soulagement à la rage bouillonnante, et Arjun, souffrant d'être le témoin silencieux de l'humiliation de son ami, tourna les talons et fila.

Plus tard ce jour-là, Hardy le rejoignit dans sa cabine.

« Il faut donner une leçon à ce salaud de Pearson, dit-il. Ce putain de sergent m'a traité de nègre puant devant les hommes. Pearson a laissé passer ça. Mon vieux, tu ne le croiras pas, ce sale abruti m'a blâmé, moi ! La seule manière de mettre fin à ce genre de choses est de nous serrer les coudes.

– Que veux-tu dire exactement ?

– Je pense que nous devrions le boycotter.

– C'est le commandant adjoint, Hardy. Comment veux-tu qu'on le boycotte ? Sois raisonnable !

– Il y a des moyens de faire passer un message, répliqua Hardy, furieux. Mais seulement quand on sait de quel côté on est ! »

Il se leva brusquement et quitta la cabine.

Deux jours durant, le *Nuwara Eliya* attendit à l'ancre tandis que neuf autres navires se rassemblaient dans le port. Le bruit courait qu'un sous-marin allemand rôdait aux environs et on attribua aux transports de troupes une escorte de deux contre-torpilleurs, un cargo armé et un croiseur léger. Quand le convoi leva enfin l'ancre, ce fut en direction du soleil couchant. Mais sa destination était encore inconnue : personne ne savait s'il irait à l'ouest ou à l'est.

À Bombay, le commandant avait reçu une enveloppe scellée qui ne devrait être ouverte que vingt-quatre heures après le départ. Le moment venu, Arjun et les autres officiers se réunirent dans une salle à manger sur le pont supérieur du *Nuwara Eliya*. Avec son calme habituel, le commandant fit sauter le sceau avec un coupe-papier et ouvrit l'enveloppe. Les officiers attendaient en silence. Arjun sentit une humidité poisseuse suinter de ses paumes.

Puis enfin le commandant leva la tête, un léger sourire aux lèvres, et, tenant la feuille de papier devant lui, lut : « Ce bateau est à destination de la Malaisie. »

Arjun sortit sur le pont et y trouva Hardy penché sur le bastingage et fredonnant dans sa barbe. Derrière eux, le blanc du sillage avait déjà commencé à décrire une courbe tandis que le convoi changeait lentement de direction.

29

Manju n'avait jamais été aussi heureuse que dans les premiers mois de sa grossesse. Elle adorait chaque rappel des changements dans son corps : les contractions et autres mouvements souvent imaginaires, les tiraillements d'estomac provoqués par une faim impossible à satisfaire, et même la nausée qui la réveillait chaque matin et le picotement acide de ses gencives.

La maison de Kemendine avait beaucoup changé au cours des deux années que Manju venait de passer à Rangoon. Dinu était parti, bien sûr, et son appartement à l'étage restait vide. Neel et Rajkumar étaient souvent absents, occupés à prendre des mesures pour la vente des biens de la famille ou l'achat de stocks de teck. La plupart du temps, Dolly et Manju avaient la maison à elles. Le jardin avait poussé n'importe comment : là où autrefois se trouvait une pelouse, l'herbe arrivait aux genoux. Plusieurs pièces et annexes étaient fermées : beaucoup de meubles avaient été vendus. Les dizaines d'employés, domestiques, gardiens, jardiniers et leurs familles, qui avaient longtemps peuplé la maison l'avaient quittée. Même U Ba Kyaw, le chauffeur, avait regagné son village. La Packard était l'une des rares possessions que Rajkumar avait conservée mais elle était désormais surtout conduite par Neel.

Ni Manju ni Dolly ne regrettaient que la demeure fût ainsi vide. Au contraire, c'était comme si une accumulation de toiles d'araignée avait été balayée, leur permettant des libertés nouvelles. Dans le passé, Dolly avait souvent paru lointaine et d'un abord difficile à Manju, mais à présent elles étaient devenues alliées, collègues, équipières, œuvrant de conserve au renouveau familial. À elles deux, elles n'avaient pas de difficultés à gérer la maison. À son réveil, le matin, Manju trouvait Dolly à genoux, vêtue d'un vieux *longyi* effrangé, en train de laver le sol avec des serpillières en lambeaux. Elles travaillaient ensemble, au rythme de deux pièces par jour, et s'arrêtaient à l'heure de la visite quotidienne des moines.

Pour Manju, ces pauses au milieu de la matinée étaient son aspect préféré de la vie à Rangoon. Elle avait toujours su que les moines bouddhistes vivaient d'aumônes mais elle fut très surprise d'observer la façon dont ce principe, plus ou moins abstrait, se traduisait dans la mécanique pratique de la vie de tous les jours – dans la réalité quotidienne, un groupe de jeunes gens et de petits garçons à l'air fatigué, vêtus de robe safran, descendaient une rue poussiéreuse leurs paniers en équilibre sur la hanche. Il y avait quelque chose de magique dans le fait que ces interruptions se produisent toujours à un moment de la journée où les tâches ménagères étaient les plus pressantes, quand il n'y avait plus de place pour une autre pensée dans la tête que celle de la corvée suivante. Et au milieu de tout ça : ouvrir la porte et voir les moines plantés là, attendant patiemment, le soleil tapant sur leurs crânes rasés. Où trouver un meilleur moyen de mettre à mal la réalité quotidienne ?

Calcutta paraissait très loin maintenant. Le flot des lettres d'Inde avait souffert de perturbations, à cause de la menace des sous-marins dans le golfe du Bengale. Le trafic des paquebots entre Calcutta et Rangoon était devenu si irrégulier que le courrier avait tendance à arriver par paquets.

C'est un de ces paquets qui apporta à la fois la nouvelle du départ imminent d'Arjun et celle de son débarquement en Malaisie. Dolly en fut ravie.

« Peut-être Arjun pourra-t-il découvrir ce qui est arrivé à Dinu, dit-elle. Il y a longtemps qu'il n'a pas fait signe.

– Bien sûr. Je vais écrire... »

Manju expédia une lettre à l'adresse fournie par son père, *via* le quartier général à Singapour. Plusieurs semaines s'écoulèrent sans qu'elle reçoive de réponse.

« Ne vous inquiétez pas, dit-elle à Dolly. Je suis certaine que Dinu va bien. On l'aurait su s'il lui était arrivé quelque chose.

– Tu as sans doute raison. »

Mais un mois passa, puis un autre, et Dolly parut se résigner au silence continu de son fils.

Le bébé donnait maintenant des coups de pied pressants dans le ventre de Manju qui n'avait plus d'autre préoccupation que son propre état. À l'approche de la mousson, les journées se firent plus chaudes et l'effort de porter le bébé bien plus grand. Très vite, la fête de Waso arriva. Dolly emmena Manju faire une promenade à la campagne dans un taxi loué pour la journée. Elles firent halte dans un petit bois le long de la route de Pegu et ramassèrent des brassées de fleurs de *padauk* jaunes et odorantes. Elles étaient sur le chemin du retour quand Manju eut un étourdissement et s'évanouit sur la banquette arrière.

Après quoi, le médecin condamna Manju à garder la chambre. Dolly devint son infirmière, lui apportant ses repas, l'aidant à s'habiller et de temps à autre l'accompagnant faire le tour du jardin. Les jours s'écoulèrent dans une sorte de transe : Manju rêvassait allongée sur son lit, un livre à son chevet, ouvert mais pas lu. Des heures passaient sans qu'elle fasse autre chose qu'écouter tomber des trombes d'eau.

On était en plein Thadin, trois mois de réflexion et d'abstinence, le carême bouddhiste. Souvent Dolly faisait la lecture à Manju, en particulier de textes tirés des Écritures, et dans les traductions qu'elle pouvait trouver 420

puisque Manju ne savait ni le pali ni le birman. Un jour, Dolly choisit un discours de Bouddha s'adressant à son fils Rahula

> Développe un état d'esprit pareil à la terre, Rahula, car sur la terre toutes sortes de choses sont jetées, propres et sales, bouse et urine, bave, pus et sang, et la terre n'est pas troublée, ni rebutée, ni dégoûtée...

Tandis qu'elle lisait, Manju observait sa belle-mère : la longue chevelure brune était légèrement soulignée dc gris et le visage griffé d'un réseau de ridules. Pourtant, il y avait dans l'expression une jeunesse qui démentait ces signes de l'âge : difficile de croire que c'était là une femme de soixante-cinq ans.

> ... développe un état d'esprit pareil à l'eau car dans l'eau beaucoup de choses sont jetées, propres et sales, et l'eau n'est pas troublée, ni rebutée ni dégoûtée. Et ainsi en va-t-il avec le feu, qui brûle toutes choses, propres et sales, et avec l'air qui souffle sur elles toutes, et avec l'espace qui n'est établi nulle part...

Les lèvres de Dolly semblaient à peine se mouvoir et pourtant chaque mot était parfaitement énoncé : Manju n'avait encore connu personne qui pût ainsi sembler être au repos alors qu'elle était en fait plus que jamais attentive et en alerte.

Au huitième mois de la grossesse de Manju, Dolly interdit à Neel de partir en voyage. Il était à la maison quand sa femme eut ses premières douleurs. Il l'aida à monter dans la Packard et la conduisit à l'hôpital de Mission Road. Ils ne pouvaient plus s'offrir la suite autrefois occupée par Dolly et Rajkumar, et Manju alla dans la salle commune de la maternité. Le lendemain soir, elle accoucha de son bébé, une fille vigoureuse à la voix aiguë qui commença à téter dès qu'on la mit au sein de sa mère. L'enfant reçut deux noms : Jaya serait son nom indien, Tin May le birman.

Épuisée par son accouchement, Manju s'endormit et ne se réveilla qu'à l'aube. Le bébé était de nouveau dans son lit, manifestement affamé.

Sa fille contre sa poitrine, Manju se remémora un passage que Dolly lui avait lu quelques jours auparavant : un passage tiré du premier sermon de Bouddha, prononcé à Sarnath, deux mille cinq cents ans plus tôt.

> ... la naissance est chagrin, l'âge est chagrin, la maladie est chagrin, la mort est chagrin ; le contact avec le désagréable est chagrin, la séparation d'avec l'agréable est chagrin, chaque souhait non accompli est chagrin...

Les mots sur le moment lui avaient fait grande impression mais, à présent, avec son bébé nouveau-né à côté d'elle, ils lui semblaient incompréhensibles : jamais le monde ne lui avait paru aussi brillant, aussi plein de promesses, aussi prodigue de récompenses, aussi généreux de joie et d'accomplissements.

Pour sa première semaine à Singapour, le 1er bataillon du 1er Jat fut basé au camp de Tyersall Park. C'était précisément l'endroit dont avait parlé Kumar, l'ami d'Arjun, où un soldat avait tué un officier avant de se suicider. À New Delhi, l'histoire avait paru invraisemblable et tirée par les cheveux – un cas extrême – comme celui de cette mère soulevant une voiture pour sauver ses enfants. Mais maintenant qu'ils étaient eux-mêmes à Singapour, l'Inde se trouvant à une moitié de continent de distance, rien ne devenait improbable, tout semblait sens dessus dessous. Ils avaient l'impression de ne plus savoir qui ils étaient, de ne plus comprendre leur place dans l'ordre des choses. Dès qu'ils s'aventuraient au-delà des certitudes avérées du bataillon, ils semblaient se perdre dans un labyrinthe de significations cachées.

Kumar se trouvait à Singapour quand le 1er bataillon du 1er Jat y arriva. Un après-midi, il emmena Arjun et Hardy nager dans un club très huppé. La piscine était surpeuplée, remplie d'expatriés européens et de leurs familles. La journée était chaude, collante, l'eau paraissait fraîche et engageante. Suivant l'exemple de Kumar, Arjun et Hardy y plongèrent. En quelques minutes, ils se retrouvèrent seuls : la piscine s'était vidée dès qu'ils avaient mis le pied dans l'eau.

Kumar fut le seul à ne pas s'en émouvoir. Son bataillon était en Malaisie depuis plus d'un an et il avait voyagé dans toute la colonie.

« J'aurais dû vous prévenir, dit-il avec un sourire malicieux. C'est comme ça partout en Malaisie. Dans les petites villes, les clubs collent même des pancartes sur leur porte annonçant : "Interdit aux Asiatiques". À Singapour, on nous laisse utiliser la piscine, mais tout le monde file. À présent, ils sont obligés d'y aller doucement côté ségrégation vu la présence de nombreuses troupes indiennes ici. Mais il vaut mieux vous y faire parce que vous allez la rencontrer partout, dans les restaurants, les clubs, les plages, les trains. » Il rit. « On est censés mourir pour cette colonie mais on n'a pas le droit d'en utiliser les piscines. »

Il secoua la tête d'un air piteux et alluma une cigarette.

Bientôt leur bataillon fut expédié dans le nord. La campagne malaise fut une révélation pour les officiers indiens. Ils n'avaient jamais vu une telle prospérité, de si belles routes, des villes si propres et si bien dessinées. Souvent, quand ils y faisaient halte, les Indiens du cru les invitaient chez eux. Il s'agissait en général de personnes de la classe moyenne avec des situations modestes : avocats et médecins provinciaux, employés de bureaux et commerçants. Mais les signes d'abondance dans leurs maisons ne cessaient d'étonner Arjun et ses camarades. En Malaisie, semblait-il, les gens ordinaires avaient les moyens de se payer voitures et réfrigérateurs ; certains possédaient même des climatiseurs et des téléphones. En Inde, seuls les Européens et les très riches Indiens pouvaient s'offrir de tels objets.

Le long des routes de campagne, les officiers découvrirent que les seuls à vivre dans une misère noire étaient les travailleurs des plantations, presque tous d'origine indienne. Ils furent étonnés par la différence entre la verdure ordonnée des plantations et les conditions sordides des quartiers ouvriers. Hardy ayant souligné la rigueur du contraste, Arjun répliqua en soulignant qu'en Inde ils auraient considéré une telle pauvreté comme naturelle ; que la seule raison pour laquelle ils la remarquaient à présent était sa juxtaposition avec les villes prospères de Malaisie. Cette pensée les fit tous deux frémir de honte. Ils eurent le sentiment d'examiner pour la première fois leur propre situation, rétrospectivement ; comme si le choc du voyage avait balayé une indifférence inculquée depuis leur plus tendre enfance.

D'autres chocs les attendaient. Quand ils ne portaient pas leur uniforme, Arjun et ses amis découvrirent qu'on les prenait souvent pour des coolies. Sur les marchés, dans les bazars, les boutiquiers les traitaient cavalièrement, comme s'ils ne comptaient pas. Pire, on les regardait parfois avec un air voisin de la pitié. Un jour où Arjun se disputait avec un marchand, il se vit traiter, à son grand étonnement, de *« klang »*. Plus tard, s'enquérant de la signification du mot, il apprit qu'il s'agissait d'une allusion désobligeante au bruit des chaînes portées par les premiers travailleurs indiens importés en Malaisie.

Très vite, il n'y eut pas, sembla-t-il, un homme dans le bataillon qui n'eût été impliqué dans une situation inquiétante d'un genre ou un autre. Un soir, Kishan Singh, accroupi par terre, huilait le revolver d'Arjun quand soudain il leva la tête.

« Sah'b, dit-il à Arjun, je peux vous demander la signification d'un mot anglais ?

– Oui. Lequel ?

– *Mercenary*. Qu'est-ce que ça veut dire ?

– *Mercenary ?* » Arjun sursauta, surpris. « Où as-tu entendu ce mot ? »

Kishan Singh expliqua que, au cours de leurs récents déplacements, leur convoi de camions s'était arrêté à une buvette de thé le long de la route, près de la ville d'Ipoh. Assis dans la buvette, quelques Indiens du cru s'étaient déclarés membres d'un groupe politique, la Ligue pour l'indépendance de l'Inde. On ne sait trop comment, une dispute avait éclaté. Les civils leur avaient dit que, eux, les hommes du 1er Jat, ils n'étaient pas de vrais soldats ; ils n'étaient que des tueurs à gages, des mercenaires. Une bagarre aurait éclaté si le convoi n'était pas reparti. Mais plus tard, toujours sur la route, ils avaient recommencé à se disputer – entre eux cette fois – au sujet du mot « mercenaire » et de sa signification.

Le premier mouvement d'Arjun fut d'aboyer à Kishan Singh l'ordre de se taire et de continuer son travail. Mais il connaissait désormais assez son ordonnance pour savoir qu'un ordre ne l'empêcherait pas de chercher une réponse à sa question. Réfléchissant en hâte, il s'embarqua dans une explication : les mercenaires, dit-il, étaient simplement des soldats qu'on payait pour leur travail. Dans ce sens, tous les soldats, dans toutes les armées modernes, étaient des mercenaires. Il y avait des siècles, les soldats s'étaient battus pour la religion ou par loyauté envers leurs tribus, ou pour défendre leurs rois. Mais ces jours étaient passés depuis longtemps : à présent, être soldat était un métier, une profession, une carrière. Tous les soldats étaient payés et tous étaient donc des mercenaires

Cela parut satisfaire Kishan Singh qui ne posa pas d'autres questions. Mais c'est Arjun lui-même qui se sentit alors troublé par la réponse qu'il avait fournie à son ordonnance. S'il était vrai (et cela l'était sans conteste) que tous les soldats d'aujourd'hui étaient des mercenaires, pourquoi donc le mot était-il voyant comme une insulte. Pourquoi se sentait-il piqué au vif en l'entendant ? Était-ce que la carrière des armes ne se résumait pas à un simple métier, ainsi qu'il avait appris à le croire ? Que tuer sans conviction violait un instinct humain profond et inaltérable ?

Un soir, autour d'une bouteille de cognac, Hardy et lui discutèrent jusque tard de ce sujet. Hardy convint qu'il était difficile d'expliquer pourquoi se faire traiter de mercenaire était si vexant. Mais c'est lui qui mit enfin le doigt dessus.

« C'est parce que le bras d'un mercenaire obéit à la tête de quelqu'un d'autre : les deux parts de son corps n'ont aucun rapport. » Il marqua une pause et sourit à Arjun avant d'ajouter : « Parce que, mon vieux, en d'autres termes, un mercenaire est un *buddhu*, un idiot. »

Arjun refusa de se laisser entraîner par la bonne humeur de Hardy.

« Alors, sommes-nous des mercenaires, selon toi ? » dit-il.

Hardy haussa les épaules.

« Aujourd'hui, tous les soldats le sont. En fait, pourquoi s'arrêter aux soldats ? D'une manière ou d'une autre, on est tous un peu comme cette femme avec qui tu as couché à Delhi – on danse sur la musique de quelqu'un d'autre, en se faisant payer. Il n'y a pas tellement de différence. »

Il vida son verre cul sec en riant.

Arjun trouva une occasion de faire part de ses doutes au lieutenant-colonel Buckland. Il lui raconta l'incident de la buvette et recommanda que les contacts des troupes avec la population locale indienne soient surveillés de plus près. Buckland l'écouta patiemment et ne l'interrompit que pour donner son assentiment : « Oui, vous avez raison, Roy, il faut faire quelque chose. »

Mais Arjun sortit de cette conversation encore plus troublé. Il avait l'impression que le colonel n'arrivait pas à comprendre pourquoi il se sentait insulté d'être décrit comme un « mercenaire » : dans sa voix, il y avait eu une nuance de surprise à l'idée que quelqu'un de l'intelligence d'Arjun puisse s'offenser d'un mot qui n'était pas plus qu'un constat. Comme si Buckland avait su quelque chose à son sujet que lui, Arjun, ne savait pas ou n'avait pas envie d'admettre. Il était embarrassé maintenant de s'être laissé aller autant. Un peu à la manière d'un enfant soudain vexé de découvrir qu'il a parlé en prose toute sa vie.

Ces expériences étaient si particulières, si génératrices de sentiments gênants, qu'Arjun et les autres officiers ne se résolvaient que rarement à en parler. Ils avaient toujours su que leur pays était pauvre, pourtant ils ne s'étaient jamais imaginés comme faisant partie de cette pauvreté : ils étaient les privilégiés, l'élite. Découvrir qu'ils étaient pauvres eux aussi leur fut une révélation. Comme si un voile crasseux de snobisme les avait empêchés de voir ce qu'ils avaient sous le nez ; bien qu'ils n'aient jamais eu faim, ils étaient eux aussi appauvris par l'état de leur pays ; le sentiment qu'ils avaient eu de leur propre bien-être était une illusion née de la misère d'une noirceur inimaginable de leur pays natal.

Fait étrange, c'était sur les vrais *fauji*, les *army-wallah* de la deuxième et de la troisième génération, plus que sur Arjun, que ces incidents avaient un maximum d'effet.

« Mais ton père et ton grand-père sont déjà venus là, dit Arjun à Hardy. Ce sont eux qui ont aidé à la colonisation de cet endroit. Ils ont dû connaître un certain nombre des situations que nous rencontrons. Ils n'en ont jamais parlé ?

– Ils ne voyaient pas les choses comme nous. Ils étaient illettrés, mon vieux. Il faut te rappeler que nous sommes la première génération de soldats indiens éduqués.

– Oui, mais tout de même, ils avaient des yeux, ils avaient des oreilles, ils devaient de temps en temps parler avec des gens du cru, non ? »

Hardy haussa les épaules.

« La vérité, vieux, c'est que ça ne les intéressait pas. Ils s'en foutaient ; le seul endroit réel pour eux, c'était leur village.

– Comment est-ce même possible... ? »

Au cours des semaines suivantes, Arjun y repensa souvent. Il semblait que ses camarades et lui eussent été désignés pour payer le prix d'un monumental repli sur soi-même.

Chaque jour passé sur le flanc de la montagne, Dinu sentait ses photos changer. Comme si ses yeux s'ajustaient à des lignes inhabituelles, comme si son corps s'adaptait à de nouveaux rythmes temporels. Ses premiers clichés des *chandi* étaient anguleux et denses, remplis de panoramas spectaculaires. Il voyait le site comme débordant de drame visuel – la jungle, la montagne, les ruines, les lignes verticales élancées des troncs d'arbres juxtaposées à celles horizontales de la mer au loin –, il travaillait à entasser tous ces éléments dans ses clichés. Mais plus il passait de temps sur la montagne et moins la toile de fond semblait importer. L'immensité du paysage avait pour effet à la fois de rétrécir et d'agrandir la clairière cernée de forêt dans laquelle se trouvait les *chandi* : elle devenait petite et intime mais saturée par le temps. Bientôt il cessa de voir les montagnes, la forêt ou la mer. Il approchait de plus en plus des *chandi*, suivant le grain de la latérite et le dessin de la mousse qui en couvrait la surface, essayant de trouver une manière de cadrer les formes curieusement voluptueuses des champignons vénéneux qui poussaient entre les pierres.

Le rythme de son travail changea d'une manière qu'il lui fut impossible de contrôler pleinement. Des heures s'écoulaient avant qu'il prenne un seul cliché : il faisait de multiples allers et retours entre son appareil et son sujet ; il commença à exposer sa pellicule de plus en plus longuement, expérimentant des ouvertures qui exigeaient des temps de pose de plusieurs minutes, jusqu'à une demi-heure parfois.

Plusieurs fois par jour, des perturbations inexplicables balayaient les forêts avoisinantes. Des volées d'oiseaux s'élevaient des arbres alentour en criant et filaient dans les cieux, tels des boomerangs, pour revenir à l'endroit exact d'où ils s'étaient sauvés. Pour Dinu, chacun de ces tapages ressemblait maintenant à l'annonce de l'arrivée d'Alison, et, en écoutant ce qui les provoquait – parfois les ratés d'un camion sur la plantation, parfois un avion atterrissant sur une piste voisine –, ses sens avaient opéré un incroyable ajustement aux sons de la forêt. À chaque secousse des arbres, il s'arrachait à son travail pour essayer de percevoir le bruit de la Daytona. Souvent, il descendait en courant le sentier jusqu'à la trouée d'où il pouvait voir le gué. Au fil des déceptions, il devint de plus en plus impatient avec lui-même : avec ce qui s'était passé la dernière fois, il était complètement idiot d'imaginer qu'elle reviendrait dans les parages. D'ailleurs, pourquoi se déplacer jusqu'ici alors qu'elle pouvait le voir à la maison le soir au dîner ?

Mais un jour, il y eut vraiment un reflet rouge de l'autre côté du ruisseau, et la Daytona apparut vraiment garée sous un arbre, à demi obscurcie par un fouillis de verdure. Dinu, incrédule, regarda encore et aperçut Alison. Elle portait une robe de coton bleu marine nouée d'une large ceinture blanche. Au lieu de se diriger vers le gué, elle gagnait en aval le rocher sur lequel il s'asseyait chaque matin, les pieds dans l'eau. Il devina à la manière expérimentée dont elle s'installa, soulevant ses jambes puis pivotant pour les plonger dans le torrent, que pour elle c'était là un endroit familier, un coin où elle venait souvent pour être seule.

Tandis que ses pieds glissaient sous l'eau, elle ramassa du bout des doigts l'ourlet de sa robe et le releva. L'eau monta de ses chevilles aux genoux et sa jupe monta en même temps, grimpant lentement le long de sa hanche. À sa surprise, Dinu découvrit alors qu'il ne la regardait plus directement mais à travers le verre de son viseur, de sorte que l'image, coupée de son environnement devenait d'une clarté et d'une vivacité étonnantes. Les lignes étaient nettes, pures, belles – la courbe de la cuisse traversant le viseur en diagonale, décrivant une tendre ellipse.

Elle entendit le déclic et leva la tête, interdite, ses doigts relâchant aussitôt leur emprise sur la jupe de sorte que le tissu retomba dans l'eau et ballonna autour d'elle, tourbillonnant avec le courant.

« Dinu ? cria-t-elle. C'est toi ? »

Il n'aurait que cette unique chance, il le savait, et il fut incapable d'y renoncer. Il s'écarta de la trouée et reprit la descente du sentier, marchant avec la lente délibération d'un somnambule, tenant devant lui son appareil photo.

« Dinu ? »

Il ne tenta pas de répondre mais continua à avancer se concentrant sur le placement d'un pied devant l'autre, jusqu'à ce qu'il soit sorti des arbres. De l'autre côté du bassin, elle le regarda dans les yeux et ravala les mots de bienvenue qu'elle allait prononcer.

Dinu continuait à marcher. Il laissa tomber son appareil sur l'herbe et descendit directement de la rive sablonneuse dans le bassin, en face de l'endroit où Alison était assise. Il eut de l'eau jusqu'aux genoux, puis jusqu'aux cuisses, aux hanches, presque jusqu'à la poitrine. Il sentit le courant tirer sur ses vêtements et ses minces chaussures de toile se remplir de sable et de graviers. Il ralentit pour garder son équilibre et vit les pieds d'Alison suspendus dans l'eau, ondulant dans le courant. Il garda les yeux fixés sur le flot miroitant, et quand il lui toucha les jambes, il sentit un profond soupir monter de sa poitrine. C'était le torrent qui avait rendu cette chose possible, il en était certain ; le torrent qui avait emporté les barrières de peur et d'hésitation qui l'avaient enchaîné jusqu'alors. Ses doigts montèrent le long de la cheville, le long de la ligne fine du tibia. Puis ses mains se mirent à bouger d'elles-mêmes le tirant après elles, entre les genoux écartés d'Alison, jusqu'à ce que, brusquement, son visage soit au niveau des cuisses. Cela lui parut la chose la plus naturelle au monde que de faire suivre ses mains par sa bouche, de passer ses lèvres le long de l'ellipse de la cuisse, tout du long, jusqu'à la fuite de la ligne. Là, il s'arrêta, son visage enfoui en elle, ses bras levés à hauteur de ses épaules pour la tenir par la taille.

« Alison. »

Elle se laissa glisser du roc et se mit debout dans l'eau jusqu'au cou à côté de lui. Elle lui prit la main et le ramena exactement à l'endroit d'où il était venu, sur l'autre rive. Ils avancèrent main dans la main, tout habillés et dégoulinants, sur le sentier qui conduisait aux *chandi* en ruine. Elle lui fit traverser la clairière et le guida vers un morceau de latérite tapissé d'un épais lit de mousse. Puis elle tendit les bras et l'attira près d'elle.

30

Ni Arjun ni aucun autre membre du 1er bataillon du 1er Jat ne savait à quoi s'attendre à leur arrivée à Sungei Pattani. Avant leur départ d'Ipoh, ils avaient été informés – très rapidement – des problèmes qu'ils pourraient y rencontrer. Ils savaient qu'une mutinerie avait été évitée de justesse quelques mois auparavant mais ils n'étaient pas préparés au sentiment d'inquiétude qui pesait sur la base.

Les troupes de Sungei Pattani appartenaient au 1er régiment de Bahawalpur. Les cas de friction entre les officiers et leur commandant anglais s'étaient multipliés. Celui-ci n'avait aucunement tenté de dissimuler la piètre opinion qu'il avait de ses subordonnés indiens ; on l'avait entendu les traiter de « coolies » et les menacer de sa badine. Il avait même, en une lamentable occasion, flanqué un coup de pied à un officier. La situation avait empiré au point que le général en chef en personne avait dû intervenir : le commandant avait été relevé de son poste et un certain nombre d'officiers renvoyés en Inde.

Lors de leur briefing, on avait fait comprendre aux hommes du 1er bataillon que ces mesures avaient considérablement amélioré les choses et que les difficultés du passé avaient été résolues. Mais, dès leur arrivée, ils eurent la preuve du contraire. Au cours des deux heures de leur premier repas au mess du régiment, les officiers anglais et indiens n'échangèrent pratiquement pas un mot. Et si cette tension fut aussitôt perceptible pour Arjun et Hardy, elle ne le fut pas moins pour le lieutenant-colonel Buckland. Les deux jours qui suivirent, il prit la peine de parler en particulier à chacun de ses officiers pour leur faire savoir que la fraternisation avec les membres du 1er régiment de Bahawalpur ne serait pas encouragée. D'une certaine manière, Arjun en fut content. Il savait que c'était là la bonne attitude, vu les circonstances, et se félicita plus que jamais d'avoir un commandant du calibre de Buckland, et doué d'un tel bon sens. Mais cela ne facilitait guère les petits problèmes que lui posaient ses efforts pour éviter les officiers du 1er Bahawalpur, dont certains avaient été ses condisciples à l'Académie.

Comme tous les officiers du 1er Jat, Arjun avait une chambre à lui. Les quartiers des soldats, comme ceux des officiers, consistaient en huttes d'*attap*, des baraques en bois aux toits de palmes. Ces structures étaient bâties sur des pilotis destinés à éloigner les termites et l'humidité. Pourtant insectes et moisissure tenaient une large place dans la vie de cette caserne. Les lits étaient souvent envahis de légions de fourmis et, dès la tombée de la nuit, les moustiques s'abattaient en si grand nombre que se lever de son lit, n'était-ce que pour une minute, signifiait avoir à réinstaller complètement la moustiquaire ; les toits dégoulinaient souvent et, le soir, le chaume bruissant semblait s'animer avec la sarabande des rats et des serpents.

Le lieutenant-colonel Buckland aurait voulu que le 1er bataillon du 1er Jat occupât son temps à s'entraîner au combat, mais les circonstances se liguèrent pour s'opposer à ses plans. Dès que les hommes s'aventurèrent dans les plantations de caoutchouc, les planteurs protestèrent. Les tentatives de familiarisation des soldats avec le terrain durent être annulées. Puis le corps médical commença à se plaindre de l'augmentation des cas de malaria. En conséquence, il fallut annuler aussi les plans de manœuvres de nuit. Frustré de ses projets les plus imaginatifs, le commandant dut se résigner à mettre son bataillon à un régime monotone de constructions de fortifications autour de la base et de la piste d'atterrissage.

Quoique consistant en une seule et unique piste de béton et quelques hangars, l'aérodrome était cependant une des rares bases de Malaisie du Nord qui pût se vanter d'avoir une escadrille opérationnelle. Les pilotes se laissaient parfois persuader d'aider à quelques virées dans leurs Blenheim et Brewster Buffalo ventrus. Arjun participa à plusieurs de ces équipées : on tournait autour du Gunung Jerai, on observait les plantations, on survolait à basse altitude les imposantes demeures. Au sommet de la montagne, un petit chalet offrait un but d'expédition très populaire aux vacanciers. Les pilotes piquaient souvent sur le chalet, passant si bas que leurs passagers pouvaient faire des signes de la main aux personnes qui dînaient sur la véranda circulaire.

Au cours de ses premières semaines à Sungei Pattani, Arjun n'avait pas soupçonné la présence de Dinu dans les environs. Il savait vaguement que les Raha avaient des parts dans une plantation de caoutchouc en Malaisie mais il n'avait aucune idée de l'endroit où se situait cette plantation. Il ne le sut qu'en recevant une lettre de Manju postée à Rangoon.

Manju ignorait quant à elle où se trouvait exactement son jumeau en Malaisie. Elle écrivait qu'elle allait bien et que sa grossesse se déroulait sans problème. Mais Neel et la famille s'inquiétaient du sort de Dinu : il était parti en Malaisie depuis plusieurs mois et n'avait plus donné de ses nouvelles. Ils seraient contents qu'Arjun puisse aller le voir. Il habitait probablement à Morningside avec Alison qui avait récemment perdu ses parents. Manju mentionnait une adresse postale.

Plus tard dans la journée, Arjun emprunta une Alvis de l'état-major et partit pour Sungei Pattani où il se rendit dans un restaurant chinois dans lequel il avait dîné deux ou trois fois avec Hardy. Il demanda Ah Fatt, le propriétaire, et lui montra l'adresse.

Le propriétaire le fit sortir sous les arcades et lui désigna du doigt un coupé rouge garé de l'autre côté de la rue. C'était la voiture d'Alison, dit-il à Arjun. Toute la ville connaissait de vue la jeune fille. Elle était chez le coiffeur et en sortirait dans quelques minutes.

« Tenez, la voilà ! »

Elle portait un *cheongsam* de soie noire, fendu de la cheville au genou. Ses cheveux encadraient son visage à la manière d'un casque verni, leur noir profond contrastant vivement avec l'éclat de son teint.

Il y avait plusieurs semaines qu'Arjun n'avait pas parlé à une femme, et très longtemps qu'il n'avait vu un visage aussi étonnamment séduisant. Il ôta sa casquette et la fit tourner dans ses mains. Il s'apprêtait à traverser pour aller se présenter quand le coupé démarra et disparut au bout de la rue.

Désormais les fièvres périodiques de la montagne annonçaient en effet l'arrivée d'Alison. L'envol des oiseaux au-dessus des arbres était le signal pour Dinu de se précipiter vers la trouée et de regarder en bas – et, le plus souvent, oui, c'était vraiment Alison, vêtue d'une des robes sombres qu'elle portait au bureau. Sachant qu'il était là, elle levait la tête et agitait la main, et alors même qu'elle traversait encore le gué, elle commençait à déboutonner son corsage et à défaire sa ceinture. Et quand elle arrivait dans la clairière, elle était nue et il l'attendait, prêt à la photographier.

Il semblait que le temps pendant lequel il avait exercé son œil sur la montagne eût été une préparation inconsciente pour elle, pour Alison. Il passait un temps infini à réfléchir à l'endroit où la placer, contre quel mur ou quelle partie du socle ; il l'imaginait assise bien droite, appuyée contre un linteau, une jambe tendue devant elle et l'autre repliée au genou. Entre ses jambes, il apercevait des stries dans la surface piquetée de la latérite, ou un léger monticule de mousse, tels des échos visuels des fissures et des courbes de son corps. Mais la matérialité de sa présence venait vite déranger ces plans si soigneusement établis. Une fois son corps placé là où il le souhaitait, une imperfection surgissait – les volumes et leur placement dans l'espace –, Dinu fronçait les sourcils dans son carré de verre et retournait s'agenouiller près d'elle, enfonçant le bout de ses doigts dans la fermeté élastique de ses cuisses, provoquant de minuscules changements dans les angles de ses membres. L'obligeant à écarter davantage les jambes – ou à les rapprocher –, il passait un doigt sur le renflement triangulaire de son pubis, parfois en lissant les frisures, parfois les rebroussant. Encadrés dans la clarté artificielle de son viseur, ces détails semblaient prendre une signification monumentale : agenouillé entre ses jambes, il mouillait son index pour tracer une fine traînée d'humidité, une raie scintillante.

Elle riait devant le profond sérieux avec lequel il exécutait ces caresses intimes pour aussitôt retourner en hâte à son appareil photo. Quand le rouleau de pellicule était terminé, elle l'arrêtait avant qu'il en recharge un autre. « Non, assez. Viens ici maintenant. »

Elle tirait impatiemment sur ses vêtements, la chemise soigneusement enfoncée dans son pantalon, le maillot de corps dessous. « Pourquoi n'ôtes-tu pas tout ça quand tu viens ici, comme je le fais ? » Il devenait brusque. « Je ne peux pas Alison. Je ne suis pas comme ça. »

Elle l'obligeait à s'asseoir sur le socle en pierre et lui ôtait sa chemise, le poussait en arrière et le forçait à s'allonger sur le dos. Il fermait les yeux et joignait ses doigts sous sa tête tandis qu'elle s'agenouillait entre ses jambes. Quand il reprenait ses esprits, il la voyait qui lui souriait, telle une lionne contemplant sa proie, la bouche luisante. Les lignes étaient parfaites, les surfaces horizontales de son front, de ses sourcils et de sa bouche admirablement équilibrées par la verticale de ses cheveux noirs raides et les filaments translucides qui pendaient de ses lèvres.

Elle voyait exactement, reflété dans ses yeux, ce qu'il contemplait. Riant très fort, elle disait : « Non, ça c'est une photo que tu ne verras jamais, sauf dans ta tête. »

Puis, après, vite mais méthodiquement, il se rhabillait, renfonçant avec soin sa chemise dans son pantalon, bouclant sa ceinture, s'agenouillant pour lacer les lacets de ses chaussures de toile.

« Pourquoi faire ? se moquait-elle. Tu vas devoir les ôter de nouveau ! »

Il répondait avec sérieux, sans sourire : « Il le faut, Alison... J'ai besoin d'être habillé quand je travaille. »

Parfois la longueur de la séance finissait par l'ennuyer. Souvent, elle se parlait à elle-même tandis qu'il réglait son appareil, lançant des mots de malais, de tamoul ou de chinois, évoquant son père et sa mère, pensant tout haut à Timmy.

« Dinu ! s'écria-t-elle un jour, exaspérée, j'ai l'impression que tu me prêtes plus d'attention quand tu regardes dans ton viseur que quand tu es couché ici près de moi !

– Et qu'y a-t-il de mal à ça ?

– Je ne suis pas simplement une chose bonne à servir de point de réglage à ton appareil. Parfois on dirait que je n'offre pas d'autre intérêt pour toi. »

Il comprit qu'elle était fâchée et il abandonna son trépied pour venir s'asseoir près d'elle.

« Je te vois mieux de cette manière que d'aucune autre, dit-il. Si je te parlais pendant des heures, je ne te connaîtrais pas davantage. Je ne dis pas que cela vaut mieux que de te parler... c'est juste ma façon, ma façon de comprendre... Ne crois pas que ce soit facile pour moi... Je ne fais jamais de portraits ; ils me font peur... l'intimité... être en compagnie de quelqu'un aussi longtemps, je n'ai jamais voulu en faire... des nus encore moins. Ceux-là sont mes premiers et ce n'est pas simple.

– Devrais-je me sentir flattée ?

– Je ne sais pas... mais je sens que mes photos m'ont aidé à te connaître... Je crois que je te connais mieux que je n'ai jamais connu quiconque. »

Elle éclata de rire.

« Parce que tu as pris quelques photos ?

– Pas seulement ça.

– Alors ?

– Parce que c'est la manière la plus intime dont je peux connaître quelqu'un... ou quelque chose.

– Tu veux dire que sans ton appareil tu ne saurais rien de moi ? »

Il regarda ses mains, les sourcils froncés.

« Je peux t'assurer de ceci : Si je n'avais pas passé tout ce temps avec toi, ici, à prendre des photos... je ne serais pas capable de te dire, avec une telle certitude...

– Quoi donc ?

– Que je t'aime » Elle se redressa, surprise, mais avant qu'elle ait pu parler, Dinu poursuivit : « ... et je sais aussi...

– Quoi ?

– Que je veux que tu m'épouses.

– T'épouser ! » Elle s'assit, les bras autour de ses genoux. « Qu'est-ce qui te fait croire que je voudrais épouser quelqu'un qui ne peut me parler qu'à travers un appareil photo ?

– Tu refuses alors ?

– Je ne sais pas, Dinu. » Elle secoua la tête avec impatience. « Pourquoi le mariage ? On n'est pas bien comme ça ?

– Je veux le mariage ; pas simplement ça.

– Pourquoi tout gâcher, Dinu ?

– Parce que je veux...

– Tu ne me connais pas, Dinu. » Elle lui sourit en lui passant sa main sur la nuque. « Je ne suis pas comme toi. Je suis volontaire, enfant gâtée : Timmy disait fantasque. Tu me détesterais en moins d'une semaine si tu m'épousais.

– Ça, c'est à moi de juger.

– Et pour quelle raison se marierait-on ? Timmy n'est pas ici, mes parents non plus. Et tu as vu dans quel état est mon grand-père.

– Oui, mais si... ? » Il se pencha pour poser une main sur le ventre d'Alison. « Et s'il y avait un enfant ? »

Elle haussa les épaules.

« Alors on verra. Pour l'instant contentons-nous de ce que nous avons. »

Sans qu'un seul mot eût été échangé sur le sujet, Dinu comprit, très peu de temps après leur première rencontre, qu'il existait une sorte de lien entre Ilongo et lui – un lien connu d'Ilongo mais dont il ne savait rien lui-même. Ce sentiment grandit peu à peu, suite à leurs conversations, nourri par un certain type de questions et de petites remarques obliques, par l'intense curiosité d'Ilongo concernant la maison des Raha à Rangoon, son intérêt pour les photos de la famille, la manière dont ses allusions à « votre père » se transformèrent lentement de sorte que le possessif disparut.

Dinu comprit qu'on le préparait, qu'au moment qu'il jugerait opportun Ilongo lui ferait savoir ce dont il s'agissait. Mais, fait étrange, cela suscitait peu de curiosité en Dinu – et pas seulement parce qu'Alison monopolisait toute son attention. C'était aussi à cause d'Ilongo lui-même : il émanait de lui une telle sincérité que Dinu n'avait aucune difficulté à lui concéder d'en savoir davantage.

À part Alison, Dinu voyait plus Ilongo que quiconque à Morningside. Il dépendait de lui pour beaucoup de petites choses : poster des lettres, encaisser des chèques, emprunter des bicyclettes. Quand il décida d'installer sa propre chambre noire, c'est Ilongo qui l'aida à trouver de l'équipement d'occasion à Penang.

Un dimanche, Dinu accompagna Ilongo lors de son expédition hebdomadaire à Sungei Pattani avec Saya John. Ils visitèrent le restaurant d'Ah Fatt à qui Saya John remit comme d'habitude une enveloppe. « Je le fais pour ma femme, expliqua-t-il à Dinu. Elle était hakka, vois-tu, de père et de mère. Elle disait toujours que j'étais hakka aussi, excepté que personne ne pouvait l'affirmer puisque je n'ai jamais connu mes parents. »

Puis Dinu et Ilongo emmenèrent Saya John à l'église du Christ-Roi, dans les faubourgs de la ville. L'église était charmante et gaie, avec son immense clocher pointu blanchi à la chaux et sa façade ornée de balustrades en bois verni. À l'ombre d'un arbre en fleurs, une pittoresque congrégation s'était rassemblée. Un prêtre irlandais en soutane blanche emmena Saya John en lui tapant dans le dos. « Mr Martins ! Et comment allez-vous donc aujourd'hui ? »

Dinu et Ilongo allèrent au cinéma en matinée, voir Edward G. Robinson dans *I am the Law*. Sur le chemin du retour, après avoir repris Saya John au passage, ils s'arrêtèrent chez la mère d'Ilongo pour manger un bol de nouilles.

La mère d'Ilongo était myope et prématurément voûtée. Quand Ilongo le présenta, Dinu devina qu'elle savait déjà exactement qui il était. Elle lui demanda de s'approcher et elle lui caressa le visage de ses doigts calleux et fendillés. « Mon Ilongo ressemble beaucoup plus à votre père que vous », dit-elle en hindoustani.

Dans un recoin de sa conscience, Dinu comprit exactement ce qu'elle disait mais il réagit à ces mots comme à une plaisanterie : « Oui, c'est vrai. Je vois bien la ressemblance. »

Hormis ce moment tendu, la visite se déroula fort bien. Saya John, inhabituellement alerte, ressemblait presque à son personnage d'autrefois. Ils dégustèrent tous plusieurs bols de nouilles et à la fin du déjeuner la mère d'Ilongo leur servit un thé au lait épais dans de grands verres. En partant, ils étaient tous convaincus – et sans en ressentir la moindre gêne – qu'une visite commencée comme une rencontre entre des étrangers s'était d'une certaine façon transformée, par le ton et la texture, en réunion de famille.

Au retour, ils s'assirent tous les trois côte à côte dans le camion, Ilongo au volant, Saya John entre Dinu et lui. Ilongo paraissait visiblement soulagé, comme si une sorte d'obstacle avait été franchi. Mais Dinu trouvait difficile de donner corps à l'idée qu'Ilongo puisse être son demi-frère. Un frère, c'était ce que Neel était : une frontière vous permettant de vous situer. Aucun rapport avec Ilongo.

Ilongo était plutôt une incarnation de son père – tel qu'il avait été dans sa jeunesse, un être bien meilleur que celui que Dinu avait connu. Il y avait dans cette idée une espèce de consolation.

C'est cette nuit-là que Dinu fit part pour la première fois de ses soupçons à Alison. Elle s'était glissée dans sa chambre après dîner, comme elle le faisait parfois après avoir installé son grand-père dans son lit. À minuit, elle se réveilla pour découvrir Dinu assis près de la fenêtre, en train de fumer une cigarette.

« Que se passe-t-il, Dinu ? Je croyais que tu dormais.

– Je ne peux pas.

– Pourquoi donc ? »

Dinu lui raconta sa visite à la mère d'Ilongo et ce que celle-ci avait dit. Puis il la regarda droit dans les yeux.

« Dis-moi, Alison, est-ce mon imagination ou y a-t-il quelque chose là-dessous ? »

Elle haussa les épaules et lui prit une bouffée de sa cigarette sans répondre. Il insista :

« Y a-t-il quelque chose de vrai là-dedans ? Tu dois me le dire si tu sais...

– Je l'ignore. Il y a toujours eu des rumeurs. Mais personne n'a jamais rien dit directement ; pas à moi en tout cas. Tu sais comment c'est... Les gens ne parlent pas de ces choses.

– Et toi ? Est-ce que tu crois à ces... ces rumeurs ?

– Je n'y croyais pas autrefois. Et puis Grand-Père a dit quelque chose qui m'a fait changer d'avis.

– Quoi donc ?

– Que ta mère lui avait demandé de veiller sur Ilongo.

– Alors elle est donc au courant – ma mère ?

– Je crois. »

Il alluma une autre cigarette en silence. Alison s'agenouilla à côté de lui et chercha son regard.

« Tu es peiné ? En colère ? »

Il lui sourit tout en caressant son dos nu.

« Non. Je ne suis pas peiné... et pas plus en colère que d'habitude. C'est ça qui est étrange en vérité – sachant le type d'homme qu'est mon père, cela ne me surprend pas. Ça m'enlève simplement toute envie de rentrer là-bas... »

Quelques jours plus tard, Alison lui fit porter une lettre qui venait d'arriver. Il travaillait dans sa chambre noire et il s'interrompit pour regarder l'enveloppe postée à Rangoon : il reconnut l'écriture de son père. Sans hésitation, il la déchira et se remit à son travail.

Ce soir-là, après dîner, Alison lui demanda :

« As-tu eu la lettre ? »

Il fit signe que oui.

« C'était de ton père, n'est-ce pas ?

– Je suppose.

– Tu ne l'as pas lue ?

– Non. Je l'ai déchirée.

– Tu ne voulais pas savoir à propos de quoi il t'écrivait ?

– Je sais ce qu'il disait.

– Quoi donc ?

– Il veut vendre sa part de Morningside... »

Elle se tut et repoussa son assiette.

« C'est ce que tu souhaites aussi, Dinu ?

– Non, dit-il. En ce qui me concerne, je vais m'installer ici... Je vais monter un studio à Sungei Pattani et vivre de mes photos. C'est ce que j'ai toujours voulu faire – et cet endroit en vaut bien un autre pour réaliser ce projet »

31

Le soir où Ilongo amena Arjun à Morningside, Dinu, Alison et Saya John étaient assis dans la salle à manger, autour de la longue table d'acajou massif. Sur les murs luisaient les appliques dessinées par Elsa, qui remplissaient la pièce d'une lumière riche et chaude.

Ilongo souriait ravi, anticipant la surprise de Dinu. « Regardez qui je vous amène ! » En uniforme, sa casquette à la main, Arjun fit alors son entrée. Son baudrier scintillait sous la lueur dorée des appliques en bambou.

« Arjun ?

– Hello ! » Arjun fit le tour de la table et tapota l'épaule de Dinu. « Content de te voir, mon petit vieux.

– Mais Arjun... » Dinu se leva. « Qu'est-ce que tu fais ici ?

– Je ne vais pas tarder à te l'apprendre... Mais tu pourrais peut-être d'abord me présenter ?

– Ah oui. Bien entendu. » Dinu se tourna vers Alison. « Voici Arjun. Le beau-frère de Neel, le frère jumeau de Manju.

– Je suis si heureuse que vous soyez venu. » Alison se pencha vers Saya John et lui dit doucement à l'oreille : « Grand-Père, c'est le beau-frère de Dinu. Il est en garnison sur la base de Sungei Pattani. »

Ce fut au tour d'Arjun d'être surpris.

« Comment saviez-vous que j'étais en poste à Sungei Pattani ?

– Je vous ai vu en ville l'autre jour.

– Vraiment ? Je suis surpris que vous m'ayez remarqué.

– Bien sûr que je vous ai remarqué ! » Elle rejeta la tête en arrière et rit. « À Sungei Pattani, un étranger, ça se remarque !

– Tu ne m'as rien dit, Alison... intervint Dinu.

– Je n'ai vu qu'un homme en uniforme, répliqua Alison rieuse. Comment pouvais-je savoir que c'était ton beau-frère ?

– Je le savais, dit Ilongo. Je l'ai su dès que je l'ai vu.

– C'est vrai, approuva Arjun. Je suis entré dans le bureau de la plantation pour demander Dinu. Et avant même que j'aie pu ouvrir la bouche, Ilongo m'a dit : “Vous n'êtes pas le beau-frère de Mr Neel ?” J'en suis resté comme deux ronds de flan. “Comment le savez-vous ?” ai-je dit. Et il m'a répondu : “Mr Dinu m'a montré une photo – une photo du mariage de votre sœur.”

– En effet. »

Leur dernière rencontre, se rappela Dinu, remontait à deux ans à Calcutta. Entre-temps, Arjun semblait avoir grandi – ou était-ce simplement qu'il remplissait son uniforme ? Même si Arjun avait toujours été de haute taille, Dinu ne se rappelait pas s'être jamais senti écrasé en sa présence comme aujourd'hui.

« Eh bien, dit Alison gaiement, il faut que vous mangiez quelque chose, vous et Ilongo. »

La table était couverte de douzaines de petits bols de porcelaine multicolores ; pour la plupart, leur contenu était encore intact.

Arjun louchait sur la nourriture avec envie.

« Un vrai repas, enfin...

– Comment ça ? s'étonna Alison. Ils ne vous nourrissent pas dans votre caserne ?

– Ils font de leur mieux, je suppose.

– Ici, il y a tout ce qu'il faut. Asseyez-vous donc. Toi aussi, Ilongo. La cuisinière se plaint toujours que nous renvoyons la nourriture sans y avoir touché. »

Ilongo secoua la tête.

« Je ne peux pas rester...

– Tu es sûr ?

– Oui. Ma mère doit m'attendre. »

Ilongo prit congé et un autre couvert fut mis à côté d'Alison. Arjun s'assit et Alison commença à remplir son assiette.

« Nous appelons cela du *ayam limau purut* – du poulet avec des feuilles de lime et de tamarinier ; et voilà des *sambal* de crevettes avec des feuilles de pandanus ; et ça ce sont des aubergines ; et voilà du *chinchalok* aux piments, des crevettes marinées au jus de citron ; et ça c'est du poisson cuit à la vapeur avec des pousses de gingembre...

– Quel festin ! Et c'est là simplement un repas ordinaire ?

– Ma mère a toujours été très fière de sa table, dit Alison. Et c'est devenu maintenant une caractéristique de la maison. »

Arjun dîna avec enthousiasme.

« Cette nourriture est merveilleuse !

– Votre tante Uma l'aimait beaucoup aussi. Tu te souviens, Dinu ? La fois où elle est venue ?

– Oui. Je crois même que j'ai des photos.

– Je n'ai jamais rien mangé de pareil ! s'exclama Arjun. Comment appelez-vous ça ?

– C'est de la cuisine *nyonya*, répliqua Alison. Un des derniers grands secrets du monde, répétait ma mère. »

Tout à coup la voix de Saya John s'éleva, les surprenant tous :

« Ce sont les fleurs qui font la différence.

– Les fleurs, Grand-Père ? »

Saya John regarda Arjun avec des yeux soudain lumineux.

« Oui, les fleurs dans la nourriture. *Bunga kentan* et *bunga telang*, les fleurs de gingembre et les fleurs bleues. C'est ce qui donne son goût à la nourriture. C'est ce qu'Elsa dit toujours. »

Une ombre passa sur son visage et son regard se fit de nouveau nébuleux. Il se tourna vers Alison.

« Il faut nous rappeler d'envoyer un télégramme à Matthew et Elsa. Ils devraient s'arrêter à Malacca au retour. »

Alison se leva en hâte.

« Excusez-nous, dit-elle à Arjun. Mon grand-père est fatigué. Il faut que je l'emmène se coucher.

– Certainement. »

Arjun se leva à son tour.

Alison aida Saya John à se mettre debout et le guida lentement jusqu'à la porte. Là, elle se tourna vers Arjun.

« C'est bien agréable d'avoir un visiteur qui aime notre nourriture. La cuisinière ne cesse de se plaindre que Dinu ne mange rien. Elle sera ravie que vous ayez apprécié son dîner. Il faut que vous reveniez.

– Je n'y manquerai pas, dit Arjun en souriant. Vous pouvez en être sûre. »

Il y avait une chaleur et une légèreté dans le ton d'Alison que Dinu ne lui avait jamais encore connues. En observant la jeune femme depuis sa place à table, il fut conscient d'être en proie à un soudain accès de jalousie.

« Eh bien, vieille branche, lança Arjun d'une voix aussi retentissante qu'enthousiaste, savais-tu que tout le monde s'inquiète pour toi à la maison ?

– Non. » Dinu tressaillit. « Et tu n'as pas besoin de hurler. »

Il avait suffisamment de mal à se maîtriser pour continuer à parler à Arjun.

« Désolé. » Arjun éclata de rire. « Je ne voulais pas t'embarrasser.

– J'en suis persuadé.

– J'ai reçu une lettre de Manju, tu comprends – c'est comme ça que j'ai su où te trouver.

– Je vois.

– Elle dit qu'ils n'ont pas eu de tes nouvelles depuis un bon moment.

– Ah ?

– Que veux-tu que je leur raconte ? »

Dinu redressa la tête avec une lenteur délibérée.

« Rien, répliqua-t-il, catégorique. Je voudrais que tu ne leur racontes rien... »

Arjun leva un sourcil.

« Puis-je savoir pourquoi ?

– Ce n'est pas très compliqué. » Dinu haussa les épaules. « Tu comprends... mon père m'a envoyé ici parce qu'il veut vendre notre part de Morningside.

– Et alors ?

– Maintenant que je suis ici... J'ai décidé que ce n'était pas une bonne idée.

– Tu t'es attaché à l'endroit, je suppose ?

– Ce n'est pas seulement ça. » Dinu regarda Arjun droit dans les yeux. « C'est Alison, en réalité.

– Que veux-tu dire ?

– Eh bien, tu l'as vue...

– Oui. »

Arjun hocha la tête.

« Tu comprends sans doute ce que je veux dire.

– Je pense que tu essayes de me faire passer un message, Dinu. » Arjun repoussa sa chaise. « Laisse-moi deviner : veux-tu m'annoncer que tu es tombé amoureux d'elle ? »

Il éclata de rire.

« Quelque chose comme ça.

– Je vois. Et tu crois qu'elle en pince aussi pour toi ?

– Je le pense.

– Elle ne te l'a pas confirmé ?

– Non... pas explicitement.

– Alors, j'espère que tu ne te trompes pas ! » Arjun rit de nouveau et la lumière fit étinceler sa dentition parfaite. « Je dois dire que je ne sais pas si c'est la femme qu'il faut à un type comme toi – une femme pareille !

– Ça n'a pas vraiment d'importance, Arjun... » Dinu s'efforça de sourire. « Dans mon cas, c'est quelque chose qu'il me faut croire...

– Et pourquoi ça ?

– Tu comprends... Je ne suis pas comme toi, Arjun. Il ne m'a jamais été facile de m'entendre avec les gens – surtout les femmes. Si quelque chose tournait mal... entre Alison et moi, c'est-à-dire... Je ne sais pas comment je m'en sortirais...

– Dinu, ai-je raison de penser que tu es en train de m'avertir – de me dire de me tenir à l'écart ?

– Peut-être, en effet.

– Je vois. » Arjun repoussa son assiette. « Ce n'est pas vraiment nécessaire, tu sais.

– Parfait. » Dinu sentit le sourire lui revenir. « Bon, alors n'en parlons plus. »

Arjun consulta sa montre et se leva.

« Eh bien, tu as été certainement très clair. Donc je devrais peut-être m'en aller. Tu m'excuseras auprès d'Alison ?

– Oui... naturellement. »

Ils gagnèrent ensemble le hall. La Ford V8 empruntée pour la virée était garée dehors, sous le porche. Arjun ouvrit la portière et tendit la main à Dinu.

« Ça m'a fait plaisir de te revoir, Dinu. Même brièvement. »

Dinu eut soudain honte de son manque de générosité.

« Je ne veux pas t'écarter, Arjun... dit-il d'un ton coupable. Ne crois surtout pas que tu ne sois pas le bienvenu ici. Il faut que tu reviennes... Bientôt. Je suis certain qu'Alison en sera ravie.

– Et toi ?

– Oui. Moi aussi.

– Tu en es sûr ? »

Arjun eut un froncement de sourcil dubitatif.

« Oui, bien entendu. Tu dois... tu dois revenir.

– Eh bien, je reviendrai si ça ne t'embête pas, Dinu. Ce serait agréable de s'éloigner du camp de temps à autre.

– Pourquoi ? Quelque chose ne va pas ?

– Pas vraiment – mais ce n'est pas aussi plaisant que ça pourrait l'être...

– Pourquoi ?

– Je ne sais pas comment l'expliquer, Dinu. Depuis que nous sommes arrivés en Malaisie, rien n'est plus pareil. »

L'entrée d'Arjun dans leurs vies fut comme un changement de saison. Il venait presque tous les jours, souvent accompagné de Hardy ou d'autres camarades. Sungei Pattani était devenu le quartier général de la 11e division et Arjun avait renoué avec beaucoup de vieilles connaissances. Le soir, il les rassemblait et les ramenait de la base à bord de n'importe quel véhicule dont il pouvait disposer – parfois une Alvis ou une Ford V8, voire une Harley Davidson. En général, ils surgissaient après la tombée de la nuit, dans un éblouissement de phares et un concert triomphal d'avertisseurs.

« Les voilà ! » Alison se précipitait à la cuisine pour avertir la cuisinière.

De toute évidence, elle adorait ces visites. Dinu se rendait bien compte qu'elle était ravie de voir la maison de nouveau remplie de gens. Elle arborait des vêtements dont il ignorait qu'elle les possédât : jusqu'ici, il ne l'avait vue que dans les simples robes qu'elle portait au bureau, et de temps en temps un *cheongsam* en soie. À présent, des tenues aux couleurs somptueuses, merveilleusement coupées, se déversaient de ses placards – chapeaux et robes d'une sublime élégance, commandés par sa mère à Paris, à la grande époque de Morningside.

Presque chaque soir, la maison résonnait de voix de champs de manœuvres et de rires énormes. Ils semblaient ne jamais cesser de rire, ces jeunes officiers ; la moindre plaisanterie les faisait se tordre et se taper réciproquement dans le dos. Ils apportaient en général des bouteilles de whisky, de gin ou de rhum prises au mess. Parfois Kishan Singh venait avec eux pour les servir. Ils s'installaient sur la véranda, sirotant *stengah* et *gin slings*. Comme par enchantement, d'importantes quantités de nourriture apparaissaient sur la table de la salle à manger. Alison y amenait les invités qu'Arjun prenait ensuite en main pour leur faire faire le tour de la table en expliquant chaque plat avec moult détails : « Regardez : là, c'est du canard, cuit dans du jus de canne à sucre, vous n'avez jamais rien goûté de pareil. Et là, vous voyez, ces crevettes? Elles sont préparées avec des fleurs, des bourgeons de gingembre, c'est ce qui leur donne ce goût étonnant... »

Dinu contemplait la scène tel un spectateur au cirque: il savait que le rôle de l'hôte aurait dû lui revenir. Mais, à chacune de ces soirées, il sentait sa présence dans la maison diminuer, rapetisser. Peu importait qu'Arjun vînt seul ou accompagné par une bande d'amis. Il semblait avoir une certaine manière de remplir la maison, même quand il était seul. Impossible de le nier: il possédait un magnétisme, une assurance, une habitude du commandement, une abondance d'appétits exubérants. Dinu savait qu'il ne pouvait pas espérer se maintenir à égalité avec lui.

Après chaque repas, Arjun remontait le gramophone et roulait les tapis. Ses amis et lui dansaient à tour de rôle avec Alison. Ce fut une révélation pour Dinu de découvrir comme elle savait danser – mieux que quiconque de sa connaissance, aussi bien qu'une danseuse de cinéma – avec instinct, rythme et une énergie apparemment inépuisable. Parmi les hommes, Arjun était de loin le meilleur danseur. À la fin de la soirée, il mettait toujours son disque préféré: *I'm getting sentimental over you* par Tommy Dorsey et son orchestre. Tout le monde se poussait pour leur laisser la place et quand le disque s'arrêtait dans un crissement, la pièce éclatait en applaudissements. Alison paraissait alors se souvenir à peine de l'existence de Dinu.

De temps à autre, Arjun annonçait qu'il avait réussi à extorquer un peu d'essence aux « copains pilotes » de la base. Ils partaient en expédition, parfois simplement tous les trois, parfois en bande. Une de ces excursions les conduisit au chalet au sommet du Gunung Jerai. Un groupe de pilotes avait réquisitionné les lieux pour une soirée: Dinu et Alison seraient les invités d'Arjun.

Ils s'y rendirent dans une Ford V8. Pour atteindre le sommet, il leur fallut tourner autour de la montagne, passant devant des *kampong* paisibles et leur mosquée à l'ombre de palmiers. Des enfants leur faisaient signe dans les rizières, hissés sur la pointe des pieds pour regarder par-dessus les tiges lourdes de grains. C'était un jour de la fin novembre, nuageux, et une brise froide soufflait de la mer.

La route n'était guère plus qu'une piste de terre battue. Elle allait et venait sur le flanc de la montagne, en pente raide, et traversait par endroits une jungle épaisse. Il faisait plusieurs degrés de moins qu'en plaine et le soleil était constamment caché par une couche de nuages prompte à se déplacer. Au sommet, la végétation disparaissait et le chalet surgit, pareil à un petit cottage anglais, mais entouré d'une véranda qui offrait une vue prodigieuse de la côte et des plaines environnantes.

La véranda était envahie par des militaires en gris, bleu, kaki et vert bouteille. Éparpillées au milieu des uniformes, quelques femmes en robes de coton imprimées. Dans le chalet, un orchestre jouait.

Arjun et Alison entrèrent à l'intérieur pour danser et Dinu resta seul. Il fit le tour de la véranda, entre les tables recouvertes de nappes blanches claquant au vent. La vue de la plaine était gênée par une chape de nuages venus de la mer que, de temps à autre, le vent déchirait, dégageant des percées spectaculaires : il repéra Sungei Pattani au pied de la montagne, avec des centaines d'hectares de caoutchouc s'étendant dans toutes les directions. Au loin, il voyait les pics escarpés de l'île de Penang et les quais du port de Butterworth, pareils à de longs doigts. La route nord-sud courait comme une rayure géante à travers le paysage, surgissant à l'extrémité sud de la plaine et disparaissant vers le nord du côté de la frontière. À l'ouest, la mer d'Andaman s'illuminait des couleurs vives du couchant.

Dès la prochaine belle journée, se promit Dinu, il apporterait son appareil au chalet. Pour la première fois de sa vie, il regretta de ne pas avoir appris à conduire : rien que pour ce panorama l'effort aurait été justifié.

Le lendemain, Arjun était de retour à Morningside, mais à onze heures, une heure inhabituelle. Il conduisait une Harley Davidson, une moto à la taille de guêpe et la poitrine de pigeon, avec un side-car, peinte d'un vert militaire terne. Il avait pris au passage dans son side-car Alison, qui se trouvait au bureau de la plantation.

Dinu était dans sa chambre noire quand Arjun lui cria depuis le porche.

« Dinu, descends ! J'ai des nouvelles ! »

Dinu descendit en courant.

« Eh bien ... ?

Arjun lui tapa sur l'épaule en riant.

« Tu es tonton, Dinu – et moi aussi ! Manju a eu un bébé, une fille !

– Oh... je suis ravi...

– On va fêter ça. Viens avec nous.

– Où allez-vous ?

– Sur la plage, dit Arjun. Saute. Derrière moi. »

Dinu jeta un coup d'œil à Alison qui détourna la tête. Il se sentit soudain des pieds de plomb. Durant les derniers jours, il s'était débattu pour essayer de se maintenir à leur allure, mais il ne pouvait pas être ce qu'il n'était pas. Il refusait d'accompagner Alison si sa présence devait peser sur elle comme un rappel à l'ordre – tout sauf ça.

« Je ne crois pas que vous teniez vraiment à ce que je vienne avec vous », dit-il calmement.

Un concert de protestations accueillit sa réponse :

« Oh ! Dinu ! Quelle blague !

– Oh, allons, Dinu. Ne fais pas l'idiot ! »

Dinu tourna les talons.

« J'ai du travail à finir dans la chambre noire. Allez-y. Vous me raconterez quand vous reviendrez. »

Il rentra dans la maison et remonta en courant. Il entendit le toussotement du démarreur et ne put s'empêcher de regarder par la fenêtre. La Harley Davidson dévalait l'allée qui menait à la plantation. Il eut une brève vision de l'écharpe d'Alison, flottant au vent comme un fanion.

Il retourna dans sa chambre noire et découvrit que les yeux lui picotaient. Jusqu'ici, il avait toujours pu compter sur l'atmosphère de cette pièce pour le rassurer ; sa faible lueur rouge avait été une infaillible source de réconfort. Mais à présent la lumière semblait trop vive, insupportablement vive. Il l'éteignit et s'accroupit par terre, les bras autour des genoux.

Son instinct ne l'avait pas trompé. Depuis le début. Il avait su qu'il ne pouvait pas faire confiance à Arjun – ni à Alison quand elle était avec lui. Pourtant que pouvait-il faire ? C'étaient des adultes, et il n'avait aucun droit sur l'un ni sur l'autre.

Au bout d'un moment, il toucha son visage et découvrit qu'il était humide. Il s'en voulut : s'il y avait un principe sur lequel il entendait bâtir sa vie, c'était bien celui de ne jamais s'apitoyer sur son propre sort – il savait que s'il s'engageait sur cette route-là, elle n'aurait pas de fin.

Il se releva et fit le tour de la pièce plongée dans l'obscurité, en essayant de se rappeler sa taille exacte et la position de chaque meuble et de chaque objet. Il comptait ses pas et, chaque fois qu'il touchait un mur ou qu'il se heurtait à quelque chose, il recommençait tout.

Il prit une décision. Il partirait. Il était clair qu'Alison avait perdu tout intérêt pour lui et qu'il n'avait rien à gagner en restant à Morningside. Il ferait ses bagages et irait passer la nuit chez la mère d'Ilongo. Le lendemain, il filerait sur Penang, pour y attendre un paquebot qui le ramènerait à Rangoon.

La moto prit la direction de l'ouest sur une route qui se rétrécissait en un ruban de macadam usé, bordé de sable et de poussière. Ils traversèrent une petite ville avec une mosquée à la coupole couleur d'azur, puis la mer surgit devant eux, d'un bleu étincelant. Les vagues grimpaient gentiment le long d'un banc de sable. La route tournait sur la gauche, parallèle à la plage, jusqu'à un petit hameau où elle prenait fin. Le marché sentait l'eau salée et le poisson séché.

« On laisse la moto ici ? demanda Alison.

– Non, dit Arjun en riant. Pas la peine. On peut la prendre avec nous. Cette Harley peut nous emmener partout. »

Les villageois, rassemblés, les regardèrent se glisser entre les étals pour traverser le marché. La moto couina en grimpant la dune qui séparait le hameau de la mer. Le sable était d'une blancheur aveuglante sous le soleil de midi. Arjun roulait sur le bord de la plage dont un mince tapis d'algues consolidait le sol. Il conduisait lentement, slalomant entre les troncs de cocotiers penchés par le vent.

Ils laissèrent le village loin derrière eux et atteignirent une crique protégée par des pandanus. La plage se réduisait à un mince onglet de sable blanc. À l'embouchure de la crique, à trente mètres à peine du rivage, il y avait un minuscule îlot, très boisé, planté de buissons verts et de pins nains.

« Arrêtons-nous ici », dit Alison.

Arjun poussa la moto dans un coin à l'ombre et l'installa sur sa béquille. Ils ôtèrent leurs chaussures et les abandonnèrent sur le sable. Arjun roula le bas de son pantalon et ils traversèrent en courant la brûlante lame de sable pour entrer droit dans l'eau. La marée était basse et la mer très calme, de petites vagues léchaient le rivage. L'eau était si claire qu'elle magnifiait les dessins mouvants du fond de la mer, leur donnant l'apparence de mosaïques colorées.

« Allons nager ! dit Arjun

– Je n'ai pas de maillot...

– Ça ne fait rien. » Arjun commença à déboutonner sa chemise kaki. « Il n'y a personne ici. »

Alison portait une de ses robes de coton habituelles. Elle la soulevait pour maintenir l'ourlet au-dessus de l'eau. Elle la laissa retomber. L'eau imbiba très vite le tissu jusqu'à la taille.

« Allez, Alison ! Nous avons l'endroit pour nous seuls ! »

La chemise déboutonnée d'Arjun flottait déjà sur son pantalon.

« Non, dit-elle en riant. Nous sommes en décembre. Il faut respecter l'hiver.

– L'eau n'est pas froide. Allez, venez ! »

Il lui tendit la main, la langue tirée sur ses étincelantes dents blanches.

Les orteils enfoncés dans le sable, Alison aperçut, à travers l'eau claire, la forme ronde d'un coquillage enterré entre ses pieds. Elle se pencha et le cueillit. Le coquillage était d'une grosseur inattendue, assez volumineux pour lui remplir les deux mains.

« Qu'est-ce que c'est ? » s'enquit Arjun, en regardant par-dessus son épaule.

Son pantalon était mouillé jusqu'à la ceinture.

« Un nautile. »

Le coquillage avait une ouverture elliptique, comme un cor de chasse ; l'intérieur était d'une belle couleur de nacre, teintée de reflets argentés. Le corps était enroulé en un mont presque parfaitement circulaire. Une ligne en spirale courait autour du mont et se terminait en une petite saillie évoquant un bout de sein.

« Comment savez-vous son nom ? » demanda Arjun.

Elle sentait sa présence derrière elle. Il regardait le coquillage par-dessus sa tête, son menton reposant légèrement sur ses cheveux.

« Dinu m'a montré la photo d'un coquillage semblable à celui-ci, dit-elle. Il pense que c'est l'une des plus belles photos qui aient jamais été faites. »

Il entoura ses épaules de son bras, encercla son corps Ses mains se refermèrent sur le coquillage, ses doigts énormes sur les siens, ses paumes humides contre le dos de ses mains à elle. Il passa son pouce sur le bord de l'orée de nacre, sur la ligne qui encerclait le renflement, jusqu'au minuscule mamelon qui surmontait le mont.

« Nous devrions... » Elle sentit son haleine à travers ses cheveux. « Nous devrions ramener ça à Dinu », dit-il.

Sa voix était devenue rauque. Il laissa retomber ses bras et s'écarta d'elle.

« Allons l'explorer, proposa-t-il en montrant l'îlot à l'entrée de la crique. Je parie qu'on peut arriver à pied là-bas. La marée est très basse.

– Je ne veux pas mouiller ma robe, répliqua-t-elle en riant.

– Non. Promis. Si l'eau monte trop haut, je vous porterai sur mon dos. »

Il la prit par la main et l'entraîna plus loin dans l'eau qui peu à peu leur arriva à la taille avant que le fond sableux ne remonte en douceur vers l'île. Arjun accéléra l'allure et ils couraient presque en atteignant le rivage. Toujours en courant, ils traversèrent la frange de plage brûlante de soleil pour gagner l'intérieur ombragé. Alison se laissa tomber sur le dos et contempla le ciel. Ils étaient encerclés par des pandanus touffus qui les isolaient totalement.

Arjun s'allongea sur le ventre à côté d'Alison. Elle tenait toujours le coquillage et il le lui ôta des mains pour le déposer sur sa poitrine. Il passa le doigt le long de la spirale du nautile, le corps pris dans sa paume.

« C'est si beau », dit-il.

Elle vit combien il la désirait : un désir dont l'insistance avait quelque chose d'irrésistible. Quand sa main glissa du coquillage à son sein, elle ne fit aucun effort pour l'en empêcher. Et dès cet instant, alors qu'il était déjà trop tard, tout changea.

Ce fut comme si ni lui ni elle n'eussent été vraiment là : comme si leurs corps avaient été poussés davantage par un sens de l'inévitable que par une volonté consciente ; par une ivresse d'images et de sensations – souvenirs de films, de chansons, de danses ; comme s'ils avaient été tous deux absents, deux étrangers dont les corps accomplissaient une fonction. Elle pensa à ce qu'il en était avec Dinu : l'intensité de sa concentration, le sentiment du temps qui s'arrêtait. C'est grâce au contraste avec cette cohabitation d'absences qu'elle pouvait enfin saisir la signification de ce que voulait dire être pleinement présent – regard, esprit et caresse ne faisant plus qu'un, l'un possédé par l'autre, chacun le possesseur.

Quand Arjun se détacha d'elle, elle se mit à pleurer, rabattant sa robe sur sa nudité, enserrant ses genoux. Il se redressa, consterné.

« Alison, que se passe-t-il ? Pourquoi pleures-tu ? »

Elle secoua la tête, le visage enfoui entre ses genoux.

Il insista :

« Alison, je ne voulais pas... J'ai cru que tu...

– Ce n'est pas ta faute. Je ne te blâme pas. Je ne blâme que moi.

– Mais pour quelle raison, Alison ?

– Quelle raison ? » Elle le fixa des yeux, incrédule. « Comment peux-tu, après ça, me regarder ainsi et me poser une question pareille ? Et Dinu, qu'en fais-tu ?

– Alison ! » Il éclata de rire et voulut lui caresser le bras. « Dinu n'a pas besoin de savoir. Pourquoi lui en parler ? »

Elle repoussa sa main.

« Je t'en prie. Je t'en prie. Ne me touche pas. »

Ils entendirent alors au loin une voix juste assez forte pour dominer le clapotis des vagues.

« Sah'b ! »

Arjun renfila son uniforme mouillé et se leva. Il aperçut Kishan Singh debout sur la plage, devant un motocycliste casqué assis sur une Harley Davidson semblable à celle d'Arjun.

Kishan Singh agitait un bout de papier, le faisant claquer d'un geste insistant. « Sah'b ! »

« Alison, dit Arjun, quelque chose est arrivé. On m'envoie un messager du camp.

– Vas-y », répliqua Alison. Elle ne pensait qu'à une seule chose, pour l'instant : à se jeter dans la mer pour se laver de ses caresses. « Je te suis dans une minute. »

Arjun entra dans l'eau et pataugea jusqu'à la plage. Kishan Singh l'attendait au bord ; son regard croisa un moment celui d'Arjun et il y avait dans son expression quelque chose qui fit ralentir le jeune officier afin de mieux regarder son ordonnance. Mais déjà l'homme s'était mis au garde-à-vous, la main levée pour saluer, les yeux fixés sur l'horizon.

« De quoi s'agit-il, Kishan Singh ? »

Kishan Singh lui tendit une enveloppe.

« Hardy-sah'b vous envoie ça. »

Arjun déchira l'enveloppe et déplia le mot de Hardy. Il continuait à le contempler, les sourcils froncés quand Alison sortit de l'eau et le rejoignit.

« Qu'est-ce que c'est ?

– Il faut que je retourne à la base. Tout de suite. On dirait qu'un gros truc se prépare. On quitte Sungei Pattani – enfin, mon bataillon du moins.

– Tu pars ? »

Alison le regarda fixement, comme si elle ne pouvait pas en croire ses oreilles.

« Oui. » Il lui jeta un coup d'œil. « Et tu es contente, pas vrai ? »

Elle s'éloigna sans répondre et il la suivit. Parvenu au sommet de la dune, hors de la vue de Kishan Singh, il fit soudain pivoter Alison avec violence.

« Alison ! Tu ne m'as pas répondu. »

Elle plissa les yeux.

« Ne prends pas ce ton avec moi, Arjun. Je ne suis pas ton ordonnance.

– Je t'ai posé une question.

– Laquelle ?

– Es-tu contente que je m'en aille ?

– Si tu tiens vraiment à le savoir, dit-elle sèchement, la réponse est oui.

– Pourquoi ? » Sa voix était saccadée, confuse. « Tu es venue ici parce que tu en avais envie. Je ne comprends pas : pourquoi es-tu si furieuse contre moi ?

– Je ne le suis pas. » Elle secoua la tête. « Je ne suis pas furieuse du tout – tu te trompes. Être furieuse contre toi n'aurait aucun sens, Arjun.

– Que veux-tu dire, nom de Dieu ?

– Arjun ! Tu ne contrôles pas ce que tu fais ; tu es un jouet, un objet fabriqué, une arme dans les mains de quelqu'un d'autre. Ton esprit n'habite pas ton corps.

– Foutaises... » Il s'interrompit. « La seule raison pour laquelle tu peux te permettre de me dire ça, reprit-il, c'est que tu es une femme... »

Elle vit qu'il était à deux doigts de la frapper et cela

eut l'étrange effet de susciter soudain en elle de la pitié à son égard. En fait, elle avait toujours eu un peu pitié de lui et c'est ce qui l'avait amenée à l'accompagner ce matin sur la plage. En dépit de sa stature et de l'autorité que dégageait sa présence, c'était un homme sans ressources, un homme avec une conscience très ténue, très fragile de lui-même ; Dinu était beaucoup plus fort, plein de ressources, et c'était pourquoi, elle le comprenait maintenant, elle avait été tentée de se montrer cruelle envers lui – et qu'elle avait eu à prendre le risque de le perdre. Cette pensée la rendit brusquement inquiète.

Elle s'approcha en hâte de la moto.

« Allons-y, dit-elle à Arjun. Ramène-moi à Morningside. »

SIXIÈME PARTIE

Le front

32

Le 1er bataillon du 1er Jat quitta Sungei Pattani tôt dans la soirée, dans un convoi de camions qui prit la direction du nord, sur la route nord-sud. Arrivé à la ville d'Alor Star, le bataillon fut largué à la gare où il reçut l'ordre d'attendre d'autres ordres. Les hommes s'installèrent à un bout du quai tandis que les officiers réquisitionnaient l'opposé.

La station de chemin de fer, la plus petite et la plus jolie qu'Arjun eût jamais vue, ressemblait à une version maison de poupée des gares indiennes habituelles : un seul quai étroit sous un auvent de tuiles rouges, des palmiers en pots suspendus en grappe aux poutres, et les piliers en bois bordant le quai drapés de bougainvillées aux couleurs vives.

Le lieutenant-colonel Buckland arriva plus tard du quartier général de la division où il était resté. Il convoqua ses officiers à minuit pour faire le point sur la situation. Un changement radical s'annonçait, dit-il. Tout indiquait que les Japonais étaient à la veille d'entrer en guerre : ils s'apprêtaient, pensait-on, à attaquer la Malaisie par le nord. En vue de cette possible agression, une force de frappe devrait s'enfoncer profondément à l'intérieur du Siam pour s'assurer de la côte est : cela constituerait une attaque préventive qui interdirait à une armée d'invasion japonaise une éventuelle zone de débarquement. Le 1er bataillon du 1er Jat aurait un rôle majeur à jouer dans cette opération. Le bataillon avait pour instructions de se tenir prêt à prendre le train dans un délai de trente minutes. À l'aube, il monterait vers le nord avec pour objectif l'occupation d'une tête de pont près de la ville côtière de Singora. « Prenez note. » Buckland énuméra une série d'indications topographiques que les officiers s'empressèrent de griffonner sur leurs carnets.

Après le briefing, à la lueur d'une ampoule nue, Arjun étala une carte sur le quai, tout en balayant de la main les insectes et autres phalènes qui venaient s'y poser. Il sentait son index trembler d'excitation tandis qu'il suivait la ligne rouge menant à la tête de pont. On y était donc : la mise à l'épreuve de toutes ces années d'entraînement – l'attente était enfin terminée. Il jeta un coup d'œil au quai orné de fleurs : quel endroit invraisemblable d'où lancer une opération majeure !

Il eut du mal à dormir. Vers trois heures du matin, Kishan Singh lui apporta du thé dans une chope en émail. Arjun la prit avec gratitude, sans demander d'où elle venait. À côté de lui, Hardy somnolait paisiblement dans une chaise longue, son turban rejeté en arrière. Arjun se leva et fit quelques pas sur le quai, se frayant un chemin parmi les silhouettes recroquevillées des soldats. Il vit une lampe allumée dans le bureau du chef de gare et entra.

Le chef de gare était un Goanais chrétien. Il dormait profondément, étalé sur sa table de travail. Arjun avisa une radio sur une étagère et contourna la table pour aller la mettre en marche. Il tripota les boutons et bientôt, à travers la friture des ondes, la voix du speaker perça : « ... durs combats près de Kota Baharu... »

Kota Baharu se trouvait à l'est de la Malaisie : Arjun le savait car un de ses amis y était en poste. Il s'agissait d'une petite ville côtière isolée. Il poussa le volume de la radio et écouta avec attention : le speaker parlait maintenant d'un débarquement massif japonais le long de la côte – Arjun l'entendit citer Singora, la ville que le bataillon était censé occuper le lendemain. Arjun fit demi-tour et gagna en courant la salle d'attente où il avait laissé le commandant.

« Sir ! »

Buckland et le capitaine Pearson somnolaient dans des fauteuils.

« L'affaire a capoté, sir : les Japonais ont débarqué.

– Impossible, lieutenant ! »

Le colonel se redressa.

« C'est à la radio, sir.

– Où ça ? »

Arjun les conduisit chez le chef de gare. Sur le quai, à présent, les hommes s'agitaient, conscients qu'il se passait quelque chose. Arjun ouvrit la porte du bureau. Réveillé, mais encore abruti, le Goanais se frottait les yeux de ses poings. Arjun tourna au maximum le bouton du son. La voix du speaker remplit la pièce.

C'est ainsi qu'ils apprirent que leur attaque préventive avait été devancée par une opération d'une échelle sans précédent, impliquant des attaques synchronisées sur des objectifs à des milliers de kilomètres les uns des autres – une attaque aérienne sur Pearl Harbour et des débarquements le long de la péninsule malaise. Singora, l'objectif du bataillon, avait été l'une des premières villes à être occupée.

« Messieurs... » Buckland gratifia ses officiers d'un sourire poli. « Si ma connaissance de l'armée peut nous servir de guide, je suggérerais que vous vous installiez confortablement ici. Il faudra peut-être un certain temps avant que nous ayons des nouvelles du quartier général... »

Il y avait quelque chose de très rassurant dans la note d'ironie : en entendant son commandant, Arjun trouvait difficile d'imaginer que quoi que ce soit pût sérieusement clocher.

Dès l'aube, une escadrille de Blenheim décolla du grand aérodrome d'Alor Star. Le 1er Jat applaudit quand les avions passèrent au-dessus de la gare. Deux heures plus tard, les Blenheim revinrent, les réservoirs vides. Quelques minutes après leur retour, une formation d'avions japonais apparut à l'horizon. Ils attaquèrent l'aérodrome en rangs serrés, au moment précis où les Blenheim, en plein ravitaillement, étaient les plus vulnérables. Le minutage de leur raid était d'une précision invraisemblable. Sans aucun doute, l'ennemi avait été renseigné par un espion ou un informateur local.

Plus tard dans la journée, le lieutenant-colonel Buckland, accompagné de quelques-uns de ses officiers, se rendit sur le terrain d'aviation. Un centre médical avait été touché et il y régnait une forte odeur de produits chimiques. Sur la piste, le macadam s'était liquéfié autour des Blenheim. Au loin, une rangée de cabanes en palmes servaient de casernements aux auxiliaires malais qui gardaient l'aérodrome. Tous les hommes semblaient avoir disparu, et Arjun fut envoyé à leur recherche. Il trouva leurs quartiers dans un ordre parfait : les lits faits, avec un paquetage pendu à côté de chacun, les fusils posés debout contre les murs, bien alignés, exactement comme l'exigeait le règlement. Mais les hommes étaient partis. À l'évidence, après avoir accompli les corvées quotidiennes de nettoyage et de rangement de leurs baraquements, les troupes avaient tranquillement déserté.

Dinu avait passé la nuit sur un lit de camp chez la mère d'Ilongo. Il se réveilla tôt. Ses hôtes dormaient encore. Il regarda sa montre. Le train pour Penang ne partait qu'à midi. Il avait plusieurs longues heures devant lui.

Il quitta la véranda et leva la tête du côté de la montagne. La lumière avait commencé à changer : la forêt semblait s'animer. La pensée lui vint soudain qu'il n'avait jamais photographié les *chandi* à ce moment de la journée. Il avisa la bicyclette d'Ilongo, posée derrière une porte, et décida de l'emprunter pour monter là-haut avec ses appareils.

Il rassembla en hâte son équipement et pédala plus vite qu'à l'ordinaire. Parvenu au ruisseau, il se dispensa de ses rites habituels, grimpa tout droit jusqu'à la clairière et installa son trépied. Il changeait de pellicule quand les premiers avions passèrent au-dessus du Gunung Jerai. Tout d'abord, il n'y prêta pas attention, persuadé qu'ils allaient atterrir sur la base de Sungei Pattani. Mais quelques minutes plus tard, quand la forêt commença à retentir d'explosions, il comprit qu'il se passait des choses graves. À la seconde vague de bombardiers, il y regarda de plus près. Les avions volaient très bas et on ne pouvait pas se tromper sur leurs marquages : ils étaient japonais.

Sa première pensée fut pour Alison. Il ne l'avait pas revue depuis son départ pour la plage avec Arjun mais il se rappelait qu'elle avait eu le projet de se rendre à Sungei Pattani ce jour-là – elle le lui avait dit la veille. Elle avait des courses à faire.

Elle devait probablement se trouver encore en ville. Dinu abandonna son trépied et se précipita sur la bicyclette. Il passa d'abord par Morningside où la cuisinière lui confirma qu'Alison avait quitté la maison très tôt ce matin même dans la Daytona. Il repartit, non sans s'arrêter pour voir Saya John qu'il trouva en train de somnoler paisiblement dans un fauteuil sur la véranda.

Retournant en bicyclette vers les bureaux, Dinu remarqua qu'un grand nombre de personnes s'étaient rassemblées sur l'esplanade. Il s'approcha et vit Ilongo, debout sur une chaise, qui s'adressait à la foule en tamoul. Dinu accrocha son regard et lui fit signe de descendre.

« Que se passe-t-il, Ilongo ?

– Vous n'avez pas entendu la radio ?

– Non...

– Le Japon est entré en guerre. L'aérodrome de Sungei Pattani a été bombardé. »

Il fallut un moment à Dinu pour digérer l'information.

« Alison est partie pour Sungei Pattani ce matin... dit-il. Il faut aller voir s'il ne lui est rien arrivé...

– Je ne peux pas tout de suite. » Ilongo montra les gens rassemblés. « Ils attendent...

– Pourquoi ? Que veulent-ils ?

– Les directeurs de certaines plantations voisines ont abandonné leurs bureaux et ont filé à Singapour. Notre personnel ici s'inquiète. Ils veulent s'assurer qu'ils seront payés... » Ilongo s'interrompit pour prendre un trousseau de clés dans sa poche. « Tenez... Allez-y vous-même. Prenez le camion. »

Dinu repoussa les clés.

« Je ne sais pas conduire.

– Alors attendez. Je n'en ai pas pour longtemps. »

Du balcon du bureau de la plantation, Dinu regarda Ilongo s'adresser à l'assemblée. La réunion sembla durer des heures : il était midi quand la foule commença à se disperser. Peu après, Ilongo fit démarrer le camion et prit la direction de Sungei Pattani avec Dinu.

Ils tombèrent bientôt sur une autre foule. Les raids aériens avaient cessé depuis plusieurs heures mais les gens se déversaient sur les routes pour fuir la ville. Beaucoup étaient à pied : plusieurs familles transportaient sur l'épaule leurs possessions empaquetées dans des draps ; un garçonnet poussait une bicyclette avec une énorme radio ficelée sur le porte-bagages ; deux hommes tiraient une vieille femme installée dans un chariot de fortune. Aux abords de la ville, les rues étaient embouteillées par des voitures, dans un concert de klaxons permanent. Penché par la fenêtre de son camion bloqué, Ilongo posait des questions : il apprit ainsi que le bombardement avait complètement surpris la ville – il n'y avait eu ni alerte, ni sirènes. À présent, tous ceux qui le pouvaient se précipitaient à la campagne pour y attendre la fin des troubles.

Ils garèrent le camion derrière une boutique et poursuivirent à pied. Ils vérifièrent en ville tous les endroits où Alison aurait pu aller : les banques étaient vides et la plupart des magasins avaient baissé leurs rideaux. Le coiffeur d'Alison avait disparu.

« Où peut-elle être ?

– Elle est sûrement saine et sauve. Ne vous en faites pas. »

En repartant vers la plantation, ils prirent une route qui passait devant l'enceinte de l'aérodrome. Le tarmac était jonché de monceaux de métal mais les pistes étaient intactes. Ils rencontrèrent un Indien, un gardien. Selon lui, le bruit courait que les bombardiers japonais avaient été guidés par un espion, un traître au sein des forces armées britanniques.

« Un Indien ? demanda Dinu, inquiet.

– Non. Un Anglais. On l'a vu être arrêté et emmené. »

Dinu fut à la fois choqué et soulagé.

Ce n'est que de retour chez Ilongo que Dinu se rappela son projet de partir pour Penang. Il décida de retarder son départ pour l'instant : il ne pouvait pas s'en aller sans s'assurer d'abord qu'Alison allait bien. Il monta à Morningside et attendit.

La nuit était presque tombée quand la voiture d'Alison surgit dans l'allée. Dinu attendait à l'entrée de la maison. Le soulagement de la voir saine et sauve eut pour effet de libérer d'un coup en lui toutes les angoisses de la journée. Il se mit à hurler dès qu'elle descendit du coupé.

« Alison ! Où étais-tu, nom de Dieu ? Tu as disparu pendant toute cette foutue journée...

– Et toi, alors ? lui répliqua-t-elle sèchement. Où étais-tu la nuit dernière ?

– Chez Ilongo, dit-il sur un ton de défi. Je m'en vais... Je pars pour Rangoon. »

Elle éclata d'un petit rire dur.

« Eh bien, bon vent ! Voyons un peu jusqu'où tu arriveras.

– Ça veut dire quoi ?

– J'étais à Butterworth ce matin. C'est le chaos sur les routes. Je ne pense pas que tu ailles très loin.

– Butterworth ? Que faisais-tu à Butterworth ? »

Elle leva un sourcil et sa voix se fit glaciale.

« Ça ne te regarde pas. »

Elle passa devant lui et prit l'escalier pour monter dans sa chambre.

Dinu demeura furieux sous le porche pendant quelques minutes puis grimpa à son tour l'escalier.

« Alison... » Il frappa à sa porte, la voix contrite. « Je te demande pardon... J'étais simplement très inquiet. »

Elle lui ouvrit, en combinaison de satin blanc. Avant qu'il ait pu ajouter un mot, elle jeta ses bras autour du cou.

« Oh, Dinu !

– Alison... J'étais dans tous mes états... toi partie toute la journée, avec le bombardement...

– Tu n'aurais pas dû t'inquiéter. Je ne risquais rien, j'étais très loin des bombes. Elles tombaient sur le port et j'étais de l'autre côté de la ville.

– Mais pourquoi es-tu allée là-bas de toute façon... ? Si loin, à Butterworth ? Pour quelle raison ? »

Elle prit son visage entre ses mains et l'embrassa.

« Je te le dirai plus tard. N'en parlons pas pour l'instant. Contentons-nous du bonheur d'être ensemble et tous deux sains et saufs. »

33

Plusieurs heures s'écoulèrent sans que le 1er bataillon du 1er régiment jat reçoive le moindre signe du quartier général de la division. À la tombée du jour, un convoi de camions arriva pour transporter le bataillon dans un autre endroit. Les hommes surent qu'ils allaient vers le nord mais il faisait très sombre et ils ne pouvaient rien voir du paysage traversé.

À l'aube, Arjun découvrit qu'ils campaient sur une plantation d'hévéas. Au-delà d'une centaine de mètres, la végétation donnait l'impression de se solidifier en un mur circulaire de troncs scarifiés. Entre le dais de feuilles vertes et le tapis de feuilles mortes, il semblait n'y avoir aucune lumière directe et pas d'ombres. Le son paraissait voyager et s'attarder sans révéler son point d'origine. Arjun eut l'impression de se réveiller à l'intérieur d'un immense labyrinthe dont le toit et le sol auraient été tapissés de ouate.

Au briefing du matin, ils apprirent que le bataillon était à présent positionné à proximité de la ville de Jitra, très près de la pointe nord-ouest de la Fédération de Malaisie. Ici, la péninsule devenait un mince couloir formant une chaussée entre la Malaisie et le Siam : toute armée venant du nord devrait passer par ce goulet et c'est là qu'une avancée au sud pourrait être le mieux étouffée. Le 1er bataillon du 1er Jat avait été disposé le long de la route nord-sud, avec plusieurs autres. C'était sur cette voie que l'on attendait l'attaque japonaise. Le hasard avait donc voulu que le 1er bataillon du 1er Jat se trouvât sur la ligne de front.

Arjun commandait la compagnie C, postée à quelques centaines de mètres à gauche de la route. Hardy était avec la compagnie D, de l'autre côté de la chaussée. Ils étaient flanqués par le régiment du Leicestershire et le 14e régiment du Panjab.

La première mission était d'aménager des tranchées, mais là encore le terrain se révéla trompeur. Le sol mou riche en terreau était facile à creuser mais difficile à étayer. La nappe phréatique apparaissait à des profondeurs imprévisibles. Les postes de radio se mirent à mal fonctionner et l'origine du problème se révéla être l'environnement : les arbres interféraient avec la réception des ondes. On ne pouvait même pas se fier aux messagers : désorientés par le labyrinthe géométrique de la plantation, ils ne cessaient de se perdre.

Puis les pluies éclatèrent. Il pleuvotait en permanence, ce qui renforçait encore davantage l'impression d'être enfermé dans une cage molletonnée. En levant la tête, les soldats voyaient dégringoler des trombes d'eau. Mais quand elles les atteignaient, elles s'étaient réduites à un crachin constant qui se poursuivait longtemps après la fin du déluge. Les cieux s'étaient éclaircis et pourtant dans le camp la pluie n'arrêtait pas de tomber, sinistre, heure après heure. Comme si le dais feuillu était un matelas trempé se vidant lentement sous son propre poids.

Sur le sol transformé en boue, les Jeep et les camions faisaient des embardées impossibles à contrôler. On découvrit que les véhicules avaient été équipés de pneus pour le sable destinés aux déserts de l'Afrique du Nord. L'accès de la plantation leur fut interdit : le ravitaillement dut alors être transporté à dos d'homme.

L'après-midi du deuxième jour, Hardy arriva en courant et sauta dans la tranchée. Arjun devina à sa mine qu'il débordait de nouvelles.

« Que se passe-t-il ?

– Je viens juste d'entendre une rumeur.

– Quoi donc ?

– Il y a eu des problèmes au 1er Hyderabad, à Kota Baharu.

– Quel genre de problèmes ?

– La première attaque japonaise a semé la panique à l'aérodrome. Les aviateurs étaient des Australiens et apparemment ils se sont tirés à toute allure. Les sous-off du 1er Hyderabad voulaient faire pareil mais leur commandant a refusé. Ils se sont mutinés et ont tué deux officiers. Ils ont tous été arrêtés et désarmés. On les envoie à Penang, aux travaux forcés. »

Arjun jeta un regard d'œil inquiet sur sa tranchée et sur le visage de ses hommes.

« Vaut mieux garder ça pour toi, Hardy.

– Je voulais simplement que tu saches. »

Le QG du bataillon était situé très en arrière de la compagnie d'Arjun sur la plantation. Tard le lendemain, des ingénieurs des transmissions établirent une ligne téléphonique. Le premier appel vint du capitaine Pearson.

« Contact ?

– Rien encore », répliqua Arjun.

La lumière du jour s'était imperceptiblement enfuie, la pénombre se transformant peu à peu en une obscurité moite, dégoulinante. À cet instant, le mur noir fut traversé par un éclair rouge.

« Un tireur isolé, cria le *havildar*. Couchez-vous, sah'b, couchez-vous ! »

Arjun se jeta la tête la première dans le fond de la tranchée remplie d'eau à hauteur de cheville. Une autre salve fut suivie d'une troisième. Arjun chercha à tâtons le téléphone pour finalement découvrir que la ligne était coupée.

Puis les éclairs d'un tir nourri commencèrent à lacérer l'obscurité ambiante. Les coups résonnaient à intervalles irréguliers, ponctués par le bruit mat des mortiers et le crachotement des mitraillettes. À droite, du côté de la position de Hardy, un fusil-mitrailleur se fit entendre. Ce qui n'apporta qu'un bref soulagement car Arjun remarqua soudain, avec une bizarre crispation dans l'estomac, que la mitrailleuse crépitait trop longtemps, comme si les hommes eussent été trop affolés pour se rappeler la manière posée de procéder que Hardy avait tenté de leur enseigner lors des séances de tir.

À présent les tireurs ennemis semblaient se déplacer à loisir en pivotant autour de leurs positions. Au fil des heures, la tranchée prit des allures de piège plutôt que d'abri : on y éprouvait le curieux sentiment d'être réduit, impuissant, à une position fixe par un ennemi insaisissable. En répliquant, on avait l'impression de tirer au hasard, un peu comme un animal enchaîné tourne en cercle au bout de sa laisse en aboyant contre un tourmenteur invisible.

Les arbres continuèrent de ruisseler sans interruption toute la nuit. Peu après le lever du jour, on aperçut un avion de reconnaissance japonais qui évoluait au-dessus du front, suivi une demi-heure plus tard par un autre : celui-ci piqua très bas sur les tranchées, laissant derrière lui un sillage de papiers qui tombèrent du ciel en voletant, telle une immense armée de papillons. La plupart se posèrent sur l'épais dais de feuillage mais quelques-uns atteignirent le sol. Kishan Singh en ramassa trois ou quatre, en donna un à Arjun et garda les autres.

Arjun vit qu'il s'agissait d'un pamphlet – rédigé en hindoustani et imprimé à la fois en écritures devanagari et arabe –, un appel destiné aux soldats indiens, signé par un certain Amreek Singh de la Ligue pour l'indépendance de l'Inde.

> Frères, demandez-vous pour qui vous vous battez et pour quelle raison vous êtes ici : voulez-vous vraiment sacrifier votre vie pour un Empire qui a gardé votre pays en esclavage depuis deux cents ans ?

Arjun entendit Kishan Singh lire le tract à voix haute et le sang lui monta à la tête. « Donne-moi ça ! » Il froissa les feuillets et les écrasa rageusement sous son talon dans la boue. « Quiconque sera trouvé en possession de ces tracts, annonça-t-il sèchement, sera traduit en cour martiale. »

Quelques minutes plus tard, avec une explosion qui aurait franchi le mur du son, l'artillerie japonaise ouvrit la danse. Les premiers obus effleurèrent les cimes des arbres, déclenchant des cascades de feuilles et de branchages. Puis, peu à peu, les explosions se rapprochèrent des hommes. La terre trembla violemment, au point de faire gicler l'eau des tranchées sur leurs visages. Arjun vit un arbre de quinze mètres de haut s'élever gracieusement dans les airs avant de retomber en culbutant vers lui. Ses hommes et lui s'aplatirent au fond de la tranchée juste à temps pour s'en protéger.

Le bombardement se poursuivit sans interruption pendant des heures.

Manju dormait profondément quand Neel la secoua. Elle se retourna, ahurie. Il lui semblait ne plus avoir dormi depuis des semaines. Le bébé, Jaya, souffrait de coliques : elle pleurait souvent et longtemps. Rien ne pouvait l'apaiser. Même les calmants avaient peu d'effet : une cuillerée la faisait sommeiller un peu, mais une heure ou deux plus tard elle recommençait à couiner plus fort que jamais.

Manju jeta un coup d'œil sur le berceau et vit que l'enfant dormait encore. Elle se frotta les yeux et, incapable de dissimuler son humeur d'être ainsi dérangée, tourna le dos à Neel.

« Qu'est-ce que c'est ? demanda-t-elle. Pourquoi m'as-tu réveillée ?

– J'ai pensé que tu voudrais savoir...

– Quoi donc ?

– Les Japonais sont entrés en guerre.

– Ah ? »

Elle ne comprenait toujours pas en quoi cela justifiait qu'il l'eût tirée de son sommeil.

« Ils ont envahi la Malaisie.

– La Malaisie ? » Tout devenait soudain très clair. Elle se redressa. « Arjun ? Dinu ? A-t-on des nouvelles ?

– Non. » Neel secoua la tête. « Rien de direct. Mais la radio a parlé de l'engagement de la 11e division dans la bataille. N'est-ce pas celle d'Arjun ? »

La semaine précédente, Manju avait reçu une lettre de son frère. Il ne disait pas grand-chose de lui – simplement qu'il allait bien et qu'il pensait à elle. Il s'était surtout enquis de sa santé et de celle de Jaya. Il mentionnait aussi qu'il avait rencontré Dinu, qui se portait à merveille – Dolly avait été très heureuse de l'apprendre.

« Tu as encore la lettre d'Arjun ?

– Oui. »

Manju sauta à bas du lit pour aller la chercher.

« Parle-t-il de sa division ? » demanda Neel.

Le chiffre 11 sauta presque aussitôt à la figure de Manju.

« Oui, dit-elle. C'est la sienne. »

Elle leva vers son mari des yeux qui se remplissaient de larmes. Neel passa son bras autour de ses épaules et la serra contre lui.

« Il n'y a aucune raison de s'inquiéter, la rassura-t-il. D'après ce que je comprends, la 11e division est postée très près de Morningside. Dinu nous informera de ce qui se passe. »

Le bébé se réveilla alors. Pour la première fois, Manju se félicita du caractère difficile de sa fille. Ses cris ininterrompus ne lui laissèrent pas le temps de penser à autre chose.

Plus tard ce soir-là, ils reçurent la visite d'un membre éminent de la communauté indienne de Rangoon, un avocat nommé Sahibzada Badruddin Khan. Le hasard voulut que toute la famille se trouvât à la maison quand le visiteur se présenta.

Soucieux, Mr Khan était venu leur communiquer certaines nouvelles. Il avait assisté à une réunion des Indiens les plus en vue de la ville. Ils avaient décidé de former un

Comité d'évacuation des réfugiés. Ils étaient persuadés que, dans le cas d'une avancée japonaise en Birmanie, la population indienne serait vulnérable sur deux fronts : elle serait sans défense contre les éléments hostiles de la population birmane, et, qui plus est, en qualité de sujets de l'Empire britannique, ses membres seraient traités en étrangers ennemis par les Japonais. Plusieurs d'entre eux avaient exprimé leur crainte d'une catastrophe imminente : l'intention du comité était d'évacuer de la Birmanie le plus grand nombre possible d'Indiens.

Rajkumar se montra stupéfait de ces mesures. En dépit des récents événements, il demeurait optimiste. Il venait de découvrir qu'un de ses amis avait obtenu un contrat pour la construction d'un grand segment de la route Birmanie-Chine. Il était absolument convaincu qu'il pourrait revendre ses stocks de bois au prix qu'il espérait.

« Quoi ? » Il éclata d'un rire incrédule. « Vous voulez dire, les gars, que vous allez fuir la Birmanie parce que les Japonais ont envahi la Malaisie ?

– Eh bien, oui. Les gens ont le sentiment que...

– Absurde, Khan. » Rajkumar tapa dans le dos de son ami. « Tu ne devrais pas te laisser influencer par ces alarmistes. La Malaisie est loin d'ici.

– Tout de même, protesta Khan, il n'y a rien de mal à se préparer ; surtout quand il s'agit de femmes et d'enfants... »

Rajkumar haussa les épaules.

« Bon, Khan, tu dois faire ce que tu penses être le mieux. Mais, pour ma part, je pense que cela est une excellente occasion...

– Occasion ! » Mr Khan leva un sourcil. « Comment ça ?

– Il n'y a pas de mystère, Khan. Avec l'Amérique en guerre, on consacrera plus d'argent aux préparatifs de défense. La Birmanie est essentielle à la survie du gouvernement chinois de Chungking : la route nord-sud deviendra leur principale ligne de ravitaillement. Je suis prêt à parier que cette route sera construite plus vite que quiconque s'y attendait.

– Et en cas d'attaque ? »

Rajkumar haussa de nouveau les épaules.

« C'est une question de nerfs, Khan. Je peux comprendre pourquoi tu voudrais partir. Mais pour nous ce serait trop tôt. J'ai passé beaucoup de temps à me préparer pour ça et je ne vais pas tout plaquer à présent. »

Manju fut très rassurée par les propos de Rajkumar. Quel réconfort de ne pas avoir à songer à partir où que ce soit maintenant. S'occuper de Jaya à la maison était déjà bien assez difficile : elle se refusait à imaginer ce que cela serait dans des circonstances moins favorables.

Au matin, un messager apporta à Arjun une note en provenance du QG du bataillon : la compagnie devait se replier sur la ligne d'Asoon, une chaîne de fortifications défensives le long d'une rivière, quelques kilomètres plus bas sur la route. Quand Arjun donna l'ordre de faire mouvement, il fut accueilli par un murmure d'enthousiasme auquel il eut envie de se joindre – tout valait mieux que rester coincé dans cette tranchée.

Ils traversèrent la plantation en bon ordre mais, en atteignant la route, il devint clair que le repli tournait rapidement à la débandade. Les hommes commencèrent à montrer des signes d'inquiétude en voyant de nombreux camions, bourrés de troupes appartenant à d'autres unités, les dépasser. Arjun resta avec eux jusqu'à ce qu'ils aient été embarqués à leur tour puis il sauta dans une Jeep avec Hardy.

« Dis-moi, vieux, t'as entendu ? marmonna Hardy dans sa barbe.

– Quoi donc ?

– Les Japonais ont coulé le *Prince of Wales* et le *Repulse*.

– Impossible ! » Arjun le dévisagea, incrédule. C'étaient là deux des plus puissants cuirassés jamais construits, l'orgueil de la marine britannique. « Ça ne peut pas être vrai.

– Ça l'est. J'ai rencontré Kumar ; il me l'a dit. » Un sourire triomphant illumina soudain le visage de Hardy. « Il me tarde de le raconter à Pearson : je veux voir la tête que va faire ce salaud...

– Hardy ! s'écria Arjun. Tu es devenu fou ?

– Pourquoi ?

– As-tu oublié que ces navires étaient ici pour nous défendre ? On est tous du même côté, Hardy. Une balle japonaise ne fera pas de différence entre toi et Pearson... »

Hardy lui jeta un regard stupéfait et, un instant, ils se contemplèrent mutuellement avec ahurissement.

« Tu as raison, reconnut Hardy. Bien sûr. Mais tu comprends...

– Laissons tomber », dit Arjun très vite.

Alors qu'ils atteignaient l'Asoon, l'artillerie japonaise se tut sans raison manifeste. Contents de ce répit, les hommes du 1er bataillon du 1er Jat prirent position à côté de la route, le dos à la rivière. À cet endroit-là, la route nord-sud courait le long d'une levée de terre bordée de plantations denses d'hévéas, se prolongeant à perte de vue. Le bataillon était à présent concentré dans un seul point, choisi de façon à défendre les abords de la rivière. Les véhicules étaient alignés en bord de route le long du remblai.

Arjun vit Hardy s'avancer sur la chaussée et alla le rejoindre. Le lieutenant-colonel Buckland se trouvait à quelques pas, au poste de commandement temporaire du bataillon, en compagnie du capitaine Pearson qui fouillait dans un étui à cartes.

Arjun s'arrêta au milieu de la route pour parler à Hardy. « Pourquoi penses-tu qu'ils ont cessé de nous bombarder ?

– Ils semblent se retenir de temps à autre, répliqua Hardy. Difficile de dire pourquoi.

– Tu ne crois pas que c'est parce que leurs propres blindés nous avancent dessus, non ? »

Hardy écarta l'idée d'un ton moqueur.

« Quels blindés ? Personne n'a de tanks. Ni eux, ni nous. On n'est pas sur un terrain à blindés.

– C'est ce qu'on nous a dit. Mais... »

Au loin, un grondement se fit entendre. Arjun et Hardy se retournèrent. Le crépuscule tombait. Les nuages s'étaient un peu éclaircis, laissant le ciel virer au cramoisi. La route filait droit sur deux cents mètres avant de disparaîtrc dans un virage : les arbres s'élevaient au-dessus de chaque côté, se rejoignant presque en une sorte d'arche. La chaussée était déserte : rien à l'horizon.

Hardy poussa un soupir de soulagement.

« Ça m'a fait peur... » Il porta une manche à son front. « Je te le répète, ce n'est pas un terrain pour des tanks ; c'est la seule chose dont on peut être sûrs, Dieu merci. »

Une minute plus tard, dans un formidable grincement de chenilles métalliques, un char d'assaut surgit dans le virage. Au-dessus de la tourelle, la tête casquée d'un tireur se découpait sur le ciel. La tourelle pivota dans leur direction jusqu'à ce que le canon se réduise à un œil circulaire. Puis le tank trembla et son œil creux devint rouge vif. Au pied du remblai, un réservoir d'essence explosa, un camion d'une demi-tonne fit une petite culbute et explosa, en flammes.

Un instant, Arjun demeura paralysé. Rien dans son entraînement ne l'avait préparé à ça. Un vague sentiment de tâche inachevée le pressait de faire demi-tour et de courir rejoindre sa compagnie pour encourager ses hommes à exécuter ce tir de barrage dont le colonel avait parlé au cours de son dernier briefing. Mais le colonel avait affirmé catégoriquement qu'il n'y aurait pas de tanks, et d'ailleurs Buckland avait disparu maintenant, dégringolant en bas du remblai avec le capitaine Pearson. Des deux côtés de la route, les hommes, filant se mettre à l'abri, s'éparpillaient dans la plantation.

« Barre-toi, Arjun ! » La voix de Hardy le tira de sa stupeur. « Vas-y ! Cours ! »

Il était planté au milieu de la route, comme un cerf

affolé, et le premier tank était presque sur lui, si près qu'il pouvait voir les yeux de l'homme dans la tourelle, assombris par une paire de grosses lunettes. Il sauta et se jeta au bas du remblai, en biais de façon à éviter la Jeep en feu du commandant. Puis il se releva et courut en direction des arbres : il se retrouva soudain à l'intérieur d'un long tunnel de verdure, les pieds enfoncés dans un tapis de feuilles mortes.

La lucidité qui avait été momentanément la sienne alors qu'il était debout au milieu de la route avait maintenant disparu, remplacée par un sentiment d'urgence aveugle. Il était fort possible qu'il se dirigeât droit sur un nid de mitrailleuses japonaises. Mais, même s'il en avait été persuadé, il n'aurait pas pu s'arrêter. Son souffle et son sang semblaient avoir fusionné pour marteler à l'unisson son cerveau, le pressant de continuer, de continuer à courir dans cette direction.

Il poursuivit sa course sans s'arrêter. Puis, appuyé contre un tronc, il se retourna, haletant, pour regarder en arrière : les arbres formaient une ligne droite au bout de laquelle un morceau de route était clairement visible, enfermé dans un cadre circulaire, comme dans un télescope. Arjun vit les tanks se succéder. Sur les pentes du remblai gisaient les véhicules du 1er bataillon du 1er Jat, certains retournés, d'autres en feu.

Le spectacle dépassait l'entendement. Arjun ne trouvait aucun moyen de s'expliquer ce qui s'était passé. Était-ce là ce que signifiait l'expression « mis en déroute », ce mélange de peur, d'urgence et de honte : cette impression chaotique d'effondrement dans la tête, comme si l'échafaudage de réactions implantées par des années d'entraînement avait cédé avant de s'effondrer ?

Il eut soudain une vision douloureuse du QG de son bataillon à Saharanpur : il se rappela le bâtiment surnommé « la Pépinière » – le bungalow tout en longueur qui abritait le mess des officiers. Il revit les lourds tableaux aux cadres dorés accrochés aux murs, avec les têtes empaillées de buffles et d'antilopes, les sagaies, cimeterres et lances emplumées, trophées ramenés d'Afrique, de Mésopotamie et de Birmanie par ses prédécesseurs. Il avait appris à penser à tout cela comme à son foyer, et au bataillon comme à sa famille étendue – un clan liant un millier d'hommes en une pyramide de pelotons et de compagnies. Comment se pouvait-il que cette structure vieille de plusieurs siècles se fût brisée telle une coquille d'œuf, d'un seul coup bref, et cela par surcroît sur le plus invraisemblable des champs de bataille, une forêt plantée par des hommes d'affaires ? La faute lui en revenait-elle ? Était-ce donc vrai ce que racontaient les vieux Anglais, que les Indiens détruiraient l'armée s'ils devenaient officiers ? Ceci du moins était indubitable : en tant qu'unité de combat, le 1er bataillon du 1er Jat n'existait plus. Chaque membre du bataillon devrait désormais se débrouiller seul.

Il avait laissé son paquetage dans la Jeep, près de la rivière : il ne lui était jamais venu à l'idée qu'il aurait à prendre ses jambes à son cou pour se sauver quelques minutes après avoir mis pied à terre. Il n'avait plus sur lui maintenant que son Webley 45, sa gourde d'eau et son ceinturon avec sa petite trousse de première urgence.

Il regarda autour de lui. Où était Hardy ? Où étaient le lieutenant-colonel Buckland et le capitaine Pearson ? Il les avait entraperçus au moment où il s'était précipité dans la plantation. Mais à présent, dans la pénombre, il était difficile de voir ce qui se passait devant.

L'infanterie japonaise procéderait certainement à un nettoyage derrière ses blindés et passerait la plantation au peigne fin. Il n'était pas exclu qu'on le surveillât par l'une des centaines de lignes de mire qui convergeaient sur l'endroit précis où il se trouvait.

Que devait-il faire maintenant ?

34

L'expédition au Gunung Jerai était l'idée d'Alison. Elle et Dinu quittèrent la maison bien avant le coucher du soleil dans la Daytona et ils prirent la route qui montait en boucles vers le sommet. Les villages semblaient désertés à présent, l'affolement de la journée ayant cédé à un calme vigilant. Sur les marchés, on voyait peu de gens. Alison put les traverser à vive allure.

Ils allèrent assez vite afin d'arriver à la route du sommet alors qu'il faisait encore grand jour. Quand ils entamèrent la montée, le bruit de la voiture devint un gémissement aigu et régulier. Sur les pentes, c'était déjà le crépuscule à cause de l'épaisse couverture de la forêt. Alison dut allumer les phares.

Les virages étaient en épingle à cheveux et l'un d'eux, particulièrement raide, obligea Alison à ralentir puis à faire marche arrière afin de le négocier. À sa sortie, Dinu et elle levèrent la tête en même temps. Au nord, le ciel au-dessus de l'horizon semblait assombri par une tache, un nuage peint à fins coups de brosse horizontaux. Alison stoppa net, et plusieurs minutes s'écoulèrent avant qu'ils se rendent compte qu'ils regardaient une escadrille venant du nord, droit sur eux. Ils étaient juste en face des appareils et les avions paraissaient immobiles, leur avance signalée seulement par l'épaississement graduel de leurs silhouettes.

Alison fit redémarrer la voiture et ils recommencèrent leur course vers le sommet. Le chalet se profilait à l'horizon dans la nuit tombante. Il était vide, déserté. Ils se garèrent sous le porche et montèrent sur la véranda qui entourait la maison. Des tables étaient placées sur toute la longueur, drapées de nappes blanches maintenues par de lourds cendriers. On y avait posé des assiettes, comme en attente d'une foule de convives.

Ils sentirent dans les vibrations du plancher sous leurs pieds le rugissement des bombardiers à l'approchc. Volant à basse altitude, les avions étaient maintenant très près. L'escadrille se sépara soudain en deux, autour de la montagne, comme un ruisseau autour d'un rocher. Une partie, virant fortement sur l'aile, prit la direction de Butterworth et de Penang, vers la mer. L'autre piqua sur Sungei Pattani, du côté terre.

Alison prit la main de Dinu et ils s'avancèrent sur la véranda, entre les tables dont les nappes flottaient dans la brise.

Il n'y avait pas de nuages ce jour-là. Loin en bas, dans le crépuscule finissant, l'île de Penang avait l'air d'un écueil flottant au ras de l'eau ; au sud-ouest, Sungei Pattani, un petit radeau d'habitations, perdu dans un océan d'hévéas. Routes et rails de chemins de fer scintillaient sous le dernier rayon du jour. Le paysage ressemblait à une carte déployée à leurs pieds.

Se préparant à leurs bombardements, les avions perdaient de l'altitude. Sungei Pattani était la cible la plus proche et ce fut la première à être frappée. Des flammes jaillirent sur le sombre panorama, reliées intimement en des lignes droites, telles des rangées de points brillants sur un tissu d'un noir profond.

Ils firent le tour de la véranda, soulevant les nappes et passant les doigts sur les assiettes couvertes d'un film de poussière. Ils virent une autre formation d'avions s'approcher, du côté mer. Les appareils piquaient sur le port de Butterworth. Tout à coup, une grande tour de flammes orange s'éleva à des centaines de mètres dans le ciel ; l'explosion qui suivit fut d'une telle ampleur qu'on la sentit jusque sur la montagne.

« Oh, mon Dieu ! » Alison se jeta sur Dinu. « Ils ont touché les réservoirs de pétrole de Butterworth. » Elle enfouit son visage dans la poitrine de Dinu, s'accrochant à sa chemise, froissant le tissu dans ses poings. « Je suis passée devant, ce jour-là. »

Dinu la serra contre lui.

« Alison, tu ne m'as toujours pas dit pourquoi tu étais allée... »

Elle s'essuya le visage sur sa chemise puis s'écarta de lui.

« Donne-moi une cigarette. »

Dinu alluma une cigarette et la lui glissa entre les lèvres.

« Eh bien ?

– Je suis allée voir un médecin, Dinu. Un médecin qui ne me connaissait pas.

– Pourquoi ?

– J'ai cru que j'étais enceinte.

– Et ?

– Je ne le suis pas.

– Et si tu l'avais été, Alison, dit Dinu calmement, aurais-tu voulu que l'enfant soit celui d'Arjun ?

– Non ! » Elle se jeta à son cou et il la sentit sangloter contre lui. « Dinu, je suis désolée. Je suis tellement, tellement désolée.

– De quoi ?

– De tout, Dinu. D'être partie ce jour-là, avec Arjun. C'était une erreur, une terrible, terrible erreur. Si seulement tu savais, Dinu... »

Il la fit taire en lui posant un doigt sur les lèvres.

« Je ne veux pas savoir... Quoi qu'il se soit passé... Je ne veux pas savoir. Ce sera mieux ainsi... pour nous deux. Nous n'avons plus besoin de reparler d'Arjun. »

Il fut interrompu par un éclair, une explosion qui illumina toute la ville de Sungei Pattani. Une série d'explosions moins vives suivit, l'une après l'autre, tel un feu d'artifice.

« L'armurerie ! » s'écria Alison. Elle plia les genoux et passa la tête entre les balustres en bois de la véranda. « Ils ont dû toucher l'armurerie. »

Dinu s'agenouilla à côté d'elle et la prit par les épaules. « Alison, dit-il d'un ton pressant, une chose est sûre, à présent. Il faut que tu t'en ailles. Ta mère était américaine... Ton frère habite encore là-bas... On ne sait pas ce qui pourrait se passer si les Japonais arrivaient à avancer. Tu dois partir.

– Où ça ?

– À Singapour. Tu y seras en sécurité. La villc cst très bien défendue. Ici, nous sommes très près de la frontière... Et il faut que tu emmènes ton grand-père avec toi. Tu dois t'en aller. »

Elle secoua violemment la tête.

« Je ne veux pas. Je ne veux pas partir.

– Alison, tu ne peux pas simplement ne penser qu'à toi.

– Tu ne comprends pas, Dinu. Je suis un animal attaché à son territoire. Je préfère me faire descendre avec mes agresseurs plutôt que de céder ce qui m'appartient.

– Alison, écoute-moi. » Dinu lui prit les mains et les serra très fort. « Il faut que tu partes. Ne serait-ce que pour le salut de ton grand-père sinon le tien.

– Et que fais-tu de la plantation ?

– Ilongo s'en occupera pendant ton absence... Tu verras... Tu peux lui faire confiance, tu le sais.

-Et toi – tu viendras avec nous, bien sûr. Non ?

Alison, il faut que je rentre en Birmanie... Ma famille... Ils peuvent avoir besoin de moi maintenant.

– Mais tu pourrais d'abord nous accompagner à Singapour : tu y trouveras probablement un bateau. Ce sera même sans doute plus facile. »

Dinu réfléchit un instant.

« Tu as peut-être raison. Oui... je vais venir. »

Elle lui passa les bras autour du cou.

« Je ne crois pas que je pourrais supporter de partir sans toi. Surtout maintenant.

– Pourquoi maintenant ? »

Elle appuya son front sur la poitrine du jeune homme.

« Parce que je crois que je suis amoureuse de toi, Dinu,

ou quelque chose de ce genre en tout cas. Je l'ignorais jusqu'ici, mais à présent je le sais. »

Il l'attira contre lui et la serra très fort. Il se moquait de ce qui s'était passé entre elle et Arjun. Rien n'avait d'importance sauf ceci : elle l'aimait et il l'aimait. Rien d'autre ne comptait, ni les avions, ni les bombes, rien sauf ça. Voilà ce qu'était le bonheur, une chose qu'il n'avait encore jamais connue : cette fusion, cette exaltation, cette émotion venue des entrailles pour envahir la tête, remplir les yeux ; l'esprit devenu corps, le corps la joie de l'esprit ; ce sentiment d'une réalité enfin accomplie.

Le soleil ne se coucherait pas avant quelques minutes mais le crépuscule s'était déjà installé sous les arbres. Arjun avait entendu bien des plaintes à propos du terrain durant les derniers jours, pourtant ce n'était que maintenant qu'il se rendait vraiment compte du caractère bizarre et trompeur de son environnement. Il avait l'étrange sensation d'être entré dans un tableau composé dans le but même de tromper l'œil. Parfois, les tunnels de feuillages autour de lui paraissaient vides et immobiles mais, un instant plus tard, ils semblaient s'animer follement. Chaque arbre gracieusement courbé offrait la promesse d'un abri et pourtant il n'y avait pas un seul endroit qui ne se croisât pas avec une parfaite ligne de tir.

Arjun savait que beaucoup d'autres membres du bataillon s'étaient réfugiés dans la plantation : il sentait leur présence. De temps à autre, il entendait des chuchotements ou le bruit de pas résonnant le long des couloirs qui s'étendaient autour de lui dans toutes les directions. Parfois, il percevait un son, très proche. Il se retournait à toute allure pour découvrir qu'il avait simplement marché sur une branche cachée sous le tapis de feuilles mortes. Impossible de distinguer une forme d'une ombre, un objet immobile d'un objet en mouvement – le réel et l'illusoire semblaient s'être fondus sans solution de continuité.

Alors que le crépuscule tournait à la nuit, Arjun entendit le déclic d'un cran de sûreté. Puis un chuchotement, tout près. « *Kaun hai ?* – Qui est-ce ? »

La voix était familière mais Arjun attendit qu'elle chuchotât à nouveau : « *Kaun ?* »

Cette fois, il en était sûr.

« Kishan Singh ?

– Sah'b ! »

Arjun fit deux pas sur sa droite et se trouva nez à nez avec son ordonnance.

« Comment m'as-tu retrouvé ? »

Il rendit gravement son salut à Kishan Singh, essayant de ne pas montrer l'étendue de son soulagement.

« Buckland-sah'b m'a envoyé, dit Kishan Singh.

– Où est-il ?

– Là-bas. »

Kishan Singh, expliqua-t-il, s'était enfui dans la plantation avec une dizaine d'autres membres du bataillon. Dans la mêlée confuse qui avait suivi l'attaque des blindés japonais, ils avaient réussi à rester ensemble et avaient fini par rejoindre Hardy et le lieutenant-colonel Buckland. Le capitaine Pearson manquait toujours à l'appel. Le groupe montait maintenant la garde pour tenter d'intercepter d'autres camarades.

Buckland était assis contre un tronc d'arbre, son bras droit en écharpe dans une attelle improvisée. Il répondit au salut d'Arjun avec un signe de tête et un vague geste de sa main gauche.

« Content de vous voir de retour parmi nous, lieutenant. »

Ravi d'entendre à nouveau la voix ironique de son commandant, Arjun sourit.

« Content aussi de vous revoir, sir. Comment va votre bras ?

– Une simple égratignure. On s'en est occupé. Heureusement, nous avons un toubib avec nous. » Buckland gratifia Arjun d'un sourire impassible. « Asseyez-vous, Roy. Inutile de faire des façons à présent.

– Merci, sir. »

Arjun se ménagea une place sur le tapis de feuilles mortes.

« Vous serez heureux de savoir que Hardy s'en est sorti aussi, dit Buckland. Je l'ai envoyé chercher de l'eau. Nous sommes à court.

– C'est arrivé si vite, sir.

– Oui, plutôt, n'est-ce pas ? » La voix du lieutenant-colonel s'altéra. Puis elle se fit rauque, râpeuse, presque méconnaissable : « Dites-moi, lieutenant, pensez-vous que j'aie manqué à mes devoirs envers le bataillon ? »

Quelque chose dans son ton émut Arjun.

« Non, sir ! s'écria-t-il avec véhémence. Il n'y avait rien que vous eussiez pu faire.

– Il y a toujours quelque chose qu'on aurait pu faire...

– Mais quoi donc, sir ? Nous n'avions pas de couverture aérienne. Nous ignorions tout des tanks. Ce n'est pas notre faute, sir.

– Quand on commande, c'est toujours votre faute. »

Ils se turent un instant. Puis Buckland reprit :

« Savez-vous à quoi j'ai songé, lieutenant ?

– À quoi, sir ?

– À la Pépinière, à Saharanpur. Je me souviens quand elle a été bâtie. Mon père, voyez-vous, commandait le 1er bataillon du 1er régiment jat, qui s'appelait encore le Bataillon royal. Nous avions passé l'été à Simla et, à notre retour, il était là, ce bâtiment qu'on connaîtrait sous le nom de la Pépinière. Il y a eu une cérémonie et un *burra khana* pour les hommes. Ma mère a coupé un ruban. Je me rappelle ma fierté en voyant nos couleurs flotter là – mites comprises. C'est ce qui a éveillé en moi le goût de l'histoire militaire. À l'âge de dix ans, je connaissais par cœur tous les hauts faits et distinctions du bataillon. J'aurais pu vous raconter avec précision comment Jemadar Abdul Qadir avait gagné sa Victoria Cross. J'étais en dernière année à l'école quand le Bataillon royal est parti dans la Somme. Je suis tombé sur une phrase du maréchal Sir John French et je l'ai découpée.

– Que disait-il, sir ?

– Quelque chose du genre : "Les troupes du 1er bataillon du 1er Jat ne seront jamais oubliées sur le front de l'Ouest."

– Je vois. »

La voix du lieutenant-colonel se réduisit à un chuchotement :

« Et que croyez-vous que l'on dira à propos de ce qui nous est arrivé aujourd'hui, Roy ?

– Que nous avons fait de notre mieux en la circonstance, répliqua doucement Arjun.

– Le dira-t-on ? Je me le demande. Notre unité était une des plus magnifiques de la plus magnifique des armées du monde. Mais aujourd'hui nous avons été mis en déroute sans être capable de retourner le tir. Il va me falloir vivre avec ça le reste de ma vie.

– Vous n'avez rien à vous reprocher, sir.

– Vraiment ? »

Buckland se tut. Dans le silence qui suivit, Arjun se rendit compte qu'il pleuvait et que le dais de feuillage avait repris son goutte-à-goutte lancinant.

« Sir ! » Hardy surgit soudain de l'obscurité, les prenant tous par surprise. « De l'eau, sir, dit-il en tendant une bouteille verte.

– Où l'avez-vous trouvée ?

– Une petite mare, sir. Nous avons filtré l'eau et mis quelques pastilles de chlore. Je pense qu'elle est bonne à boire, sir.

– Très bien. » La voix de Buckland avait recouvré son ton de commandement. « Il vaut mieux que vous alliez vous reposer tous les deux. Demain, nous prendrons la direction du sud-est. Avec un peu de chance, nous pourrons regagner nos lignes. »

La pluie continua sans interruption, l'humidité s'abattant sur eux avec l'insistance que tous redoutaient. Hardy réquisitionna le tapis de couchage d'un des hommes, et Arjun et lui s'installèrent contre un tronc d'arbre, assis à angle droit, surveillant l'obscurité. Les moustiques ne cessaient de bourdonner et, pour une fois, Arjun bénit ses bandes molletières. Mais il ne pouvait pas grand-chose pour son visage et son cou sans protection. Il tapait sur les insectes en songeant avec nostalgie à la crème anti-moustique qu'il avait laissée près de l'Asoon, enfouie dans son paquetage.

« Sah'b ! »

Arjun sursauta en entendant la voix de Kishan Singh.

« Kishan Singh ?

– Oui, Sah'b. »

Kishan Singh glissa quelque chose dans la main d'Arjun et disparut avant que celui-ci ait pu prononcer un mot.

« Qu'est-ce que c'est ? » s'enquit Hardy.

Arjun porta sa main à son nez.

« Eh bien, dit-il, je crois que c'est vraiment de la crème anti-moustique. Il doit m'avoir donné la sienne...

– Foutu veinard de *chootiya*, commenta Hardy d'un ton morne. Mon ordonnance me verrait gaiement bouffé tout vif plutôt que de se séparer de la sienne. Passe-m'en un peu, sois gentil. »

Dormir était impossible : rien d'autre à faire qu'attendre le lever du jour. Parfois, Hardy fredonnait dans sa barbe tandis qu'Arjun essayait de deviner le titre des chansons. Ils bavardèrent à voix basse, se racontant mutuellement leurs péripéties des dernières heures.

« Qu'est-ce que t'a raconté Bucky tout à l'heure ? chuchota Hardy.

– On parlait de ce qui s'était passé...

– Que disait-il ?

– Il se faisait des reproches.

– Mais il n'aurait rien pu faire d'autre.

– Il ne voit pas ça ainsi. C'était étrange de l'écouter – de l'entendre parler de manière aussi personnelle, comme s'il était responsable. Je n'y avais pas songé sous cet angle.

– Ben... comment t'aurais pu ?

– Pourquoi pas ?

– Pour nous, ça ne fait aucune différence, non ?

– Bien sûr que si. Sinon, nous ne serions pas ici, assis sous la pluie.

– Oui mais réfléchis un peu, mon petit vieux – par exemple, que serait-il arrivé si nous avions tenu notre position sur l'Asoon ? Crois-tu qu'on nous en aurait attribué le crédit à nous, les Indiens ?

– Pourquoi pas ?

– Pense à ces journaux de Singapour – tous ceux qui écrivaient sur les courageux jeunes soldats venus défendre la colonie. Tu te rappelles ?

– Bien entendu.

– Tu te souviens que tous ces braves jeunes soldats étaient toujours australiens, canadiens ou britanniques ? »

Arjun hocha la tête.

« Oui.

– Comme si nous n'avions jamais existé. C'est pour ça que ce qui s'est passé sur l'Asoon n'a aucune importance – pour nous, en tout cas. Que nous ayons tenu nos positions ou pas, ç'aurait été du pareil au même. Mon vieux, je pense parfois à toutes les guerres qu'ont faites mon père et mon grand-père : en France, en Afrique, en Birmanie. As-tu jamais entendu dire que les Indiens en avaient gagné une ? Ç'aurait été kif-kif ici. En cas de victoire, on ne nous en aurait pas attribué le crédit. La même logique veut qu'on ne puisse pas nous reprocher la défaite.

– Ça peut ne pas avoir d'importance pour les autres, répliqua Arjun, mais ça en a pour nous.

– Tu le crois vraiment ? Je vais te dire mon sentiment pendant que je m'enfuyais dans la plantation. Franchement, j'étais soulagé, content que ce soit fini. Et les hommes, je parie que la plupart ont ressenti exactement la même chose que moi. Comme si c'était la fin d'une sorte de comédie.

– Quelle comédie, Hardy ? Ces tanks n'avaient rien d'imaginaire. »

Hardy donna de grandes claques aux moustiques qui bourdonnaient autour d'eux.

« Vois-tu, mon vieil Arjun, ces derniers jours, dans les tranchées à Jitra, j'ai éprouvé un sentiment d'irréalité.

Quelle chose étrange que de se trouver d'un côté d'une ligne de front, en sachant qu'on avait à se battre et en sachant en même temps que ce n'était pas vraiment notre bataille à nous – conscient que, victoire ou défaite, ni le crédit ni le blâme ne serait nôtre. Sachant qu'on est en train de tout risquer pour défendre un mode de vie qui nous repousse en marge. C'est comme si on se battait contre soi-même. Pas banal d'être coincé dans une tranchée, une mitraillette à la main et de se demander : qui cette arme vise-t-elle vraiment ? Est-ce qu'on n'est pas en train de m'inciter à la diriger contre moi ?

– Je ne peux pas dire que j'ai ressenti ça, Hardy.

– Eh bien, pose-toi la question, Arjun : qu'est-ce que ça signifie pour toi et pour moi d'être dans cette armée ? Tu en parles toujours comme d'un métier. Mais tu le sais bien, vieux, ce n'est pas simplement un travail comme un autre – c'est quand tu es coincé dans une tranchée que tu te rends compte que ce que tu fais a un côté très primitif. Quand, dans le monde de tous les jours, te lèverais-tu pour dire : "Je vais risquer ma peau pour ça" ? En tant qu'être humain, tu ne peux le faire que si tu sais pourquoi tu le fais. Mais dans cette tranchée, j'ai eu le sentiment qu'il n'y avait aucun lien entre mon cœur et ma main – chacun paraissait appartenir à une personne différente. Comme si je n'étais pas vraiment un être humain – simplement un outil, un instrument. Voici ce que je me demande, Arjun : de quelle manière est-ce que je redeviens un être humain ? Comment est-ce que je relie ce que je fais avec ce que je veux, au fond de mon cœur ?

– Hardy, ça ne sert à rien de bon de penser de la sorte... »

Soudain la voix du lieutenant-colonel Buckland retentit tout près.

« Un peu moins de bavardages, s'il vous plaît... »

Arjun se tut.

35

L'offre, quand elle arriva enfin, était si bonne, tellement au-dessus de ses espoirs les plus fous, que Rajkumar la fit répéter deux fois au messager, simplement pour s'assurer qu'il avait bien compris. En entendant la confirmation, il regarda ses mains et vit qu'elles tremblaient. Il sut qu'il n'arriverait pas à se mettre debout tout seul. Il sourit au messager et dit quelque chose que sa fierté l'aurait empêché de dire en d'autres circonstances : « Pouvez-vous m'aider à me lever ? »

Appuyé au bras du messager, il gagna la fenêtre ouverte de son bureau et parcourut du regard le chantier pour voir si Neel s'y trouvait. Le dépôt était maintenant rempli à ras bord de stocks de bois accumulés depuis un an. Le visage barbu de son fils était à moitié caché derrière une pile de trois mètres de planches fraîchement sciées.

« Neel ! » La voix de Rajkumar explosa dans un beuglement joyeux. « Neel ! » hurla-t-il encore.

Aucune raison de dissimuler sa joie : s'il avait de sa vie connu un moment de triomphe, c'était bien celui-ci.

« Neel !

– Apé ? »

Neel, surpris, leva la tête vers son père.

« Monte, Neel. On a de bonnes nouvelles. »

Ses jambes étaient plus solides à présent. Se redressant, il donna une tape dans le dos du messager et lui tendit une pièce de monnaie.

« Pour aller boire un thé...

– Oui, sir. »

Le messager sourit devant le bonheur non dissimulé de Rajkumar. C'était un jeune employé de bureau envoyé à Rangoon par l'entrepreneur ami de Rajkumar – celui qui travaillait sur la route Birmanie-Chine, là-haut loin au nord. Exactement comme Rajkumar l'avait prévu, avec l'entrée en guerre de l'Amérique, la construction de la route avait revêtu une importance stratégique nouvelle. Elle devait devenir le principal axe de ravitaillement pour le gouvernement du généralissime Chiang Kai-shek. De nouveaux financements permettaient au travail d'avancer rapidement. L'entrepreneur avait maintenant besoin d'une très grande quantité de bois – d'où son offre à Rajkumar.

L'affaire n'était pas sans inconvénient. Elle n'assurait pas une avance telle que l'aurait aimée Rajkumar, et la date exacte du paiement n'était pas garantie. Mais enfin on était en temps de guerre, et tous les hommes d'affaires de Rangoon avaient appris à s'adapter. Rajkumar accepta l'offre sans hésitation.

« Neel !

– Apé ? »

Tout en lui faisant part de la nouvelle, Rajkumar observait de près le visage de son fils. Il fut ravi de voir le regard de Neel s'illuminer : il savait que Neel était heureux non seulement à cause de la conclusion d'une affaire longuement attendue mais aussi parce que c'était là la justification de sa foi presque enfantine en son père. Les yeux plongés dans ceux, brillants, de son fils, Rajkumar sentit sa voix se briser d'émotion. Il attira Neel contre lui et le serra sur sa poitrine, l'embrassant, l'étouffant au point que son fils cria grâce. Il y avait toujours eu entre eux deux un lien spécial, une intimité particulière. Personne d'autre au monde – ni Dolly, ni Saya John, et encore moins Dinu – ne regardait Rajkumar avec ces yeux-là, sans la moindre réserve, sans le moindre jugement, sans la moindre critique. Rien de plus doux pour le père dans cet instant de triomphe que la justification de la confiance de son garçon.

« Et maintenant, Neel, dit Rajkumar en donnant à son fils une affectueuse bourrade, maintenant il y a du pain sur la planche. Tu vas devoir travailler plus dur que tu ne l'as jamais fait.

– Oui, Apé », approuva Neel d'un signe de tête.

Conscient des multiples dispositions à prendre, Rajkumar en revint vite à l'instant présent.

« Viens, dit-il, essayons de voir ce que nous avons à faire et le temps dont nous disposons. »

Il avait vendu toutes ses propriétés, excepté le chantier de Pazundaung. L'embouchure de la crique, à l'intersection de la Rangoon et de la Pegu, fournissait un accès rapide au port fluvial. Un grand nombre des scieries, entrepôts, réservoirs d'essence et minoteries de la ville étaient concentrés sur ses rives. Le chantier lui-même ne consistait qu'en un terrain vague très encombré de grumes et perpétuellement enveloppé d'un brouillard de sciure. Il était entouré d'un haut mur tandis qu'en son centre se dressait une cabane perchée sur des pilotis, une structure qui ressemblait vaguement aux *tai* des forêts du nord, mais à une échelle beaucoup plus modeste. Cette cabane servait de bureau à Rajkumar.

Alors qu'il parcourait le chantier, Rajkumar se félicita de la prévoyance dont il avait fait preuve en rassemblant tous ses stocks dans un seul endroit : il avait toujours su que la commande – quand elle arriverait – devrait être rapidement exécutée. Les événements venaient de lui donner raison. Cependant, le travail qui restait à faire ne serait tout de même pas facile. Il faudrait d'importantes équipes de *oo-si* et d'éléphants, de coolies et de camions. Il avait vendu depuis longtemps ses propres éléphants et, à l'exception de deux gardiens, renvoyé tous ses employés. Il s'était habitué à se débrouiller avec de la main-d'œuvre temporaire.

Compte tenu du labeur à accomplir, il aurait aimé avoir plus d'aide. Neel faisait certes de son mieux mais c'était un citadin sans expérience du commerce du bois. La faute n'en revenait pas au garçon mais à lui, Rajkumar, qui ne l'avait pas encouragé à travailler dans ce domaine.

« Je ne veux pas engager d'étrangers, confia-t-il à Neel. Je préférerais avoir Doh Say avec moi. Il saura exactement comment organiser tout ça.

– Mais comment pouvons nous le joindre à Huay Zedi ?

– Par Raymond, je pense. »

Raymond, le vieil ami de Neel et lc fils de Doh Say, était maintenant étudiant au Judson College. Rajkumar réfléchit et hocha la tête.

« Oui, Raymond pourra lui faire passer le message. Il faut absolument que nous allions le trouver ce soir. »

Rajkumar et Neel rentrèrent à Kemendine, le visage encore illuminé par la victoire. Dolly devina tout de suite qu'il se passait quelque chose.

« De quoi s'agit-il ? Racontez-moi. »

Père et fils se mirent à parler ensemble, assez fort pour alerter Manju qui descendit en courant avec son bébé dans les bras.

« Racontez-moi aussi. Reprenez depuis le début.. »

Pour la première fois depuis des semaines, l'atmosphère de la maison s'allégeait. Ils n'avaient toujours pas de nouvelles d'Arjun ni de Dinu, mais ce soir on pouvait légitimement oublier un instant les angoisses de la guerre. Même Dolly, si longtemps sceptique, commençait à croire que les plans de Rajkumar allaient enfin porter leurs fruits ; quant à Manju, elle explosait de joie. Toute la famille s'entassa dans la Packard, le bébé sur les genoux de Manju et Neel au volant. Riant comme des gamins, ils prirent la direction du Judson College pour y chercher Raymond.

Noël approchait et le centre de Rangoon se préparait à la fête. Là étaient situés les grands magasins, les restaurants à la mode, les clubs, bars et hôtels. C'était là aussi que se trouvaient la plupart des églises, écoles et autres institutions missionnaires. En décembre, ce quartier devenait l'une des grandes attractions saisonnières de la ville. Les gens affluaient des autres secteurs – Kemendine,

Kokine, Botataung, Kalaa Bustee – pour se promener dans les rues et admirer les décorations de Noël.

Cette année, les illuminations coutumières avaient été interdites par les préposés à la défense passive. Mais autrement la guerre n'avait pas beaucoup affecté la gaieté du quartier ; au contraire, les nouvelles de l'étranger avaient eu pour effet d'augmenter l'excitation générale. Chez beaucoup de résidents britanniques, la guerre avait suscité une détermination farouche de continuer comme si de rien n'était. Du coup, boutiques et restaurants étaient aussi superbement décorés que jamais. Les grands magasins Rowe & Co avaient dressé leur habituel arbre de Noël, un vrai sapin venu comme toujours des montagnes de Maymyo. La base de l'arbre était entourée de mèches de ouate et ses branches blanchies avec du talc. Chez Whiteway, Laidlaw, un autre grand magasin, l'arbre était même plus grand et orné de décorations importées d'Angleterre.

Ils s'arrêtèrent au Scott Market pour aller au Sun Cafe goûter les fameuses bûches de Noël au chocolat. En chemin, ils passèrent devant un boucher musulman qui s'affairait autour d'une armée de dindes et d'oies. Plusieurs de ces volatiles portaient de petites étiquettes de métal : ils avaient été réservés depuis longtemps par des familles européennes et engraissés par le boucher en vue de Noël.

Dirigé par des Américains baptistes, Judson College, une des institutions éducatives les plus réputées de Birmanie, était aussi un centre habituel des festivités saisonnières.

Raymond se trouvait dans la chapelle en brique rouge, en train de répéter avec le chœur *Le Messie* de Haendel. Les Raha s'assirent au fond de l'église pour l'attendre et écoutèrent les voix résonnant sous les voûtes. Une musique sublime qui réduisit même le bébé au silence. À la fin de la répétition, Neel partit chercher Raymond. C'était un jeune garçon au regard éteint et au sourire mélancolique. Il poursuivait depuis trois ans des études à Rangoon et envisageait une carrière de juriste. Il fut ravi de les voir et entreprit aussitôt d'envoyer le message à son père. Il affirma être certain de pouvoir joindre Huay Zedi en quelques jours, au moyen d'un réseau compliqué de télégrammes et de relais.

Rajkumar ne doutait pas un seul instant que Doh Say se précipiterait aussitôt à Rangoon pour l'aider.

Le lendemain matin, le lieutenant-colonel Buckland envoya Arjun, Kishan Singh et deux autres hommes en éclaireurs. Ils étaient armés de leurs fusils habituels, des 303 Lee Enfield, sauf Arjun qui se vit attribuer l'unique mitraillette.

Peu avant midi, ils atteignirent la maison du directeur de la plantation, un bungalow à un étage, avec un toit de tuiles, planté au milieu d'une clairière presque carrée, cernée de bouquets d'arbres très droits et bien alignés. Une allée de graviers serpentant à travers une pelouse parfaitement entretenue menait à la porte d'entrée. Le jardin était semé de taches de couleur : les fleurs, roses trémières, gueules-de-loup, hortensias, étaient surtout d'origine anglaise. Au fond, une balançoire était suspendue à une branche d'un grand jacaranda. À côté se dressait une haute citerne. Il y avait des carrés de légumes, tomates, carottes, choux-fleurs. Un sentier pavé conduisait par le potager à la porte de service que griffait à l'instant un chat, miaulant pour qu'on lui ouvre.

Prenant soin de rester à l'abri des hévéas, Arjun suivit un bout de l'allée : on la voyait descendre en virages jusqu'à une route goudronnée, environ un kilomètre plus loin. Il n'y avait pas une âme en vue.

Arjun posta un de ses hommes en sentinelle et en envoya un autre faire un rapport au lieutenant-colonel Buckland. Puis, avec Kishan Singh sur les talons, il fit le tour de la maison jusqu'à ce qu'il se trouve face à la porte de service. Il traversa le potager en courant, tête baissée. La porte, fermée, céda facilement sous ses coups d'épaule conjugués à ceux de Kishan Singh. Le chat qui attendait dehors fila comme un dard dans la maison entre les pieds d'Arjun.

Après avoir franchi le seuil à son tour, Arjun se trouva dans une grande cuisine de style européen, avec un imposant fourneau à bois et des fenêtres garnies de rideaux de dentelle blanche. Assiettes et bols de porcelaine étaient alignés dans les vitrines qui tapissaient les murs ; à côté de l'évier en céramique, des verres étaient empilés dans l'égouttoir d'étain ainsi qu'une série de biberons propres. Par terre, il y avait un bol de nourriture pour chien. Un rectangle décoloré sur le mur blanchi à la chaux indiquait l'ancien emplacement d'un réfrigérateur. Sur la table s'entassaient des œufs et du pain, deux ou trois boîtes de beurre australien entamées et de fromage fondu. À l'évidence, on avait vidé en hâte le réfrigérateur avant de l'emporter.

Certain que la maison était déserte, Arjun eut cependant la prudence de se faire couvrir par Kishan Singh tandis qu'il parcourait les autres pièces. Le bungalow était jonché des signes d'un départ précipité. Dans la chambre, des tiroirs gisaient retournés, des soutiens-gorge et des dessous féminins étaient répandus un peu partout. Dans le salon, un tabouret de piano attendait tristement contre le mur. À moitié cachée derrière une porte, Arjun découvrit une pile de photos encadrées sur lesquelles il jeta un coup d'œil : un mariage à l'église, des enfants, une voiture et un chien – les cadres avaient été empilés dans une boîte, comme prêts à être emportés. Arjun eut une brusque vision de la maîtresse de maison dans une ultime course effrénée à travers la maison à la recherche de la boîte, tandis que son mari et ses enfants attendaient dehors dans un camion surchargé de bagages solidement arrimés ; il l'imagina fouillant dans les placards alors que son mari faisait tourner le moteur, que le chien aboyait et les enfants pleuraient. Il était content qu'ils soient partis quand ils l'avaient fait ; furieux, en leur nom, que quiconque ait pu les persuader de ne pas fuir plus tôt.

Il revint dans la cuisine et brancha le ventilateur plafonnier qui, à sa grande surprise, fonctionnait. Sur la table, il restait aussi deux bouteilles d'eau encore trempées de la buée qui s'était formée à leur sortie du réfrigérateur. Arjun en tendit une à Kishan Singh et vida l'autre pratiquement d'un seul trait. L'eau coula dans sa gorge avec un goût mat, métallique : c'est seulement alors qu'il se souvint qu'il n'avait pas mangé depuis longtemps.

Quelques minutes plus tard, les autres arrivèrent.

« C'est plein de nourriture, ici, sir ! » dit Arjun.

Buckland hocha la tête.

« Bien. Dieu sait que nous en avons besoin. Et je suppose qu'on va aussi pouvoir faire un brin de toilette. »

Il y avait deux salles de bains à l'étage, avec des serviettes propres sur les porte-serviettes. Buckland en utilisa une tandis qu'Arjun et Hardy se partageaient l'autre. L'eau, venue des citernes ombragées à l'extérieur, était agréablement fraîche. Avant de se déshabiller, Arjun posa sa mitraillette contre la porte. Puis il remplit un seau et versa l'eau sur sa tête. Sur le lavabo, on avait abandonné un vieux tube de dentifrice : Arjun ne put pas résister et le pressa pour en mettre un peu sur son index. La bouche pleine de mousse, il jeta un coup d'œil par la fenêtre. Kishan Singh et deux autres soldats, debout tout nus sous les citernes, s'aspergeaient. Un autre soldat montait la garde, cigarette au bec, la main posée négligemment sur son fusil.

Tous retournèrent dans la salle à manger où ils trouvèrent la table élégamment mise avec assiettes et argenterie. Un repas avait été préparé par un caporal, un ancien serveur au mess des officiers. Salade de tomates et de carottes, œufs brouillés sur toast. On avait trouvé dans la cuisine quantité de conserves de toutes sortes : pâté de foie de canard, harengs marinés, tranches épaisses de jambon hollandais – le tout joliment dressé sur des plats de porcelaine.

Dans le buffet, Arjun avait débusqué quelques bouteilles de bière.

« Croyez-vous qu'on nous en voudra, sir ? »

Le lieutenant-colonel Buckland sourit.

« Je suis certain que si nous avions rencontré ces gens au club, ils nous auraient invités à nous servir.

– Si vous, vous les aviez rencontrés, sir, le corrigea Hardy avec calme et politesse. Nous deux, nous n'aurions pas été autorisés à entrer. »

Buckland se tut, une bouteille de bière à la main. Puis il leva son verre et gratifia Hardy d'un sourire ironique.

« Aux clubs qui nous refusent, messieurs, dit-il. Qu'il y en ait à jamais des légions !

– Bravo, bravo », dit Arjun sans grande conviction.

Il posa son verre et s'empara du plat de jambon.

Alors qu'ils commençaient à dîner, de nouvelles odeurs appétissantes leur parvinrent de la cuisine : l'arôme de *paratha* et de chapati chauds, d'oignons frits et de tomates concassées. Hardy contempla son assiette avec son tas de jambon et de hareng saur, et il se leva brusquement.

« Sir, puis-je être excusé un instant ?

– Je vous en prie, lieutenant. »

Hardy se précipita dans la cuisine et en revint avec un plateau de chapati et de *ande-ka-bhujia*, des œufs frits garnis d'oignons et de tomates. Arjun jeta un coup d'œil sur son assiette et se sentit soudain de nouveau un appétit d'ogre : regarder ailleurs lui coûta un effort considérable.

« Pas de problème, vieux ! » Hardy observait son ami avec un sourire. « Tu peux en avoir aussi. Un chapati ne va pas te transformer en sauvage, tu sais ! »

Arjun se renfonça sur sa chaise et Hardy déversa chapati et *bhujia* dans son assiette : Arjun baissa la tête, avec l'expression boudeuse d'un gosse pris entre des parents qui se disputent. La fatigue de la nuit précédente lui retomba dessus et il n'eut pratiquement plus envie de toucher à la nourriture devant lui.

Le repas terminé, le lieutenant-colonel Buckland demanda à Hardy d'aller surveiller les hommes chargés de garder les abords du bungalow.

« Oui, sir. »

Hardy salua et partit.

Arjun se serait bien levé de table aussi mais Buckland l'arrêta

« Rien ne presse, Roy. » Il attrapa une bouteille de bière. « Encore un peu ?

– Pourquoi pas, sir ? »

Buckland remplit le verre d'Arjun et se servit à son tour. Puis il alluma une cigarette.

« Voyons, lieutenant, que diriez-vous de notre moral à l'heure qu'il est ?

– Après un pareil déjeuner, sir, répliqua gaiement Arjun, je dirais qu'il ne peut pas être meilleur.

– Ce n'était pas tout à fait ça hier soir, hein, lieutenant ? »

Buckland sourit à travers un nuage de fumée.

« Je ne sais pas si c'est ce que je dirais, sir.

– Allons, lieutenant, vous savez que j'ai des oreilles, moi aussi. Et quoique mon hindoustani ne soit peut-être pas aussi bon que le vôtre, je vous assure qu'il est parfaitement acceptable. »

Arjun lui lança un regard surpris.

« Je ne vois pas très bien où vous voulez en venir, sir...

– Eh bien, aucun d'entre nous n'a pu beaucoup dormir, la nuit dernière, pas vrai, lieutenant ? Et les chuchotements sont parfois perceptibles de très loin.

– Je ne comprends toujours pas, sir. » Arjun sentit ses joues s'enflammer. « Faites-vous allusion à des propos que j'aurais tenus ?

– Ça n'a pas vraiment d'importance, lieutenant. Disons simplement qu'il y avait une certaine similarité de ton dans les voix autour de moi.

– Je vois, sir.

– Lieutenant, vous le savez sans doute, moi d'autres – sommes conscients de certaines tensions au sein de nos bataillons indianisés. Il est tout à fait évident que beaucoup de nos officiers indiens ont des opinions très affirmées sur des questions politiques, en particulier celle de l'indépendance.

– Oui, sir.

– J'ignore ce que sont vos sentiments personnels, Roy, mais il faut que vous sachiez que, en ce qui concerne l'opinion publique anglaise dans sa majorité, l'indépendance de l'Inde n'est plus qu'une question de temps. Tout le monde sait que les jours de l'Empire britannique sont comptés – nous ne sommes pas idiots, voyez-vous. La dernière chose qu'un jeune Anglais ambitieux souhaite faire aujourd'hui c'est s'exiler dans un trou perdu. Les Américains nous disent depuis des années qu'en l'occurrence nous nous y prenons très mal. Pas besoin d'entretenir un Empire avec tout l'attirail d'une administration et d'une armée. Il y a des moyens plus simples et plus efficaces de garder la mainmise sur les choses, ça peut se faire à moindre coût et avec bien moins de problèmes. Nous en sommes tous venus à accepter ce raisonnement maintenant – même des types comme moi qui avons passé notre vie à l'Est. La vérité, c'est qu'il n'y a qu'une seule et unique raison pour laquelle l'Angleterre s'accroche encore : le sentiment d'obligation. Je sais que ça peut vous paraître difficile à croire, mais c'est vrai. Nous avons la conviction que nous ne pouvons pas partir sous la contrainte et laisser le foutoir derrière nous. Et vous savez aussi bien que moi que si nous devions faire nos valises aujourd'hui, vous les gars vous seriez en train de vous entre-tuer en moins de deux – même vous et votre ami Hardy, lui un sikh et vous un hindou, lui un Panjabi et vous un Bengali...

– Je vois, sir.

– Je vous dis tout cela, lieutenant, simplement pour vous alerter sur quelques-uns des dangers de la situation dans laquelle nous nous trouvons maintenant. Nous savons tous deux, je pense, que notre moral n'est pas ce qu'il pourrait être. Mais ce n'est absolument pas le moment pour quiconque de remettre en question sa loyauté. Les défaites que nous venons de subir sont temporaires – un bien même dans un certain sens. L'entrée en guerre de l'Amérique nous apporte la certitude que nous l'emporterons en fin de compte. Entre-temps peut-être devrions-nous nous rappeler que l'armée a la mémoire très longue quant aux questions d'allégeance et de loyauté. »

Buckland s'interrompit pour éteindre sa cigarette. Arjun gardait son regard fixé sur son verre.

« Voyez-vous, Roy, reprit doucement le lieutenant-colonel, mon grand-père a vécu la Mutinerie de 1857. Je me souviens qu'il n'avait que très peu de rancune à l'égard des civils qui avaient été impliqués dans les troubles. Mais en ce qui concernait les soldats – les cipayes meneurs de la Mutinerie –, c'était une autre paire de manches. Ces hommes avaient failli à un serment : c'étaient des traîtres, pas des rebelles, et il n'y a pas de traître plus méprisable que le soldat qui change d'allégeance. Et si pareil événement devait se produire dans un moment aussi délicat, vous conviendrez avec moi, je pense, n'est-ce pas, Roy, qu'il serait difficile de concevoir quelque chose d'aussi innommable ? »

Arjun allait répondre quand il fut interrompu par le bruit de pas précipités. Il se tourna vers une fenêtre et vit Hardy qui traversait la pelouse en courant.

« Sir ! » Hardy surgit haletant dans l'encadrement de la fenêtre. « Il faut partir, sir... Un convoi japonais se pointe au bout de la route.

– Combien sont-ils ? Peut-on les affronter ?

– Non, sir... Il y a au moins deux pelotons... peut-être une compagnie. »

Buckland repoussa calmement sa chaise et tapota ses lèvres avec sa serviette.

« L'essentiel, messieurs, c'est de ne pas paniquer. Prenez le temps de m'écouter : voici ce que je veux que vous fassiez... »

Ils quittèrent la maison par la porte de service, Arjun en tête, Buckland et Hardy fermant la marche. En atteignant l'abri de la première rangée d'arbres, Arjun prit une position défensive, en compagnie de Kishan Singh et de deux autres soldats avec mission de couvrir le reste de la troupe jusqu'à ce qu'elle soit à son tour à l'abri.

Le premier camion japonais pénétra dans la propriété au moment où Hardy et Buckland traversaient en courant le potager. Un instant, Arjun voulut croire qu'ils avaient réussi à s'échapper sans être vus. Puis une salve fut tirée depuis l'arrière du camion et il entendit un chœur de sifflements au-dessus de sa tête.

Buckland et Hardy étaient maintenant presque à sa hauteur. Il attendit qu'ils aient complètement dégagé le terrain avant de donner l'ordre de retourner le tir. « *Chalao goli !* » Ils visèrent à l'aveuglette avec pour seul résultat de briser les fenêtres de la cuisine. Entre-temps, le camion japonais avait fait demi-tour pour aller s'abriter de l'autre côté de la maison.

« *Piche ! Chalo !* »

Arjun donna l'ordre de repli tout en restant en position lui-même et en continuant à tirer avec l'espoir de permettre à Kishan Singh et ses compagnons d'avoir le temps de se regrouper. Il vit les soldats japonais se glisser un à un entre les arbres. Il se releva et, sa mitraillette sous le bras, se mit à courir. D'un coup d'œil par-dessus son épaule, il découvrit le spectacle désormais familier de nombreuses longues rangées d'arbres se télescopant sur lui – mais avec la différence qu'à présent, quelque part au loin, il apercevait dans chaque tunnel une minuscule silhouette en uniforme gris jetée à sa poursuite.

Il doubla son allure, respirant très fort, essayant d'éviter les branches cachées sous les feuilles mortes. À vingt-cinq ou trente mètres de là, le sol descendait en pente raide. S'il arrivait jusque-là, il pourrait peut-être semer ses poursuivants. Il força encore son allure, raccourcissant ses pas tandis qu'il atteignait le bord de la déclivité. Juste au moment où il le franchissait, il sentit sa jambe droite se replier sous lui. Il tomba, la tête la première sur la pente. Au choc de sa chute s'ajouta une sorte de confusion mentale – il n'arrivait pas à comprendre pourquoi il était tombé : il n'avait pas trébuché ni perdu l'équilibre, il en était sûr. Il réussit à stopper sa dégringolade en s'agrippant à des arbustes. Il essaya de se relever mais en vain : il regarda sa jambe et vit que son pantalon était couvert de sang. Il sentait le tissu humide contre sa peau et pourtant il n'éprouvait aucune douleur. Les pas de ses poursuivants se rapprochaient à présent : il jeta un rapide coup d'œil autour de lui et ne vit que le tapis de feuilles mortes qui s'étendait dans toutes les directions.

Juste alors, il entendit un son, un chuchotement familier. « Sah'b ! »

Il roula sur lui-même pour se trouver face à face avec Kishan : son ordonnance était étendu sur le ventre, à l'intérieur d'une sombre cavité, un caniveau ou un tuyau de drainage quelconque. L'entrée en était dissimulée par des feuilles et des arbustes. Elle était très bien cachée, pratiquement invisible. La seule raison pour laquelle Arjun pouvait la voir, c'est qu'il était allongé à plat sur le sol.

Kishan lui tendit une main et le tira dans le caniveau. Puis il rampa à l'extérieur pour répandre des feuilles sur les traces de sang d'Arjun. Deux minutes plus tard, ils entendirent des bruits de pas au-dessus de leurs têtes.

Le caniveau était juste assez grand pour qu'ils puissent y tenir allongés à deux. Soudain, Arjun sentit sa blessure se réveiller, la douleur montant par vagues de sa jambe. Il essaya d'étouffer un grognement, sans grand succès. Kishan Singh lui posa une main sur la bouche, le forçant au silence. Arjun se rendit compte qu'il était au bord de l'évanouissement et il en fut content : à cet instant, il ne désirait rien de plus que l'oubli.

36

Bien qu'il suivît avec attention les nouvelles à la radio, Dinu avait de la difficulté à comprendre ce qui se passait dans le nord de la Malaisie. Les bulletins mentionnaient une bataille importante dans la région de Jitra mais les rapports étaient indécis et confus. Par ailleurs, il y avait d'autres indications sur la tournure que prenait la guerre, toutes inquiétantes. Parmi elles, une annonce dans les journaux signalait la fermeture d'un certain nombre de bureaux de poste dans le nord. Un autre signe aussi : l'augmentation du trafic automobile vers le sud ; un flot de réfugiés se déversait sur la route nord-sud en direction de Singapour.

Un jour, lors d'une visite à Sungei Pattani, Dinu eut un aperçu de cet exode. Les réfugiés semblaient surtout consister en familles de planteurs et d'ingénieurs des mines. Leurs véhicules étaient remplis d'objets ménagers, meubles, malles et valises. Dinu tomba sur un camion chargé d'un réfrigérateur, d'un chien et d'un piano droit. Il parla au conducteur, un Hollandais, le directeur d'une plantation de caoutchouc près de Jitra, dont la famille – sa femme, un nourrisson et deux fillettes – s'entassait dans la cabine du camion. Le Hollandais expliqua qu'il avait réussi à partir juste avant l'arrivée des Japonais. Il conseilla à Dinu de filer dès que possible, sans commettre l'erreur d'attendre jusqu'à la dernière minute.

Ce soir-là, à Morningside, Dinu rapporta à Alison les propos du Hollandais. Ils se regardèrent en silence : ils avaient déjà discuté plusieurs fois de la question. Ils savaient qu'ils n'avaient que peu de choix. S'ils partaient par la route, l'un d'eux devrait rester derrière : les camions de la propriété n'étaient pas en état de faire le long voyage jusqu'à Singapour, et la Daytona ne pourrait pas transporter plus de deux passagers sur une telle distance. L'alternative était de prendre le train – mais les services du chemin de fer avaient été suspendus temporairement.

« Qu'allons-nous faire, Alison ? demanda Dinu.

– Attendons de voir, répliqua-t-elle avec espoir. Qui sait ? Peut-être n'aurons-nous pas à partir, après tout. »

Tard dans la nuit, ils furent réveillés par le crissement des roues d'une bicyclette sur l'allée de graviers. Une voix appela d'en bas : « Miss Martins... »

Alison se leva et alla à la fenêtre. Il faisait encore noir. Elle ouvrit les rideaux et se pencha pour tenter de voir dans l'allée. Dinu jeta un coup d'œil à la pendulette sur la table de chevet : il était quatre heures du matin. Il se redressa dans le lit.

« Qui est-ce ?

– Ilongo. Il est avec Ah Fatt, le type du restaurant en ville.

– À cette heure-ci ?

– Ils ont sans doute quelque chose à me dire. » Alison laissa retomber le rideau. « Je descends. »

Elle enfila une robe de chambre et quitta la chambre en courant. Dinu la suivit peu après et la trouva plongée dans un conciliabule avec ses visiteurs. Ah Fatt parlait à toute allure en malais, poignardant l'air d'un doigt. Alison se mordait la lèvre et hochait la tête : ses traits tirés trahissaient une inquiétude croissante.

Dinu lui secoua le coude.

« De quoi parlez-vous ? Dis-moi. »

Alison le prit à part.

« Ah Fatt insiste pour que Grand-Père et moi gagnions Singapour. Il dit que les choses vont mal sur le front. Les Japonais pourraient bien arriver ici dans un jour ou deux.

Il pense que le Kempeitai, leur police secrète, a des informations sur nous...

– Il a raison, approuva Dinu. Il ne faut pas attendre un jour de plus. Il faut que tu partes. »

Les larmes montèrent aux yeux d'Alison.

« Je ne veux pas m'en aller, Dinu. Pas sans toi. Vraiment, je ne veux pas.

– Il le faut, Alison. Pense à ton grand-père...

– Miss Martins ! »

Ah Fatt les interrompit pour leur rapporter que, selon la rumeur, un train spécial de réfugiés devait partir incessamment de Butterworth. Il n'était pas sûr qu'ils arriveraient à y monter mais ça valait la peine d'essayer.

Dinu et Alison échangèrent un sourire.

« On n'aura plus jamais une occasion pareille ! s'écria Alison.

– Allons réveiller ton grand-père, dit Dinu. Ne perdons pas de temps. »

Ils partirent tôt ce matin-là dans un des camions de la propriété, Ilongo au volant, Alison et Saya John à côté de lui, et Dinu à l'arrière avec les bagages. Il y avait peu de circulation à cause de l'heure et ils atteignirent Sungei Pattani en deux fois moins de temps que d'habitude. La ville était silencieuse : un grand nombre de boutiques et de maisons étaient fermées ou barricadées. Certaines avaient des pancartes accrochées à l'extérieur.

À quelques kilomètres de la ville, ils s'engagèrent sur la grande route. Les bas-côtés étaient bondés de véhicules garés. On apercevait des familles entières dormant dans leurs voitures, prenant un peu de repos avant le lever du jour. De temps à autre, des camions militaires d'une tonne et demie dévalaient la chaussée en direction du sud. Ils arrivaient brusquement, tous phares allumés, klaxonnant à mort, écartant le reste du trafic. Dinu entrevit des soldats accroupis à l'arrière des camions recouverts de toile caoutchoutée.

Aux approches de Butterworth, la route était embouteillée de voitures et de camions. La gare se trouvait juste à côté du terminus des ferries reliant l'île de Penang au continent. Cette zone avait été durement touchée au cours des récents bombardements et la plus grande confusion régnait dans les rues jonchées de débris. Traînant sacs et valises, les gens gagnaient à pied la station de chemin de fer.

Ilongo se gara dans une rue adjacente et laissa Alison, Dinu et Saya John dans le camion tandis qu'il allait aux informations. Il revint une heure plus tard leur annoncer qu'ils avaient une longue attente devant eux. Selon certaines rumeurs, le train ne partirait pas avant minuit. Penang était évacuée aussi et l'on devait y expédier une flotte de ferries à la nuit. Le train ne partirait pas avant le retour des ferries ramenant les réfugiés de Penang.

Alison prit une chambre dans un hôtel pour que Saya John puisse se reposer. Ils passèrent la journée à aller chacun à son tour à la pêche aux informations. La nuit tomba et, à dix heures du soir, il n'y avait toujours pas de nouvelles. Puis, un peu après minuit, Ilongo revint en courant à l'hôtel leur annoncer que les ferries, de retour de Penang, étaient en vue. Bientôt un train serait amené en gare.

Alison réveilla Saya John, et Dinu paya la chambre d'hôtel. Ils sortirent dans la rue sombre et se joignirent à la foule qui se pressait vers la gare dont l'entrée, barrée d'un cordon, ne pouvait être franchie que par un étroit passage déjà bondé de gens et de bagages.

À quelques mètres de l'entrée, Ilongo décida de s'en aller. Il passa un bras autour des épaules de Saya John et l'embrassa chaleureusement.

« Au revoir, Saya ! »

Saya John le gratifia d'un sourire affectueux mais ahuri.

« Fais attention en conduisant, Ilongo.

– Oui, Saya. »

Ilongo éclata de rire. Il se tourna vers Alison et Dinu mais, avant qu'il puisse les saluer, ils furent séparés par la foule qui les poussait en avant.

« Je vais passer la nuit dans le camion ! leur cria-t-il. Vous pourrez m'y retrouver, au cas... Bonne chance !

– Et à toi aussi... Bonne chance ! » répondit Dinu avec un grand geste.

L'accès au quai était surveillé par deux gardes, deux Indiens, en uniforme vert et fusil à l'épaule. Il n'y avait pas de billets à vérifier : les gardes examinaient les réfugiés et les faisaient passer.

Ils arrivèrent à la porte, Saya John appuyé lourdement sur Alison, Dinu derrière portant leurs valises. Juste au moment où ils allaient franchir l'entrée, un des gardes, le bras tendu, arrêta Alison. Suivit une consultation hâtive entre les deux gardes qui firent alors signe à Dinu, Alison et Saya John de se pousser.

« S'il vous plaît... Écartez-vous de la porte. »

« Qu'est-ce qu'il y a ? demanda Alison à Dinu. Que se passe-t-il ? »

Dinu s'avança pour faire face aux gardes.

« *Kya hua ?* dit-il, s'adressant aux hommes en hindoustani. Pourquoi nous arrêtez-vous ?

– Vous ne pouvez pas passer.

– Et pourquoi pas ?

– Vous n'avez pas d'yeux pour voir ? lui jeta brutalement un des gardes. Vous voyez pas que ce train est réservé aux Européens.

– Comment ça ?

– Vous m'avez entendu : il est seulement pour les Européens. »

Essayant de garder son calme, Dinu ravala sa salive.

« Écoutez, dit-il posément, ça ne peut pas être vrai... Nous sommes en temps de guerre. On nous a dit que ce train procédait à l'évacuation des réfugiés. Comment serait-il réservé aux seuls Européens ? Il doit y avoir une erreur. »

Le garde le regarda bien en face et désigna le train d'un geste du pouce.

« Vous avez des yeux, dit-il. *Dekh lo*, voyez vous-même ! »

Le cou tendu par-dessus l'épaule du garde, Dinu examina le quai d'un bout à l'autre, ainsi que les fenêtres du train, sans découvrir un seul visage qui eût vaguement l'air malais, chinois ou indien.

« C'est impossible... C'est de la folie.

– Quoi ? Qu'est-ce qui est impossible ? » Alison le tirait par la manche. « Dinu, dis-moi. Que se passe-t-il ?

– Les gardes prétendent que ce train est réservé aux Blancs...

– Oui. » Alison hocha la tête. « Oui, j'ai eu le sentiment qu'il en serait ainsi – c'est comme ça que sont les choses...

– Comment peux-tu dire ça, Alison ? » Dinu était maintenant hors de lui, et la sueur ruisselait sur son visage. « Tu ne peux pas accepter ça... Pas aujourd'hui. Pas quand il y a une guerre... »

Dinu avisa un Anglais en uniforme qui marchait le long du quai en vérifiant une liste. Il supplia les gardes :

« Écoutez, laissez-moi passer. Juste une minute... juste pour dire un mot à cet officier là-bas... Je lui expliquerai : je suis sûr qu'il comprendra.

– Impossible. »

Dinu perdit de sa retenue.

« Comment pouvez-vous m'en empêcher ? jeta-t-il en criant au visage du garde. Qui vous en donne le droit ? »

Soudain un troisième homme surgit. Vêtu d'un uniforme des chemins de fer, il semblait être indien lui aussi. Il les conduisit tous à l'écart de la porte, vers un escalier qui donnait sur la rue.

« Je vous en prie, dit-il à Dinu. Je suis le chef de gare. Expliquez-moi : quel est le problème ?

– Monsieur... » Dinu fit un effort pour parler d'un ton égal. « On refuse de nous laisser passer... On m'affirme que ce train est réservé aux Européens. »

Le chef de gare sourit d'un air contrit.

« Oui, c'est ce qu'on nous a fait comprendre.

– Mais comment est-ce possible ?... Nous sommes en temps de guerre... Il s'agit d'un train d'évacuation.

– Que puis-je dire ? Voyons, à Penang, Mr Lim, le juge,

a été refoulé bien qu'il ait présenté une lettre officielle ordonnant son évacuation. Les Européens lui ont refusé l'accès aux ferries parce qu'il est chinois.

– Vous ne comprenez pas... » Dinu se fit suppliant. « Ce n'est pas seulement les Européens qui sont en danger.. Vous ne pouvez pas faire ça... C'est mal... »

Le chef de gare fit une grimace et haussa les épaules avec indifférence.

« Je ne vois pas ce qu'il y a de mal là-dedans. Après tout, c'est du simple bon sens. Ils sont les chefs : ce sont eux qui ont tout à perdre. »

Dinu haussa le ton :

« C'est absurde, cria-t-il. Si c'est ainsi que vous voyez les choses, alors la guerre est déjà perdue. Vous ne comprenez donc pas ? Vous avez concédé tout ce qui vaut la peine de se battre...

– Monsieur, l'interrompit le chef de gare avec un regard furibard, il n'y a aucune raison de crier. Je ne fais que mon travail. »

Dinu leva les mains et attrapa le fonctionnaire par le col de sa chemise.

« Espèce de salaud, dit-il en le secouant. Espèce de salaud !... C'est vous l'ennemi. Les gens comme vous... qui ne font que leur travail... c'est vous l'ennemi.

– Dinu ! hurla Alison. Fais attention ! »

Dinu sentit une main se refermer sur son cou et l'arracher au chef de gare. Un poing s'abattit sur son visage et le jeta à terre. Ses narines se remplirent de l'odeur métallique du sang. Il leva la tête et vit les deux gardes qui le contemplaient, furieux. Alison et Saya John tentaient de les retenir.

« Laissez-le. Laissez-le ! »

Alison se baissa et aida Dinu à se relever.

« Viens, Dinu. Partons. »

Elle ramassa leurs valises et les précéda dans l'escalier. De retour dans la rue, Dinu s'appuya contre un réverbère et posa ses mains sur les épaules d'Alison.

« Alison, dit-il, Alison... peut-être te laisseront-ils passer si tu es seule. Tu es à moitié blanche. Il faut que tu essayes...

– Chut. » Elle lui mit sa main sur la bouche. « Ne dis pas ça, Dinu. Il n'en est pas question. »

Dinu essuya le sang qui coulait de son nez.

« Mais il faut que tu partes, Alison... Avec ton grand-père – tu as entendu ce que disait Ah Fatt. D'une manière ou d'une autre, il faut que vous partiez... Vous ne pouvez plus rester à Morningside... »

Un sifflet perçant leur parvint de la gare. Tout autour d'eux, les gens se mirent à courir, encombrant l'entrée, se bousculant aux portes. Dinu, Alison et Saya John se tenant par le bras s'accrochèrent au réverbère.

Puis ils entendirent enfin le train démarrer.

« Il est parti, dit Saya John.

– Oui, Baba, répliqua calmement Alison. Il est parti. »

Dinu recula et prit une valise.

« Allons retrouver Ilongo. Demain, nous retournerons à Morningside.

– Pour y rester ? »

Dinu secoua la tête.

« Moi, j'y resterai, Alison. Ils ne me feront pas de mal – je n'ai rien de particulier à craindre. Mais toi et ton grand-père... avec vos liens américains et chinois... On ne peut pas savoir ce qu'ils pourraient vous faire. Il faut que vous partiez tous les deux...

– Mais comment ? »

Et Dinu prononça enfin les mots qu'ils avaient tous deux redoutés.

« La Daytona... c'est la seule façon, Alison.

– Non ! » Elle se jeta sur lui. « Pas sans toi !

– Tout ira bien, Alison. » Il prit soin de lui parler calmement, affichant une confiance qu'il était loin de ressentir. « Je te rejoindrai très bientôt... à Singapour, tu verras. Nous ne serons pas séparés longtemps. »

Il faisait nuit quand Arjun revint à lui. La sensation dans sa jambe s'était réduite à une douleur lancinante. À mesure qu'il reprenait ses esprits, il se rendit compte qu'un ruisseau coulait près de lui et que le caniveau résonnait d'un crépitement sourd. Il lui fallut plusieurs minutes pour comprendre qu'il pleuvait.

Comme il commençait à remuer, Arjun sentit la main de Kishan Singh lui presser l'épaule en manière d'avertissement.

« Ils sont encore dans les parages, sah'b, chuchota l'ordonnance. Ils ont posté des sentinelles dans la plantation. Ils attendent.

– À quelle distance sont-ils ? À portée de voix ?

– Non. Ils ne peuvent pas nous entendre avec la pluie.

– Combien de temps suis-je resté évanoui ?

– Plus d'une heure, sah'b. J'ai bandé votre blessure. La balle est passée droit à travers le tendon de votre mollet. Tout ira bien. »

Arjun se toucha la cuisse avec précaution. Kishan Singh avait défait ses bandes molletières, roulé le bas de son pantalon et appliqué un pansement d'urgence. Il avait aussi confectionné une sorte d'attelle pour maintenir la jambe hors de l'eau en installant deux bouts de bois sur les côtés de la fosse.

« Que va-t-on faire maintenant, sah'b ? »

La question déconcerta Arjun. Il essaya de réfléchir mais son esprit était encore brouillé par la douleur et il ne pouvait songer clairement à aucun plan.

« Il va falloir attendre qu'ils s'en aillent, Kishan Singh. Demain matin, on avisera.

– *Han*, sah'b. »

Kishan Singh parut soulagé.

Étendu immobile dans plusieurs centimètres d'eau, Arjun devint très conscient de son environnement : des plis humides de tissu qui creusaient des sillons dans sa peau, de la pression du corps de Kishan Singh, allongé à côté de lui. La fosse était remplie de l'odeur de leurs corps : l'odeur de leurs uniformes moisis trempés de pluie, tachés de sueur, l'odeur métallique de son propre sang.

Son esprit s'égarait, troublé par les élancements dans sa jambe. Il se rappela soudain le regard que lui avait lancé

Kishan Singh ce jour-là sur la plage, quand il était revenu de l'île avec Alison. Était-ce du mépris qu'il avait lu dans ses yeux, une sorte de jugement ?

Kishan Singh aurait-il fait ce qu'il avait fait, lui ? Se permettre de faire l'amour à Alison ; de la prendre ; de trahir Dinu qui était un ami et même plus ? Il ne savait pas lui-même ce qui l'y avait poussé ; pourquoi il l'avait désirée si fort. Il avait entendu certains de ses camarades dire que ces choses vous arrivaient en temps de guerre, sur le front. Mais Kishan Singh était en première ligne aussi et il était difficile de l'imaginer se conduisant ainsi. Était-ce là une partie de la différence existant entre l'officier et le *jawan* que de vouloir s'imposer, imposer sa volonté ?

Il songea qu'il aurait bien aimé parler de tout cela. Il se rappela que Kishan Singh lui avait raconté un jour qu'il s'était marié à l'âge de seize ans. Il aurait aimé lui demander : comment était-ce quand tu t'es marié ? Connaissais-tu déjà ta femme ? Comment l'as-tu caressée le soir de vos noces ? T'a-t-elle regardé dans les yeux ?

Il essaya de former les phrases dans sa tête et découvrit qu'il ne connaissait pas les mots justes en hindoustani ; il ne savait même pas sur quel ton pareilles questions pouvaient être posées. C'étaient là des choses qu'il ignorait. Il y en avait tant qu'il ne savait pas exprimer, en quelque langage que ce fût. Vouloir savoir ce que quelqu'un avait dans la tête, c'était délicat, voire efféminé. Qu'avait dit Hardy la veille au soir ? À propos d'un lien entre sa main et son cœur. Il avait été surpris en entendant cela. Ça ne convenait pas à un homme de tenir ce genre de discours. Mais en même temps, il était intéressant de penser que Hardy – ou n'importe qui, d'ailleurs, y compris lui-même – puisse vouloir une chose sans la connaître. Comment était-ce possible ? Était-ce parce que personne ne leur avait appris les mots ? Le langage adéquat ? Peut-être parce que cela pouvait être dangereux ? Ou parce qu'ils n'étaient pas assez vieux pour en être instruits ? Il était étrangement paralysant de penser qu'il ne disposait pas des outils les plus simples de la connaissance de soi – il n'avait pas de fenêtre par laquelle savoir qu'il possédait une vie intérieure. Était-ce ce qu'avait voulu dire Alison, en parlant d'être une arme entre les mains de quelqu'un d'autre ? Bizarre que Hardy ait dit la même chose aussi.

Alors que les minutes s'écoulaient lentement, son esprit se fixait de plus en plus sur sa jambe blessée. La douleur ne cessait d'augmenter. Elle s'intensifia au point de saturer sa conscience, effaçant tout autre sensation. Il se mit à respirer par à-coups, les dents serrées. Puis, à travers le brouillard de douleur dans sa tête, il sentit la main de Kishan Singh qui lui serrait l'avant-bras, secouait son épaule pour l'encourager.

« *Sabar karo*, sah'b ; ça va passer. »

Il s'entendit dire :

« Je ne sais pas combien de temps je peux tenir, Kishan Singh.

– Vous pouvez tenir, sah'b. Attendez un peu. Soyez patient. »

Arjun eut le pressentiment qu'il allait de nouveau perdre connaissance, tomber la tête la première dans l'eau de pluie, se noyer sur place. Affolé, il s'accrocha à Kishan Singh, agrippé à son bras comme à un radeau de sauvetage.

« Kishan Singh, dis quelque chose. Parle. Ne me laisse pas m'évanouir.

– Parler de quoi, sah'b ?

– Ça m'est égal. Parle, c'est tout, Kishan Singh ; de n'importe quoi. Raconte-moi ton village. »

Hésitant, Kishan Singh commença à parler.

« Notre village s'appelle Kotana, sah'b, et il est près de Kurukshetra, non loin de Delhi. C'est un village comme les autres, mais il y a une chose dont on dit toujours de Kotana...

– Qu'est-ce que c'est ?

– Que dans chaque maison de Kotana, on trouve un petit morceau du monde. Dans l'une, il a un *hookah* venu d'Égypte ; dans l'autre une boîte de Chine... »

À travers un mur de douleur, Arjun réussit à murmurer

« Comment se fait-il, Kishan Singh ?

– Pendant des générations, sah'b, chaque famille jat de Kotana a envoyé ses fils servir dans l'armée du *sarkar* britannique.

– Depuis quand ?

– Depuis l'époque de mon arrière-grand-père, sah'b. Depuis la Mutinerie.

– La Mutinerie ? » Arjun réentendit la voix du lieutenant-colonel Buckland parlant de la même chose. « Qu'est-ce que la Mutinerie a à voir avec ça ?

– Sah'b, quand j'étais gosse, les vieux du village nous racontaient une histoire, à propos de la Mutinerie. À la fin du soulèvement, les Britanniques sont revenus dans Delhi, et on apprit qu'un grand spectacle allait avoir lieu dans la ville. Un groupe de vieillards de Kotana fut désigné pour aller y assister. Ils se mirent en marche à l'aube et se joignirent à des centaines de personnes venues d'autres villages pour gagner l'entrée sud de la capitale. Alors qu'ils en étaient encore loin, ils virent que le ciel au-dessus de la ville était noir d'oiseaux. Le vent apportait une odeur de plus en plus forte à mesure qu'ils approchaient de la cité. La route était droite, le sol plat et la vue très dégagée. Un étonnant spectacle les attendait. La chaussée semblait bordée par des troupes d'hommes de très haute taille, comme si une armée de géants était venue surveiller la foule. En avançant encore, ils virent qu'il ne s'agissait pas de géants mais d'hommes – des soldats rebelles dont les corps avaient été empalés sur des pieux effilés. Les pieux étaient disposés en deux lignes bien droites qui menaient à la ville. La puanteur était terrible. À leur retour à Kotana, les vieux rassemblèrent les villageois. "Aujourd'hui, dirent-ils, nous avons vu le visage de la défaite et ce ne sera jamais le nôtre." Depuis ce jour, les familles de Kotana décidèrent qu'elles enverraient leurs fils dans l'armée du *sarkar* britannique. C'est ce que nous ont raconté nos pères. Je ne sais pas si cette histoire est vraie ou fausse, sah'b, mais c'est ce que j'ai entendu quand j'étais petit. »

Abruti par la souffrance, Arjun avait du mal à suivre.

« Que veux-tu dire, Kishan Singh ? Que les villageois se sont engagés dans l'armée par peur ? Mais ça n'est pas possible : personne ne les a forcés, pas plus eux que toi d'ailleurs. De quoi pouvaient-ils avoir peur ?

– Sah'b, répliqua doucement Kishan Singh, les peurs ne sont pas toutes les mêmes. Quelle est la peur qui nous retient cachés ici, par exemple ? Est-ce la peur des Japonais ou la peur des Britanniques ? Ou bien est-ce la peur de nous-mêmes parce que nous ne savons pas de qui avoir le plus peur ? Sah'b, un homme peut redouter l'ombre d'un fusil autant que le fusil lui-même, et qui peut dire ce qui est le plus réel des deux ? »

Un moment, il sembla à Arjun que Kishan Singh parlait de quelque chose de très exotique, d'une créature imaginaire : une terreur qui vous obligeait à vous corriger, qui vous obligeait à changer votre idée de votre place dans le monde – au point où vous perdiez conscience de la peur qui vous avait formé. L'idée d'une terreur d'une telle ampleur paraissait absurde – comme les récits de découvertes de créatures appartenant à des espèces éteintes. C'était là la différence, pensa-t-il, entre les officiers et les hommes de troupe. Les soldats n'avaient pas accès aux instincts qui les faisaient agir ; aucun vocabulaire avec lequel donner forme à leur prise de conscience. Ils étaient destinés, comme Kishan Singh, à demeurer étrangers à eux-mêmes, à être toujours dirigés par les autres.

Mais à peine cette pensée s'était-elle formée dans son esprit qu'elle fut transformée par le délire de sa douleur. Il eut soudain une vision hallucinatoire, Kishan Singh et lui s'y trouvaient, mais transfigurés : ils étaient tous deux des morceaux d'argile tourbillonnant sur un tour de potier. Lui, Arjun, était le premier à être touché par le potier invisible : une main se posait sur lui, le caressait, passait à un autre ; il avait été formé, moulé – il était devenu une chose en soi, ne sentant plus la pression de la main du potier, ne sachant même plus qu'elle avait existé. Plus loin, Kishan Singh continuait à tourner sur le tour, toujours boue informe, humide, malléable. C'était cette absence de forme qui était au cœur de sa résistance au potier et à sa touche créatrice.

Arjun ne put effacer cette image de son esprit : comment était-il possible que Kishan Singh – non éduqué, ignorant de ses motivations – fût plus conscient du poids du passé que lui, Arjun ?

« Kishan Singh, dit-il d'une voix rauque, donne-moi un peu d'eau. »

L'ordonnance lui tendit une bouteille verte et Arjun but, espérant que l'eau dissiperait l'éclat hallucinatoire des images qui défilaient devant ses yeux. Mais elle eut exactement l'effet contraire. Son esprit s'enflamma de visions, de questions. Était-il possible – même hypothétiquement – que sa vie, ses choix eussent été formés par des peurs dont il était lui-même inconscient ? Il repensa aux jours d'autrefois : Lankasuka, Manju, Bela, les heures qu'il avait passées assis sur le rebord de la fenêtre, le sentiment délirant de liberté qui l'avait envahi en apprenant son admission à l'Académie. La peur n'avait joué aucun rôle là-dedans. Il n'avait jamais pensé à sa vie comme différente d'une autre ; il n'avait jamais éprouvé le moindre doute quant à sa souveraineté personnelle ; il n'avait jamais imaginé avoir affaire à autre chose qu'à l'éventail complet du choix humain. Mais s'il était vrai que sa vie avait été quelque part formée par des actes de pouvoir dont il était inconscient, alors cela signifiait qu'il n'avait jamais agi de son propre gré ; il n'avait jamais eu un instant de véritable prise de conscience. Tout ce qu'il avait considéré comme certain à son sujet était un mensonge, une illusion. Et s'il en était ainsi, comment allait-il se retrouver lui-même à présent ?

37

Quand ils repartirent pour Morningside, le lendemain, les routes étaient encore plus encombrées que la veille. Mais leur véhicule semblait être le seul à se diriger vers le nord : tout le monde allait dans la direction opposée, vers Kuala Lumpur et Singapour. Les têtes se retournaient sur leur passage : ils furent plusieurs fois hélés par des gens bien intentionnés voulant s'assurer qu'ils savaient vraiment où ils allaient.

Ils croisèrent des dizaines de camions militaires, souvent circulant à deux de front, klaxon hurlant, envahissant la route, les obligeant à se traîner durant de longues distances sur les bas-côtés herbeux, à vingt-cinq ou trente kilomètres à l'heure.

Ils arrivèrent à Sungei Pattani en fin d'après-midi : ils avaient traversé la ville à peine vingt-quatre heures auparavant mais elle semblait déjà avoir complètement changé. La veille, ils l'avaient trouvée déserte et fantomatique : la plupart des habitants enfuis dans la campagne, les boutiques fermées et barricadées. Maintenant Sungei Pattani n'était plus vide : partout il y avait des soldats – australiens, canadiens, indiens, britanniques. Mais ce n'étaient pas les détachements disciplinés auxquels on était habitué : ces hommes étaient amorphes, fatigués, rassemblés en petits groupes dépenaillés. Certains déambulaient dans les rues en portant leur fusil sur l'épaule comme une canne à pêche ; d'autres flânaient à l'ombre des arcades, mangeant dans des boîtes de conserve avec leurs doigts, leur uniforme sale, taché de sueur, le visage balafré de boue. Dans les parcs et les squares – où jouaient d'habitude des enfants –, on voyait des groupes d'hommes épuisés, étendus, endormis, leurs armes dans les bras.

Ils commencèrent à noter des signes de pillage : vitrines brisées, portes dégondées, rideaux de fer défoncés. Ils virent des pilleurs entrer et sortir par les brèches, soldats et civils se mêler pour saccager les magasins. Il n'y avait pas un policier en vue. De toute évidence, l'administration civile avait disparu.

« Plus vite, Ilongo ! » Dinu frappa à la vitre du camion. « Allons-y, traversons... »

Ils atteignirent une route bloquée par des soldats. L'un d'eux pointa un fusil sur le camion pour tenter de l'arrêter. Dinu remarqua qu'il titubait.

« Continue ! cria-t-il à Ilongo. Ils sont saouls... »

Ilongo fit une soudaine embardée, amenant le camion sur l'autre voie. Dinu regarda en arrière et vit les soldats qui les regardaient effarés.

« Foutus singes !... »

Ilongo vira dans une ruelle puis prit à toute allure une route secondaire pour sortir de la ville. Quelques kilomètres plus loin, il avisa une de ses connaissances debout sur le bas-côté. Il s'arrêta pour lui demander ce qui se passait.

L'homme était un fournisseur de main-d'œuvre qui opérait sur une plantation de caoutchouc voisine de Morningside. Ils avaient de la chance, leur dit-il, d'être encore en possession de leur camion : sur sa plantation, les véhicules avaient été réquisitionnés. Un officier anglais était arrivé le matin avec un détachement de soldats et ils avaient tout raflé.

Ils se regardèrent, songeant immédiatement à la Daytona dans son garage de Morningside. Dinu commença à se mordre les jointures.

« Allons-y, ne perdons pas de temps... »

Peu après, ils franchirent le portail de Morningside. Ils eurent l'impression de pénétrer dans un autre pays : ici, aucun indice fâcheux. Le calme régnait sur la propriété ; le long de l'avenue de terre battue, les enfants les saluaient en agitant la main. Puis la maison surgit, majestueuse, sereine, plus haut sur la colline.

Ilongo conduisit le camion directement au garage. Il sauta à terre et ouvrit la porte : la Daytona était encore à l'intérieur.

Dinu et Alison contemplèrent la voiture. Puis Dinu prit le bras d'Alison et voulut pousser la jeune femme dans le garage.

« Alison, tu devrais te mettre en route tout de suite... il reste si peu de temps.

– Non. » Alison dégagea son bras et referma brutalement la porte. « Je partirai plus tard – ce soir. Qui sait dans combien de temps nous nous reverrons ? Je veux passer encore quelques heures avec toi avant de m'en aller. »

Au matin, Kishan Singh partit se renseigner et découvrit que les Japonais avaient quitté la plantation à la faveur de la nuit. Il aida Arjun à ramper hors du fossé et à se relever sur le sol couvert de feuilles. Après quoi, il lui ôta ses vêtements trempés, les tordit et les mit à sécher dans un endroit ensoleillé.

Arjun avait la poitrine et le ventre tout fripés à cause de leur immersion prolongée mais sa jambe lui faisait moins mal. Il fut soulagé de voir que le bandage de sa cuisse avait fait son œuvre et arrêté l'hémorragie.

Kishan Singh trouva une branche pouvant servir de béquille et ils se mirent lentement en route, Arjun faisant halte de temps à autre pour ne pas perdre l'équilibre. Ils atteignirent bientôt une piste caillouteuse. Toujours à l'abri des arbres, ils la suivirent. Peu après, ils notèrent les signes d'un habitat proche – des lambeaux de vêtements, des empreintes de pas, des coquilles d'œufs dispersées par des oiseaux. Puis des volutes de fumée au-dessus des arbres et les odeurs familières du riz et des graines de moutarde brûlées. Enfin ils aperçurent le quartier des coolies : deux rangées identiques de masures se faisant face de chaque côté de la piste. Un grand nombre de personnes s'affairaient à découvert et il était évident, même à distance, qu'il se passait quelque chose d'inhabituel.

Les masures étaient regroupées dans un léger creux, une cuvette cernée de terrains un peu plus hauts. Avec l'aide de Kishan Singh, Arjun grimpa sur une petite corniche. Étendus à plat ventre, ils examinèrent la cuvette.

Il y avait à peu près cinquante habitations disposées en rangées parallèles et, à un bout, un petit temple hindou – une cabane au toit de tôle entourée d'un mur peint en rouge et blanc. À côté du temple se trouvait un terrain vague avec un simple abri, également couvert d'un toit de tôle, manifestement un lieu de réunion. L'agitation se concentrait dans cet endroit. Tout le hameau semblait s'y rendre.

« Sah'b, regardez ! »

Kishan Singh montra du doigt une voiture noire, à moitié cachée par la cabane, avec sur le capot un fanion flottant au bout d'une tige. À cette distance, le fanion paraissait très petit et Arjun ne le reconnut pas au premier coup d'œil : il était familier mais pas complètement, un dessin qu'il connaissait bien mais qu'il n'avait pas vu depuis longtemps. Il se tourna vers Kishan Singh et découvrit que son ordonnance l'observait d'un air circonspect.

« Tu connais ce *jhanda*, Kishan Singh ?

– C'est le *tiranga*, sah'b. »

Bien sûr ! Comment ne l'avait-il pas reconnu ? L'emblème du mouvement national indien : un rouet sur un fond blanc, vert et jaune safran. Il s'interrogeait encore sur la présence de ce fanion quand suivit une seconde surprise. Une silhouette enturbannée de kaki sortit de l'abri et se dirigea vers la voiture : Hardy, en grande conversation avec un autre homme, un étranger, un sikh à la barbe blanche, vêtu de la longue tunique blanche du savant, un *giani*.

Il n'y avait aucune raison d'attendre plus longtemps. Arjun se releva tant bien que mal.

« Kishan Singh, *chalo...* »

S'appuyant lourdement sur sa béquille, il entama la descente vers l'abri.

« Hardy ! Ho hé, Hardy ! »

Hardy interrompit sa conversation et leva la tête.

« Oui ? Arjun ? »

Il se précipita pour monter à sa rencontre, un sourire étalé sur le visage.

« Vieille branche ! On était persuadés que ces salauds t'avaient eu.

– Kishan Singh est revenu me chercher, dit Arjun. Sans lui, je ne serais pas là.

– *Shabash !* » s'exclama Hardy en tapant sur l'épaule de Kishan Singh.

Arjun secoua Hardy par le coude.

« Maintenant, dis-moi : que se passe-t-il ici ?

– Rien ne presse, répliqua Hardy. Je te raconterai mais il faut d'abord qu'on te nettoie. Où as-tu été blessé exactement ?

– Au mollet.

– Ça fait mal ?

– Ça va mieux aujourd'hui.

– Allons nous asseoir quelque part. On pansera ta blessure. »

Hardy fit signe à un soldat d'approcher.

« *Jaldi. M.O ko bhejo !* » Il conduisit Arjun dans une des cabanes et en tint la porte ouverte. « Notre QG », dit-il en souriant.

Il faisait sombre à l'intérieur. Les fenêtres étroites étaient garnies de loques, les murs de bois couverts de suie, et il régnait une forte odeur de fumée. Un lit étroit, un charpoy en corde, était collé contre une paroi ; Hardy aida Arjun à s'y asseoir.

On frappa à la porte et un infirmier entra. Il examina avec soin le bandage d'Arjun puis l'arracha d'un seul coup. Arjun fit la grimace. Hardy lui tendit un verre d'eau.

« Bois. Tu en as besoin. »

Arjun vida le verre et le rendit.

« Hardy ? dit-il. Où est Bucky ?

– Il se repose. Il y a une cabane vide un peu plus loin. C'était le seul endroit convenable pour lui. Son bras lui faisait mal. On a dû lui donner des calmants. Il a été dans les vapes toute la matinée. »

L'infirmier commença à nettoyer la blessure d'Arjun qui s'accrocha au bord du lit.

« Alors, raconte-moi, dit-il, les dents serrées. Que se passe-t-il ici ?

– Je vais être aussi bref que possible, répondit Hardy. Voici ce qui est arrivé : hier soir, peu après t'avoir perdu, on est tombés sur deux cueilleurs de latex, des Indiens, qui nous ont affirmé que nous serions en sécurité dans le quartier des coolies et nous ont amenés ici. On a été très bien accueillis : ils nous ont donné de la nourriture, des lits, nous ont montré la cabane où nous avons pu installer Bucky. On ne le savait pas alors mais il s'est avéré que certains de ces hommes étaient membres de la Ligue pour l'indépendance. Ils ont envoyé un message à leur bureau et ce matin Gianiji est arrivé dans une voiture – avec le drapeau. Tu imagines notre surprise, surtout quand on a découvert qu'il s'agissait du *giani* Amreek Singh. Tu reconnais le nom ? Il signait les tracts que les Japonais nous ont jetés à Jitra.

– Oui, répliqua Arjun sèchement. Je connais ce nom. Que veut-il ? »

Hardy se tut un instant tout en sifflotant un petit air dans sa barbe. Arjun comprit qu'il réfléchissait avec soin à ce qu'il allait dire.

« Arjun, tu te souviens du capitaine Mohun Singh ?

– Oui. Du 14e Panjab, non ? N'était-il pas à Jitra, aussi ? Je crois l'avoir vu en montant sur le front de l'Asoon.

– Oui. Ils se sont mis à l'abri dans la plantation et ont pris comme nous la direction de l'est.

– Et alors que se passe-t-il avec le capitaine Mohun Singh ?

– Gianiji m'a dit qu'il avait pris contact avec la Ligue pour l'indépendance.

– Continue.

– Attends. »

L'infirmier avait fini de panser la blessure d'Arjun. Hardy le raccompagna à la porte qu'il referma derrière lui. Il se tut un instant et passa, l'air pensif, un doigt sur sa barbe.

« Écoute, Arjun, reprit-il. Je ne sais pas comment tu vas prendre ça. Je ne te raconte que ce que je sais...

– Vas-y.

– Le capitaine Mohun Singh a franchi un grand pas.

– Lequel ?

– Il a décidé de rompre avec les Anglais.

– Quoi ?

– Oui, dit Hardy d'une voix neutre, sans timbre. Il va former une unité indépendante, l'Armée nationale indienne. Tous les officiers du 14e Panjab sont avec lui, enfin, les Indiens. Kumar, Masood, et bien d'autres. Ils nous ont tous invités à les rejoindre...

– Et alors ? Tu songes à le faire ?

– Que te dire, Arjun ? » Hardy sourit. « Tu connais bien mon sentiment. Je n'ai jamais fait secret de mes opinions – au contraire de certains d'entre vous, les gars.

– Hardy, attends. » Arjun pointa un doigt sur lui. « Réfléchis juste une minute. Ne te précipite pas. Comment sais-tu qui est ce *giani* ? Comment sais-tu même s'il dit la vérité au sujet de Mohun Singh ? Comment sais-tu qu'il n'est pas simplement un laquais des Japonais ?

– Amreek Singh était dans l'armée aussi, répliqua Hardy. Il connaissait mon père, son village n'est pas très éloigné du nôtre. Si c'est un laquais des Japonais, alors il doit avoir une raison pour l'être devenu. D'ailleurs, qui sommes-nous pour le traiter de laquais ? » Hardy éclata de rire. « Après tout, ne sommes-nous pas les pires de tous les laquais !

– Attends ! » Arjun tentait de mettre de l'ordre dans ses pensées. Quel soulagement de pouvoir enfin s'exprimer, d'étaler au grand jour les longs débats qu'il avait eus avec lui-même dans le secret de son âme. « Bon, qu'est-ce que ça veut dire ? Que Mohun Singh et sa bande vont se battre du côté des Japonais ?

– Oui. Bien entendu. Pour le moment – jusqu'à ce que les Britanniques aient quitté l'Inde.

– Mais, Hardy, réfléchissons bien. Que veulent les Japonais ? Se soucient-ils de nous et de notre indépendance ? Tout ce qu'ils veulent c'est flanquer les Anglais dehors pour prendre leur place. Ils veulent simplement se servir de nous : tu ne le vois donc pas ?

– Bien sûr que si. » Hardy haussa les épaules. « Si ce n'était pas eux, c'en serait d'autres. On essayera toujours de se servir de nous. C'est pourquoi c'est si difficile, tu ne comprends pas ? C'est la première fois de notre vie que nous essayons de décider nous-mêmes, de ne pas prendre d'ordres.

– Hardy, écoute. » Arjun fit un effort pour garder une voix calme. « C'est ce qui peut te sembler vrai pour l'instant, mais pose-toi la question : quelles sont nos chances de pouvoir faire quoi que ce soit pour nous ? Le plus vraisemblable, c'est que nous aiderons les Japonais à s'emparer de l'Inde. Et à quoi nous servira d'échanger les Anglais contre des Japonais ? En fait de maîtres, les Anglais ne sont pas si mal – mieux que beaucoup d'autres. Certainement dix fois mieux que ne le seraient les Japonais. »

Les yeux brillants, Hardy éclata d'un rire énorme.

« Mon vieil Arjun, songe où nous en sommes tombés pour être réduits à parler de bons et de mauvais maîtres. Que sommes-nous ? Des chiens ? Des moutons ? Il n'y a pas de bons et de mauvais maîtres, Arjun ; dans un sens, meilleur est le maître, pire est la condition de l'esclave parce que celui-ci en oublie ce qu'il est... »

Ils se regardaient l'un l'autre, pleins de fureur, leurs visages séparés de quelques centimètres seulement. Une des paupières de Hardy battait furieusement, et Arjun sentit sur sa joue le souffle de son camarade. Il fut le premier à reculer.

« Hardy, que nous nous battions n'arrangera rien.

– Non.

– Écoute. » Arjun se mordit les phalanges. « Ne crois pas que je ne sois pas d'accord avec ce que tu dis. Je le suis. Je pense qu'en gros tu tapes dans le mille. Mais j'essaye juste de penser à nous, à des hommes comme toi et moi, à notre place dans le monde.

– Je ne comprends pas.

– Regarde-nous, Hardy, regarde-nous simplement. Que sommes-nous ? Nous avons appris à danser le tango et nous savons manger du rosbif avec un couteau et une fourchette. En vérité, sauf pour la couleur de notre peau, la plupart des gens en Inde ne nous identifieraient pas comme Indiens. Quand nous nous sommes engagés, nous ne pensions pas à l'Inde : nous voulions être des "sahib" et c'est ce que nous sommes devenus. Crois-tu que nous puissions défaire tout ça rien qu'en brandissant un nouveau drapeau ? »

Hardy haussa les épaules d'un air dédaigneux.

« Écoute, vieux : je ne suis qu'un simple soldat. Je ne sais pas où tu veux en venir. Pour moi, la question est de savoir ce qui est juste et injuste – ce qui vaut la peine de se battre et ce qui ne la vaut pas. C'est tout. »

On frappa à la porte et Hardy alla ouvrir : Giani Amreek Singh se tenait sur le seuil.

« Tout le monde attend...

– Gianiji, *ek minit...* » Hardy se tourna vers Arjun. « Bon, Arjun... » Sa voix était fatiguée par l'effort de la discussion. « Je vais te dire mes intentions. Gianiji a offert de nous faire franchir les lignes japonaises pour aller rencontrer Mohun Singh. En ce qui me concerne, ma décision est prise. Je vais expliquer tout ça aux hommes : je leur dirai pourquoi je pense que c'est ce qu'il faut faire. Ils pourront décider eux-mêmes. Veux-tu venir écouter ?

– Oui », répliqua Arjun avec un hochement de tête.

Hardy lui tendit sa béquille et, marchant lentement sur la piste caillouteuse, ils se dirigèrent vers le lieu du rassemblement. L'abri était plein. Face à une table et deux chaises, les soldats étaient accroupis au premier plan en rangs disciplinés ; derrière eux se tenaient les habitants du quartier : les hommes en sarong, les femmes en sari, nombre d'entre elles avec des enfants dans leurs bras. Hardy prit place derrière la table tandis qu'Arjun et Amreek Singh s'asseyaient sur les chaises. Il y avait beaucoup de bruit : les gens chuchotaient, parlaient, les enfants gloussaient, joyeux de la nouveauté de la situation. Hardy dut crier pour se faire entendre.

Dès que Hardy eut commencé, Arjun se rendit compte, non sans surprise, qu'il était un orateur talentueux, très expérimenté. Sa voix remplissait l'abri, ses mots – *devoir, patrie, liberté* – étaient répercutés par le toit de tôle. Arjun écoutait avec attention quand il sentit un film de sueur mouiller son visage. Il baissa la tête et découvrit qu'il ruisselait – la sueur lui coulait des coudes et des jambes. La fièvre s'emparait de lui, comme la veille au soir.

Soudain l'abri résonna d'un chœur de voix assourdissant. Arjun entendit Hardy hurler à la foule : « Êtes-vous avec moi ? » Ce qui provoqua une autre éruption : une explosion sonore impressionnante monta jusqu'au toit et revint en écho. Les soldats se levèrent. Quelques-uns se donnèrent le bras et commencèrent à danser la *bhangra*, remuant les épaules et tambourinant des pieds. Derrière eux, les coolies, y compris les femmes et les enfants, criaient aussi, jetaient des objets en l'air, applaudissaient, faisaient des signes de la main. Arjun regarda Kishan Singh : son visage était rouge, joyeux, ses yeux brillaient.

Arjun nota, d'une manière détachée et presque désintéressée, que, depuis qu'il avait pénétré dans la baraque, tout semblait s'être transformé. Comme si le monde entier avait brusquement changé de couleur, pris un aspect différent. La réalité des minutes précédentes ressemblait maintenant à un rêve incompréhensible : avait-il été vraiment surpris d'apercevoir, du haut de l'escarpement, un drapeau indien dans le quartier des coolies ? En quel autre lieu aurait-on pu trouver ce genre de drapeau ? Était-il vrai que le grand-père de Kishan Singh eût gagné une décoration lors de la bataille des Flandres ? Était-il vrai que

Kishan Singh fût bien l'homme qu'il avait toujours cru voir en lui : le plus loyal des soldats, descendant de générations de loyaux soldats ? Il regarda les hommes en train de danser : était-il possible qu'il eût servi avec ces types si longtemps sans jamais avoir eu l'idée que leur assentiment n'était pas ce qu'il semblait être ? Et comment était-il possible qu'il n'eût jamais su cela non plus de lui-même ?

Était-ce ainsi que se déclenchait une mutinerie ? Dans un moment d'étourderie, de sorte qu'on devenait étranger à la personne qu'on avait été une minute avant ? Ou bien le contraire ? Quand on reconnaissait l'étranger qu'on avait toujours été à soi-même ? Quand on reconnaissait que sa loyauté et ses croyances avaient été mal placées ?

Et où irait sa loyauté à présent qu'elle partait à la dérive ? Il était un militaire et il savait que rien – rien d'important – n'était possible sans la loyauté, sans la foi. Qui réclamerait sa loyauté désormais ? Les vieilles loyautés de l'Inde, les allégeances antiques, elles avaient été détruites depuis longtemps : les Anglais avaient construit leur empire en les effaçant. Mais l'Empire était mort maintenant – il le savait parce qu'il l'avait senti mourir à l'intérieur de lui, là où cet Empire avait possédé son territoire le plus solide –, et à qui allait-il désormais faire allégeance ? Loyauté, communauté, foi, ces choses étaient aussi essentielles et aussi fragiles que ce muscle, le cœur humain : faciles à détruire, impossibles à reconstruire. Comment pouvait-on commencer à recréer les tissus qui liaient les gens les uns aux autres ? C'était au-delà des capacités d'un être tel que lui : un être entraîné à détruire. Il ne s'agissait pas d'un travail qui durerait un an, ou dix, ou cinquante, mais d'une tâche qui prendrait des siècles.

« Alors, Arjun ? » Soudain Hardy fut à genoux devant lui, le regardant droit dans les yeux, le visage radieux, triomphant. « Arjun ? Que décides-tu ? Es-tu avec nous ou contre nous ? »

Arjun prit sa béquille et se leva.

« Écoute, Hardy. Avant de penser à quoi que ce soit d'autre, il y a quelque chose que nous devons faire.

– Quoi ?

– Bucky, le commandant – il faut que nous le laissions partir. »

Hardy le fixa du regard, sans mot dire.

« Il le faut, poursuivit Arjun. Nous ne pouvons pas le laisser faire prisonnier par les Japonais. C'est un chic type, Hardy, et il a été un bon chef – tu le sais. Il faut le laisser partir. Nous lui devons ça. »

Hardy se gratta le menton.

« Je ne peux pas le permettre, Arjun. Il donnerait notre position, nos mouvements...

– Il n'est pas question de ce que tu permettras ou pas, l'interrompit Arjun d'un ton las. Tu n'es pas mon supérieur et je ne suis pas le tien. Je ne te demande rien. Je t'informe simplement que je vais donner au colonel de la nourriture et de l'eau avant de le laisser retrouver son chemin vers les lignes anglaises. Si tu veux m'en empêcher, tu auras une bagarre sur les bras. Je crois que certains des hommes se rangeront de mon côté. À toi de décider. »

Un léger sourire traversa le visage de Hardy.

« Regarde-toi, vieux, dit-il, la voix chargée d'une ironie acide. Même en un moment pareil tu demeures un *chaploos*, toujours en train de penser à te faire bien voir. Qu'est-ce que tu espères ? Qu'il prendra ta défense si les choses se gâtent ? Tu te payes une petite assurance sur l'avenir ?

– Espèce de salaud ! »

Arjun se jeta sur Hardy pour l'attraper par le col, tout en brandissant sa béquille.

Hardy esquiva sans difficulté.

« Je suis désolé, grogna-t-il. je n'aurais pas dû dire ça. *Theek hai*. Fais ce que tu veux. J'enverrai quelqu'un te montrer où se trouve Bucky. Grouille-toi, c'est tout ce que je te demande. »

38

Alison et Dinu passèrent une heure à débarrasser la chambre noire. Faute d'électricité, ils durent travailler à la lueur d'une bougie. Ils démontèrent l'agrandisseur, empilèrent les plateaux, enveloppèrent dans de vieux tissus les tirages et les négatifs avant de les entasser dans des cartons. Quand ils eurent fini, Dinu éteignit la bougie. Ils restèrent debout dans la chaleur immobile du réduit, à écouter le grincement nocturne des cigales et le coassement des grenouilles. Ils pouvaient par intermittence entendre un bruit saccadé, une sorte d'aboiement, comme si une meute de chiens avaient été dérangés dans un village endormi.

« Des mitrailleuses », chuchota Alison.

Dinu tendit la main dans l'obscurité et l'attira vers lui.

« Elles sont très loin. »

Il l'enlaça, resserra son étreinte et frôla de ses paumes ses cheveux, ses épaules, la courbe concave de son dos. Ses doigts s'accrochèrent à la bretelle de la robe ; il fit doucement glisser le tissu et tira dessus. Il tomba à genoux, passa son visage sur toute la longueur de son corps, le caressant de sa joue, de son nez, de sa langue.

Ils gisaient allongés sur le sol encombré, l'un contre l'autre, jambes emmêlées, cuisse sur cuisse, bras tendus, ventre contre ventre. Des filaments de sueur pendaient telles des toiles d'araignée entre leurs corps, les reliant, les ramenant l'un à l'autre.

« Alison... que vais-je faire ? Sans toi ?

– Et moi, Dinu ? Et moi ? Que vais-je faire ? »

Après, ils demeurèrent immobiles, leurs bras leur servant d'oreillers. Dinu alluma une cigarette et la mit entre les lèvres d'Alison.

« Un jour, dit-il, un jour, quand nous serons de retour ici ensemble, je te montrerai la vraie magie d'une chambre noire...

– Et c'est quoi ?

– Quand tu développes par contact... quand tu poses le négatif sur le papier et que tu le vois prendre vie... l'obscurité de l'un devient la lumière de l'autre... La première fois que je l'ai vu, j'ai pensé : à quoi ça doit ressembler de se caresser ainsi ?... avec une telle absorption ?... Et d'abord d'être irradié par les ombres d'un autre ?

– Dinu... »

Elle passa le bout des doigts sur ses joues.

« Si seulement je pouvais te tenir de cette manière... de telle sorte que tu sois imprimée en moi... Chaque partie de moi...

– Dinu, nous aurons le temps. » Elle lui prit la tête entre ses mains et l'embrassa. « Nous aurons le reste de notre vie... » Elle se souleva sur ses genoux, ralluma la bougie qu'elle porta à la hauteur des yeux de Dinu et le contempla avec violence comme si elle avait voulu pénétrer dans sa tête. « Ce ne sera pas long, dit-elle. Pas vrai ?

– Non.. Pas long.

– Tu le crois vraiment ? Ou mens-tu – pour me faire plaisir ? Dis-moi la vérité : je préfère savoir. »

Il l'attrapa par les épaules.

« Oui, je le crois. » Il s'exprimait avec toute la conviction dont il était capable. « Oui. Nous serons de retour ici avant longtemps... Nous reviendrons à Morningside... Tout sera de nouveau pareil, excepté...

– Excepté ? »

Elle se mordit la lèvre comme si elle avait peur d'entendre ce qu'il allait dire.

« Excepté que nous serons mariés.

– Oui ! » Elle éclata d'un rire ravi. « Oui, répéta-t-elle. Nous serons mariés. Nous avons attendu trop longtemps. C'était une erreur. »

Elle s'empara de la bougie et quitta la pièce en courant. Il demeura immobile à écouter ses pas : la maison était plus calme qu'il ne l'avait jamais connue. En bas, Saya John dormait, épuisé.

Dinu se leva et, à travers les couloirs sombres, suivit Alison jusqu'à sa chambre. Alison ouvrit des placards, fouilla dans des tiroirs. Soudain, elle se tourna vers lui, la main tendue.

« Regarde ! » Deux anneaux d'or brillaient à la lueur de la bougie. « C'étaient ceux de mes parents », dit-elle. Elle s'empara de la main de Dinu et lui passa une des alliances à l'annulaire. « *Avec cette bague, je te prends pour époux.* »

Elle rit et plaça l'autre anneau sur la paume du jeune homme. Elle tendit un doigt.

« Vas-y, le défia-t-elle. Fais-le. Chiche ! »

Il fit tourner l'anneau dans sa main puis le glissa en place sur le doigt d'Alison.

« Sommes-nous mariés maintenant ? »

Elle rejeta la tête en arrière, gaiement, et porta son doigt à la hauteur de la bougie.

« Oui, dit-elle. D'une certaine manière. À nos propres yeux. Quand tu seras loin tu seras toujours à moi à cause de l'alliance. »

Elle dénoua la moustiquaire pendue au plafond et la drapa autour de son lit.

« Viens. »

Elle souffla la chandelle et attira Dinu sous le tulle.

Une heure plus tard, Dinu fut tiré de son sommeil par un bruit d'avions en approche. Il saisit la main d'Alison. Celle-ci était déjà réveillée, assise le dos contre la tête de lit.

« Alison...

– Ne dis pas que c'est l'heure. Pas encore. »

Serrés l'un contre l'autre, ils écoutèrent. Les avions

étaient juste au-dessus de la maison. Les vitres tremblèrent à leur passage.

« Quand j'étais petit, dit Dinu, mon père m'a raconté un jour une histoire sur Mandalay. Lorsque le roi fut envoyé en exil, les jeunes filles du palais durent marcher à travers la ville pour gagner le fleuve... Ma mère se trouvait parmi elles et mon père les suivit en cachette. Ce fut une longue marche et les filles étaient fatiguées, misérables... Mon père prit tout son argent et alla leur acheter des douceurs... pour leur remonter le moral. Les filles étaient gardées par des soldats – des étrangers, des Anglais... Dieu sait comment, mon père réussit à se glisser à travers le cordon... Il donna le paquet de douceurs à ma mère. Puis il courut se remettre à l'abri sur le bord de la route... Il regarda ma mère ouvrir le paquet... et demeura stupéfait : son premier geste avait été d'offrir des sucreries aux soldats qui marchaient à côté d'elle. Il fut d'abord furieux ; il se sentit trahi... Pourquoi les distribuait-elle... et surtout à ces hommes, ses ravisseurs ? Et puis, peu à peu, il comprit ce qu'elle faisait et il en fut content... Il comprit qu'elle se comportait justement comme il le fallait, que c'était un moyen de survivre. Défier les soldats en hurlant n'aurait servi à rien...

– Je crois que tu essayes de me dire quelque chose, Dinu, dit Alison doucement. C'est quoi ?

– Je veux simplement que tu sois prudente, Alison... Ne t'entête pas... Ne sois pas la femme que tu es, juste pour un temps... Fais attention, sois calme...

– J'essayerai, Dinu. » Elle pressa sa main. « Je te le promets. Mais toi aussi : il faudra te montrer prudent, tout autant.

– Je le serai – c'est dans ma nature. Nous ne nous ressemblons pas de ce côté... C'est pourquoi je m'inquiète pour toi. »

Une autre escadrille passa au-dessus d'eux. Il devenait impossible de rester plus longtemps immobile avec les vitres vibrant comme si elles allaient se briser. Alison sauta à bas du lit et ramassa le sac dans lequel elle gardait les clés de la Daytona. Il était étrangement lourd. Elle l'ouvrit, regarda à l'intérieur et haussa un sourcil en levant les yeux vers Dinu.

« C'est le revolver de ton père. Je l'ai pris dans un tiroir.

– Est-il chargé ?

– Oui. J'ai vérifié. »

Elle referma le sac et le jeta sur son épaule.

« C'est l'heure. »

Ils descendirent et trouvèrent Saya John assis sur la véranda dans son fauteuil préféré. Alison s'agenouilla à côté de lui.

« Je veux que tu nous bénisses, Grand-Père.

– Pourquoi ?

– Dinu et moi allons nous marier. »

Un sourire illumina le visage du vieillard. Alison constata, ravie, qu'il avait compris : son regard était clair et limpide. Il leur fit signe à tous deux de se rapprocher et passa ses bras autour de leurs épaules.

« Le fils de Rajkumar et la fille de Matthew. » Il vacilla doucement d'un côté sur l'autre, tenant leurs têtes comme des trophées, sous ses bras. « Quoi de mieux ? Vous deux, vous avez uni ces familles. Vos parents seront enchantés. »

Ils sortirent, il pleuvait de nouveau. Dinu remit la capote de la Daytona et ouvrit la portière pour laisser monter Saya John. Le vieil homme lui donna une tape sur le dos au passage.

« Dis à Rajkumar qu'il faudra que ce soit un grand mariage, dit-il. J'insiste pour que nous ayons l'archevêque.

– Oui. » Dinu s'efforça de sourire. « Certainement. »

Puis il alla du côté d'Alison et s'accroupit près de la vitre. Alison refusa de le regarder.

« Nous ne nous dirons pas adieu.

– Non. »

Elle mit le moteur en marche et Dinu recula. Au bout de l'allée, la Daytona s'arrêta. Il vit Alison se pencher par la vitre, sa tête se découpant sur la lumière brouillée de pluie des phares. Elle leva un bras pour lui faire signe et il fit de même. Puis il se précipita pour regrimper quatre à quatre l'escalier et courut de fenêtre en fenêtre. Il suivit du regard les phares de la Daytona jusqu'à ce qu'ils disparaissent.

La remise dans laquelle le lieutenant-colonel Buckland avait passé la nuit était une petite structure en brique rouge entourée d'arbres, située à cinq cents mètres du quartier des coolies. Arjun y fut conduit par un jeune fournisseur de l'armée fort bavard, vêtu d'un short kaki, et qui portait la bouteille d'eau et le baluchon de nourriture destinés au colonel. L'homme montra à Arjun une piste qui menait au sud à travers une chaîne de collines.

« Il y a une ville à trois kilomètres d'ici, dit-il. Aux dernières nouvelles, elle était encore tenue par les Britanniques. » Ils arrivèrent devant les marches de la bâtisse. Son compagnon remit les provisions à Arjun. « Le colonel ne risquera rien s'il reste sur cette piste. Il ne lui faudra pas plus d'une heure ou deux pour atteindre la ville, même s'il avance très lentement. »

Arjun monta les marches, non sans mal. Il frappa à la porte et, n'obtenant pas de réponse, l'ouvrit en la poussant du bout de sa béquille. Le lieutenant-colonel Buckland était allongé sur un matelas jeté à même le sol en ciment.

« Sir ? »

Buckland se redressa brusquement et regarda autour de lui sans bien y voir.

« Qui est-ce ? demanda-t-il sèchement.

– Lieutenant Roy, sir. »

Arjun salua en s'appuyant sur sa béquille.

« Ah, Roy ! s'écria Buckland d'une voix plus chaleureuse. Je suis content de vous voir.

– Moi aussi, sir.

– Vous êtes blessé. Que s'est-il passé ?

– Une balle dans le tendon du mollet, sir. Ça va s'arranger. Et comment va votre bras ?

– Il fait un peu des siennes.

– Pensez-vous que vous allez assez bien pour pouvoir marcher, sir ? »

Le lieutenant-colonel leva un sourcil.

« Comment ça ? » Il jeta un coup d'œil avisé au baluchon et à la bouteille d'eau qu'Arjun portait. « Qu'avez-vous là, Roy ?

– De la nourriture et de l'eau, sir. Les Japonais arrivent sur la route nord-sud. Si vous partez dans l'autre direction, vous devriez pouvoir rejoindre vos lignes.

– Rejoindre mes lignes ? répéta lentement Buckland. Je pars donc seul ? Et vous ? Et les autres ?

– Nous restons ici, sir. Pour le moment.

– Je vois. » Buckland se leva, son bras serré contre sa poitrine. Il prit la bouteille d'eau des mains d'Arjun et l'examina. « Alors vous passez de l'autre côté – chez les Japonais ?

– Ce n'est pas ainsi que je le formulerais, sir.

– J'en suis sûr, en effet. » Buckland regarda Arjun bien en face, les sourcils froncés. « Voyez-vous, Roy, dit-il enfin, vous, je ne vous aurais jamais pris pour un renégat. Certains des autres, oui – on pouvait voir où s'en trouvait la possibilité. Mais vous : vous n'avez pas la gueule d'un traître.

– Certains diraient que j'ai été un traître depuis toujours, sir.

– Vous ne croyez pas vraiment ça, non ? » Buckland secoua la tête. « En fait, vous n'en croyez pas un mot.

– Sir ?

– Non. Autrement vous ne seriez pas ici, en train de m'apporter de la nourriture et de l'eau. Seul un soldat incompétent – ou un idiot – aiderait un ennemi à s'échapper.

– J'ai senti que je le devais, sir.

– Pourquoi ?

– Parce que ce n'est pas votre faute, sir, dit Arjun. Vous avez toujours été chic avec nous. Vous étiez le meilleur commandant qu'on pouvait espérer – dans les circonstances.

– Je suppose que vous vous attendez à ce que je vous remercie d'avoir dit ça ?

– Je n'attends rien, sir. » Arjun ouvrit la porte. « Mais si vous le voulez bien, sir, nous n'avons pas beaucoup de temps. Je vais vous montrer le chemin. »

Buckland sortit et Arjun le suivit. Ils descendirent les marches puis s'enfoncèrent dans la plantation. Au bout de quelques mètres, Buckland se racla la gorge.

« Écoutez, Roy. Il n'est pas trop tard. Vous pouvez encore changer d'avis. Venez avec moi. Nous pouvons filer en douce. Nous oublierons ceci... cet incident. »

Un moment s'écoula avant qu'Arjun ne réponde :

« Sir, puis-je dire quelque chose ?

– Allez-y.

– Sir, vous rappelez-vous, à l'Académie militaire, vous avez un jour, au cours d'une de vos conférences, cité quelqu'un. Un général anglais, du nom de Munro, je crois. Vous avez cité quelque chose qu'il avait dit plus de cent ans auparavant au sujet de l'armée indienne : "L'esprit d'indépendance jaillira dans cette armée bien avant même que le peuple y pense..." »

Buckland hocha la tête.

« Oui. Je m'en souviens. Très bien même.

– Nous étions tous des Indiens, dans la classe, et nous avons été un peu choqués que vous ayez choisi de nous citer un tel propos. Nous avons affirmé que Munro disait n'importe quoi. Mais vous n'étiez pas d'accord...

– Vraiment ?

– Oui. À l'époque, j'ai pensé que vous vous amusiez à vous faire l'avocat du diable, que vous tentiez simplement de nous provoquer. Mais ce n'était pas ça, n'est-ce pas, sir ? La vérité, c'est que vous le saviez depuis toujours : vous saviez ce que nous ferions – vous le saviez avant que nous le sachions. Vous le saviez parce que vous nous aviez formés. Si je venais avec vous maintenant, personne ne serait plus surpris que vous. Je pense que, au fond de votre cœur, vous me mépriseriez un peu.

– Foutaises, Roy ! Ne soyez pas idiot, mon vieux. Il est encore temps.

– Non, sir. » Arjun fit halte et tendit la main. « Je pense que nous y voilà, sir. C'est ici que je vais faire demi-tour. »

Buckland regarda sa main puis Arjun lui-même.

« Je ne vais pas vous serrer la main, Roy, dit-il calmement, d'une voix égale, sans émotion. Vous pouvez justifier à vos yeux ce que vous faites de mille manières différentes, mais il ne faut pas vous tromper quant à la vérité, Roy. Vous êtes un traître. Vous êtes une honte pour le régiment et votre pays. Vous êtes une ordure. Quand le temps viendra, on vous poursuivra, Roy. Quand on vous amènera devant une cour martiale, je serai là, Roy. Je vous ferai pendre haut et court, Roy. Oui. N'en doutez pas un seul instant. »

Arjun laissa retomber sa main. Pour la première fois depuis de longs jours, il se sentit totalement sûr de sa décision. Il sourit.

« Il y a une chose dont vous pouvez être certain, sir, dit-il. Ce jour-là, s'il vient, vous aurez fait votre devoir et j'aurai fait le mien. Nous nous regarderons en hommes honnêtes – pour la première fois. Rien que pour cela, ce que je fais aura valu la peine. »

Il salua, en gardant l'équilibre avec sa béquille. Un instant, le lieutenant-colonel Buckland hésita puis, malgré lui, sa main se leva pour retourner le salut. Après quoi, il tourna les talons et s'enfonça dans les arbres.

Arjun le regarda partir avant de virer lui-même sur sa béquille et de regagner en boitant le quartier des coolies.

Alison conduisait depuis une heure quand elle remarqua que les pédales de la Daytona devenaient brûlantes sous ses pieds. Elle se mit à surveiller le capot et vit des petites volutes de vapeur s'en échapper. Elle s'arrêta sur le bas-côté et, comme son grand-père se tournait pour la regarder, elle lui adressa un sourire rassurant.

« Tout va bien, Baba. Ne t'inquiète pas. Ça ne me prendra pas une minute. »

Elle le laissa assis à sa place et descendit. Elle se rendit alors compte que la vapeur s'échappait par la grille du radiateur. Le capot était trop chaud pour être touché directement. Elle enveloppa sa main dans son foulard afin de chercher le loquet en dessous. Un jet brûlant lui sauta au visage et elle fit un bond en arrière, prise d'une quinte de toux.

Il faisait nuit noire. Elle passa le bras par la vitre du côté conducteur et alluma les phares. Elle avisa une branche par terre à ses pieds et s'en servit comme levier pour soulever le capot, provoquant un autre nuage de vapeur. Elle laissa le capot ouvert et retourna éteindre les phares.

« Ça ne sera pas long, Baba, dit-elle. Nous allons juste attendre un peu. »

Au nord, elle apercevait des éclairs de lumière. Sur la route, la circulation s'était réduite à quelques rares voitures qui passaient à toute allure. Alison eut le sentiment d'être parmi les dernières à se trouver encore sur la route : ceux qui avaient décidé de partir l'avaient fait depuis longtemps et les autres attendaient de voir la suite des événements.

La nuit était froide et la vapeur du radiateur se dissipa rapidement. Alison enveloppa de nouveau sa main dans son écharpe et dévissa le bouchon. Puis elle alla chercher une bouteille d'eau dans la voiture : dès qu'elle la versa l'eau se mit à bouillir, formant de la mousse. Alison arrosa le radiateur et attendit un peu avant de mettre le reste de l'eau dans le réservoir. Elle referma le capot d'un coup sec et regagna son siège derrière le volant. Elle adressa un sourire à son grand-père.

« Tout va bien maintenant, on va s'en sortir. »

Elle tourna la clé du démarreur et fut immensément soulagée d'entendre le moteur réagir. Elle ralluma les phares et revint sur la chaussée. Aucune autre voiture n'était passée devant eux depuis un moment. Avec la route toute à elle, Alison fut tentée d'accélérer. Elle fit un effort pour se rappeler qu'elle devait aller lentement afin d'éviter la surchauffe.

Ils n'avaient parcouru que quelques kilomètres quand le moteur se mit à cogner. Elle comprit qu'il n'était pas question d'aller plus loin. Au virage suivant, elle quitta la route pour prendre une piste poussiéreuse, guère plus qu'un sentier de graviers, bordée des deux côtés de bouquets d'hévéas : elle en éprouva une sorte de gratitude, contente de se retrouver dans un environnement familier.

Le mieux, décida-t-elle, était de rester près de la route : peut-être réussirait-elle au matin à arrêter des gens qui l'aideraient. Elle conduisit la voiture un peu plus loin sur la piste, s'enfonça sous les arbres et se gara à l'abri d'un gros buisson. Elle éteignit le moteur et ouvrit sa portière.

« On va rester ici un moment, Baba, dit-elle. Nous repartirons quand la lumière sera meilleure. » Elle ouvrit de nouveau le capot et revint à son siège... « Dors, Baba. Inutile de rester éveillé. On ne peut rien faire pour l'instant. »

Elle redescendit et fit le tour de la voiture. Les phares éteints, il faisait très sombre, et elle ne voyait aucune lumière ni aucun signe d'habitation. Elle se rassit derrière le volant. Saya John s'était redressé et contemplait avec attention ses mains, les doigts étalés devant lui comme s'il comptait quelque chose.

« Dis-moi, Alison, lança-t-il. On est bien samedi aujourd'hui, n'est-ce pas ?

– Tu crois ? » Elle tenta de se souvenir de la date mais en vain. « Je ne sais pas. Pourquoi cette question ?

– Je pense que demain c'est dimanche. J'espère qu'Ilongo va se rappeler qu'il faut que j'aille à l'église. »

Elle le regarda fixement.

« Désolée, Baba, répliqua-t-elle d'un ton sec, je crains que tu ne sois obligé de manquer l'église demain. »

Il lui jeta un coup d'œil, tel un enfant déçu, et elle s'en voulut aussitôt de lui avoir répondu ainsi. Elle lui prit la main.

« Juste pour cette fois, Baba. Nous irons à la messe la semaine prochaine à Singapour. »

Il lui sourit et se renfonça dans son siège, la tête contre le cuir. Alison consulta sa montre. Il était quatre heures du matin : ce serait bientôt l'aube. Une fois le jour levé, elle retournerait sur la route pour tenter d'arrêter une voiture ou un camion : quelqu'un passerait sûrement. Elle laissa sa tête retomber en arrière : elle était fatiguée – pas effrayée, juste fatiguée. Elle entendait la respiration lente et profonde de son grand-père en train de s'endormir. Elle ferma les yeux.

Elle fut réveillée par un rayon de soleil transperçant le dais de feuillage. Elle remua et sa main se posa sur le siège à côté d'elle. Il était vide. Elle se redressa, ahurie, se frottant les yeux, et tourna la tête : son grand-père avait disparu.

Elle ouvrit la porte et sortit. « Baba ? » Il était probablement allé se soulager sous les arbres. Elle haussa la voix : « Baba ? Tu es là ? » Elle pivota lentement sur elle-même, les mains en pare-soleil, tentant de mieux voir dans les sombres tunnels d'hévéas tout autour. Aucune trace du vieil homme.

Alors qu'elle contournait la voiture, elle trébucha sur la valise en cuir de son grand-père, gisant ouverte sur le sol, avec des vêtements répandus autour parmi les feuilles. Il avait dû chercher quelque chose, mais quoi ? Un peu plus loin, elle découvrit aussi par terre le pantalon et la chemise que portait le vieil homme la veille au soir. Une idée lui vint soudain à l'esprit. Elle revint en hâte à la valise et la fouilla rapidement, à la recherche du costume noir qu'il aimait revêtir pour aller à la messe : il n'était plus là et pourtant elle était sûre qu'il l'avait emporté, comme il le faisait toujours du reste. Et c'était pour mettre ce costume qu'il avait voulu se changer, elle en était certaine. Après quoi, il était sans doute parti au hasard sur la route, pensant qu'elle le conduirait à l'église. Il fallait qu'elle se dépêche si elle voulait le retrouver avant qu'il ne fasse des bêtises.

Elle s'empara vivement de son sac dans la Daytona. Elle songea un instant à essayer de suivre son grand-père en voiture mais elle se ravisa. Impossible de prédire le temps qu'elle risquait de perdre à tenter de remettre le moteur en marche. Elle irait plus vite à pied. Elle passa son sac à l'épaule et courut en direction de la grande route.

Elle pouvait voir, bien qu'à bonne distance encore, que la circulation était nulle, la route d'un calme total. Mais à une vingtaine de mètres de là, elle entendit des voix. Elle s'arrêta pour regarder, jeta un coup d'œil de côté le long d'un couloir de troncs d'arbre et aperçut au loin un groupe de cyclistes : une demi-douzaine environ et qui pédalaient dans sa direction.

Sa première réaction fut de se sentir soulagée : elle savait que, en courant très vite, elle pourrait atteindre la route au moment du passage des cyclistes. Peut-être pourraient-ils l'aider. Elle fit deux pas puis s'arrêta pour mieux regarder en s'abritant derrière un tronc d'arbre. Elle se rendit compte alors que les cyclistes portaient tous des casquettes et que leurs vêtements étaient exactement de la même couleur. Bénissant la plantation de lui offrir un abri, elle se glissa un peu plus près de la route, en prenant soin de rester hors de vue.

Quand les cyclistes ne furent plus qu'à quelques mètres, elle vit qu'il s'agissait de soldats japonais. Ils n'étaient pas rasés et leurs uniformes gris étaient constellés de poussière et de boue, leurs tuniques trempées de sueur. Certains avaient une longue écharpe attachée à leur casquette tandis que d'autres étaient coiffés d'un casque couvert d'un filet. Tous portaient des bandes molletières bien serrées et des chaussures de toile. L'homme en tête arborait une épée à sa ceinture : le fourreau cliquetait en cadence contre le garde-boue de la bicyclette. Les autres étaient armés de fusils à baïonnette. Les bicyclettes défilèrent dans les grincements. Alison entendait les hommes souffler et haleter en pédalant.

Un peu plus loin, la route présentait un virage assez sec. Les cyclistes étaient encore dans sa ligne de mire quand Alison les vit prendre le tournant : elle entendit l'un d'eux crier tout en levant la main pour montrer quelque chose devant lui. Soudain elle fut saisie d'un doute aigu : elle avait pensé retrouver son grand-père repartant vers

Sungei Pattani. Et si, au contraire, il avait pris la direction inverse ?

Elle regarda dans les deux sens et constata que la route était vide. Elle la traversa en courant et se glissa entre les arbres de l'autre côté. Se déplaçant en diagonale, elle eut de nouveau vue sur la route ; de dos, les cyclistes continuaient à pédaler en désignant une petite silhouette très loin en avant : un homme portant un costume et un chapeau et se déplaçant sur le bas-côté. Alison comprit aussitôt qu'il s'agissait de son grand-père. Les soldats arrivaient sur lui à grands coups de pédale.

Elle se mit à courir, très vite, entre les arbres. Elle se trouvait encore à plusieurs centaines de mètres quand les soldats rattrapèrent Saya John. Elle les vit descendre de leurs vélos qu'ils laissèrent tomber dans l'herbe. Ils entourèrent le vieil homme et le son d'une voix lui revint flottant dans l'air : un des soldats criait, il criait quelque chose qu'elle ne comprenait pas. Elle commença à se marmonner à elle-même tout en continuant sa course : « S'il vous plaît, s'il vous plaît... »

À l'évidence, son grand-père n'avait pas compris ce que disaient les soldats dont l'un tendait la main pour l'arrêter : le vieil homme l'écarta. Tous les soldats lui criaient après maintenant mais il semblait ne rien entendre. Il secouait la main comme pour essayer de se débarrasser d'importuns. Puis un des soldats le frappa, une gifle violente qui lui fit perdre l'équilibre : le vieil homme s'écroula lourdement sur le sol.

Le souffle coupé, Alison fit halte et s'appuya contre un tronc d'arbre auquel elle s'agrippa des deux mains. Si seulement il demeurait immobile, ils partiraient, elle en était sûre. Elle fit une prière pour qu'il ait perdu connaissance. Ils le laisseraient tomber : ils s'étaient bien aperçus tout de même qu'il n'était qu'un pauvre vieil homme désorienté, totalement inoffensif.

Mais Saya John, allongé face contre terre, remua. Il se retourna et se redressa, ses deux jambes étendues devant lui comme un enfant au réveil. Il tendit la main vers son chapeau, s'en recoiffa et se releva. Il regarda les soldats, fronça les sourcils d'un air étonné et se frotta la figure. Puis il tourna les talons et reprit son chemin.

Alison vit un des soldats se saisir de son fusil et, tout en criant quelque chose, l'armer de façon à pointer la baïonnette droit sur le dos du vieillard.

Presque sans y penser, Alison prit son sac, en sortit le revolver, se mit sur un genou, croisa son bras gauche devant elle et assura son poignet droit sur l'avant-bras, ainsi que son père le lui avait appris. Elle visa l'homme à la baïonnette, en espérant l'abattre. Mais, exactement à cet instant, un autre soldat traversa sa ligne de mire : la balle l'atteignit dans les côtes et il tomba en hurlant. L'homme à la baïonnette se figea une seconde puis soudain, comme par une sorte de réflexe, son bras se détendit, enfonçant la lame dans le corps de Saya John puis la retirant d'un seul et même mouvement. Le vieillard s'écroula sur la route, face contre terre.

À présent parfaitement calme, la respiration égale, Alison visa avec soin et tira de nouveau. Cette fois, elle atteignit l'homme à la baïonnette qui hurla, lâcha son fusil et plongea la tête la première sur la route. Sa troisième balle rata sa cible et alla arracher une motte d'herbe sur le bas-côté. Les soldats étaient tous à plat ventre maintenant et deux d'entre eux s'abritaient derrière le corps inerte de Saya John. Les cibles d'Alison étaient plus difficiles à atteindre et sa quatrième balle se perdit. Mais avec la cinquième elle toucha un autre soldat, l'envoyant valser dans le décor.

Puis, tout à coup, quelque chose la frappa en plein corps avec force, la renversant sur le dos. Elle ne sentait aucune douleur mais elle comprit qu'elle était blessée. Elle demeura allongée, immobile, contemplant l'arc des branches d'hévéas au-dessus d'elle, agitées par la brise comme des éventails.

Elle était contente que tout se termine ainsi, son regard posé sur une vue familière. Elle se rappela ce que Dinu avait dit au sujet de sa mère et des douceurs qu'elle avait partagées avec ses ravisseurs. Le souvenir la fit sourire : pas question de ça pour elle. Elle était ravie de les avoir fait payer, de ne pas être partie sans riposter.

Elle entendait leurs pas maintenant et savait qu'ils venaient vers elle. Elle porta le revolver à sa tempe et ferma les yeux.

39

Doh Say, l'ami toujours fidèle, abandonna les célébrations familiales de Noël pour voler à l'aide de Rajkumar. Il arriva à Rangoon le 22 décembre et, ainsi que prévu, prit très vite les choses en main : il organisa l'embauche d'une équipe d'éléphants et d'une demi-douzaine de *oo-si* tandis que Neel s'arrangeait pour louer deux camions. Il fut décidé que l'enlèvement des stocks de bois du chantier commencerait dès le lendemain.

Doh Say, Raymond, Neel et Rajkumar quittèrent la maison tôt le matin à bord de la Packard, avec Neel au volant. Dolly et Manju les regardèrent partir en agitant la main. Ils atteignirent le chantier alors que les *oo-si* étaient déjà là avec leurs éléphants. Et les camions aussi, au grand soulagement de Rajkumar qui avait espéré une mise au travail rapide et s'était inquiété d'un retard possible des équipes.

Surgit alors un problème inattendu. « On aimerait vous parler », déclara un des chauffeurs de camion. Une délégation monta dans la petite cabane qui servait de bureau : il s'avéra que les *oo-si* et les chauffeurs exigeaient le paiement d'une partie de leur salaire à midi pile.

Certes, il n'était pas inhabituel pour des équipes louées de formuler des demandes au moment de commencer le travail de la journée : celui où, précisément, elles étaient dans la meilleure position pour marchander. Rajkumar avait formé le projet de se rendre à sa banque au début de l'après-midi, une fois le travail pratiquement achevé. Les fêtes de Noël débutant le lendemain, c'était le dernier jour d'ouverture des banques pour la semaine. Il avait pris la précaution de passer la veille à sa banque pour s'assurer que l'argent se trouvait à sa disposition. Il aurait pu le retirer alors, mais il s'y était refusé par prudence, songeant qu'ils étaient désormais seuls chez eux, sans portier pour monter la garde. Il avait décidé de revenir le lendemain.

La revendication des ouvriers l'obligeait à changer ses plans. Il persuada les hommes de se mettre à l'œuvre en leur promettant d'avoir l'argent à midi. Il se posta à la fenêtre de son bureau pour les regarder commencer le chargement.

Il souriait en contemplant le chantier avec ses énormes tas de bois soigneusement empilés, un peu troublé cependant à la pensée que cela représentait la totalité de ses possessions. Il savait qu'il aurait dû déjà être en route mais il ne pouvait s'empêcher de lambiner. Même aujourd'hui, après tant d'années, il ne résistait pas au plaisir de regarder les éléphants au travail : une fois de plus, il s'émerveilla de leur adresse à se frayer d'un pied sûr un chemin à travers les allées étroites, à glisser leur grand corps entre les piles de bois. Il y avait quelque chose de surnaturel dans la dextérité avec laquelle ils enroulaient leurs trompes autour des grumes.

Il avisa Neel qui déambulait entre les éléphants et cela le rendit nerveux.

« Neel ! cria-t-il. Sois prudent ! »

Neel se retourna, un large sourire illuminant son visage barbu. Il agita la main.

« Tout ira bien, Apé. Tu devrais déjà être en route. N'attends pas trop. »

Rajkumar consulta sa montre.

« J'ai le temps. La banque n'est même pas encore ouverte.

– Oui, vas-y, Rajkumar, dit Doh Say, ajoutant sa voix à celle de Neel. Plus tôt tu y arriveras, plus tôt tu seras de retour. Je m'occupe de tout ici ; tout ira bien. »

Rajkumar descendit dans la rue et héla un rickshaw. Le conducteur pédala très fort et ils atteignirent bientôt le centre-ville. La circulation était dense et Rajkumar eut peur d'être retardé. Mais le cyclo-pousse se faufila adroitement dans les rues et l'amena très vite à destination.

Rajkumar paya le conducteur et grimpa la large volée de marches menant à la banque dont les portes étaient encore fermées. Une demi-douzaine d'hommes attendaient déjà. Rajkumar se joignit à la file. La matinée était exceptionnellement claire, presque sans nuages, et la température très fraîche pour Rangoon : beaucoup de passants étaient emmitouflés dans des châles et des cardigans de laine.

La banque était située à un carrefour très animé et les rues environnantes engorgées par la circulation de l'heure de pointe matinale. Les autobus avançaient au pas en crachant de la fumée ; sous des entrelacs de fils, les tramways passaient dans les grondements tout en faisant tinter leurs sonnettes.

Soudain, au loin, une sirène d'alerte se déclencha. Ni Rajkumar ni les gens autour de lui n'y prirent vraiment garde. Ces alertes avaient retenti plusieurs fois dans les dernières semaines – toutes s'étaient révélées fausses. Au pied des marches de la banque, une marchande ambulante faisait frire du *baya-gyaw* dans une grande poêle noircie de suie. La femme, furieuse, grimaça avant de se remettre à sa friture. Rajkumar, inquiet des retards que cette alerte pourrait provoquer, eut la même réaction.

Les sirènes retentirent derechef et, cette fois, les gens y prêtèrent plus d'attention. Il était inhabituel d'entendre deux alertes se succéder en si peu de temps. Des têtes surgirent aux fenêtres des bus et des trams, les regards se tournèrent vers le ciel, comme à la recherche de signes avant-coureurs de pluie.

Rajkumar aperçut un préposé à la défense passive qui, coiffé de son casque, arpentait la rue en faisant de grands signes aux piétons. Rajkumar le reconnut : c'était un bookmaker anglo-birman, une vieille relation du temps où il fréquentait les champs de courses. Il descendit en hâte l'aborder.

Le préposé ne se perdit pas en discours :

« Trouvez-vous vite un endroit sûr, Mr Raha. On est définitivement dans le pétrin. Ils ont passé le second système d'alerte. » Les mains en porte-voix, il se mit à crier aux passants : « Fichez le camp d'ici ; tous aux abris, rentrez chez vous... »

Quelques badauds le regardèrent, mais dans l'ensemble personne ne parut l'avoir entendu. Mains sur les hanches, le préposé furieux s'écria :

« Voyez-moi ça ! Ils se croient au cirque... »

Devant la banque s'étalait un bout de jardin. Des mois auparavant, on avait creusé d'étroites tranchées entre les palmiers d'ornement. Mais, depuis, elles s'étaient remplies d'eau croupie, de noyaux de mangue moisis et d'autres déchets. Les gens hésitaient à sauter dedans.

Rajkumar remonta les marches pour voir si la banque avait ouvert. Et les sirènes repartirent une troisième fois, attirant à présent l'attention de tout le monde. La circulation s'arrêta brusquement. Il n'y eut d'abord ni affolement ni ruée vers les abris. Les gens descendirent de leurs trams et de leurs bus et demeurèrent plantés dans la rue, ahuris, incrédules, la tête levée vers le ciel, les doigts en visière pour se protéger les yeux de la lumière. Plusieurs hommes rejoignirent Rajkumar sur les marches : le seuil de la banque fournissait un excellent poste d'observation des environs.

« Écoutez ! » Un ronronnement persistant se faisait entendre au loin, prêtant une soudaine et inquiétante réalité à l'idée d'une attaque aérienne imminente. Après un moment d'incertitude, la panique, telle une tempête, ravagea soudain les rues. Les gens se mirent à courir. Certains s'engouffrèrent à l'intérieur des maisons, d'autres filèrent à toute vitesse entre les véhicules immobilisés. Les tranchées puantes se remplirent en un clin d'œil.

Pas très loin, une femme poussa un hurlement de douleur. Rajkumar pivota sur ses talons et découvrit que la charrette de *baya-gyaw* avait été retournée au pied des marches : la poêle s'était renversée, éclaboussant d'huile bouillante la marchande qui s'enfuyait en hurlant dans la rue, agrippant des deux mains ses vêtements.

Rajkumar décida de ne pas braver la foule. Il s'arcbouta aux lourdes portes de la banque. Le ronronnement lointain se transforma en un vacarme rythmé. Puis les premiers avions apparurent, petites mouchetures surgissant à l'est. Les canons de la DCA ouvrirent le feu avec un son mat et sourd : des canons peu nombreux, concentrés autour de l'aéroport de Mingaladon et du cantonnement militaire. Mais que les défenses de la ville fussent en action était en soi rassurant. Même dans l'effroi général, on entendait beaucoup de gens pousser des acclamations

À l'approche des confins est de la ville, les bombardiers changèrent de formation et plongèrent plus bas dans le ciel. Leurs fuselages s'ouvrirent et leurs chargements de bombes se mirent à pleuvoir dans le sillage de l'appareil, tels des rubans gris scintillants, donnant l'impression qu'un rideau argenté se déployait soudain sur l'horizon.

Les premières bombes tombèrent à plusieurs kilomètres, les explosions se succédant à un rythme régulier. Tout à coup, un bruit dix fois plus fort que les déflagrations précédentes retentit. Un énorme champignon de fumée noire envahit le ciel, englobant presque les bombardiers.

« Ils ont touché les dépôts d'essence de Pazundaung ! » cria quelqu'un.

Rajkumar sut aussitôt que c'était vrai. Le cœur lui manqua. Les principaux réservoirs de carburant de la ville se trouvaient sur la rive gauche de la crique, à deux pas de la scierie. Il leva la tête, vit les avions opérer un second passage au-dessus de la même zone et se rendit compte alors qu'ils ne bombardaient pas au hasard : ils visaient le long quai de la ville, s'attaquant à ses usines, ses entrepôts, ses réservoirs et ses chemins de fer.

Soudain, Rajkumar pensa aux éléphants en train de travailler sur son chantier. Leur réaction au bruit était imprévisible. Il suffisait parfois d'un seul son aigu pour jeter la panique dans un troupeau. Il avait autrefois été témoin, dans un camp forestier, d'un incident de ce genre : l'écho d'un coup de fusil avait alarmé une vieille éléphante qui avait poussé un barrissement très particulier provoquant une sorte d'affolement dans le troupeau et pas mal de dégâts. Il avait fallu des heures aux *oo-si* pour reprendre le contrôle de leurs animaux.

Que se passerait-il si un attelage d'éléphants paniquait à l'intérieur d'un chantier bourré de grumes ? C'était impensable.

Incapable de tenir plus longtemps en place, Rajkumar partit à pied dans la direction de Pazundaung. Les bombes se rapprochaient maintenant, tombant en rideaux vers le centre de la ville. Soudain un char à bœufs surgit, fonçant sur lui à toute allure, les bouvillons écume aux lèvres et les yeux révulsés. Agrippé aux parois de la charrette, le conducteur hurlait. Rajkumar n'eut que le temps de sauter de côté pour l'éviter.

Une autre escadrille de bombardiers passa directement au-dessus de sa tête, dans le beau ciel clair de décembre. Les appareils piquèrent du nez, leurs soutes s'ouvrirent et des chapelets de bombes s'égrenèrent de biais, étincelants comme des diamants au soleil.

Aucune tranchée en vue. Rajkumar s'accroupit à l'abri d'une entrée, les mains sur la tête, conscient du bruit de verre brisé dans les tremblements de l'air.

Il ne savait plus depuis combien de temps il était là. Il ne bougea qu'en sentant quelque chose de chaud dans son dos. Il se retourna et vit un chien qui se poussait contre lui, gémissant de frayeur. Il écarta l'animal et se releva. Des colonnes de fumée montaient un peu partout vers le ciel. Il pensa à Dolly, à Manju, à Jaya sa petite-fille. Il jeta un coup d'œil du côté de Kemendine et fut soulagé de voir que cette partie de la ville était relativement peu affectée. Il se remit en marche dans la direction opposée, celle de son chantier de Pazundaung.

Dans Merchant Street, un marché avait été détruit. Des fruits et des légumes gisaient éparpillés le long de la rue.

Déjà mendiants et chiffonniers fouillaient les détritus. Il remarqua les ruines d'une boutique incendiée et se rappela, presque avec nostalgie, que c'était là qu'il aimait bien acheter son poulet tandoori. Une explosion avait fait passer un jeu de broches à travers les parois d'argile du four, le brisant en deux comme une coquille d'œuf. Il entendit une voix d'homme appeler au secours. Il pressa le pas. Il n'avait pas le temps : il lui fallait arriver au plus vite à son chantier.

Il passa devant Rowe & Co. Les fenêtres étaient brisées et des pillards grimpaient par les trous béants dans les murs. L'arbre de Noël gisait en travers du sol et une vieille femme s'affairait autour, son visage couvert de talc : elle ramassait la ouate et l'entassait dans un sac.

Devant le bureau du télégraphe, une grosse conduite d'eau avait été touchée et un geyser de trois mètres de haut jaillissait dans le ciel. L'eau était partout : elle s'accumulait dans des flaques, se déversait sur la route, tourbillonnait autour du trou de la conduite.

Des gens s'étaient abrités sous le mur du bureau de poste juste avant l'explosion de la canalisation et, dans la mare tournoyante, on apercevait des morceaux de cadavres, un bras d'enfant, une jambe... Rajkumar détourna les yeux et poursuivit son chemin.

En approchant de Pazundaung, il s'aperçut que les deux rives de la crique disparaissaient derrière un rideau de flammes. Encore à bonne distance, il distingua les murs d'enceinte de son chantier : ils étaient enveloppés de fumée.

Tout ce qu'il possédait se trouvait dans cet endroit, tout le fruit de son travail : le résultat d'une vie de labeur concentré dans une seule et unique réserve de bois. Il pensa aux éléphants et aux bombes en train de tomber autour : les flammes jaillissant des piles de rondins, les explosions, les barrissements.

C'était lui qui avait réuni tous ses biens dans ce seul lieu – cela aussi faisait partie du plan – et maintenant les bombes l'en avaient privé à jamais. Mais peu importait :

rien n'avait d'importance tant que Neel n'était pas blessé. Le reste n'était que des biens matériels. Mais Neel...

Il tourna dans la ruelle qui menait à son chantier rempli de nuages tourbillonnants de fumée. Il sentit sur son visage la chaleur torride du feu qui ravageait la scierie. Il hurla : « Neel ! » Une silhouette se dessina dans la fumée. Rajkumar se mit à courir.

« Neel ? Neel ? »

C'était Doh Say, sa figure ridée noire de suie. Il pleurait.

« Rajkumar...

– Où est Neel ?

– Pardonne-moi, Rajkumar. » Doh Say se couvrit le visage des mains. « Je n'ai rien pu faire. Les éléphants se sont emballés. J'ai essayé de convaincre ton garçon de partir mais il a refusé de m'écouter. Les grumes se sont effondrées et il est tombé dessous. »

Rajkumar découvrit alors que Doh Say avait traîné un corps dans la ruelle pour l'écarter de l'incendie. Il courut vers lui et tomba à genoux.

Écrasé par un énorme poids, le corps était méconnaissable. Mais, malgré l'atroce blessure, Rajkumar sut qu'il s'agissait de son fils et qu'il était mort.

Un jour, encore petite fille, Manju avait observé le rasage du crâne d'une veuve. Cela se passait dans la maison d'un voisin, à Calcutta : on avait payé un barbier pour faire le travail et les femmes de la famille avaient été appelées à l'aide.

Manju prit une paire de ciseaux dans sa boîte à ouvrage. Elle s'assit devant sa coiffeuse, se regarda dans la glace et tenta de se couper les cheveux. Les lames émoussées sur des cheveux noirs épais, les cheveux d'une jeune femme, rendaient les ciseaux inutilisables. Manju les laissa retomber dans sa boîte.

Le bébé se mit à pleurer. Manju ferma la porte et descendit l'escalier menant à la cuisine, une pièce sombre, noire de suie, sans air, sur l'arrière de la maison. Elle y trouva un couteau, un couteau avec une longue lame acérée et un manche en bois. Elle l'essaya sur ses cheveux mais sans plus de succès.

À la recherche d'un meilleur instrument, Manju se souvint des faux dont on se servait autrefois pour tondre la pelouse. Ces faux étaient très tranchantes : le sifflement de leurs lames retentissait dans la maison. Les *mali* qui prenaient soin des jardins étaient partis depuis longtemps mais les faux étaient toujours là. Elle savait où les trouver : dans une remise près du grand portail.

Elle sortit et traversa en courant l'enclos jusqu'à la remise. Les faux étaient exactement là où elle l'avait pensé, entassées avec d'autres outils de jardinage. Debout dans l'herbe qui lui montait aux genoux, elle en souleva une, écarta sa chevelure et trancha à l'aveuglette. Elle vit une mèche tomber dans l'herbe ce qui l'encouragea. Elle trancha une deuxième mèche puis une troisième. Elle voyait le tas grandir à ses pieds mais ce qu'elle ne comprenait pas c'était la douleur : pourquoi se couper les cheveux faisait-il si mal ?

Elle entendit quelqu'un lui parler à voix basse, tout près. Elle se retourna et vit Raymond derrière elle, qui levait la main pour s'emparer de la faux. Elle recula d'un pas. « Vous ne comprenez pas... » dit-elle. Elle tenta de lui sourire pour le convaincre qu'elle savait ce qu'elle faisait et qu'il lui était impossible de faire autrement. Mais soudain Raymond lui saisit le poignet et lui tordit le bras. La faux tomba et il l'envoya valser d'un coup de pied.

Manju fut stupéfaite par la force de Raymond, par la manière dont il la retenait avec une prise de lutteur. Jamais personne ne l'avait maintenue de cette manière, comme si elle était folle.

« Mais que faites-vous donc, Raymond ? »

Il lui retourna les mains pour les lui mettre sous les yeux. Elle vit que ses doigts étaient tachés de sang.

« Vous vous êtes blessée, dit-il calmement. Vous vous êtes coupé le cuir chevelu.

– Je ne savais pas. »

Elle essaya de libérer ses bras mais Raymond resserra son emprise. Il la conduisit dans la maison et l'obligea à s'asseoir. Il trouva du coton et lui tamponna sa blessure. À l'étage, le bébé se remit à pleurer. Raymond accompagna Manju jusqu'à l'escalier et lui donna un léger coup de coude.

« Allez-y. L'enfant a besoin de vous. »

Elle monta quelques marches puis s'arrêta, incapable d'aller plus loin. Elle ne pouvait pas se faire à l'idée d'entrer dans cette chambre et de prendre le bébé. C'était inutile. Ses seins n'avaient plus de lait. Elle ne pouvait plus rien faire. Elle se cacha le visage entre ses mains.

Raymond monta à son tour l'escalier et lui tira la tête en arrière par ce qui lui restait de cheveux. Manju le vit reculer le bras puis sa main vint frapper violemment sa joue. Elle porta ses doigts à sa figure brûlante et leva les yeux vers lui. Raymond la contemplait avec fermeté mais non sans gentillesse.

« Vous êtes la mère, dit-il. Vous devez rester avec votre bébé. Un enfant a toujours faim quoi qu'il arrive... »

Il suivit Manju dans la chambre et y demeura jusqu'à ce que la jeune femme prenne le bébé et lui donne le sein.

Le lendemain, c'était Noël. Doh Say et Raymond quittèrent la maison le soir pour se rendre à l'église. Peu après les sirènes se déclenchèrent et les bombardiers réapparurent. Le bébé qui dormait se réveilla et se remit à pleurer.

Lors du premier bombardement, Manju et Dolly avaient su exactement quoi faire : elles s'étaient réfugiées dans une pièce sans fenêtres au rez-de-chaussée et avaient attendu le signal de la fin de l'alerte. Mais le sentiment d'urgence qui régnait alors avait maintenant disparu : comme si la maison était déjà déserte.

Manju resta au lit avec le bébé tandis que les bombes pleuvaient. Cette nuit-là, la voix de l'enfant semblait plus forte que jamais : plus forte que les sirènes, les bombes, les explosions au loin. Au bout d'un moment, Manju fut incapable de la supporter davantage. Elle se leva, descendit, ouvrit la porte et sortit dans le jardin. Il y faisait très noir hormis les flammes à l'horizon et les éclairs de lumière qui traversaient le ciel.

Elle aperçut une silhouette devant elle et, même dans l'obscurité, elle sut intuitivement qu'il s'agissait de Rajkumar. C'était la première fois qu'elle le revoyait depuis la mort de Neel. Il portait les mêmes vêtements que ce matin-là : un pantalon et une chemise maintenant noirs de suie. La tête rejetée en arrière, il contemplait le ciel. Elle comprit ce qu'il cherchait et vint se mettre à côté de lui.

Les avions volaient très haut, à peine visibles, telles des ombres de moustiques. Elle avait hâte qu'ils viennent plus près, assez près pour qu'elle puisse distinguer un visage. Elle avait hâte de savoir quelle était la sorte d'être qui se permettait de déclencher ce massacre : dans quel but ? Quel genre de créature pouvait songer à lui faire la guerre, à elle, à son mari, à son enfant – à une famille comme la leur –, et pour quelle raison ? Qui étaient ces gens qui s'arrogeaient le droit de refaire l'histoire du monde ?

Si seulement elle pouvait découvrir une signification quelconque à cela, elle en était certaine, elle pourrait remettre un peu d'ordre dans sa tête ; elle pourrait de nouveau raisonner normalement ; elle saurait quand et pourquoi il faudrait nourrir le bébé ; elle serait capable de comprendre la nécessité de se mettre à l'abri, de prendre soin des enfants, de penser au passé et à l'avenir, à la place qu'on tenait dans le monde. Debout à côté de Rajkumar, elle examina le ciel : il n'y avait rien à y voir – que des ombres très haut au-dessus de leurs têtes et, plus près, des flammes, des explosions et du bruit.

Doh Say et Raymond revinrent le lendemain matin après avoir passé toute la nuit réfugiés dans l'église. À présent, dirent-ils, les rues étaient presque vides. Les éboueurs étaient surtout des Indiens et bon nombre d'entre eux avaient fui ou s'étaient cachés. Une odeur de déjections humaines imprégnait déjà certains quartiers. Au port, les bateaux brûlaient avec leurs cargaisons intactes dans les cales : il n'y avait pas de dockers – eux aussi en majorité indiens – pour les décharger. L'administration avait ouvert les portes de l'asile et les fous erraient maintenant dans les rues à la recherche de nourriture et d'un abri. Partout des pilleurs s'introduisaient dans les maisons et les appartements abandonnés, brandissant triomphalement leur butin dans les rues.

Doh Say déclara qu'il fallait quitter Rangoon, devenu dangereux. La Packard avait par miracle survécu au bombardement. Raymond l'avait récupérée et ramenée à Kemendine. Dolly entassa dans la voiture quelques provisions de première nécessité : riz, *dal*, lait en poudre, légumes, eau potable. Puis Raymond se mit au volant et ils quittèrent la maison, avec le projet de se rendre à Huay Zedi et d'y rester jusqu'à ce que la situation évolue.

Ils prirent la route de Pegu en direction du nord. Bien que le centre de Rangoon fût étrangement vide, la plupart des avenues étaient impraticables et ils durent tourner en rond longtemps avant de pouvoir sortir de la ville. Des autobus gisaient abandonnés aux carrefours ; des tramways avaient déraillé, labourant le macadam ; des rickshaws renversés barraient le chemin ; fils électriques et câbles de tramway s'entassaient enchevêtrés en travers des trottoirs.

Peu à peu, ils rencontrèrent d'autres gens, d'abord des petits groupes clairsemés, puis des foules de plus en plus denses, jusqu'à ce que les routes deviennent si encombrées qu'ils ne puissent presque plus avancer. Tous avaient pris la même direction : celle du nord et de la frontière avec l'Inde, à plus de quinze cents kilomètres. Ils portaient leur baluchon sur leur tête, des enfants sur leur dos, poussaient des vieillards dans des chariots et des brouettes. Leurs pas soulevaient un long nuage ondulant de poussière qui demeurait suspendu au-dessus de la route, tel un ruban pointant le chemin vers l'horizon au nord. Ils étaient presque tous indiens.

Il y avait des voitures, des autobus aussi, et des taxis, des rickshaws, des bicyclettes et des chars à bœufs. Des camionnettes transportaient des douzaines de personnes accroupies sur leur plateau. Les plus gros véhicules se tenaient surtout au centre de la route, se suivant lentement en une file droite. Les voitures particulières dépassaient les bus et les camions en jouant bruyamment de l'avertisseur. Mais la circulation était telle que même elles n'avançaient qu'au compte-gouttes.

À la fin du premier jour, la Packard et ses passagers n'avaient pas encore réussi à sortir de Rangoon. Le lendemain, ils parvinrent en tête de la colonne de réfugiés et commencèrent à rouler plus vite. Quarante-huit heures plus tard, ils se trouvaient au bord du fleuve, face à Huay Zedi, et le traversaient.

Ils demeurèrent plusieurs semaines dans le village. Puis l'accélération de l'avance japonaise devenant manifeste, Doh Say décida d'évacuer le village et de faire déménager ses habitants plus loin dans la jungle. Le comportement de Manju étant de plus en plus bizarre, Dolly et Rajkumar résolurent de ramener la jeune femme chez les siens, et de tenter dans un ultime effort d'atteindre l'Inde.

Un char à bœufs transporta Manju, Dolly, Rajkumar et le bébé jusqu'au fleuve qu'ils remontèrent en bateau à travers Meiktila, au-delà de Mandalay, jusqu'à la petite ville de Mawlaik, sur le Chindwin. Ils furent alors confrontés à un ahurissant spectacle : quelque trente mille réfugiés occupaient la rive en attendant de pénétrer dans les chaînes montagneuses très boisées devant eux. Au-delà, il n'y avait pas de routes, seulement des pistes, des rivières de boue traversant des tunnels verts. Depuis le début de l'exode des Indiens, un réseau de chemins d'évacuation officiellement reconnus marquait le territoire : il y avait des itinéraires « blancs » et des itinéraires « noirs », les premiers étant plus courts et moins fréquemment utilisés. Plusieurs centaines de milliers de personnes avaient déjà parcouru cette jungle. Les réfugiés arrivaient encore chaque jour en grand nombre. Au sud, l'armée japonaise poursuivait son avance et il n'était pas question de revenir en arrière.

Ils portèrent le bébé dans un châle pendu comme un hamac sur leurs épaules. Après quelques centaines de mètres, ils s'arrêtaient et échangeaient leurs fardeaux, tous les trois, Manju, Dolly et Rajkumar. Ils se chargeaient tour à tour du bébé et des paquets enveloppés de toile cirée contenant leurs vêtements et leur réserve de bois.

Dolly qui boitait lourdement utilisait une canne. Sur son pied droit, une blessure, d'abord une ampoule d'apparence anodine, s'était transformée en une large plaie dont s'écoulait un pus à l'odeur répugnante et qui rongeait peau, muscle et chair. Une infirmière rencontrée en chemin leur expliqua qu'il s'agissait d'un *naga sore* et que Dolly avait de la chance que le sien n'ait pas été envahi par des asticots. Elle connaissait un garçon qui avait souffert d'une semblable infection dans le cuir chevelu ; lors d'un traitement au pétrole, on en avait retiré pas moins de trois cent cinquante petits vers. Et pourtant, le gamin avait survécu.

En dépit de ses douleurs, Dolly s'estimait chanceuse. Ils rencontraient des gens dont les pieds, rongés par ces inflammations, étaient presque pourris ; les siens n'étaient pas aussi méchamment atteints. Manju ne pouvait pas la regarder sans frémir, non pas à cause de ses évidentes souffrances mais de sa volonté manifeste de les ignorer. Ils étaient si forts ces deux-là, Dolly et Rajkumar, si tenaces – ils restaient collés si étroitement l'un à l'autre, même maintenant, malgré leur âge, envers et contre tout. Quelque chose en eux lui répugnait, la révulsait : Dolly encore plus que Rajkumar, avec son détachement exaspérant, donnant l'impression que tout ce qui se passait était un cauchemar dû à l'imagination de quelqu'un d'autre.

Par instants, elle lisait de la pitié dans les yeux de Dolly, une sorte de compassion, comme si elle, Manju, était d'une certaine manière une créature bien plus attristante ; une créature qui avait perdu le contrôle de son esprit et de sa raison. Ce regard la faisait bouillir de rage. Elle aurait voulu frapper Dolly, la gifler, lui hurler au visage : « C'est ça la réalité, c'est ça le monde, regardez-le, regardez le mal qui nous entoure : prétendre qu'il s'agit d'une illusion ne le fera pas disparaître. » C'était elle, Manju, qui était saine de corps et d'esprit, pas eux. Quelle meilleure preuve de leur folie que leur refus de reconnaître l'ampleur de leur défaite, leur échec total et absolu en tant que parents, en tant qu'êtres humains ?

Pour protéger leur bois de chauffage de la pluie, celui-ci avait été enveloppé dans de grandes feuilles de teck pelucheuses ligotées avec une corde fabriquée par Rajkumar à partir d'une liane. Parfois la corde se dénouait et une branche ou un bout de bois tombait. Le morceau disparaissait aussitôt – soit fauché par les gens qui suivaient, soit piétiné et enfoncé trop profondément dans la boue pour être récupéré.

La boue avait une étrange consistance, plus proche des sables mouvants que de l'argile. Elle vous aspirait, très soudainement, de sorte qu'avant de vous en apercevoir vous étiez plongés dedans à mi-cuisse. Tout ce qu'on pouvait faire était rester immobile et attendre que quelqu'un vienne à votre secours. C'était pire quand on trébuchait ou qu'on tombait face contre terre : la boue s'agglutinait à vous tel un animal affamé, s'accrochant à vos vêtements, vos membres, vos cheveux, vous enserrant si fort que vous ne pouviez plus bouger ; elle paralysait vos bras et vos jambes, les plaquant sur place à la manière dont la colle retient les insectes.

Quelque part, ils passèrent devant une femme, une Népalaise. Elle avait porté un enfant comme eux, suspendu dans un hamac de tissu improvisé. Elle était tombée la tête la première dans la boue sans plus pouvoir bouger, et par malchance sur une piste peu fréquentée, sans personne pour lui venir en aide. Elle était morte là où elle était tombée, prisonnière de la boue, avec son enfant accroché à son dos. Le bébé, lui, était mort de faim.

Rajkumar se mettait en rage quand ils perdaient un seul bout de leur réserve de bois. Il en ramassait l'essentiel. Il surveillait les alentours tandis qu'ils marchaient et, de temps à autre, il repérait une branche ou quelques brindilles ayant échappé à l'attention des milliers d'individus qui étaient passés sur le même chemin avant eux, transformant la terre détrempée en un fleuve de boue. Le soir, au moment de la halte, il s'enfonçait dans la jungle et revenait les bras chargés de bois. La plupart des réfugiés avaient peur de s'éloigner de la piste : les rumeurs abondaient concernant les voleurs et brigands qui montaient la garde et s'attaquaient aux traînards. Peu importait à Rajkumar : il répétait qu'il ne pouvait pas s'offrir le luxe de procéder autrement – ce bois était leur capital, leur seul bien. À la fin de chaque journée, c'était ce bois qu'il échangeait contre de la nourriture – il y avait toujours plein de gens qui en avaient besoin : le riz et le *dal* ne servaient à rien sans feu pour les cuire. Le bois permettait de se procurer à manger plus facilement que l'argent ou les objets de valeur. L'argent ne valait rien ici. Il y avait des notables, de riches marchands de Rangoon, qui auraient donné des poignées de billets en échange de quelques boîtes de médicaments. Quant aux objets précieux, ils ne représentaient qu'un poids supplémentaire. Les pistes étaient jonchées d'articles abandonnés : radios, cadres de bicyclettes, livres, outils d'artisan. Personne ne leur jetait même un regard.

Un jour, ils rencontrèrent une dame vêtue d'un sari magnifique, bleu paon. Elle semblait appartenir à une riche famille mais elle aussi était à court de nourriture. Elle essayait de marchander avec un groupe de gens assis autour d'un feu de bois. Soudain, elle commença à se déshabiller et, quand elle eut ôté son sari, ils découvrirent qu'elle en portait d'autres en dessous, de belles soieries, somptueuses, valant des centaines de roupies. Elle en offrit une, espérant l'échanger pour une poignée de riz. Mais personne n'en voulut : tout ce qu'on cherchait c'était du bois d'allumage. Ils la virent discuter en vain avec le groupe – et alors, reconnaissant finalement l'absence totale de valeur de son précieux sari, elle le roula en boule et le jeta sur le feu : la soie brûla, crépitante, faisant jaillir de hautes flammes.

Le bois avait des échardes qui vous pénétraient la chair mais Manju préférait le transporter plutôt que sa fille qui se mettait à pleurer dès qu'elle s'en approchait. « Elle est simplement affamée, disait Dolly. Donne-lui le sein. » Ils s'arrêtaient et elle s'asseyait sous la pluie, le bébé dans les bras. Rajkumar arrangeait un abri de feuilles et de branchages au-dessus d'elles.

« Encore un effort, disaient-ils. L'Inde n'est pas loin maintenant. Juste un tout petit effort encore. »

Il ne lui restait plus rien dans le corps – Manju en était certaine – mais, Dieu sait comment, le bébé trouvait le moyen de tirer quelques gouttes de ses seins irrités et douloureux. Puis quand ça s'arrêtait, elle se remettait à pleurer, avec une rage vengeresse, comme si elle ne souhaitait rien de plus que voir sa mère morte. Parfois, Manju essayait de la nourrir avec autre chose : elle réduisait un peu de riz en purée et la fourrait dans la bouche du bébé qui semblait en aimer le goût – c'était une petite fille affamée, avide de vivre, plus l'enfant de ses grands-parents que la sienne.

Un jour, Manju s'endormit assise, le bébé dans ses bras. Elle se réveilla pour trouver Dolly debout devant elle qui la regardait d'un air inquiet. Elle entendait le bourdonnement des insectes autour de sa tête : celui de ces mouches bleues aux ailes scintillantes que Rajkumar appelait les mouches-vautours parce qu'on les voyait toujours s'agglutiner sur les gens trop faibles pour continuer – ou ceux qui allaient mourir.

Manju entendait aussi le bébé hurler sur ses genoux mais pour une fois le son ne la dérangeait pas. Le corps envahi d'un engourdissement reposant, elle ne désirait rien d'autre que de rester assise là aussi longtemps que possible, à jouir de cette absence de sensation. Mais comme d'habitude ses bourreaux lui tombèrent dessus. Dolly lui criait :

« Lève-toi, Manju ! Lève-toi.

– Non, dit-elle. S'il vous plaît, laissez-moi tranquille. Seulement un petit moment...

– Tu es assise là depuis hier ! hurla Dolly. Il faut te lever, Manju, ou tu vas rester là pour toujours. Pense au bébé. Lève-toi !

– Le bébé est heureux ici, dit Manju. Laissez-nous tranquilles. Demain, on se remettra en marche. Pas maintenant. »

Mais Dolly refusait de l'écouter.

« On ne va pas te laisser mourir, Manju. Tu es jeune, tu dois penser au bébé... »

Dolly lui prit l'enfant des bras tandis que Rajkumar l'obligeait à se lever. Il la secoua si fort qu'il la fit claquer des dents.

« Il faut que tu continues, Manju ; pas question que tu abandonnes. »

Debout sous la pluie diluvienne, les cheveux rasés, drapée dans son sari blanc de veuve, elle le regardait fixement. Il portait un *longyi* en lambeaux et des sandales incrustées de boue. Il avait perdu son ventre et sa grande carcasse semblait dévastée par la faim. Son visage était tacheté de repousses de barbe blanche, ses yeux injectés de sang et bordés de rouge.

« Pourquoi, vieil homme, pourquoi ? » lui cria-t-elle. Elle l'appelait *buro* pour exprimer son mépris : elle se fichait désormais qu'il fût le père de Neel et qu'il l'ait toujours impressionnée : à présent, il n'était plus que son tourmenteur qui refusait de la laisser jouir du repos qu'elle avait bien gagné. « Pourquoi devrais-je continuer ? Regardez vous : vous avez persisté, persisté et persisté... Et qu'est-ce que ça vous a rapporté ? »

Alors, à sa surprise, elle vit les yeux de Rajkumar se remplir de larmes qui roulèrent le long des lézardes et des crevasses de son visage. Il avait l'air d'un enfant battu : démuni, incapable de bouger. Elle crut un instant avoir gagné mais Dolly intervint. Elle prit son mari par le bras et l'obligea à se tourner en direction de la prochaine chaîne de montagnes. Il demeura planté sur place, les épaules affaissées, comme si la réalité de leur situation lui apparaissait soudain.

Dolly le poussa en avant.

« Tu ne peux pas t'arrêter maintenant, Rajkumar. Tu dois continuer. »

La voix de sa femme sembla ranimer en lui une sorte d'instinct. Il jeta le sac de bois sur son épaule et reprit sa marche.

Aux endroits où les pistes convergeaient, en général sur les rives des rivières et des fleuves, des embouteillages se formaient. À chacun de ces carrefours, des milliers et des milliers d'êtres humains attendaient, assis, ou bien se déplaçant dans la boue à petits pas épuisés.

Ils atteignirent une rivière qui leur parut très large, au courant aussi rapide qu'un torrent de montagne et à l'eau aussi froide que de la glace. Ici, sur une berge sablonneuse cernée d'une jungle abrupte se trouvait le plus vaste rassemblement qu'ils aient rencontré : des dizaines de milliers d'êtres, un océan de têtes et de visages.

Ils se joignirent à cette masse humaine et attendirent, accroupis sur la berge. Bientôt un radeau apparut. Il semblait peu maniable et pas très grand. Manju le regarda s'avancer, bousculé comme un bouchon par le courant : c'était le plus beau des navires qu'elle eût jamais vu et elle savait que c'était son sauveur. Il se remplit en quelques minutes et repartit en aval se traîner lourdement le long d'un méandre. Manju ne perdit pas foi : elle était certaine qu'il reviendrait. En effet, après un bout de temps, le radeau réapparut. Il fit ainsi plusieurs allers-retours, se remplissant chaque fois en quelques instants.

Enfin vint leur tour de grimper sur le radeau. Manju passa le bébé à Dolly et dénicha une place au bord de l'esquif où elle put s'asseoir, tout près de l'eau. Le radeau démarra et elle regarda le fleuve dévaler à côté d'elle, avec ses tourbillons et ses courants contraires dont les mouvements se dessinaient en surface. Elle toucha l'eau : elle était très froide.

Quelque part, au loin, elle entendit le bébé pleurer. Aussi fort que fût le bruit autour d'elle, elle reconnaissait toujours la voix de sa fille. Elle savait que Dolly viendrait bientôt la retrouver et lui amènerait la petite ; qu'elle resterait debout près d'elle et la surveillerait pour s'assurer que l'enfant était nourrie. Elle laissa sa main glisser par-dessus le bord du radeau et fut enchantée par la caresse de l'eau qui semblait l'attirer à elle, l'inviter à la rejoindre. Elle laissa son bras traîner un peu puis trempa son pied. Elle sentit son sari s'alourdir, se dérouler dans le courant, l'emporter avec lui, tirer sur son corps, la presser de le suivre. Elle entendit à nouveau le bébé crier et elle se réjouit que sa fille fût dans les bras de Dolly. Avec Dolly et Rajkumar, l'enfant serait en sécurité : ils la ramèneraient à la maison. C'était mieux ainsi : mieux qu'elle soit sous leur protection à eux, qui savaient pourquoi ils vivaient. Elle entendit la voix de Dolly qui appelait : « Manju, Manju, arrête ! Fais attention... ! » et elle sut que le moment était venu. Ce fut sans effort qu'elle glissa du radeau dans le fleuve. L'eau était vive, noire et glaciale.

SEPTIÈME PARTIE

Le Palais des Miroirs

40

Bela avait dix-huit ans quand Dolly et Rajkumar traversèrent les montagnes. Le jour de leur arrivée à Lankasuka devait rester à jamais gravé dans sa mémoire.

On était en 1942, une des années les plus terribles que le Bengale ait connues. À l'époque, on ne savait pas grand-chose sur ce qui se passait en Birmanie et en Malaisie. À cause des problèmes de sécurité, les nouvelles étaient rares et tous les canaux habituels de communication avaient été rompus. L'année précédente, quand le premier navire de réfugiés avait fait escale à Calcutta, Bela et ses parents s'étaient rendus sur les quais dans l'espoir de voir débarquer Manju. Ils avaient au contraire appris que Rajkumar et sa famille avaient décidé de rester en Birmanie.

Puis vint le bombardement de Rangoon, suivi du grand exode vers le nord de la population indienne. Quand les premiers réfugiés arrivèrent à Calcutta, Bela alla les interroger, en quête d'informations, citant des noms, des adresses. Sans succès.

C'est aussi en 1942 que le mahatma Gandhi lança le mouvement « Les Anglais hors de l'Inde ! ». Uma fut un des milliers de membres du parti du Congrès qu'on emprisonna, certains jusqu'à la fin de la guerre. Uma fut relâchée relativement vite : elle attrapa la typhoïde et fut renvoyée chez elle. Elle s'y trouvait depuis deux mois quand, un après-midi, son vieux portier vint lui annoncer qu'un groupe de pauvres miséreux la demandaient, dehors. Un incident très banal à cette époque : le Bengale était aux prises avec la famine, l'une des pires de son histoire. La ville était pleine d'immigrés affamés venus des campagnes : les gens dépouillaient les parcs de leurs herbes et feuillages et écumaient les égouts à la recherche de grains de riz.

À Lankasuka, ce qui pouvait rester de nourriture était distribué aux pauvres chaque matin. Ce jour-là, la distribution était depuis longtemps terminée. Uma travaillait à son bureau quand le *chowkidar* vint lui parler du groupe d'indigents.

« Dis-leur de revenir demain à l'heure prévue. »

Le *chowkidar* obtempéra mais réapparut peu après.

« Ils refusent de partir.

– Va donc voir ce qui se passe », dit Uma à Bela qui se trouvait là par hasard.

Bela sortit dans la cour. Elle vit un homme et une femme agrippés à la grille du portail. Puis elle entendit une voix prononcer son nom dans un chuchotement rauque « Bela ! » et elle regarda de plus près les visages.

Uma entendit un hurlement et se précipita dehors à son tour. Elle arracha les clés des mains du *chowkidar*, courut au portail et l'ouvrit.

« Regardez. »

Rajkumar était agenouillé sur le trottoir. Il tendit ses bras dans lesquels il tenait un enfant, un bébé – Jaya. Soudain le visage de la petite fille devint écarlate et elle se mit à hurler à tue-tête. À cet instant, il n'y eut pas de plus beau son au monde que ce cri de rage, ce cri de vie primitif proclamant sa détermination à se défendre.

Ce n'est que dans les derniers mois de l'année suivante, 1943, que les premières rumeurs concernant l'Armée nationale indienne commencèrent à parvenir en Inde – mais il ne s'agissait pas des mêmes forces qu'avait rejointes Arjun dans le nord de la Malaisie. Cette première armée n'avait pas duré longtemps. Un an après sa création, son fondateur, le capitaine Mohun Singh, craignant la mainmise des Japonais, l'avait dissoute. L'armée fut ressuscitée par Subhas Chandra Bose, le nationaliste indien, qui arriva à Singapour en 1943 *via* l'Allemagne et l'Afghanistan. Bose renforça l'Armée nationale en attirant des dizaines de milliers de nouvelles recrues parmi les populations indiennes d'Asie du Sud-Est : Arjun, Hardy, Kishan Singh et bien d'autres s'y engagèrent.

À la fin de la guerre, des milliers de ses membres furent ramenés en Inde comme prisonniers de guerre. Pour les Britanniques, ils représentaient une cinquième colonne d'inspiration japonaise, des traîtres à la fois à l'Empire et à cette armée britannique des Indes dont la plus grosse partie avait continué à se battre aux côtés des Alliés, en Afrique du Nord, dans le sud de l'Europe et finalement en Birmanie, lors de la contre-attaque anglaise. Mais l'opinion publique indienne voyait les choses autrement. Pour elle, impérialisme et fascisme étaient les deux facettes d'un même mal, l'un dérivant de l'autre. À leur retour, ce furent les prisonniers vaincus de l'Armée nationale qu'elle accueillit en héros, et non les vainqueurs.

En décembre 1945, le gouvernement colonial choisit de traduire en justice trois membres de l'Armée nationale – le fameux « Trio du Fort Rouge » : Shah Nawaz Khan, Gurubakhsh Singh Dhillon et Prem Sahgal. Le pays explosa en protestations : malgré une interdiction officielle, des comités de soutien se formèrent dans toute l'Inde. La grève générale paralysa des États entiers. Défiant la proclamation du couvre-feu, des étudiants organisèrent d'importantes manifestations. Dans la ville de Madurai, au sud, deux personnes furent tuées après que la police eut ouvert le feu sur des manifestants. À Calcutta, des milliers d'hommes envahirent les rues et s'emparèrent de la ville pendant plusieurs jours. La police en tua des dizaines. À Bombay, les matelots se mutinèrent. Pour le parti du Congrès, ce procès fut une bénédiction. Le parti avait perdu l'élan acquis au cours des années d'avant-guerre et il avait fortement besoin d'une cause qui puisse mobiliser le pays. Le procès lui fournissait précisément cette cause.

Une fois le procès entamé, le ministère public rencontra très vite des problèmes. Il fut incapable de produire la moindre preuve d'un rapport entre l'Armée nationale indienne et les atrocités commises par les Japonais en Asie du Sud-Est, ou bien les mauvais traitements infligés aux prisonniers de guerre britanniqucs et australiens. Bien qu'il réussît à établir que certains prisonniers indiens avaient été maltraités, aucun de ces cas n'avait de lien avec les trois accusés.

Le 1er décembre 1945, Bhulabhai Desai, l'avocat en chef de la défense, se leva pour prononcer sa plaidoirie finale : « Ce qui est maintenant en cause devant ce tribunal, c'est le droit de déclarer impunément la guerre au nom d'une race soumise. »

Il n'existait qu'un seul chef d'accusation contre ses clients, dit-il, celui d'avoir déclaré la guerre au roi. Tous les autres, assurait-il, découlaient du premier. Il appartint à Desai de démontrer que la loi internationale reconnaissait le droit de peuples soumis à déclarer la guerre pour leur liberté et il le fit en citant une série de précédents. Il démontra que le gouvernement britannique avait lui-même reconnu ce droit quand cela lui convenait, dans des cas qui remontaient au siècle dernier. Il avait par exemple soutenu les Grecs et un certain nombre d'autres nations en rébellion contre l'Empire ottoman ; plus récemment, il avait soutenu l'Armée nationale polonaise et des rebelles tchécoslovaques ; il avait également insisté sur les droits des maquisards français à être traités comme des belligérants quand bien même le gouvernement du maréchal Pétain avait été à cette époque le gouvernement *de jure* et *de facto* de la France. Au terme du procès, les trois accusés furent déclarés coupables de « faire la guerre au roi » et condamnés à la déportation à vie mais tous les trois eurent leur sentence commuée. Ils furent libérés et accueillis par des foules en délire.

Hardy était alors une figure nationale (il devait devenir plus tard ambassadeur et occuper un poste important dans le gouvernement indien). Il vint voir les grands-parents de Jaya à Calcutta en 1946. C'est par lui qu'ils apprirent qu'Arjun était mort au combat lors d'un des ultimes engagements de l'Armée nationale, en Birmanie centrale, dans les derniers jours de la guerre.

À ce moment du conflit, les Japonais battaient en retraite et la 14e armée alliée, sous le commandement du général Slim, avançait rapidement vers le sud. Les unités indiennes représentaient les dernières poches de résistance en Birmanie centrale. Elles étaient en petit nombre et ne possédaient que des armes démodées datant du début de la guerre. Les forces qu'elles combattaient étaient souvent l'image inversée de ce qu'elles avaient elles-mêmes été au début de la guerre : la plupart de leurs membres étaient des Indiens, souvent issus des mêmes régiments, souvent recrutés dans les mêmes villages ou provinces. Il leur arrivait même de se battre contre leurs frères cadets ou leurs neveux.

Née dans l'espoir d'inspirer une révolte dans l'armée britannique des Indes, la résistance de l'Armée nationale indienne, à ce stade, était largement symbolique. Bien qu'elle n'eût jamais constitué une sérieuse menace pour la 14e armée victorieuse, elle représenta plus qu'un trouble mineur. Beaucoup de ses membres combattirent et moururent bravement, fournissant martyrs et héros au mouvement. Arjun fut parmi ceux qui étaient tombés en héros, raconta Hardy. Et Kishan Singh aussi. C'était tout ce qu'on savait au sujet de la mort d'Arjun et on se contentait de cela

Dolly et Rajkumar passèrent les six années qui suivirent chez Uma, dans son appartement. La querelle entre Rajkumar et Uma avait été oubliée et le bébé, Jaya, devint un trait d'union entre tous les membres de la maisonnée

Dolly trouva un poste dans une unité de publications militaires, traduisant des tracts de propagande en birman Rajkumar procédait de temps à autre à des expertises dans des scieries et des chantiers de bois. En janvier 1948, la Birmanie acquit son indépendance. Peu après, Dolly décida que Rajkumar et elle rentreraient à Rangoon, du moins pour un temps. Dans l'intervalle, Jaya resterait à Calcutta avec sa tante Bela et ses autres grands-parents.

Le désir intense de Dolly de retourner en Birmanie était largement dû au fait que depuis sept ans on était sans la moindre nouvelle de Dinu. Dolly croyait fermement qu'il était toujours vivant et elle était impatiente de le retrouver. Rajkumar assura qu'il tenait à l'accompagner et elle réserva une cabine pour deux sur un navire.

Mais à mesure que le jour du départ approchait, il devint manifeste que Rajkumar était très loin d'être sûr de sa décision. En six ans, il s'était beaucoup attaché à sa petite-fille orpheline. Plus que quiconque dans la maison, c'est lui qui s'occupait d'elle chaque jour : il la faisait manger, la promenait, lui racontait des histoires le soir pour qu'elle s'endorme. Dolly commença à se demander s'il serait capable de supporter la douleur d'avoir à se séparer de l'enfant.

La question fut résolue quand, deux jours avant la date fixée pour le départ, Rajkumar disparut. Il revint après que le navire eut levé l'ancre. Il se montra fort contrit et s'excusa abondamment : il affirma n'avoir aucun souvenir de l'endroit où il avait été ni de la raison de sa fugue. Il pressa Dolly de faire d'autres réservations sur un autre bateau : il promit de ne pas recommencer. Entre-temps, Dolly avait décidé qu'il valait mieux laisser Rajkumar où il était, autant pour son bien que pour celui de Jaya. Uma n'éleva aucune objection : elle était très contente qu'il reste. Il ne dérangeait personne et se rendait souvent très utile dans la maison.

Dolly retourna dans les bureaux de la compagnie de navigation et prit un seul billet – un aller simple – pour Rangoon. Elle savait que s'il apprenait ses projets Rajkumar se croirait obligé de la suivre. Elle décida de ne pas lui en parler. Elle poursuivit ses activités quotidiennes comme si de rien n'était. Le matin de son départ, elle prépara des nouilles à la *mohingya*, le plat préféré de Rajkumar. Ils allèrent tous deux se promener autour du lac, après quoi Rajkumar fit une petite sieste.

Comme prévu, Uma accompagna Dolly sur les quais de Khidderpore. Aucune des deux ne se montra très bavarde en chemin : il y avait dans ce départ quelque chose de définitif qu'elles se refusaient à reconnaître. À la fin, au moment d'embarquer, Dolly dit à Uma :

« Je sais que Jaya ira bien. Vous êtes nombreux à pouvoir vous occuper d'elle. C'est pour Rajkumar que je m'inquiète.

– Il ira bien aussi, Dolly.

– Tu t'occuperas de lui, Uma ? Par amitié pour moi ?

– Oui, je te le promets. »

À Lankasuka, en se réveillant, Rajkumar trouva sur son oreiller une note de l'écriture soignée de Dolly. Il prit la feuille de papier et la lissa avant de la lire :

> Rajkumar, je sais au fond de mon cœur que Dinu est encore vivant et que je le retrouverai. Après quoi, j'irai à Sagaing ainsi que je le désire depuis si longtemps. Sache que rien dans ce monde ne me sera plus difficile que de renoncer à toi et au souvenir de notre amour. Dolly.

Il ne la revit plus jamais.

41

Enfant unique de la maison, Jaya, en grandissant, disposa de tout Lankasuka. Sa tante Bela, qui avait hérité de l'appartement de ses parents à leur mort, vivait à l'étage. Elle ne se maria jamais et la tâche de veiller chaque jour sur Jaya lui incombait : c'est chez elle que Jaya dormait et prenait ses repas.

Mais Rajkumar n'était jamais plus loin qu'une volée de marches ; après le départ de Dolly, il avait continué à vivre au rez-de-chaussée, chez Uma, où il disposait d'une petite chambre à lui, près de la cuisine, meublée sommairement d'un lit étroit et de deux ou trois étagères de bibliothèque.

Le seul objet non essentiel dans la chambre de Rajkumar était une radio – une vieille Paillard dans un coffre en bois avec un haut-parleur recouvert de tissu. Rajkumar faisait toujours sa sieste avec la radio branchée – habituellement, Jaya l'éteignait en rentrant de l'école. Souvent, ce silence réveillait Rajkumar. Il se redressait, s'appuyait sur son oreiller et installait sa petite-fille à côté de lui. Quand il passait son bras autour des épaules de Jaya, celle-ci disparaissait dans l'angle de son coude : il avait de larges mains, à la peau très brune, marbrée de veines plus claires, et sur laquelle les poils blancs de ses jointures formaient un contraste frappant. Il fermait les yeux et son visage se creusait de rides boucanées. Puis il se mettait à raconter ; les histoires se déversaient de ses lèvres – décrivant des lieux dans lesquels Jaya n'avait jamais été, qu'elle n'avait jamais vus, des images et des scènes si vives qu'elles débordaient des frontières de la réalité dans un océan de rêves. Elle vivait de ces histoires.

L'endroit préféré de Rajkumar était un petit temple bouddhiste dans le centre de la ville, un lieu que Dolly avait aimé fréquenter elle aussi par le passé. C'était là que la communauté birmane de Calcutta se réunissait et, lors d'occasions particulières, Rajkumar y emmenait Jaya. Le temple se trouvait au quatrième étage d'un vieil immeuble délabré, dans un quartier dont les rues étaient congestionnées par la circulation et l'air épaissi par la fumée des diesels. Ils traversaient la ville en autobus et descendaient à la station « Eden Hospital ». Ils grimpaient les marches en marbre crasseuses et, arrivés en haut, ils entraient dans un hall qui semblait situé à des années-lumière de son environnement : merveilleusement éclairé, parfumé par l'odeur de fleurs fraîches, avec des sols étincelants couverts de tapis tissés de motifs très particuliers, différents des tapis indiens mais non sans parenté.

Le temple était toujours au comble de l'animation lors des grandes fêtes birmanes : Thingyan, la fête de l'eau, qui ouvrait l'année nouvelle ; Waso qui marquait le commencement de Thadin, les trois mois annuels de jeûne et d'abstinence, et Thadingyut, la fête de la lumière, qui en célébrait la fin.

Jaya avait dix ans quand, pour Thadingyut, Rajkumar l'emmena au temple. Le lieu était plein de fidèles ; les femmes en *longyi* s'activaient dans leurs préparatifs ; les murs luisaient du reflet tremblant de centaines de lampes et de bougies. Soudain, au milieu du brouhaha et de la cohue, le silence se fit. Des chuchotements coururent autour de la salle : « La princesse... La deuxième princesse, elle arrive, elle est dans l'escalier... »

La princesse entra : on retint son souffle, on se poussa du coude ; ceux qui savaient le pratiquer firent un *shiko*. La princesse portait un *htamein* écarlate et une sorte de large ceinture ; elle allait sur ses soixante-cinq ans, et ses cheveux grisonnants, tirés en arrière, étaient noués en un petit chignon sévère. Elle était menue avec un visage plaisant et des yeux noirs pétillants. Elle aussi vivait en Inde alors, dans le village montagnard de Kalimpong. On savait sa situation financière peu brillante.

La princesse échangea d'aimables banalités avec les gens alentour. Puis son regard tomba sur Rajkumar et un grand sourire affectueux plissa son visage. Elle interrompit sa conversation ; la foule s'écarta et elle traversa lentement la pièce. Tous les yeux étaient à présent fixés sur Rajkumar. Jaya se sentit gonfler d'orgueil.

La princesse salua chaleureusement Rajkumar, en birman ; Jaya ne comprit pas un mot de leur échange mais elle observa de près leurs visages, attentive à leurs changements d'expression, souriant quand ils souriaient, fronçant les sourcils quand ils devenaient graves. Puis Rajkumar la présenta : « Voici ma petite-fille... »

Jaya n'avait jamais encore rencontré de princesse et elle ne sut pas quoi faire. Mais elle ne manquait pas de ressources : elle se rappela un film qu'elle avait vu récemment – était-ce *La Belle au Bois dormant* ou bien *Cendrillon* ? – et, tenant le bord de sa robe entre son index et son pouce, elle esquissa l'amorce d'une révérence. Elle fut récompensée par un baiser de la princesse.

Plus tard, les gens se rassemblèrent autour de Rajkumar, curieux de savoir pourquoi elle l'avait remarqué.

« Qu'a dit Son Altesse ? Comment vous connaissait-elle ?

– Oh, je la connais depuis toujours ou presque, disait Rajkumar d'un air dégagé.

– Vraiment ?

– Oui. La première fois que je l'ai vue, c'était à Mandalay et elle avait seulement six mois.

– Oh ! mais dans quelles circonstances ? »

Et Rajkumar commença par le commencement, revenant à ce jour où, plus de soixante ans auparavant, il avait entendu le grondement des canons anglais déferler à travers la plaine jusqu'aux murs du fort de Mandalay.

Dans un coin tranquille de Lankasuka, une niche servait de sanctuaire à la mémoire des parents de Jaya et de son oncle Arjun. Elle contenait deux photos : l'une de Manju et de Neel, le jour de leur mariage, surpris au moment où ils levaient les yeux au-dessus du feu sacramentel. Le pan de sari couvrant la tête de Manju avait glissé à ce moment-là. Les deux jeunes gens souriaient, radieux. La photo d'Arjun avait été prise à la gare de Howrah : il était en uniforme et riait. Derrière son épaule, on distinguait un second visage : Bela expliqua à sa nièce qu'il s'agissait de Kishan Singh, l'ordonnance de son oncle.

Trois fois par an, Bela et Jaya célébraient une petite cérémonie devant leur sanctuaire. Elles mettaient une guirlande autour des photos et elles brûlaient un peu d'encens. Bela tendait des fleurs à Jaya, lui indiquant de rendre hommage à sa mère, son père et Arjun, l'oncle qu'elle n'avait jamais connu. Mais quand Bela allumait les bâtonnets de *dhoop*, il y en avait toujours quatre, pas trois. Sans qu'on le lui ait jamais dit, Jaya savait que le quatrième était pour Kishan Singh : lui aussi faisait partie de leurs morts.

Elle avait déjà dix ans quand, saisie d'un intérêt croissant pour la photo et les appareils photo, il lui vint à l'idée d'interroger sa tante sur les clichés de la niche et leur l'auteur.

« Je croyais que tu savais, dit Bela très étonnée. Ils ont été pris par ton oncle Dinu.

– Et qui c'est celui-là ? » s'écria Jaya.

C'est ainsi que Jaya apprit qu'elle avait un autre oncle, du côté de son père, un oncle qu'on ne commémorait pas parce qu'on ignorait son sort. À Lankasuka, personne – ni Rajkumar, ni Uma, ni Bela – ne parlait jamais de Dinu. Personne ne savait ce qu'il était devenu. Il était resté à Morningside jusqu'aux dernières semaines de 1942, après quoi, à un moment donné, il était parti pour la Birmanie. Depuis, on n'avait plus eu de ses nouvelles. Chacun soupçonnait en son for intérieur qu'il avait été une victime de plus de la guerre mais personne ne souhaitait être le premier à exprimer cette crainte. Ce qui fait que le nom de Dinu n'était jamais prononcé dans la maison.

À la fin des années quarante, les ombres de la Seconde Guerre mondiale s'appesantirent sur la Birmanie. Il y eut d'abord des conflits internes prolongés et un vaste soulèvement d'inspiration communiste. Puis, en 1962, le général Ne Win s'empara du pouvoir par un coup d'État, et le pays fut dès lors soumis aux caprices bizarres et fous de son dictateur : la Birmanie, « la dorée », devint synonyme de pauvreté, de tyrannie et d'incurie. Dinu était parmi les millions qui avaient disparu dans les ténèbres.

Jusqu'au jour de son mariage, Jaya vécut à Lankasuka avec Bela, Uma et Rajkumar. Elle se maria jeune, à dix-sept ans. Son époux était un médecin, de dix ans son aîné. Ils étaient très amoureux et, un an après leur mariage, ils eurent un fils. Mais le petit garçon n'avait que deux ans quand son père trouva une mort tragique dans un accident de chemin de fer.

Peu après, Jaya revint vivre à Lankasuka. Avec le soutien de sa tante Bela, elle s'inscrivit à l'université de Calcutta, passa un diplôme et décrocha un poste de professeur dans un lycée. Elle travailla très dur pour assurer à son fils une bonne éducation. Il fréquenta les meilleures écoles de la ville et, à l'âge de vingt-deux ans, ayant obtenu une bourse, il partit poursuivre ses études à l'étranger.

Pour la première fois depuis des années, Jaya avait désormais du temps à revendre. Elle se remit à sa thèse de doctorat – jusqu'alors toujours repoussée – sur l'histoire de la photographie en Inde.

En 1996, Jaya fut envoyée par son lycée à l'université de Goa pour participer à une conférence sur l'histoire de l'art. En route, alors qu'elle changeait d'avion à l'aéroport de Bombay, elle fut victime de l'une des pires expériences que peut connaître un passager : arrivée au comptoir d'enregistrement, elle fut informée que son avion avait été surbooké. Si elle voulait être certaine d'avoir une autre place, il lui faudrait attendre au moins deux jours ; autrement, si elle préférait, la compagnie lui paierait le voyage par bus ou train.

Jaya se rendit à un autre comptoir en brandissant son billet. Elle se retrouva au bout d'une longue file de gens furibards qui hurlaient tous le même refrain à la figure de l'employé derrière son bureau : « Mais nous avions des réservations... »

Mince, de taille moyenne, les cheveux gris frisottés, Jaya avait tout à fait l'air de ce qu'elle était : un professeur de lycée, modeste et réservée, qui éprouvait souvent de la difficulté à maintenir l'ordre dans sa classe. Elle comprit qu'il était inutile d'ajouter sa voix au chœur indigné autour du comptoir : là où les autres avaient été piégés, personne n'avait moins de chances qu'elle de s'en sortir. Elle décida de prendre le train.

Elle ne connaissait pas très bien Bombay. Munie du bon octroyé par la compagnie aérienne, elle gagna la gare de Shivaji à bord de l'autobus mis à la disposition des passagers frustrés. Elle acheta un horaire des chemins de fer et apprit que le prochain train ne partirait pas avant plusieurs heures. Elle prit son billet et résolut d'aller faire une promenade après avoir mis sa valise à la consigne. L'après-midi touchait à sa fin, et l'heure de pointe débutait. Jaya se laissa entraîner par la foule.

Un peu plus tard, elle s'arrêta pour reprendre son souffle et se trouva devant les portes en verre fumé d'une galerie climatisée : son haleine se condensa en un halo brumeux sur le verre froid. Une affichette annonçait l'exposition des œuvres récemment découvertes d'une pionnière de la photographie du début du siècle, une femme parsi jusqu'alors inconnue. En haut de l'affichette figurait une petite illustration, la reproduction réduite d'une des photos de l'exposition, un groupe de quatre personnages assis. Quelque chose dans cette photo accrocha l'œil de Jaya. Elle poussa la porte. La galerie était glaciale et pratiquement déserte, à part l'habituel *chowki-*

dar perché sur un tabouret et, derrière un bureau, une femme en sari de soie, arborant un diamant dans sa narine et, sur le visage, une expression d'ennui profond.

« Pourriez-vous me montrer la photo qui figure sur cette affichette ? »

La femme dut percevoir une nuance d'excitation dans la voix de Jaya car elle se leva prestement et la conduisit au fond de la galerie.

« Celle-ci ? »

Jaya hocha la tête. L'image était très agrandie, aux dimensions d'une belle affiche, alors que la version dont elle se souvenait ne dépassait pas la taille d'une carte postale. Elle avait beau connaître ce cliché depuis toujours, elle le regardait à présent comme si elle le voyait pour la première fois. C'était la photo qui avait été prise dans le jardin du trésorier.

Quatre chaises sont placées en demi-cercle sur une pelouse méticuleusement tondue. Uma et son mari sont au centre et assis à côté d'eux, de part et d'autre, se trouvent Dolly et Rajkumar. Derrière, un jardin en terrasse sur le flanc d'une colline en pente raide. Un certain nombre de personnes aux silhouettes indistinctes sont visibles à distance moyenne, dans des postures soigneusement préparées : serviteurs, jardiniers, palefreniers, chacun équipé de l'outil de son métier – faucille, binette, fouet. Tout au fond, s'étendant vers le haut et dans la largeur du cadre, un paysage si majestueux et théâtral qu'on le prendrait au premier coup d'œil pour un décor peint : une rivière contourne une colline avant de se transformer en estuaire, une rangée de falaises avance dans une mer écumante, une plage ourlée de palmiers glisse doucement vers une baie inondée de soleil.

Mince, tiré à quatre épingles dans un costume trois pièces en lin et chaussé de lunettes à monture dorée, le nez se terminant en une sorte de bec pointu, le trésorier est perché sur le bord de sa chaise, tel un oiseau en alerte, la tête penchée à un angle aigu, vaguement méfiant. En revanche, Uma paraît tout à fait à son aise : son attitude, la manière dont sa main repose légèrement sur ses genoux, expriment tranquillité et confiance en soi. Elle porte un sari simple, de couleur claire, bordé d'une bande brodée, et dont le pan est drapé tel un châle autour de sa tête et ses épaules. Elle a de grands yeux frangés de longs cils noirs. Un visage généreux, mais aux traits marquants : Jaya s'en souvenait bien depuis son enfance. Il était étrange, en y repensant, de voir combien Uma avait peu changé d'apparence au cours de sa vie.

La propriétaire de la galerie interrompit ces réflexions.

« Si je comprends bien, vous connaissez cette photo ? dit-elle.

– Oui. La femme au centre est ma grand-tante. Elle s'appelait Uma Dey. »

Et puis Jaya remarqua un détail.

« Regardez, regardez donc comment elle porte son sari. »

La femme se pencha pour examiner le cliché.

« Je ne vois rien d'inhabituel, dit-elle. Elle le porte comme tout le monde.

– En fait, déclara Jaya, Uma Dey fut une des premières Indiennes à porter un sari de cette manière.

– De quelle manière ?

– Celle dont je porte le mien, par exemple – ou vous le vôtre. »

La femme fronça les sourcils.

« C'est ainsi que les saris ont toujours été portés, répliqua-t-elle fermement. Ce sont des vêtements très anciens.

– Oui, certes, mais pas la manière de le draper. Le style contemporain, le sari avec une blouse et un jupon, n'a rien d'ancien. Il a été inventé par un homme à l'époque du Raj britannique. »

Soudain, au travers des années, elle entendait la voix d'Uma expliquant l'évolution de la façon de porter un sari. Même après autant de temps, Jaya se rappelait avec émotion son étonnement en écoutant cette histoire pour la première fois. Elle avait toujours imaginé que les saris faisaient partie de l'ordre naturel de l'univers indien, hérité de temps immémoriaux. Que le sari eût une histoire, créée par des gens réels et la volonté d'êtres humains, avait été un choc pour elle.

Avant de quitter la galerie, Jaya acheta une carte postale reproduisant la photo. Au dos figurait une brève explication indiquant que Ratnagiri se situait entre Bombay et Goa. Sur une impulsion, Jaya sortit de son sac son horaire des chemins de fer : elle vit que son train s'y arrêtait. Il lui vint à l'idée qu'elle pourrait facilement y faire escale pour une nuit ou deux : sa conférence ne commençait que quarante-huit heures plus tard.

Elle sortit de la galerie et entra dans un restaurant iranien. Elle commanda du thé et s'assit pour réfléchir. Elle était soudain obsédée par l'idée d'aller à Ratnagiri : elle avait souvent songé à le faire tout en trouvant toujours une bonne raison pour remettre sa visite à plus tard. Mais peut-être le temps était-il venu aujourd'hui : la photo dans la galerie semblait une sorte d'indication, un signe presque. Ratnagiri était l'endroit où son histoire à elle avait ses origines – mais la pensée de s'y rendre la troublait, remuant des couches oubliées d'angoisse et de tourment.

Elle avait besoin de parler à quelqu'un. Elle régla son addition et sortit. S'arc-boutant contre la foule, elle remonta la rue jusqu'à une cabine téléphonique longue distance, y pénétra et composa son numéro à Calcutta. Après deux sonneries, sa tante vint répondre.

« Jaya ? Où es-tu ?

– À Bombay... »

Jaya expliqua ce qui était arrivé. Tout en parlant, elle imaginait sa tante penchée sur le téléphone noir ébréché dans sa chambre, fronçant un sourcil inquiet, ses lunettes à monture dorée glissant le long de son grand nez fin.

« Je songe à passer deux nuits à Ratnagiri, dit Jaya. Mon train s'arrête là, en route pour Goa. »

Un silence suivit. Puis elle entendit la voix de Bela, parlant bas au bout du fil.

« Oui, bien sûr, il faut que tu y ailles ; tu aurais dû y aller depuis des années... »

Le site de Ratnagiri était aussi spectaculaire que Jaya l'avait imaginé. Mais elle découvrit vite qu'il ne restait pas grand-chose des endroits dont elle avait entendu parler enfant. L'embarcadère de Mandvi était en ruine ; le temple de Bhagavati, autrefois un simple sanctuaire surmonté d'une flèche, était maintenant une énorme masse de béton blanchi à la chaux. Outram House, où le roi Thebaw et son entourage avaient vécu quelque vingt-cinq ans, avait été détruite et reconstruite. Ratnagiri elle-même n'était plus le petit bourg provincial de l'époque mais une cité prospère, cernée de tous côtés par des entreprises industrielles.

Pourtant, chose étrange, la ville avait quand même réussi à garder très vivace le souvenir de Thebaw. Thiba-Raja était omniprésent à travers Ratnagiri : son nom brillait sur les enseignes et sur les panneaux d'affichage, aux coins des rues, dans les restaurants et les hôtels. Il avait beau être mort depuis plus de quatre-vingts ans, les gens parlaient de lui comme s'ils l'avaient connu en personne. Jaya trouva d'abord touchant puis profondément émouvant qu'un homme tel que Thebaw, inexportable par définition, pût être encore autant aimé sur sa terre d'exil.

Jaya découvrit d'abord l'emplacement de la résidence du trésorier : elle se trouvait juste au coin de la rue de son hôtel, au sommet d'une colline qui dominait la baie et la ville. La propriété, qui appartenait toujours au gouvernement, était entourée d'un mur épais à l'air menaçant. La colline, très boisée du temps d'Uma, avait été dégagée depuis, avec pour résultat une vue encore plus spectaculaire qu'autrefois, un vaste panorama de rivière, de mer et de ciel. Ratnagiri s'étendait au-dessous, modèle parfait d'une ville coloniale, une ligne invisible séparant les boutiques entassées du bazar de la Trésorerie, l'enceinte de bâtiments victoriens en brique rouge qui abritaient les tribunaux et les bureaux administratifs de la province.

Impatiente de jeter un coup d'œil sur la Résidence, Jaya empila quelques briques contre le mur et grimpa dessus pour regarder à l'intérieur de l'enceinte. Une autre déception l'attendait : le vieux bungalow, avec son portique à la grecque, sa pelouse en pente et son jardin en terrasse, avait disparu. Le terrain avait été divisé pour recevoir un certain nombre de maisons plus petites.

Elle s'apprêtait à sauter à terre quand elle fut interpellée par un garde armé : « Hé, vous ! hurla-t-il. Que faites-vous ? Descendez de là ! » Il arriva en courant et la mitrailla de questions. Qui était-elle ? D'où venait-elle ? Que faisait-elle ici ?

Afin de le distraire, Jaya produisit la carte postale achetée à Bombay. Et qui eut exactement l'effet espéré. Le garde la contempla bouche bée, aussitôt fasciné par cette version reconnaissable, quoique étrangement déformée, des environs immédiats. Oubliant son interrogatoire, il conduisit alors Jaya au bout de la route vers un meilleur point d'observation, sur une avancée de terre surplombant la vallée.

« Voilà la Kajali, dit-il, le bras tendu, et ça, là-bas, c'est la plage de Bhate. »

Puis il posa une série de questions concernant les gens sur la photo, le trésorier, Uma. Il désigna Rajkumar et éclata de rire. « Regardez-moi ce type-là, on le prendrait pour le propriétaire des lieux ! »

Jaya examina de plus près la photo : bien que très solennel, Rajkumar avait en effet un petit mouvement de tête hâbleur. Visage épais, mâchoire lourde, regard grave, il paraissait gigantesque à côté de la mince silhouette du trésorier. Il portait un pantalon foncé, une veste de lin, une chemise à col rond. Ses vêtements n'étaient pas aussi élégants ni aussi bien coupés que ceux du haut fonctionnaire mais il était à l'évidence bien plus à son aise ; il croisait négligemment les jambes et tenait à la main un mince étui à cigarettes, coincé entre l'index et le pouce comme un as d'atout.

« C'était mon grand-père », dit Jaya, en manière d'explication

Le garde avait déjà perdu son intérêt pour Rajkumar. Depuis un moment, il ne cessait de fixer Dolly, assise dans son coin, à côté d'Uma, tournant à moitié le corps comme pour se défendre du regard de l'objectif.

Vêtue d'un *longyi* de soie verte et d'une blouse blanche, elle avait un visage long, mince dont l'ossature fine transparaissait sous la peau. Une mèche s'était échappée de ses cheveux tirés en arrière pour venir frisotter sur sa tempe. Elle ne portait aucun bijou, seulement un petit bouquet de fleurs blanches de frangipanier au-dessus d'une oreille. Elle tenait dans ses mains une guirlande de jasmin.

« Elle est très belle, déclara le garde.

– Oui, répliqua Jaya. Tout le monde le disait... »

Le lendemain, son dernier jour à Ratnagiri, Jaya, en fin d'après-midi, héla un rickshaw motorisé et demanda au conducteur de l'emmener à la plage de Bhate. Ils traversèrent la ville, laissant derrière eux les bâtiments en brique rouge du lycée et de l'université, avant de franchir le pont au-dessus de l'estuaire pour gagner une plage au sud de la baie, dont l'embouchure était remplie par un soleil qui ne cessait de grossir à mesure qu'il plongeait vers la ligne d'horizon. Le sable, couleur cuivre, disparaissait sous l'eau en pente douce. D'épais cocotiers poussaient le long de la plage, leurs troncs penchés avidement dans le vent. Là où le sable devenait terre, s'accumulait un mélange dense d'herbe, de coquillages et d'algues desséchées.

C'est là, caché sous ces broussailles, que Jaya découvrit ce qu'elle cherchait : une petite stèle commémorative dédiée au trésorier, l'époux d'Uma. L'inscription gravée avait été érodée par l'action combinée du vent, de l'eau et du sable.

Il restait juste assez de jour pour la lire. À LA MÉMOIRE DE BENI PRASAD DEY, TRÉSORIER RÉGIONAL, 1905-1906.

Jaya se releva pour contempler la plage balayée par le vent et descendant doucement vers les vagues. Le soleil s'étant couché, le sable rouge avait viré au gris. Uma lui avait dit, il y avait bien longtemps, qu'en allant droit de la stèle au bord de l'eau, elle passerait sur l'endroit même où l'on avait trouvé le corps du trésorier, à côté de l'épave renversée de son bateau.

42

À son retour à Calcutta, Jaya entreprit d'examiner l'immense collection de documents et de papiers qu'Uma lui avait laissée. Jaya avait parfois caressé l'idée d'écrire une biographie de sa grand-tante : un éditeur important lui avait même proposé un contrat. Elle savait qu'il y avait depuis peu un grand regain d'intérêt à l'égard d'Uma en sa qualité de pionnière politique. Il y aurait forcément une biographie bientôt – elle détestait l'idée qu'elle paraîtrait sous un nom autre que le sien.

Il lui fallut plusieurs jours pour trier les papiers, dont beaucoup avaient été rongés par des insectes. Fait étrange, plus elle lisait, plus elle pensait à Rajkumar. Comme si, à cet égard, elle avait conservé ses habitudes enfantines de raisonnement. Tout le temps qu'elle l'avait connu, son grand-père avait vécu au rez-de-chaussée, dans une petite antichambre de l'appartement d'Uma. Il n'y avait aucune déduction de conjugalité à tirer de ces arrangements : la position de Rajkumar se situait entre celle de parent pauvre et d'employé. Mais en raison de la disposition de la maison, pour Jaya penser à l'un revenait à penser à l'autre : descendre voir son grand-père voulait dire aussi voir sa grand-tante.

Une foule de souvenirs affluaient à sa mémoire. Elle se rappelait le ton de voix particulier avec lequel Rajkumar répétait plusieurs fois par jour : « Ah, la Birmanie – oui, la Birmanie était un pays en or... » Elle se rappelait combien il aimait fumer des *cheroot* birmans – plus longs et plus épais que des *bidi* mais pas aussi bruns ni aussi gros que des cigares. Ces *cheroot* n'étaient pas faciles à trouver en Inde mais il existait des sortes d'ersatz que Rajkumar estimait acceptables. Non loin de Lankasuka, une boutique de *paan* en vendait. Jaya s'y rendait parfois avec son grand-père. Elle se rappelait comment il plissait les yeux en en allumant un. Puis il soufflait un énorme nuage de fumée grise et démarrait : « Ah, la Birmanie... ça... »

Le *paan-wallah* propriétaire de la boutique était plus irascible que la moyenne. Jaya se rappelait le jour où il avait répliqué sèchement à Rajkumar : « Oui, oui, ça va, inutile de nous le répéter. Votre Birmanie est si dorée que ses habitants pètent des lingots d'or ! »

Elle se souvenait aussi d'être allée avec Rajkumar au temple birman, dans les quartiers nord de Calcutta. Et des gens réunis là – beaucoup d'Indiens qui avaient quitté la Birmanie en 1942, tout comme Rajkumar. Des Gujeratis, des Bengalis, des Tamouls, des sikhs, des Eurasiens. Au temple, ils parlaient tous le birman. Certains avaient bien réussi après leur départ. Ils avaient monté de nouvelles affaires, fondé de nouveaux foyers. D'autres s'étaient consacrés à leurs enfants et petits-enfants – tout comme Rajkumar avait reconstruit sa vie autour de Jaya. Ils n'étaient pas tous bouddhistes de naissance ou de conviction. Ils venaient au temple parce que c'était le seul endroit où ils pouvaient être sûrs de rencontrer des gens pareils à eux ; des gens à qui ils pouvaient dire : « La Birmanie est un pays en or » en sachant que leurs interlocuteurs seraient capables de décanter ces mots à travers les filtres de l'exil, et de faire le tri dans leurs nuances particulières. Elle se souvenait combien ils avaient eu soif de nouvelles de la Birmanie et avaient attendu avec impatience un signe de ceux qui y étaient restés. Elle se rappelait le brouhaha qui accueillait les nouveaux arrivants, et la manière dont ils étaient assaillis de questions : « Et qu'est-ce qui se passe à... ? Et avez-vous des nouvelles d'Untel ? »

Rajkumar était toujours le plus bruyant des questionneurs, tirant avantage de sa voix de stentor pour hurler ses questions – questions à propos d'un individu avec un nom birman ; quelqu'un dont elle n'avait pas su qu'il était son oncle jusqu'à ce que Bela le lui dise quand elle avait eu dix ans – son oncle Dinu, qu'elle n'avait jamais vu.

Ces souvenirs provoquèrent en elle un nouvel enchaînement d'idées. Elle écarta les papiers d'Uma et sortit un de ses propres dossiers – un classeur rempli de vieilles coupures collectionnées au cours des neuf dernières années. Elle avait ouvert ce dossier en 1988, en apprenant la naissance d'un mouvement en faveur de la démocratie à Rangoon. Ces événements avaient ravivé un intérêt latent pour son pays natal. Elle avait suivi la montée du leader du mouvement, Aung San Suu Kyi, et découpé beaucoup d'articles dans des journaux et des magazines. En août 1988, quand la junte militaire avait réagi en emprisonnant Aung San Suu Kyi et en lançant une campagne de répression sauvage, Jaya était restée éveillée la nuit pour écouter la BBC. Elle avait acheté des brochures qui décrivaient le carnage qui avait suivi : les fusillades en masse, les emprisonnements, la dispersion des activistes.

À présent, parmi le contenu jaunissant de son classeur, une photo attira l'attention de Jaya : celle d'Aung San Suu Kyi, une photo d'une qualité qui la distinguait de la plupart des illustrations de magazine. Le photographe avait capté le fin visage de la Birmane dans un instant de calme pensif ; quelque chose dans le cadrage rappelait à Jaya les photos posées sur la coiffeuse de Bela.

Elle jeta un coup d'œil sur la ligne imprimée sur le haut du cliché. L'auteur de la photo était un certain U Tun Pe. Elle prononça le nom à voix haute et sentit un mouvement dans les couches profondes de sa mémoire. Elle se leva et alla trouver Bela dans sa chambre.

« Te souviens-tu du nom birman de Dinu-*kaka* ?

– Attends voir... » Bela se tut et passa les doigts dans ses cheveux blancs coupés court. « C'était Tun quelque chose. Mais en Birmanie, le préfixe change à mesure qu'on vieillit. Si on est une femme, on passe de Ma à Daw et, pour un homme, on est Maung, puis Ko et enfin U. S'il était vivant aujourd'hui, il serait U Tun... Un nom de ce genre en tout cas. »

Jaya sortit la photo et désigna la ligne des crédits.

« Ça pourrait être lui là ? »

Le nez plissé, Bela se pencha sur la coupure et loucha à travers ses lunettes cerclées d'or.

« U Tun Pe ? Voyons voir... » Elle marmonna dans sa barbe : « Ko Tun Pe... U Tun Pe... Eh bien, oui ! Ça sonne juste... » Elle retourna la coupure. « Mais quand cette photo a-t-elle été prise ?

– 1988. »

Bela fit la moue.

« Je sais à quoi tu penses, Jaya. Mais ne t'emballe pas. Il pourrait s'agir de quelqu'un d'autre. En Birmanie, des milliers de gens portent le même nom. Et de toute façon, en 1988, Dinu aurait déjà eu soixante-quatorze ans. Il en aurait donc quatre-vingt-deux s'il était encore vivant. Et il n'a jamais été très solide, surtout avec sa jambe. C'est très peu vraisemblable...

– Tu as sans doute raison, dit Jaya en reprenant la photo. Mais il faut quand même que je m'en assure. Il faut que je sache pour de bon. »

C'est Bela qui fournit à Jaya une autre piste. Elle lui donna un nom : Ilongo Alagappan. « Essaye de le trouver. Si quelqu'un sait quelque chose de Dinu, ce sera lui. »

Les deux dernières années, afin de garder le contact avec son fils, Jaya s'était familiarisée avec le courrier électronique et l'Internet. Elle avait ouvert un compte dans un centre commercial d'informatique et, lors de sa visite suivante, elle s'acheta une demi-heure sur la Toile. D'abord, elle entreprit une recherche sous les mots « U Tun Pe ». Sans résultat. Elle poussa un long soupir. Puis elle tapa les mots « Ilongo Alagappan » puis « Entrée ».

Le moteur de recherche tremblota comme un chien de

chasse reniflant une bonne piste. Durant une longue minute angoissante, une icône clignota sur l'écran. Soudain, le moniteur tremblota de nouveau et un message apparut : le nombre des entrées sous Ilongo Alagappan se montait à 560. Jaya se leva et alla voir le directeur. « Je crois que je vais avoir besoin d'une heure supplémentaire. Peut-être deux... »

Elle retourna à sa place et commença par l'entrée numéro un. Elle entreprit de copier des paragraphes dans un dossier séparé. Elle découvrit qu'Ilongo était un personnage politique de premier plan en Malaisie ; il avait été ministre et honoré d'un titre « Dato ». Sa carrière avait débuté après la guerre, quand les ouvriers de la plantation avaient décidé de former des syndicats. Beaucoup s'étaient engagés activement en politique, dont Ilongo ; en quelques années, il était devenu l'un des syndicalistes les plus importants du pays – une sorte de légende dans les plantations. Il avait fondé une coopérative et réuni assez de subsides pour acheter Morningside. Cela à un moment où le prix du caoutchouc ayant chuté, des milliers d'ouvriers perdaient leur travail. Ilongo était responsable de la transformation de Morningside en une des entreprises modèles du mouvement coopératif. Les syndicats des plantations témoignaient d'une réussite extraordinaire : ils offraient des systèmes d'assurance-maladie, des fonds de pension, des programmes d'éducation, des plans de recyclage.

Une des entrées sur l'écran indiquait un site pour la « Coopérative de Morningside ». Jaya décida de jouer le tout pour le tout. Elle se connecta et laissa un message pour Ilongo. Elle se présentait et expliquait qu'elle réunissait de la documentation pour un livre sur sa grand-tante Uma et son grand-père Rajkumar. Elle souhaitait vivement l'interviewer : elle lui serait très reconnaissante d'une réponse.

Le lendemain, elle reçut un coup de téléphone du directeur du centre, surexcité. « Bonne nouvelle, *didi* ! Un message pour vous ! De Malaisie ! On est tous si contents ! Quelqu'un vous envoie un billet d'avion... »

La ressemblance d'Ilongo avec Rajkumar était si frappante que, dès qu'elle l'aperçut sur le quai de la gare de Sungei Pattani, Jaya eut la chair de poule. Comme Rajkumar, Ilongo était d'une stature imposante : grand, large d'épaules, très brun, il avait lui aussi un ventre proéminent, résultat non pas de la paresse mais plutôt d'un excès d'énergie – son estomac était comme une réserve de carburant supplémentaire attachée à l'extérieur d'un camion. Il avait des cheveux blancs ébouriffés et il était couvert de poils – ses bras, sa poitrine, ses articulations. Cette blancheur formait un contraste saisissant avec la couleur de sa peau. Son visage, comme celui de Rajkumar, était profondément buriné, avec fanons et bajoues ; l'homme était énorme, anguleux, et semblait construit tout en carapace comme si la nature l'avait équipé pour la survie en haute mer.

Seule sa voix surprit Jaya. Il ne parlait pas du tout comme Rajkumar, ni en anglais ni en hindoustani. Son anglais était malais – doux, parsemé d'interrogatifs « *la ?* » –, une manière de s'exprimer chaleureuse, très engageante.

Ils sortirent de la gare et Ilongo conduisit Jaya vers un quatre-quatre Toyota Land Cruiser. Les portes du véhicule portaient le logo de la coopérative propriétaire de Morningside. Ils y montèrent. Ilongo prit une boîte plate en fer et alluma un *cheroot*, ce qui ajouta encore à son extraordinaire ressemblance avec Rajkumar.

« Alors, parlez-moi de votre livre, dit-il. Il va être sur quoi ?

– Je n'en suis pas encore certaine, répliqua Jaya. Peut-être en aurai-je une idée plus précise après vous avoir interviewé... »

En chemin, Ilongo lui raconta sa carrière et la transformation de Morningside en coopérative. Timothy Martins, le frère d'Alison, avait servi dans l'armée américaine durant la guerre en qualité d'interprète, dans le Pacifique.

À la fin des hostilités, il avait fait une brève visite à Sungei Pattani. Ilongo était allé le voir. « Vous ne venez pas à Morningside ? » s'était-il étonné. « Non », répondit fermement Tim. Il n'avait aucun désir de retourner là-bas. La propriété lui rappelait douloureusement tout ce qu'il souhaitait effacer de sa mémoire : la mort de ses parents, de sa sœur, de son grand-père ; il ne voulait qu'une chose : s'en débarrasser. D'ailleurs, il ne se sentait aucun intérêt pour la direction d'une plantation. À l'évidence, l'avenir du caoutchouc, en tant que matière première, n'était pas très brillant. La guerre avait stimulé les recherches : on allait découvrir des substituts. « Je vais mettre Morningside en vente, dit Timothy à Ilongo. Faites-le savoir à tous. »

La propriété était restée sur le marché pendant deux ans, sans que se présente le moindre acheteur. Timothy n'était pas le seul homme d'affaires à s'être aperçu que la demande pour le caoutchouc était à bout de course. Dans toute la Malaisie, des milliers d'ouvriers étaient sans travail : les investisseurs achetaient les plantations et lotissaient les terrains pour les revendre. Finalement, Ilongo décida de prendre les choses en main : c'était ça ou voir tout le monde sur le pavé. Il était parti faire littéralement la quête et il avait fini par trouver l'argent nécessaire.

« Et voilà, nous y sommes, dit Ilongo fièrement en tendant le doigt. Morningside. »

Ils passèrent sous une arche portant l'inscription MORNINGSIDE ESTATE gravée en jolis caractères gothiques dorés un peu ternis. Dessous, en lettres plus brillantes mais plus simples, apparaissaient les mots : UNE PROPRIÉTÉ DE LA COOPÉRATIVE DES TRAVAILLEURS DE PLANTATIONS MALAIS. Le Gunung Jerai se dressait droit devant, son sommet voilé par un rideau dense de nuages.

La route montait en serpentant à travers des zones d'hévéas alternant avec des étendues d'une autre sorte d'arbre – un petit palmier trapu. Des palmiers à huile, expliqua Ilongo, pour l'heure un investissement plus profitable que le caoutchouc : la plantation augmentait la surface consacrée à l'un aux dépens de l'autre.

Jaya fut fascinée par les palmiers à huile : des grappes de fruits jaune orangé, chacune aussi grosse qu'un agneau, pendaient aux troncs en forme de souches. L'air, immobile, semblait avoir une texture huileuse. Entre les palmiers, on apercevait des volières montées sur piquets. Elles étaient destinées aux chouettes, expliqua Ilongo – le fruit riche en huile attirait de grandes quantités de rongeurs : les oiseaux aidaient à ce qu'ils soient moins nombreux.

Puis Morningside House surgit. Elle avait été récemment repeinte et offrait un aspect net et gai, avec son toit et ses volets rouges, et ses murs vert tilleul. Voitures et camions étaient garés devant, sous le porche et dans l'allée principale. Des gens allaient et venaient partout.

« La maison paraît très animée, dit Jaya.

– Elle l'est, répliqua Ilongo. J'aime sentir qu'elle est mise à profit. Ma famille et moi n'en occupons qu'une partie, le reste sert de bureaux à la coopérative. Je ne voulais pas que ça devienne un mémorial. C'est mieux ainsi : elle a une fonction utile. »

Ils firent le tour de la maison pour gagner une porte à l'arrière. Grande, les cheveux gris, vêtue d'un sari de soie verte, Mrs Alagappan, l'épouse d'Ilongo, les attendait. Le couple vivait seul dans cette partie de la maison ; leurs enfants, à présent adultes, étaient « tous établis et réussissaient bien ». Une de leurs filles était dans l'administration civile, l'autre médecin ; leur fils, un homme d'affaires, vivait à Singapour.

« Nous ne sommes plus que tous les deux à présent. »

Chaque année, l'hiver, ils partaient faire une croisière. La maison était remplie de souvenirs de leurs visites en Afrique du Sud, à l'île Maurice, aux îles Fidji, en Australie ; il y avait une photo d'eux dansant dans la salle de bal d'un navire. Elle en sari, lui dans une tenue de safari grise.

En prévision de la visite de Jaya, Mrs Alagappan avait préparé des *idli* et des *dosa*. Après le déjeuner, on la conduisit dans la chambre d'amis. Dès l'entrée, devant la fenêtre ouverte, elle se trouva face à la montagne. Les nuages s'étaient dissipés autour du sommet. Sur un mur, près de la croisée, était accrochée une photo de la même vue.

Jaya s'arrêta brusquement, contemplant tour à tour la montagne et la photo. Ilongo était à ses côtés. Elle se tourna vers lui.

« *Dato ?* demanda-t-elle. Qui a pris cette photo ? »

Il sourit.

« Qui croyez-vous que ce soit ?

– Qui donc ?

– Votre oncle. Dinu.

– Et avez-vous d'autres photos de lui ?

– Oui, beaucoup. Il m'a laissé une vaste collection ici. C'est pourquoi je voulais que vous veniez. Je pense qu'il aurait souhaité que vous les ayez. Je me fais vieux maintenant et je ne voudrais pas qu'on les oublie. J'ai écrit à Dinu pour lui demander ce qu'il désirait que j'en fasse mais je n'ai jamais obtenu de réponse...

– Ainsi, vous êtes donc en rapport avec lui ?

– Je ne dirais pas ça ; mais j'ai eu de ses nouvelles une fois.

– Quand ?

– Oh, il y a un bon moment... »

Cinq ans auparavant, raconta Ilongo, la coopérative avait décidé d'inaugurer un programme pour les travailleurs immigrés. La prospérité croissante de la Malaisie avait commencé à attirer des gens de toute la péninsule. Certains de ces ouvriers venaient de Birmanie (ou du Myanmar comme elle s'appelait désormais). Il n'était pas très difficile de passer illégalement du Myanmar en Malaisie : les deux pays n'étaient séparés que par quelques centaines de kilomètres de côtes. Parmi les émigrés birmans, certains avaient été actifs dans le mouvement pour la démocratie. Condamnés à la clandestinité après la répression de 1988, ils avaient décidé un peu plus tard de fuir le pays. Tout à fait par hasard, Ilongo avait rencontré un activiste d'origine indienne – un jeune étudiant qui avait fort bien connu Dinu dont il affirmait que, aux dernières nouvelles, il vivait seul à Rangoon, à présent rebaptisé Yangon.

Pendant plus de trente ans, apprit Ilongo, Dinu avait été marié à une célèbre écrivaine birmane, Daw Thin Thin Aye, qui avait été étroitement associée au mouvement démocratique. Après la répression, elle et Dinu avaient été jetés en prison et relâchés au bout de trois ans. Mais Daw Thin Thin Aye, ayant contracté la tuberculose en détention, était morte l'année suivante. Cela se passait en 1992, voici donc quatre ans.

« J'ai demandé s'il y avait un moyen quelconque de communiquer avec lui, dit Ilongo. Le garçon m'a répondu que ce ne serait pas simple – la junte interdisait à Dinu de posséder un téléphone ou un fax. Même le courrier n'était pas sûr mais il demeurait le seul canal possible. J'ai donc écrit sans recevoir de réponse, hélas. Je suppose que quelqu'un a dû garder la lettre...

– Mais alors, vous avez son adresse ?

– Oui. » Ilongo fouilla dans sa poche et en sortit un bout de papier. « Il a un petit studio. Il fait des portraits, des photos de mariage, de groupes. Cette sorte de choses. L'adresse est celle du studio : il vit juste au-dessus. »

Il tendit le bout de papier, froissé, taché. Jaya s'en empara et l'examina de près pour déchiffrer l'écriture. Les premiers mots lui sautèrent aux yeux : LE PALAIS DES MIROIRS : STUDIO PHOTO.

43

Quelques mois plus tard, Jaya arpentait une rue tranquille et relativement peu encombrée dans un des plus vieux quartiers de Yangon. Les pavés sur les trottoirs étaient soulevés, brisés, et de mauvaises herbes poussaient entre les fissures. Le long de la rue, devant les maisons aux façades de plâtre, la plupart jaunies et mal retapées, elle entraperçut des jardinets avec des arbres poussant par-dessus les portails. On était à la mi-décembre, par une journée claire et froide. Il y avait très peu de circulation : les enfants, rentrés de l'école, jouaient au foot sur la chaussée. Des fenêtres à barreaux donnaient sur la rue de part et d'autre : Jaya se rendit soudain compte qu'elle était la seule personne qui portât autre chose qu'un *longyi* ; les femmes en sari étaient rares et les pantalons semblaient être l'apanage des policiers, des soldats et des hommes en uniforme. Elle avait l'impression d'être le point de mire d'un grand nombre d'yeux.

Son visa l'autorisait à une seule et unique semaine de séjour au Myanmar. Un très court délai pour retrouver quelqu'un. Et si Dinu était absent, en visite chez des amis, en voyage ? Jaya avait des visions cauchemardesques d'attente dans un hôtel minable, dans une ville où elle ne connaissait personne.

Plus tôt, à l'aéroport de Calcutta, elle avait échangé de brefs regards avec ses compagnons de voyage. Ils essayaient tous de se jauger réciproquement : pourquoi il ou elle se rendait-il à Yangon ? Quelle sorte d'affaire pouvait bien amener quelqu'un au Myanmar ? Tous les passagers étaient des Indiens, des gens comme elle – elle sut au premier coup d'œil qu'ils faisaient ce voyage exactement dans un but identique : rechercher des parents, sonder de vieux liens familiaux.

Jaya s'était donné beaucoup de mal pour obtenir un siège près d'un hublot dans l'avion. Elle avait hâte de comparer ses impressions de voyage à Yangon avec tous les récits qu'elle avait entendus au cours des années. Mais, une fois assise, elle fut prise d'une sorte de panique. Si elle retrouvait Dinu, quelle garantie avait-elle qu'il voudrait bien lui parler ? Plus elle y pensait et plus les incertitudes semblaient s'accumuler...

À présent elle était là, dans une rue qui portait le même nom que celui indiqué sur l'adresse. La numérotation des maisons était très déroutante. Il y avait des chiffres, des subdivisions et des indications alphabétiques compliquées. De petites entrées menaient à des cours qui se révélaient être des ruelles. Elle s'arrêta dans une pharmacie pour demander son chemin. L'homme derrière le comptoir regarda le bout de papier et lui désigna la maison voisine. Elle ressortit et se retrouva devant des portes s'ouvrant sur le hall d'une vaste et vieille maison. Puis elle remarqua une enseigne peinte à la main au-dessus de l'entrée. L'essentiel de l'inscription était en birman mais en bas, presque comme un rajout, il y avait quelques mots en anglais : LE PALAIS DES MIROIRS : STUDIO PHOTO.

Visiblement, elle était au bon endroit mais la porte était fermée et, de toute évidence, le local l'était aussi. Elle s'apprêtait à tourner les talons quand elle vit l'homme dans la pharmacie gesticuler en direction d'une ruelle juste à côté du Palais des Miroirs. Elle regarda au coin de la rue et avisa une petite porte qui semblait verrouillée de l'intérieur. Au-delà, on apercevait une cour et le seuil d'une vieille maison du genre cage à lapins. Jetant un coup d'œil pardessus son épaule, elle vit le pharmacien lui faire des signaux énergiques l'encourageant à entrer. Elle frappa et, n'obtenant pas de réponse, elle redoubla ses coups, tapant sur le bois avec le gras de sa paume. Soudain, la porte s'ouvrit toute grande et Jaya pénétra dans une cour murée. Deux femmes accroupies dans un coin attisaient un feu. Elle alla vers elles et demanda : « U Tun Pe ? » Elles hochèrent la tête en souriant, et lui montrèrent du doigt un escalier en spirale menant à l'étage : Dinu vivait manifestement dans un appartement situé juste au-dessus de son studio.

Alors qu'elle montait l'escalier, Jaya entendit une voix qui s'exprimait en birman. La voix d'un vieil homme, chevrotante et faible : l'orateur semblait faire une sorte de discours – une conférence ou un laïus. Il parlait en salves saccadées, les phrases ponctuées de toussotements et de pauses. Jaya atteignit le palier sur lequel donnait l'appartement : un grand tas de savates et de sandales de caoutchouc gisaient par terre. Les portes de l'appartement étaient ouvertes mais situées de telle manière que Jaya ne pouvait pas voir à l'intérieur. À l'évidence, quantité de gens s'y trouvaient rassemblés et Jaya songea soudain qu'elle était tombée sur une réunion politique, voire clandestine ; elle commença à se demander si sa présence n'était pas une intrusion malvenue. Puis elle eut une surprise : l'orateur prononça quelques mots qui n'avaient rien de birman ; des noms de l'histoire de la photographie qui lui étaient familiers : Edward Weston, Eugène Atget, Brassaï. Alors, la curiosité l'emportant sur la discrétion, elle ôta ses sandales et entra.

Devant elle, s'étendait une vaste pièce au plafond très haut, pleine de gens. Certains étaient assis sur des chaises mais la plupart sur des nattes, par terre. La foule était plus nombreuse que ce que la salle pouvait confortablement contenir et, en dépit de la présence de plusieurs ventilateurs de table, la chaleur était étouffante. À l'autre bout de la pièce, il y avait deux hautes fenêtres avec des volets blancs. Les murs, humides, étaient d'un bleu inégal, une partie du plafond noire de suie.

Assis dans un fauteuil en osier dont le dossier était garni d'une têtière verte, l'orateur était placé de manière à faire face à la majorité de l'assistance : Jaya le voyait droit devant elle. Ses cheveux grisonnants – mais seulement aux tempes – étaient coupés court et séparés au milieu par une raie. Il portait un *longyi* violet foncé et un T-shirt bleu avec une sorte de logo brodé sur la poitrine. Il était maigre comme un clou, le front et les joues creusés de rides profondes, des plis et des crevasses qui semblaient bouger avec la fluidité de ricochets sur l'eau. Un très beau visage, enrichi par l'âge : la mobilité des traits suggérait une capacité de perception et une sensibilité dépassant de beaucoup l'ordinaire.

Jaya se rendit soudain compte qu'elle n'avait jamais vu de photo de son oncle Dinu : il avait toujours été derrière l'appareil, jamais devant. S'agissait-il de cet homme ? Elle ne lui trouvait aucune ressemblance avec Rajkumar : il lui paraissait complètement birman – mais ceci était vrai de beaucoup de personnes d'origine indienne ou à moitié indienne. Elle ne pouvait être sûre de rien.

L'orateur tenait un objet dans ses mains – une grande affiche – et semblait s'en servir pour illustrer ses propos. Elle représentait un coquillage photographié de très près et dont l'extrémité, voluptueusement arrondie, se recourbait dans un tronc qui paraissait presque se soulever de la surface du papier. Jaya reconnut la reproduction d'un nautile monumental par Weston.

Elle se tenait debout depuis deux minutes sur le seuil sans que personne ne l'eût encore remarquée. Brusquement tous les regards se tournèrent vers elle. Le silence se fit et la pièce parut se remplir, en une seconde, d'un brouillard de peur. L'orateur posa l'affiche et se leva lentement. Lui seul semblait calme, serein. Il prit une canne et s'avança en boitant, son pied droit à la traîne. Il regarda Jaya dans les yeux et dit quelques mots en birman. Jaya secoua la tête et esquissa un sourire. Il comprit qu'elle était étrangère et elle l'entendit pousser un soupir de soulagement.

« Oui ? demanda-t-il doucement en anglais. Puis-je vous aider ? »

Jaya allait lui parler de sa quête de U Tun Pe quand tout à coup elle changea d'idée.

« Je cherche Mr Dinanath Raha... »

Les plis du visage du vieillard donnèrent l'impression de frissonner, telle la surface d'un lac soudain balayée par une bourrasque.

« Comment connaissez-vous ce nom ? dit-il. Il y a tant, tant d'années que je ne l'ai pas entendu...

– Je suis votre nièce, dit-elle. Jaya – la fille de votre frère...

– Jaya ! »

Jaya se rendit compte qu'ils avaient changé de langue et qu'il lui parlait maintenant en bengali. Il laissa tomber sa canne, posa une main sur l'épaule de la visiteuse et la regarda de près, comme à la recherche d'une confirmation de son identité.

« Venez vous asseoir auprès de moi, dit-il, sa voix réduite à un chuchotement. Je n'en ai plus que pour quelques minutes. »

Jaya l'aida à regagner son fauteuil et s'assit par terre en tailleur tandis qu'il reprenait sa conférence. Elle faisait face maintenant à l'auditoire de Dinu, et elle découvrit qu'il se composait d'un étonnant mélange d'individus, vieux et jeunes, filles et garçons, hommes et femmes, tous birmans, mais quelques-uns d'origine indienne, d'autres chinoise. Certains étaient élégamment habillés tandis que d'autres portaient de vieilles frusques. Un étudiant arborait une casquette noire qui proclamait GIORGIO ARMANI et, dans un coin, se trouvait un groupe de trois moines en robe jaune safran. Ils écoutaient tous Dinu avec beaucoup d'attention ; certains prenaient des notes.

Il y avait des bibliothèques vitrées autour de la pièce ; sur les murs des dizaines, voire des centaines, de reproductions photographiques qui semblaient avoir été découpées dans des livres ou des magazines. Quelques-unes étaient encadrées, d'autres collées sur du carton. Jaya en reconnut plusieurs, toutes des reproductions d'œuvres de photographes très connus : outre l'image célèbre d'un coquillage par Weston, il y avait la photo d'un groupe de femmes voilées, sur une colline du Cachemire, par Cartier-Bresson ; une autre d'une vieille maison de Calcutta, par Raghubir Singh.

Dans un coin, suspendue au-dessus d'une table gaiement décorée, une banderole peinte à la main proclamait : JOYEUX ANNIVERSAIRE ! Sur la table, des timbales en papier, des amuse-gueule, des cadeaux emballés...

Jaya aurait bien aimé savoir ce qui se passait.

La conférence de Dinu se termina dans une folle explosion d'applaudissements et de rires. Il sourit et se tourna vers Jaya en s'excusant de l'avoir fait attendre.

« Vous me trouvez au milieu de ma séance hebdomadaire... Je l'appelle "mon jour du Palais des Miroirs".

– L'attente n'a pas été très longue, dit-elle. De quoi parliez-vous ?

– Peinture... photographie... tout ce qui me passe par la tête. Je lance les sujets – et puis c'est chacun son tour. Écoutez. »

Il sourit en regardant autour de la pièce bruissant de multiples conversations. Au fond, quelques personnes gonflaient des ballons.

« C'est une classe ? demanda-t-elle. Un cours ?

– Non ! » Il éclata de rire. « Ils viennent, c'est tout... chaque semaine... Certains sont nouveaux, d'autres sont déjà venus. Quelques-uns sont étudiants, d'autres artistes, d'autres encore aspirent à devenir photographes... Bien entendu, la plupart ne peuvent pas se payer un appareil – vous savez combien nous sommes pauvres dans notre Myanmar... » Il prononça le mot avec un rire ironique. « ... et même s'ils le pouvaient, ils n'auraient pas de quoi payer la pellicule, le développement ou l'impression... Mais certains ont de l'argent – peut-être leurs parents sont-ils contrebandiers, entrepreneurs ou colonels... je ne pose pas de questions... Il vaut mieux ne pas savoir. Ils prennent des photos et les apportent ici... Nous les faisons passer et nous les commentons... Ou alors, je leur montre des copies de vieux clichés et nous discutons de ce qui fait qu'ils sont bons ou pas. Il n'y a dans Yangon que le Palais des Miroirs où l'on puisse voir des choses de cette sorte... des œuvres d'art contemporain... » Il leva sa canne et la pointa sur ses bibliothèques. « Des livres, des magazines... ils sont très difficiles, presque impossibles, à dénicher dans le pays, à cause des censeurs. C'est ici un des rares endroits où l'on en trouve. Les gens le savent, alors ils viennent...

– Comment vous êtes-vous procuré ces livres ? s'enquit Jaya.

– Pas facile... » Il rit de nouveau. « Je me suis lié d'amitié avec des chiffonniers et autres fouilleurs de poubelles. Je leur dis ce que je veux et ils me le gardent. Les étrangers qui vivent à Yangon, les diplomates, les membres des organisations humanitaires, etc., ils ont tendance à beaucoup lire... ils n'ont pas grand-chose d'autre à faire, voyez-vous... ils sont constamment surveillés... Ils apportent avec eux plein de livres et de revues et, de temps en temps, ils les jettent... Heureusement, les militaires n'ont pas l'idée de contrôler leurs poubelles... Ces choses arrivent jusqu'à nous. Toutes ces bibliothèques... leur contenu a été réuni petit à petit grâce à des chiffonniers. Je pense parfois à l'étonnement des propriétaires d'origine, s'ils savaient... Il m'a fallu longtemps... Puis le bruit s'est répandu et les gens ont commencé à venir... Ils sont venus, ils ont regardé et souvent ils ne comprenaient pas ce qu'ils voyaient, alors ils m'interrogeaient et je leur donnais mon opinion. D'abord, ils n'étaient pas très nombreux et puis il y en a eu plus... et plus encore. À présent, ils viennent chaque semaine... Même quand je ne suis pas là ils viennent... quelqu'un d'autre parle... ils examinent les photos... ceux qui le peuvent font une contribution – pour du thé, des douceurs, des amuse-gueule. Ceux qui ne le peuvent pas ne le font pas... personne n'a jamais été refoulé. Aujourd'hui c'est l'anniversaire de quelqu'un... » Il montra du doigt un jeune homme de l'autre côté de la pièce.

« Ses amis ont organisé une petite fête ici. Ça arrive souvent... Ici, ils se sentent libres de s'amuser... Je les encourage à dire tout ce qu'ils veulent... à parler librement, même de choses simples. Pour eux, c'est une aventure, une découverte...

– Que voulez-vous dire ?

– Il faut comprendre que toute leur vie ils sont entraînés à obéir. . à leurs parents, à leurs professeurs, aux militaires... c'est ce que leur éducation leur enseigne : l'habitude de l'obéissance... » Il rit, les yeux pétillants. « Quand ils viennent ici... ils découvrent que personne ne va les réprimander pour ce qu'ils disent... ils peuvent même critiquer leurs parents si ça leur chante... une idée très choquante pour beaucoup d'entre eux... certains ne reviennent plus jamais... mais un grand nombre oui, encore et encore...

– Parlent-ils de politique aussi ?

– Oui. Tout le temps. Il est impossible de faire autrement au Myanmar...

– Et les militaires ne réagissent pas ? N'essayent-ils pas de vous en empêcher ? N'envoient-ils pas des espions ?

– Oui, bien entendu. Ils envoient des espions... Il y en a probablement quelques-uns ici à l'instant même – au Myanmar, il y a toujours des espions, partout. Mais personne ne discute des structures politiques ; nous parlons seulement d'idées et ils savent aussi que je ne suis plus directement engagé dans le mouvement... mon corps ne me le permet pas... Ils me regardent et voient un vieil handicapé fatigué... En un sens, mon corps me protège... Il faut comprendre que leur brutalité est d'un genre étrangement moyenâgeux... ils ne sont pas assez avancés pour pouvoir déceler une menace dans ce que nous faisons ici. Ils ne seront jamais capables de comprendre ce qui attire les gens ici, même si certains sont leurs propres enfants... rien de ce qui les intéresse ne se trouve ici – pas d'alcool, pas de drogues, pas de complots... c'est ce qui nous protège. Et quand nous parlons de politique, c'est d'une telle manière qu'ils ne peuvent pas suivre... nous ne tenons pas des propos avec lesquels ils pourraient nous épingler... au

Myanmar, rien de ce qui vaut la peine d'être dit ne peut s'exprimer dans le langage ordinaire... tout le monde apprend d'autres moyens de communication, des langages secrets. Aujourd'hui par exemple, je parlais de la théorie de pré-visualisation d'Edward Weston... selon laquelle vous devez voir la vérité de votre sujet dans votre esprit... après quoi le rôle de l'appareil est secondaire, sans importance... Si vous connaissez la vérité de ce que vous voyez, le reste n'est que simple exécution. Rien ne peut s'interposer entre vous et votre désir imaginé... Aucun appareil, aucun objectif... » Il haussa les épaules en souriant. « À cette liste, j'aurais pu ajouter : aucune bande de criminels comme ce régime... Mais je n'ai pas eu à le leur dire explicitement... Ils ont compris à demi-mot... ils savaient... vous avez vu comme ils ont ri et applaudi... Ici, dans le Palais des Miroirs, la photographie aussi est un langage secret. »

À l'autre bout de la pièce, la fête d'anniversaire débutait. On réclamait à grands cris la présence de Dinu. Il se leva et, s'appuyant lourdement sur sa canne, se dirigea vers la table où attendaient des plats de beignets, un gâteau et deux grosses bouteilles en plastique de Coca-Cola. Une grande canette de bière canadienne trônait au centre, intacte et immaculée, tel un objet décoratif. Dinu expliqua que l'un des habitués du Palais des Miroirs était le fils d'un général de la junte. Il venait en secret, à l'insu de sa famille. De temps en temps, il apportait des choses qui d'ordinaire étaient réservées aux contrebandiers et aux huiles du régime. La canette de bière se trouvait sur la table depuis plus d'un an.

Quelqu'un commença à gratter une guitare, on se mit à chanter en chœur, on découpa le gâteau. Dinu présida à la fête avec un humour bienveillant, au milieu de beaucoup de plaisanteries, dans la gaieté. Jaya se rappela ce que Rajkumar se plaisait à répéter : « Nulle part ailleurs on ne trouve ce don de rire qu'ils ont en Birmanie... » Pourtant il était manifeste que le rire avait ici un tranchant spécial, affûté sur des peurs jamais complètement absentes. C'était une sorte de gaieté avide, comme si chacun voulait en profiter au maximum tant qu'il le pouvait.

Dans d'autres endroits de la pièce se tenaient un grand nombre de discussions. Parfois, Dinu était appelé par un groupe ou un autre.

Après une de ces interventions, il se tourna vers Jaya pour lui expliquer :

« Ils discutent de la photo dont je parlais, le nautile de Weston... Certains d'entre eux se considèrent comme des révolutionnaires... ils répètent que les questions d'esthétique n'ont aucun rapport avec notre situation...

– Et quelle a été votre réponse ?

– J'ai cité Weston... Weston à propos de Trotski... selon qui des formes d'art nouvelles et révolutionnaires peuvent réveiller un peuple, ou déranger sa complaisance, ou défier les vieux idéaux avec des prophéties constructives de changement... Peu importe... chaque semaine le débat revient sur la table... chaque semaine je répète la même chose. »

Bientôt, deux jeunes gens firent la quête et partirent chercher du *biryani* dans une boutique voisine. Ils revinrent quelques minutes après, chargés de paquets. Dinu remplit une assiette et la tendit à Jaya qui fut surprise de découvrir combien le *biryani* était délicieux.

Peu à peu, alors que la soirée touchait à sa fin, chacun devint moins bavard. Une sorte de résignation sembla s'installer, comme si l'obscurité frappait aux fenêtres, rappel de la constance de sa présence.

« Où êtes-vous descendue ? » demanda Dinu à Jaya, juste avant neuf heures.

Elle le lui dit : dans un petit hôtel, choisi au hasard.

« Je vous aurais proposé de rester ici, dit-il. Je vis seul et vous sauriez vous débrouiller... Ce serait facile... Mais malheureusement la procédure est très longue.

– La procédure pour quoi ? s'étonna Jaya, stupéfaite.

– Pour les invités, répliqua Dinu sur un ton d'excuse. N'oubliez pas que vous êtes au Myanmar. Ici, rien n'est simple... Il y a une liste officielle des occupants de chaque maison... Personne d'autre ne peut y passer la nuit sans permission. Je connais une femme qui après trois ans de mariage doit faire une demande chaque semaine pour être incluse dans la “liste d'invités” de sa belle-famille.

– Et qui donne cette permission ?

– Le président du Conseil de surveillance... il y en a un dans chaque quartier... ils peuvent vous mener une vie infernale... tout le monde les déteste... Le mien se distingue par sa méchanceté. Alors, vous comprenez, je vous dirais bien de rester mais... La police procède régulièrement à des vérifications, surtout la nuit. On ne sait jamais quand elle va débarquer... »

Dinu donna à Jaya une petite tape dans le dos.

« Il vaut mieux que vous partiez maintenant... les autres vont vous raccompagner à votre hôtel... On vous aura vue entrer ici, vous pouvez en être sûre... Y avait-il un homme dans la pharmacie à côté ? Eh bien voilà, nous y sommes... Si par hasard il n'était pas là quand vous sortirez, attendez jusqu'à ce qu'il vous ait vue partir. Sinon, vous pouvez parier qu'on viendra bientôt frapper à ma porte. Revenez demain... tôt... Je préparerai quelques photos. Nous parlerons aussi longtemps que vous le voudrez... Nous ne cesserons pas de parler... Chaque jour que vous passerez ici... »

44

Dinu avait quitté la Malaisie peu après la mort d'Alison. L'occupation japonaise provoqua des bouleversements sur les plantations de caoutchouc. Plusieurs centaines de travailleurs abandonnèrent Morningside pour s'engager dans la Ligue pour l'indépendance de l'Inde et l'Armée nationale indienne. Ilongo était parmi eux et c'est par lui que Dinu apprit qu'Arjun avait été un des premiers à rejoindre l'ANI du capitaine Mohun Singh. Le mouvement prit une telle force que Dinu se découvrit dans l'incapacité d'y faire face. Son opinion sur la guerre n'avait pas changé, cependant, et après que la nouvelle de la mort d'Alison eut atteint Morningside, il décida de traverser clandestinement la frontière birmane.

Il partit en fin de compte à bord d'un bateau de pêche. Naviguant surtout de nuit, passant d'île en île, il réussit à remonter l'isthme de Kra. Le bateau le laissa sur une plage, à quelques kilomètres de Mergui, la ville la plus au sud de Birmanie. Dinu avait espéré atteindre Rangoon par voie de terre mais l'invasion japonaise de la Birmanie battait alors son plein. Les routes du nord étaient coupées.

Un petit groupe de volontaires birmans – l'Armée de l'indépendance birmane – accompagnait les troupes d'infanterie japonaises. Ce groupe était conduit par une vieille connaissance de Dinu, Aung San, le leader étudiant. À mesure de l'avance japonaise, de sanglants accrochages se produisirent entre le groupe et certaines peuplades de la frontière – en particulier les chrétiens indigènes dont beaucoup étaient restés fidèles aux Britanniques. L'agitation régnait dans la région et il n'était plus question de se déplacer au nord. Dinu resta à Mergui plusieurs mois.

Quand, en juin 1942, il arriva enfin à Rangoon, la ville était occupée par les Japonais. Il se rendit à Kemendine et trouva la propriété ravagée : la maison avait reçu une bombe de plein fouet. Parti à la recherche de Thiha Saw, il apprit que son vieil ami s'était enfui en Inde comme beaucoup d'autres hommes de gauche ; sa famille s'était dispersée dans le pays. Seule la grand-mère de Thiha Saw habitait encore Rangoon, soignée par une parente, une très jeune fille, Ma Thin Thin Aye. Les deux femmes recueillirent Dinu ; elles lui annoncèrent la mort de Neel et le départ de sa famille pour Huay Zedi.

Au nord de Rangoon, la bataille faisait encore rage entre les forces japonaises et l'armée britannique en retraite. Il était presque impossible de se déplacer dans le pays à ce moment-là : le trafic, par route ou par rail, était strictement contrôlé au moyen d'une série de cartes et de permis. Les Japonais avaient installé un nouveau gouvernement à Rangoon, sous la direction d'un politicien birman, le docteur Ba Maw. Aung San et beaucoup d'autres membres de l'Armée de l'indépendance birmane faisaient partie de ce gouvernement – et parmi eux plusieurs des anciens amis et camarades d'université de Dinu. L'un d'eux l'aida à se procurer un laissez-passer qui lui permit de voyager dans le nord.

À Huay Zedi, Dinu trouva le village désert, sa famille était partie. Il découvrit que les sympathies des gens de la région allaient résolument aux Alliés : Raymond était parmi les nombreux villageois de Huay Zedi qui avaient été recrutés dans un groupe de partisans alliés – la Force 136.

Informé de l'arrivée de Dinu, Raymond se présenta pour l'accueillir. Il n'était plus l'étudiant au regard éteint dont Dinu se souvenait : il portait une vareuse kaki et un fusil. Il expliqua que son père, Doh Say, avait pressé Rajkumar et Dolly de rester à Huay Zedi et promis de tout faire pour leur assurer confort et sécurité. Mais après la mort de Neel, le comportement de Manju était devenu de plus en plus incohérent et, finalement, craignant pour sa raison, Rajkumar et Dolly avaient décidé de la ramener en Inde. Ils étaient partis plusieurs mois avant l'arrivée de Dinu ; il n'avait maintenant aucun espoir de les rattraper. Dinu décida de rester avec Doh Say et Raymond, dans leur camp au sein de la jungle.

En 1944, les Alliés lancèrent une contre-offensive en Birmanie, menée par la 14e armée, sous le commandement du général Slim. En quelques mois, les Japonais furent repoussés de la frontière indienne et au début de 1945 ils battaient complètement en retraite. Le général Aung San, par son dramatique reversement d'alliances, leur infligea le coup final : bien que l'Armée de l'indépendance birmane eût pénétré dans le pays grâce aux Japonais, elle n'avait jamais été qu'une alliée réticente des occupants. En 1945, le général Aung San donna l'ordre secret à ses partisans de se joindre au mouvement pour chasser les Japonais de Birmanie. Après quoi, il devint manifeste que l'occupation japonaise touchait à sa fin.

Mais la guerre n'était pas encore terminée. Un jour de mars 1945, Doh Say envoya chercher Dinu ; il lui expliqua qu'il avait reçu des nouvelles inquiétantes. Une grande bataille avait eu lieu à Meiktila, à plusieurs centaines de kilomètres au nord. La 14e armée avait remporté une victoire décisive et les Japonais étaient en fuite. Mais quelques durs à cuire de l'Armée nationale indienne continuaient à combattre en Birmanie centrale et harcelaient l'armée alliée. Une de ces unités s'était retrouvée de l'autre côté du Sittang et avançait, disait-on, en direction de Huay Zedi. Doh Say s'inquiétait des problèmes que les soldats pourraient créer chez les villageois ; il voulait que Dinu aille à leur recherche pour intercéder auprès d'eux. Son espoir était que, grâce à ses liens avec l'Inde, Dinu serait en position de les persuader de rester à l'écart de leur village.

Dinu se mit en route le lendemain matin avec Raymond comme guide.

Après quelques journées d'attente, une rencontre fut organisée par le truchement d'un chef de village. Elle eut lieu dans un camp de teck abandonné, en pleine jungle. Un vieux camp, du genre que Dinu avait entendu décrire par son père – avec un *tai* au centre d'une vaste clairière. Abandonné depuis des années, bien avant la guerre, il avait été en grande partie envahi de nouveau par la jungle, la clairière couverte par des herbes d'un mètre de haut, et un grand nombre des cabanes de *oo-si* emportées par le vent et la pluie. Seul le *tai* tenait encore debout, malgré son échelle entrelacée de lianes et son toit effondré.

Dinu avait pour ordre d'attendre seul. Raymond le conduisit au bord de la clairière puis disparut dans la forêt. Dinu resta planté devant le *tai*, dans une position lui permettant d'être observé de loin. Il était vêtu d'un *longyi* marron et d'une simple tunique karen, noire et blanche. Il avait cessé de se raser depuis son arrivée à Huay Zedi et sa barbe changeait beaucoup son apparence. Il avait noué un foulard rouge et blanc autour de son cou et portait à l'épaule un sac en tissu contenant de la nourriture, de l'eau et du tabac. Il s'assit sur un tronc d'arbre juste en face du *tai*. Une brise douce faisait frissonner l'herbe haute de la clairière. Au-delà de la clairière, des friselis de brouillard s'élevaient du sommet des arbres de trente mètres qui entouraient le camp. La verdure formait un mur dense, muet : Dinu savait que les soldats indiens se trouvaient quelque part derrière et le surveillaient.

Dans sa muselière, il avait des paquets de riz bouilli enveloppé de feuilles de bananier. Il en ouvrit un et se mit à manger, tout en écoutant les bruits de la forêt : un remue-ménage parmi une volée de perroquets lui annonça que les soldats approchaient. Il resta immobile et continua à manger.

Bientôt, du coin de l'œil, il vit un soldat indien pénétrer dans la clairière. Il fit une boule de sa feuille de bananier et la jeta en l'air. Seule la tête du soldat était visible : il avançait dans l'herbe à grands pas et se servait de son fusil pour écarter les broussailles.

Dinu le regardait approcher. Son visage était si émacié qu'il en paraissait presque desséché – bien que, à son maintien et à sa carrure, Dinu lui donnât dans les vingt-cinq ans. Son uniforme tombait en loques et ses chaussures si méchamment usées qu'on voyait ses orteils : les semelles étaient attachées aux pieds par de la ficelle. Le soldat s'arrêta à moins d'un mètre de Dinu et agita le bout de son fusil. Dinu se leva.

« Je ne suis pas armé », dit-il en hindoustani.

Le soldat ne l'écoutait pas.

« Montre-moi ce que tu as dans ton sac », ordonna-t-il.

Dinu entrouvrit sa muselière.

« Qu'est-ce qu'il y a à l'intérieur ? »

Dinu sortit sa gourde d'eau et un paquet de riz bouilli enveloppé d'une feuille. Quelque chose dans le regard du soldat lui donna à réfléchir. Il défit le paquet et le tendit à l'homme.

« Tiens, dit-il. Prends-le. Mange. »

Le soldat porta le paquet à sa bouche et dévora le riz. Dinu s'aperçut qu'il était encore en plus mauvais état qu'il ne l'avait cru tout d'abord : le blanc des yeux teinté de jaunâtre, la peau décolorée par endroits et des cloques autour de la bouche, il paraissait sous-alimenté. Après l'avoir observé une minute, Dinu eut l'impression de l'avoir déjà rencontré. Soudain, il sut qui c'était.

« Kishan Singh ? » dit-il, d'un ton incrédule.

Le soldat le regarda sans comprendre, plissant ses yeux tachetés de jaune.

« Kishan Singh, tu ne te souviens pas de moi ? »

Le soldat hocha la tête, tout en continuant à manger son riz, son expression à peine changée : comme si, désormais, il était trop fatigué pour faire l'effort de reconnaître quiconque.

« Kishan Singh, dit Dinu, est-ce qu'Arjun est avec toi ? »

L'ordonnance fit signe que oui. Puis il tourna les talons, jeta la feuille de bananier et repartit dans la forêt.

Dinu fouilla dans son sac, en tira un *cheroot* qu'il alluma d'une main tremblante et se rassit sur sa souche. Au loin, une autre silhouette s'avançait dans la clairière, suivie par un groupe d'une trentaine d'hommes. Dinu se leva. Pour une raison qu'il n'arrivait pas à comprendre, ses paumes transpiraient et son cigare en était mouillé.

Arjun s'arrêta à quelques pas et se trouva en face de Dinu, de l'autre côté de la souche. Ni l'un ni l'autre ne prononcèrent un mot. Puis Arjun fit un geste en direction du *tai*. « Allons là-haut. »

Dinu hocha la tête pour signifier son accord. Arjun disposa ses hommes en sentinelle autour du *tai*, et Dinu et lui grimpèrent l'échelle puis s'installèrent sur le plancher pourrissant. De près, Arjun paraissait encore en plus mauvais état que Kishan Singh. Une partie de son cuir chevelu avait été rongée par une plaie qui partait du haut de son oreille droite et s'étendait pratiquement jusqu'à l'œil. Son visage était couvert d'écorchures profondes et de morsures d'insectes. Sa casquette avait disparu ainsi que les boutons de son uniforme ; il manquait une manche à sa tunique.

S'il avait su qu'il allait rencontrer Arjun, Dinu ne serait pas venu. Trois ans s'étaient écoulés depuis leur dernière entrevue et, en ce qui concernait Dinu, Arjun était coupable, par association, d'une grande partie de l'horreur et des ravages de cette période. Pourtant, maintenant qu'ils étaient face à face, il n'éprouvait ni colère ni répulsion. Comme s'il regardait non pas Arjun mais son corps décharné, la dépouille de l'homme qu'il avait été autrefois. Dinu ouvrit sa musette en tissu et en sortit le reste de ses paquets de riz.

« Tiens, dit-il. Tu sembles avoir besoin de manger.

– Qu'est-ce que c'est ?

– Juste un peu de riz... »

Arjun porta les paquets à son nez et les renifla.

« C'est gentil à toi. Les gars t'en seront reconnaissants... »

Il se leva et descendit du *tai*. Dinu l'entendit ordonner à ses hommes de se répartir le riz. Il revint et Dinu vit qu'il avait distribué tous les paquets. Il comprit que son orgueil interdisait à Arjun d'accepter de la nourriture de sa part.

« Que dirais-tu d'un *cheroot* ? proposa-t-il. Je peux t'en offrir un ?

– Oui. »

Dinu lui tendit un cigare et gratta une allumette.

« Que fais-tu ici ? s'enquit Arjun.

– On m'a demandé de venir. Je vis dans un village... pas très loin d'ici. Ils ont entendu dire que tes hommes se dirigeaient sur lui... Ils étaient inquiets.

– Ils n'ont à s'inquiéter de rien, dit Arjun. Nous essayons de rester à l'écart des populations locales. Nous n'avons rien contre elles. Tu peux leur dire qu'ils n'ont rien à craindre. De nous, en tout cas.

– Ils en seront très rassurés. »

Arjun tira une bouffée de son cigare et renvoya la fumée par ses narines.

« J'ai appris pour Neel. Je suis désolé – pour toi, pour Manju... »

Dinu fit un geste.

« Et que se passe-t-il avec ta famille ? reprit Arjun. As-tu eu des nouvelles ? de Manju ? du bébé ?

– Aucune depuis trois ans. Ils ont tous séjourné ici un bout de temps... après la mort de Neel... ils étaient au même endroit que moi en ce moment... avec de vieux amis de la famille. Puis ils sont partis pour Mawlaik, pour essayer de traverser la frontière. On n'a plus eu de nouvelles depuis... Ni de mon père, ni de ma mère... D'aucun d'eux... »

Dinu rongea son pouce et s'éclaircit la gorge.

« Et tu as su pour Alison et son grand-père ?

– Non. » La voix d'Arjun se réduisit à un chuchotement. « Que s'est-il passé ?

– Ils étaient sur la route, au sud de Morningside... La voiture était en panne et ils sont tombés sur des soldats japonais... Ils ont été tués tous les deux... mais elle a résisté... »

Arjun se couvrit le visage des mains. Au tremblement saccadé de ses épaules, Dinu comprit qu'il pleurait. Il n'éprouvait que de la pitié pour lui à présent. Il se pencha et lui posa une main sur l'épaule.

« Arjun... Arrête... Ça ne sert à rien... »

Arjun secoua violemment la tête, comme s'il essayait de se réveiller d'un cauchemar.

« Parfois je me demande si ça finira jamais...

– Mais, Arjun... » Dinu fut surpris par la douceur de sa propre voix. « Arjun... c'est toi... c'est toi qui les as rejoints... de ton plein gré. Et tu continues à te battre – maintenant... même après que les Japonais... Pourquoi ? Pour quelle raison ? »

Arjun leva la tête avec un regard hargneux.

« Tu vois, Dinu, tu ne comprends pas. Pas même maintenant. Tu crois que je *les* ai rejoints. Ce n'est pas vrai. J'ai rejoint une armée indienne qui se battait pour une cause indienne. La guerre est peut-être terminée pour les Japonais – elle ne l'est pas pour moi.

– Mais Arjun... protesta Dinu, la voix toujours aussi douce. Tu dois bien comprendre que vous n'avez pas le moindre espoir... »

Arjun l'interrompit d'un rire.

« Avons-nous jamais eu le moindre espoir ? Nous nous sommes révoltés contre un empire qui a modulé tous les détails de nos vies ; qui a peint le monde tel que nous le connaissons. C'est une tache énorme, indélébile, qui nous a tous souillés. Nous ne pouvons la détruire sans nous détruire nous-mêmes. Et c'est là, je suppose, où j'en suis... »

Dinu passa de nouveau son bras autour des épaules d'Arjun. Il sentait les larmes lui monter aux yeux, pourtant il ne pouvait rien dire : il n'y avait rien à dire.

C'est cela le plus grand danger, songea-t-il, ce point qu'a atteint Arjun – où, en résistant aux pouvoirs qui nous forment, nous leur permettons de prendre le contrôle de toute signification ; et c'est là l'instant de leur victoire : c'est ainsi qu'ils nous infligent la défaite finale la plus terrible. À présent, il n'éprouvait plus de la pitié pour Arjun mais de la compassion : que ressentait-on en se représentant l'échec aussi totalement et avec autant de justesse ? Il y avait une sorte de triomphe là-dedans – un courage – dont il ne souhaitait pas diminuer la valeur en argumentant.

« Il faut que j'y aille, dit-il.

– Oui. »

Ils redescendirent l'échelle entremêlée de lianes. Arrivés en bas, ils se donnèrent une fois de plus l'accolade.

« Fais attention, Arjun... Sois prudent.

– Je m'en sortirai. » Arjun sourit. « Un jour, nous rirons de tout ça. »

Il salua de la main et partit dans l'herbe haute.

Dinu s'appuya contre l'échelle et le regarda s'éloigner. Bien après le départ des soldats, il resta là où il était. Quand Raymond surgit de l'obscurité, il lui suggéra.

« Passons la nuit ici.

– Pourquoi ?

– Je ne me sens pas assez bien pour repartir. »

Cette rencontre avec Arjun le secoua profondément : pour la première fois, il commença à saisir l'incontournable réalité de la décision d'Arjun ; il comprit pourquoi tant d'autres parmi ceux qu'il avait connus – des hommes tels qu'Aung San – avaient fait les mêmes choix. Comment pouvait-il les avoir condamnés de façon aussi absolue ? Comment peut-on juger une personne qui proclame agir au nom d'un peuple, d'un pays soumis ? Sur quels critères peut-on établir la vérité d'une telle déclaration ou bien la réfuter ? Qui peut juger du patriotisme d'un individu sinon ses compatriotes, au nom desquels il affirme agir ? Si le peuple de l'Inde choisissait de considérer Arjun comme un héros ; si la Birmanie voyait en Aung San son sauveur était-il possible pour quelqu'un tel que lui, Dinu, de présumer qu'il existait une réalité supérieure, une avancée de l'histoire, qui pouvait être invoquée pour réfuter ces croyances ? Il ne pouvait plus être certain qu'il en allait ainsi.

45

À l'origine, l'unité d'Arjun avait compté environ cinquante hommes : il n'en restait plus que vingt-huit. Très peu étaient tombés sur le champ de bataille : la plupart de ces pertes étaient dues à des désertions.

Au début, l'unité était formée à part égale de soldats de métier et de volontaires. Les professionnels étaient ceux qui avaient été recrutés en Inde, des hommes tels que Kishan, et Arjun lui-même. Au moment de la chute de Singapour, il y avait quelque cinquante-cinq mille soldats indiens sur l'île. Plus de la moitié avait rejoint l'Armée nationale indienne. Les volontaires étaient des recrues issues de la population indienne de Malaisie, en majorité des ouvriers agricoles tamouls.

Tout d'abord, certains des officiers amis d'Arjun s'étaient montrés sceptiques quant aux capacités et à l'endurance des nouvelles recrues. L'armée qui les avait éduqués, l'armée britannique des Indes, n'avait pas recruté de Tamouls : ceux-ci étaient considérés comme un des nombreux groupes indiens racialement inaptes au service militaire. Soldats de métier, les camarades d'Arjun étaient imbus des mythes raciaux de la vieille armée mercenaire. Même s'ils savaient ces théories sans fondement, ils avaient de la difficulté à se débarrasser entièrement des anciennes idées impériales sur les hommes propres à faire de bons soldats et ceux qui ne l'étaient pas. C'est seulement sous les tirs de l'ennemi qu'ils avaient reconnu à quel point ces mythes étaient faux : l'expérience avait prouvé que les recrues des plantations étaient en tout cas plus résistantes et plus dévouées que les professionnels.

Dans sa propre unité, Arjun avait découvert un schéma répétitif dans les désertions : les hommes qui disparaissaient étaient presque tous des soldats de métier – aucune recrue des plantations n'était partie. Cela l'avait étonné jusqu'à ce que Kishan Singh lui en donne l'explication. Les professionnels connaissaient les gens qui se trouvaient de l'autre côté ; les hommes qu'ils combattaient étaient leurs parents et leurs voisins ; ils savaient que, s'ils changeaient de camp, ils ne seraient pas maltraités.

Arjun devinait que les ouvriers des plantations comprenaient cela aussi. Ils savaient qui étaient les soldats de métier et à quelle classe ils appartenaient ; ils savaient exactement ce qu'ils avaient dans la tête et pourquoi ils désertaient. Chaque fois que quelques « professionnels » jouaient les filles de l'air, Arjun lisait dans leurs regards un mépris croissant ; il n'ignorait pas qu'en privé les ouvriers des plantations se moquaient des vies protégées auxquelles les soldats avaient été accoutumés, de la manière dont ils avaient été nourris et engraissés par leurs maîtres coloniaux. Les ouvriers semblaient avoir reconnu qu'en fin de compte leur combat n'était pas le même que celui des professionnels : dans un sens, ils ne faisaient pas la même guerre.

Toutes ces recrues ne parlaient pas l'hindoustani : Arjun avait souvent des problèmes de communication avec eux. Il ne pouvait converser couramment qu'avec un seul homme : un dénommé Rajan, un type maigre et nerveux, tout en muscles et en os, aux yeux injectés de sang et à la moustache épaisse. Arjun l'avait recruté lui-même à Sungei Pattani. Il s'était alors demandé si Rajan avait l'étoffe nécessaire. Mais après son engagement, Rajan était devenu un autre homme : le camp d'entraînement l'avait transformé. Il semblait avoir développé une aptitude certaine au métier de soldat et s'était révélé comme la plus forte personnalité parmi les nouveaux venus.

Un jour, en franchissant un col, Rajan avait demandé à Arjun de lui montrer la direction de l'Inde. Arjun l'avait fait en lui désignant l'ouest. Rajan était resté longtemps à contempler l'horizon : comme beaucoup des autres hommes.

« As-tu jamais été en Inde ? s'enquit Arjun.

– Non, sir. »

Rajan secoua la tête.

« Que crois-tu que tu trouveras là-bas ? »

Rajan haussa les épaules : il ne savait pas et, d'une certaine manière, il ne semblait pas s'en soucier. Il lui suffisait que ce fût l'Inde.

Arjun découvrit plus tard que Rajan était né en Malaisie ; sa connaissance de l'Inde se résumait simplement à des histoires que lui avaient racontées ses parents. Il en allait de même pour toutes les recrues des plantations : ils se battaient pour un pays qu'ils n'avaient jamais vu ; un pays qui avait rejeté leurs parents et coupé tous liens avec eux. Ce qui ne rendait que plus remarquable leur ferveur. Pourquoi ? Quels étaient leurs motifs ? Il y avait tant de choses à propos de leur vie que lui, Arjun, ignorait et ne pouvait imaginer – la manière dont ils parlaient d'« esclavage » par exemple, en utilisant toujours le mot anglais *slavery*. Tout d'abord, Arjun avait pensé qu'ils se servaient du terme dans une acception générale, comme d'une sorte de métaphore – car, après tout, il n'était pas vrai, techniquement, qu'ils aient été des esclaves : Rajan le savait aussi bien qu'Arjun. Que voulait-il donc dire ? Que signifiait être un esclave ? Chaque fois qu'Arjun lui posait la question, Rajan lui répondait indirectement. Il commençait par parler du genre de travail qu'ils faisaient sur la plantation – tous leurs gestes constamment réglementés, surveillés, supervisés ; exactement tant d'onces d'engrais, mises exactement comme cela dans des trous d'exactement telle taille. Ce n'était pas qu'on vous transformait en animal, disait Rajan – non, car même les animaux avaient l'autonomie de leurs instincts. C'était qu'on vous transformait en machine : votre esprit était confisqué et remplacé par un mécanisme d'horlogerie. Tout était préférable à ça.

Et l'Inde ? Que représentait l'Inde pour eux ? Ce pays pour la liberté duquel ils se battaient, ce pays qu'ils n'avaient jamais vu mais pour lequel ils étaient prêts à mourir ? Savaient-ils la pauvreté, la famine que leurs parents et grands-parents avaient laissées derrière eux ? Connaissaient-ils les coutumes qui les empêcheraient de boire aux puits des hautes castes ? Rien de tout cela n'avait de réalité pour eux ; ils ne l'avaient jamais vécu et ne pouvaient pas l'imaginer. L'Inde était la montagne radieuse au-delà de l'horizon, un sacrement de rédemption – une métaphore de la liberté, de la même façon que le mot « esclavage » était une métaphore de la plantation. Que découvriraient-ils, se demandait Arjun, de l'autre côté de l'horizon ?

Et c'est en se posant cette question qu'il commença à se voir avec leurs yeux : un soldat de métier, un mercenaire qui ne serait jamais capable de se débarrasser de la souillure de son passé et du cynisme qui l'accompagnait, le nihilisme. Il comprit pourquoi ils pouvaient le juger avec mépris – comme un ennemi même – car il était vrai, en fin de compte, qu'il ne faisait pas la même guerre qu'eux, qu'il ne croyait pas comme ils croyaient, qu'il ne rêvait pas leurs rêves.

C'est Rajan qui ramena Kishan Singh, les mains liées, titubant dans le sous-bois. Kishan Singh était dans un tel état qu'il n'avait pas pu aller très loin. Rajan l'avait découvert terré sous un surplomb, se cachant, tremblant, priant.

Rajan poussa l'ordonnance qui tomba à genoux.

« Lève-toi », ordonna Arjun. Il ne pouvait pas supporter de regarder Kishan Singh dans cette position. « *Utho!* Lève-toi, Kishan Singh. »

Rajan saisit le malheureux par le col et l'obligea à se remettre debout. Kishan Singh était si maigre qu'il ressemblait à un pantin, une marionnette brisée.

Rajan n'avait que mépris pour Kishan Singh. Il s'adressa directement à Arjun, en le regardant droit dans les yeux :

« Et qu'allez-vous faire de lui, maintenant ? »

Il n'ajouta ni « sir » ni « sahib », et la question n'était pas « Que faut-il faire ? » mais « Qu'allez-vous faire, *vous* ? ». Arjun lut le défi dans le regard de Rajan, et il comprit ce qu'il pensait : les professionnels feraient front, Arjun allait trouver un moyen de sauver Kishan Singh. Du temps. Il lui fallait gagner du temps.

« Il faut que nous tenions une cour martiale, dit-il.

– Ici ? »

Arjun hocha la tête.

« Oui. Il y a une procédure. Nous devons essayer de nous y conformer.

– Des procédures ? Ici ? »

Le sarcasme transparaissait dans la voix de Rajan.

Arjun savait que Rajan tentait de l'embarrasser devant le reste des hommes. Prenant avantage de sa haute taille, il alla vers lui et le fixa dans le blanc des yeux.

« Oui. Des procédures. Et nous devons les respecter. C'est ainsi que les armées fonctionnent – c'est ce qui les différencie des bandes de voyous. »

Rajan haussa les épaules et se passa la langue sur les lèvres.

« Mais où ? dit-il. Où va-t-on trouver un endroit pour tenir une cour martiale ?

– Nous retournerons dans ce camp de teck, répliqua Arjun. Ce sera plus facile là-bas.

– Le camp ? Et si on est repérés ?

– Pas encore. On y va. »

Le camp était à une heure de marche : ça ferait gagner un peu de temps.

« Suivez-moi. »

Arjun prit la tête de la colonne. Il ne voulait pas voir Kishan Singh poussé par les autres, les mains liées dans le dos.

Il se mit à pleuvoir et, à l'arrivée au camp, ils étaient

tous trempés. Arjun les conduisit à travers la clairière jusqu'au *tai*. La partie sous pilotis était sèche, abritée de la pluie par la bâtisse. Rajan lâcha Kishan Singh qui s'effondra, accroupi sur ses talons, frissonnant.

« Ici, dit Arjun. On va tenir séance ici. »

Rajan alla chercher une chaise dans le *tai* et la plaça devant Arjun.

« Pour vous, sir, annonça-t-il avec un excès de politesse moqueur. Puisque vous êtes le juge. »

Arjun ne lui prêta pas attention.

« Commençons. »

Il essaya de prolonger le rituel, posant des questions, revenant sur les détails. Mais les faits étaient clairs : impossible de les contester. Quand Arjun demanda à Kishan Singh de plaider pour sa défense, le malheureux ne put que supplier, en joignant les mains.

« Sah'b... ma femme, ma famille... »

Rajan regardait Arjun en souriant.

« D'autres procédures, sir ?

– Non. »

Rajan et les autres hommes avaient formé un cercle dont Arjun et Kishan Singh occupaient le centre. Arjun se leva.

« J'ai pris ma décision. » Il se tourna vers Rajan. « Je te charge du peloton d'exécution. Demande des volontaires. Fais vite. »

Rajan le dévisagea et secoua la tête.

« Non. Aucun de nous ne se portera volontaire. Il est l'un des vôtres – un de vos hommes. Il faudra que vous vous en occupiez vous-même. »

Arjun contempla le cercle autour de lui. Tous le regardaient, le visage impassible, sans broncher. Arjun se détourna ; des bribes de souvenirs flottèrent dans sa tête... c'est ainsi que la mutinerie apparaît, vue de l'autre côté ; vous êtes seul et l'unique chose sur laquelle vous pouvez vous replier est l'autorité d'une chaîne de commandement lointaine ; sur la menace de la justice militaire, sur un châtiment éventuel une fois la victoire acquise. Mais que faites-vous quand vous savez qu'il n'y aura pas de victoire, que la défaite est certaine ? Comment prétendre que l'avenir vous justifiera quand on sait qu'il ne vous appartiendra pas ?

« Viens, Kishan Singh. »

Arjun aida son ancienne ordonnance à se relever. Son corps était très léger, presque sans poids. Arjun sentit ses mains se faire douces pour prendre Kishan Singh par le bras. C'était étrange de le toucher ainsi, sachant ce qui allait arriver.

« Viens, Kishan Singh.

– Sah'b. »

Kishan Singh se leva et Arjun le fit passer devant les autres pour sortir de l'abri des pilotis. Ils avancèrent dans l'herbe haute, sous la pluie, et Kishan Singh trébucha. Arjun mit son bras autour de lui et le redressa. L'homme était si faible qu'il pouvait à peine marcher : il posa sa tête sur l'épaule d'Arjun.

« Allons, continue, Kishan Singh. » Il parlait tendrement comme s'il chuchotait des mots doux à un amant : « *Sabar karo*, Kishan Singh. Ça va bientôt être fini.

– Oui, sah'b. »

Ils arrivèrent à la lisière de la forêt et Arjun le lâcha. Kishan Singh tomba à genoux, se retenant à la jambe d'Arjun.

« Sah'b !

– Pourquoi as-tu fait ça, Kishan Singh ?

– Sah'b, j'ai eu peur... »

Arjun déboutonna son étui à revolver en cuir d'une main et sortit son arme – le Webley que Kishan Singh avait toujours astiqué et graissé pour lui.

« Pourquoi as-tu fait ça, Kishan Singh ?

– Sah'b... Je ne pouvais pas continuer... »

Arjun regarda les zébrures et les plaies sur la tête de Kishan Singh. Il repensa à une autre occasion où son ordonnance s'était agenouillé entre ses jambes pour lui demander protection ; il songea à sa candeur, sa confiance, à son innocence, à la bonté et à la force qu'il avait vues en lui ; toutes les qualités que lui-même avait perdues et trahies – qualités qui n'avaient jamais été les siennes pour commencer, lui qui était sorti tout fait, déjà déformé, du tour du potier. Il savait qu'il ne pouvait pas laisser Kishan Singh se trahir, devenir un être différent de ce qu'il était, devenir une créature comme lui, grotesque, contrefaite. C'est cette pensée qui lui donna la force de mettre son revolver sur la tempe de Kishan Singh.

En sentant le froid du métal, Kishan Singh leva les yeux pour le regarder.

« Sah'b... rappelez-vous ma mère, ma maison, mon enfant... »

Arjun saisit la tête de Kishan Singh et referma ses doigts sur la tignasse emmêlée.

« C'est parce que je m'en souviens que je dois faire ça, Kishan Singh. Pour que tu ne puisses jamais oublier tout ce que tu es, pour te protéger en t'empêchant de te trahir toi-même. »

Il entendit la détonation et il s'éloigna en titubant vers un bouquet d'arbres. Il s'agrippa à une branche pour reprendre son équilibre et il vit alors, suspendu dans le feuillage, un lambeau dégoulinant de chair et d'os. Il ne put en détacher son regard : c'était un morceau de Kishan Singh, un bout de la tête qu'il venait de tenir entre ses mains. Il fit un autre pas et tomba à genoux. Quand il leva les yeux, Rajan et les autres hommes étaient debout autour de lui et le contemplaient. Il lut dans leurs yeux une sorte de pitié.

On se réjouit beaucoup au camp quand Doh Say décida de revenir à Huay Zedi. La marche de descente fut une parade triomphale, avec tambours, flûtes et éléphants.

Doh Say attribua à Dinu une petite maison, en bordure du village. Dinu s'y installait quand Raymond vint le chercher.

« Viens avec moi, dit Raymond. J'ai quelque chose à te raconter. »

Ils descendirent à la rivière et regardèrent les enfants tirer sur les poissons des hauts-fonds avec leurs arcs et leurs flèches en bambou.

« J'ai des nouvelles.

– Quoi ? »

Arjun était mort, annonça Raymond. Il avait été repéré par une unité de la Force 136 ; on l'avait rattrapé dans le vieux camp de teck.

« C'est toi qui les as conduits là ? demanda Dinu.

– Non. Un déserteur. Un de ses propres hommes – un vieux soldat.

– Mais tu étais là ? À la fin... ?

– Oui.

– Que s'est-il passé ?

– On m'a appelé – les gens qui le pourchassaient. Ils avaient entendu dire que beaucoup de ses hommes étaient partis...

– Alors Arjun était donc seul ?

– Oui. Complètement seul. Il était revenu dans le vieux camp abandonné. Le reste de ses hommes avait disparu, ils s'étaient tous envolés – ils avaient ôté leurs uniformes, mis des *longyi* et filé dans la forêt. J'ai essayé de les pister mais c'était impossible. Ils connaissaient la jungle, ces types – ils se sont évanouis dans la nature.

– Et Arjun ?

– Nous avions un vieux colonel indien avec nous. Il a essayé de persuader Arjun de se rendre, il lui a dit que c'était fini, qu'il ne risquait rien. Mais Arjun a hurlé en les traitant d'esclaves et de mercenaires. Et puis il s'est avancé sur la véranda du *tai* en tirant des coups de revolver... »

Raymond s'interrompit pour lancer un galet dans la rivière.

« Il était évident, dit-il, qu'il n'avait plus aucun désir de vivre. »

46

En 1946, quand il devint clair que la Birmanie serait bientôt indépendante, Doh Say décida de quitter Huay Zedi et de partir à l'est, dans les régions montagneuses, près de la frontière thaïlandaise. La guerre avait opposé la périphérie du pays à son centre : Doh Say faisait partie des nombreux individus qui nourrissaient de profonds doutes sur ce que l'avenir réservait aux minorités birmanes.

Le gros de la population de Huay Zedi, dont Dinu, suivit l'avis de Doh Say. Le village fut abandonné et ses habitants s'installèrent à Loikaw, une petite ville au sein des montagnes karen, non loin de la Thaïlande. Pour Dinu, Loikaw représentait un grand avantage : il put de nouveau se procurer du matériel photo – souvent passé en contrebande. Il monta un studio et devint le seul photographe professionnel à des centaines de kilomètres à la ronde. Même en des temps difficiles, les gens se mariaient, avaient des enfants – ils avaient besoin de documents et étaient prêts à payer, parfois en liquide mais le plus souvent en nature.

En 1947, en prélude au départ des Anglais de Birmanie, eurent lieu les premières élections nationales. Elles furent remportées par le général Aung San. On pensait un peu partout que lui seul serait capable d'assurer l'unité et la stabilité du pays. Mais le 19 juillet, à la veille de prendre ses fonctions, Aung San fut assassiné en compagnie de plusieurs de ses futurs collègues. Quelques mois après l'assassinat, une insurrection communiste éclata en Birmanie centrale. Certaines unités karen de l'armée se mutinèrent. Les Karens étaient le groupe ethnique le plus important après les Birmans ; une importante organisation karen prit les armes contre le gouvernement de Rangoon. D'autres groupes suivirent. En très peu de temps, seize foyers de rébellion faisaient rage en Birmanie.

Un beau jour, à Loikaw, un jeune garçon arriva en courant chez Dinu. « Ko Tun Pe... quelqu'un vient vous voir. » Un deuxième gamin suivit, puis un autre. Ils se plantèrent dans son entrée, haletants, les yeux brillants d'attente fiévreuse. Ils répétaient tous la même chose : « Ko Tun Pe... vous avez une visite : elle vient de l'arrêt d'autobus. »

Il ne leur prêta pas attention et demeura à l'intérieur de son studio, sans rien faire, essayant de ne pas regarder par la fenêtre. Puis il entendit un nombre croissant de voix s'approcher – une procession qui semblait monter vers lui. Les gens criaient : « Ko Tun Pe, regardez qui est ici ! » Il aperçut une ombre sur son seuil et leva les yeux. C'était Dolly.

Il avait fallu plusieurs mois à Dolly pour retrouver Dinu. Elle était arrivée en Birmanie à la fin de 1948, au début des soulèvements. Une fois à Rangoon, elle avait découvert que l'autorité du gouvernement élu ne s'étendait guère plus loin que les faubourgs de la ville. Même les zones au voisinage de l'aéroport de Mingaladon étaient aux mains des rebelles. La plus grosse partie de Rangoon était en ruine, réduite en cendres par des séries de bombardements. La maison de Kemendine ayant complètement brûlé, Dolly n'avait aucun endroit où habiter : une amie lui offrit un refuge.

Un jour, Dolly apprit qu un vieux camarade de Dinu, Thiha Saw, était de retour à Rangoon et travaillait dans un journal. Elle alla le voir pour lui demander s'il avait des nouvelles de Dinu. Le sort voulut que U Thiha Saw vienne d'assister à une conférence politique à laquelle était aussi présent Raymond. Il put affirmer à sa mère que Dinu était sain et sauf et vivait à Loikaw. Dolly quitta Rangoon par bateau le lendemain. Après un voyage de plusieurs semaines, elle monta dans un vieil autobus brinquebalant qui partait pour Loikaw.

Dolly et Dinu passèrent des journées entières à parler. Elle lui raconta la mort de Neel et celle de Manju ; la longue marche à travers les montagnes et la manière dont elle et Rajkumar étaient allés de la frontière indienne jusqu'à Calcutta en passant par l'Assam ; elle expliqua pourquoi elle était revenue seule en Birmanie.

Il prit des photos d'elle. Dolly était très maigre et l'ossature de son visage se dessinait sous sa peau aussi clairement que les cannelures d'un verre. Ses cheveux, tirés et noués sur la nuque, étaient encore noirs et brillants avec juste quelques mèches grises aux tempes.

Elle le pressa d'écrire à son père : « Tu devrais aller le retrouver ; tu n'auras pas les problèmes que tu as eus autrefois avec lui. Il a changé, c'est un autre homme, presque un enfant. Tu devrais le rejoindre : il a besoin de toi. Il est seul. »

Dinu refusa de promettre. « Peut-être. Un jour. »

Il comprit, sans qu'elle ait eu besoin de le lui dire, qu'elle n'était pas venue pour rester. Il ne fut pas surpris quand elle annonça : « La semaine prochaine, je partirai pour Sagaing. »

Il l'accompagna. C'était la première fois qu'il s'aventurait dans la plaine depuis la fin de la guerre. Il fut stupéfait par les ravages. Ils franchirent des territoires décimés non seulement une mais deux fois par les armées en retraite. Des lits de rivières étaient bloqués, des rails de chemin de fer gisaient écrasés sur leurs traverses. Un groupe ou un parti différent était en charge de chaque village. Les fermiers labouraient autour de cratères d'obus ; les enfants montraient du doigt les endroits où se trouvaient des mines prêtes à exploser. Ils firent des détours, évitant les zones réputées dangereuses. Ils marchèrent, louèrent des chars à bœufs et prirent de temps à autre un bus ou un bateau sur la rivière. Ils s'arrêtèrent une nuit à Mandalay. Le plus gros du fort était en ruine : le palais avait été détruit par un tir d'artillerie lourde, les pavillons qu'avait connus Dolly avaient été totalement incendiés.

Ils firent à pied les derniers kilomètres pour Sagaing et prirent un ferry pour traverser l'Irrawaddy. À leur intense soulagement, Sagaing n'avait pas changé. Les montagnes étaient toujours belles et tranquilles, semées de milliers de pagodes blanches. En approchant du monastère, Dolly accéléra le pas. À l'entrée, elle serra Dinu dans ses bras puis se laissa emmener par Evelyn. Le lendemain, quand Dinu alla la voir, elle avait déjà la tête rasée et portait une robe jaune safran. Elle paraissait radieuse.

Il fut entendu qu'il reviendrait lui rendre visite l'année suivante. Le moment venu, il refit l'interminable voyage de Loikaw à Sagaing. Il attendit un très long moment aux portes du monastère. Enfin, Evelyn apparut. Elle lui adressa un sourire très doux. « Ta mère est morte il y a un mois, dit-elle. Nous n'avons pas pu t'en informer à cause des troubles. Tu seras content de savoir que cela s'est passé très vite et qu'elle n'a pas souffert. »

En 1955, Doh Say mourut à Loikaw. Il était alors devenu un grand patriarche et un leader influent. Il fut pleuré par des milliers de personnes. Pour Dinu, Doh Say avait été tout autant un père qu'un guide : sa mort lui porta un grand coup. Peu après, il décida de retourner s'installer à Rangoon.

Au milieu des années cinquante, la Birmanie connut une période de calme relatif. Les soulèvements avaient momentanément cessé et le pays était gouverné démocratiquement. Rédacteur en chef d'un des plus importants journaux birmans, U Thiha Saw jouissait d'une influence considérable à Rangoon.

À son arrivée dans la capitale, Dinu alla voir son vieil ami : le grand garçon maigre était désormais un homme corpulent à l'air autoritaire. Il portait des *longyi* de couleurs vives, des chemises flottantes et, presque invariablement, il tenait une pipe à la main. Il engagea Dinu comme photographe de presse. Plus tard, quand Dinu eut déniché un local pour son studio, c'est U Thiha Saw qui lui prêta l'argent pour l'acheter.

Avant la guerre, quelques-uns des meilleurs photographes de Rangoon avaient été japonais. Après la guerre, beaucoup fermèrent boutique et vendirent leur matériel à bas prix. Durant son séjour à Loikaw, Dinu était devenu un expert dans l'art de la réparation et de la remise à neuf de l'équipement photo mis au rebut : il put monter son studio à très peu de frais.

U Thiha Saw fut l'un de ses premiers visiteurs. Il jeta un coup d'œil approbateur sur les lieux.

« Très bien, très très bien. » Il s'interrompit pour tirer sur sa pipe. « Mais tu n'as pas oublié quelque chose ?

– Quoi donc ?

– Une enseigne. Il faut que ton studio ait un nom, après tout !

– Je n'ai pas songé à un nom... » Dinu regarda rapidement autour de lui. Où qu'il portât les yeux, il ne voyait que du verre, des miroirs : des photos encadrées, des surfaces de comptoirs, des objectifs d'appareils. « Le Palais des Miroirs, annonça-t-il soudain. C'est ainsi que je vais l'appeler...

– Pourquoi ?

– C'était une des expressions préférées de ma mère. Quelque chose qu'elle répétait souvent... »

Le nom resta, et le travail de Dinu lui valut rapidement une grande réputation. La quatrième princesse vivait maintenant à Rangoon. Son mari était un artiste. Tous deux devinrent des visiteurs fréquents du Palais des Miroirs. Bientôt Dinu eut plus de travail qu'il ne pouvait en faire. Il se mit en quête d'un assistant et U Thiha Saw lui recommanda une parente à la recherche d'un travail à mi-temps qui se trouva être Ma Thin Thin Aye, la jeune fille dont la tante avait procuré un abri à Dinu quand il était passé à Rangoon en 1942. Elle avait vingt-cinq ans et fréquentait l'université de Rangoon où elle faisait des recherches sur la littérature birmane et écrivait un mémoire sur *Les Chroniques du Palais des miroirs*, un célèbre ouvrage du XIXe siècle rédigé sous le règne du roi Bodawpaya, un ancêtre du roi Thebaw. Le nom du studio de Dinu frappa Ma Thin Thin Aye comme une heureuse coïncidence. Elle accepta le poste.

Ma Thin Thin Aye était mince, petite et précise dans ses mouvements. Chaque jour à quatre heures de l'après-midi, elle descendait la rue, passait devant la pharmacie et arrivait à la porte en bois qui menait au Palais des Miroirs. De l'extérieur, elle appelait d'une voix chantante Dinu – « U Tun Pe ! » – pour lui faire savoir qu'elle était là. À sept heures et demie, elle et Dinu fermaient le studio : elle s'éloignait dans la rue, Dinu tournait la clé et faisait le tour de la maison pour aller prendre l'escalier montant à sa chambre.

Au bout de quelques semaines, Dinu découvrit que les matinées de Ma Thin Thin Aye n'étaient pas entièrement consacrées à la recherche. Elle était aussi écrivain. Rangoon regorgeait de petits magazines littéraires dont l'un avait publié deux ou trois de ses nouvelles.

Dinu retrouva ces textes qui le surprirent beaucoup. Le travail de l'auteur était novateur et expérimental : elle utilisait la langue birmane d'une manière originale, mariant le classicisme avec l'usage populaire. Il fut stupéfait par l'abondance de ses références, son utilisation du dialecte, l'intensité de sa concentration sur ses personnages. Il lui sembla qu'elle avait réussi beaucoup de ce à quoi il avait aspiré lui-même autrefois – des ambitions qu'il avait depuis longtemps abandonnées.

Il était subjugué, ce qui ne l'aida pas à exprimer à Ma Thin Thin Aye l'admiration qu'il éprouvait pour son travail. Au contraire, il se mit à la taquiner, à sa façon pince-sans-rire, saccadée. « Votre histoire-là... celle de la rue où vous habitez... Vous dites que les gens viennent d'un tas d'endroits différents... de la côte et des montagnes... Pourtant, dans votre histoire, ils parlent tous birman. Comment est-ce possible ? »

Elle ne fut pas du tout décontenancée.

« Là où j'habite, dit-elle doucement, chaque maisonnée parle une langue différente. Je n'ai pas d'autre choix que de faire confiance à mon lecteur pour imaginer le son de chacune. Autrement, je ne pourrais pas écrire du tout sur ma rue – et puis faire confiance à son lecteur n'est pas une mauvaise chose.

– Mais regardez la Birmanie, poursuivit Dinu, toujours taquin. Nous sommes un univers rien qu'à nous... Voyez tous nos peuples... Karen, Kayah, Kachin, Chan, Rakhine, Wa, Pa-O, Chin, Mon... Ne serait-ce pas merveilleux si vos histoires pouvaient contenir chaque langue, chaque dialecte ? Si votre lecteur pouvait entendre l'amplitude de la musique, la surprise ?

– Mais c'est le cas, répliqua-t-elle. Pourquoi pensez-vous le contraire ? Un mot sur une page est comme une corde sur un instrument. Mes lecteurs entendent la musique dans leur tête et pour chacun elle résonne différemment. »

À cette époque, la photographie avait cessé d'être une passion pour Dinu. Il n'avait qu'une activité commerciale, des portraits de studio, du tirage de négatifs. Il consacrait beaucoup de soin et d'attention à son travail mais sans en tirer un plaisir particulier : il se félicitait surtout de posséder un talent qui lui permettait de gagner sa vie. Quand on lui demandait pourquoi il ne faisait plus de photo en dehors du studio, il répondait qu'il avait perdu l'habitude de voir : sa vision s'était altérée faute d'exercice.

Les photos qu'il estimait être son œuvre véritable, il les montrait rarement. Elles étaient d'ailleurs peu nombreuses. Ses tirages et ses négatifs du début avaient été détruits lors de l'incendie de la maison de Kemendine ; le travail accompli en Malaisie se trouvait encore à Morningside. Tout ce qu'il possédait se résumait à quelques clichés pris à Loikaw – de sa mère, de Doh Say, de Raymond et de leurs familles. Il en avait encadré certains et les avait accrochés aux murs de son appartement. Il hésitait à inviter Ma Thin Thin Aye à monter les voir. Elle était si jeune – plus de dix ans sa cadette. Il était très important qu'elle ne le jugeât pas mal.

Une année s'écoula et chaque jour Ma Thin Thin Aye entrait dans le studio et en partait par la porte qui donnait sur la rue.

« U Tun Pe, dit-elle un jour, savez-vous ce que je trouve le plus dur dans mon écriture ?

– Quoi donc ?

– Le moment où je dois quitter la rue et entrer dans une maison. »

Il fronça les sourcils.

« Pourquoi... ? Pourquoi ça... ? »

Elle tordit ses mains sur ses genoux, l'image même de l'étudiante sérieuse qu'elle était.

« C'est très dur. Et pour vous, ça peut paraître une petite chose. Mais je crois vraiment que c'est le moment qui marque la différence entre l'écriture classique et l'écriture moderne.

– Quelle idée... ! Comment ça ?

– Voyez-vous, dans l'écriture classique, tout se passe dehors – dans les rues, sur les places publiques et les champs de bataille, dans les palais et les jardins – dans des lieux que chacun peut imaginer.

– Mais ce n'est pas ainsi que vous écrivez ?

– Non. » Elle rit. « Et jusqu'aujourd'hui, bien que je ne le fasse que dans ma tête, rien n'est plus difficile pour moi que cela – entrer dans une maison, déranger, violer une intimité. Même si ce n'est que dans ma tête, j'ai peur – je ressens une sorte de terreur –, et c'est alors que je sais que je dois y aller, entrer, franchir le seuil de la maison. »

Il hocha la tête mais ne fit aucun commentaire. Il se donna un peu de temps pour réfléchir à ce qu'elle avait dit. Un après-midi, il acheta du *biryani* dans Mughal Street et il l'invita chez lui.

Quelques mois plus tard, ils se marièrent. La cérémonie fut discrète et ils ne convièrent que très peu de gens ; après quoi Ma Thin Thin Aye déménagea dans les deux pièces de Dinu. Elle se réserva un coin et y installa un bureau. Elle fut invitée à enseigner la littérature à l'université. L'après-midi, elle continuait à aider au studio. Ils étaient heureux, se contentant de l'étroitesse et de l'intimité de leur univers. Ils ne semblaient pas affectés outre mesure par l'absence de progéniture. L'œuvre de Ma Thin Thin Aye commençait à être remarquée au-delà des cercles littéraires. Elle devint membre d'un groupe choisi d'écrivains birmans dont la présence était très recherchée lors de festivals dans le pays.

Un matin, Daw Thin Thin Aye donnait une leçon particulière à une jeune étudiante au talent prometteur quand elle entendit le bruit d'une fusillade non loin de là. Elle se précipita à la fenêtre et vit des centaines de jeunes gens – garçons et filles – fuir en courant, certains couverts de sang.

Son étudiante l'arracha au spectacle. Elles se cachèrent sous un bureau et furent retrouvées deux heures après par une collègue de Daw Thin Thin Aye. Il y avait eu un coup d'État, leur apprit-on. Le général Ne Win s'était emparé du pouvoir. Des dizaines d'étudiants avaient été abattus, à l'intérieur même de l'université.

Ni Dinu ni Daw Thin Thin Aye ne s'étaient jamais engagés en politique. Après le coup d'État, ils se tinrent à l'écart et attendirent que les vents tournent. Ce n'est qu'avec le passage des années qu'ils comprirent que la tempête allait rester.

U Thiha Saw fut arrêté et son journal interdit. Le général Ne Win, le nouveau dictateur, se mit à jongler avec la monnaie. Les billets d'une certaine dénomination furent déclarés sans valeur : du jour au lendemain, des millions de *kyat* furent bons à jeter au feu. Des milliers parmi les plus brillants jeunes gens du pays s'enfuirent dans la campagne. Les rébellions se multiplièrent. Raymond passa dans la clandestinité avec plusieurs centaines de ses partisans. À l'est, sur la frontière thaïlandaise, les insurgés donnèrent un nom aux territoires sous leur contrôle, qui devinrent un État libre karen – le Kwathoolei, avec pour capitale Manerplaw.

Chaque année, les généraux devenaient plus puissants tandis que le reste du pays ne cessait de s'affaiblir : les militaires ressemblaient à un incube suçant la vie de son hôte. U Thiha Saw mourut dans la prison d'Insein, dans des circonstances qui demeurèrent inexpliquées. Son corps fut ramené chez lui portant des marques de torture et on interdit à la famille d'organiser des funérailles publiques. Un nouveau régime de censure fut mis en place, sur les fondations du système laissé par l'ancien gouvernement impérial. Chaque livre et chaque magazine devaient être soumis au Conseil de surveillance de la presse afin d'être examinés par une petite armée de capitaines et de commandants.

Un jour, Daw Thin Thin Aye reçut l'ordre de se présenter au Conseil de surveillance. Laid et fonctionnel, l'immeuble avait une allure d'école, et ses longs corridors sentaient l'urine et le désinfectant. Daw Thin Thin Aye entra dans une pièce et attendit plusieurs heures sur un banc face à une porte en contreplaqué. Quand enfin elle fut appelée, elle se retrouva devant un officier qui n'avait pas encore atteint la trentaine. Il était assis à un bureau avec sous son nez le manuscrit d'une nouvelle de l'écrivain. Les mains sur les genoux, il semblait jouer avec quelque chose – impossible de deviner quoi.

Elle resta debout devant le bureau, tripotant l'ourlet de sa blouse. Sans lui offrir de s'asseoir, l'homme la regarda, la toisa de haut en bas, puis il pointa un doigt vengeur sur le manuscrit.

« Pourquoi avez-vous envoyé ça ici ?

– On m'a dit, répliqua-t-elle calmement, que c'était exigé par la loi.

– La loi est pour les écrivains, dit-il. Pas pour des gens comme vous.

– Que voulez-vous dire ?

– Vous ne savez pas écrire en birman. Regardez toutes ces fautes ! »

Elle jeta un œil sur son manuscrit et s'aperçut qu'il était couvert de marques à l'encre rouge, comme un cahier d'écolier mal tenu.

« J'ai gaspillé beaucoup de temps à corriger tout ça ! lança-t-il. Ce n'est pas mon travail que d'apprendre à écrire à des gens comme vous ! »

Il se leva et elle vit qu'il tenait dans ses mains un club de golf. Elle se rendit brusquement compte que la pièce était remplie d'équipements de golf – casquettes, balles, clubs. L'homme s'empara du manuscrit et, d'une main, le roula en boule avant de le poser par terre entre ses pieds. Puis il avança de plusieurs petits pas en balançant de long en large son club avant de frapper. La boule de papier s'envola à travers la pièce. L'officier garda la pose un moment – le genou plié, la jambe fléchie –, admirant son swing. Il se tourna vers l'écrivain.

« Ramassez-moi ça, ordonna-t-il. Ramenez ça chez vous et étudiez-le. N'envoyez plus rien ici avant d'avoir appris à écrire correctement le birman. »

Dans le bus, en rentrant, elle défroissa les pages, une par une. Elle se rendit compte que le vocabulaire de l'homme était celui d'un enfant : il savait à peine lire et écrire. Il avait barré tout ce qu'il n'avait pas compris – les jeux de mots, les allusions, les archaïsmes.

Elle cessa d'écrire. Rien ne pouvait être publié qui n'ait été d'abord examiné par le Conseil. Écrire était déjà assez difficile en n'ayant personne d'autre à satisfaire que soi-même. La pensée d'une nouvelle rencontre de ce genre rendait insupportables les heures passées à la table de travail.

Les journaux étaient remplis de dénonciations stridentes de l'impérialisme. C'était à cause de l'impérialisme que la Birmanie devait se fermer au monde : il fallait défendre le pays contre le néo-colonialisme et l'agression étrangère.

Ces tirades donnaient la nausée à Dinu. Un jour il déclara à sa femme · « Regarde la manière dont ces voyous utilisent le passé pour justifier le présent. Alors qu'eux-mêmes sont bien pires que les colonialistes ; au moins, autrefois, on pouvait lire et écrire. »

Daw Thin Thin Aye sourit et secoua la tête d'un air réprobateur. « Utiliser le passé pour justifier le présent est mal – mais il est tout aussi mal d'utiliser le présent pour justifier le passé. Et tu peux être sûr qu'il y a quantité de gens pour faire cela aussi : simplement, nous n'avons pas à les supporter. »

Leur vie devint très calme, tronquée. Ils ressemblaient à des plantes dont on a taillé les racines pour les mettre dans de minuscules pots. Ils ne fréquentaient que très peu de personnes et se montraient toujours fort prudents dans leurs propos, même avec des amis. L'âge les rendit noueux, moralement et physiquement : ils se déplaçaient dans leur appartement avec une lenteur délibérée, pareils à des êtres qui redoutent de faire tomber quelque chose.

Mais tout n'était pas calme autour d'eux. Des changements se produisaient dont ils ne savaient rien. Leur vie était si tranquille, si coupée de tout, qu'ils ne sentirent pas les premiers remous sous le volcan. L'éruption, quand elle se produisit, les prit de court.

Tout commença avec un autre caprice insensé de la junte – un nouveau tripotage de la monnaie. Cette fois, cependant, les gens ne se résignèrent pas à voir leurs économies de toute une vie se réduire à du papier pour la corbeille. Il y eut des protestations, d'abord discrètes et hésitantes. À l'université, une dispute éclata dans la cafétéria – un petit incident apparemment inoffensif. Mais soudain les classes se vidèrent et les étudiants se déversèrent dans les rues : des leaders surgirent et des organisations se créèrent à une vitesse incroyable.

Quelqu'un emmena Daw Thin Thin Aye à un meeting. Elle s'y rendit avec réticence, poussée par ses élèves. Après quoi elle les aida à rédiger un pamphlet. En prenant la plume, elle sentit sa main trembler : elle revivait les heures passées dans le bureau du censeur. Mais quand elle commença à écrire, il se produisit une chose étrange. Avec chaque phrase, elle voyait ses pages roulées en boule s'animer, se soulever au-dessus du sol et aller frapper le club de golf, le faisant tomber des mains de l'officier.

Elle se mit à participer à quantités de rassemblements dans toute la ville. Elle essaya de persuader Dinu de l'accompagner mais il s'y refusa. Un jour, on annonça un nouvel orateur : une femme devait s'adresser à une grande foule près de la Shwedagon – elle s'appelait Aung San Suu Kyi et elle était la fille du vieux camarade d'université de Dinu, le général Aung San.

Dinu avait soixante-quatorze ans : avec l'âge, sa jambe droite s'était raidie et il marchait avec difficulté. Ce nouveau nom eut pourtant un effet électrisant sur lui : il se rendit au meeting et fut, dès cet instant, incapable de rester chez lui. Il recommença à prendre des photos : il se promenait avec son appareil, et il effectua ainsi un reportage sur le mouvement à son époque la plus grisante et la plus heureuse.

Le 8 août 1988, il se réveilla avec un peu de fièvre. Daw Thin Thin Aye lui prépara un déjeuner et lui conseilla de rester au lit, tandis qu'elle-même partait tôt le matin. Une manifestation importante devait se dérouler dans la ville ce jour-là. Quelques heures plus tard, Dinu entendit au loin des tirs répétés. Trop malade pour sortir, il resta couché et attendit le retour de sa femme. En fin d'après-midi, on frappa à sa porte. Il se leva péniblement et alla ouvrir.

Trois ou quatre policiers en uniforme étaient plantés sur le palier. Derrière eux, dans l'escalier, se trouvaient plusieurs hommes en *longyi*.

« Oui ? dit Dinu. Que voulez-vous ? »

Ils entrèrent en passant devant lui sans un mot. Il les regarda, impuissant, fouiller l'appartement de fond en comble, ouvrir placards et armoires, tout vider. Puis un des hommes en civil montra du doigt une photo encadrée de Raymond. Les autres firent cercle en chuchotant autour de lui.

Un policier s'approcha de Dinu, la photo à la main.

« Tu connais cet homme ? demanda-t-il.

– Oui, répliqua Dinu en hochant la tête.

– Tu sais qui il est ? »

Dinu choisit soigneusement ses mots.

« Je sais son nom.

– Tu sais que c'est le meneur d'une insurrection ? Qu'il est un des terroristes les plus recherchés dans le pays ?

– Non. »

Le ton demeurait évasif.

« En tout cas, tu vas venir avec nous.

– Pas tout de suite, dit Dinu. Je ne peux pas. Je suis malade et j'attends ma femme.

– Ne t'en fais pas pour elle, rétorqua l'homme en uniforme. Elle a déjà été emmenée dans un endroit où elle sera en sécurité. »

47

Le dernier jour que Jaya passa à Rangoon, Dinu promit de l'emmener au 38 University Avenue assister à une réunion publique devant la propriété d'Aung San Suu Kyi.

En 1996, Aung San Suu Kyi se trouvait assignée à résidence depuis six ans. En dépit de quoi sa maison demeurait le centre de la vie politique de la ville. Deux fois par semaine, le samedi et le dimanche, les gens se réunissaient devant chez elle et elle s'adressait à eux par-dessus son portail. Ces rassemblements étaient devenus des pèlerinages. Les après-midi du week-end, le silence tombait sur Rangoon et des milliers de gens venus de tout le pays se déversaient dans la ville.

Dinu passa prendre Jaya à son hôtel. Un de ses amis l'y avait conduit en voiture – une Skoda tchèque datant de 1954, dont le moteur toussait bruyamment tandis qu'il tournait au ralenti à l'arrêt. En y montant, Jaya remarqua que les portières étaient toutes de couleurs différentes et bizarrement déformées comme si elles avaient été mises en place à coups de marteau.

« Quel étrange véhicule ! » dit-elle.

Dinu éclata de rire.

« Oui... C'est une auto fabriquée à partir de bouts d'un tas d'autres... Le capot appartenait à une vieille Ohta japonaise... une des portières vient d'une Volga... Qu'elle marche est un miracle en soi ! »

La pétarade du moteur de la Skoda résonnait à travers les rues qu'ils empruntèrent. Le centre de la ville était d'un calme sinistre et plus désert que Jaya ne l'avait jamais vu. Mais, vers le nord, la circulation devint plus dense : ils rencontrèrent des voitures, des bus, des camionnettes. Ils atteignirent une large avenue bordée d'arbres et de grandes villas. Ils se garèrent à bonne distance et se joignirent aux centaines de personnes qui descendaient l'avenue.

Ils parvinrent à une maison avec une palissade verte et jaune devant laquelle attendait une foule nombreuse. On ne voyait pas grand-chose de l'intérieur de la propriété : la maison était située très en retrait de la route et entourée d'un haut rideau de bambous. Les battants du portail étaient en métal surmonté de pointes. Il y avait environ dix mille personnes rassemblées autour, la plupart assises patiemment sur les bas-côtés herbeux de la route où la circulation était assurée par des policiers et des volontaires. Les voitures roulaient à un rythme lent mais régulier.

Les volontaires portaient des tuniques jaune safran et des *longyi* verts : Jaya apprit qu'il s'agissait des couleurs du mouvement pour la démocratie. Dinu fut reconnu par beaucoup de volontaires qui l'aidèrent à se frayer un chemin jusqu'à un poste avantageux proche du portail. De là, Jaya put passer un bon moment à examiner les gens autour d'elle : un grand nombre d'étudiants et un bel échantillon de nonnes et de moines bouddhistes mais en majorité des personnes très ordinaires. Il y avait plein de femmes, dont beaucoup accompagnées d'enfants. Il régnait une atmosphère d'attente mais sans tension. Quantités de marchands ambulants circulaient dans la foule pour vendre de la nourriture et des boissons.

Dinu poussa Jaya du coude et lui montra un photographe encadré de deux hommes chaussés de lunettes noires cerclées de fer.

« Les services du contre-espionnage de l'armée, dit-il avec un petit rire. Les militaires. Ils vont tout filmer et rapporter ça à leur quartier général. Leurs patrons le visionneront demain. »

Jaya nota un grand nombre d'Indiens dans la foule et le fit remarquer à Dinu.

« Oui, dit-il, et vous pouvez être sûre que ce fait n'a pas échappé aux autorités... Les rapports officiels décrivent souvent ces meetings comme des réunions d'Indiens diaboliques. »

Il rit de nouveau.

Soudain éclata un énorme brouhaha.

« La voilà ! annonça Dinu. Aung San Suu Kyi ! »

Une femme mince aux traits fins apparut. Sa tête dépassait à peine le haut du portail. Ses cheveux noirs de jais étaient noués en un chignon sur la nuque et ornés de fleurs blanches. Elle était d'une beauté quasiment incroyable.

Aung San Suu Kyi salua la foule de la main et commença à parler. Elle utilisait le birman et Jaya ne pouvait pas comprendre ce qu'elle disait. Mais la manière de discourir de la jeune femme était complètement différente de ce que Jaya avait jamais entendu. Aung San Suu Kyi ne cessait de rire. Il émanait d'elle une vivacité électrisante.

Le rire est son charisme, pensa Jaya. Elle entendait tout autour d'elle des échos de ce rire dans la foule. En dépit du fourmillement d'espions, l'atmosphère n'était ni lourde ni empreinte de peur. Il régnait une bonne humeur très en contraste avec l'abrutissement de la ville. Jaya comprit pourquoi tant de gens avaient mis leur espoir en Aung San Suu Kyi : elle-même, à ce moment précis, aurait été ravie de souscrire à n'importe laquelle de ses demandes. Il était impossible de regarder cette femme et de ne pas succomber à son charme.

Dinu et elle regagnèrent la Skoda en silence. Ils y montèrent puis Dinu murmura :

« C'est étrange... Je connaissais son père... J'ai connu beaucoup d'autres politiciens... Beaucoup qui sont aujourd'hui considérés comme des héros... Mais elle est le seul leader en qui j'ai jamais pu croire.

– Pourquoi ?

– Parce qu'elle est la seule qui semble comprendre ce qu'est la place de la politique... Ce qu'elle devrait être...

Comprendre que s'il faut résister au mauvais gouvernement et à la tyrannie, il faut aussi résister à la politique... qu'on ne peut pas lui permettre de cannibaliser toute la vie, toute l'existence. Pour moi, c'est là la plus terrible indignité de notre condition – pas seulement en Birmanie mais dans beaucoup d'autres endroits aussi – que la politique ait envahi tout, sans rien épargner... religion, art, famille... elle s'est emparée de tout... on ne peut pas y échapper... et pourtant quoi de plus trivial en fin de compte ? Aung San Suu Kyi comprend ça... elle est la seule... et c'est ce qui la rend beaucoup plus importante qu'un politicien...

– Mais si cela est vrai, dit Jaya avec hésitation, est-ce qu'il ne sera pas plus difficile pour elle de réussir... en tant que personnage politique ?

– Mais elle a déjà réussi ! répliqua Dinu en riant. Vous ne voyez pas ? Elle a arraché leurs masques aux généraux... Elle leur a montré les limites de ce qu'elle souhaitait faire... et ces limites les ont emprisonnés à leur tour... Elle ne cesse de les hanter, à chaque instant... Elle les a privés de mots, de discours. Ils n'ont d'autre défense contre elle que de la traiter d'impérialiste... ce qui est risible... quand en fait ce sont eux qui invoquent les vieilles lois impériales pour se maintenir au pouvoir. La vérité est qu'ils ont perdu et qu'ils le savent... C'est ce qui les pousse à des actes désespérés... savoir que bientôt ils n'auront nulle part où se cacher... que c'est seulement une question de temps avant qu'ils soient forcés de répondre de tout ce qu'ils ont fait. »

48

Dinu vint chercher Jaya à son hôtel pour la conduire à l'aéroport. En chemin, alors qu'ils traversaient la ville dans la Skoda, Dinu remarqua :

« Vous avez passé une semaine ici et nous n'avons pas parlé une seule fois de mon père.

– C'est vrai, reconnut Jaya d'un air coupable.

– Racontez-moi ses derniers moments, demanda Dinu. Étiez-vous avec lui ?

– Oui, je m'en souviens très bien. Ma grand-tante Uma était morte quelques jours auparavant. Ils avaient presque quatre-vingt-dix ans, voyez-vous... »

Ils partirent à quelques semaines de distance. Uma s'en alla la première : elle mourut dans son sommeil et c'est Rajkumar qui la découvrit. La nouvelle provoqua beaucoup d'émotion : Uma reçut des funérailles nationales auxquelles assista le gouverneur. La famille fut gentiment reléguée à l'arrière-plan.

Rajkumar succomba à une crise cardiaque, un mois plus tard. Ses obsèques furent aussi modestes que celles d'Uma avaient été grandioses. Quelques-uns de ses amis du temple birman accompagnèrent son corps au crématorium. Après quoi, Jaya et Bela emportèrent ses cendres au fleuve et Jaya les éparpilla sur l'eau.

« Je me rappelle qu'il disait toujours que pour lui le Gange ne pourrait jamais être pareil à l'Irrawaddy. »

Jaya jeta un coup d'œil à Dinu et vit qu'il pleurait : les

larmes coulaient le long de son visage buriné. Elle lui prit la main.

« Vous m'avez demandé ce qu'avaient été ses derniers jours, dit-elle, et en vérité ce que je vous ai raconté est très différent de ce dont je me souviens.

– De quoi vous souvenez-vous ?

– D'une histoire que mon fils m'a racontée.

– Votre fils ? Je ne savais pas que vous aviez un fils.

– Oui. J'en ai un. Il est adulte maintenant. Il vit en Amérique depuis quelques années.

– Et quelle était son histoire ? »

J'étais très jeune, j'avais peut-être quatre ou cinq ans. Lankasuka était aussi ma maison : j'habitais à l'étage avec ma mère et ma grand-tante Bela. Rajkumar vivait en bas, dans l'appartement d'Uma, dans une petite pièce contiguë à la cuisine. Le matin, au réveil, la première chose que je faisais était de courir le voir.

Ce matin-là, j'allai dans la chambre de Rajkumar et découvris que son lit n'était pas défait. Je m'affolai. Je traversai en courant l'appartement jusqu'à la chambre d'Uma pour lui annoncer que mon arrière-grand-père avait disparu.

Bien que Rajkumar ait vécu depuis vingt ans chez Uma, il n'y avait jamais eu aucune ambiguïté à propos de leur mode de vie ou de la nature de leurs rapports. Il était entendu que ceux-ci reposaient sur la charité et l'affection d'Uma pour Dolly. Uma était une aimable bienfaitrice, lui un réfugié pratiquement sans ressources. Sa présence dans la maison ne compromettait en aucun cas la réputation d'Uma, celle d'une femme très réservée, une veuve qui portait le deuil de son défunt époux depuis plus de cinquante ans.

La géographie de l'appartement d'Uma reflétait leur relation. Uma couchait dans la chambre de maître, qui donnait sur le parc ; la pièce qu'occupait Rajkumar avait été autrefois l'office attenant à la cuisine. Ce n'est que dans la journée qu'il était autorisé à entrer dans les quartiers d'Uma, et il s'asseyait toujours à la même place – sur un vaste divan cerné de traversins rembourrés. Ils avaient vécu ainsi durant vingt ans.

Mais ce matin-là, quand j'entrai en courant dans la chambre d'Uma, quelle ne fut pas ma surprise de découvrir que Rajkumar était dans son lit. Ils dormaient à poings fermés, leurs corps couverts par un mince drap de coton. Ils paraissaient paisibles et très fatigués, comme s'ils se reposaient après un effort intense. Leurs têtes étaient rejetées sur une montagne d'oreillers, et ils avaient la bouche grande ouverte. La pose exacte que nous, les enfants, prenions dans les jeux qui requéraient l'imitation de la mort : tête en arrière, bouche ouverte, langue pendante entre les lèvres. Que j'aie été très troublé me semble bien naturel.

« Êtes-vous morts ? » hurlai-je.

Ils se réveillèrent en battant des paupières. Ils étaient tous deux très myopes et il s'ensuivit une certaine agitation, tapotements de lits et retournement d'oreillers, tandis qu'ils cherchaient à tâtons leurs lunettes. Les couvertures glissèrent, révélant leurs corps nus. La peau d'Uma paraissait très douce et couverte d'un délicat réseau de failles légères ; chaque poil de Rajkumar avait viré au blanc, créant un effet étonnamment élégant sur son teint sombre.

« Eh ben, dis-je bêtement, vous z-avez pas d'habits... »

Ils trouvèrent leurs lunettes et remontèrent d'un coup sec leurs couvertures. Uma produisit un bruyant gargouillis, une sorte de marmonnement volcanique. Sa bouche était étrangement plissée et en regardant de plus près, je me rendis compte qu'elle et Rajkumar n'avaient pas leurs dentiers.

J'étais fasciné par les râteliers, comme tous les enfants, et je savais exactement où Uma mettait le sien quand elle allait se coucher : pour empêcher qu'on le fasse tomber, il était placé loin du lit, dans un grand verre rempli d'eau.

Désireux de me rendre utile, je m'avançai vers le verre de façon à épargner à Uma et Rajkumar l'effort et la gêne de sortir du lit tout nus. Seulement, en prenant le verre, je vis qu'il contenait non pas un mais deux dentiers. Qui plus est, ils s'étaient enchevêtrés de sorte que les mâchoires s'étaient imbriquées, chacune mordant profondément sur les dents de l'autre.

Dans un autre effort d'assistance, je tentai de séparer les dentiers. Mais Rajkumar s'était impatienté et il m'arracha le verre. Ce n'est qu'après avoir jeté son dentier dans sa bouche qu'il découvrit que celui d'Uma était accroché au sien. Alors, tandis qu'il restait là, les yeux ronds, déconcerté par les mâchoires roses sortant des siennes, une chose étonnante se produisit : Uma se pencha et enclencha sa bouche sur ses propres dents. Les lèvres des deux vieillards se collèrent les unes aux autres et ils fermèrent les yeux.

Je n'avais jamais encore vu un baiser. En Inde, à cette époque, pareilles choses étaient supprimées de la vue par des censeurs invisibles, dans la vie comme au cinéma. Même si je ne savais pas que ce geste avait un nom, je compris fort bien que rester dans cette pièce serait violer quelque chose qui était au-delà de ma compréhension. Je me faufilai dehors.

Ce que je vis ce matin-là dans la chambre de mon arrière-grand-tante demeure jusqu'aujourd'hui le spectacle le plus tendre, le plus émouvant que j'ai jamais vu, et du jour où je me suis assis pour écrire ce livre – le livre que ma mère n'écrivit jamais – j'ai su que c'était sur cette image qu'il se terminerait.

Note de l'auteur

Le germe de ce livre a été importé en Inde bien avant ma naissance par mon père et mon oncle, feu le Jagat Chandra Datta de Rangoon et Moulmein – « Le Prince » comme l'appelaient ses parents. Mais ni mon père ni mon oncle n'auraient reconnu la récolte que j'ai engrangée. Lorsque j'ai commencé à travailler sur ce manuscrit, les souvenirs qu'ils m'avaient transmis avaient perdu leurs contours, ne survivant souvent qu'en esquisses de phrases, d'humeurs, de textures. En m'essayant à écrire sur les lieux et les époques que je ne connaissais que de deuxième ou de troisième main, je me suis trouvé forcé de créer un monde parallèle totalement imaginaire. *Le Palais des Miroirs* est donc indiscutablement un roman et je peux affirmer sans réserve que, à l'exception du roi Thebaw, de la reine Supayalat et de leurs filles, aucun de ses principaux personnages ne ressemble à quiconque, vivant ou mort.

Peut-être est-ce la nature insaisissable de ce que je tentais de me rappeler qui a engendré en moi un besoin frisant l'obsession de restituer le décor des vies de mes personnages d'aussi près que possible. Au cours des cinq ans qu'il m'a fallu pour écrire *Le Palais des Miroirs*, j'ai lu des centaines d'ouvrages, de mémoires, de récits de voyage, d'index, d'articles et de carnets de notes, publiés ou inédits ; j'ai parcouru des milliers de kilomètres, visitant et revisitant, autant que faire se pouvait, tous les cadres et lieux qui figurent dans ce livre ; j'ai interrogé un grand nombre de personnes en Inde, en Malaisie, au Myanmar et en Thaïlande. J'ai pendant ce temps-là accumulé d'immenses dettes de gratitude – la sorte d'insolvabilité que l'on peut à juste titre considérer comme une forme de richesse –, une liste si longue en vérité que je ne peux espérer, au mieux, qu'esquisser quelques gestes de reconnaissance à l'égard des plus pressantes de ces dettes.

Parmi ces personnes qui ont pris le temps de me parler durant mes voyages, en 1995, 1996, 1997 et 1999, j'aimerais particulièrement dire ma gratitude aux suivants. En Malaisie : Janaki Bai Devadasan, G. Anthony Samy, E.R. Samikannu, Anjali Suppiah, A.V. Pillai, A. Ponnusamy, R. Chinamma Rangaswamy, S.P. Velusamy ; Lt. K.R. Das, Abraham Muttiah, F.R. Bhupalan, M.Y.B. Abbas, M. Gandhinathan, Eva Jenny Jothi, Nepal Mukherjee, N.G. Choudhury, V. Irulandy, S.P. Narayanswamy, S. Natarajan et Y.B. Tan Sri Dato K.R Somasundaram de la National Land Finance Co-operative Society Ltd. J'aimerais aussi remercier D. Narain Samy et les autres membres du personnel du Bukit Sidim Estate pour leur hospitalité durant mon séjour. Mais je suis par-dessus tout reconnaissant à la légendaire Puan Sri Janaki Athinagappan de Kuala Lumpur qui m'a présenté à beaucoup des personnes susmentionnées et qui, au cours des années, a accueilli ma famille dans la sienne. À Singapour, mes remerciements vont à Elizabeth Choy, Ranjit Das, Bala Chandran, au docteur N.C. Sengupta et en particulier à mon amie le docteur Shirley Chew qui m'a ouvert beaucoup de portes dans cette ville. En Thaïlande, pour leur gentillesse d'avoir pris le temps de me parler, je voudrais dire ma reconnaissance à : Pippa Curwen, U Aye Saung, Khun Kya Oo, Khun Kya Noo, Lyndell Barry, Sam Kalyani, Nyi Nyi Lwin, Abel Tweed, Aung Than Lay, Ma Thet Thet Lwin, Than Kyaw Htay, Oo Reh, Tony Khoon, David Saw Wah, Raymond Htoo, David Abel, Teddy Buri, et particulièrement Ko Sunny (Mahinder Singh). U Tin Htun (E.C. Nanabawa) s'est donné beaucoup de mal pour m'aider durant mon périple et je lui dois quantité de remerciements.

En Inde, j'aimerais remercier : Aruna Chatterjee, le colonel Chatterjee, le docteur Sugato Bose, le capitaine Lakshmi Sahgal, le lieutenant général N.S. Bhagat, le capitaine Khazan Singh, le capitaine Shobha Ram Tokas, Shiv Singh, Hari Ram, le commandant Devinder Nath Mohan, le capitaine À. Yadav, Barin Das, Tarit Datta, Arabinda Datta et Derek Munro. Mrs Ahona Ghosh m'a aimablement autorisé à consulter les notes manuscrites de son père au sujet de la marche de 1942 : je l'en remercie infiniment. J'ai aussi une immense reconnaissance envers Nellie Casyab, de Calcutta, une survivante de cette randonnée que l'historien Hugh Tinker appelle « La longue marche oubliée » de 1941. C'est elle qui m'a introduit dans les univers birman et anglo-birman de Calcutta et m'a fait rencontrer les rares survivants de ce terrible calvaire. Je voudrais aussi remercier Albert Piperno, un autre survivant de la marche, pour ses efforts à se rappeler le bombardement de Rangoon le 23 décembre 1941. J'ai une dette spéciale envers le lieutenant-colonel Gurubakhsh Singh Dhillon, le dernier des « Trois du fort Rouge » qui m'a reçu pendant plusieurs jours et a passé de nombreuses heures à me raconter les événements de décembre 1941.

Je regrette profondément d'être, par crainte de représailles contre eux, dans l'impossibilité de remercier mes amis en Birmanie ainsi que ceux de leurs compatriotes qui se sont mis en quatre pour me parler, souvent non sans risque grave. J'espère que s'il arrive à certains d'entre eux de lire ce livre, ils sauront se reconnaître et comprendre la profondeur de ma gratitude envers chacun.

Hélas, les circonstances me permettent de reconnaître seulement une de mes dettes les plus importantes : celle que j'ai envers l'écrivain Mya Than Tint, que sa mort prématurée a arraché aux griffes d'un régime dont il avait si longtemps et si héroïquement subi l'oppression. Mya Than Tint était pour moi le symbole vivant de la force d'âme inextinguible de l'esprit humain : bien que je ne l'aie connu que brièvement, je me suis senti profondément changé et instruit par sa vision de la littérature. Tous ceux qui l'ont approché reconnaîtront aussitôt l'étendue de son influence sur ce livre.

Alors que j'écrivais ce roman, j'ai perdu un ami : Raghubir Singh, le photographe qui fut mon mentor et mon professeur pour tout ce qui touche à la photographie. C'est mon grand regret que d'avoir été incapable de lui exprimer de son vivant l'immensité de ma gratitude à son égard ; si je le fais maintenant, ce n'est pas dans l'espoir de me racheter mais plutôt afin d'établir une dette impossible à rembourser. Bien entendu, ni lui ni personne d'autre nommé ci-dessus ne porte la moindre responsabilité d'un quelconque aspect du contenu de ce livre, dont la charge repose sur moi seul.

Parmi les sources publiées, je suis redevable avant tout à la monographie *Deposed King Thebaw of Burma in India, 1885-1916* (Bharatiya Vidya Series, vol. 25, Bharatiya Vidya Bhavan, Bombay, 1967) par Walter A. Desai. Dans son essai, *The Changing of Kings* (Peter Owen, Londres, 1985), Leslie Glass décrit Desai comme un « vieil historien indien tranquille de l'université (de Rangoon) ». J'aime songer au « vieil Indien tranquille » vivant sa retraite en Inde, et passant au crible les archives de New Delhi et de Calcutta comme un acte d'hommage et de restitution au pays qu'il avait perdu. La tentative de Desai de retrouver les traces de sa vie effacée représente pour moi, dans sa lente et soigneuse accumulation de détails, un travail extrêmement émouvant ; la preuve que chaque vie laisse derrière elle un écho audible pour tous ceux qui prennent la peine d'écouter.

Une grande partie des voyages et des recherches pour ce livre a été prise en charge par *The New Yorker*. Ma gratitude va à beaucoup de membres du personnel de ce magazine pour leur constant soutien, et j'aimerais remercier en particulier Tina Brown, Bill Buford, Alice Quinn, Peter Canby et Liesl Schillinger. Mes remerciements aussi à Laura McPhee, pour son aide et ses conseils, et à mon vieil ami James Simpson qui a immensément enrichi ce livre par sa lecture du manuscrit. Je voue une grande reconnaissance à mes éditeurs Susan Watt, Ravi Dayal, Kate Medina et Runkun Advani. À l'égard de Barney Karpfinger, mon agent, qui m'a laissé le temps dont j'avais besoin pour écrire ce livre et a été un immense soutien dans les moments les plus difficiles, ma gratitude est sans limites. À Debbie, mon épouse, pour son soutien sans faille, et à mes enfants Lila et Nayan pour leur patience, je suis, comme toujours, profondément redevable.

Enfin, ma plus grande dette est celle que j'ai envers mon père, le lieutenant-colonel Shailendra Chandra Ghosh. Il fit la Seconde Guerre mondiale en qualité d'officier du 12ᵉ Frontier Force Regiment, une unité de l'armée anglo-indienne de l'époque. Il se trouvait dans la 14ᵉ armée du général Slim durant la campagne de Birmanie de 1945 et fut cité deux fois : il faisait donc partie de ces Indiens « loyaux » qui se sont retrouvés de l'autre côté du front, contre les « traîtres » de l'Armée nationale indienne. Il est mort en février 1998 et n'a jamais rien vu de mon manuscrit. Ce n'est qu'en son absence que j'ai fini par comprendre combien mon livre était profondément ancré dans son expérience, ses réflexions sur la guerre et son propre questionnement. C'est à sa mémoire que je dédie *Le Palais des Miroirs*.

Carte

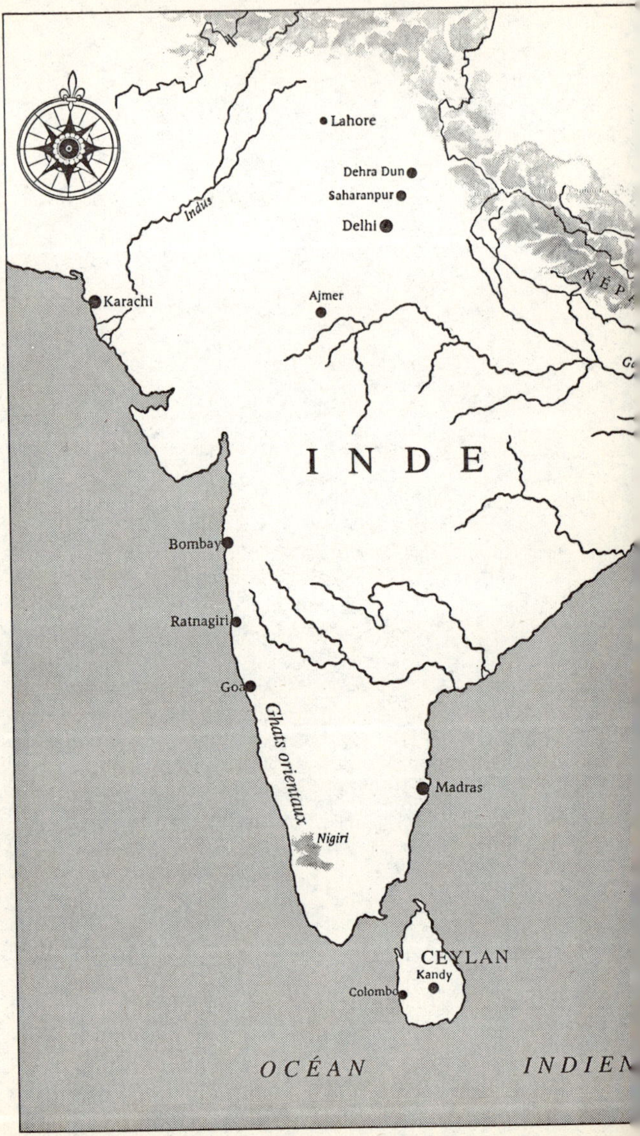

Lahore
Dehra Dun
Saharanpur
Delhi
Indus
Karachi
Ajmer
INDE
Bombay
Ratnagiri
Goa
Ghats orientaux
Madras
Nigiri
CEYLAN
Kandy
Colombo
OCÉAN
INDIEN

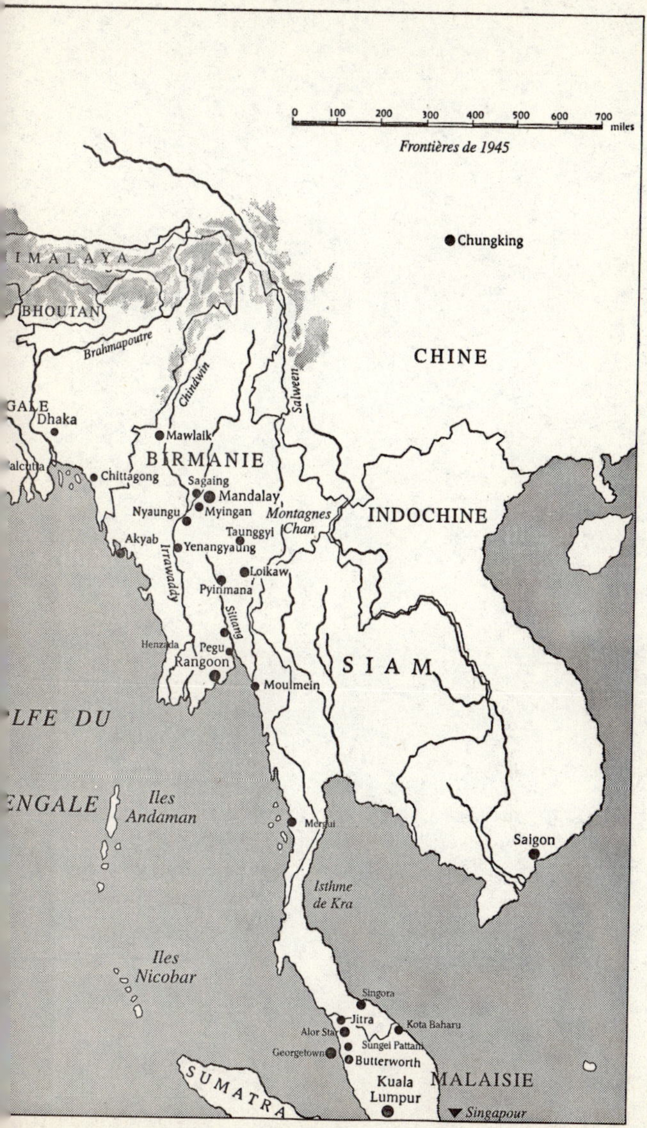

0 100 200 300 400 500 600 700 miles
Frontières de 1945
Chungking
IMALAYA
BHOUTAN
Brahmapoutre
CHINE
Chindwin
Salween
GALE
Dhaka
Mawlaik
BIRMANIE
Calcutta
Chittagong
Sagaing
Mandalay
Nyaungu
Myingan
Montagnes Chan
INDOCHINE
Taunggyi
Akyab
Yenangyaung
Irrawaddy
Loikaw
Pyinmana
Sittang
Henzada
Pegu
Rangoon
SIAM
Moulmein
LFE DU
ENGALE
Iles Andaman
Mergui
Saigon
Isthme de Kra
Iles Nicobar
Singora
Jitra
Kota Baharu
Alor Star
Sungei Pattani
Georgetown
Butterworth
SUMATRA
Kuala Lumpur
MALAISIE
Singapour

Table

RÉALISATION : I.G.S.-CP À L'ISLE-D'ESPAGNAC (16340)
IMPRESSION : S. N. FIRMIN-DIDOT AU MESNIL-SUR-L'ESTRÉE
DÉPÔT LÉGAL : JUIN 2004. N° 66959 (68358)
IMPRIMÉ EN FRANCE